博士论文出版项目

"本根"之问
鲁迅的自然观与伦理学（1898—1927）

Searching for the "Root" of Modern China
Lu Xun's Thoughts on Nature and Ethics (1898—1927)

孙尧天　著

中国社会科学出版社

图书在版编目(CIP)数据

"本根"之问：鲁迅的自然观与伦理学：1898—1927 / 孙尧天著 . —北京：中国社会科学出版社，2022.12
ISBN 978-7-5203-9131-3

Ⅰ.①本… Ⅱ.①孙… Ⅲ.①鲁迅（1881—1936）—自然哲学—研究 ②鲁迅（1881—1936）—伦理思想—研究 Ⅳ.①I210.96

中国版本图书馆 CIP 数据核字（2021）第 187161 号

出 版 人	赵剑英
责任编辑	慈明亮
责任校对	周 昊
责任印制	戴 宽

出　　版	中国社会科学出版社
社　　址	北京鼓楼西大街甲 158 号
邮　　编	100720
网　　址	http://www.csspw.cn
发 行 部	010-84083685
门 市 部	010-84029450
经　　销	新华书店及其他书店

印　　刷	北京君升印刷有限公司
装　　订	廊坊市广阳区广增装订厂
版　　次	2022 年 12 月第 1 版
印　　次	2022 年 12 月第 1 次印刷

开　　本	710×1000 1/16
印　　张	41.5
字　　数	583 千字
定　　价	168.00 元

凡购买中国社会科学出版社图书，如有质量问题请与本社营销中心联系调换
电话：010-84083683
版权所有　侵权必究

出 版 说 明

为进一步加大对哲学社会科学领域青年人才扶持力度，促进优秀青年学者更快更好成长，国家社科基金设立博士论文出版项目，重点资助学术基础扎实、具有创新意识和发展潜力的青年学者。2019年经组织申报、专家评审、社会公示，评选出首批博士论文项目。按照"统一标识、统一封面、统一版式、统一标准"的总体要求，现予出版，以飨读者。

全国哲学社会科学工作办公室

2020 年 7 月

建构鲁迅文学和思想的总体论视野
——读孙尧天的《"本根"之问：鲁迅的
自然观与伦理学（1898—1927）》

吴晓东

收到孙尧天发来的这部厚厚的书稿，一时间仿佛回到了2012年的深秋，尧天来燕园参加研究生推免面试的日子。那时尧天还是一个本科四年级的青葱少年，就读于中山大学博雅学院，是甘阳教授推行的博雅通识教育的第一届学生。面试过程中，尽管尧天在占有中国现代文学知识的系统性方面略显欠缺，但老师们认为该考生思维敏捷，视野开阔，见解独到，有可塑性，建议我招收他直接攻读博士学位。尧天由此成为我的第一个硕博连读的学生，也是第一个在五年内就顺利获得博士学位的北大中文系现代文学专业的直博生，尤其令我欣喜的是，他的以《"本根"之问：鲁迅的自然观与伦理学（1898—1927）》为题的博士论文还获得了北京大学2018年度的优秀博士论文奖。

尧天选择做鲁迅研究，我最初略有些担忧，原因当然很简单，鲁迅研究门槛过高，也积累了现代文学研究领域最优秀的成果，对后来者的学术功力和创新能力就提出了更高的要求。尧天知难而上，除了热爱鲁迅的最根本原因之外，他还认为，博士论文选择更有难度和挑战性的题目，训练的价值也更大。学界有个基本共识，相当一部分的成名学者最好的著作都是博士论文，也因为博士论文通常是数年磨一剑的结果，也是一个学者最初的学术梦想和勇气的结晶。

这部即将付梓的专著，相较于当初答辩时的毕业论文，又有了长足的进展。尧天毕业后两年多的时间里对博士论文进行了大幅度的修改和完善，也体现出更加成熟的思考力，对论文的基本方法、问题意识以及整体格局也更加明晰化。这种成熟和进步，尤其表现在本书《后记》中的系统性表述和总结，对于读者了解论文的总体思路有提纲挈领的意义，也加深了我本人对尧天工作目标的体认，而我的这篇序言，其实也正是在他后记的基础上加以生发的结果。

前段时间读到了华东师范大学中文系的学生对尧天的一次访谈，其中有这样一段话：

> 我个人的阅读来自于一以贯之的问题意识，就是晚清以来中国思想与文学的复杂变迁。这首先来自于现代文学专业的要求，但我一直想试图从更加宽广的视域对现代文学专业进行整体性的观照，因此，我会阅读中国古典的以及西方近现代的著作，也不仅限于文学，我希望这些阅读会为接下来的研究提供灵感。

我尤其留意到尧天对"思想与文学"关系的强调，以及"从更加宽广的视域对现代文学专业进行整体性的观照"的自觉意识。北大中文系前几年成立了"现代思想与文学"的研究平台，试图整合原有的现当代文学、文艺学、比较文学、民间文学等五个教研室，其中的统摄性理念也正是强调二十世纪以降现代思想与文学的关系，强调更具整体性的综合视野。而这种思路，其实也正贯穿于《"本根"之问：鲁迅的自然观与伦理学（1898—1927）》的基本框架和整体设计之中。

这部专著的新意和创见表现在对鲁迅早期思想的形成以及前期的发展脉络的探讨，在研究范式和整体视野方面均取得了突破和拓进，尤其是把鲁迅早期思想置于清末民初的世界历史背景中进行考察，寻求鲁迅思想与文学互动中内涵的复杂性，最终则试图通过鲁迅的思想与文学，探索中国文明与价值世界的重塑，堪称"所谋者大"，彰显了尧天的研究格局和学术野心，正如本书《后记》中概括的那样："本书最大兴趣在于探讨清末民初中国历史转型进程中，鲁迅通过他的文学、思想对中国文明与价值世界的重塑。"

这种理论设计在尧天博士论文写作伊始就是自觉的。而真正的困难之处在于，究竟选择一个怎样的入口，既能贯通鲁迅的早期思想，又能进而切入世界历史？他最终选择的是鲁迅早期思想中具有某种原点意味的"进化论"问题域，开始了关于鲁迅的"本根"之问。

进化论在十九世纪末到二十世纪初为中国思想界提供了认识世界、变法图强的自然原理，极大地影响了近现代中国历史进程，不仅改变了中国思想者对于自然以及天、人关系的理解，同时也参与到晚清以降中国伦理秩序的变革过程之中，自然构成的是一个焦点论题。但尧天的聪慧之处在于他虽以进化论为总体思考视野，具体研究的切入点则转化为鲁迅的自然观和伦理学问题，一方面"进化论"相对说来是太过普泛的场域，另一方面，在尧天的理论设计中，由进化论衍生出的自然观以及伦理学，对于探究鲁迅的早期思想及其演化，更具有"本根"意义。而通过对自然观和伦理学的集中探讨，也可以聚焦鲁迅连同晚清最具时代性和世界性的问题域，有助于把这两个理论领域的探索在鲁迅此后的文学和思想发展历程中引向深化。

其实在我看来，从自然观和伦理学两个话题中单独提取任何一个，就已经具有相当的复杂性和困难度。但尧天之所以进行总体处理，端因在早期鲁迅这里，自然观和伦理学问题构成的是一种纠结的关系，同时两个问题本身都蕴涵在从进化论衍化出来的整体结构性框架中，这种结构性框架，即是中华文明历史转型中所遭遇的传统与现代、东方与西方交织互鉴的多维历史坐标。讨论这两个问题域，也就要求一种整体性的知识背景和视野，也因为这种整体性视野对于理解清末民初中国乃至世界正在行进中的历史图景，本身就是不可或缺的。鲁迅所因应的恰是变动不居和正在形成中的中国乃至世界知识界的整体思想图景，也就要求研究者必然要提供一种动态的历史描述。尧天借鉴了跨学科的方法，试图建立一个综合视野，把鲁迅的思想置于变动中的世界格局之中，还原鲁迅所面对的自然观与伦理学问题的生成过程，从中探寻鲁迅的思想前提和发展脉络。

  这些年来，对鲁迅的文学起源和思想原点的追溯一度构成鲁迅研究界的热点话题。尧天对鲁迅的"本根"的探寻，也有助于研究界重新回到鲁迅的原点处，再度思考和追溯起源性问题。鲁迅文学的起源和思想的原点为什么令学界长久痴迷？就在于这种追寻不是玄学性的，而是对鲁迅本人乃至中国现代思想的兴起都有不可替代的真实意义。就像宇宙学领域持久探究宇宙的起源一样，其中大爆炸的起源模型尽管有假说性，但依然是根据现有宇宙的格局和发展演化史而创造的理论模式。鲁迅的文学和思想起源问题比起宇宙起源当然更有充分的历史化和文本性依据，但要真正搞清楚鲁迅的缘起，同样需要把鲁迅早年的相关论述和言说置于创生语境中，在错综复杂的历史脉络中仔细爬梳，去伪存真，去粗取精，才能考证和辨析其生成的复杂性和历史性。

  这也正是尧天所做的工作，他也因此把相当大的气力花在对影响了鲁迅的早期思想资源的探寻中，对大量的相关材源进行了精细的考辨，体现出扎实的史料方面的硬功夫。这次重读尧天的论文，我愈发感到对鲁迅早期思想资源进行详尽考辨其实蕴涵了相当的难度，难点之一是要同时兼顾清末民初的中国语境和留学时期的日本语境，之二是要在西方资源和本土资源之间求得均衡，之三是须把史料考辨纳入自己的问题视野和理论框架，把对新史料的充分占有与理论思辨相结合。本书之所以显得厚实凝重，原因之一也正在于作者把史料、文本、历史和理论诸维度相对完美地统合在一起，从而生成了一种总体论视野。

  尧天的另一个初心是探究"天人之变"在鲁迅思想中的呈现，这一蓝图一端联通着中国传统文化和哲学认知模式，另一端则直接触及了现代西方的人本主义，尧天也由此寻找到了把鲁迅"立人"思想充分历史化的途径。因此，"鲁迅对'人'的生存状况的思考，将他的论述与古今中西的思想脉络关联在一起"，也构成了本书理解鲁迅的"本根"之问过程中的核心诉求，正如《后记》中所说：

> 面对以伦理为本位的文化，鲁迅追逐"立人"的理想使得他需要不断回应中国历史转型中最为深刻的一些命题，诸如重新审视世界、国家、社会、家庭与自我的关系，而以往对"立人"的讨论很少顾及到鲁迅也是在中国文明转型的语境下展开论述——即或存在这样的论述，也基本忽视了对中国文明的历史状况进行解释。

"立人"作为鲁迅思想的原点以及此后在鲁迅文学生涯中的延续，是学界一直探讨的课题，而尧天的用力之处在于，他把鲁迅的"立人"思想，还原到中国文明历史转型的时代语境下进行探讨，追踪的是鲁迅留日时期广泛的阅读和思想磨砺，在揭示鲁迅思想的独特性与深刻性的同时，呈现鲁迅所置身于其中的现代历史世界的复杂格局，可以说把原点问题从一个固定的时空点放置于更广阔的东西方文化和思想的原野上进行考量，既把鲁迅与晚清的中国以及世界图景关联在一起，同时也以日本为中介，勾连西方的思想潮流，进而全方位地透视鲁迅思想资源的生成和创化，从而把鲁迅思想根源问题具体化和历史化。

鲁迅研究领域一度有所谓"以鲁解鲁"的迹象，即主要以鲁迅自己的创作和言说去解读鲁迅的思想，容易陷入自我阐释的循环怪圈。而研究鲁迅早期思想，尤其会暴露单纯以文本为依据的封闭研究的弊病。尧天对这种封闭式陷阱有足够的警惕，他建构的历史化视野，也是对这种"内卷式"循环阐释的一种超越，力图还原鲁迅早期面对的"更为丰富的历史世界"。一方面把鲁迅置于他所身处的历史时代和世界视野中加以探究，另一方面也借助于鲁迅的思考，还原清末民初中国历史大转型时代的问题性。只有在这种动态格局中，才能凸显鲁迅思想生成的历史性。

与历史化维度交相辉映的，是尧天建构的理论维度。在终极意义上，对"立人"思想的探索正是对人本理论的探索；同时，鲁迅的"立人"说深深地根植在自然观和伦理学问题的沃土中，只有把"立人"思想还原到自然观和伦理学两个重大而具体的理论视域中，才能进一步祛除抽象性和玄学化的色彩，进而在鲁迅文学和思想的发展进程中获得了从理论维度进行深入探讨的可能性，从而表现出"理论的历史化"以及"历史的理论化"之间的均衡性。

尽管鲁迅的早期思想中有鲜明的理论化倾向，但尧天没有过多纠缠其体系化意义上的生成，鲁迅也难以被界定为一个有完整体系的理论家。本书更试图突出鲁迅思考方式的论辩性，这种论辩性不仅仅在鲁迅五四之后的杂文中才得以充分体现，而是在早期的思想方式中就已经初步成型了。可以说，鲁迅是在与同时代的东西方思想与文化主潮进行交锋与对话的过程中，形成了自己的早期思想结构的。这种论辩性的思想结构和思维方式也影响了鲁迅此后的文学生涯，终其一生，鲁迅都在杂文和小说创作中力避自言自语和自说自话，杂文中的驳难技巧以及小说中的复调模式，都要到鲁迅早期的思想方法和思维方式的形成过程中去溯源。鲁迅堪称发展出某种对话诗学，这种对话诗学超越了一般意义上的文学技巧，而成为一种囊括了思想和文化视野的文学认知范型。而尧天对鲁迅早期思想的探讨，也就同时承担了还原鲁迅诗学方法形成之过程性的学术使命。

尧天对鲁迅思考方式的论辩性的揭示，对鲁迅对话性历史语境的建构，对鲁迅早期思想的可辨识性的考察，不仅仅有助于把握鲁迅思想方法的形成，而且对于思考中国现代思想的独特性也有不可替代的意义。这种思想意义，集中表现为鲁迅"依自不依他"的主体性，也表现为鲁迅对"他者"的兼容性，进而发展出以民族主体的高度自信为基础的"拿来主义"的总体文化策略。正像本书后记中总结的那样："在古今中西多条思想的脉络上，他既有所采撷，又同时有所拒绝，鲁迅的观点形成于这种扬弃过程之中"，"对于鲁迅的分析性研究需要汇集到鲁迅自身的主体意识，展开鲁迅思想的生成脉络最终是为了凸显鲁迅个体在历史运行中的能动性。"这种能动性，也演化为中国现代历史的某种主体性和能动性，并在鲁迅后来的思想发展中得以成型，构成了中国现代思想弥足珍贵的资源与财富。或许可以说，在鲁迅的思想中，既可以捕捉到中华民族现代文化自信的起源，也是其最独异甚至最完美的体现。

作为一个文学研究者，我还看重尧天在鲁迅研究中所关注的"文学性"领域的问题。本书不仅仅要揭示鲁迅思想的起源，同时也在重新阐释鲁迅"文学"的起源。探究思想的起源当然有助于提供认知"文学鲁迅"的原点性，但思想和哲学领域的溯源毕竟无法替代对文学鲁迅如何诞生问题的追问。鲁迅之所以最终选择文学作为毕生志业，其内在的逻辑根据也需要在早期思想的成型过程中去探寻"本根"。

本书正面回应了这些年来学界对鲁迅原点的讨论，尤其是再次回到鲁迅留学仙台时期的幻灯片事件，指出被研究界已经神话化了的"幻灯片事件"对于理解鲁迅弃医从文的初衷具有一种后设性，即以1922年写作的《呐喊·自序》中的戏剧化叙述作为讨论"文学鲁迅"起源的依据。而尧天把幻灯片事件纳入早期鲁迅的总体性思想脉络中加以考察，认为鲁迅的从文选择或许不仅仅是基于仙台的创伤体验，而是在鲁迅最早接受《天演论》阶段以及整个留学时期就是内在化的思考框架和关键结构：

> 鲁迅之走上文学道路，是在他看来，文学是回应时代问题最为有效的方式，无论是他的论述还是创作，都具有与时代对话的鲜明特点，因此，最终对于鲁迅的研究也就必然指向一个超越了单一学科的、更具总体性的历史图景。

而文学在鲁迅的认知体系中的优先性，不仅仅归因于感性的、审美的考虑，而是它"超越了单一学科"，是一种"更具总体性的历史图景"。文学在鲁迅那里，是一种总体论，也因此，他后来的创作中对文学的理解也就无法用近现代以来的学科规范加以规约，尤其在杂文创作中，把对文学所内涵的历史总体性的理解臻于化境，也更根源于本书试图集中讨论的鲁迅思想脉络中"立人"的初衷与"本根"的诉求。

最后，我还想回到尧天的历史化态度。本书所追求的"历史化"，既内在化于对作为研究对象的鲁迅的历史化讨论中，也表现在一定程度上悬置价值判断的理性主义倾向。鲁迅的研究者最容易在对象中倾注感情，传达爱恨，映现立场，流露倾向。而尧天则表达了尽可能避免对鲁迅的论述做出价值评判的写作初衷，这种对价值评判的某种规避也并非马克斯·韦伯意义上的"价值无涉"，而是对鲁迅这样的复杂和繁难的对象尽可能保持客观理性的研究态度的反映。另一方面，这种历史化的理性主义态度也有助于研究者更加清醒和客观地把历史问题当代化，在介入当下现实的同时避免倾向性的过度渗透。从这种"历史化"的学术姿态中，我似乎也看到了尧天所隶属的新一代学人具有代际特征的品质，即把学术研究的主体性理解为一种客观冷静的"包容性"。借助于思考鲁迅，尧天也表现出他这一代学者的"兼容并包"背后所蕴含的某种道路自信和理论自信，而在思想文化问题和中西文化关系上，他也试图依循鲁迅的"外之既不后于世界之思潮，内之仍弗失固有之血脉，取今复古，别立新宗"的理想，而这种文化理想，只有融汇了理性的"主体性"和历史的客观性，才能在研究中完美地实现。

2022 年 3 月 14 日于京北上地以东

摘　　要

作为西方自然科学最为重要的一项成果,进化论在19世纪末到20世纪初叶为中国知识界提供了认识世界与变法自强的原理。以进化论为中心的现代科学不仅改变了中国知识分子对于自然以及天人关系的理解,也在同时启动了晚清以降的伦理改革进程。正如严复所译《天演论》是以赫胥黎的《进化论与伦理学》为底本,进化论与"人"的生存问题紧密相关,并构成了"家国天下"伦理重建的最基本的精神背景,进而在鲁迅的论述中得到了充分展现。

鲁迅在南京求学时期开始接触进化论,此后长达近三十年的时间里,进化论深刻影响了鲁迅的自然观念,奠定了他以"立人"为宗旨的伦理改革思路。本书选取1898年至1927年的历史时段,以鲁迅对进化论的思考与表述为核心线索,考察鲁迅自然观念的演变及其伦理重建方案。本书试图借鉴跨学科的方法建立一种更具综合和整体性的视野,把鲁迅的论述置于变动的历史世界之中,还原鲁迅所面对的自然观与伦理学问题的生成过程,从中探寻鲁迅思想的语境、前提和发展脉络。本书注重鲁迅直接或间接使用的思想资源,致力构建鲁迅相关论述的对话语境,以揭示鲁迅文学与思想内在的原理性内容,在阐发其独特性与深刻性的同时,呈现鲁迅所置身的古今中西之大变局及其与时代对话的主体意识。

导论部分试图解释本书相关问题的由来及可能性,说明本书写作过程中的方法论,进而把鲁迅的自然观与伦理学命题放置在晚清以降天人之变的背景下展开,为后文的论述提供思想史的基础语境。

由于鲁迅讨论的中心议题随着时间推移与历史形势的变迁而改变，据此，本书在结构上设计为以下六章。

前四章围绕鲁迅留日时期的论述展开。第一章"现代世界与鲁迅的原点"将东亚现代格局的形成与鲁迅的人生选择联系在一起，讨论天下秩序崩溃后，鲁迅如何回应强大的日本、俄国以及晚清崇拜强权的热潮，并如何提出国家建设的伦理性要求。第二章"人在自然界中的位置"围绕《天演论》讨论鲁迅自然观的转变以及"立人"思想的生成，进而以《人之历史》《科学史教篇》为中心，考察鲁迅如何处理科学、道德和信仰的关系问题。第三章"历史意识的变迁"分析鲁迅的文化偏至思想、复古论以及对于晚清文明史学的回应。第四章"诗歌、政治与伦理"讨论鲁迅与晚清群学思潮的关系，分析鲁迅对言志论诗学传统的改造、非功利主义的政治伦理及其对于浪漫主义自然观的接受，运用比较方法考察鲁迅早年最重要的道德理念"诚"在晚清的思想史意义。

最后两章论述鲁迅从"五四"新文化运动至1927年的思想变迁及其困境。第五章"家庭改革的生物学原理"讨论鲁迅新文化运动期间的家庭改革的设想，围绕《我们现在怎样做父亲》以及同时期的杂感，考察鲁迅借助生物进化论改革家庭过程中的合理性及其困境。第六章"1920年代的质疑与反思"考察鲁迅在1920年代中期对自然和人伦关系的思考，讨论鲁迅对于进化论的信仰以及伦理改革之可能的反思，由此重新认识鲁迅晚年的思想趋向。

关键词：鲁迅；自然观；伦理学；进化论

Abstract

As the most important achievement of western natural science, the theory of evolution provided Chinese intellectual circles with the principle of understanding the world and reform and self-improvement from the end of the 19th century to the beginning of the 20th century. Modern science represented by the theory of evolution not only changed Chinese intellectuals' understanding of nature and the relationship between heaven and man, but also started the process of ethical reform since the late Qing Dynasty. Just as Yan Fu's translation of *Tian Yan Lun* is based on Huxley's *Evolution and Ethics and Other Essays*. Evolution is closely related to the survival of "human", and constitutes the most important spiritual background for the ethical reconstruction of "family, country and world", which has been fully reflected in Lu Xun's discussion.

Lu Xun began to learn the theory of evolution during his study in Nanjing. Since then, in nearly three decades, the theory of evolution has deeply affected Lu Xun's concept of nature and laid his thinking of ethical reform centered on "establish human". the historical period between 1898 and 1927 is selected to discuss the evolution of Lu Xun's natural view and his ethical reconstruction plan based on the thinking and expression of evolution. In order to build an integrated and holistic vision, this book tries to draw lessons from the inter-disciplinary approach, taking Lu Xun's thoughts in the history of the changing world, representing Lu Xun's view of natural and ethical issues as well as its generating process, to explore Lu Xun's context, premise and development of the thought. This book focus on the resources using directly or indirectly by Lu Xun, through the relevant material sources, revealing the uniqueness and the depth of Lu Xun's thoughts. Finally, the book aims to represent Lu Xun's great changes in ancient and modern China and the West and his subjective consciousness of dialogue with the times.

The introduction aims to explain the origin of problems related and its possibilities, the methodology of writing process, and then place the proposition of Lu Xun's view of nature and ethics in the background of late Qing dynasty, for the later discussion provides an intellectual history context. According to the topics discussed by Lu Xun had been changed with the changes of times and historical situations, the book is designed in the following six chapters.

The leading four chapters mainly discussed the texts which Lu Xun writing it during studying in Japan. Chapter One *The Origin of Modern World and Lu Xun's Thought* associates the formation of the east Asia with Lu Xun's life choices, and discusses how Lu Xun respond to the world order after the crash of Tianxia order, to the powerful Japan, Russia, and worship of power in Late Qing dynasty, and how did Lu Xun put forward the ethical demand of national construction; Chapter Two *The Position of Human in the Nature* discusses the change of Lu Xun's view of nature and the generation of the thought of "human" based on *Tian Yan Lun*, and then taking *The History of Human* (《人之历史》)、*The History of Science* (《科学史教篇》) as center texts, studies how Lu Xun to deal with the relationship between science and ethics; Chapter Three *Changes of Historical Consciousness* analyzes Lu Xun's historical thought of "pianzhi" ("偏至论"), the doctrine of "back to the ancients" ("复古论"), and the response to the civilization trend in the

Late Qing dynasty. Chapter Four *Poetry, Politics and Ethics* discusses the relationship between Lu Xun and sociology thoughts in Late Qing dynasty, how did Lu Xun transform the theory of "yanzhi" ("言志论"), oppose utilitarianism ethics, use of romantic literature and its view of nature. By the method of comparative study, the most important moral concept "sincerity" ("诚") of Lu Xun's early years and its significance will be discussed.

The last two chapters will discuss Lu Xun's thoughts and his plight from the new culture movement to 1927. Chapter Five *The Biology of Family Reform in May 4th Period* discusses the plans of family reform during the new culture movement. Center on the text *How Do We Be Fathers Now* and other essays at the same time, the book will explain the rationality and dilemma of evolution in the process of family reform; Chapter Six *Lu Xun's Questioning and Reflection in the 1920s* will focus on Lu Xun's thoughts of human relations to nature in the 1920s and his reflection of the belief in evolution as well as the possibilities of ethics reform, and then to re-think the trend his thought during the end his life.

Key words: Lu Xun; Nature; Ethics; Evolution

目　　录

导　论 ……………………………………………………… (1)
 第一节　新世界及其原理 ……………………………… (1)
  一　在新的世界之中 ………………………………… (1)
  二　天变 ……………………………………………… (6)
  三　作为主体的人 …………………………………… (12)
 第二节　伦理危机与变革 ……………………………… (16)
  一　危机降临中国 …………………………………… (16)
  二　自强的可能 ……………………………………… (22)
  三　"伦理"与"伦理学" …………………………… (26)
  四　现代中国的"本根"之问 ……………………… (33)
 第三节　学术史回顾 …………………………………… (37)
  一　科学主义与"作为精神和伦理问题的科学" …… (38)
  二　进化论与伦理学问题 …………………………… (46)
  三　"立人"话题的历史批判 ……………………… (55)
 第四节　本书结构与章节述要 ………………………… (68)

第一章　现代世界与鲁迅的原点 ……………………… (77)
 第一节　"幻灯片事件" ……………………………… (77)
 第二节　强权秩序的形成 ……………………………… (82)
 第三节　鲁迅的耻辱与托尔斯泰的态度 …………… (91)
  一　在仙台的经验 …………………………………… (92)

二 "末世"：托尔斯泰的非暴力主义 …………… (94)
第四节　想象一种新秩序 ………………………………… (102)
　　一 鲁迅与人道主义 ……………………………… (102)
　　二 哪一种强者？ ………………………………… (106)
　　三 "强国"与"人国" …………………………… (115)

第二章　人在自然界中的位置 ………………………………… (124)
第一节　"人"的诞生 ……………………………………… (125)
　　一 分裂的景象 …………………………………… (126)
　　二 《天演论》开启的思想空间 ………………… (134)
　　三 "博物学"问题与"人治"的崛起 …………… (142)
第二节　《人之历史》及其中的伦理学困境 ………… (149)
　　一 "一元研究"的宗旨 ………………………… (149)
　　二 海克尔的《宇宙之谜》与泡尔生的抗议 …… (156)
　　三 日本语境与鲁迅的选择 ……………………… (162)
第三节　科学主义潮流中的知识、道德与信仰问题 …… (167)
　　一 科学主义的逻辑与认识论问题 ……………… (169)
　　二 《科学史教篇》中的二元叙事 ……………… (177)
　　三 "迷信可存"：丁达尔的人性论与科学的"本柢" (187)

第三章　历史意识的变迁 …………………………………… (198)
第一节　"停滞"的历史与"偏至"的发生 ………… (199)
　　一 停滞论的起源与接受史 ……………………… (200)
　　二 19世纪历史及其偏至 ………………………… (207)
　　三 "时"的意识：鲁迅的历史主义 …………… (212)
第二节　何为"复古" ……………………………………… (220)
　　一 "退化论"的形成 …………………………… (222)
　　二 进化的感伤底色与出路 ……………………… (226)
　　三 还原上古史 …………………………………… (233)

  四　"古之精神光耀" …………………………………… (239)
 第三节　"文、野之辨" ……………………………………… (246)
  一　追寻文明的"新力" ……………………………… (247)
  二　尼采、"野蛮人"与"内部文明" ………………… (254)
  三　"诗力说"的自然原理 …………………………… (263)

第四章　诗歌、政治与伦理 …………………………………… (273)
 第一节　群学与诗学 ………………………………………… (274)
  一　群学的义理基础与载道的诗教传统 ……………… (274)
  二　"自由"：言志论的新内涵 ………………………… (280)
  三　"群之大觉"：鲁迅对卡莱尔诗学观的接受 ……… (286)
  四　文学的感性力量及其"不用之用" ………………… (293)
 第二节　非功利主义的政治伦理 …………………………… (299)
  一　"非利己"的革命伦理 …………………………… (300)
  二　"个人""利己"话语考辨 ………………………… (307)
  三　超越人性自然的"心灵之域" ……………………… (313)
  四　非"利己"的个人如何回归群体 ………………… (318)
 第三节　《摩罗诗力说》中的浪漫自然观 ………………… (324)
  一　"复活"的自然界 ………………………………… (325)
  二　"自然哲学"与"神思"的世界 …………………… (330)
  三　"激进的自然主义" ……………………………… (334)
 第四节　"作至诚之声" ……………………………………… (340)
  一　晚清语境中"诚"的多义性 ……………………… (341)
  二　转向内在的"人生诚理" ………………………… (349)
  三　"诚"的精神系谱及其现实面向 ………………… (358)
  四　"诚"与"恶"的辩证 …………………………… (365)

第五章　家庭改革的生物学原理 ……………………………… (368)
 第一节　"生物学的真理" ………………………………… (369)

一　家庭在现代的位置 …………………………………… (369)
　　二　真理链条的内在矛盾 ………………………………… (377)
　　三　鲁迅和上野阳一的同与异 …………………………… (382)
　　四　作为第一自然法则的"保存生命" …………………… (386)
第二节　达尔文还是尼采 ……………………………………… (399)
　　一　鲁迅"反对"达尔文 ………………………………… (401)
　　二　"误解"还是他解？——尼采与进化 ……………… (406)
　　三　生物学隐喻与目的论问题 …………………………… (414)
第三节　无恩而有爱：鲁迅对亲子关系的改造 ……………… (421)
　　一　"父亲"的生物学解释 ……………………………… (422)
　　二　"爱力"及其历史意义 ……………………………… (429)
　　三　劝孝的悖论 …………………………………………… (438)
第四节　"牺牲""爱"与进化的路 …………………………… (443)
　　一　从"爱"到"牺牲" ………………………………… (443)
　　二　"无我"与"爱己"：鲁迅与有岛武郎的差异 …… (449)
　　三　艰难的进化之路 ……………………………………… (457)

第六章　1920年代的质疑与反思 …………………………… (466)

第一节　"幼者本位""善种学"及其困境 …………………… (467)
　　一　"幼者本位"的脉络 ………………………………… (467)
　　二　"善种学者的处置"与"遗传的可怕" …………… (474)
　　三　坏的"根性"：《孤独者》中的激辩 ……………… (481)
　　四　"胚种"与佛经里的遗传思想 ……………………… (486)
第二节　自然童话中的动物与人 ……………………………… (490)
　　一　作为动物的儿童与童话的发生学 …………………… (492)
　　二　"无所不爱"与爱罗先珂的悲哀 …………………… (499)
　　三　人类的主体性及其困境 ……………………………… (508)
　　四　不完美的自然：从《小鸡的悲剧》到《鸭的喜剧》…… (516)
第三节　进化论在鲁迅后期思想中的位置 …………………… (524)

一　"落伍" …………………………………………（524）
　　二　普列汉诺夫《艺术论》的意义 …………………（531）
　　三　"社会学转向"：时代的与个人的 ………………（540）

结　语 ……………………………………………………（551）

附录　相关篇目材源考及其他 …………………………（559）

主要参考文献 ……………………………………………（589）

索　引 ……………………………………………………（617）

后　记 ……………………………………………………（629）

Contents

Introduction ·· (1)
  Section I The New World and Its Principles ················ (1)
    1 In the New World ·· (1)
    2 The Change of Heaven ······································ (6)
    3 Human as Subject ·· (12)
  Section II The Crisis and Change of Ethics ····················· (16)
    1 Crisis Coming to China ···································· (16)
    2 The Possibility of Self-improvement ···················· (22)
    3 "Ethic" and "the Theory of Ethics" ··················· (26)
    4 Serching for the "Root" of Modern China ············ (33)
  Section II Review of Academic History ·························· (37)
    1 Scientism and "Science as the Spiritual and Ethical
       Issue" ··· (38)
    2 Evolution and Ethical Issues ······························ (46)
    3 Historical Critique of the Theme "Establish Human"
       ·· (55)
  Section IV Structure and Summaries of Different Chapters
            of This Book ·· (68)

Chapter 1 Modern World and the Origin of Lu Xun's Thoughts ……（77）

Section Ⅰ "The Slide Event" ……（77）

Section Ⅱ Formation of Hegemonic Order ……（82）

Section Ⅲ The Shame of Lu Xun and Tolstoy's Attitude ……（91）

  1 Experience in Sendai ……（92）

  2 "The End of the World": Tolstoy's Nonviolence ……（94）

Section Ⅳ Imagine a New Order ……（102）

  1 Lu Xun and Humanitarianism ……（102）

  2 What Kind of Power? ……（106）

  3 "Hegemonic Country" and "Human Country" ……（115）

Chapter Ⅱ Human Position in Nature ……（124）

Section Ⅰ The Birth of "Human" ……（125）

  1 The Scene of Division ……（126）

  2 The Ideological Space Opened by *Tian Yan Lun* ……（134）

  3 "Natural History" and the Rise of "Rule By Human" ……（142）

Section Ⅱ *The History of Human* and Its Ethical Dilemma ……（149）

  1 The Purpose of "Monistic Research" ……（149）

  2 Haeckel's *The Mystery of the Universe* and Paulsen's Protest ……（156）

  3 Japanese Context and Lu Xun's Choice ……（162）

Section Ⅲ The Problem of Knowledge, Morality and Belief in the Trend of Scientism ……（167）

  1 The Logic and Epistemology of Scientism ……（169）

  2 Dual Narration in *The Education of History of Science* ……（177）

3 "Superstition Should Exist": Dyndall's Humanism and the "Root" of Science ……………… (187)

Chapter III   The Change of Historical Consciousness …… (198)
Section I   "The Stagnation of History" and the Occurrence of "Pianzhi" ……………… (199)
　1   The Origin and Acceptance of the Theory of Stagnation ……………… (200)
　2   The History of the 19th Century and Its Diviation …… (207)
　3   Consciousness of "Time": Lu Xun's Historicism …… (212)
Section II   What Is "Restoring Ancient Ways" ………… (220)
　1   The Formation of "Degeneration Theory" ………… (222)
　2   The Sentimental Background of Evolution and Its Way out ……………… (226)
　3   Restoring Ancient History ……………… (233)
　4   "Glory of Ancient Spirit" ……………… (239)
Section III   The Differentiation of Civilization and Barbarism ……………… (246)
　1   "New Force" in the Trend of Civilization History ……… (247)
　2   Nietzsche, "Barbarians" and "Inner Civilization" ……………… (254)
　3   The Natural Basis of "Poetic Power Theory" ……… (263)

Chapter IV   Poetry, Politics and Ethics ……………… (273)
Section I   Sociology and Poetics ……………… (274)
　1   The Theoretical Basis of "Sociology" and the Tradition of Poetry Teaching of the Tao ……………… (274)
　2   "Freedom": the New Connotation of Poem Expressing Ideal ……………… (280)

3　"The Grand Awakening of the Group": Lu Xun's Acceptance of Carlyle's Poetics ……………………………………… (286)
　　4　The Perceptual Power of Literature and Its "Useless Use" …………………………………………………………… (293)
Section II　Political Ethics Against Utilitarianism ………… (299)
　　1　Revolutionary Ethics of "Non Egoism" ……………… (300)
　　2　Textual Research on the Discourse of "Individual" and "Egoism" ……………………………………………… (307)
　　3　The "Realm of Mind" Beyond Human Nature ……… (313)
　　4　How Do the Non Egoistic Individuals Return to the Group ……………………………………………………… (318)
Section III　The Romantic View of Nature in *On the Power of Moro Poetry* …………………………………………… (324)
　　1　"Resurrected" Nature ………………………………… (325)
　　2　"Natural Philosophy" and the World of "Shensi" ……………………………………………………………… (330)
　　3　"Radical Naturalism" ………………………………… (334)
Section IV　"Make a Sincere Voice" ……………………………… (340)
　　1　The Polysemy of "Sincerity" in the Context of Late Qing Dynasty ………………………………………… (341)
　　2　Turn to the Inner "Sincerity of Human's Life" ……… (349)
　　3　The Spiritual Pedigree of "Sincerity" and Its Realistic Orientation ……………………………………… (358)
　　4　The Dialectic of "Sincerity" and "Evil" ……………… (365)

Chapter V　Biological Principles of Family Reform ……… (368)
Section I　"The Truth of Biology" ………………………………… (369)
　　1　The Position of Family in Modern Times …………… (369)
　　2　Internal Contradiction of the Principles ……………… (377)

3　Similarities and Differences between Lu Xun and Yoichi
　　　　Ueno ··· (382)
　　4　"Preserving Life" as the First Natural Law ·········· (386)
　Section II　Darwin or Nietzsche ······································ (399)
　　1　Lu Xun "Oppose" Darwin ································ (401)
　　2　"Misunderstanding" or Other Interpretation—— Nietzsche
　　　　and Evolution ·· (406)
　　3　Biological Metaphor and the Problem of Teleology ··· (414)
　Section III　Love Without Grace: Lu Xun's Reformation of Parent-
　　　　child Relationship ·· (421)
　　1　Biological Explanation of "Father" ····················· (422)
　　2　"Love Force" and Its Historical Significance ········· (429)
　　3　The Paradox of Persuading Filial Piety ················ (438)
　Section IV　"Sacrifice", "Love" and the Road of Evolution
　　　　··· (443)
　　1　From "Love" to "Sacrifice" ······························ (443)
　　2　"Selfless" and "Love Myelf": the Difference Between
　　　　Lu Xun and Takeo Arishima ······························ (449)
　　3　The Difficult Path of Evolution ·························· (457)

Chapter VI　Questioning and Reflection in 1920s ·········· (466)
　Section I　"The Young Standard", "Eugenics" and Its
　　　　Dilemma ·· (467)
　　1　The Context of "the Young Standard" ··················· (467)
　　2　"The Disposal of Eugenics Scholar" and "the Horror
　　　　of Heredity" ·· (474)
　　3　Bad "Root": Fierce Debate in *The Loner* ············ (481)
　　4　"Embryo" and Genetic Thought in Buddhist
　　　　Scriptures ··· (486)

Section II Animals and Humans in Natural Fairy Tales ⋯ (490)
  1 Children as Animals and the Genesis of Fairy Tales ⋯⋯⋯⋯⋯⋯⋯⋯⋯⋯⋯⋯⋯⋯⋯⋯⋯⋯⋯⋯⋯⋯ (492)
  2 "Love Everything" and Eroshenko's Sorrow ⋯⋯⋯⋯ (499)
  3 Human Subjectivity and Its Dilemma ⋯⋯⋯⋯⋯⋯⋯ (508)
  4 Imperfect Nature: From *The Tragedy of the Chicken* to *The Comedy of the Duck* ⋯⋯⋯⋯⋯⋯⋯⋯⋯⋯⋯ (516)
Section III The Position of Evolution in Lu Xun's Thought in the Later Period ⋯⋯⋯⋯⋯⋯⋯⋯⋯⋯⋯⋯ (524)
  1 "Outdated" ⋯⋯⋯⋯⋯⋯⋯⋯⋯⋯⋯⋯⋯⋯⋯⋯⋯⋯⋯ (524)
  2 The Significance of Plekhanov's *On Art* ⋯⋯⋯⋯⋯⋯⋯ (531)
  3 "Sociological Turn": Era and Individual ⋯⋯⋯⋯⋯ (540)

Conclusion ⋯⋯⋯⋯⋯⋯⋯⋯⋯⋯⋯⋯⋯⋯⋯⋯⋯⋯⋯⋯⋯ (551)

Appendix Material Source Examination of Relevant Rrticles and Others ⋯⋯⋯⋯⋯⋯⋯⋯⋯⋯⋯⋯⋯⋯⋯⋯⋯ (559)

Main References ⋯⋯⋯⋯⋯⋯⋯⋯⋯⋯⋯⋯⋯⋯⋯⋯⋯⋯ (589)

Index ⋯⋯⋯⋯⋯⋯⋯⋯⋯⋯⋯⋯⋯⋯⋯⋯⋯⋯⋯⋯⋯⋯⋯⋯ (617)

Postscript ⋯⋯⋯⋯⋯⋯⋯⋯⋯⋯⋯⋯⋯⋯⋯⋯⋯⋯⋯⋯⋯⋯ (629)

导　　论

第一节　新世界及其原理

一　在新的世界之中

1898年，为了寻求人生出路，家道中落的鲁迅被迫离开故乡绍兴，前往位于南京的洋务学堂求学。对鲁迅而言，这最初并非一个美好的决定，在当时保守的观念中，学习洋务是走投无路、不得已"将灵魂卖给鬼子"①之举。尽管遭受着乡人的流言和奚落，鲁迅还是毅然出发了。这种无奈的人生选择为鲁迅打开了一个全新的世界，事实证明，鲁迅终身受益于这个决定。如果从19世纪末20世纪初中国历史变迁的角度来看，这条最初看似不是道路的道路无疑将他引向了一个充满新奇而又危险的世界。

对于中国历史而言，1898年是一个极不寻常的年份。在这之前的三十年里，成功镇压了太平天国以及其他大小叛乱的清政府获得

---

① 鲁迅：《呐喊·自序》，《鲁迅全集》第1卷，人民出版社2005年版，第437页。本书所引《鲁迅全集》，如无特别说明，均出自该版本，以下不再标注出版社及版次。

了难得的喘息之机，这时，即便保守的士大夫也意识到了变革的重要性，开始相信只有加强军事、制造坚船利炮才能抵抗西洋的侵略并维护国内秩序，这种重建运动使得接近崩溃的清政府一度重现生机。在南京，鲁迅最先进入的江南水师学堂，以及此后转入的江南陆师学堂附属的矿路学堂，均是这一潮流的产物。然而，清政府在甲午战争（1894—1895）中面对日本的一场溃败，宣告了此前努力的破产，随之而来的空前的危机感笼罩着朝野上下。如果中国人连这个不曾侧目的东瀛小国都无法战胜，那么在列强环伺的世界中，还有什么生存余地呢？这种灭亡的危机感，不仅打破了中国士人数千年来自视为天下中心的想象，也在同时将一幅残酷的弱肉强食的世界图景展现在他们面前。呼吁变法的呼声日趋高涨，康有为、梁启超等力图围绕着有志于改革的光绪皇帝发起维新运动，但1898年9月，掌握实权的慈禧太后发动"戊戌政变"，使得这一运动仅如昙花一现，新政的措施也很快被废除。

鲁迅离开故乡的这一年，正是中国近代史上动荡和不安的一年。对于鲁迅个人而言，选择离开故乡是一个具有转折意义的事件，从此，他便不再属于那个封闭、保守的水乡世界，而是与上文所描绘的历史变动密切联系在了一起。在此后三十多年里，尽管不乏对故乡的回忆，但他的灵魂始终与新的世界"共同摇摆"[①]着。鲁迅选择了新的世界，新世界也召唤并吸引着他。在未达到南京之前，鲁迅被中国古代的经籍包围着，尽管他对旁逸斜出的野史、神话和传说抱有浓厚的兴趣，但这些仍属于相当陈旧而古老的东西。只有到了南京，鲁迅才可能捕捉到关于新的世界的信息。

在《呐喊·自序》中，鲁迅回忆了在南京读书求学时的新奇之感："在这学堂里，我才知道世上还有所谓格致，算学，地理，历史，绘图和体操。生理学并不教，但我们却看到些木版的《全体新论》

[①] ［日］竹内好：《近代的超克》，孙歌等译，生活·读书·新知三联书店2005年版，第110页。

和《化学卫生论》之类了。"① 在这段回忆中，重要的不是罗列出来的学科与教材的名目，而是鲁迅的知识结构及其对于世界的认识正在发生的深刻转变。在随后的《琐记》里，鲁迅也抒发过类似的感受，他尤其突出了在看新书的风气中阅读《天演论》的经历，正如他接连地发出惊叹——"哦！原来世界上竟还有一个赫胥黎坐在书房里那么想，而且想得那么新鲜？"② 这种感受源于鲁迅对于新知识和新世界的体验。与此同时，变法维新的消息也在不断传来。在南京，鲁迅有机会接触到《时务报》《译学汇编》等刊物，他由此开始了解中国改革的形势与现代西方兴起的原理。

虽然回忆在南京学习的岁月时，鲁迅总是免不了调侃的语气，"毕业，自然大家都盼望的，但一到毕业，却又有些爽然若失。爬了几次桅，不消说不配做半个水兵；听了几年讲，下了几回矿洞，就能掘出金银铜铁锡来么？实在连自己也茫无把握，没有做《工欲善其事必先利其器论》的那么容易。爬上天空二十丈和钻下地面二十丈，结果还是一无所能，学问是'上穷碧落下黄泉，两处茫茫皆不见'了。所余的还只有一条路：到外国去。"③ 但事实上，鲁迅的成绩非常之好，他以一等第三名的优异成绩从这里毕业。如果说在南京，他认识到了新的世界的一个侧面并获得了一些全新的知识，那么，在1902年毕业之际，鲁迅再次做出了一个使他此后的人生发生重大转折的选择：去日本留学。这种选择将鲁迅更为深刻地推到新世界的旋涡之中，他的文学与思想也逐步在这个新的世界中萌发了。

由于文字简易的缘故，对于20世纪初的中国知识界而言，日本被视为最为快捷有效认识世界的窗口，这种认识源于清政府在甲午战争中的溃败。从《马关条约》签订后第二年开始，就已经有成批

---

① 鲁迅：《呐喊·自序》，《鲁迅全集》第1卷，第438页。
② 鲁迅：《琐记》，《鲁迅全集》第2卷，第306页。
③ 鲁迅：《琐记》，《鲁迅全集》第2卷，第307页。

的留学生被派往日本。向来自视为文明礼仪之邦的中国自此开始向东瀛小国日本派遣留学生，这表明在现代世界的舞台上，中日之间的历史形势正在激烈地扭转。千百年来，作为天下中心的中国只会接受来自包括日本在内的异邦的留学生。明治维新之后，日本逐步取代了中国在东亚的历史地位，亚洲的政治、经济、文化版图发生着剧烈变化；相比之下，中国是弱国，尤其日本在甲午战争中的胜利，更是使得轻视与侮辱中国成了流行的风气。1902年，鲁迅赴日本留学的选择就发生在这种历史关系的变动之中，弱国留学生的身份让他既肩负着振兴民族的使命感，同时又变得相当敏感。此后，留学生的规模不断扩大，在1904年日俄战争开战前，当清政府目睹日本势力的强大，以至于达到了可以和西方列强之一的俄国相抗衡的地步时，留学生的数量更是不断激增。[①] 日趋壮大的留学生群体也将他们不良的习性带到了东洋，鲁迅带着对这帮乌烟瘴气的留学生的反感离开东京，一个人去了仙台医专。

然而，鲁迅虽然离开了令他反感的留学生群体，却更加靠近了日俄战争的前线。作为彼时日本东北部的中等城市，仙台有着重要的战略地位，这个城市也一度因为日俄战争而沸腾，一篇篇胜利的报道从前线不断发回，马路上和公园里到处都是游行和庆祝的人群。鲁迅在仙台的孤独心境和这种高亢的历史氛围颇不融洽。日本的医学本来便是现代维新改革的一部分，培养医学人才正是为扩张战争提供后备支持，仙台的战争动员非常成功，医专里的不少老师和同学都曾奔赴战争的前线。因而毫不意外地，鲁迅会在仙台目睹了一张反映日俄战争的幻灯片，这张幻灯片展示出了强大的日本帝国的形象：一个据说给俄国做侦探的中国人被日军捕获，他的周围聚拢着一群围观砍头的中国人。鲁迅感到自己与幻灯片上的中国人命运攸关，无论是作为围观的看客，还是即将

[①] ［日］实藤惠秀：《中国人留学日本史》，谭汝谦、林启彦译，生活·读书·新知三联书店1983年版，第33页。

被砍头的"俄探"。据其所言,正是这张幻灯片的刺激,使他直接中断了医学事业并带着耻辱返回了东京。

显然,鲁迅感受的新世界并不美好。他最初处在晚清自强运动的潮流中,随后进一步留学已经成为亚洲最强国的日本,不仅受到强国学生的奚落,而且在幻灯片所照亮的历史世界中,鲁迅更加清楚地认识到了自己作为弱国留学生的身份。总之,当他的脚步离开故土,踏上现代世界的舞台时,他的耳边便已经响彻起了弱肉强食的旋律。这诚然是一个新的世界,但同时更是一个残酷的世界。

弱者将被淘汰,只有强者才可以获得生存机会,这种历史形势的变迁,使得进化论迅速征服了晚清民初的大多数知识分子。鲁迅在最初读到《天演论》时,感到新奇的是开篇这样一段文字:"赫胥黎独处一室之中,在英伦之南,背山而面野,槛外诸境,历历如在机下。乃悬想二千年前,当罗马大将恺彻未到时,此间有何景物?计惟有天造草昧……"[①] 鲁迅没有继续写下去,如果他这里还沉浸在发现新的世界的惊奇感中,那么,接下来他就将意识到这个世界可怕的一面,在这段话几行之后即是:"数亩之内,战事炽然。强者后亡,弱者先绝。年年岁岁,偏有留遗。未知始自何年,更不知止于何代。"[②] 其中对于物种之间生存竞争的描绘,既表明了自然界的原理,也是现代世界的真实写照。

对于包括鲁迅在内的晚清知识分子而言,进化论构成了他们认识和理解现代世界最重要的依据。正是晚清历史形势的变迁使得这种自然观在中国广泛流行,1873年,进化论已经被传教士引入中国却鲜少得到回应的事实显然说明,对于晚清中国的知识界而言,进化论并不是某种抽象或外在的科学理论,而是一开始就与现代世界

---

① 鲁迅:《琐记》,《鲁迅全集》第2卷,第306页。
② [英] 赫胥黎:《天演论》,严复译,《严复集》第5册,中华书局1986年版,第1323页。

的变化、已身的存在方式密切地联系在一起。①

二 天变

鲁迅对新世界的认识源于熟读《天演论》的经历，对于晚清士人而言，《天演论》最深刻的冲击莫过于其所揭示的"天""人"关系的变化，以及随之而来的"人"的生存原理的改变。鲁迅早年的"立人"思想即发生在这种历史进程中。鲁迅并不是理论家，更非以思辨见长的哲学家，一旦离开其所置身的世界，我们将无法解释他的思想，换言之，鲁迅如何认识这个新世界决定了他的论述的展开。事实上，重新理解"人"不仅是鲁迅文学与思想一贯的主题，更是中国现代性的核心命题。1907年，鲁迅在《文化偏至论》中提出"立人"主张，在他看来，这将从根本上关系到中国人能否有资格在现代世界生存："是故将生存两间，角逐列国是务，其首在立人，人立而后凡事举。"② 鲁迅认为，"立人"最重要的是彰显主体的精神和个性。当然，从鲁迅论述中找到这个结论并不困难，关键在于如何对其做出历史性的解读。

首先值得思考的是，为什么"立人"会在晚清成为一个问题？在什么样的历史情形和思想语境下，鲁迅必须将"立人"作为他

---

① 1873年，雷侠儿（Lyell，今通译赖尔）的《地学浅释》已由江南制造局翻译出版，江南制造总局翻译用书主要通过传教士傅兰雅从英国订购。傅兰雅分别于1868年3月18日受委托订购第一批英文书籍52种，同年7月31日订购第二批书籍98种，1870年1月18日，订购第三批。赖尔的《地学浅释》就在这三批书中。这部著作为达尔文的生物进化论奠定基础。参见熊月之《西学东渐与晚清社会》，上海人民出版社1994年版，第497页。在南京学习期间，鲁迅曾经抄写过《地学浅释》。同在1873年，《申报》赞同性地报道了达尔文的《人类的由来及性选择》的部分内容，1877年，《格致汇编》上发表的题为"混沌说"的文章也曾简略提及人类的进化。在严复翻译《天演论》十年之前，已有士人较为精通进化论的宗旨及其在西方的发展。参见[美]艾尔曼《科学在中国（1550—1900）》，原祖杰等译，中国人民大学出版社2016年版，第430—435页。但这些对进化论的认识都没有像甲午战争之后那样形成影响深远的思潮。

② 鲁迅：《文化偏至论》，《鲁迅全集》第1卷，第58页。

的根本性的事业呢？需要指明，鲁迅使用的"立人"一语，并非他的独创，而是一个取自中国古典经籍的概念。"立人"说法渊源于奠定了古代宇宙论基础的《易经》，如《易经·说卦传》云："昔者圣人之作易也，将以顺性命之理，是以立天之道曰阴与阳，立地之道曰柔与刚，立人之道曰仁与义。兼三才而两之，故易六画而成卦。"由这种表述可见，"立人"无法单独成立，这是一个与"立天""立地"连为一体的、关涉性命伦理的概念。在这个意义上，当鲁迅在晚清进化论的潮流中重新提出"立人"的时候，这一主题相应的思想史背景就是天人之变，正是"天变"冲击了中国文明传统中有关"人"的义理基础，进而再次从历史深处带出了"立人"的问题。有意思的是，严译《天演论》底本，即赫胥黎的《进化论与伦理学》，正与传统思想中"天"与"人"的关系问题构成呼应，严复所以将赫胥黎所描述的自然状态和人为状态分别对应于"天行"和"人治"，便明显有意将进化论与《易经》中的天人之学贯通起来。

从这个问题脉络出发，在解释鲁迅关于"立人"的思想之前，不是应该先考察一下"天"在近代的变化吗？从先秦到明清，对于中国古代绝大多数的思想家而言，"天"不是一个可以被对象化、客观化的独立范畴，而是同时蕴含着人类生存的神圣原理，因此，他们倾向选择用"天道""天性"或"天理"完成对"天"的表述。这种观念最早起源于西周，《诗经》中有："天生烝民，有物有则，民之秉彝，好是懿德。"（《大雅·烝民》）孔子所谓"天生德于予"（《论语·述而》）便继承了这种观点。孟子认为人性本善，也来自对"天"的认识："尽其心者，知其性也；知其性，则知天矣。"（《孟子·尽心上》）西汉儒者董仲舒综合先秦阴阳学之后，在"天"与"人"之间建立了深层关联："人有三百六十节，偶天之数也。形体骨肉，偶地之厚也。上有耳目聪明，日月之象也。体有空窍理脉，川谷之象也。心有哀乐喜怒，神气之类也……人之身，首坌而员，象天容也。发，象星辰也。耳目戾戾，象日月也。……"(《春秋繁露·人副天数》)这种象喻式的关联并非偶然,在他看来,正是因为"人"是"天"的后代,所以才会在身体的各个关节处都像"天"一样,如有"人之人本于天,天亦人之曾祖父也,此人之所以乃上类天也"(《春秋繁露·为人者天》)。东汉时期的思想家王充不承认这种神秘主义的理论,他强调"天道"自然无为,既不主宰"人"的运命,也不因为"人"的作为而发生改变,王充延续了荀子天人相分的说法并弱化了"人"的主观力量。魏晋自然主义哲学的盛行,使得天人感应的思想遭到进一步挑战。中唐时期的柳宗元和刘禹锡在这种思路基础上,提出了所谓"天人不相预"(《天说》)、"天人交相胜"(《天论》)的说法。

但这个脉络并没有得到深入展开,而是在此后的宋明理学传统中被彻底否定,理学家甚至不满意董仲舒的天人相关说,并尤其反对后者将"天"视为主宰性的人格神。为此,他们重新解释了"天"与"人"的关系,通过将"天"视为内在于"人"的真理,强调"人"在天理的贯通中与"天"合为一体,进一步把"天"纳入"人"的世界。例如,张载解释"天人合一":"儒者则因明致诚,因诚致明,故天人合一,致学而可以成圣,得天而未始遗人。"(《正蒙·乾称》)"人"通过道德修养实现内在的天性,与天地合德、与万物同体,从另一个角度而言,"天"标志了"人"的本体论高度。再如,程颐指出:"道未始有天人之别,但在天则为天道,在地则为地道,在人则为人道。"(《程氏遗书》卷二十二上)他由此反问:"道一也,岂人道自是人道,天道自是天道?"(《程氏遗书》卷十八)因为共同归属于作为本原的道或者理,天道与人道本质上一以贯之,程颢认为:"故有道有理,天人一也,更不分别。"(《程氏遗书》卷二上)至于明清时期,亦有王夫之"尽人道而合天德"等说法,总之,"天"主要作为"人"内在的道德本体而存在。"天人合一"自此几乎不受挑战,尽管在明清时期,天人关系内部结构的优先性问题发生过深刻变化,如从注重天理自然转而强调人伦物理，但最终仍未曾脱离这个一元论的框架。①

冯友兰将中国古代思想关于"天"的解释分为五个层面：一是物质之天，表示与地相对之天；二是主宰之天，表示人格性的天、帝；三是运命之天，表示人无法掌握的命运之天；四是自然之天，表示客观的自然运行的天；五是义理之天，表示宇宙的最高原理。② 其中，"物质之天"与"自然之天"在严复翻译的《天演论》得到了前所未有的彰显。例如，严复将中国古代的"天"分作三重含义："以神理言之上帝，以形下言之苍昊。至于无所为作而有因果之形气，虽有因果而不可得言之，适偶西文各有异字，而中国常语皆谓之天。"③ 但他随后特别指出："天演，天字则第三义也，皆绝不相谋，必不可混者也。"④ 第三条含义中的"因果之形气"即与冯友兰所谓的"物质之天""自然之天"相通。对于接受了进化论的现代思想家而言，"天"的主要含义已经发生了变化。

赫胥黎描绘的自然状态体现出"物质之天"和"自然之天"的特征，在发现了这一点之后，严复在案语中先后两次指出这种观念与刘禹锡、柳宗元的天论相似。不过，问题仍然在于，赫胥黎对自然世界的描绘远比后者激进，"天"与"人"不仅是分裂的，而且各自作战、互相为敌——如同鲁迅在《琐记》中所回忆的《天演论》开篇，这里不妨展开鲁迅尚未描述完的自然世界：

> 计惟有天造草昧，人功未施，其借征人境者，不过几处荒坟，散见坡陀起伏间，而灌木丛林，蒙茸山麓，未经删治如今日者，则无疑也。怒生之草，交加之藤，势如争长相雄。各据

---

① [日]沟口雄三：《中国的思维世界》，刁榴、牟坚等译，生活·读书·新知三联书店2014年版，第1—64页。
② 冯友兰：《中国哲学史》，重庆出版社2007年版，第35页。
③ 严复案语，《群学肄言》，商务印书馆1981年版，第298页。
④ 严复案语，《群学肄言》，商务印书馆1981年版，第298页。

一抔壤土，夏与畏日争，冬与严霜争，四时之内，飘风怒吹，或西发西洋，或东起北海，旁午交扇，无时而息。上有鸟兽之践啄，下有蚁蝝之啮伤，憔悴孤虚，旋生旋灭，菀枯顷刻，莫可究详。①

在严复优雅的译文中，一幅残酷的自然景象徐徐浮现出来，鲁迅之所以感叹新鲜，或许正在于这种颇为独特的天论。《天演论》中展现的自然世界超出了中国古代思想传统任何一种有关于"天"的论述。② 此外，更具冲击力的是，相对于古人所论的天人关系，赫胥黎还指出，自然世界与人类社会是互相对抗的关系："天行人治，常相毁而不相成固矣。然人治之所以有功，即在反此天行之故。何以明之？天行者以物竞为功，而人治则以使物不竞为的。天行者倡其化物之机，设为已然之境，物各争存，宜者自立。且由是而立者强，强者昌；不立者弱，弱乃灭亡。皆悬至信之格，而听万类之自已。至于人治则不然，立其所祈向之物，尽吾力焉，为致所宜，以辅相匡翼之，俾克自存，以可久可大也。"③

值得注意的是，尽管严复表示进化论意义上的"天"接近于"物质之天"和"自然之天"，但他难以接受赫胥黎天人相分的观点，而是沿用了《易经》中天人一体的一元论结构。他在译者序言里指出："夫西学之最为切实而执其例可以御蕃变者，名、数、质、力四者之学是已。而吾《易》则名、数以为经，质、力以为纬，而

---

① ［英］赫胥黎：《天演论》，严复译，《严复集》第5册，中华书局1986年版，第1323页。

② 张岱年指出："中国古代哲学家，不论是重视天人之'合'的或重视天人之'分'的，都不把天人看成敌对的关系，而是看成相待相成的关系，人待天而生，天待人而成，人是天的产物，而经过人的努力，可以使天达到更为完满的境界。"张岱年：《中国伦理思想研究》，上海人民出版社1989年版，第208页。

③ ［英］赫胥黎：《天演论》，严复译，《严复集》第5册，中华书局1986年版，第1335页。

合而名之曰《易》。"① 严复并不认为自己是在附会，然而，经过这种对译，他所理解的宇宙已经消除了道德含义。② 这个宇宙的要素只有物质和力量，在此基础上，严复将《易经》中的宇宙论图式与牛顿万有引力的自然规律联系起来，他欣慰地发现了中西之间的相同之处："大宇之内，质力相推，非质无以见力，非力无以呈质。凡力皆乾也，凡质皆坤也。奈端动之例三，其一曰：'静者不自动，动者不自止；动路必直，速率必均'。此所谓旷古之虑。自其例出，而后天学明，人事利者也。而《易》则曰：'乾其静也专，其动也直。'"③ 相比于赫胥黎将自然状态与伦理状态视作对立的二元，斯宾塞的一元论使严复的这种比附更加自如。严复虽然以赫胥黎的《进化论与伦理学》作为《天演论》的底本，但他对于赫胥黎的认同程度却明显不及斯宾塞。赫胥黎的原意是主张以人为的伦理过程对抗宇宙过程，但严复用"天演"统合了二者间的矛盾，赫胥黎强调的人类独立于自然世界的伦理学维度也被取消了，严复试图将其纳入"天演"的一元论中，由此弱化赫胥黎自然观所导致的冲击。事实上，赫胥黎与斯宾塞虽然在"天行"与"人治"的关系上意见冲突，但他们都会赞同严复所描绘的机械论自然观——在对于"天"的看法上，赫胥黎和斯宾塞并没有根本差别。

斯宾塞之所以吸引严复，还在于他的理论明显更具有现实的解释力。在翻译《天演论》之前，严复已经表示过对斯宾塞的认同，在甲午战争结束的当年，他就写下了《原强》这篇著名的文章。斯宾塞将自然原理引申到人类社会的思维方式，显然要比赫胥黎主张人类社会从自然中分离出来的说法更能够解释严复当时面临的历史形势："其始也，种与种争，及其成群成国，则群与群争，国与国争。而弱者当为

---

① 严复：《天演论·自序》，《严复集》第5册，中华书局1986年版，第1320页。
② "严复介绍和倡导的天演哲学，在自然观上是唯物主义的。严复心目中的宇宙，基本上是牛顿力学和康德、拉普拉斯星云学说所描述的宇宙。"即一种机械论的宇宙图式。冯契：《中国近代哲学的革命进程》，上海人民出版社1989年版，第131页。
③ 严复：《天演论·自序》，《严复集》第5册，中华书局1986年版，第1320页。

强肉，愚者当为智役焉。迨夫有以自存而克遗种也，必强忍魁桀，趫捷巧慧，与一时之天时地利洎一切事势之最相宜者也。且其争之事，不必爪牙用而杀伐行也。"① 如果人类社会需要赫胥黎所谓的伦理，那么这种伦理并不外在于自然世界，自然的原理中就已经包含了重建人类社会的方法，严复高度赞赏斯宾塞能够"宗其理而大阐人伦之事"②。在一元论框架中，人伦仍然以自然为根基，"至锡彭塞之书，则精深微妙，繁富奥衍。其持一理论一事也，必根柢物理，徵引人事，推其端于至真之原，究其极于不遁之效而后已"③。然而，何以从这种自然原理中找到重建人伦的根基呢？

三 作为主体的人

尽管斯宾塞不承认赫胥黎的二元论，但他们两人对自然的看法却并无二致。正是这种自然观为现代科学发展提供了前提。通过严译《天演论》，这种自然观进而在19世纪末传播到了中国。现代科学意义上的机械论自然观形成于17世纪上半叶，笛卡尔是这种自然观最重要的设计者。在《进化论与伦理学》中，赫胥黎描绘的自然和人为相对抗的模型有着深刻的西方思想史背景，在近代可以联系到笛卡尔，向更远则可以追溯为起于柏拉图时代物质与精神、灵魂与肉体分离的观念。笛卡尔之所以成为现代科学的奠基者，原因在于他最先确立了这种区分，他把对自然科学的兴趣集中在"广延实体"上，并认为"思维实体"和"广延实体"在本质上完全不同。17世纪，这种从笛卡尔发端的二元论思潮广受欢迎。

不管经历了何种时代的变迁，在古希腊、罗马以及中世纪，自然始终被视为巨大的生命体，物体的运动无不受到目的、理性的规约和指导。现代科学自然观的革命性在于，自然失去了它原有的目

---

① 严复：《原强》，《严复集》第1册，中华书局1986年版，第5—6页。
② 严复：《原强》，《严复集》第1册，中华书局1986年版，第6页。
③ 严复：《原强》，《严复集》第1册，中华书局1986年版，第6页。

的论因素,并被贬黜为一个死气沉沉的物质世界,正如柯林伍德（R. G. Collingwood）所言,在17世纪,"科学已经发现了一个特定意义上的物质世界:一个僵死的物质世界,范围上无限且到处充满了运动,但全然没有质的根本区别,并由普遍而纯粹量的力所驱动"①。这种二元论的发展给西方现代哲学提出极大的挑战,贝克莱、休谟、康德和黑格尔这些伟大的哲学家毕生致力于联结起这分裂的二者。不过,为哲学辩解的声音越来越弱,尤其经历两个世纪的发展,19世纪的自然科学家已经将哲学视作虚假的知识加以排斥。② 现代自然科学推崇决定论,如果将人类放到决定论的框架中,那么势必会产生18世纪唯物主义者拉美特里《人是机器》以及霍尔巴赫《自然体系》这种枯燥的论述。许多哲学家的不满在于,这种科学的自然观根本无法为人类的生存提供证据。现代西方伦理学由此走上了两个方向,其中一个方向以康德为代表,认为人类道德源于先验的理性,即"绝对律令";另一个方向是边沁、穆勒所代表的功利主义,即以自然人性论为基础的伦理学。

如果自然被视为外在于人的物质性存在,那么,现代科技以征服自然为理念,就变得十分可以理解了。笛卡尔在《方法谈》中指出:"正如我们清楚地了解工匠们的不同手艺一样,我们能以同样的方法把这些概念用于所有它们适用的地方,从而使我们成为自然的所有者和主人。"③ 借助将自然理解为物质和客观外部存在者的方式,建立现代主体性的思路才具有可能,而这种主体性自诞生以来

---

① [英]柯林伍德:《自然的观念》,吴国盛、柯映红译,华夏出版社1999年版,第123页。

② 华勒斯坦指出在19世纪,"至少在自然科学家眼里是如此:一方是具有确实性的知识（科学）,另一方是想象性的,甚至虚假的知识（非科学的知识）。到19世纪初,科学终于大获全胜,其独尊地位在语言上得到反映。人们把不带限定性形容词的'科学'一语主要地（而且经常是唯一地）与自然科学等同了起来"。[美]华勒斯坦等:《开放社会科学》,刘峰译,生活·读书·新知三联书店1997年版,第7页。

③ [法]笛卡尔:《方法谈》,转引自[加]威廉·莱斯《自然的控制》,岳长龄译,重庆出版社2007年版,第72页。

就面临着不仅需要给自然立法，也需要自己给自己立法的问题。主体性的问题自此发端，人类开始幻想着借助科学进步成为自然的主人。列奥·施特劳斯（Leo Strauss）指出，当自然科学摧毁了古典哲学最重要的目的论之后，人类的力量变得无限之大，征服自然意味着，自然是人类的敌人，人应当为自然立法，而与此同理，政治社会便绝非自然的，也应当由人类自己亲手设计完成。① 与笛卡尔几乎同一时代的英国政治思想家霍布斯正是在这种认识论基础上，提出了通过人为契约建立国家的学说。在《进化论与伦理学》中，赫胥黎认为自然是盲目无序、带有破坏性的对立面，并时刻威胁到人类的生存和发展，为此，他号召人类必须建立伦理社会与之对抗，也是反映现代自然与人类关系最为经典的一个版本。

日本学者丸山真男认为，如果说这种对自然的重新认识为西方的古今之变打开了通道的话，那么近代日本思想史上也同样存在着自然观念的类似转换，此即德川初期由荻生徂徕（1666—1728）完成的对传统自然秩序观的改造。经过徂徕的改造，朱子学的"自然秩序观"被转换为新的体现了人类主体性的"制作秩序观"。徂徕通过两个步骤完成了这一转换：第一，把宇宙的自然从圣人之道中排除出去，指出所谓天道、地道，只不过是把人类的秩序类推到自然界中，进而否认宇宙自然作为道的根基；第二，将道（规范）从自然人性中解放出来，通过把道专门限制为礼乐这种外部的客观制度而实现，在作为政治统治工具这一点上，相对于人性，它完全成了外在性的东西。② 丸山真男认为，徂徕学对人类主体性的确立同时奠定了机械主义自然观在日本形成的可能。这一过程的原理乃是和现代欧洲的状况相对应的。

---

① ［美］列奥·施特劳斯：《现代性的三次浪潮》，丁耘译，刘小枫编《苏格拉底问题与现代性：施特劳斯讲演与论文集》，华夏出版社2008年版，第37、38页。

② ［日］丸山真男：《日本政治思想史研究》，王中江译，生活·读书·新知三联书店2000年版，第170、171页。

在丸山真男看来，朱子学的自然观限制了人类主体性的成立，所谓"自然秩序观"是指这种自然观认为人的本性就是自然界的天理，从天理的自然观中先验地演绎出了五伦、五常的社会关系。徂徕学否认了先验性的天理，只承认其作为先王所制定的外在的制度，人类由此得以从自然的秩序中解放出来，走向主体制作的秩序观。如果与现代早期的西欧和日本相比较，中国恰恰缺失了这样一环。在中国，自然和人类始终维持着同一的结构。沟口雄三曾经追问，为什么在欧洲、日本走向人与自然对立的时刻，中国的理学却更加紧密地将二者关联在一起了呢？

虽然在明末清初出现过对朱子学的修正，例如阳明学容纳了自然人欲，这种思路延续到清代中期出现了戴震对"血气之自然"的承认，但最终不脱天理一元的结构，仍然是将朱子学所贬斥的人欲收纳到"天理"的范畴中，由此只是使理学的内容获得进一步扩展和丰富。自宋代以降人们就没有从根本上改变这一结构的愿望："无论是自我生成·运动性或者本源性、法则性，还是事物的条理性，人都作为天地万物之中的一物被组合于自然界的规律之中。"[①] 在这种自然观中，人的主体性不仅没有建立的可能，更无法发展出将自然物质化、对象化的现代自然科学。沟口赞赏科学史家李约瑟对中国古代科学技术史的研究，正是因为后者指出中国的自然观及自然科学蕴含着一种独特性的原理。

不过，与沟口雄三不同，李约瑟从科学角度考察了中国自然秩序，他认为中国缺乏西方那种具有普遍意义的自然法，古代的自然仅仅"作为道学家的'道'或理学家'理'"而运作着，这两者都是神秘难解的，无法推动自然科学发展。[②] 同现代西欧、日本的自然

[①] [日] 沟口雄三：《中国的思维世界》，刁榴、牟坚等译，生活·读书·新知三联书店 2014 年版，第 141 页。

[②] [英] 李约瑟：《文明的滴定：东西方的科学与社会》，张卜天译，商务印书馆 2016 年版，第 306 页。

观相比，中国始终未能发展出物质性、外在性的具有普遍性的自然观。① 这里不讨论中国为什么无法发展出现代自然科学的问题，而试图指出，在晚清尤其是《天演论》传入中国之后，人与自然的关系发生了激烈的转变，李约瑟所谓的那种神秘难解的天理已开始向实体意义上的自然转化。终于，"人们将物和理的概念从道义、人事和人伦意义里解放出来，使之完全成为自然世界中的物、理"②。声、光、化、电、质、力，这些现代自然科学的术语在晚清学界犹如家常俚语一般广为传播。在中国古代汉语的表述中，"自然"只有副词的用法，被用来表示万物本然、自然而然的状态，与"泰然""漠然"等词属性相同，并不能作为客观对象的 nature 对应性翻译。最著名的例子莫过于"道法自然"的说法，其中，"自然"只是表示"道"是自己如此，并非意指一个值得效法的自然界。③ "自然"获得名词性的作为客体实在的解释，得益于晚清对西方现代科学书籍的翻译。这种翻译对应的正是现代自然科学意义上的物质性的以及与人相对立的自然界，也即 nature 的现代含义。

第二节　伦理危机与变革

一　危机降临中国

当目的论的因素被从自然界中清除之后，人类面对的不仅是一

---

① 与李约瑟的思路相似，日本学者浅野裕一也通过分析早期中国儒道墨三家的文献，指出中国的自然观主要被用来解释人类的精神或伦理，无法独立发展，自然和人类边界模糊，因此不同于奠定了西方现代科学文明的神创论与机械论自然观，正是自然观的差异导致了两种文明不同的命运。参见［日］浅野裕一《古代中国的宇宙论》，吴昊阳译，江苏人民出版社2020年版，第166页。

② 王中江：《近代中国"自然"观念的诞生》，方维规编《思想与方法：近代中国的文化政治与知识建构》，北京大学出版社2015年版，第202页。

③ ［日］池田知久：《中国古代思想史中"自然"的诞生》，沟口雄三、小岛毅编《中国的思维世界》，孙歌等译，江苏人民出版社2006年版，第10—45页。

个混乱无序的自然世界，甚至连自己的存在也失去了依据。要想成为自然的统治者，人类必须首先使自己脱离自然状态。霍布斯曾经描述过这种可怕的自然状态，他指出在这种状态中，每个人都生活在暴死的恐惧之中，人们将在一切人对一切人的混战中为保存生命而殚精竭虑，"人的生活孤独、贫困、卑污、残忍而短寿"①。没有任何人是值得信任的，人性"使人们如此彼此互相离异、易于互相侵犯摧毁"②。人类必须走出这种可怕的自然状态并建立适于生存的秩序，这个秩序的设计者不是自然，也不是上帝，而是作为主体的人类自己。尽管霍布斯对于自然状态的描绘在后来遭到洛克、斯宾诺莎、卢梭以及尼采等思想家挑战，但如何面对这个无目的的自然世界，无疑构成了人们理解自身伦理生活与建设理想社会形态的持久性难题。

在19世纪最后几年里，这种自然观以科学也即最高真理的名义，搭载着进化论的大船终于驶入了中国人的精神世界。严复在《天演论》的序言里已经对此表示了信服，虽然他相当认真地从中国古代思想中寻找相似证据，但仍然无法阻挡进化论揭示的自然观的革命性。古人追寻的"自然"或者"天"之中所蕴含的义理与道德秩序，正在被物竞天择、生存斗争的科学真理淹没。

"自然"失去了它的根源性意义，如果古人对于自然的观察和领悟，源于对最高的"天道""天性"或"天理"的不懈追寻，那么，现代自然观将展示出一个空荡荡的世界，让他们无功而返。不仅如此，正如海外学者浦嘉珉（James Reeve Pusey）进一步指出的理论与现实的映射关系，这个世界还是一个"帝国主义竞技场"——"真正致命的是达尔文的学说与帝国主义者之间的联合。因为，既然中国人失去了他们的道，那么他们就迷失在前所未有的风狂浪急的

---

① ［英］霍布斯：《利维坦》，黎思复、黎廷弼译，商务印书馆2013年版，第95页。

② ［英］霍布斯：《利维坦》，黎思复、黎廷弼译，商务印书馆2013年版，第95页。

海洋之中。"①

自然观的革命带来了世界性的伦理危机，西方的困境同样在晚清时期的中国上演。严复引用《易经》比附牛顿式的机械论自然观，但《易经》不仅说明了宇宙万物的原理，还奠定了人伦的秩序："有天地然后有万物，有万物然后有男女，有男女然后有夫妇，有夫妇然后有父子，有父子然后有君臣，有君臣然后有上下，有上下然后礼义有所错。"（《易经·序卦传》）当构成这个链条最顶端的"天地""万物"只是"质"与"力"的时候，本应顺次而生的夫妇、父子、君臣、上下的礼仪秩序将扎根在哪里呢？宋代理学家张载从《易经》中的这个宇宙论出发，描绘出一幅温情脉脉的伦理图景，他在《正蒙·乾称》中称赞人的精神境界："乾称父，坤称母；予兹藐焉，乃混然中处。故天地之塞，吾其体；天地之帅，吾其性。民，吾同胞；物，吾与也。大君者，吾父母宗子；其大臣，宗子之家相也。尊高年，所以长其长；慈孤弱，所以幼其幼；圣，其合德；贤，其秀也。凡天下疲癃、残疾、惸独、鳏寡，皆吾兄弟之颠连而无告者也。"自然观的转变使得这里描绘的人伦秩序失去了古老的存在论根基。因此，当人们转而接受包括进化论在内的现代自然科学开始，便不得不面临深刻的伦理危机。

通过赫胥黎描绘的自然界，晚清中国学者继承了霍布斯的自然状态论。"物竞天择""适者生存"这种流传甚广的短语，与霍布斯所描绘的一切人对一切人的战争状态以及"保存自我"在原理上并没有根本的不同。社会学家帕森斯（Talcott Parsons）认为，达尔文生存竞争法则的"所有的基本内容仍然是霍布斯用'大自然的牙齿和爪子都是腥红的'这句话所表述的那种自然状态"②。作为达尔文理论的捍卫

---

① ［美］浦嘉珉：《中国与达尔文》，钟永强译，江苏人民出版社2009年版，第229页。

② ［美］帕森斯：《社会行动的结构》，张明德等译，译林出版社2008年版，第114页。

者，赫胥黎在《进化论与伦理学》中准确传达了达尔文也即霍布斯的旨意，与霍布斯相同的是，赫胥黎同样主张人类社会应当从自然世界中独立出来。达尔文并没有对此进行论证，事实上，在《人类的由来》这本书中，他还试图从自然史角度说明人类道德的起源。在这一点上，赫胥黎显示出了他与达尔文最重要的差异，他号召人类走出自然状态，"哪怕只是让进化过程符合正义与善的伦理观的基本要求，也是很困难的"①。"宇宙本性不是培养美德的学校，而是与道德本性作对的堡垒。"② 赫胥黎更像是一位康德主义者，他认为道德来自人类的自由意志："人之为人的'本性'是一种最高级的、出于支配地位的能力，对其最贴切的称呼，用现今的哲学语言来说，就是纯粹理性。它是这样一种'本性'：树立至善的理想，要求人的意志绝对服从它的命令。"③ 姑且不论赫胥黎与霍布斯在关于人类社会观点上的差异，这些观点足以说明自然与伦理之间的二元矛盾。

在翻译赫胥黎的《进化论与伦理学》时，严复敏锐注意到赫胥黎在这本书中不同于他作为自然科学家的立场，当赫胥黎提出人类社会需要区别于自然界的时候，他的确更像一位伦理学家："赫胥黎氏他所著录，亦什九主任天之说者，独于此书，非之如此。盖为持前说而过者设也。"④ 赫胥黎对于晚清中国的重要意义在于，他提出的这种旨在反抗自然的伦理学说能够为"自强保种"提供理论依据。晚清知识分子虽然难以接受赫胥黎的二元论，但并不排斥赫胥黎主张建立、改造人类社会的观点，例如"群学"就被支持变法改革的思想家提高到了根本性的地位，严复认为

---

① ［英］赫胥黎：《进化论与伦理学》，宋启林等译，北京大学出版社 2010 年版，第 25 页。

② ［英］赫胥黎：《进化论与伦理学》，宋启林等译，北京大学出版社 2010 年版，第 31 页。

③ ［英］赫胥黎：《进化论与伦理学》，宋启林等译，北京大学出版社 2010 年版，第 31 页。

④ 严复案语，《严复集》第 5 册，中华书局 1986 年版，第 1334 页。

"能群者存，不群者灭；善群者存，不善群者灭"①，康有为更是夸张地指出"以群为体，以变为用，斯二义立，虽治千万年之天下可已"②。类似地，梁启超也有所谓"道莫善于群，莫不善于独。独故塞，塞故愚，愚故弱；群故通，通故智，智故强"③。

不过，真正有意思的地方是，这些伦理学的主张并不是像赫胥黎那样建立在自然与伦理二元对立的基础上，而是继续被统合在自然一元论的结构之中。正如严复在《原强》和《〈天演论〉译序》中所表示的，他对于斯宾塞的一元进化论的兴趣远远超过了赫胥黎的二元论，他更愿意从这种自然主义的一元论中寻找人类社会的原理。严复在翻译赫胥黎的《进化论与伦理学》时，只用"天演"二字强调自然界的进化法则，与其说他忽略了伦理学的维度，毋宁说严复认为，伦理学本身就包含在"天演"的自然进化之中，没必要像赫胥黎那样多此一举，将其分解为两个问题。

对于霍布斯与赫胥黎而言，人类组建社会不仅是脱离自然状态的要求，而且一旦进入人类社会，自然状态中的生存斗争就应当终止，但是，与这种思路明显不同，晚清的"群学"提倡者不是为了放弃生存竞争，而恰恰是让自己在竞争中变得更有优势。"群学"涉及的方面很多，如有"家群""国群""天下群"等连缀的用法，但最主要的仍然是"国群"。在这个意义上，"群"的重要性往往直接指向国家的重要性，为了国家的强大，个人有必要暂时牺牲自己的利益。竞争的主体是国家，只有国家变得强大了，个人的安全与利益才会有保障。例如，以梁启超为代表的改革者不断呼唤"合群"的"公德"，在他将"公德"作为最重要的道德进行提倡的时候，这种充溢着集体主义和国家至上意识的道德不是反对自然，而恰恰是为了更好地适应自然界生存斗争和优胜劣

---

① 严复案语，《严复集》第5册，中华书局1986年版，第1347页。
② 梁启超：《说群》，《梁启超全集》第1卷，北京出版社1999年版，第93页。
③ 梁启超：《论学会》，《梁启超全集》第1卷，北京出版社1999年版，第26页。

汰的规律。① 赫胥黎和霍布斯等西方理论家相信，人类可以通过组建理想社会告别自然状态，显然，晚清中国的知识分子面临着更为复杂的形势：他们不仅要想办法组建更团结的人类社会以告别混乱无序的状态，还要保证自己在现代世界这个最大的竞争舞台上获得生存和发展的机会。在这个意义上，自然状态就蕴含了不可解除的必然性法则或者"公理""公例"，它最终取代了传统思想中"天理"或"天道""天性"的权威位置。

因此，在晚清知识界出现了一个极为奇特的现象，人们面对的是这样一种"自然"：它既可以为重新整合人伦关系提供理论支持，同时，它本身又是一个残酷的生存斗争场所。如果整个世界无法摆脱自然状态，那么为了在这种险恶的环境中获得生存机会，就需要适应自然的法则，将中国尽快改造为一个强大的国家。强权由此变成了令人仰慕的对象，梁启超呼吁："竞争也，进化也，务为优强，勿为劣弱也。"② 同时发出了这样的警告："天道无亲，常佑强者，至哉言乎。世界之中，只有强权，别无他力，强者常制弱者，实天演之第一大公例也。"③ 这些极端的言论体现了一个时代的声音与知识分子的内心焦虑。作为弱者的中国必须成为强者，至此，从19世纪中期开始的自强运动获得了进化原理的支持，例如康有为认为："盖

---

① 例如，在《论民族竞争之大势》中，梁启超有："今日欲救中国，无他术焉，亦先建设一民族主义之国家而已。"(《梁启超全集》第4卷，北京出版社1999年版，第900页) 在《说群》中有："抑吾闻之，有国群，有天下群，泰西之治，其以施之国群则至矣，其以施天下群则犹未也。"(《梁启超全集》第1卷，北京出版社1999年版，第93页) 在《自由书·豪杰之公脑》中有："盖生存竞争，天下万物之公理也；既竞争则优者必胜，劣者必败，此又有生以来不可逃避者也。"(《梁启超全集》第2卷，北京出版社1999年版，第354页)

② 梁启超：《天演学初祖达尔文之学说及其略传》，《梁启超全集》第4卷，北京出版社1999年版，第1036页。

③ 梁启超：《自由书·论强权》，《梁启超全集》第2卷，北京出版社1999年版，第353页。

强凌弱者，天道自然，人事自然，虽有圣者，只有自强发奋而已。"① 在诸多涉及"天道"与"人道"的言论中，我们已经很难发现这些概念在古代所包含的道德与伦理意蕴了。

二 自强的可能

严复虽然对于赫胥黎存在不满，但他仍选择翻译《进化论与伦理学》，关键在于相比斯宾塞，赫胥黎以"人治"对抗"天行"的伦理主张能够为晚清"自强保种"提供更多的论据。"自强保种"表明了晚清时期人们接受进化论的意义，它将指引改革并使中国成为"最适者"。不过，根据赫胥黎的原意，"最适者"原本却没有任何价值或伦理内涵可言。"最适者生存"之所以与善恶、好坏、是非无涉，当然是取消了自然界目的论的后果，赫胥黎认为："在宇宙的天性中，什么是'最适者'取决于环境。"② 他随后对此说明，如果地球变得极冷，最适者无非是低等藻类和微生物，而如果地球持续变热，那么除了热带生物，其他生物都无法生存，显然，"最适者"并不意味着高等动物具有所有方面的优越性。

赫胥黎将审判"最适者"的权力交给了自然界，但出于一以贯之的二元论立场，他仍然认为，人类完全可以通过有意识的道德行动将审判"最适者"的权力从自然界争抢过来。也因此，本来充满了偶然性和随机性的宇宙过程在人类的手里变得有保障了，其奥义在于人类文明亦即"伦理"的超越性："社会的文明程度越低，宇宙过程对社会进化的影响就越大。社会进步意味着处处阻止宇宙过程，并代之以所说的伦理过程。其结果，不是那些碰巧对所处的整个环

---

① 康有为：《德国游记》，《康有为全集》第 7 集，中国人民大学出版社 2007 年版，第 452 页。

② ［英］赫胥黎：《进化论与伦理学》，宋启林等译，北京大学出版社 2010 年版，第 33 页。

境最适应的人生存下来,而是那些从道德观点上看是最好的人生存下来。"① 当然,区别于无目的性的全靠"碰巧"获得生存机会的自然法则,在人类社会的伦理过程中,"最适者"也可以成为"最好的人",这也是人类伦理社会超越自然界的地方。

然而,对严复以及晚清大多数进化论的信仰者而言,并不存在赫胥黎的二元论结构,他们一方面从自然主义的一元论的立场解释进化,另一方面却又要求从中提取出成为"最适者"的方法。在赫胥黎看来,这绝对是无法接受的。试图"成为最适者",这个改革理想一经提出就已经体现了人类的意志,因为自然界根本无法保证哪一种生物才是"最适者"。相比于赫胥黎,达尔文并没有设想过超越自然界的人类伦理社会。同赫胥黎的观点一样,在达尔文眼中,自然是无目的因素的,进化的过程不可预料,因此,"最适者"只不过是偶然和"碰巧"的结果罢了,生物的变异是随机的,自然仅将那些适应性较强的物种保存下来。②

但晚清改革者们试图用进化论号召发愤自强,他们必然不愿意将"自强保种"的希望寄托在这种机会主义的"碰巧"上面。除非存在一种情况,即晚清知识界并没有真正贯彻无目的论的现代自然观,在将自然科学视为公理的同时,又潜在地将目的论重新安置回这套自然观中。这种不纯粹和不彻底的特征,酝酿出了一种非古非今、非中非西的极为奇特的自然观。对于晚清改革的自然原理,赫胥黎和达尔文都将深感讶异。赫胥黎将会认为,"自强保种"必然出于人类的意志,这是伦理过程,不能将之同化于宇宙过程;达尔文则会指出,仅从自然选择的规律来看,"自强保种"就是一个伪命题,不存在"自强",也不存在所谓"成为'最适者'"的说法,生物

---

① [英]赫胥黎:《进化论与伦理学》,宋启林等译,北京大学出版社2010年版,第34页。

② [美]迈尔:《生物学思想发展的历史》,涂长晟译,四川教育出版社2010年版,第233页。

变异是随机与偶然的，不能由主观的意愿决定。

事实上，在一元论的自然观内，最能够为晚清改革提供自然原理支持的或许是拉马克，这位 18 世纪与 19 世纪之交的法国生物学家。拉马克认为，如果外界自然环境发生了变化，生物就会产生相应的需求，进而发生适应性的变异，换言之，他承认生命的内在潜力。① 拉马克的自然观中残存着目的论因素，在他看来，进化显然是趋向更加完美的运动。有意思的是，经历过法国大革命的拉马克一度对浪漫主义思潮颇为着迷。1787—1800 年，拉马克的研究重心从植物学转向动物学，在这期间，他的研究表现出了浪漫主义的特征，拉马克开始承认生物的连续性、多样性与创造性，并以此突破了伽利略、牛顿式的机械论自然观，同时，他对于这种自然观所依赖的数学模型、量化手段都相当反感。② 正如拉马克将自己的著作命名为《动物学哲学》(1809) 所提示的那样，他的观点也被认为更像哲学，而不是动物学。③ 不过，在此后的半个多世纪里，拉马克的动物学研究并没有收到回音，直到 1859 年，在人们几乎已经快要忘记拉马克的时候，达尔文才在《物种起源》中再次提到了他，但是，达尔文做的第一件事就是与拉马克划清界限。

达尔文多次表明他对拉马克的拒斥，他认为自己的学说和拉马克有根本之别，还在写给友人的信中表达对拉马克观点的不满。④ 迈尔（Ernst Walter Mayr）准确地总结了达尔文与拉马克的差异："拉马克认为环境及其变化在顺序上居先。它们在生物中产生需求与活动，

---

① ［美］迈尔：《生物学思想发展的历史》，涂长晟译，四川教育出版社 2010 年版，第 233 页。

② Charles Coulston Gillispie, "Lamarck and Darwin in the History of Science", *American Scientist*, Vol. 46, No. 4 (December 1958), pp. 388–409. Trans A. Stafleu, "Lamarck: The Birth of Biology", *Taxon*, Vol. 20, No. 4 (Aug., 1971), pp. 397–442.

③ ［美］迈尔：《生物学思想发展的历史》，涂长晟译，四川教育出版社 2010 年版，第 330 页。

④ ［英］F. 达尔文编：《达尔文生平》，叶笃庄、叶晓译，辽宁教育出版社 1998 年版，第 235 页。

而后引起适应性变异。就达尔文来说，首先是随机的变异，然后才是环境的整理的活动（"自然选择"）；变异并不是由环境直接或间接引起的。"① 达尔文坚持机械论的自然观，这种自然观使他得出自然选择的理论；相比之下，拉马克无疑更能够为晚清的改革提供自然原理。这种情形如今得到了越来越多的揭示，例如安德鲁·琼斯（Andrew F. Jones）便认为，晚清知识界实际上更容易接受拉马克的观点，"若摒除拉马克，就是等于承认：中国人民无法通过主体性的自强进化而改变自身在帝国主义地缘政治的残酷游戏里的悲惨境遇"②。浦嘉珉也持有类似观点，因为只有承认人的主体能动性，才能推导出改革与革命的合理性。因此，从晚清最早介绍进化论的学者严复、梁启超开始，就已经在实质上倾向于拉马克主义，尽管表面上，他们所尊崇的是达尔文、赫胥黎或者斯宾塞。

虽然"自强保种"是出于赫胥黎的启示，但实际上，作为"自强保种"的一个重要环节，晚清的伦理改革却建立在与赫胥黎完全不同的自然观基础上：他们并没有像赫胥黎那样将自然放逐到人类社会之外，而是继续将之作为伦理的起源加以对待。由此看来，赫胥黎在《进化论与伦理学》中强调的"伦理过程"与晚清的伦理重建似乎是两回事。尽管如论者所言，进化观念"瓦解了长久以来被形塑成天经地义的中国伦常"③，但是，晚清鼓吹重建伦理的学者并不因此仇视进化的法则，反而对其充满期待，相应地，他们认为伦理不是天经地义的，而是从自然界进化而来的。

与赫胥黎的意见不同，"进化论"在晚清悖论地构成了"伦理学"的起点。如刘师培在论述伦理起源时坚持的那样，虽然在完全

---

① [美]迈尔：《生物学思想发展的历史》，涂长晟译，四川教育出版社2010年版，第233页。
② [美]安德鲁·琼斯：《狼的传人：鲁迅·自然史·叙事形式》，王敦、李之华译，《鲁迅研究月刊》2012年第6期。
③ 黄进兴：《从理学到伦理学：清末民初道德意识的转化》，中华书局2014年版，第128页。

的自然状态中无所谓伦理,但人类伦理却是自然进化的结果:"人伦既明,则每伦之中,咸有秩序,此即所谓'伦理'矣。而陋儒不察,误以伦理为天所设,且谓生民之初,即有伦理,无亦昧于进化之理与?"① 他由此认为,中国古代伦理之所以出现问题,关键在于"陋儒"将原本顺应自然进化的伦理错误地当作了天定和不可移易的伦理。正是在这一意义上,刘师培区分了"三纲"和"五伦"的差别,他指出"三纲"("君为臣纲、父为子纲、夫为妻纲")来自先验的设定,而"五伦"("父子之伦、君臣之伦、夫妇之伦、长幼之伦、朋友之伦")却是自然进化的结果。刘师培认为,中国伦理秩序之所以在近代变得越来越束缚人性,根本的原因即在于,自然进化的"五伦"被后世儒者设定的先验的"三纲"取代了。显然,他并不反对"五伦"。刘师培的批判展示了晚清伦理改革的基本方向,即把天定的伦理转换为进化的伦理。既然伦理是进化的,那么,改革也就是必须及可能的了。总之,世上本来没有一成不变的伦理。

三 "伦理"与"伦理学"

现代中国变革以伦理改革作为起点。晚清的论者将伦理——更具体地说,家庭或者家族伦理视为最根本的问题。尽管在改革的具体方案上意见多歧,但将家庭或者家族作为对立面,却是激进化浪潮中众多改革者所达成的共识。例如康有为批评家庭乃一切烦恼之根并主张"破家界"②,梁启超将家庭比作国家,并在此基础上重新界说家庭中的权利义务,谭嗣同更是呼吁:"今中外皆侈谈变法,而五伦不变,则举凡至理要道,悉无从起点,又况于三纲哉!"③ 随后的无政府主义者直接将革命的起源追溯到家庭革命,李石曾指出,

---

① 刘师培:《经学教科书·伦理教科书》,广陵书社2013年版,第131页。
② 梁启超:《南海康先生传》,《梁启超全集》第2卷,北京出版社1999年版,第491页。
③ 谭嗣同:《仁学·三十八》,《谭嗣同全集》,中华书局1981年版,第351页。

完成家庭革命乃"此新世纪革命之原"①。相关论述同样可见诸《祖宗革命》《三纲革命》《毁家谭》《毁家论》，仅从这些文章的标题即可以看出晚清改革的出发点及其激烈程度。

伦理改革是既迫切又艰巨的任务，这在根本上源于中国古代文化的伦理特征。在《中国文化要义》中，梁漱溟认为中国文化的特点是以"伦理"组织社会，他指出伦理本位的中国社会和西方式的团体社会存在本质差异，"举整个社会各种关系而一概家庭化之，务使其情益亲，其义益重。由是乃使居此社会中者，每一人对于其四面八方的伦理关系，各负有其相当义务；同时，其四面八方与他有伦理关系之人，亦各对他负有义务。全社会之人，不期而辗转互相连锁起来，无形中成为一种组织。"② 在梁漱溟的解释中，中国文化伦理本位的特点又可进一步明确为家庭本位："伦者，伦偶，正指人们彼此之相与。相与之间，关系逐生。家人父子，是其天然基本关系，故伦理首重家庭。"③ 梁漱溟在普泛的"关系"层面上对伦理做出解释。除了"关系"，更早的一些学者还强调伦理概念内在的代际性时间意识，并由此表明伦理含义中关联的特定的代际、尊卑与长幼次第问题。清代学者段玉裁在《说文解字注》中指出："伦，辈也。军发车百两为辈。引伸之同类之次曰辈。"④ 即突出了等级和次序的指向，因此，"伦"不仅蕴含着人与人交往的规范、原则，也同时标示出了人类社会中的长幼次第以及等级关系。刘师培在《伦理教科书》（1906）中延续了类似的表述，如其同样根据《说文》指出："'伦'字之本义训为'辈'，而其字从'人'、从'仑'。盖人与人接，伦理始生。"⑤ 晚清伦理改革的意图即在于祛除"伦理"包含的尊卑长幼和等级次第关系，在进化与自然的基础上建立新型的

---

① 真（李石曾）：《三纲革命》，《新世纪》1907 年第 11 期。
② 梁漱溟：《中国文化要义》，上海人民出版社 2011 年版，第 79 页。
③ 梁漱溟：《中国文化要义》，上海人民出版社 2011 年版，第 78 页。
④ （清）段玉裁：《说文解字注》，上海古籍出版社 1981 年版，第 372 页。
⑤ 刘师培：《经学教科书·伦理教科书》，广陵书社 2013 年版，第 128 页。

平等的人伦秩序。

　　早在先秦时期,"伦""理"二字已散见众多典籍。"伦"与"理"的含义相近,两者均可以被视为对"道"的说明,如段玉裁注:"《小雅》'有伦有脊。'传曰:'伦道脊理也。'《论语》:'言中伦。'包注:'伦,道也,理也。'按:粗言之曰道,精言之曰理。凡注家训伦为理者,皆与训道者无二。"① 将二字组合为"伦理",这种用法最早见于《礼记·乐记》:"凡音者,生于人心者也;乐者,通伦理者也。"郑玄注曰:"伦,犹类也。理,分也。"又,关于"理",许慎《说文》云:"理,治玉也。顺玉之文而剖析之。"据此,"伦理"首先指涉事物种类的区分、条理,进而引申为人与人相处应当遵守的规则和秩序。《乐记》认为"乐理"与"伦理"相通,更进一步展现了礼乐文明以"和"为旨归的基本精神:"大乐与天地同和,大礼与天地同节。……乐者,天地之和也,礼者,天地之序也;和,故百物皆化,序,故群物皆别。"与"伦理"相通的还有"人伦""彝伦""伦常"等,这些表述反映了儒家道德政治的理想,例如《孟子·滕文公上》说明"人伦"与教化的关系:"圣人有忧之,使契为司徒,教以人伦:父子有亲,君臣有义,夫妇有别,长幼有序,朋友有信。"

　　尽管"伦理"一词有着深远的思想传统,但晚清时期的用法仍然发生了很大改变,这个概念的内在意涵与精神指向源自明治学界对西语"Ethics"亦即"伦理学"的界定。"伦理学"强化了分析伦理问题的学术性和系统性特点,而这一点在此前漫长的历史上并没有被凸显出来。由于儒家对伦理的固有解说,"伦理学"概念的厘定具有不同寻常的历史意义,在此过程中,也曾出现用"性理学""修身学"以及"彝伦学"等对译"Ethics"的情况②,

---

① (清)段玉裁:《说文解字注》,上海古籍出版社1981年版,第372页。
② 有关明治初年厘定"Ethics"译语时的复杂状况,可详参聂长顺:《中日间近代"伦理学"的厘定》,《人文论丛》2014年第1辑。

直至明治二十年代，人们才达成了基本共识。例如，井上哲次郎在其主编的《哲学字汇》(1881) 中说明 Ethics 的含义："礼乐记，通于伦理。又近思录，正伦理，笃恩义。"子安宣邦指出，作为与"Ethics"对应的"伦理"或"伦理学"，是依据汉语重新组合而成的新词汇，由于本质上是根据西方伦理学（Ethics）的架构重启了有关伦理问题的学术性讨论，井上哲次郎为儒家用语"伦理"赋予了崭新的时代意义，使得"伦理"一词脱胎换骨，新确立的"伦理学"旨在彻底探求"伦理之根本"。[①] 1883 年，他在《伦理新说》中再次明确"伦理"的含义："凡讲伦理之法有二种：第一、以伦理为人之当守之纪律，绝不论其根底；第二、以伦理为天地间一种之现象，论其有无如何。此篇本于第二之主义，论何为道德之基址。道德之基址，善恶之标准之谓也。"[②] 井上圆了在《伦理通论》(1887) 中的定义同样体现出问题结构的类似变化："伦理学相当于洋文的'Ethics'或是'Moral philosophy'或是'Moral science'，最近有人将之译为道德学、修身学等名称，余特定之为伦理学。伦理学亦即'Ethics'，为判定善恶之标准、道德之准则、左右吾人行为举止之学问，余在此称之为判定系指凭证据逻辑上之考据证实，而非凭空想象随兴所致者。"[③] 1891 年，这部著作被整理为《伦理摘要》一卷，作为伦理教科书出版，其中，他进一步

[①] ［日］子安宣邦:《东亚儒学：批判与方法》, 陈玮芬译, 台湾大学出版社 2004 年版, 第 105 页。子安宣邦同时指出, "伦理学"先于"伦理问题"产生, "伦理问题"即由"伦理学"衍生而来的周边问题, "伦理问题"需要通过"伦理学"解决, 而非通过对"伦理问题"的答复质疑"伦理学"的学术架构, 这体现了"伦理学"诞生伊始的抽象性特点。相比之下, 中国学人接纳"伦理学"时包含着更多现实变革的焦虑, "伦理问题"并不完全由"伦理学"衍生而来, 前引晚清家庭改革言论也可说明这一点。

[②] ［日］井上哲次郎:《伦理新说》。转引自聂长顺《中日间近代"伦理学"的厘定》,《人文论丛》2014 年第 1 辑。

[③] ［日］井上圆了:《伦理通论》。转引自［日］子安宣邦《东亚儒学：批判与方法》, 陈玮芬译, 台湾大学出版社 2004 年版, 第 106 页。

强调了"伦理学"的根基性意义并将其视为道德的依据①，与此同时，井上圆了也通过对"伦理"一词的再生和转用表达了改革意志，他的解释挑战了孔孟儒家修身之道的基础，体现出为"伦理"重新寻找科学依据的原理，如将其批判为缺乏考据、证实的凭空的幻想。"伦理学"肩负着重建道德准则的使命，由此，被复活利用的"伦理"并不意味着传统的自然延长，而恰恰是为了重构与 Ethics 相对应的人伦之道。②在这个意义上，对于"伦理"的讨论以及"伦理学"概念的厘定最终显示的是东、西方文明权势转移过程中有关人的生存原理的变迁。

"伦理"虽在字面上源于中国古籍，但它的含义发生了历史性变化。伴随留日浪潮的兴起，明治学界对 Ethics 的定义被广为接受，并成为重审中国古代伦理思想的标准。1897 年，康有为已在《日本书目志》中对日本伦理学著作展开介绍，如在"理学门"列"伦理学十七种"，但康氏的日语能力限制了他对这一概念进行深入探讨。随后，蔡元培、王国维、梁启超、刘师培等均沿用明治学界将 Ethics 与"伦理学"对译的方式，同时，他们也在相关著述中表现了对

---

① 井上圆了谈到一种现象，Ethics、Moral 以及 Moral Philosophy 最初被混为一谈，都被翻译成"伦理学"，他意在区分 Ethics 即"伦理学"。井上哲次郎在其主编的《哲学字汇》中以"伦理学"对应 Ethics、以"道义学"对应 Moral，由此奠定了认识格局，井上圆了的定义延续了这种思路。不过，正如井上哲次郎和井上圆了对于"伦理学"的定义所示，两者之间存在本源性的关联，"伦理学"被视作蕴含了"道义学"或"道德学"的原理或者标准。与此近似，须永金三郎在《通俗学术演说》(1890) 中指出："盖道德与伦理，虽其关系极密，但其间自有原理与法则之区别。伦理为原理；道德不过为其法则而已。……故为不使初学者混淆其差别，予今以 Ethics 为伦理学，以 Moral Philosophy 为道德学。"这种说法延续了井上哲次郎、井上圆了的观点，同时也与日本文部省刊布的《伦理书》(1888) 中的定义一致。([日] 须永金三郎：《通俗学术演说》。转引自聂长顺《中日间近代"伦理学"的厘定》，《人文论丛》2014 年第 1 辑。)

② [日] 子安宣邦：《东亚儒学：批判与方法》，陈玮芬译，台湾大学出版社 2004 年版，第 106—112 页。

Ethics 背后的文明视野更为明确的自觉。① 对于西方思想与学术更深入的认识，促使他们对中国的伦理学状况越发不满。蔡元培在《中国伦理学史》(1910)中指出儒家虽是中国伦理学大宗，但范围太过广泛、杂糅其他因素过多，最终难以发展壮大。这种批评体现了他以西方伦理学作为参照的方法论。② 刘师培的《伦理教科书》同样表达了这种意识："中国古代伦理学，虽多精言，然语无秩叙，未足尽伦理之范围。……或谓，中国教科偏于伦理，此固然矣。然教授之法，与西人教授之法不合。此伦理学所由不能大昌也。"③ 此外，蔡元培翻译的《伦理学原理》(1909)与王国维较早翻译的《伦理学》(1902)《西洋伦理学史要》(1903)等著作均直接采纳了日文译本中的"伦理学"概念。在这种语境中，梁启超不仅将"伦理学"视为普通教育的基础，更毫无障碍地从日文书籍中汲取了大量有关伦理问题的新解说。

更为重要的是，当人们再次讨论"伦理"的时候，无论从现实性还是学术性层面，对这一术语的征用、解释均包含着相应的改革愿望。借助中西比较的方法以重构"伦理"的问题结构成为伦理学著作普遍的写作模式，通过这种方式，既驳斥了儒家思想桎梏，又将自然进化、天赋人权、合群意识等新的观念带入"伦理学"的视野，因而不同于日本学界的情形，这个过程首先是历史性的，其次才是学术架构意义上的。与此相应，"伦理"的指涉远远超出了家庭或家族的限制，新的范畴同时指明了伦理改革的方向。如梁启超认为，尽管中国过去以礼仪之邦自诩，但这并不意

---

① 杨玉荣：《中国近代伦理学核心术语的生成研究》，武汉大学出版社2013年版，第212—223页。

② 1902年，在为麦鼎华编译的《中等伦理学》题写的序言中，蔡元培比较了中西伦理学的差异并指出——"西洋伦理学，则自培根以后，日月进步，及今已崭然独立而为一科学，学说竞优，各有流别，苟难锐讨，不见极不止。"（蔡元培：《〈中等伦理学〉序》，《蔡元培全集》第1卷，中华书局1984年版，第168页。）

③ 刘师培：《经学教科书·伦理教科书》，广陵书社2013年版，第129页。

味着如今不再需要学习新的伦理学。这里指向的便是西方的现代伦理学,他依据日本文部省1888年编写的《伦理书》,指出应当扩充中国古代伦理学的范围,包括:一、对于自己之伦理(健康、生命、知、情、意、职业、财产);二、对于家族之伦理(父母、兄弟、姊妹、子女、夫妇、亲族、祖先、婢仆);三、对于社会之伦理(他人之人格、他人之身体、财产、名誉、秘密、约束等、恩谊、朋友、长幼贵贱、主从等、女性、协同、社会之秩序、社会之进步);四、对于国家之伦理;五、对于人类之伦理(国宪、国法、爱国、兵役、租税、教育、公务、公权、国际);六、对于万有之伦理(动物、天然物、真、善、美)。梁启超再次意味深长地感叹道,相比于此,中国古代的伦理实在太过于狭窄:"以比于吾中国所谓伦理者,其广狭偏全,相去奚翅霄壤耶,故外国伦理学之书其不可不读明矣。"① 当然,同"伦理"的含义在晚清所发生的深刻变化一样,在梁启超详细列出这些伦理改革的方向时,他也更新了其中每一项的具体内容。② 对此,梁启超在同时期写作的《自由书》《十种德性相反相成义》《新民说》等一系列文章,即是最好的说明。

在写作《伦理教科书》时,刘师培对于"伦理"范围的划分,采取了同梁启超相似的思路,他认为西方的现代伦理学分为这样五个方面:"一曰对于己身之伦理,二曰对于家族之伦理,三曰对于社会之伦理,四曰对于国家之伦理,五曰对于万有之伦理。"③ 很难分辨刘师培的分类究竟是受了梁启超影响,还是直接引自日本当时的伦理学教科书。有意思的是,刘师培这里只区分出五个范畴,相比于梁启超,他去掉了"对于人类之伦理",或许在他看来,这五个范畴就已经包括了伦理的所有方面。这种分类应是有意

---

① 梁启超:《东籍月旦》,《梁启超全集》第2卷,北京出版社1999年版,第326、327页。

② 参见黄进兴《从理学到伦理学:清末民初道德意识的转化》,中华书局2014年版,第86—132页。

③ 刘师培:《经学教科书·伦理教科书》,广陵书社2013年版,第128页。

为之，刘师培并不像梁启超那样指责古代伦理范围狭隘，他恰恰认为这五个范畴与儒家经典《大学》相通。"《大学》言'正心、诚意、修身'，即对于己身之伦理也；《大学》言'齐家'，即对于家族之伦理也；《大学》言'治国、平天下'，即对于社会、国家及万有之伦理也。"① 但他也指出，在中国的经典著作中，虽然蕴含很多关于伦理的精义，但表述驳杂，不如西方伦理学划分得那么清楚。"伦理"范畴虽然可以从正心诚意修身、齐家、治国、平天下得到说明，但这些概念已经发生了变化，刘师培对"伦理"的定义突出了人与人之间关系的特征："仅一人，则伦理不可见，故'伦理'者，又必合数人而后见者也。"② 这种对"伦理"的定义就与梁漱溟在《中国文化要义》中的解释颇为接近了。③

四 现代中国的"本根"之问

从日本转译而来的现代伦理观念指示着改革的方向，对于晚清接受了进化论的改革者而言，"伦理"又必然是历史进化的产物，不存在至高无上和永恒不变的原理。当我们说"伦理学"是确立道德、善恶之标准的时候，就必须同时悖谬地指出这种标准是流动不居的。由于晚清以来人们对"自强保种"的热切渴望，使得原本机械性的自然观融入了人类的主体能动性，只有在这种特殊的背景下，作为"自强保种"起点的"伦理"改革才具备了可能。

本书使用的"本根"一词，便指向这种极具现代中国特色的"进化论与伦理学"。"本根"的表述直接来自鲁迅的文章。鲁迅多次强调中国的改革必须从"本根"开始，他既据以批判各种肤浅的观点，又借此宣示自己的立场。例如在《文化偏至论》中，鲁迅批判物质主义者"久食其赐，信乃弥坚，渐而奉为圭臬，视若一切存

---

① 刘师培：《经学教科书·伦理教科书》，广陵书社2013年版，第128页。
② 刘师培：《经学教科书·伦理教科书》，广陵书社2013年版，第128页。
③ 梁漱溟：《中国文化要义》，上海人民出版社2011年版，第79页。

在之本根"①。又如,"故在十九世纪,爱为大潮,据地极坚,且被来叶,一若生活本根,舍此将莫有在者"②。在《科学史教篇》中也有"本根之要,洞然可知"③。《破恶声论》开篇第一句即"本根剥丧,神气旁徨"④,而后又有"顾吾中国,则夙以普崇万物为文化本根,敬天礼地,实与法式,发育张大,整然不紊"⑤。另外,鲁迅也多次用"本""根本""根柢""本原"等词表示同样的含义,如:"若其本无有物,徒附丽是宗,辄岸然曰善国善天下,则吾愿先闻其白心"⑥,"根本且动摇矣,其柯叶又何侸焉"⑦,"虑举国惟枝叶之求,而无一二士寻其本"⑧,"然欧美之强,莫不以是炫天下者,则根柢在人,而此特现象之末,本原深而难见,荣华昭而易识也"⑨。在此后的新文化运动中,这种思维方式被延续下来,例如鲁迅改革父子关系时指出"无论何国何人,大都承认'爱己'是一件应当的事。这便是保存生命的要义,也就是继续生命的根基"⑩,"所以根本方法,只有改良社会"⑪,此外,他还呼吁改造民族遗传的昏乱"根性"⑫并主张"连根的"⑬祛除中西之间的二重思想……鲁迅早年的论述几乎完全围绕"本根"的问题展开,这种探索"本根"的热情决定了鲁迅对现代西方文明与中国改革的认识。

---

① 鲁迅:《文化偏至论》,《鲁迅全集》第1卷,第49页。
② 鲁迅:《文化偏至论》,《鲁迅全集》第1卷,第54页。
③ 鲁迅:《科学史教篇》,《鲁迅全集》第1卷,第35页。
④ 鲁迅:《破恶声论》,《鲁迅全集》第8卷,第25页。
⑤ 鲁迅:《破恶声论》,《鲁迅全集》第8卷,第29页。
⑥ 鲁迅:《破恶声论》,《鲁迅全集》第8卷,第29页。
⑦ 鲁迅:《破恶声论》,《鲁迅全集》第8卷,第29页。
⑧ 鲁迅:《文化偏至论》,《鲁迅全集》第1卷,第33页。
⑨ 鲁迅:《文化偏至论》,《鲁迅全集》第1卷,第58页。
⑩ 鲁迅:《我们现在怎样做父亲》,《鲁迅全集》第1卷,第138页。
⑪ 鲁迅:《我们现在怎样做父亲》,《鲁迅全集》第1卷,第143页。
⑫ 鲁迅:《随感录·三十八》,《鲁迅全集》第1卷,第329页。
⑬ 鲁迅:《随感录·五十四》,《鲁迅全集》第1卷,第361页。

在字面上,"本根"容易让人联想起体现了形而上学的"本体"概念,但它其实并不导向这类推论,鲁迅从不追寻超越历史普遍性真理。在鲁迅看来,当历史的形势越是紧迫的时候,反而越是需要摒除急功近利心态而去追索更为根本的解决方案。鲁迅频繁表明,在"本根"尚未实现改革之前,其他的方案都不过是一些不重要的枝叶。由此看来,真正急迫的倒是那些围绕"本根"的问题。这里体现了鲁迅的逻辑,他也通过这种方式达到了他所在的那个时代的思想高度。鲁迅不断追求着与时代的对话,并自以为切中了最重要的问题。同时,鲁迅尊重历史与变化,历史主义常常是他抗议各种带有强制性的方案的最后根据。在这个意义上,"本根"并不超越历史,这一用语来自鲁迅个人与时代的共振并显示了他的精神深度和主体性的位置。

正如鲁迅使用的许多概念一样,"本根"也是一个源自中国古代典籍的词汇。鲁迅的讨论以此接续了中国思想传统,当然,他也通过这种方式将自己置入了更为深远的历史脉络。《庄子·知北游》云"惛然若亡而存,油然不形而神,万物畜而不知。此之谓本根,可以观于天矣",又如《庄子·天下》中有"以本为精,以物为粗"。鲁迅留学日本时期嗜读《庄子》,这应当与他跟随章太炎学习的经历有关。彼时,章太炎正努力从庄子的齐物哲学阐发出一种理解中国与现代世界关联的根本性原理,他于1910年完成的《齐物论释》同样是对于现代中国变革之"本根"的探问。正如张岱年指出的,在中国哲学中"最早的本根学说是老子、庄周的道论,庄子以后,战国末及汉代言道者甚众,于是到后来'道'字乃变为本根之代名。宋代道学中又有所谓'道体',亦指本根,与今所谓本体意同,指宇宙中之至极究竟者"[1]。在这个意义上,"本根"还体现了晚清以来包括章太炎、鲁迅在内的一批杰出的知识

---

[1] 张岱年:《中国哲学大纲》,中国社会科学出版社1994年版,第8页。

分子对现代中国之"道"的追寻①，不同于古代道论中的"本根"，现代中国起点处的"本根"是一个让人深感疑虑的对象，在追寻"本根"的过程中充斥无数复杂的声音。晚清中国经历的古今之变，最为深刻之处或许即在于"本根"内涵的转换，这是一个至今尚没有完成，也没有定论的过程。正是现代西方对中国的冲击，使得"本根"及其转变不断凸显为最重要的时代课题，一部近、现代文明史，就是人们围绕着现代中国立国之"本根"不断争论与辩驳的历史。从晚清自强运动开始，究竟何者应当成为现代中国之根基的问题即浮现出来，从前至高无上的"道"在中国思想世界的穹顶上开

---

① 对于"根本"问题的讨论充斥在晚清以至"五四"时期各种论述中。晚清知识分子如王国维介绍叔本华学说时有"世界之根本以存于生活之欲之故"（《叔本华之哲学及教育学说》，《静庵文集》，辽宁教育出版社1997年版，第55页），以及在论述叔本华与尼采思想相近时有"其以意志为人性之根本也同"（《叔本华与尼采》，《静庵文集》，辽宁教育出版社1997年版，第84页）。鲁迅在《文化偏至论》中有类似表达，如"如勖宾霍尔所张主，则以内省诸己，豁然贯通，因曰意力为世界之本体也"（《鲁迅全集》第1卷，第56页）。此外，严复在《原强》中介绍斯宾塞思想时有"至锡彭塞之书，则精深微妙，繁富奥衍。其持一理论一事也，必根柢物理，徵引人事，推其端于至真之原，究其极于不遁之效而后已"（《原强》，《严复集》第1册，中华书局1986年版，第6页），又有"锡彭塞亦言曰：'富强不可为也，特可以致致者何？相其宜，动其机，培其本根，卫其成长，使其效不期而自至'"（《原强》，《严复集》第1册，中华书局1986年版，第13页）。如梁启超将政治学视为"本原之学"，有"国家譬犹树也，权利思想譬犹根也"（《新民说》，《梁启超全集》第3卷，北京出版社1999年版，第675页）。"因政治等学为立国之本原，中国向来言西学者，仅言艺术及事迹之粗迹。而于此等实用宏大之学，绝无所知，风气不开，实由于此。"（《本报改定章程告白》，《清议报》1899年4月10日）"五四"时期，这种思维方式非常明显地延续下来，陈独秀发起伦理革命，认为"法律上之平等人权，伦理上之独立人格，学术上之破除迷信、思想自由，此三者为欧美文明进化之根本原因"（《袁世凯复活》，《陈独秀著作选》第1卷，上海人民出版社1993年版，第240页），又如《东西民族根本之差异》，分析东西民族根本思想的差异，认为西方根本是战争、个人、法治、实利，而东方则以安息、家族、感情、虚文为本位。李大钊也有《东西文明根本之异点》，将东西两种文明的根本视作"一为自然的，一为人为的"，又有："吾人以为宇宙万无始无终自然的存在。由宇宙自然之真实本体所生一切现象，乃循此自然法而自然的、因果的、机械的以渐次发生、渐次进化。"（《自然的伦理观与孔子》，《李大钊全集》第2卷，河北教育出版社1999年版，第453页）

始松动,直至如今,中国知识界的论争也并没有超出这个问题规定的范围,鲁迅的思考也由此仍有其现实意义。

几乎没有人否认,古老的中国必须在变革中重生,但是这种变革将从何发生并去向哪里呢?"中体西用"曾经精练地代表了晚清洋务派的心声,在他们看来,中国的立国之根本仍然在于自古以来的孔孟之道。但随后严峻的历史形势如洪水猛兽一般猛烈冲击着"道"的根基,使其越发不稳固,以致如严复所言,在古今、中西之间,牛马之体用不可混同。为了在现代世界更好地生存,中国古来的立国之"道"或者"本根"遭遇到前所未有的困境,人们被迫重新思考安身立命的问题。鲁迅生活在这个剧烈变化的历史世界之中,他的一生正是对现代中国变革之"本根"不懈追寻的过程。当然,这同时也是本书的出发点。

第三节 学术史回顾

鲁迅的自然观不是一个可以被本质化的概念,很难确切指出它究竟指向了哪些内容。他的表述不仅充满了内在张力,而且随着历史形势也在不断更新。本书讨论的"自然",不仅包含着现代科学意义上的自然,也涉及鲁迅在浪漫主义文学中发现的自然。当然,它主要指向了"进化论"启示给鲁迅的自然观念,只不过问题在于,鲁迅接受进化论的情况及其理解仍然颇为复杂。尽管如此,可以确定的是,"自然"始终构成了鲁迅重新思考人的生存合理性、从事社会改革以及文明批评的起点。鲁迅的"进化论"是其自然科学修养最重要的组成部分,尤需说明,晚清以来的人们并没有把"进化论"当作纯粹的自然科学对待,而是将其与人类社会的改革问题紧密结合在一起,鲁迅既不外在于这种思路,但同时,他的解释又往往和时代主流呈现出鲜明差异。进化论不仅是现代世界的说明书,更重要的是它迫使人们重新去面对一些最为根本的问题:在根据进化论规划的秩序中,强者和弱者是什么关系?如何从弱者变为强者?成为强者又会遇到哪些问题？这进一步涉及人应当怎样生存？伦理表现为何种形式？个人、家庭、国家的范畴及其相互之间的关系需要如何重新界定？这些问题深刻关联着晚清到"五四"思想的进程，甚至可以说，进化论在中国本身就是一个伦理学问题。

一 科学主义与"作为精神和伦理问题的科学"

晚清知识界对自然科学的推崇与向西方寻求富强的道路是同步的，正如严复在《救亡决论》中指出，中国若要在现代世界中获得一席之地，就必须将科学作为根本之策："求才为学二者，皆必以有用为宗。而有用之效，征之富强；富强之基，本诸格致。"① 科学受到崇奉归因于功利主义的改革理念，人们对于纯粹的自然科学并不是很感兴趣。《天演论》虽在晚清名噪一时，但达尔文从生物学解释进化原理的《物种起源》却一直迟至 1920 年才由工学博士马君武翻译出版②，而这时距离《天演论》的风靡已经过了二十多年。事实上，除了在《人类的由来》一书中解释过人类的道德起源，达尔文在其著作中不仅很少提到人类社会，而且并不认为个体可以通过自我有意识的改革影响自然选择的进程，但在晚清知识界，达尔文不仅是最著名的生物学家，更是改革家或者革命家的代名词，他被要求提供变法自强的原理，以至于浦嘉珉怀疑中国人能否真正理解达尔文。③ 西方自然科学在 17 世纪已由当时的耶稣会士初步传入中国，不过，艾尔曼（Benjamin A. Elman）指出，耶稣会士关于上帝创造

---

① 严复：《救亡决论》，《严复集》第 1 册，中华书局 1986 年版，第 43 页。
② 题为《达尔文物种原始》。马君武从 1901 年开始先后翻译了达尔文的《物种起源》附录（题为《新派生物学家小史》）、第三章（题为《达尔文物竞篇》）、第四章（《达尔文天择篇》），这些译作不仅较为分散，而且经过诸多主观删节与自由发挥。相比之下，1920 年出版的这本译著坚持了直译的原则。
③ 浦嘉珉认为，达尔文在近代中国遭到了唯意志论的误解，"中国人那种根深蒂固的（即使未被承认）唯意志论的信念从一开始就有助于塑造中国人对进化论和自然选择的理解，而且使中国人更加难以理解达尔文本人到底说了些什么"（《中国与达尔文》，钟永强译，江苏人民出版社 2009 年版，第 92 页）。

世界并赋予人类灵魂的说法与中国传统理学之间存在着本质差异，中国知识分子对于西方科学的兴趣集中于实用性更强的天文历法，而现代数理科学的传播在明清两代遭遇了各种障碍。① 晚清中国学界对于现代科学的接受继承了这一思路，如上所述，严复将科学视作富强"根基"的观念仍然没有脱离技术与实用的功利思维。在这个意义上，自然科学为现代国家和社会改革提供了宇宙论层面的支持，这种新的原理取代了作为传统伦理秩序根基的"天"的位置。② 鲁迅正是在这种语境中接触到自然科学。

许寿裳称赞鲁迅"也是个科学家"③，这一评价可能过誉了。鲁迅虽然终生保持着对自然的兴趣，但并没有真正从事过任何专业性的科学研究，尤其是以数理、实验作为现代科学标准的情况下。鲁迅早年写下了《中国地质略论》（1903）《说钼》（1903）《中国矿产志》（1906）《人之历史》（1907）《科学史教篇》（1907），这些论文与崇尚科学的历史思潮存在密切关联，同样表达着鲁迅期待中国走上富强之路的心情。《科学史教篇》被学界认为是鲁迅从科学到文学的转向之作。④ 在这篇文章中，他借助法国在绝境中英勇抵抗普奥联军

---

① 艾尔曼在《科学在中国（1550—1900）》的第三章、第四章对这一问题有详细说明（参见［美］艾尔曼《科学在中国（1550—1900）》，原祖杰等译，中国人民大学出版社2016年版，第140—245页）。

② 汪晖指出，从晚清到"五四"的科学刊物呈现出这种特点，即"科学刊物的编者无一例外地强调科学本身的重要性，但也无一例外地从社会政治角度论证科学的意义和价值。这对中国'科学'概念的形成产生了重要的影响"（汪晖：《现代中国思想的兴起》，生活·读书·新知三联书店2004年版，第1113页），又如"科学的意义不仅在于它对事物内在规律的理解，而且更在于一项更高的事业。国家富强、文明福泽与对事物的认识构成了一个意义的连锁关系"（汪晖：《现代中国思想的兴起》，生活·读书·新知三联书店2004年版，第1115页）。

③ 许寿裳指出鲁迅对生物学、动物学和植物学的兴趣以及他对采集标本的喜好，但以此将鲁迅视作科学家有些夸张了，这只是博物学意义上的植物分类工作，而且也只是相对初步的工作（许寿裳：《我所认识的鲁迅》，人民文学出版社1952年版，第49页）。

④ 这篇文章的写作时间晚于宣传"摩罗诗人"的《摩罗诗力说》，只不过1926年鲁迅编辑杂文集《坟》的时候，将《科学史教篇》提到了前面。

的事迹说明,"法国尔时,实生二物,曰:科学与爱国"①。"科学"和"爱国"可以融汇在一起,这一观点如此鲜明和令人深刻,以至于研究鲁迅早年科学思想的学者无不反复强调他的爱国主义,今天,指明鲁迅科学观与爱国主义情怀的结合已经成为最普泛的写作套路,然而,这不过是鲁迅对于晚清时代思潮的共鸣。与同时代人相比,鲁迅的难得之处在于,他并不是把科学当作最终的真理,《科学史教篇》传达的信息可能也正在于此。尽管在他那里,科学有着重要地位,但它本身的界限以及附带的问题得到了足够重视,鲁迅考虑到科学和伦理能否兼容的问题,并为人的精神、价值以及信仰等领域保留了主体性的空间。

正是介于自然科学与伦理学的不同原理,鲁迅早年的科学思想呈现出与时代的紧张关系。对于已经决定从事文艺运动的鲁迅而言,他所遇到的第一个问题或许就是"科学"与"人文"的关系问题。如同严复等学者将科学视为实现富强的根本,晚清以降,因应着改革者的急切心情,科学逐渐成了最具统治力的意识形态。在新文化运动中,科学再一次被立于时代的风口浪尖,尽管此时中国的科学研究远远达不到同这种理想相称的水平。对于科学的推崇将如何与伦理相协调?这一长久未获正面回应的问题终于在1923年引起了著名的"科玄论战"。这场论战尖锐地反映了功利主义改革运动所积累的伦理紧张的问题,玄学一方的代表人物张君劢批评自然科学无法为人生观问题提供依据。② 不过,结局是可想而知的,科学继续大获全胜,这场论战正如胡适总结的那样,体现了从晚清变法以来科学

---

① 鲁迅:《科学史教篇》,《鲁迅全集》第1卷,第35页。
② 张君劢在《人生观》中指出:"科学无论如何发达,而人生观问题之解决,绝非科学所能为力,惟赖诸人类之自身而已。而所谓古今大思想家,即对于此人生观问题,有所贡献者也。譬诸杨朱为我,墨子兼爱,而孔孟则折衷之者也。自孔孟以至宋元明之理学家,侧重内心生活之修养,其结果为精神文明。三百年来之欧洲,侧重以人力支配自然界,故其结果为物质文明。"(张君劢、丁文江等:《科学与人生观》,山东人民出版社1997年版,第38页)

在中国所取得的"无上尊严的地位"①。郭颖颐（D. W. Kork）追溯了胡适所说的这段历史，并把1900年到1950年期间中国知识分子对科学的崇拜称为一种唯科学主义潮流，他指出："中国的唯科学论世界观的辩护者并不总是科学家或者科学哲学家，他们是一些热衷于用科学及其引发的价值观和假设来诘难、直至最终取代传统价值主体的知识分子。这样，唯科学主义可被看做是一种在与科学本身几乎无关的某些方面利用科学威望的一种倾向。"② 向来喜欢参与论战的鲁迅在"科玄论战"中保持了沉默，他的表现似乎让人意外。有研究者认为，其实这些问题早在鲁迅1907年写作《科学史教篇》的时候就已经解决了③，鲁迅并不反对科学，只是他采取了审视科学的独特的人文主义视角。实际上，鲁迅的思路更应当被放在肇始于晚清的唯科学主义的潮流中来看待。

最早论述鲁迅和自然科学关系的或许是周建人的《鲁迅先生和自然科学》，这篇文章发表在1937年11月1日的《宇宙风》上。周建人在这篇文章中就已经指出了科学与道德的问题，只不过周建人的文章非常之短，未能深入讨论鲁迅对两者关系的态度。但是，他征引了鲁迅在《随感录·三十三》中批判灵学的一段话，在这段话中，鲁迅描述了科学在近代中国的处境："其实中国自所谓维新以来，何尝真有科学。现在儒道诸公，却径把历史上一味

---

① 胡适：《科学与人生观·序》，张君劢、丁文江等：《科学与人生观》，山东人民出版社1997年版，第10页。

② [美] 郭颖颐：《中国现代思想中的唯科学主义（1900—1950）》，雷颐译，江苏人民出版社2010年版，第3页。

③ 俞兆平《科学与人文：鲁迅早期的价值取向》，《厦门大学学报》2003年第2期。刘禾也持相近的观点，但她认为，鲁迅在1923年前后并没有真正对"科玄论战"保持沉默，而是通过1924年2月创作的《祝福》对这一论战进行了回应，她认为《祝福》中叙事者"我"和祥林嫂分别代表了"受过启蒙的知识分子"和"沦为乞丐的迷信女人"，祥林嫂对"我"提出的关于灵魂有无的问题以及"我"的回应，演示了科学和宗教交锋的场景。刘禾认为《祝福》暴露了现代启蒙的道德困境的观点。刘禾：《鲁迅生命观中的科学和宗教——从〈造人术〉到〈祝福〉的思想轨迹》，《鲁迅研究月刊》2011年第3、4期。

捣鬼不治人事的恶果,都移到科学身上,也不问什么叫道德,怎样是科学,只是信口开河,造谣生事;使国人格外惑乱,社会上罩满了妖气。"① 与胡适的描述相反,他恰恰认为不仅科学未能在中国生根,就连道德也混乱不堪。不过,鲁迅在这里没有明确地指出科学和道德之间的关系。这涉及科学在人类精神世界中的地位问题。对此,学界形成了两种主要的思路,其一是把鲁迅视作科学主义者,林非、陈漱渝认为鲁迅将科学作为启蒙手段,为缺乏实证、逻辑的东方思想带来了科学主义。② 除了有可能对于"科学主义"这一名词的使用产生误解之外,这种思路也与学者们以往较多关注鲁迅"五四"前后的论述有关。相比之下,一些关注鲁迅留日时期论述的研究者们则注意到了在科学之外的范畴,并自觉地将"科学"同"人文""人性"以及鲁迅早年提出的"改造国民性"与"立人"等话题关联起来。③ 此外,也有研究者从鲁迅早年思路不断深化的脉络上指出,他对科学的认识经历了一个从"实效至上"到"科学精神"再到"理想人性"的变迁过程。④

林非在论述鲁迅早年的科学启蒙思想时,发现了鲁迅"将'科学'作为'本根'的思想",他进而认为鲁迅的"立人"观念应当

---

① 鲁迅:《随感录·三十三》,《鲁迅全集》第 1 卷,第 317 页。
② 林非:《鲁迅的科学启蒙思想》,《河北学刊》1989 年第 2 期。陈漱渝:《世纪之交的文化选择:鲁迅藏书研究》,湖南文艺出版社 1995 年版,第 377 页。此外,如李丽在《科学主义在中国》中论述科学主义对中国文学的影响时,也将鲁迅并列在陈独秀、李大钊、胡适之后,认为其文学上的现实主义来自科学主义的追求。(李丽:《科学主义在中国》,人民出版社 2012 年版,第 149 页)。
③ 张福贵:《鲁迅宗教观与科学观的悖论》,《鲁迅研究月刊》1992 年第 8 期。俞兆平:《科学与人文:鲁迅早期的价值取向》,《厦门大学学报》2003 年第 2 期。王初薇:《科学的人文品格:论鲁迅的"立人"科学观》,《海南师范大学学报》2015 年第 3 期。叶诚生:《鲁迅科学史叙事的人学视野——重读〈科学史教篇〉》,《东岳论丛》2016 年第 8 期。刘为民:《自然观·方法论·文艺谈》《地矿论·文明史·国民性》,《鲁迅研究月刊》1997 年第 2、3 期。王冠英:《鲁迅科学伦理道德思想管窥》,《鲁迅研究月刊》1992 年第 3 期。
④ 袁盛勇:《实效至上:科学精神与理想人性》,《鲁迅研究月刊》1999 年第 5 期。

建立在科学物质水平提高、社会制度和政体结构完善的基础上。① 这种观点受到了后来学者的挑战。"本根"究竟是"科学"还是"人性"？郜元宝认为，鲁迅对于自然科学的深刻理解使其不再专注于表面的"科学"或者"科学史"，而是强调"科学者"内在的"精神"素质，即"科学者"的"心"。郜元宝对鲁迅早期论述中频繁出现的"本""本柢""本根""初""宅"等传统"心学"术语表现出高度重视，他认为这些从中国思想传统中生发出来的概念更为深刻，同时值得关注的是，它们指向了鲁迅早期著作中反复使用的诸如"主观内面生活""自心""神思""精神"等话语，郜元宝最后将思考的终端放在了对"神思"的解释上。② 这种思路与他在另一篇以《为天地立心——鲁迅著作所见"心"字通诠》为题的文章观点接近，即认为"心"是鲁迅所有思想的基本概念，由此，鲁迅的"立人"思想应当首先是"立心"思想。③

郜元宝对鲁迅科学思想的解读与伊藤虎丸存在相通之处。伊藤虎丸试图从"科学者"修正将鲁迅纯粹视为"文学者"的偏失，他将鲁迅对科学的认识"作为精神和伦理问题"来理解，并认为从1903年的《说鈤》开始，鲁迅即表现了运用科学发起"思想界大革命风潮"的特点，而1907年的《科学史教篇》更为明确地呈现出鲁迅从"科学者的精神"来把握科学的特点。据伊藤虎丸介绍，可知丸山升也认可这一观点，即强调"科学者"的内在精神④，两人均认为这种"精神"应当作为伦理和人的主体精神态度问题来把握。不过伊藤虎丸或许走得更远，他指出鲁迅"把近代科学（或近代文学的现实主义）作为受神思＝思想所支配的'假说'来理解的方式，

---

① 林非：《鲁迅的科学启蒙思想》，《河北学刊》1989年第2期。
② 郜元宝：《青年鲁迅科学思想四题议》，《上海鲁迅研究》2015年秋。
③ 郜元宝：《为天地立心——鲁迅著作所见"心"字通诠》，《鲁迅研究月刊》2000年第7期。
④ [日]伊藤虎丸：《鲁迅与日本人——亚洲的近代与"个"的思想》，李冬木译，河北教育出版社2000年版，第68页。

在今天，甚至连我们也不会认为是理所当然的而且是初步的了。科学是理性的，文学艺术是感性的，道德是既定的外在约束，这种理解方式，不是还很普遍吗？"① 他在解释鲁迅早年宗教观时也保持着这一思路。由于鲁迅所谓的科学知识是凭借"想象力（神思）"设立"假说"并运用于实验验证的东西，而"想象力"和民间盛行的"迷信"相通，通过这种方式，鲁迅"以神思为媒介，把近代科学与农民的迷信结合起来"②。郜元宝认为伊藤虎丸的这种观点虽值得参考，但把"神思"等同于"思想"却过于宽泛，他进而将"神思"解释为"包括纯粹理论学术之外人类一切自由的心灵创造"③。总体上，两人的论述都致力于揭示鲁迅思想深处追求"精神自由"的根本气质，由此展现鲁迅早年精神本体论的思想倾向。这种思路与鲁迅主张以意力为本体的立场也颇为一致。

伊藤虎丸将鲁迅的"神思"置入西方文明脉络中考察："一般而言，西方近代文明的人性观是把'人'和'自然'分开，认为自然是'物质'，只有人才是'精神'、'生命'。东西文明的差异也在这里。产生近代文明的'精神'是以'自由'为其本质的。"④ 他的意图在于拉近科学理性和艺术感性的距离，进而解决"科学"与"迷信"之间的矛盾，最终以"神思"为本体建构鲁迅早年思想的一元性。⑤ 但是就在这里，他恰恰使得鲁迅远离了"近代文明"，当然也不妨说，鲁迅理解的"近代"呈现出了新的特征。因为西方"近代

---

① ［日］伊藤虎丸：《鲁迅与日本人——亚洲的近代与"个"的思想》，李冬木译，河北教育出版社2000年版，第71页。

② ［日］伊藤虎丸：《鲁迅、创造社与日本文学》，孙猛等译，北京大学出版社1995年版，第101页。

③ 郜元宝：《青年鲁迅科学思想四题议》，《上海鲁迅研究》2015年秋。

④ ［日］伊藤虎丸：《鲁迅、创造社与日本文学》，孙猛等译，北京大学出版社1995年版，第95页。

⑤ 俞兆平在引用伊藤虎丸的观点后也认为："科学与人文，在鲁迅早期的思想里是作为内在的'精神而共融一体，互动共生'。"俞兆平：《科学与人文：鲁迅早期的价值取向》，《厦门大学学报》2003年第2期。

文明"本身包含了物质与精神的二元对立,正如伊藤虎丸所说,呈现为"自然"与"人"、"物质"与"精神"以及"理性"与"感性"对立的局面,但如果将鲁迅的思想放在晚清科学主义——如前引郭颖颐的论述,科学在中国乃是作为价值观而被鼓吹的思潮中,伊藤虎丸在鲁迅思想中发现的独特之处其实延续了中国思想中"天地人一贯"的思路,因此,鲁迅将科学与价值和伦理问题联结的方式并不那么独特。关键在于,鲁迅发现了科学本身的不足,他所理解的"人性"超出了"科学"的范围,科学无法作为一元的整体而存在,其与精神、伦理的关系仍需进一步讨论。

写完《科学史教篇》后,鲁迅很少集中论述自然科学,在留日时期的文章中,《文化偏至论》《摩罗诗力说》与《破恶声论》主要关注文学、历史和政治问题,但一个明显的现象是,无论鲁迅谈论何种重要的问题,都体现出一种对自然界的特殊关注,或作为背景,或作为原理,这种方式进而延续到他在"五四"前后的文章中。在本书讨论的范围内,进化论影响乃至决定了鲁迅对自然的理解,正是他本人所谓的"自然大法"。如果我们用实证和数理来定义近代自然科学,那么,这里所谓的鲁迅的自然观显然与此存在差异,他并不孤立地讨论与人类社会无关的自然界。在晚近的研究中,王芳在中国博物传统与现代西方的博物学之间建立关联,她将进化论视作鲁迅的博物学训练的重要部分,认为鲁迅借助博物学(主要是生物学)的知识改变了中国传统的伦理秩序。[1] 涂昕也指出鲁迅受到传统中国博物学书籍的影响,进而由此解释鲁迅早年的"白心""神思"以及"诚与爱"等关键性概念。[2] 由于近代以来强劲的经验论传统,博物学最早在英国启蒙运动期间复兴。刘华杰认为:"在博物

---

[1] 王芳:《法布耳与进化论:周氏兄弟1920年代写作中的博物学视野》,《中国现代文学研究丛刊》2016年第1期。

[2] 参见涂昕《鲁迅与博物学》,上海文艺出版社2019年版。此外的相关研究亦可见顾音海:《博物视野里的鲁迅》,上海辞书出版社2019年版。陈元胜:《再论鲁迅的"博物"情怀》,《鲁迅研究月刊》2014年第6期。

学文化中，人与自然不是对象性关系，大自然、生命有灵性或神圣性，不可能仅以物质或比特的形式来充分把握。"① 然而，这种新的解释范式在命名上颇存在困境，"博物学"在西方与中国都有其不同的历史形态，因此，运用"博物学"描述鲁迅对于自然的一部分理解时，面临着在何种意义上使用"博物学"的问题。吴国盛指出，近代以来的博物学实际上是对西方自然史（natural history）的翻译，更准确的译名应当是"自然志"，这是一种来自西方的科学传统，它着眼于对事物的具体描述而不追究事物背后的原因，其内容包括对动物、植物、矿物的观察记录、考察报告以及文献典籍汇编。② 根据这些标准，鲁迅或许可以被称作博物学家，但这种博物学仍然不同于中国的博物传统。作为现代自然科学的一个分支，17世纪之后的博物学已经脱离了道德和美学左右，同样建立在人与自然分离的基础上——"仿佛透过窗子凝视，确信观察对象居于另一个领域"③。巧合的是，赫胥黎在《天演论》开篇正展现出这样一副观照自然的姿态。在这个意义上，鲁迅对自然的认识很难确切地被归入任何一种源自中国或西方的博物传统。

二 进化论与伦理学问题

检视鲁迅与进化论的关系，首先无法回避的就是堪称经典的"从进化论到阶级论"的叙事。1933年，瞿秋白在《鲁迅杂感选集》的序言指出，鲁迅思想经历了"从进化论到阶级论"的发展④，这种论断长期成为共识。根据这种共识，1927年也被作为划分鲁迅思想前期、后期的转折点：鲁迅前期思想的基础是进化论，而后期则是马克思主义的阶级论。这种分期方式与鲁迅本人的陈述

---

① 刘华杰：《博物人生》，北京大学出版社2012年版，第45页。
② 吴国盛：《自然史还是博物学》，《读书》2016年第1期。
③ ［英］基思·托马斯：《人类与自然世界：1500—1800年间英国观念的变化》，宋丽丽译，译林出版社2008年版，第81页。
④ 瞿秋白：《鲁迅杂感选集序言》，青光书局1933年版，第20页。

有着密切关联。1927年,身在广州的鲁迅经历了"清党"事件,他自陈进化思路在此时轰毁。鲁迅在《〈三闲集〉序言》中坦言:"我一向是相信进化论的,总以为将来必胜于过去,青年必胜于老人……然而后来我明白我倒是错了。这并非唯物史观的理论或革命文艺的作品蛊惑我的,我在广东,就目睹了同是青年,而分成两大阵营,或则投书告密,或则助官捕人的事实!我的思路因此轰毁。"① 此后不久,创造社、太阳社的左翼青年高举革命大旗开始攻击鲁迅"落伍",鲁迅则被"挤"着翻译了马克思主义文艺理论并纠正了此前"只信进化论的偏颇"②。在马克思主义的研究范式中,鲁迅在未达到阶级论之前的思想被认为是不够成熟的表现——尽管相对于同时代其他提倡进化论的人而言,鲁迅仍然是相对复杂、深刻的,而马克思主义的阶级论不仅是鲁迅的必然选择,也标志其思想达到了最为成熟的阶段。钱理群在20世纪70年代末写作的《鲁迅与进化论》即延续着这种目的论思路。其中,他论述了鲁迅从晚清阅读《天演论》到30年代自觉运用马克思主义理论的过程,认为鲁迅在"五四"以后的阶级斗争实践中逐渐认识到进化论的偏颇,最后站在马克思主义的立场上,真正科学地对待进化论学说。③ 对马克思主义同样颇为热心的日本学者丸山升对这一经典论断表示认同,但他同时强调,鲁迅的转折发生在认识论层面,其主旨并未有过根本的变化——"并不是意味着从进化到革命,或者从非革命到革命的变化,而是就他对中国革命、变革的承担者和实现过程的认识的变化而言"④。鲁迅最初就抱持着革命的思想,只不过在1927年,革命的主体从青年人转为新兴的无产阶级大众。

然而,美国学者浦嘉珉并不信服"从进化论到阶级论"的论断,

---

① 鲁迅:《〈三闲集〉序言》,《鲁迅全集》第4卷,第5页。
② 鲁迅:《〈三闲集〉序言》,《鲁迅全集》第4卷,第6页。
③ 钱理群:《鲁迅与进化论》,《中国现代文学研究丛刊》1980年第2期。
④ [日]丸山升:《鲁迅·革命·历史》,王俊文译,北京大学出版社2005年版,第42页。

他曾有专门著作讨论鲁迅的进化论思想,在此前,他已经在《中国与达尔文》中详细讨论过了严复、梁启超、孙中山等思想家接受进化论的情况。浦嘉珉认为关于进化论,鲁迅前后期的思想没有发生根本性的变化,尽管后来接受了马克思主义,但鲁迅没有否认进化的客观事实,他甚至针锋相对地指出,鲁迅晚年并没有成为一个马克思主义者,因为鲁迅在自己的著作中很少提到马克思主义,浦嘉珉坚持认为,鲁迅的论述体现了思想个体的独特性。① 周展安接续了这一思路,他同样对"从进化论到阶级论"的叙述表示质疑,在探讨了普列汉诺夫的《艺术论》与进化论的关系之后,他指出"唯物史观和达尔文主义不仅不矛盾,反而先后承接""无论是在《艺术论》的正文里面,还是在鲁迅的评论里面,都不包含马克思主义或者唯物史观或者阶级论和达尔文学说是相矛盾,因此要克服掉后者的意思"②。如果说在鲁迅后期思想中发生了什么变化,那么实际上是从自然科学到社会科学的变化,这种变化表达了鲁迅对于自然科学的不满及其改造整个社会的意图。1930 年,鲁迅为周建人辑译的《进化与退化》一书题写序言,其中,他叙述了进化论从晚清传入中国的历史并将进化论称作"自然大法",但正是在这篇序言中,鲁迅指出自然科学的真理不足以解决中国社会最为急迫的温饱问题,相比之下,社会科学更贴近中国的社会现实。

另外,浦嘉珉还触及一个鲁迅与进化论关系研究中颇为棘手的问题,即,鲁迅是否是一个达尔文主义者?这是一个由进化论引发出来的伦理问题。如果鲁迅是达尔文主义者,那么他在逻辑上就理应赞成强权即真理,这显然与鲁迅的论述相反。一般认为,鲁迅正是站在弱者的立场上反抗强权。在这个问题脉络上,晚近的研究中,李冬木、潘世圣等

---

① James Reeve Pusey, *Lu Xun and Evolution*, New York: State University of New York Press, 1998, pp. 156-169.

② 周展安:《进化论在鲁迅后期思想中的位置:从翻译普列汉诺夫的〈艺术论〉谈起》,《中国现代文学研究丛刊》2010 年第 3 期。

学者详细考辨了鲁迅接受进化论的过程，探讨除了《天演论》之外，鲁迅在青年时代可能接触到的进化论著作以及对他的思想产生的影响。李冬木首先遇到《物竞论》的问题，他由此展开对鲁迅接受进化论脉络的考察。这部著作由当时留日学生杨荫杭根据加藤弘之《强者的权利竞争》翻译，其译作1901年在《译书汇编》第四期、第五期、第八期上连载，并于当年八月由译书汇编社出版单行本，销路颇好。① 据周作人日记记载，鲁迅在赴日之前便曾购买《物竞论》并转给他阅读。加藤弘之是明治时期著名的国家主义者，李冬木认为，从《天演论》到《物竞论》，进一步增强了"强者的权利即权力"② 观点的影响。

鲁迅1902年东渡日本之后，还深入阅读过丘浅次郎的《进化论讲话》，根据周作人的讲述，鲁迅正是从这时才真正懂得了达尔文的进化论。③ 中岛长文的研究表明，鲁迅早年写作《人之历史》的时候，借以参照的底本中便包括丘浅次郎的《进化论讲话》。④ 关于鲁迅与丘浅次郎的关系，伊藤虎丸、李冬木、潘世圣等学者都曾做过细致的考察。其中，伊藤虎丸最早指出，丘浅次郎与加藤弘之接受进化论的立场一致，即一种强者的立场，而鲁迅与这种立场存在鲜明区别。⑤ 李冬木引用了伊藤虎丸的观点，但他认为这种区别并不否

---

① 《物竞论》共分十章，主要阐述生存竞争、优胜劣败之理，包括：一、天赋之权利；二、强者之权利；三、论强权与自由权同并与实权相关之理；四、论人类强权之竞争；五、六两章为治人者与被治者之强权竞争及其权利之进步；七、贵族与平民之强权竞争及其权利之进步；八、自由民与不自由民之强权竞争及其权利之进步；九、男女之强权竞争及其权利之进步；十、国与国之强权竞争及其权利之进步。邹振环：《影响中国近代社会的一百种译作》，上海古籍出版社2000年版，第150页。

② 李冬木：《关于〈物竞论〉》，《鲁迅研究月刊》2003年第3期。

③ 周作人：《鲁迅的国学与西学》，《年少沧桑——兄弟忆鲁迅（一）》，河北教育出版社2001年版，第185页。

④ 其他的参照底本为海克尔的《宇宙之谜》日译本与石川千代松的《进化新论》。（［日］中岛长文：《蓝本〈人之历史〉》，陈福康译，《鲁迅研究资料12》，天津人民出版社1983年版，第311—331页）

⑤ ［日］伊藤虎丸：《鲁迅与日本人——亚洲的近代与"个"的思想》，李冬木译，河北教育出版社2000年版，第76页。

定两人更深层的联系，因为正是通过丘浅次郎的《进化论讲话》，鲁迅达到了远超严复《天演论》的理论水准，他指出丘浅次郎对鲁迅的影响不止于留学时代，而是一直延及晚年。① 潘世圣考证鲁迅可能在弘文学院期间亲自参加过丘浅次郎的演讲②，他同样注意到丘浅次郎《进化论讲话》中的强权立场以及鲁迅面临的伦理困境，并且指出鲁迅抛弃了强权的立场，而重视赫胥黎的伦理主义观点。潘世圣认为，鲁迅强调在生存竞争的现代社会中进行道德建设，"根柢乃是在于中国人在悠久的文化历史中积淀起来的、追求正义惩恶扬善的深厚的伦理道德之中"③。总体上，目前大多数研究者倾向于把鲁迅对进化论的认识与赫胥黎的伦理学联系起来，这样他就获得了人类主体性的伦理立场，不再认可自然世界弱肉强食的规律。

晚清中国的危机不仅是政治经济学意义上的，还深刻关涉到价值解体、伦理失序等精神层面的问题，千百年来作为人伦根基的天理世界观难以应对这一挑战。进化论重新解释了自然的状态和原理，而在中国思想传统中，自然本是人间秩序和价值体系的源泉，对于自然的认识决定了人们的思想与行为。然而，如果自然仅仅是客观的、实体性的物理世界，而且充斥着永无止息的斗争，那么，如何指望它为人类的生存提供道德标准与精神归属呢？研究者们将鲁迅归结到赫胥黎一方——在《进化论与伦理学》中，赫胥黎主张人类建立伦理社会对抗自然力量的侵入，鲁迅诉诸重建人类主体性的思路即与此相似。这体现了一种接受进化论的弱者立场，鲁迅以此形成了一种伦理的进化观。弱者的立场也即反抗的立场，这就将自然进化的问题进一步引向了自由意志的主体性问题。

北冈正子指出，鲁迅拒绝成为强者、适者之道本身，因为这种

---

① 李冬木：《鲁迅与丘浅次郎》，《东岳论丛》2012年第4、7期。
② 潘世圣：《还原历史现场与思想意义阐释》，《现代中文学刊》2016年第3期。
③ 潘世圣：《鲁迅的思想构筑与明治日本思想文化界流行走向的结构关系》，《鲁迅研究月刊》2002年第4期。

思路将会假定出现新的弱者。① 她认为鲁迅并不反对进化，只不过他对于进化出了一种更有精神深度的论述，鲁迅"在人的永无止尽的精神进化这条上升的直线上找到了救亡之路"②，对于站在弱者立场的鲁迅而言，被压迫民族将以这种方式反抗强权，由此鲁迅的进化论乃是一种精神进化论。不过，这种思路仍然需要回到晚清语境对鲁迅的影响，正如鲁迅通过"摩罗诗人"表达了"贵力而尚强"的主张，他有着类似同代人对于"强"与"力"的渴求，并不因此反对成为强者、建设强国，更为关键的或许是，如何解释鲁迅心目中强者、强国的生成逻辑及其与重建人类主体性的关系？在进化的脉络上，鲁迅为人类的精神预留了何种位置？这意味着，鲁迅进化思想中的紧张感并不因为拒绝了主奴循环结构而退散。伊藤虎丸比较了严复、章太炎和鲁迅接受进化论的方式，他认为："虽同为进化论，两者之差异又与严复学的是斯宾塞，鲁迅和章太炎则倾向赫胥黎的差异有关"③。从这种对立的论述出发，对于严复、章太炎与鲁迅而言，那种天行与人治之间的紧张感似乎消失了。事实上，《天演论》是一部充满内在分裂的著作，它的正文和案语充分反映了译者严复的复杂心境，这种游离在斯宾塞与赫胥黎、天行与人治、自然决定论与自由意志论之间的心态在晚清中国知识分子中是颇为常见的。④ 鲁迅并不能完全被归结为赫胥黎主义者，他同样没有解决自然决定论与自由意志论之间的矛盾。汪晖在其著《反抗绝望》中描述了鲁迅接受进化论时的这一复杂心态："这是一个复杂的、悖论式的

---

① ［日］北冈正子：《鲁迅的"进化论"》，转引自［日］伊藤虎丸《鲁迅与终末论》，李冬木译，生活・读书・新知三联书店 2008 年版，第 149 页。

② ［日］北冈正子：《鲁迅：救亡之梦的去向》，李冬木译，生活・读书・新知三联书店 2015 年版，第 84、85 页。

③ ［日］伊藤虎丸：《鲁迅与终末论》，李冬木译，生活・读书・新知三联书店 2008 年版，第 147 页。

④ 可参见高瑞泉《严复：在决定论与自由意志之间》，《江苏社会科学》2007 年第 1 期。

现象：鲁迅把'生存竞争'的'进化'学说引入了社会生活领域，但也正是他，同时又把它逐出社会生活领域。"①

周作人指出，鲁迅最初决定在钱玄同劝说下参与新文化运动，即由于看重思想革命的意义，他以此弥补了早年在东京未能创办《新生》的遗憾②，最先开始的文学创作如《狂人日记》以及《我之节烈观》《我们现在如何做父亲》等论文，都可见鲁迅的思想革命中最为重要的主题是在于伦理改革。这时，他的理论依据是所谓的"生物学的真理"，进言之，即生物进化论。这或许可以让我们联想到鲁迅即将告别仙台医专时，对藤野先生说要去学生物学的话。③ 我们无法考证鲁迅是否真的这么说过，但"生物学"在他思想中的重要地位却绝对不是一句谎言。李长之在20世纪30年代就指出了这一点，"他的思想是一种进化论的生物学的思想"以及"人得要生存，这是他的基本观念"④，竹内好不仅表示认同这一观点，他还进一步强调，这也是鲁迅作为思想家的根底。⑤

鲁迅在《我们现在如何做父亲》中清晰表达了自己的看法，他认为家庭改革的指导思想"便是依据生物界的现象，一，要保存生命；二，要延续这生命；三，要发展这生命（就是进化）。生物都这样做，父亲也就这样做"⑥。汪卫东由此指出，鲁迅对于传统的家庭伦理进行了"生物学还原，去除了附在家庭关系上的伦理道德说教"，并且"生物进化论所昭示的生物向未来进化、发展，就是道德

---

① 汪晖：《反抗绝望：鲁迅及其文学世界》，生活·读书·新知三联书店2008年版，第140页。

② 周作人：《鲁迅的故家》，《年少沧桑——兄弟忆鲁迅（一）》，河北教育出版社2000年版，第143页。

③ 鲁迅：《藤野先生》，《鲁迅全集》第2卷，第318页。

④ 李长之：《鲁迅批判》，北京出版社2009年版，第2—3页。

⑤ [日]竹内好：《近代的超克》，孙歌等译，生活·读书·新知三联书店2005年版，第7页。

⑥ 鲁迅：《我们现在如何做父亲》，《鲁迅全集》第1卷，第135页。

的真正内涵"①。在讨论鲁迅"五四"时期伦理思想的文章中，这种观点颇具代表性。虽然汪卫东也指出，鲁迅翻译日本白桦派作家有岛武郎的《与幼小者》同样出于对"爱"延续生命的认同，但仍然存在一些关键问题需要回应：有岛武郎的"爱"是什么意思？鲁迅所谓的生物学的"爱"与有岛武郎的"爱"存在着何种联系？另外，从家庭伦理演变的历史视野来看，鲁迅凸显"爱"的合理性与意义是什么？汪卫东强调鲁迅的进化论来自生物的"内的努力"，却并未进一步说明这种"内的努力"和进化建立关联的可能性②。事实上，将人的生存放到进化论的脉络中进行理解，在"五四"时期陈独秀、李大钊、胡适的表述中都可以寻找到，这并非鲁迅独特的地方。更关键的是，生物进化论在何种意义上能够和"内的努力"结合起来？浦嘉珉认为，鲁迅强调进化过程中"内的努力"完全是误解了达尔文的进化论③，但是否存在一种可能，鲁迅是从别的地方汲取到了这种生物学原理？

这种对于主体意志的强调，让人联想起鲁迅推崇的尼采。"五四"期间，他不仅先后两次翻译过《查拉图斯特拉如是说》的序言，还在自己的论述中反复引用了相关段落，如在《狂人日记》《随感录·四十一》等文章中陈述人要努力变好的道理，这种观点更多掺杂了来自尼采的启示，此前，周作人、伊藤虎丸都曾指出过这一点。④尼采认为，新的变种总是与个体更高级别的追求相关，而这种观点通常被追溯到拉马克，根据拉马克的生物进化定律，新的器

---

① 汪卫东：《"生命"的保存：鲁迅五四时期杂文对中国人生存的思考》，《绍兴文理学院学报》2011年第1期。

② 汪卫东：《"生命"的保存：鲁迅五四时期杂文对中国人生存的思考》，《绍兴文理学院学报》2011年第1期。

③ [美]浦嘉珉：《中国与达尔文》，钟永强译，江苏人民出版社2009年版，第204页。

④ [日]伊藤虎丸：《鲁迅与日本人——亚洲的近代与"个"的思想》，李冬木译，河北教育出版社2000年版，第79页。

官来源于主体新的需求。因此，生命不是自然选择而是内在意志不断自我突破并且提高的过程。尼采的观点反映了19世纪德国学界物活论（Hylozoism）传统，将自然界视为生命的整体并与"力"结合在一起，这是受到一元论生物学家海克尔（E. Haeckel）及其弟子影响的结果。① 这种观点使我们回想起写作《人之历史》以及《破恶声论》时，鲁迅曾经对海克尔表露的崇高敬意。

鲁迅关于进化表述的矛盾和分裂在于，一方面，尼采从根本上反对鲁迅"自我保存"的第一要义，他强调生命必须不断超越自我，在这个意义上，尼采坚定地反对达尔文主义。另一方面，即使对于海克尔的一元论思想，鲁迅也表现出怀疑的迹象。在分析"五四"时期鲁迅的生命观时，张丽华援引了鲁迅在《随感录·六十六》中的一段话——"这是 Natur 的话，不是人们的话"，指出鲁迅通过对自然一元论的反省，与整个新文化运动表现出了不协调的一面，他认为人类的伦理无法在自然一元论的基础上建立起来。② 鲁迅对自然的不信任使得他有关家庭改革的思路开始坍塌。丸尾常喜通过对《颓败线的颤动》的研究，指出文中被驱赶的寡妇形象表明了鲁迅内心世界人道主义与个人主义的纠葛，对于献身的背叛使鲁迅的进化论出现了裂缝进而崩溃。③ 同时，他的研究也颇能说明，鲁迅虽然自陈1927年进化论的"轰毁"，但此前这种思路已经存在深刻的内在困境。在众多关于鲁迅进化思想的研究中，这类分析鲁迅思想深处的矛盾甚至失败的文章显示出了特殊的价值。

---

① Gregory Moore, *Nietzsche, Biology and Metaphor*, New York: Cambridge University Press, 2002, p.44。

② 张丽华：《鲁迅生命观中的"进化论"——从〈新青年〉的随感录（六六）谈起》，《汉语言文学研究》2015年第2期。

③ ［日］丸尾常喜：《颓败下去的"进化论"》，秦弓译，《鲁迅研究月刊》1993年第6期。

三 "立人"话题的历史批判

如前所述，进化论并非纯粹的科学知识，而是作为一种现代性的因素，通过与"人"的生存问题的关联深刻冲击了传统中国伦理秩序。史学家王汎森在论述中国思想转型时指出，"在中国思想史上，凡是到了重新定义人的时候，往往是思想发生重大变化之时"[①]，为了说明中国历史上的思想转型与重新定义"人"的思潮的关联，他举出韩愈的《原人》、宗密的《原人论》与颜元的《原人》。晚清中国处在前所未有的历史转折期，因而毫不例外地，如何重新认识"人"再次成了人们关注的话题。梁启超影响深远的"新民"说极具代表性地传达了一种重新定义"人"的声音："苟有新民，何患无新制度？无新政府？无新国家？"[②] 梁氏的观点反映出晚清政治改革的迫切性，他亦由此将"新民"视为扭转国运的关键。1907 年，鲁迅在《文化偏至论》结尾强调："故将生存两间，角逐列国是务，其首在立人，人立而后凡事举"[③]，这种说法即延续了梁启超的问题意识，同时，鲁迅明确基于一种新的宇宙论（"生存两间"）与世界观（"角逐列国"）的背景下提出"立人"的问题，尽管两人的内在题旨颇不相同。

鲁迅的"立人"思想自 20 世纪 80 年代被发掘出来，随之成为经久不息的热议话题，直至如今，仍然是进入鲁迅思想与文学世界最重要的凭借。事实上，这一观点的提出、风靡均与 80 年代的思想转型存在密切关联。近四十年来，以"立人"为主题的论著早已积累了浩大规模，关于这个话题似乎山穷水尽了。

如果从鲁迅生前的评论文章算起，鲁迅研究至今已有百余年历

[①] 王汎森：《从新民到新人——近代思想中的"自我"与"政治"》，许纪霖、宋宏编《现代中国思想的核心观念》，上海人民出版社 2011 年版，第 243 页。

[②] 梁启超：《新民说·叙论》，《梁启超全集》第 3 卷，北京出版社 1999 年版，第 655 页。

[③] 鲁迅：《文化偏至论》，《鲁迅全集》第 1 卷，第 58 页。

史。虽然鲁迅研究起步很早，但一个值得注意的现象是，直到80年代初期，"立人"话题才井喷一般被追认为鲁迅思想的中心。王得后最早提出鲁迅是以"立人"作为思想的出发点和归宿，批判中国根深蒂固的传统文明。① 钱理群近年谈到，80年代正是把对鲁迅的理解当作"人学"思想的一部分，而"人学"也即中国社会的改造之学②，早年，他把这句话作为《心灵的探寻》的题辞，这部著作正是体现80年代鲁迅研究范式转型的代表之作，把鲁迅视作改造国民性的启蒙者、在鲁迅思想中寻找对"人"的解释，反映出那个历史转折时代的集体共识与普遍焦虑。鲁迅的"立人"思想构成了80年代人道主义话语的组成部分，"在70—80年代转型期乃至整个80年代，围绕着'人'、'人性'、'主体'等问题的人道主义表述，无疑构成了最为醒目且持续时间最长的一组话语形态"③。鲁迅研究的主题词之所以被确立为"人学"，无疑是与80年代兴盛的人道主义潮流关联在一起的。与此同时，80年代不同形态的人道主义话语分享着一种关于"人"的理念，"即在普泛意义上将'个人'视为绝对的价值主体，强调其不受阶级关系、社会历史，乃至文化建构限定的自由和自我创造的属性"④。"立人"话题也正是在这种时代背景下被聚焦为对鲁迅有关"个人""自我"观念的研究，例如，围绕"立人"主题强调鲁迅的宗旨是——"在社会中求自由，在群众中重个人，在联系中讲意志"⑤，进而形成了批判中国古代儒、道文化的反封建思想革命系统。"文化大革命"的十年被视作封建愚昧思想

---

① 王得后：《致力于改造中国人及其社会的伟大思想家》，《鲁迅研究》1981年第5辑。
② 钱理群：《鲁迅的当代意义与超越性价值》，《济南大学学报》2016年第3期。
③ 贺桂梅：《"新启蒙"知识档案：80年代文化研究》，北京大学出版社2010年版，第51页。
④ 贺桂梅：《"新启蒙"知识档案：80年代文化研究》，北京大学出版社2010年版，第51页。
⑤ 王富仁：《从"兴业"到"立人"——简论鲁迅早期文化思想的演变》，《中国社会科学》1987年第2期。

的回潮，而80年代的启蒙则是对"五四"精神的重新召唤，如此便有了李泽厚的感叹："一切都令人想起五四时代。人的启蒙，人的觉醒，人道主义，人性复归……都围绕着感性血肉的个体，从作为理性异化的神的践踏蹂躏下要求解放出来的主题旋转。"[①]

对于鲁迅"立人"思想的研究体现了与时代的共鸣。汪晖在80年代中后期写作的《反抗绝望》是对这些概念做出深刻阐述的著作。他在分析鲁迅留日时期对现代民主政治和自由平等观念的批判时指出："鲁迅对现代物质文明的批判是以个体的主观精神自由为出发点的，个体的意志和主观性被上升到世界本体的位置并成为批判准则。"[②] 这种重视"个体"的思路很大程度上剥除了鲁迅思想与现实政治、经济变革的关系——这些内容由于外在性、无法深入鲁迅心灵世界的特点而被排除在分析范围之外，作为独立自在的精神个体形象的鲁迅由此生成——

> 居于他的意识中心的，不是政治与经济的变革，而是人的主体性的建立及其与人类解放的关系，因此，可以说这是一种建立在主体性思想基础上的批判理论。[③]

这种分析思路导致的结果，即是将已经确立为以个体主义为中心的鲁迅的"立人"思想进一步内在化、抽象化。钱理群的《心灵的探寻》与此形成呼应，例如，他同样认为，"'鲁迅'是一个独立的'世界'：他有着自己独特的思想及思维方式，独特的心理素质及内在矛盾，独特的情感及情感表达方式，独特的艺术追求、艺术思

[①] 李泽厚：《中国现代思想史论》，生活·读书·新知三联书店2008年版，第270页。

[②] 汪晖：《反抗绝望：鲁迅及其文学世界》，生活·读书·新知三联书店2008年版，第58页。

[③] 汪晖：《反抗绝望：鲁迅及其文学世界》，生活·读书·新知三联书店2008年版，第58页。

维及艺术表现方式"①，能够证明鲁迅思想与情感的"独特"之处的正是他独有的一种"心灵辩证法"。

  鲁迅研究重心的转移一定程度上使得"立人"浮现为重要命题。相比晚年充溢着战斗精神的杂文，鲁迅早年尤其是留学日本时期的文言论文与20年代中期（以《野草》为中心）的著述受到了非同寻常的关注，而在此前，这些内容大多被归入鲁迅探索中国革命与解放的曲折时期，鲁迅经历了这个不够成熟的阶段，直到他在"左转"之后成为马克思主义者。从自我、个体层面解读"立人"，鲁迅早年的论述无疑为这种思路提供了合理性，正是在《文化偏至论》中，鲁迅不仅根据施蒂纳、尼采、叔本华等"新神思宗"的启发提出"掊物质而张灵明，任个人而排众数"②，还以此解释"立人"的思想方案——"若其道术，乃必尊个性而张精神"③，同期的《摩罗诗力说》与《破恶声论》同样贯彻了这种宗旨。鲁迅早年的呼声由此直接构成了通向思想启蒙的资源，通过重塑作为启蒙者的早期鲁迅，以克服此前偏重鲁迅晚年杂文的研究，这种研究格局的变化展现出与80年代中国政治经济转型的紧密关联。

  与此同时，被认为反映鲁迅彷徨与虚无心理的《野草》获得了研究的合法性，《野草》作为鲁迅独异的人生哲学开始被不断强调。这种个体观非常自然地导向了对鲁迅内在精神矛盾的分析。汪晖在解释鲁迅的"个体"与"主观"精神时表明："当鲁迅把个体作为一种独立的真实存在抽象出来思考个体生命的意义时，他就无法摆脱人生的悲凉，死亡赋予生命的有限性，生命旅程的孤独感和惶惑，深刻的无处躲藏的危机感和绝望，面对有限的因而也是悲观的人生的反抗，通过独特的选择而富于生命以意义……"④ 作为对鲁迅精神世界的概括

---

① 钱理群：《心灵的探寻》，河北教育出版社2000年版，第8页。
② 鲁迅：《文化偏至论》，《鲁迅全集》第1卷，第47页。
③ 鲁迅：《文化偏至论》，《鲁迅全集》第1卷，第58页。
④ 汪晖：《反抗绝望：鲁迅及其文学世界》，生活·读书·新知三联书店2008年版，第96页。

性表述,"反抗绝望"表达出了鲁迅在困境中探寻出路的心声,包括汪晖在随后分析中引申出的"历史中间物"命题,充分代表着80年代对此前鲁迅研究范式的整体超越。总体上,80年代对"立人"的重视不仅体现了启蒙精神,也传达出新一代学人的内心困惑[①],在批判僵化的阶级论束缚思想的同时,对于作为个体的鲁迅的内心世界及其生命哲学的深刻发掘毋宁展现出另一种反思现代性的视野,这种向内转的思路随后开启了存在主义的解读路径。

在80年代之前,鲁迅被视作"马克思主义者",而到了90年代,鲁迅则令人感慨莫名地转身变成了一位"自由主义者"。80年代那种排除政治、经济等范畴的分析模式此时仍在延续,尽管中国社会与文化环境发生剧烈变化,但在鲁迅研究中,"立人"仍被作为重要范畴,学界对"个人""自我"这些观念的分析也还在持续不断地推进。不过,人道主义话语业已丧失了内在的活力。汪晖在90年代总结中国思想界的文章中强调:"中国人道主义的马克思主义如果要重新焕发出它的批判活力,就必须从它的人本主义取向中走出来,把它对人的关注重新置于一种具有时代特点的政治经济学的基础之上。"[②] 这种思路体现了对80年代立场的反拨。换言之,如果关于鲁迅"立人"思想的研究继续保持其历史感与批判活力,恰恰应当重视90年代发生剧变的政治经济学基础。

然而,这种深刻反思并没有及时融入对鲁迅"立人"思想的研究中,那种将鲁迅思想与政治、经济范畴分裂开来的研究范式仍在发挥着深远影响。例如有研究者认为,"鲁迅关心的已经不是

[①] 汪晖在《后记》中的说明值得重视:"上一代人主要是把鲁迅作为认识社会的精神导师,而我却更关心鲁迅在剧烈的文化变迁中的内心的分裂和灵魂的痛苦……研究鲁迅,对于我来说,也是一种内心的需要:我渴望在对鲁迅复杂的精神世界的认识与体悟中,理解自己,理解自己与世界的关系。"(汪晖:《反抗绝望:鲁迅及其文学世界》,第403页)这种研究范式体现了特定历史时代的情感结构。

[②] 汪晖:《去政治化的政治:短20世纪的终结与90年代》,生活·读书·新知三联书店2008年版,第69、70页。

变法维新或排满革命的问题，也不是君主立宪或民主共和的问题，而是启蒙立人……即使进行政治革命，也不过是在同样的舞台上重复演出一场陈旧的历史剧"，以及鲁迅"沿着为强国而寻求真理的路径走来，却常常游离本来之目的而直奔个人自由的主题"，并最终得出"鲁迅是一个自由主义者"[①]。这种观点颇具90年代研究的代表性，将鲁迅理解为一个自由主义者显然是80年代的余绪。同时，关于鲁迅"个人""自我"观念的研究深度得到了进一步拓展，例如汪卫东的《鲁迅前期文本中的"个人"观念》、梁展的《颠覆与生存：德国思想与鲁迅前期的自我观念（1906—1927）》，随着研究者的视野不断扩大，在新的学术格局中，"个人""自我"观念与中国传统、西方现代思想的深层关联被揭示出来。但相比之下，这些对鲁迅"立人"思想深度和视野颇有开拓性的论述更多呈现出内在化的特点，即一种退去了原初的历史生气而学院化程度逐渐加深的趋向。

晚近十余年的研究中，鲁迅"立人"思想的宗旨获得了新的解释。在将"立人"视为鲁迅坚持了一生的理想的基础上，越发明显地呈现出淡化"立人"内在的个体性、自我等启蒙意识的趋势。这些研究也不再局限于对鲁迅个体精神世界的分析，而是试图从内而外地将其拓展到更为宽广的历史视野。不妨说，这些努力的意义正在于从个体主义出发，再次激活鲁迅"立人"思想针对中国社会变革的现实能动性，进而修复"个体"与其他相关范畴的历史联系——例如国家、民族和阶级等。鲁迅"立人"主题的内涵由此得到扩充，即便鲁迅早年的论述，其所面临的东亚地缘文化语境也得到了非同寻常的关注，此前被发掘出的基于"个人"的主体性被修正为"相互主体性"，例如高远东指出："鲁迅把'个'的觉醒的'立人'问题扩展到相互关系之中，把单向的个人性主题扩展至双向

---

① 李新宇：《鲁迅人学思想论纲》，《鲁迅研究月刊》1999年第3期。

乃至多向的社会领域,不仅拓展了思想的范围,而且确保了思想的质量。"[1] 随着"相互主体性"研究思路的确立,鲁迅的"立人"思想被进一步赋予了对抗一元论性质的资本主义话语霸权的内涵。[2] 与此相应,鲁迅"立人"思想内在的国家、民族性的指向也逐步被研究者们彰显出来。[3]

作为对启蒙主义解释困境的回应,不妨重新回到鲁迅强调"立人"的语境。在《文化偏至论》中,鲁迅提出"立人"的原则是"外之既不后于世界之思潮,内之仍弗失固有之血脉"[4],叔本华、尼采等外来思想家打开了鲁迅重新思考中国文明传统的路径,同时,这种原则也意味着,他对"人"的认识仍然是中国文明"固有之血脉"的创造性延伸。对于历史地理解鲁迅"立人"思想而言,何为"人"的传统由此颇为重要。事实上,自 80 年代以来的鲁迅研究,无论彰显启蒙主义、自由主义还是反抗资本主义的民族立场,其思路最终无不集中于对"人"的认识。

鲁迅早年具备着极为自觉的文明史意识,他在《文化偏至论》中频繁论及"文明",以至于有论者认为鲁迅实际上是在谈论"文明偏至"问题。[5] 鲁迅在《摩罗诗力说》开篇表现出对世界各大古代文明失落的思考,并在尼采的启发下建立了文明与野蛮的辩证关

---

[1] 高远东:《现代如何"拿来"——鲁迅的思想与文学论集》,复旦大学出版社 2009 年版,第 3 页。

[2] 高远东:《鲁迅的可能性——也从〈破恶声论〉寻找支援》,《鲁迅研究月刊》2003 年第 7 期。

[3] 钱理群:《与鲁迅相遇:北大演讲录之二》,三联书店 2003 年版,第 64 页。汪卫东、王川霞:《"立人"与"兴国":鲁迅早期"个人"观念的内在问题》,《兰州大学学报》2015 年第 3 期。李怡:《"立人"与现代民族复兴问题》,《首都师范大学学报》2019 年第 1 期。

[4] 鲁迅:《文化偏至论》,《鲁迅全集》第 1 卷,第 57 页。

[5] 董炳月:《鲁迅留日时期的文明观——以〈文化偏至论〉为中心》,《鲁迅研究月刊》2012 年第 9 期。

系。① 另外，在《科学史教篇》结尾，鲁迅也强调应从人性之整全的文明史角度认识西方现代科学，所谓"凡此者，皆所以致人性于全，不使之偏倚，因以见今日之文明者也"②。正是这种自觉的文明史意识决定了鲁迅"立人"的热情。鲁迅认为，比较东西文明，生发"立人"自觉，前提是重审自我的历史，所谓"欲扬宗邦之广大，首在审己"③，关键之处在于如何理解中国自身的文明传统。当鲁迅呼吁人们重新思考"人"的问题时，他所谓的"立人"便蕴含了响应中国文明转型的意义，对于"人"的存在形态的思考与表述正是在这种历史背景的关联之中显示出新的特质。因此，鲁迅的自觉的文明史意识决定了本书从天人之变展开的论述，在这个意义上，鲁迅早年强调《天演论》对他的影响诚非虚言。

在《文化偏至论》中，鲁迅将叔本华、尼采等人推举为体现20世纪文明新精神的"新神思宗"，在讨论"立人"问题时，研究者们常致力凸显他们对鲁迅的深刻影响。值得注意的是，与鲁迅几乎同时，王国维也颇为推崇他们的思想。在《叔本华与尼采》中，王国维比较叔本华与尼采："一则以意志之灭绝，为其伦理学上之理想，一则反是；一则由意志同一之假说，而唱绝对之博爱主义，一则唱绝对之个人主义。"④ 王国维将叔本华、尼采视为"伦理学家"，指出他们把意志理解为人生的根本。鲁迅并未论述过叔本华的"意志之灭绝"学说，他只强调叔本华以"意力为世界之本体"⑤。事实上，就纯粹学理而言，鲁迅或许达不到王国维的深度，艾尔曼便认为王国维的解释与西方学者差别不大，

---

① 鲁迅：《摩罗诗力说》，《鲁迅全集》第1卷，第66页。
② 鲁迅：《科学史教篇》，《鲁迅全集》第1卷，第35页。
③ 鲁迅：《文化偏至论》，《鲁迅全集》第1卷，第67页。
④ 王国维：《尼采与叔本华》，《王国维文存》，江苏人民出版社2014年版，第109页。
⑤ 鲁迅：《文化偏至论》，《鲁迅全集》第1卷，第56页。

却很难在鲁迅崇拜的"精神界战士"身上找到这些西方思想家的共同点。① 鲁迅的政治意识是王国维缺乏的,他发挥自我主体性改造了这些西方思想家的学说,但王国维将叔本华、尼采当作"伦理学家",仍然提供了一个重新认识鲁迅"立人"思想的视角。

如果从天人关系总结中国固有之文明,那么鲁迅"立人"的主张诞生于天人之变的语境,也就意味着,鲁迅以"个人""自我"为中心的关于"立人"的诸多论述存在着同其他伦理范畴的深刻关联。鲁迅的"立人"主张旨在重塑文明精神,这种诉求历史地内在于以个体为中心的伦理谱系的重建进程。由于伦理本位的文明史背景,鲁迅有关"个人"的论述与"家国天下"的伦理谱系存在着本源性的对话关系,清末民初天人之变的语境决定了鲁迅的"立人"思想将内在于家庭、国家、天下解体与再生的过程。

从个人主义出发,鲁迅首先排斥"类"("国民"与"世界人")的叙述。钱理群认为:"鲁迅讲的'个'、'己'有两个意思:一是真实的、具体的人,而不是普遍的、观念的人;一是个别的、个体的人,而不是群体的人。"又如"人是自己存在的根据,这样人就必然具有一种独立不依'他'的特性。这个'他'可以是国家、社会、民族、他人等"。② 鲁迅早年的观点带着精英主义色彩,他否定"民主""平等"政治理念,无不因这些说法造成了对个体精神自由的压制。不过,同样需要注意,除了批判这种压抑个体性的因素,鲁迅还深刻把握到代议制内在的道德困境,如他批评"千万无赖之尤,民不堪命也,于兴国究何与焉"③,又在批判立宪党"志行污下"时指出"夫势利之念昌狂于中,则是非之辨为之昧,措置张

---

① Benjamin A. Elman, "Wang Kuo-Wei and Lu Hsun: The Early Years", *Monumenta Serica*, Vol. 34 (1979-1980), pp. 389-401.

② 钱理群:《与鲁迅相遇:北大演讲录之二》,生活·读书·新知三联书店2003年版,第78—79页。

③ 鲁迅:《文化偏至论》,《鲁迅全集》第1卷,第47页。

主，辄失其宜，况乎志行污下，将借新文明之名，以大遂其私欲者乎"①。这意味着鲁迅并不只关注个体受到群体压抑的问题，他的政治批判同时关联着相应的道德与伦理建设要求。

这种追求主体精神深度以及道德改造、明辨真理是非的观点最终切中了西方现代政体的困境，因为现代国家在其原初的理论设计上——"仅仅外在地保护个人的生命、安全和自由，却不能满足个人更高的精神和道德追求"②——本身内在着深刻的道德困境。鲁迅早年有关个体的叙述存在其特殊的历史语境。这些叙述构成了通往"群治"的要素，正如鲁迅表明先驱者必须再次回到群体，激发群体之"大觉"③。鲁迅呼唤"立人"，最终目的乃是实现中国作为"人国"而崛起于世界东方的理想，"国人之自觉至，个性张，沙聚之邦，由是转为人国。人国既建，乃始雄厉无前，屹然独见于天下，更何有于肤浅凡庸之事物哉？"④"人国"凝聚了鲁迅重建伦理政治的思想，尽管它不诉诸任何带有强制性的政治制度，却深刻传达出现代国家建设中的精神伦理要求。在鲁迅看来，能否实现"人"的自觉将是决定一个国家命运最为重要的因素，具有相互主体性的"人国"最终构建出了一幅新的世界图景。

辛亥革命之后的共和危机敦促改革者将政治问题进一步引向伦理领域，在此过程中，"人"的自我、个体性受到前所未有的重视。80年代对鲁迅"立人"思想的解读致力于回归这一脉络，但也在启蒙热情中采取了对"人"的抽象化解释。"五四"时期个体意识的凸显，根源于国家、家庭乃至世界、人类等众多伦理范畴之间的复杂互动，个体无疑构成了中国文明历史转型中的特殊环节。"五四"时期，响应新文化运动的呼声，鲁迅格外关注家庭改革问题，最初的创作《狂

---

① 鲁迅：《文化偏至论》，《鲁迅全集》第1卷，第47页。

② 吴增定：《利维坦的道德困境：早期现代政治哲学的问题与脉络》，生活·读书·新知三联书店2012年版，第375页。

③ 鲁迅：《破恶声论》，《鲁迅全集》第8卷，第26页。

④ 鲁迅：《文化偏至论》，《鲁迅全集》第1卷，第57页。

人日记》《药》、论文《我之节烈观》《我们现在怎样做父亲》以及《新青年》"随感录"上的文章均旨在探讨人类伦理生活的新可能。此时,鲁迅从无政府主义的潮流中择取出"人类主义"的意识,他有关"立人"的表述也因此具备着人类、世界维度。鲁迅畅想的未来世界充满了相爱、互助与平等的精神,改革家庭的终点仍归结为"立人"的主题:"自己背着因袭的重担,肩住了黑暗的闸门,放他们到宽阔光明的地方去;此后幸福的度日,合理的做人。"① 正是通过重新彰显"人类主义"的意识,鲁迅将自我、家庭、人类与世界等范畴紧密关联在一起。鲁迅"五四"时期围绕"立人"的论述呈现为这样一种逻辑:为了解放"幼者",使其过上"幸福""合理"的生活,便需要着手改革"家庭";改革"家庭"的前提在于从根本上改造"社会",而最终构成"社会"远景的是"人类"与"世界"。

鲁迅的思想不孤立、也不超越历史,他借助多方面资源对于重建个体、家庭与国家伦理提出了具有批判性的见解。在鲁迅最初建立"立人"论述引用的对象中,尼采、叔本华、卡莱尔以及章太炎等都是启蒙运动不折不扣的批判者。与其说鲁迅早年旨在启蒙,不如说他更主要地试图从这种反启蒙精神中去寻找重建中国人生存秩序(即"伦理学")的可能,因而鲁迅的"立人"思想以悖论的方式与清末民初政治、经济变革相联系,"立人"内在的张力与丰富性呈现出的是鲁迅思考中国问题的总体性视野。

汪晖分析章太炎的个人观时指出:

> 中国现代思想中的个人观念是作为所有普遍性概念——如"自然"、"公理"、"国家"、"团体"等等——的对立物来界定自己的,然而,如果我们把个人观念置于近代中国的语境中来观察它的起源和运用,我们将会发现,这种对人的自主性、独自性和唯一性的强调恰恰以那些普遍性观念所要解决的问题为

---

① 鲁迅:《我们现在怎样做父亲》,《鲁迅全集》第1卷,第135页。

其目标。①

鲁迅的思考并不脱离上述语境，对"个体"与"自我"的认识内在着他重构家国天下伦理谱系的愿景。因而有必要再度将鲁迅的"立人"思想历史化，从"个体""自我"既对立又相互依存的天下、国家、社会、家庭等范畴，对此进行整体性的分析。

通过重建个体主义的伦理谱系，一方面，可以更充分地揭示鲁迅"立人"思想内在的文明史意义，呈现"个体"经过社会关系分化、重组之后在现代中国的诞生与展开过程。② 另一方面可以更清楚地表明，鲁迅对"个体"的理解并不局限于"个"与"群"之间的对立，它还包含了重建"人"的精神世界以回应家国天下转型的伦理要求，关联着鲁迅对清末民初历史变革的总体想象。鲁迅早年提倡个人主义是为了救治"纤弱颓靡"的大众，因此，他才强调"个人"必须具有"勇猛奋斗之才，虽屡踣屡僵，终得现其理想"③，进而试图塑造一种新的"人格"，故有所谓"张大个人之人格，又人生之第一义也"④。鲁迅反复表达这种意图，他推崇"摩罗诗人"，同样因为个体性的精神自觉指向了新的国家的建立，乃至关联着一种新的世界秩序："无不刚健不挠，抱诚守真；不取媚于群，以随顺旧俗；发为雄声，以起其国人之新生，而大其国于天下。"⑤ 这种以勇猛、进取为职志的个人观与章太提倡的"确固坚厉、重然诺、轻

---

① 汪晖：《个人观念的起源与中国的现代认同》，《汪晖自选集》，广西师范大学出版社1997年版，第43页。

② 瞿秋白提到鲁迅留日时期的个人主义思想，他认为"鲁迅在当时的倾向尼采主义，却反映着别一种社会关系"（瞿秋白：《〈鲁迅杂感选集〉序言》，青光书局1933年版，第6页）。这种把鲁迅的个人主义并不当做一种抽象的实体看待的思路，与80年代尤其是90年代以来的理解有很大不同。

③ 鲁迅：《文化偏至论》，《鲁迅全集》第1卷，第56页。

④ 鲁迅：《文化偏至论》，《鲁迅全集》第1卷，第55页。

⑤ 鲁迅：《摩罗诗力说》，《鲁迅全集》第1卷，第101页。

死生""悍然独往以为生民请命"① 的革命之道德存在高度的延续性。这意味着,鲁迅鼓吹精神革命,并非抽象地强调"精神自由",而是源自改革国民性的政治抱负与鲜明的革命理想。此外,鲁迅以《摩罗诗力说》《破恶声论》为标题的长篇论文直接探讨"恶魔"与"恶声",他显然无法回避道德、正义等问题。

鲁迅对个体性的重视或许来自老师章太炎的影响,不过,不同于章太炎将革命道德建立在佛学唯识宗的基础上,鲁迅将目光更多投向西方。鲁迅早年对尼采、叔本华以及拜伦、雪莱等人的接受深刻影响了他的个体观。虽然同样寻求与时代主流的批判性距离,例如,对于"个人""进化""自然"等概念,章太炎、鲁迅师徒均提供了不同于主流的解释——也由此在晚清追求现代性的大潮中开辟出了反思现代性的路向,但两人依据的思想资源存在明显差异。尤为值得注意的是,鲁迅早年虽被章太炎的学识与革命家风度折服,但他却从未在自己的论述中直接引述过后者的观点。他们的相似性更多体现在,鲁迅通过对西方更深入的认识,例如对 19 世纪末"新神思宗"与"摩罗诗人"的引介呼应了章太炎从佛学唯识宗中提炼出的观点。这种情形意味着,尽管两人在情感与思想方面存在深刻默契,但鲁迅并不依傍于章太炎的观点亦步亦趋地进行附和,而是有着独立的主体性意识以及对西方现代文明、中国历史问题的高度自觉。总之,鲁迅并不抽象地议论"人"的问题,对他而言,凸显"人"的主体性源于中国文明的总体性危机。"立人"最初关联着从"个体""自我"到民族主体性的问题,鲁迅呼吁建设"人国",以对抗晚清崇拜强权国家的潮流,至于"五四"时期,他又把"人"放在家庭改革、社会改造的具体语境中认识,号召"救救孩子""幼者弱者本位"等。事实上,当鲁迅晚年转向革命,他最先强调的仍是"人"的主题,指出革命的前提在于塑造出更多的"革命人",

---

① 章太炎:《革命道德说》,《章太炎全集》第 4 卷,上海人民出版社 1982 年版,第 286、287 页。

这是否同样蕴含了鲁迅对中国革命与文明转型关联的认识？鲁迅提出"立人"，源自对中国文明传统及其症结的体认，这一主张具备着远超个体、自我的层次和内涵。在这个意义上，鲁迅"立人"话题内在的文明史意蕴仍有待发掘。

第四节　本书结构与章节述要

在 20 世纪最初的二三十年的时间里，生物进化论，这项被誉为现代自然科学最伟大的成就，为绝大多数中国知识分子提供了认识世界与变法自强的原理。与此同时，进化论也将一种全新的自然观带到 20 世纪初的中国，并使得千百年来相对稳固的天人关系发生深刻变化。正如严译《天演论》的底本——赫胥黎的《进化论与伦理学》重点探讨的是理想人类社会的问题，进化论同样引发了清末民初伦理重建的热烈讨论。鲁迅的论述发生在古今中西思想交汇的脉络上，因此，考察鲁迅的自然观与伦理思想，也就是探寻鲁迅对那些涉及现代中国转型最根本的一系列命题的回应，通过这种方式，本书试图论证作为现代中国文学与文化的奠基者，鲁迅围绕"立人"主题论述的生成逻辑及其深刻与独特之处。

鲁迅的自然观和伦理学并非两个独立的问题，而是在追寻现代中国人生存的根本之道上达成了统一。本书探求的是：在清末民初剧烈变动的世界中，鲁迅如何接受并理解包括进化论在内的西方自然科学？他对自然的认识由此发生了哪些转变？在这个基础上，他又如何思考并提出重建现代中国人伦的方案？

本书各章节的设计思路是：一方面，由于鲁迅在不同时期论述的中心有所变化，在晚清部分，本书将首先讨论天下秩序崩溃之后国家建设的原理及其精神困境，并基于这种背景展开鲁迅早年关注的诸多重要命题，例如世界与国家、群体与个人的关系问题。在此过程中，本书还将讨论鲁迅对《天演论》的阅读、接受以及由此生成的新的历史意识,这些部分涉及鲁迅对于现代自然科学、人类主体性以及知识、信仰和道德等领域的思考,同时,也将深入考察鲁迅早年在进化论背景下对古今中西时空关系的重建,他的论述不仅展现了开阔的世界眼光,还体现出深厚的历史纵深感。另一方面,本书探讨的诸多伦理范畴存在着明确的历史相关性,从早年留日时期到20世纪20年代末,伴随中国历史形势的变迁,鲁迅面临着天下、国家、社会、家庭、个人等范畴的瓦解与重组,这些范畴既彼此关联,又在鲁迅的论述中呈现出明显的延续性。至于截止到1927年,并不是从"从进化论到阶级论"经典叙述出发的结果,而是意在强调1927年在鲁迅个人思想史上的重要意义,这一年发生了让鲁迅坦承进化思路遭到轰毁的"清党"事件,他有关中国社会变革的思路由此发生变化,尽管鲁迅晚年仍然谈论生物进化论,但重心已经转移,他认为马克思主义的社会科学更加切合中国的语境,并在此基础上确立了新的自我存在与相应的表达方式。

第一章:现代世界与鲁迅的原点。本章主要从现代东亚格局形成的语境理解鲁迅早年的人生选择,讨论天下秩序崩溃后,鲁迅批判日本、俄国等强权主义的逻辑及其崇拜者的原理,分析鲁迅在这种思潮中提出的伦理政治思路。鲁迅早年就读新式学堂、留学日本,这种人生轨迹密切呼应了晚清以降富国强兵的历史潮流,他既处于这一潮流中,又不断增强了对这一潮流的批判性意识。日俄战争发生于鲁迅在仙台医专学习的时期,由于仙台的战略地位,"幻灯片事件"并非偶然。鲁迅通过幻灯片目睹的正是强权秩序在东亚的形成过程,新的秩序以社会达尔文主义作为自然哲学依据。时隔二十余年之后,鲁迅在《藤野先生》中回忆起这段时间的生活,其中,他提到了托尔斯泰对日俄战争的批评。事实上,他早年就深入地思考并反驳了托尔斯泰的非暴力观点。在日俄战争期间,托尔斯泰曾写作了《论末世》,他根据基督教精神谴责战争与暴力创造的现代世界秩序,批评日本和俄国的强权主义,并赞扬中国人在这场战争中的忍耐精神。尽管鲁迅也批判强权秩序,但与托尔斯泰不同,他从中感受了强烈的耻辱。鲁迅拒绝托尔斯泰式的人道主义，他认为现代世界不可能回到宗教时代。鲁迅同样否定了同代人对进化论的误读，不过，他并没有彻底放弃进化论。鲁迅认为人类的进化存在"差等"，总有一些族群的性情中残留着原始的兽性，战争和暴力将与人类的命运相始终。出于这种悲观看法，鲁迅强调使用战争与暴力的伦理性要求，主张重塑人类的主体性，他希望人类成为战争与暴力的主宰者，而不是奴隶。鲁迅认为，借助战争和暴力的反抗既是在现代世界中生存的必要条件，也是实现人道主义的必然方式。鲁迅由此呼吁建立"人国"，这一概念正是为了回应现代国家建设潮流中的道德困境，它体现了鲁迅有关伦理政治的思路。如果"人"作为主体而不被战争和暴力的原始兽性奴役，那么，这样的"人国"同样可以称为"强国"。在这个意义上，鲁迅也通过诉诸重建"人国"的方式扭转了中国作为弱国的被动性地位。

第二章：人在自然界中的位置。本章主要围绕《天演论》讨论鲁迅自然观的转变，揭示鲁迅"立人"思想发生的知识背景，并由此分别从《人之历史》《科学史教篇》考察鲁迅处理科学与道德、信仰关系的方式及其原理。进化论内在的现代科学意义上的自然观深刻冲击了传统中国的天人关系，开辟出一种独立于人伦的自然界，使得重建伦理秩序成为必要。鲁迅早年喜爱阅读《天演论》，这部著作向他展现了一个对人类极不友好的自然世界，鲁迅首先接受了这种没有生机的自然观，《说鈤》与《中国地质略论》等文显示出鲁迅的物质观念及其理解自然方式的变化，他进而把这种原理引入《摩罗诗力说》，强调人类必须在适应生存竞争的基础上重建主体性。现代西方的殖民扩张奠定了进化论发生的历史背景，鲁迅在接受进化论的同时祛除了这种自然观蕴含的西方中心主义论调，他强调中国作为"人国"的崛起必须反抗帝国主义。

鲁迅否定晚清流行的"西学中源"论调，为此，他更为深入地考察了西方科学史脉络，进而在西方科学发展的内部语境中逐步反思了科学主义的问题，提出诸多逸出自然科学一元论的观点。

在《人之历史》开篇，鲁迅引述了泡尔生与海克尔的争论，这个几乎被人们忽略的争论反映出鲁迅的思考已经深入到了科学与伦理的关系问题。鲁迅虽然在南京即接触到进化论，但真正理解进化论的原理却是到了日本之后。鲁迅从丘浅次郎那里了解到海克尔的一元论哲学，他最初采纳了海克尔的一元论，并将泡尔生与中国反对进化论的人士联系起来。不过，泡尔生并不反对进化论，他只是不满于海克尔的一元论哲学。这意味着，鲁迅很可能对泡尔生与海克尔这场争论的核心问题并不知情。鲁迅的选择既受到晚清与日本语境的多重影响，也显示出了他早年高扬人类主体性的立场。

这种思考延伸在《科学史教篇》中。在这篇文章中，鲁迅认识自然科学的视角发生了明显变化，来自维多利亚时期的英国科学家如华惠尔、赫胥黎、丁达尔关于理性有限的论述启发了鲁迅，使他突破了晚清的科学主义潮流。鲁迅在《科学史教篇》的许多关键之处都引用了丁达尔，通过追踪丁达尔的人性论及其泛神论的自然观原理，可以发现鲁迅在《破恶声论》中为科学划定边界、为"迷信"辩护的思路均与丁达尔存在深刻的联系。如果说在更早的论述以及《人之历史》中，鲁迅认为科学是现代西方兴起的根本，那么《科学史教篇》标志着这种思路的转折，从这时开始，鲁迅认为科学并不能解决道德、信仰等更精深的精神层面的问题。

第三章：历史意识的变迁。本章将考察鲁迅在接受了进化论之后的历史意识的变迁，主要分析鲁迅的文化偏至思想、复古论及其对于晚清文明史学的回应。鲁迅早年的写作表现出深厚的历史感。鲁迅在多篇文章中将中国描述为停滞的帝国，这反映出他的进步史观，进步史观与停滞的中国形象产生于18世纪的启蒙运动，鲁迅接受了这个结论。不过，通过《文化偏至论》《科学史教篇》对西方历史的梳理，鲁迅提炼出"时"的概念，他认为一切价值和标准都需要放在这个尺度上重估，进而用这种历史主义的方法解构了启蒙史观。晚清知识界对于西方的认识集中在19世纪，这同样构成了鲁迅思想的起点，但他后来恰恰认为西方 19 世纪的历史经验已经不再适合 20 世纪之初的中国。中国和西方并不是落后与先进的线性等级关系，在尼采等人的影响下，他甚至认为，中国和西方都需要进行根本的精神改造，由此两者是平等并列的关系。

在这种历史观引领下，鲁迅推崇上古文明内在的精神力量，他从进化论出发认为人类在历史早期最富有战斗精神，并希望能够以此推进晚清民族革命事业。鲁迅认为，这种战斗精神在人类进入文明社会之后不断被否定，人类历史其实是一部精神退化史，因而有必要"复古"。这种"复古"完全不同于保守主义者将上古社会视为黄金时代的论调。此外，鲁迅"复古"的历史观也显示出章太炎及晚清国粹派的影响。本章还将考察鲁迅与晚清文明史学的关系。鲁迅认为相对于文明，野蛮中蕴含着文明发生和发展的本源力量，他甚至由此对返祖现象抱有浓厚兴趣；这种思路来自尼采的启发，鲁迅继承了尼采对于以巴克尔为代表的文明史学者的批评，同时也呼应了章太炎拒斥文明论的思路。鲁迅的"复古"观体现出对再造民族主体的渴望，"摩罗诗人"即代表了将使文明再生的野性之生机与活力。最后，本章将揭示鲁迅"诗力说"的自然原理。"摩罗诗力"并不来自机械主义的宇宙论，而是源于一种更内在的意志力量，也因此，鲁迅有"内部文明"的说法，他以此颠覆并扭转了晚清文明史学关于文明、野蛮划分的叙事。

第四章：诗歌、政治与伦理。本章主要讨论鲁迅与晚清群学思潮关系，从晚清群学思潮考察鲁迅的个人主义观念。鲁迅通过诗学方式参与了晚清群学思潮，他的主要对手是那些从群学角度要求用道德（公德）规范文学的理论家。虽然两种思路都注意到情感对于构建群体的重要意义，但后者只是把情感当作政治理念的载体，这种思路与传统诗学中"文以载道"的观念颇为相似。鲁迅重新解释了"诗言志"的传统，尽管他多次引用了刘勰在《文心雕龙》中的观点，但仔细比较刘勰的论述，可以发现，他对于"言志"的解释已经从根基上偏离了中国古代诗教思想，"言志"内涵指向了西方文明传统中的自由意志说。鲁迅的诗学观明显受到19世纪英国浪漫主义者卡莱尔的影响，在《摩罗诗力说》中，鲁迅或直接或间接多次引用了后者在《论英雄、英雄崇拜和历史上的英雄业绩》中提出的诗学原理。鲁迅并不因为主张个人主义而反对群体，在卡莱尔的启发下，他期待诗人与民众实现精神的大联合，强调内在的情感共通而不是外在的道德劝说。鲁迅从生命的感性本体出发凸显文学的"不用之用"，这种观点既解放了读者的主体能动性，又力图从根本上实现从自我到群体的变革。

鲁迅并不反对道德，事实上，在章太炎的影响下，他还把道德的意义推展到极为关键的地步。鲁迅早年多次批评晚清改革界由于利己之风导致的腐败现象，他主张排除利己之心的革命道德，并将对于"利己"的批评引申到了更为深入的功利主义伦理及其人性论层面。鲁迅呼吁通过诗学方式重建群己之间的精神纽带，他认为人们不能因为利益而结成群体，只有直抵人心的诗歌才能产生真正的联合力量。当鲁迅将拜伦、雪莱等浪漫主义诗人视为精神领袖的时候，他也同时汲取了浪漫主义的自然观，这是一种美学化和伦理化的自然，迥别于现代科学机械论自然观的预设。鲁迅早年认为中国民族性最为匮乏"诚"的品质，他也在浪漫主义的精神脉络中建立了关于"诚"的较为完整的表述体系，凸显出浪漫主义诗学在儒家文明与现代科学交汇时刻的独特意义。由于采纳了卡莱尔等浪漫主义者的观点，鲁迅的思路不同于根据儒家传统或科学理性原则对"诚"的解释，他明确表明"诚理"反映了内在世界的感应和变化，进而将其还原为个体主观玄妙的生命体验。鲁迅以"白心""内曜"强调对主体精神气质的重塑，对他而言，"诚"关联着"人生"主题并开辟了认识、改革中国社会的另类路径。

第五章：家庭改革的生物学原理。本章将讨论鲁迅在新文化运动期间提出的家庭改革的设想，围绕鲁迅《我们现在怎样做父亲》以及同时期发表于《新青年》"随感录"上的系列文章，考察鲁迅运用生物进化论改革家庭的合理性及其困境。与晚清改革者把国家、社会革命的逻辑引向家庭不同，鲁迅注意到家庭的特殊性，他认为夫妻、亲子之间应当通过"爱"的情感而不是利益交换关联在一起。根据生物学原理，鲁迅提出"一要保存生命，二要延续生命，三要发展生命"的纲领，这一纲领受到他在 1913 年翻译的上野阳一《社会教育与趣味》的启发，但不同于上野阳一的康德主义的思路，鲁迅最终把伦理问题统合在了生物一元论中。生物进化论给予了鲁迅强烈的生存危机感，他将"保存生命"视作最基本的生物学真理，并据此批判国粹与传统家庭伦理。

事实上，晚清时期发生过"保存生命"还是"保存国粹"的类似争论，鲁迅的批评将其推向更加激进的地步，他的"保存生命"不是与国家、种族，而是与世界、人类等无政府主义理念联系在一起。鲁迅将"保存生命"作为伦理重建的起点与 17、18 世纪西方古典自然法学派的观点相似，二者分享着同样的自然观。但鲁迅随后为"生存"附加上了更高的要求，他认为生存需要内在的努力，这使得他远离了主张适者生存的达尔文，而与尼采更为接近。尼采延续了 19 世纪德国的进化论传统，他反对达尔文将精神意志排斥在自然界之外的思路，在这个意义上，鲁迅并没有歪曲进化论，他只不过是接受了另一种对进化的科学解释，尽管他很可能并不清楚尼采与达尔文的区别以及尼采同进化论之间的复杂关系。

最后，本章将以鲁迅对亲子关系的改革为中心，分析他"无恩而有爱"的理想及其困境。首先，"父亲"的伦理角色很难被完全置于生物学框架；其次，鲁迅指出劝孝的被动性，并将带有交换性质的"恩"改造成了非功利且更具主动性的"爱"，这种观点应当与"一战"之后知识界广泛接纳无政府主义的影响有关。在礼学视野中，"爱"与"敬"原本是一体关系，鲁迅从单方面强调"爱"的意义，这使得他突破了因为过于强调"敬"而陷入教条化、空洞化的弊端，也进一步高扬了家庭伦理的价值高度。鲁迅的观点与日本白桦派文学家有岛武郎相似，但不同于后者主张用"爱"完成自我的个性，鲁迅更强调父母无我、利他的牺牲精神，这与他对自我的历史地位有关。不过，通过分析鲁迅的牺牲观以及《颓败线的颤动》中被赶出家门的母亲形象，可以看出鲁迅在20年代中期对生物学的真理、牺牲之爱的理想已经发生了深刻怀疑。

第六章：1920年代的质疑与反思。本章将考察鲁迅在20世纪20年代中期对自然和人伦关系的反思。在这一时期，鲁迅越发质疑此前对于进化论的信仰以及伦理改革的可能，当中国社会的矛盾日趋加剧之际，进化论最终失去了面向现实的解释力以及改造社会的能动作用，对于现实的重新认识决定了鲁迅晚年的思想动向。在新文化运动时，鲁迅根据进化论提出"幼者本位"的理想，主张以"幼者本位"重建长幼秩序，从"善种学"（优生学）改造亲子关系，强调后天教育与环境改革的重要性，呼吁"救救孩子"，而1920年代中期的《孤独者》《长明灯》与《颓败线的颤动》等文章一再表明鲁迅的悲观心理，他动摇了有关儿童天性善良的预设，认为无法改变由遗传决定论昭示的历史劣根性。鲁迅曾经在1921年至1923年翻译了爱罗先珂的多篇童话作品，这些童话作品均涉及自然与人伦的关系问题，爱罗先珂赞美动物而批评人类的态度，呼应了鲁迅对于人类主体性的悲观认识。鲁迅很可能通过对爱罗先珂的翻译总结了"五四"时期的美好设想。在《补天》《狗的驳诘》《狗·猫·鼠》等文章中，他同样表现出非人类中心主义的立场，尽管两人借助相似的意象与自然隐喻表达对于现实社会的批判，但不同于爱罗先珂对自然世界充满和谐精神的浪漫想象，鲁迅的悲观认识使得他不得不在荒芜的世界中坚持斗争。

这些变化最终指向了鲁迅晚年转向的问题。尽管进化论的叙事已经遇到了困难，但直到目睹1927年"清党"事件中青年人的相互残杀，才迫使陷入彷徨的鲁迅重新考虑建立一种更加有效地把握现实的方式，激发他寻求能够引领中国现实社会变革的新的历史主体。鲁迅虽然翻译了卢那察尔斯基、普列汉诺夫等众多马克思主义者的文艺理论，但从生物进化论的思想背景出发，他尤其强调了普列汉诺夫《艺术论》面向自我与时代的现实意义。这本书的重要性体现在,一方面,它从整体上清理了鲁迅对生物学真理的推崇;另一方面又密切响应了1920年代中国知识界的社会学转向。由于强调知识的现实能动性,鲁迅转而重视社会科学,并通过调整进化论的位置重新确立了自我存在与相应的表达方式。

第 一 章

现代世界与鲁迅的原点

第一节 "幻灯片事件"

1902—1909年，鲁迅留学日本。他在这一段时期内形成的思想深刻延续在后来的言说与行动中。关于这一时期鲁迅的思想特征，目前有两种基本的观点。第一种观点是鲁迅自己的陈述，晚年的鲁迅对左翼文学理论家冯雪峰讲起这一时期的思想状况："那时候（指一九〇七年前后），相信精神革命，主张解放个性，简直是浪漫主义，也还是进化论的思想。"[1] 仔细体会一下这里有些曲折的语气，他实际上用了"浪漫主义"和"进化论"来概括自己的思想，"浪漫主义"可以指"精神革命"和"个性"，而有意思的是，他最后把"浪漫主义"包括进了"进化论"的脉络中。第二种观点来自日本学者伊藤虎丸，他称早年留学日本的一段时间是"原鲁迅"[2] 时期。他一再讲述自己在阅读鲁迅从《狂人日记》（1918）开始的作品时，惊讶地发现可以从留日时期

---

[1] 冯雪峰：《冯雪峰忆鲁迅》，河北教育出版社2001年版，第20页。
[2] ［日］伊藤虎丸：《鲁迅与日本人——亚洲的近代与"个"的思想》，李冬木译，河北教育出版社2000年版，第59页。

鲁迅的评论中找到原型。伊藤虎丸回溯性的阅读使他发现了早期鲁迅的重要性，他由此致力于从"'科学者'鲁迅这一面来对'文学者'鲁迅形象多少做一些修正"①。这种思路也近似于鲁迅将"进化论"视作早年思想总体背景的陈述。无论是用"进化论"统合"浪漫主义"，还是强调"科学者"对"文学者"的修正，这些说法都显示出了鲁迅早年思想的复杂性。

不过，让人不满足的是，这两种认识无法更深入地向我们揭示，鲁迅的这些思想同他当时所身处的历史世界的关联。面对这一问题，围绕鲁迅精神世界的内在探究显示出了不足。鲁迅自1898年离开故乡绍兴进入南京的新式学堂，随后到东京弘文学院、仙台医专求学，再折返回东京从事文艺运动，他的人生轨迹的每一步都密切关联着现代中国改革与革命浪潮兴起的过程。正如许多有志于改造中国的思想家与革命家一样，鲁迅不得不回应现代世界的挑战以及晚清中国所面对的困境。有关早期鲁迅思想的形成无疑是一个复杂的问题，更何况他所直面的又是古今中西之间前所未有的历史变局。鲁迅曾经多次回忆早年的心路历程，尽管总是带着文学家再创造的痕迹，但作为对鲁迅早年求学经历、思想成长相应的历史空间的再现，这些传记性的文字仍然值得认真对待。1922年年底，在为《呐喊》题写的序言中，鲁迅追认自己的思想与文学的起点，即发生在仙台医专的著名的"幻灯片事件"。在鲁迅留学时期，这次事件使他近距离地直面现代强权秩序在形成过程中的残暴与血腥，同时，鲁迅也在回忆中揭示了由此产生的精神冲击，如他不得不放弃此前的道路，并重新思考自我的存在与中国未来可能的出路。

作为鲁迅一再自述的人生转折点，"幻灯片事件"得到了研究者足够多的阐释。鲁迅本人有过两次集中描述，分别是在《呐喊·自序》和《藤野先生》两篇追忆性的文章中。带给鲁迅强烈刺激的幻

---

① [日]伊藤虎丸：《鲁迅与日本人——亚洲的近代与"个"的思想》，李冬木译，河北教育出版社2000年版，第186页。

灯片，所展示的是这样一幅景象：在日俄战争（1904—1905）期间，一个据说是做了俄国侦探的中国人正要被日本兵斩首，他的周围聚拢着一群前来围观的神情麻木的中国人。鲁迅在同学们庆祝胜利的欢呼声中感受到了难于言表的耻辱。此前，他正是为了逃离乌烟瘴气的东京留学生群体而来到仙台，幻灯片引发的这一幕使他感到此处同样并非理想的驻足之地。①鲁迅的留学生身份和幻灯片中的"中国人"构成了内外呼应的关系，在幻灯片中"围着看的也是一群中国人；在讲堂里的还有一个我"。②

这时的鲁迅既是一个看客，又正在被身边的同学观看。这使他对同学们的欢呼之声格外敏感。鲁迅决然弃医从文即在于无法忍受这种屈辱境况，他的转向旨在以更为根本的方式唤醒麻木的同胞："凡是愚弱的国民，即使体格如何健全，如何茁壮，也只能做毫无意义的示众的材料和看客，病死多少是不必以为不幸的。所

---

① 鲁迅的两次描述存在差异，在《呐喊·自序》中，他指出这个被视为俄探的中国人是被"砍首"，而在《藤野先生》中却是"枪毙"，这种差异使得一些学者怀疑鲁迅记忆的真实性。由于这一张幻灯片长时间无法得到材料上的证实，也有学者认为，鲁迅可能故意将其弃医从文的起点传说化了，例如李欧梵质疑："从文学观点看，鲁迅所写的幻灯片事件既是一次具体动人的经历，同时也是一个充满意义的隐喻。幻灯片尚未找到，作者可能虚构。"（李欧梵：《铁屋中的呐喊》，尹慧珉译，人民文学出版社2010年版，第16页）日本学者渡边襄经过调查认为，那时的报纸杂志的报道、插图和照片中，实际上有不少关于处死中国"俄探"的报道。据渡边襄介绍，太田进在《野草》31号发表了"俄探斩首"的照片，他认为虽然没有直接的证据表明鲁迅看到过这张照片，但事实上，那时举办日俄战争的图片报道是很盛行的风气（［日］渡边襄：《鲁迅与仙台》，鲁迅·日本东北大学留学百周年史编辑委员会编《鲁迅与仙台》，解泽春译，中国大百科全书出版社2005年版，第71—77页）。对于本书的论述而言，相对幻灯片史料之有无以及鲁迅是否曾经直接目睹的经历，最重要的是鲁迅早年确实生活在日俄战争的阴影中，并在此后长久地被战争阴影笼罩。从鲁迅早年论述中可以清晰见到日俄战争留下的痕迹，并且鲁迅此后对文艺的解释也响应了试图改变幻灯片上中国人精神麻木的宗旨。

② 鲁迅：《藤野先生》，《鲁迅全集》第2卷，第317页。

以我们的第一要著,是在改变他们的精神,而善于改变精神的是,我那时以为当然要推文艺,于是想提倡文艺运动了。"① 这里所要思考的问题是,能否将"幻灯片事件"放置到现代世界——对鲁迅而言,主要是现代东亚秩序的形成过程中进行解释?被幻灯片照亮的历史现实,启示给鲁迅怎样的一幅世界图景,并如何关联起了鲁迅与他所处的历史世界?除了弃医从文,鲁迅还以何种方式克服了"幻灯片事件"施加给他的精神困境?

让我们再次回到幻灯片所呈现的景象,重新分解其中的要素:作为从前线传来的报道战况的照片,它首先反映了战场的残酷并宣示着胜利者的强大;其次,除了炫耀日军的武力,幻灯片还展示了俄国的失败以及来自中国的间谍和围观的看客。某种意义上,这个画面也记录了中国、日本、俄国三个国家的历史形象。幻灯片的本意在于激发日本民众日益膨胀的扩张主义心态,日本军民在这场战争中表现了前所未有的团结,为欢庆战争胜利举行的游行、庆祝大会络绎不绝。经过明治维新三十多年的时间,日本作为亚洲率先开化的先进国不仅通过甲午战争(1894—1895)取代了中国的地位,还在与俄国争夺中国东北的战争中战胜了西方人。这均是此前几十年里无法设想的事情,这种强大的帝国形象对日本国民心态的刺激不言而喻,我们也可由此理解鲁迅身旁同学那种兴高采烈的欢呼声。日本战胜俄国的消息同样引起了中国思想和言论界的轩然大波,许多人从中看到了亚洲击败西方的可能,以至于中国的革命领袖和一些知识分子也纷纷产生出惊天喜地的感觉。日本对于俄国的胜利,清楚说明了西方人并非不可战胜——这是日本的胜利,也是黄种人的胜利。相比之下,鲁迅却从中感到了莫大的耻辱。"幻灯片事件"折射出来的,不仅是现代东亚秩序在形成过程中的分裂状况,中国的思想和言论界同样处在矛盾和分裂之中:怎样理解现代强国的崛

---

① 鲁迅:《呐喊·自序》,《鲁迅全集》第1卷,第439页。

起？中国该如何处理强、弱之间的关系？

  一个不容忽视的事实是，鲁迅在仙台学习的时间恰好覆盖了日俄战争的战期，作为日本东北部的中等城市，仙台在日俄战争中有着重要的战略地位，而当时鲁迅就读的仙台医专也曾一度因为日本在战争中的胜利而沸腾。① 鲁迅处在现代日本强大历史形象的阴影中，他不可能不对同学们的欢呼声倍加敏感。鲁迅在教室内看到反映日俄战争的幻灯片亦非一场偶然，而恰恰蕴含了某种历史的必然。鲁迅完全不为此感到惊讶，在他离开作为留学生群体中心的东京时，不是非常清楚日本维新发源于现代医学吗？鲁迅或许疏忽的是，日本在维新中发展起来的现代医学同样是为了扩张和战争服务。值得注意的是，当在东京弘文学院的鲁迅做出学医决定的时候，他颇为明确预定自己的目标就是为了将来做军医②，鲁迅树立这种志向，很可能就源于当时日本的医学界气氛。③

---

  ① 根据渡边襄调查，鲁迅在仙台的时期，"仙台有2万户、10万人口，是居全国第11位的中等城市，同时也是承担大约一万名士兵的军都。在市内，以仙台市兵事义会为中心，举行出征士兵的欢送会、祝捷会等活动，并建立了救助出征士兵家属的组织，形成了一个自上而下，举国一致的战争推进体制。仙台医专也曾受到战争的影响，5名教师、1名职员和5名学生应征奔赴前线。5名学生中有3名是鲁迅的同班同学。教职员捐出薪金的2.5%作为给军属的救援基金。旅顺陷落（1905年1月）后不久，俄军俘房被送到仙台，起初被收容在片平丁的监狱署，医专的学生们也看见这些俘房了。奉天陷落（1905年3月）、日本海海战（1905年5月）胜利时，医专独自举行了祝捷大会，之后又参加了市民大会。医专自愿者音乐会的盈利也捐献、慰问了伤病员，运动会的项目也用战争给表演项目起了名字。随着战况的进展，伤病员增多医院也增加了，从1904年12月起，医专教师和四年级学生去预备医院帮忙。毕业考试的提前实施也是学生方面提议的，这一年57名毕业生中34名当了军医"。[日] 渡边襄：《鲁迅与仙台》，鲁迅·日本东北大学留学百周年史编辑委员会编《鲁迅与仙台》，解泽春译，中国大百科全书出版社2005年版，第56页。

  ② 鲁迅：《呐喊·自序》，《鲁迅全集》第1卷，第438页。

  ③ 日本医学发展原本是与明治政府发动战争、进行军事扩张的策略相一致的。[日] 杉本勋：《日本科学史》，郑彭年译，商务印书馆1999年版，第325页。

第二节 强权秩序的形成

日本和俄国的帝国主义战争发生在中国东北的土地上,清政府却在多方力量安排下被迫中立。实际上,对于不久前刚刚经历过八国联军侵华的清政府而言,战争导致的不安仍未消去,这时的清政府已备受打击,与此同时,还不得不留出精力以应对国内此起彼伏的反清斗争。俄国在1900年以镇压义和团、保护中东铁路为由占领中国东北,并在随后几年之内制造了多起暴力事件。清政府对此有心无力,这给了日本介入的契机并使其一度颇受欢迎,而日本也希望中国保持中立。实力的悬殊以及列强的意志,最终使得清政府接受了"作壁上观"的屈辱处境,这无疑也从现实政治角度印证了中国政府与幻灯片上那些围观砍头的看客的命运相关性。①

这场战争源于日、俄两国分割中国东北利益的争执,同十年之前中国和日本交战的甲午战争具有高度的历史延续性。甲午战争之后,迫于俄国主导的列强干涉下的压力,日本并未达成割据辽东半岛的目的,其结果是更大程度地激发了日本国民对俄国的仇恨。日俄战争仍然围绕着抢夺辽东半岛的利益而展开,作为20世纪帝国主义国家间的第一场战争,日俄战争不仅改变了日、俄两国在远东争霸的格局,还深远地影响到世界秩序的变迁。一方面,这场胜利将日本推向了亚洲东部最强国的位置,不仅继续巩固了日本在中国东

---

① 事实上,由于俄国在霸占东北期间的残暴行径,清政府与东北民众无不对俄国人痛恨万分,尽管表面宣布中立,但在朝野上下"联日拒俄"的呼声中,清政府仍然为日军提供了诸多援助,民间也同样群情激奋,如掀起"拒俄运动"并暗中帮助日本军队,即便在一般中国民众看来,替俄国人做间谍也是不可容忍的,这或许可以解释幻灯片上中国人前来围观的心理。1903年,东京的留日学生成立"拒俄义勇队",鲁迅早年的译作《斯巴达之魂》即呼应了这一运动。有关清政府"中立"对策的分析,可详参喻大华《日俄战争期间清政府"中立"问题研究》,《文史哲》2005年第2期。

北的利益，也让明治领导层更加坚定了走强权道路与军事扩张的战略，进而萌发出侵略中国全境、称霸世界的军国主义情绪；另一方面，俄国的战败直接引发了1905年的革命浪潮，其中，革命政党不断赢得民众支持，这场战争严重损伤了军队权威并潜在地导致了俄国在第一次世界大战中的溃败，经过1917年的十月革命，俄国最终走向了完全不同的历史道路。①而在亚洲范围内，这场战争也引发了一场自东向西的革命的浪潮，"这场战争和革命催化了中国民族革命的进程（正是这一年，同盟会成立）及共和与改良的大辩论，同时也为伊朗革命和此后的土耳其革命提供了灵感"②。

  俄国的失败不仅使得军方高层饱受质疑，而且中国东北的居民也屡屡被怀疑为日本人的间谍，与此相应，日方同样高度警惕潜入军队的俄国间谍，鲁迅观看的幻灯片便记录了日军用暴力处置间谍的场景。中国人被当作"俄探"砍头的一幕向他展现了强权世界中的暴力和血腥，鲁迅虽然离开了仙台，但无论选择何种道路，他始终被强权主义的阴影所笼罩：只要心系现代中国的命运，他就无法回避眼前曾展现的强权和暴力。鲁迅长久地思考这一问题：20世纪的中国人将如何在强权林立的现代世界中生存？无论是甲午战争还是日俄战争，其所揭示的历史内涵并没有本质上的区别，即，"强权国家"正在缔造新的世界秩序。在进入对鲁迅的分析之前，无疑存在这样的问题：为什么"强权"在20世纪初年会成为鲁迅必须面临的首要问题？为什么亚洲的东部从19世纪下半叶开始——在日本的明治维新、中国的洋务运动以及此后的历次改革中，总是要以"自强""富强"作为方向？两者存在何种关联？

  为了考察这些问题的缘起，不妨首先回顾传统东亚世界的格局，

---

① ［日］横手慎二：《日俄战争：20世纪第一场大国间战争》，吉辰译，社会科学文献出版社2019年版，第139页。

② 汪晖：《革命、妥协与连续性的创制》，许纪霖编《现代中国思想史论》，上海人民出版社2014年版，第117页。

由此更为历史性地揭示 19 世纪末年日本的兴起以及东亚各国关系的转变，并在古今变革的视野之内，理解现代秩序形成的原理及其内在的精神困境。历史地看，"强权"并不构成理解东亚秩序的核心语汇。例如，鲁迅描述传统中国处理周边国家关系的方式，他认为，中国在过去保持着和平为主的对外关系，这种关系显示了传统中国文明珍爱和平的精神，鲁迅尤其凸显出朝野上下对于战争和暴力的厌弃，他在《破恶声论》中指出："然中国则何如国矣，民乐耕稼，轻去其乡，上而好远功，在野者辄怨怼，凡所自诩，乃在文明之光华美大，而不借暴力以凌四夷，宝爱平和，天下鲜有。"① 一般认为，传统中国主要根据儒家文明的礼仪原则建立自我与他者的关系，在"礼"的规范下，主导趋势是"和平"而非"暴力"。事实上，正是文明发达程度决定了中国历史上的对外关系，例如在《文化偏至论》开篇，鲁迅描述这种情形："中国之在天下，见夫四夷之则效上国，革面来宾者有之；或野心怒发，狡焉思逞者有之；若其文化昭明，诚足以相上下者，盖未之有也。"② 类似描述也见于《摩罗诗力说》开篇，鲁迅认为中国"久席古宗祖之光荣，尝首出周围之下国"③。这种秩序内并没有强权生长的空间，也因此，"强权"并不构成理解传统中国与世界关系的关键词。④

鲁迅多次描述传统中国面对他者的方式，同时，他也自觉地将这种关系的变化作为思考起点。这种从文明而非军事角度处理中国与他者关系的方法，与所谓"以力角盈绌"⑤的强权主义存在根本不同。鲁迅清楚认识到，在他所身处的世界中，生存规则发生了变

---

① 鲁迅：《破恶声论》，《鲁迅全集》第 8 卷，第 35 页。
② 鲁迅：《文化偏至论》，《鲁迅全集》第 1 卷，第 45 页。
③ 鲁迅：《摩罗诗力说》，《鲁迅全集》第 1 卷，第 66 页。
④ 例如梁启超指出"强权云者，强者之权利之义也。英语云 THE RIGHT OF THE STRONGEST，此语未经出现于东方"（梁启超：《论强权》，《梁启超全集》第 2 卷，北京出版社 1999 年版，第 352 页）。
⑤ 鲁迅：《文化偏至论》，《鲁迅全集》第 1 卷，第 46 页。

化。传统中国根据儒家文明理念处理自我与他者的关系，在这种对世界的构想中，中国作为天下的中心，与周边四夷长期维持着朝贡、册封的关系，包括建立以血缘为纽带的姻亲关系，而极少诉诸暴力征服的逻辑。根据儒家经典《大学》"修身齐家治国平天下"的理想，作为一种价值理念，"天下"自内而外、由近及远地浸透着儒家追求道德完善的政治伦理，从自我修身到"家""国"再到"平天下"的最高理想是在不借助暴力的前提下，将中华文明的价值观象征性地传达给远方的人们。对于19世纪末的中国而言，西方列强的入侵导致天下秩序观分崩瓦解。包括鲁迅在内，许多晚清时期的论者都曾深入思考天下秩序观的弊端，他们认为，自居为天下中心的观念阻碍了中国的正常发展，已经不再适合竞争激烈的现代世界，必须抛弃这种想象及其相应的文化基础。

晚清中国面对西方最根本的问题并不在于坚船利炮的冲击，而是在于西方拥有异质而且足够强大的文明体系。这套体系强劲地挑战了古代中国的文明秩序。事实上，正是西方的入侵生产出了"亚洲"的概念。"亚洲"，并不是一个古已有之的概念。"Asia"的词源腓尼基语"Asu"原意指地中海以东的陆地，虽然其音译"亚细亚"在17世纪已经通过耶稣会传教士介绍进中国，但由于挑战了传统中国的天下意识，这一概念只是作为新的地理知识被人们接受，并鲜少作为类别运用在中国的史书和领土协约中，直到鸦片战争之后，魏源在《海国图志》中仍然采用"东南洋各岛""西南洋印度""大西洋欧罗巴各国"等传统的地理分类概念。[1] 19世纪末，作为一种现代表述的"亚洲"概念才真正通行，其本身便是西方在全球范围内彰显霸权的产物。在这个意义上，"亚洲"概念体现的恰恰是欧洲中心的意识，这一概念的诞生同时意味着对"亚洲"历史的整体性否定。在这种西方中心主义的论述中，以中国文明为中心

---

[1] ［美］卡尔·瑞贝卡：《世界大舞台：十九、二十世纪之交中国的民族主义》，高瑾等译，生活·读书·新知三联书店2008年版，第215、216页。

的秩序包含着和现代欧洲文明诸多相反的义项："与欧洲近代国家或君主国家形成对照的多民族帝国，与欧洲近代法律和政治体制构成对立的政治专制主义，与欧洲的城邦和贸易生活完全不同的游牧和农耕的生产方式。"①

在列强入侵之前的以中国为中心的天下秩序内，不仅没有孕育出"亚洲"的概念，也不可能采用以上负面形象作为自我认知。这套东方主义的叙述遮蔽了亚洲世界原本内在的历史关系，日本学者滨下武志指出，历史上存在着以中国为中心并辐射至全亚洲的朝贡体系。他从贸易史研究出发，描绘了一个以中国为中心的朝贡体系——它"是以'礼'为其观念，以皇帝即天子的威光普照四方，并扩大其影响力（即教化）等方面构造而成"②。以中国为中心、以礼仪为原则的朝贡体系，与现代西方在扩张过程中依靠军事、暴力推进殖民和经济掠夺展现了两种不同的文明观与秩序观。朝贡体系内的成员共享着中华一统的理念，这种理念绵延不绝，直至西方的入侵以及东亚各国的现代改革催生出了新的变化。18世纪末，马戛尔尼使团来访中国，佩雷菲特（Alain Peyrefitte）认为，这是当时"世界上最强大的国家"与"天下最文明的国家"的一次历史性会面，不过，由于马戛尔尼拒绝向乾隆皇帝行跪拜礼，深感被冒犯的"天朝"缩短了使团逗留的时间，佩雷菲特由此引申出，正是中、英民族的对抗导致了世界格局的变迁。③ 佩雷菲特用"天下"和"文明"描述中国，虽其意在嘲讽中国政府的封闭迂腐，但他将"文明"与"强大"相对照，却再清楚不过地揭示了中、西不同的政治及其文明理念。19世纪东亚国家的改革恰恰表现出了从中国式

---

① 汪晖：《亚洲想象的谱系》，《现代中国思想的兴起》，生活·读书·新知三联书店2008年版，第1539—1540页。

② ［日］滨下武志：《近代中国的国际契机：朝贡贸易体系与近代亚洲经济圈》，朱荫贵、欧阳菲译，中国社会科学出版社1999年版，第33页。

③ ［法］佩雷菲特：《停滞的帝国：两个世界的撞击》，王国卿等译，生活·读书·新知三联书店1993年版，第2—4页。

的"文明"跨越到西方式的"强大"——这也是19世纪末、20世纪初大多数改革倡导者确认的真正的"文明"——的逻辑和渴望。然而，随后近百年的历史将会证明，在实现"强大"的同时，如何理解"强大"或许是更深刻的考验。

日本明治维新以"脱亚入欧"为目标，清晰表达出从天下秩序中挣脱出去的意志。① 被誉为日本现代启蒙思想之父的福泽谕吉，在其经典著作《文明论概略》中重新解释了"文明"的概念，虽然福泽谕吉保留了"文明"的表述，但在他的著作中，"文明"的内涵已经发生根本转变，他把论述的根基移植到了西方中心主义的改革思路上，"文明"明确指"以西方文明为目标"："现代世界的文明情况，要以欧洲各国和美国为最文明的国家，土耳其、中国、日本等亚洲国家为半开化的国家，而非洲和澳洲的国家算是野蛮的国家。"② 福泽谕吉将现代西方视作其他各大洲国家在未来发展的必然方向，并推论出从野蛮、半开化到文明的进化逻辑。福泽谕吉的文明论再现了19世纪西方知识界对全球文明等级的划分。③ 在此背景下，日本必须摆脱中华文明的羁绊并以西方文明为目标，福泽谕吉谴责中国的儒学"造成了社会停滞不前的一种因素，

---

① 日本地处中华文明的边缘，尤其日本的岛国特性使其与中国中心的朝贡体系长期保持着一种不稳定的关系。日本往往出于政治或经济的功利性目的加入朝贡体系，对于中华天下的认同出尔反尔，这种情况使得中国政府对日本也抱以或忽视或搁置一边而不加理睬的态度。可参见武心波《"一元"与"二元"的历史变奏：对日本"国家主义"的再认识》，上海三联书店2008年版，第119—126页。

② [日]福泽谕吉：《文明论概略》，北京编译社译，商务印书馆1982年版，第9页。

③ 日本学者石川祯浩指出，以福泽谕吉为代表的明治初年日本启蒙思想家，其历史观深受19世纪英国史学家巴克尔（Henry Thomas Buckle）影响，"巴克尔《英国文明史》曾使明治初年的日本知识界兴奋不已，它不仅给福泽谕吉和田口卯吉提供了文明论的骨架，而且也改变了加藤弘之的一贯观点"，而这一套文明论的观点此后又被中国启蒙知识分子的领袖梁启超吸收（[日]石川祯浩：《中国近代历史的表与里》，袁广泉译，北京大学出版社2015年版，第105页）。巴克尔抱有鲜明的欧洲文明优越论，这使得亚洲思想家在引用的时候不自觉陷入到以欧洲为中心的文明史框架之中。

这可以说是儒学的罪过",并且认为儒学在现代世界已经不起作用,应该被抛弃了。① 更加危险的是,在这套论述之内,福泽谕吉推导出了"强权""竞争"的法则以及先进统治落后、文明压制野蛮的历史合理性。他于1885年写就的《脱亚论》再一次声明西方中心主义的启蒙立场,他认为追随中国无法走向"文明"之路,主张日本"脱离亚洲国家这一群体,转而加入西方文明国家之列"②。这种观点为日本帝国主义扩张提供了意识形态的合法性。事实上,由于日本现代思想启蒙者往往也是明治政府的高层官员,这种暧昧的身份特征更容易使得启蒙主义的世界观催生出强权政治。③

最终,"脱亚入欧"、追求西方文明的日本,恰恰反过来将这种逻辑作为在亚洲扩张、侵略的思想基础。日本军界在明治二十年代推行的"海外雄飞"战略,即意图借助战争和军事暴力手段让自己成为亚洲的最强者。正是福泽谕吉,这位号召学习西方文明的启蒙思想家,认定甲午战争的实质是一场文明与野蛮的战争,并抽象地将战争解释成为文明进步而不得不打倒其阻碍者的过程。④ 经过明治维新在亚洲东部崛起的日本说明,表面上以文明为宗旨的改革,很快便滑向为战争和强权做辩护的军备扩张论和东洋制霸论。

---

① [日]福泽谕吉:《文明论概略》,北京编译社译,商务印书馆1982年版,149页。

② [日]福泽谕吉:《脱亚论》,转引自[美]安德鲁·戈登《现代日本史:从德川时代到21世纪》,李朝津译,中信出版社2017年版,第185页。

③ 近代日本思想史研究会编:《近代日本思想史》第1卷,马采译,商务印书馆1965年版,第112—124页。

④ 福泽谕吉在《日清之战争为文野之战争》中认为:"战争的事实虽然起自日清两国之间,如寻其根源,则是谋求文明开化之进步者与妨碍其进步者之战,而决非两国间之争。……即在日本人的眼中,不是以中国人也不是以中国、只是以世界文明之进步为目的,而打倒反对其目的的绊脚石,这样的话,就不是人与人、国与国之间的事,而也可以视为一种宗教之争。""如果中国人惩于这次失败而领会到文明之势力的大为可畏,并自改其非,以至于能一扫四百余州的腐云败雾,而仰文明日新之余光的话,就不是要计算多少物质上的损失,而毋宁要向作为文明诱导者的日本人行三拜九叩之礼以谢其恩。"《福泽谕吉全集》第14卷,岩波书店1961年版,第491—492页。转引自刘岳兵《日本近现代思想史》,世界知识出版社2009年版,第131页。

1894年，朝鲜爆发东学党起义，朝鲜政府请求清政府派兵镇压。一时之间，主张出战的中国官僚依然从传统的天下秩序观出发，将朝鲜视为清朝的臣属，认为无论朝鲜落入早已伺机而动的日本或不断向远东推进的俄国之手，都将对中国十分不利。清政府对朝鲜政局的关心，一方面是为了维护其商业活动的地盘，另一方面则是为了通过干涉中的主导权加强两者间的宗属关系。[1] 在这场战争中，日本为了争夺战争优势地位强迫朝鲜终止与中国的朝贡关系，而正是在甲午惨败之后，中国被迫承认朝鲜为"独立国"。19世纪末，中国的藩属国已大多沦为列强的殖民地，甲午战后由于签订《马关条约》带来的瓜分危机，进一步加速了天下秩序的崩解过程，并深刻改变了中国士人对于日本以及现代世界的认识。[2] 自鸦片战争之后的近五十年内，西方事实上并未成为中国士人焦虑的对象，然而，甲午战败的现实警醒了他们。中国政治改革在19世纪末迈上激进日程并非偶然，人们越发清晰地认识到，中国并非天下的中心，而只是世界中的一个国家，一个处在存亡边缘的弱国[3]。

中国古代思想流派中唯法家特别强调富国强兵理念，但在两千多年以儒家为主流的文教传统中，相对于道德礼仪方面的要求，这种理念并没有被提到最显著的位置。19世纪末，日本的强势崛起以及在此对照之下中国越加衰弱的处境，使得富国强兵不断凸显为最重要的时代议题。由于政治与军事上的实用主义更为符合现代国家治理的要求，儒家道德理想显示出衰微迹象。洋务运动中军事、工

---

[1] ［日］信夫清三郎：《甲午日本外交内幕》，于时化译，中国国际广播出版社1994年版，第33页。

[2] 1899年，梁启超历数西方列强在亚洲的势力范围，其中，俄国、法国、英国、葡萄牙等西方国家已经占据亚洲面积的二分之一，统治着将近十分之四的人口，他们的势力范围包括了原天下秩序内大多数中国的藩属国，如越南、柬埔寨、泰国、缅甸等，这时的日本、俄国正在对朝鲜虎视眈眈，对此，梁启超内心生出了强烈的危机感。梁启超：《论近世国民竞争之大势及中国前途》，《梁启超全集》第2卷，北京出版社1999年版，第310页。

[3] ［美］列文森：《儒教中国及其现代命运》，郑大华译，中国社会科学出版社2000年版，第88页。

业领域"自强"的呼吁，扩展到社会、文化与政治生活的更多方面。"强"与"力"成为知识分子最为热议的话题，与此同时，"物竞天择""适者生存"等一些反映了社会达尔文主义的标语广为流传。达尔文带来了世界秩序的革命，"及达尔文出，发明物竞天择优胜劣败之理，谓天下惟有强权。（惟强者有权利，谓之强权。）……苟能自强自优，则虽剪灭劣者弱者，而不能谓无道。何也？天演之公例则然也"①。从进化论衍生而来的生存斗争法则为后续变革提供了自然哲学的基础。尽管十分被动，大多数有志于改造中国的知识分子还是被这种残酷的自然选择学说征服了。

甲午战争是一次深刻转折，这场战争使得中国知识分子认识到自我与世界的差距："吾国四千余年大梦之唤醒，实自甲午战败割台湾偿二百兆以后始也。"② 作为天下秩序中的边缘小国，直到甲午战争之前，日本都未能引起有志之士的重视，一场意料之外的战败使得他们感受到了现实的残酷，改革呼声越发高涨。在甲午战争结束的同年，严复即运用自然进化的逻辑向人们呼吁："善保其强，则强者正所以长存；不善用其柔，则柔者正所以速死。"③ 在他看来，现实世界充满残暴和血腥，"其始也，种与种争，及其成群成国，则群与群争，国与国争。而弱者当为强肉，愚者当为智役焉"④。中国作为弱者的事实警示人们，增强实力才是必然的出路。严复指出，为了在强权激烈碰撞的现代世界中获得生存地位，必须从民智、民力、民德三个层面根本改造"尚柔"的文明传统。

在20世纪的最初几年里，进化论所内含的自然选择原理迅速成为政治变革的依据，"生存"意味着必须向强者看齐。与"西学"相应，

---

① 梁启超：《论民族竞争之大势》，《梁启超全集》第4卷，北京出版社1999年版，第888页。

② 梁启超：《戊戌政变记》，《梁启超全集》第1卷，北京出版社1999年版，第181页。

③ 严复：《原强》，《严复集》第1册，中华书局1986年版，第12页。

④ 严复：《原强》，《严复集》第1册，中华书局1986年版，第5页。

已经强势崛起的日本成为"东学"的荟萃之地。在甲午战争结束之后，清政府就开始向日本派遣留学生，鲁迅于1902年赴日本留学，即身处这一历史潮流之中。在过去的一千多年里，作为天下与文明的中心，中国从来都是收受异邦留学生的国家；历史的形势不断变化，日俄战争结束之后，清政府对日本更加刮目相待，仅1905年当年的留日学生人数就突破了一万人。①戊戌之后，流亡日本的梁启超颇为服膺日本国家主义者加藤弘之，后者从生物进化论的角度论证了强权主义的必然性，而与此同时，日本明治以来关于文明与野蛮的文明等级论述，也在这一时期的中国知识界引发热烈反响。世界文明的中心变成了西方，在进化的道路上，中国沦落为半开化甚至野蛮的国家；新的"文明"话语包含的经济、政治、军事、科学以及进步理念，要求置换儒家文明的礼义精神与道德内涵。这种危机局势与功利主义需求，为一个以伦理为本位的中国社会制造出了高度的紧张感。

第三节　鲁迅的耻辱与托尔斯泰的态度

明治政界与思想界的领袖深谙适者生存的道理，他们将现代世界划分为强、弱两极，西方列强的发迹史使他们相信，只有成为帝国主义阵营中的一员，才能在这个体系中获得优势地位。相比其他亚洲国家，日本通过更为迅速地接纳西方体制完成了自身的现代化。正是出于对强权的渴慕、效仿，日本试图将朝鲜半岛与中国东北划归为自己的战略要地。甲午战争后，日本强迫清政府签订《马关条约》，企图占领辽东半岛，但在俄、法、德三国干涉之下被迫从东北撤出。其

---

① 清政府从1896年开始派遣留学生赴日本留学，当年只有十三名学生，此后，中国留学生人数逐渐增加，1899年增至二百名，1902年达四五百名，1903年有一千名，到了1906年，达到最多人数，共有一两万名。参见［日］实藤惠秀《中国人留学日本史》，谭汝谦、林启彦译，生活·读书·新知三联书店1983年版，第1页。

中，俄国表现得最为积极。由于中国东北重要的战略位置，日本的要求与19世纪中叶以来不断东扩、试图打通中国东北并进入太平洋的俄国陷入了冲突。1904—1905年的日俄战争，起因即在于日、俄为了抢夺这一战略要地而爆发的冲突。那张反映日俄战争的幻灯片暴露出的，正是这样一幅弱肉强食的世界图景；其中，强、强对抗与强、弱对比的现实历史关系得到了生动体现。

一 在仙台的经验

通过强权的方式，日本无法构建出现代东亚各国的集体认同，幻灯片中被屠杀的中国人以及鲁迅在"幻灯片事件"中感受到的耻辱，清楚说明了现代东亚秩序在形成过程中的内在分裂。鲁迅在仙台的经验并不美好，当然，也不只有"幻灯片事件"才让他深感作为弱国子民的耻辱，竹内好提示人们注意"幻灯片事件"之前的"找茬事件"，他尤为重视这一事件在促使鲁迅离开仙台中的意义。[①] 在《藤野先生》中，鲁迅详述了所谓"找茬事件"，这缘起于有同学怀疑鲁迅在某次学年考试中得到了藤野先生的漏题。

在这些同学所炮制的侮辱鲁迅的一封长信中，开首便是戏拟托尔斯泰的——"你改悔罢！"这句话。对于沉浸在穷兵黩武气氛中的日本以及渴望富强的中国而言，托尔斯泰出现的意义至关重要，他代表了一种与众不同的反思性立场。反讽的是，这样一名反战主义者的言论恰恰被战胜国的学生拿来挑起事端，不仅失去了和平的指

---

① ［日］竹内好：《现代的超克》，李冬木等译，生活·读书·新知三联书店2005年版，第56、57页。竹内好从较早的"找茬事件"进一步推论鲁迅在"幻灯片事件"中的相通性心理，并否认这两次事件与鲁迅从事文学的关联，他认为鲁迅的原点应在民初蛰居"绍兴会馆"的时期。不过，也有论者指出竹内好是通过研究鲁迅而批判日本近代的道路，未能充分关注鲁迅思想与文学形成的历史性，事实上，"仙台经验"在鲁迅转向文学的过程中具有无可取代的转折性意义。详参高远东《现代如何"拿来"——鲁迅的思想与文学论集》，复旦大学出版社2009年版，第256—267页。

向，还愈加彰显了胜利者的嚣张气焰。日俄战争爆发后的第三天，托尔斯泰即是以这句话作为开头，刊登了一封名为《清醒清醒吧》的公开信，分别向当时日本和俄国的皇帝发出停战呼吁。显然，鲁迅同学的戏拟与托尔斯泰反对战争和暴力的本意根本不是一回事，而且对于鲁迅这种弱国子民的歧视，也恰好反过来颠覆了托尔斯泰所引的《新约》中爱护弱者的本意。鲁迅看了信的开头之后，便非常清楚这句话的含义和出处——"这是《新约》上的句子罢，但经托尔斯泰新近引用过的"①。"找茬事件"与"幻灯片事件"发生在相同的历史时空之中，两次事件先后将日俄战争贯彻的强权主义和暴力法则具体呈现在鲁迅眼前，激发出他作为弱者的屈辱感与反抗的意志，因而应当把促使鲁迅离开仙台的这两次事件联系起来看待。在日俄战争的总体历史背景下，它们并非孤立地发生，而是共同作用于令鲁迅感到终生难忘的仙台经验。

无论以何种方式，托尔斯泰出现在《藤野先生》这篇文章中，这个线索都十分值得重视。托尔斯泰提供了一种重新认识日本、中国现代改革的批判性思路，并与鲁迅早年的思想与文学观念密切缠绕在一起，正如鲁迅随后深入剖析了托尔斯泰对于日俄战争的态度。在"幻灯片事件"发生之前，对于同学的找茬，鲁迅已经有过痛心的反省，他将日俄战争强权阴影之下的中国以及中国人所面对不平等境遇同时刻画了出来——"中国是弱国，所以中国人当然是低能儿，分数在六十分以上，便不是自己的能力了：也无怪他们疑惑。"② 鲁迅由此洞悉了同学们前来找茬的心理以及他们的行动逻辑，并试图做出一定的释然姿态；托尔斯泰被篡改的"你改悔罢"最终汇入到日本军国主义强权话语的潮流之中。

鲁迅这里的逻辑颇为值得关注，他从中国作为"弱国"的现实出发，敏锐察觉到中国作为"弱国"与中国人是"低能儿"的紧密关联。

---

① 鲁迅：《藤野先生》，《鲁迅全集》第2卷，第316页。
② 鲁迅：《藤野先生》，《鲁迅全集》第2卷，第317页。

如果鲁迅在"找茬事件"中感受到了耻辱,那么他的解释就能够说明,个人的耻辱根源于"强国"与"弱国"的鲜明对比以及弱肉强食的法则已经被普遍合理化的语境,换言之,正是20世纪初中、日历史地位的变化决定了鲁迅在仙台的心境。甲午战争后,这种解释逻辑同样盛行于中国知识界。"强"与"弱"的力量对比重新划分、定义了国家间的地位及相互关系,鲁迅在1898年(戊戌维新的同年)从故乡出发"走异路,逃异地",进入南京的新式学堂,随后考取官费留学生并于1902年东渡日本,这种多处辗转求学的背景使得鲁迅的人生轨迹密切呼应了现代中国追寻富强的道路。这时,鲁迅已处在现代历史逻辑展开的最前线。事实上,鲁迅从一开始就应当明白甲午之后中国向日本派遣留学生的原因,同时还有日本与中国之间的强、弱对比的现实,"找茬事件"使得这种历史关系极为具体而清晰地浮现了出来,而紧接着的"幻灯片事件"无疑是对这种强、弱关系的再一次确认。

二 "末世":托尔斯泰的非暴力主义

经过《藤野先生》中的"找茬事件",托尔斯泰在早期鲁迅思想中的重要地位显现出来。托尔斯泰和鲁迅面临着同样的议题,即,如何批判由强权者构建的秩序,并在现代世界中找到更为合乎人道的生存方式?俄国在日俄战争中的失败,直接导致了国内1905年革命事件的发生,面对欧洲、日本等强权的兴起以及俄国国内的混乱状况,托尔斯泰试图给出相应的解释和解决之道。

晚年的托尔斯泰一直关注着日俄战争的进展,1905年,在得知俄国战败后,托尔斯泰曾写作了名为《论末世》的长文,从宗教角度提出他对于日本、俄国以及现代西方世界的看法。在这篇文章中,他系统阐述了非暴力、不抵抗的思想。托尔斯泰的主要观点基本反映在鲁迅的《破恶声论》中。托尔斯泰对于日俄战争的批判长久影响着鲁迅,他不仅在《破恶声论》中进行了回应,而且在时隔近二十年后,在回忆性散文《藤野先生》中仍然提及了托尔斯泰。虽然鲁迅早年从未在任何一处直接谈到日俄战争,却不难发现这场战争在他思想中留下的种种印记。1908 年，在《破恶声论》中，鲁迅通过与托尔斯泰的直接对话，呈现出自己关于强、弱关系的理解，并表达了对日俄战争以及强权国家的态度。

在《论末世》中，托尔斯泰首先依据《新约·马太福音》的宗旨将现代世界描述为基督教教义中的"末世"，他把当时俄国发生的多次暴力事件，诸如革命与战争，均视作旧的时代接近终点的征候，并尤其强调日俄战争的标志性意义——"刚刚结束的日俄战争和与此同时在俄国人民中间爆发的前所未有的革命运动，就是时间上的历史标志"①，他以此为契机呼唤真正的基督教精神降临。托尔斯泰认为，现代世界败坏的根源就在于依靠暴力统治的国家，他常常把"暴力"和"国家"直接连接在一起进行批评，揭露"国家"本身即象征着暴力和堕落。托尔斯泰指出现代国家完全违反了"真正的基督教精神"，这样的国家是伪基督教国家：

> 这个机构是靠暴力维持的，为了自己能够存在下去，它要求人们首先绝对服从它的法律，其次才是宗教戒律；没有死刑、军队和战争，它就无法存在；它几乎把自己的执政者视为神明；它推崇财富和权势。……无论执政者还是他们的谋士，大都完全不懂得真正的基督教的本质是什么，从心里根本反对信奉和宣讲基督真道的人，并且心安理得地判处这些人死刑，将他们流放，禁止他们宣讲基督真道。②

托尔斯泰不仅认为国家的暴力统治是暂时的，而且相信，无论国家的权力施展到何种程度，都不能阻挡真正的基督教精神复兴。

---

① [俄] 列夫·托尔斯泰：《论末世》，《列夫·托尔斯泰文集》第 15 卷，冯增义、宋大图等译，人民文学出版社 2000 年版，第 470 页。
② [俄] 列夫·托尔斯泰：《论末世》，《列夫·托尔斯泰文集》第 15 卷，冯增义、宋大图等译，人民文学出版社 2000 年版，第 470—471 页。

随着国家统治时间越长,"基督教的谦卑和爱的学说与作为骄横和暴力机构的国家之间的矛盾就越明显"①,也就越接近真正的基督教精神冲决而出的时刻。日俄战争让他看到了希望,"这个时刻正是现在已经到来,其外部征候,依我看,就是日本轻取对俄国的胜利,就是与这场战争同时席卷了俄国各阶层人民的种种动乱"②。

  托尔斯泰批判的现代国家,不仅指俄国,也同样包括日本模仿西方建立的强权主义国家体制。他认为,日本在战争中的胜利,说明日本人是一个"尚武的、工于心计而又善于模仿的民族",他们迅速掌握了西方国家在暴力扩张过程中所使用的手段,托尔斯泰不无夸张地表示,"日本国今天几乎是世界上实力最强的陆上和海上军事大国"③。从托尔斯泰批判西方现代国家的自我毁灭来看,这句话与其被理解为对日本的赞扬,不如说表达了他对日本、世界未来形势的深刻担忧。如果根据福泽谕吉的观点,日本崛起的关键在于"以西方文明为目标",那么,托尔斯泰指出这种对西方的模仿非常危险,它很可能转化为强权与暴力逻辑在世界范围的再生产、再循环。他认为日本人模仿西方的逻辑本质上就是"以暴易暴":"如果人家拿起一根又粗又结实的大棒来打你,那么你也应该拿起这样一根大棒、或者更粗更结实的大棒去打那个打你的人。"④ 托尔斯泰指出在这场较量中,西方人由于潜意识中"不可杀人"宗教戒条,无法对抗穷兵黩武、不顾一切的日本人,他甚至认为,没有宗教包袱的日本就算消灭一切基督教国家都不意外。托尔斯泰反复强调日本强大,其目

---

① [俄]列夫·托尔斯泰:《论末世》,《列夫·托尔斯泰文集》第 15 卷,冯增义、宋大图等译,人民文学出版社 2000 年版,第 471 页。

② [俄]列夫·托尔斯泰:《论末世》,《列夫·托尔斯泰文集》第 15 卷,冯增义、宋大图等译,人民文学出版社 2000 年版,第 471 页。

③ [俄]列夫·托尔斯泰:《论末世》,《列夫·托尔斯泰文集》第 15 卷,冯增义、宋大图等译,人民文学出版社 2000 年版,第 472 页。

④ [俄]列夫·托尔斯泰:《论末世》,《列夫·托尔斯泰文集》第 15 卷,冯增义、宋大图等译,人民文学出版社 2000 年版,第 474 页。

的是体现基督教国家的危机,从而有力论证真正的基督教精神必然到来。俄国在日俄战争中失败的经验让托尔斯泰疾呼,必须从源头上清除军事逻辑生产、循环的可能。①

　　托尔斯泰认为,俄国以及其他的基督教国家都应当从日俄战争中吸取教训,那就是,绝对不应当延续军事暴力,正确的方向是:"按照基督教的学说去组织生活,以便通过合理的协和与爱,而不是通过粗暴的武力,给与人们最大的福利。"② 在"真正的基督教精神"的绝对意义上,托尔斯泰否定了战争、暴力,无论通过何种方式使用暴力,在托尔斯泰看来,都是人性的堕落,他指出:"必须使任何人不能以任何借口,尤其是以最常用的惩罚的借口,施行暴力。"③ 为了彻底从暴力导致的灾难中解脱出来,托尔斯泰认为,基督教国家必须经历一次新的革命,这种革命的展开杜绝一切形式的暴力:"什么也不捣毁、什么也不破坏、在政府管辖之外独立创建自己的生活的人,他们将毫不反抗地忍受对他们施行的任何暴力而不去参加政府,不对政府唯命是从。"④ 作为暴力机构的国家将由此丧失运行的可能与动力。这种理念来自"不对抗"的宗教诫命,托尔斯泰多次呼吁——"以恶除恶行不通,减少暴力这种恶的唯一办法

---

　　① 托尔斯泰认为:"这次战争的结局使各基督教国家的政府再清楚不过地意识到,他们必须继续增加军备,虽然军备开支已经压得他们的人民喘不过气来。而把军备增加一倍以后,他们还是不能不意识到,受他们压制的各个异教民族也象日本人一样,一旦学会军事艺术,就必定要起来打倒他们,对他们施行报复。暴力只能增加灾难和痛苦,这个朴素的真理,对于俄国人,乃至一切基督教民族,不仅为种种推理所证实,而且也为这次战争的惨痛经验所证实了。"[俄]列夫·托尔斯泰:《论末世》,《列夫·托尔斯泰文集》第15卷,冯增义、宋大图等译,人民文学出版社2000年版,第474页。

　　② [俄]列夫·托尔斯泰:《论末世》,《列夫·托尔斯泰文集》第15卷,冯增义、宋大图等译,人民文学出版社2000年版,第475页。

　　③ [俄]列夫·托尔斯泰:《论末世》,《列夫·托尔斯泰文集》第15卷,冯增义、宋大图等译,人民文学出版社2000年版,第479页。

　　④ [俄]列夫·托尔斯泰:《论末世》,《列夫·托尔斯泰文集》第15卷,冯增义、宋大图等译,人民文学出版社2000年版,第492页。

是不使用暴力"①"自觉地拒绝参军，自觉地拒绝开枪和搏斗"② 以及"暴力永远有害，惩罚不是人能够实施的"③，如此，托尔斯泰开始想象一种无政府主义的、和谐而自由的农耕生活。由于现代国家建立在暴力基础上，它不可避免地要灭亡，托尔斯泰认为，最关键的是每个人根据自己内在的良心切断与一切强权、暴力团体的关系，以宗教的方式进行革命。与依靠暴力进行的革命不同，这一过程旨在通过个体的消极状态弱化并破除权威。④

托尔斯泰相信，这种思路不仅对基督教国家有效，对于全世界的所有国家都具有普适性。托尔斯泰的人道主义思想在亚洲范围内引发了广泛回响。这种观点在甘地领导的非暴力不合作运动中首先得到深切共鸣，甘地便曾亲笔写信对托尔斯泰致以"兄弟般的祝福"⑤。在《藤野先生》中，鲁迅转述日本同学在侮辱他的长信中使用了托尔斯泰的"你改悔吧"，也可以看出，托尔斯泰对日本的言论界的渗透之深。事实上，托尔斯泰的著作早在 1886 年就传入了日本，在日俄战争前后，更是吸引了日本的社会主义者幸德秋水、堺枯川等人。通过他们的阐发，当时尚在贵族学校学习的武者小路实笃对托氏的人道主义深感向往，他后来的"新村"实践即源于托尔斯泰无政府主义理想的启发。明治末期至大正年间，对于日本现代文坛影响深远的白桦派中的诸多成员都相当服膺托尔斯泰。⑥ 但从鲁迅在《藤野先生》中的回忆来看，托尔斯泰在日本也受到了误解，

---

① ［俄］列夫·托尔斯泰：《论末世》，《列夫·托尔斯泰文集》第 15 卷，冯增义、宋大图等译，人民文学出版社 2000 年版，第 479 页。

② ［俄］列夫·托尔斯泰：《论末世》，《列夫·托尔斯泰文集》第 15 卷，冯增义、宋大图等译，人民文学出版社 2000 年版，第 487 页。

③ ［俄］列夫·托尔斯泰：《论末世》，《列夫·托尔斯泰文集》第 15 卷，冯增义、宋大图等译，人民文学出版社 2000 年版，第 505 页。

④ ［奥］斯蒂芬·茨威格：《精神世界的缔造者：九作家评传》，申文林、高中甫等译，新星出版社 2017 年版，第 536—539 页。

⑤ ［法］罗曼·罗兰：《托尔斯泰传》，傅雷译，商务印书馆 1998 年版，第 145 页。

⑥ 刘立善：《托尔斯泰影响下的日本白桦派》，《日本研究》1992 年第 3 期。

甚至非难，那句"你改悔吧"无疑是一处绝妙的反讽。军国主义热情使得当时日本的人们很难真正理解托尔斯泰，他本人也曾因为日本人误解而颇为失望，甚至有号称托尔斯泰门徒的人在日俄战争结束后立场陡转，公然指责托尔斯泰。①

在日俄战争期间，托尔斯泰曾与一位名叫张庆桐②的中国人有过书信往来。1905年12月，张庆桐写信给托尔斯泰，并同时寄送了梁启超的《中国四十年来大事记》（一名《李鸿章》）。托尔斯泰很快进行了回复。或许因为面对的是中国人，托尔斯泰没有忘记重提不久之前发生在中国东北的日俄战争，于是，他从非暴力、不抵抗的《新约》教义出发，对中国人进行了热烈赞美：

> 在这次战争当中，中国人民树建了极大的功勋，在这种功勋面前，不仅日本人的胜利变得毫不足道，而且把俄国和日本政府的全部狂妄与残暴的丑态也真实地光照了出来。中国人民的功勋，在于指出了人民的高尚美德并不在于暴力和杀人，却在于不管一切的刺激、侮辱与灾难，远避开一切怨恨，宁愿忍受加于他的一切暴力，而能坚持到底的忍耐的精神。③

我们不清楚托尔斯泰是否看过鲁迅描述的那张幻灯片，但诸如"忍受""忍耐""避开怨恨"等表述，都展现出了另一种对中国人的想象，完全没有鲁迅批评的麻木不仁的踪影。托尔斯泰甚至在中国人的忍耐中看到了真正的基督教精神，"中国人民在最近这次战争

---

① ［法］罗曼·罗兰：《托尔斯泰传》，傅雷译，商务印书馆1998年版，第144页。
② 张庆桐（1872—？），上海人。1896年入北京同文馆学习俄语，1899年由同文馆派往俄国留学，曾在圣彼得堡的师范学堂和法政大学攻读，前后共六年之久。他于1905年12月写信给托尔斯泰，并将他与俄国人沃兹涅先斯基合译的梁启超的著作《中国四十年来大事记》寄请托尔斯泰校正。托尔斯泰在12月4日写了这封回信。
③ ［俄］列夫·托尔斯泰：《致张庆桐》，《列夫·托尔斯泰文集》第16卷，冯增义、宋大图等译，人民文学出版社2000年版，第325页。

中……虽然身受一切的残暴，却显示出他们要比那些基督教民族和俄国政府更深刻地贯彻着基督教的真正的精神"①。这种洋溢着宗教热情的礼赞，也与鲁迅看到幻灯片时的耻辱感受截然相反。

在幻灯片展现的中国历史形象中，鲁迅感受到了国民灵魂的麻木不仁，但在托尔斯泰看来，软弱的清政府与那些围观同胞被斩首的看客都变成了人道主义、和平主义的代表者，他进而赞美这是中国人民自古相传的高尚美德。有意思的是，托尔斯泰并没有阅读张庆桐寄来的《中国四十年来大事记》——他很可能会对此兴味索然，因为，从张庆桐的来信中，托尔斯泰推断出这是一部呼吁国家与社会制度改革的著作，他认为中国的改革绝不能仿效西方腐朽的制度，中国人完全没有必要抛弃自己优秀的历史传统而变得好强、好战，否则，这将是人类文明史上一个"最大的和致命的错误"②，日本已经是一个先例，他不希望中国紧接着走上日本的错误道路。

由此可以理解托尔斯泰在信中的态度，因为这完全是其非暴力、不抵抗主义思想的体现。那么，鲁迅的耻辱感从何而来呢？他显然无法接受托尔斯泰的宗教观。鲁迅并不相信托尔斯泰根据基督教精神阐发出来的世界观，在回到东京之后，他恰恰反其道而行之，奋力鼓吹撒旦式的复仇精神，一直到临终前的遗嘱里，鲁迅依然有类似的交代。鲁迅虽然没有直接读过托尔斯泰致张庆桐的书信，但应当读到了托尔斯泰于次年（1906）写给辜鸿铭的信。这封信两次被署名为"忧努"的译者翻译，先是于1907年年底发表在《天义》报第11卷、第12卷，次年年初又发表在该刊第16卷至第19卷的合

---

① ［俄］列夫·托尔斯泰：《致张庆桐》，《列夫·托尔斯泰文集》第16卷，冯增义、宋大图等译，人民文学出版社2000年版，第325页。

② ［俄］列夫·托尔斯泰：《致张庆桐》，《列夫·托尔斯泰文集》第16卷，冯增义、宋大图等译，人民文学出版社2000年版，第326页。

刊上。① 这两封信关于战争以及对中国人的希望意旨相似，都体现了托氏非暴力、不抵抗的思想。托尔斯泰多次表达对中国人安分守己的性格与中国文化的赞赏，并对晚清兴起的"尚武"之风感到不安。

在《破恶声论》中，鲁迅这样描述托尔斯泰的反战思想：

> 何以药之？莫如不奉命。令出征而士不集，仍秉耒耜而耕，熙熙也；令捕治而吏不集，亦仍秉耒耜而耕，熙熙也，独夫孤立于上，而臣仆不听命于下，则天下治矣。②

在1907年年底《天义》刊载的《俄杜尔斯托〈致支那人书〉》中，托尔斯泰有一段文字与鲁迅的话题相近，但态度截然相反。托尔斯泰表达对中国人的希望："若支那人民震于彼威，从彼效法，是不啻勤俭敦朴之老农，猝为浮浪匪徒所胁，遂舍其耒耜，以彼为先型也，天下宁有斯理乎？"③ 鲁迅认为，托尔斯泰的理想必然无法实现，如果全俄的民众听从了托尔斯泰"不奉命"的思想，那么，一旦战事来临，侵略者就能够轻而易举地获得胜利，民众同样免不了流离散亡的悲剧，他批判托尔斯泰："为理想诚善，而见诸事实，乃佛戾初志远矣。"④ 在一个暴力、强权通行无碍的弱肉强食的世界中，托尔斯泰批判欧洲列强与日本的积极意义在于他尝试恢复这个世界的"高尚美德"，相比之下，鲁迅则是一个明确的现实主义者，他的思想也因此笼罩上了一层悲观色彩。

---

① 分别题为《俄杜尔斯托〈致支那人书〉节译》《致中国人书》。这封信又被题为《俄国大文豪托斯泰伯爵与中国某君书》，刊载于《东方杂志》1911年第8卷第1号。
② 鲁迅：《破恶声论》，《鲁迅全集》第8卷，第34页。
③ ［俄］托尔斯泰：《俄杜尔斯托〈致支那人书〉节译》，忱翱译，《天义》1907年第11、12卷合刊。
④ 鲁迅：《破恶声论》，《鲁迅全集》第8卷，第34页。

第四节　想象一种新秩序

日俄战争冲击了托尔斯泰、鲁迅的精神世界，激发他们思考人类如何在强权秩序中生存的问题。通过这场战争，托尔斯泰进一步明确了现代世界内在的道德困境，他根据基督教教义批评现代世界中的战争和暴力，进而提出非暴力、不抵抗的方法，以此抽空强权政治的基础。托尔斯泰认为，中国人民并非麻木不仁，恰恰相反，表现出了中国文明传统保守与和平的美德，这种美德不仅与基督教精神相通，还提供了一种面对强权政治的出路。鲁迅早年熟悉托尔斯泰的思路，他对于日俄战争的反思也通过与托尔斯泰的对话展示出来。刘半农曾以"托尼学说"概括鲁迅的思想而鲁迅未加反对，因而托尔斯泰对鲁迅的影响颇为值得关注。在批判强权及其崇拜者的思路上，鲁迅与托尔斯泰无疑是相通的。然而，鲁迅早年在何种层面上接受托尔斯泰，又由此建立了何种人道主义的理想？以及如何看待进化论与人类的关系？这些问题仍要求进一步说明鲁迅对"人"的生存图景的描绘。通过与托尔斯泰的对话，鲁迅重新思考了自然和人类主体性的问题，其结论不仅关联着鲁迅的国家理想，也深刻表现在他对新的世界秩序的想象之中。

一　鲁迅与人道主义

无论如何，在鲁迅留学日本的时期内，日俄战争都是一次极具冲击力的事件。鲁迅于1906年离开仙台医专，返回东京从事文艺运动，直到1909年回到国内。由于鲁迅在仙台经受了巨大冲击，以仙台为轴心，这段时期（1906—1908）也被称为"后仙台时期"。不过，虽然离开了仙台，这时的鲁迅却依然生活在日俄战争带来的阴影之中。"日俄战争记忆"带给鲁迅深刻的影响，有论者强调托尔斯泰"你改悔罢"对于鲁迅反战思想形成的关键意义，认为如果"幻灯片事件"激发了鲁迅的"国民意识",那么,托尔斯泰的意义就在于,他启发鲁迅最终超越了现代"国民国家"的意识,因此,鲁迅"后仙台时期"的反战思想体现出了"托尔斯泰式的人道主义"。① 这种观点的合理性在于,鲁迅确实承认过自己思想中的"人道主义",更何况,他也毫无疑问是反对战争和强权的。

鲁迅早年醉心托尔斯泰的真诚的基督教精神②,但问题在于,这是否意味着托尔斯泰直接引导鲁迅走向了人道主义呢?这种观点虽然启发人们理解鲁迅批判暴力与强权的立场,却可能忽略了留日晚期鲁迅思想中存在的和托尔斯泰极为异质的因素,以及他为调和人道主义与进化论所启示的生存斗争法则付出的努力。或许应当更细致地区分鲁迅对于战争和侵略的复杂态度:在否定侵略一方面,他完全可以视作托尔斯泰式的人道主义者,但对于战争和暴力而言,鲁迅的态度则复杂得多,如果是为了自我的"生存"呢?

鲁迅的思想与文学诞生在东西文明交汇的时刻,正如竹内好所言,鲁迅一生都在和他所处的时代共同摇摆③。鲁迅也有所谓"比较既周,爱生自觉"④的看法,出于对中国与世界的何种观察,使他做出了和托尔斯泰不同的选择?以其中一个方面来看,晚清知识界如何影响了鲁迅?如前所述,晚清时期的中国饱受西方欺凌并再败于东瀛小国,奋起改革的志士毫不掩饰对于强权的向往,这种心情酝酿出只有成为更强大的国家,才有资格作为自己主宰的逻辑,而为了达到目的,就需要向西方、向日本寻找经验,从中发现重建

---

① 董炳月:《鲁迅留日时代的俄国投影:思想与文学观念的形成轨迹》,《鲁迅研究月刊》2009年第4期。

② 鲁迅早年赞美托尔斯泰写作《忏悔录》时的真诚品格,他在《破恶声论》中写道:"奥古斯丁也,托尔斯泰也,约翰卢骚也,伟哉其自忏之书,心声之洋溢者也。"(《鲁迅全集》第1卷,第29页)

③ [日]竹内好:《近代的超克》,孙歌等译,生活·读书·新知三联书店2005年版,第110页。

④ 鲁迅:《摩罗诗力说》,《鲁迅全集》第1卷,第67页。

主体性的路径。这种努力使得他们越来越远地疏离了传统中国的文明秩序观。1905年,康有为直接指出根据现代世界生存斗争的法则,中国倘要立足其中,一方面必须建设强大的陆军,另一方面必须制造铁舰与外国抗衡。这种思路与标榜"自强"的洋务运动的最大不同之处在于,康有为认为,为了更有效地加强军事实力,必须从制度上将中国改造为与西方同等的现代国家。① 在这一论题上,梁启超的用心程度甚至超过了康有为,在著名国家主义者加藤弘之的影响下,他连续写出了多篇鼓吹强权的文章,梁启超认为中国理应实现帝国转型,因为只有这样的国家才能够在弱肉强食的现代世界丛林中获得生存之地。② 在这些改革方案背后,正是一种被极简化的生物进化论在提供着原理:"天道无亲,常佑强者,至哉言乎。世界之中,只有强权,别无他力,强者常制弱者,实天演之第一大公例也。然则欲得自由权者,无他道焉,惟当先自求为强者而已。"③ 梁启超提倡"公德",他的理想几乎超不出国家主义范畴。在他看来,强权是唯一的法则,世界宛如残酷的丛林,只有真正的强者才能成为丛林的主人,而在自然世界中寻求生存机会,国家主义是最有效力的保障。这些观点代表了晚清普遍的精神动向。

鲁迅被深刻裹挟进晚清中国救亡图存的浪潮中,而且有必要指出,他也同样是一位进化论的热衷者。鲁迅在南京读书时期就痴迷于严译《天演论》,同时,他对于自然科学的掌握也超过了大多数同代人。从南京的新式学堂到日本的弘文学院,再到进入仙台医专专门学习现代医学,这些经历在不同方面完善着鲁迅早年的科学知识储备。为了探究"人之历史",他最早将德国生物学家海克尔的"种系一元论"的思想引入中国,并且如其所言,他对进化论的信仰

---

① 康有为:《物质救国论》,《康有为政论集》,中华书局1981年版,第584页。
② 梁启超认为:"今日欲救中国,无他术焉,亦先建设一民族主义国家而已。以地球上最大之民族,而能建设适于天演之国家,则天下第一帝国之徽号,谁能篡之?"梁启超:《论民族竞争之大势》,《梁启超全集》第4卷,北京出版社1999年版,第899页。
③ 梁启超:《论强权》,《梁启超全集》第2卷,北京出版社1999年版,第353页。

也一直延续到20世纪20年代后期。不过，尽管如此，鲁迅仍然与上述那种运用进化论——或更具体地说，与以"物竞天择""优胜劣汰""弱肉强食"等简单口号宣扬改革的思路保持着距离，他坚定地批判那些"执进化留良之言，攻小弱以逞欲"[①]的兽性爱国者，鲁迅总是力图将自己的想法融入对进化的表述中。

在这一点上，鲁迅和他早年追随的老师章太炎近似，即坚决批判强权主义的逻辑，但同样清楚的是，章太炎并不认可那种以进化论来理解现代世界的方法，他在多篇文章中都明确反对这种建立在进化论基础上的政治改革方案。虽然他早年也曾一度信服进化论，但在东渡日本之后，章太炎的思想已经相当彻底地建立在唯识宗的佛学基础上，"所谓进者，本由根识迷妄所成，而非实有此进"[②]，他正是根据唯识学原理，对晚清鼓吹强权主义的观点给予激烈批判。章太炎认为放纵人们追求强力，这种逻辑发展到极端，必将催生出更多的强权者，最终不仅无助于解决问题，反而会使得问题更加恶化。[③] 一般认为，鲁迅早年深受章太炎影响，但这似乎不能包括鲁迅对自然进化论的坚持，事实上，这种差异使得他与章太炎在诠释世界的本体层面时存在着重要分歧，也正是这种不同的背景显示出了他对于"强"与"力"更为复杂的态度。

在晚清语境中，当鲁迅选择相信自然进化的规律时，他难免陷入这种困境：如果直接拒绝进化论，那么，他完全可以像章太炎和托尔斯泰那样坚持批判强权主义逻辑；但是在接受了进化论的前提下，鲁迅将如何可能批判强权主义呢？在晚清的多数论者看来，这种理论不是包含着强权者才是主人的逻辑吗？除非，鲁迅对于进化论做出了不同于时代的解读，在仙台的屈辱经验，包括"幻灯片事

[①] 鲁迅：《破恶声论》，《鲁迅全集》第8卷，第35页。

[②] 章太炎：《四惑论》，《章太炎全集·太炎文录初编》，上海人民出版社2014年版，第475页。

[③] 章太炎：《四惑论》，《章太炎全集·太炎文录初编》，上海人民出版社2014年版，第471页。

件"的深刻影响,不正是作为与弃医从文同等的契机,刺激了他重新思考强与弱的关系吗?对他而言,进化论已经无法直接论证强权的合法性。不过,这并没有引导鲁迅最后走向托尔斯泰式的人道主义,鲁迅难以认同托尔斯泰反对暴力和战争的主张,他所做的只是更加自觉地面对而非宗教性地否定这些因素。

二 哪一种强者?

在"幻灯片事件"之后不久,鲁迅毅然弃医从文,这种选择意味着,他已经从幻灯片所演示的现代世界弱肉强食的逻辑中撤离出来。在《呐喊·自序》中,他极力彰显国民"强壮的体格"与"麻木的神情"之间的反差。[①] 在这个意义上,鲁迅早年弃医从文的选择表明,他放弃了在中国民众中塑造"强壮的体格"的做法。如果进一步思考,正是现代医学技术塑造了"强壮的体格",而现代医学又与日本明治维新、晚清中国的自强运动共享着同样的历史逻辑,那么,当鲁迅弃医从文,放弃塑造"强壮的体格"的思路时,他不是表现出了对于这种历史运行逻辑的拒绝吗?

因而,必须更深入地强调鲁迅在弃医从文选择中展现出来的主体性,这种转折绝不仅发生在个人精神世界内部,而是同时关联着鲁迅对自我与世界关系的重新体认与思考。无论是"医学"还是"文学",这两种道路都展现了鲁迅面对现代世界的原理,所谓"转折"需要被明确为:当鲁迅做出"文学"的选择时,他不仅将自己从追求富强的逻辑中放逐出来,而且反过来踏上了一条从"文学"批判这种逻辑的道路,在这个意义上,弃"医"从"文"的选择深刻地显示出他自身与世界关系的转变。在"幻灯片事件"之后,鲁迅重新思考了现代世界中"强"与"弱"的历史关系,

---

① 鲁迅:《呐喊·自序》,《鲁迅全集》第 1 卷,第 438、439 页。他弃医从文的逻辑前后都关联着幻灯片所展现出的强与弱的关系,只不过他由此将对于强和弱的关系的讨论引向了更深刻的精神层面。

也包括他自己在这种历史关系中的境遇,这种选择是他既在新的世界之中又从中自觉撤离出来的结果。鲁迅的转向及其对"文学"的信仰无法摆脱这种困境,这就是古老中国文明遭遇强权之后的生存危机,但他对此做出了全新的解读,即认为中国之"弱"并不在于"体格",而是更为内在的"精神"层面的愚弱——医学无法使愚弱的中国人从根本上强大起来。

鲁迅的选择意味着他从自我主体性的角度否定了由医学所代表的现代科学技术的意义,由于在当时的语境中,医学并不违背强权主义的逻辑,随着鲁迅从医学转向文学,一种面向现代改革的批判性视野也在同时生成。鲁迅否定了那些恭维强者的话语和逻辑,他的改变精神的道路既与此断裂,又将对强者的批判推向了更为深刻的精神领域。在晚清知识界崇拜强权的风气中,鲁迅通过弃医从文的选择开辟出了新的维度,内部精神的重要性取代了外在的身体。在否定外在军事力量层面强弱对比关系的过程中,鲁迅构造出了一种更具精神深度的话语逻辑与强弱关系的伦理。

鲁迅虽然没有直接发表过对日俄战争的看法,但值得注意的是,在回到东京之后的写作与思考中,他多次把俄国当作最重要的批评对象,要求晚清的中国引以为戒。在《摩罗诗力说》与《破恶声论》中,鲁迅批评俄国缺少精神上的自觉,无法生成为真正的历史主体。在《摩罗诗力说》中,鲁迅指出俄国虽然面积广阔又不乏"兵刃炮火",但这种意义的强大却无济于事,因为暴力不能维持一个民族长久的稳定,他强调"兵刃炮火,无不腐蚀"[①],并且预言,缺乏内在精神凝聚力的俄国将难以避免瓦解破碎的结局。鲁迅确信强权绝不能给一个民族带来真正的生机,在《破恶声论》中,他依据生物进化论批判强权主义者的野蛮逻辑:

崇侵略者类有机,兽性其上也,最有奴子性,中国志士何

---

① 鲁迅:《摩罗诗力说》,《鲁迅全集》第1卷,第66页。

隶乎？夫古民惟群，后乃成国，分画疆界，生长于斯，使其用天之宜，食地之利，借自力以善生事，辑睦而不相攻，此盖至善，亦非不能也。人类顾由昉，乃在微生，自虫蛆虎豹猿狖以至今日，古性伏中，时复显露，于是有嗜杀戮侵略之事，夺土地子女玉帛以厌野心；而间恤人言，则造作诸美名以自盖，历时既久，入人者深，众遂渐不知所由来，性偕习而俱变，虽哲人硕士，染秽恶焉。如俄罗斯什赫诸邦，夙有一切斯拉夫主义，居高位者，抱而动定，惟不溥及农人间，顾思士诗人，则熏染于心，虽瑰意鸿思不能涤。其所谓爱国，大都不以艺文思理，足为人类荣华者是尚，惟援甲兵剑戟之精锐，获地杀人之众多，喋喋为宗国晖光。①

鲁迅区分了两种崇拜侵略和强权的典型：其中一类是奉行"兽性其上"的国家，他在下文举的例证即是俄国，并谴责这种国家就像自然界中的野兽，妄图依靠强力征服世界；另一类是被批评为"最有奴子性"的国家，这种国家虽然弱小，但臣服于强权主义逻辑，紧接着这句话之后，鲁迅诘问中国改革者们的志向，显然，他所谓的"奴子性"就包括那些向往强权主义的宣传家。

鲁迅对进化论的解释在这里展现得相当复杂。他认为，像俄国一样的"兽性"之国是人类从"微生、虫蛆虎豹猿狖以至今日"的进化结果，人类的原始"兽性"在根本上不可能祛除干净，这种"兽性"发作的表现就是随时会侵扰世界上的其他国家。同时，这些人在掌握了话语霸权后，还会不断美化侵略和战争行径，继而致使原本善良的人们也被强权主义的逻辑蒙蔽了心灵。鲁迅用"性"与"习"来阐释其中的先后关系，具体而言，他所谓的"性"意味着一些人类族群先天挟来的野蛮之性，"习"则指的是原本善良的人在后天不断受强权话语熏染而发生的改变。

---

① 鲁迅：《破恶声论》，《鲁迅全集》第8卷，第33页。

鲁迅指出，最为明确体现了"兽性其上"的国家就是俄国。事实上，在《破恶声论》之前，他已经在《摩罗诗力说》中批判了"兽性其上"的俄国人，代表人物恰恰是一位"摩罗诗人"：普希金。一方面，鲁迅称赞普希金继承了拜伦、雪莱等"摩罗诗人"的反抗精神；但另一方面，他指出普希金的反抗是肤浅的，这使得普希金最终背叛了"摩罗诗人"的精神谱系——"厥后外缘转变，诗人之性格亦移，于是渐离裴伦"[①]。鲁迅认为，普希金的转变是其自身性格与俄国国民性共同作用的结果。普希金自豪于俄国幅员辽阔和军事力量的强大，1831年，当俄国凭借军事强力入侵波兰时，他曾写了《致诽谤俄罗斯的人》[②]表达对无坚不摧的沙俄的赞美之情。鲁迅转述了丹麦批评家勃兰兑斯（Georg Brandes）在《俄国印象记》中的段落，他批评普希金的爱国是"兽爱"："惟武力之恃而狼藉人之自由，虽云爱国，顾为兽爱。"[③] 在《俄国印象记》中，勃兰兑斯指出普希金远远没有达到拜伦的精神高度，他最终向"兽性"爱国主义献出了双膝（surrendered to a brutal patriatism）。[④] 鲁迅把勃兰兑斯的批判引入《破恶声论》，他既以此指责这位被强权话语迷昏头脑、赞美兽性爱国的"思士诗人"，也是为回应晚清崇拜强权主义的大潮："特此亦不仅普式庚为然，即今之君子，日日言爱国者，于国有诚为人爱而不坠于兽爱者，亦仅见也。"[⑤]

　　鲁迅分别用"兽性"和"奴子性"描述两类人的内在精神、性情，这些时刻潜伏在人性中的危险因素表明，他显然对进化论做出了比晚清鼓吹优胜劣汰的宣传者更具精神深度的诠释。鲁迅强调人类进化过程中"兽性"的遗留，这种思路并非没有渊源，在《天演

[①] 鲁迅：《摩罗诗力说》，《鲁迅全集》第1卷，第90页。
[②] 鲁迅翻译的题目是《俄国之谗谤者》。
[③] 鲁迅：《摩罗诗力说》，《鲁迅全集》第1卷，第91页。
[④] Georg Brandes, *Impressions of Russia*, New York：Thomas Y. Crowell & Co. 13 Astor Place, p. 236.
[⑤] 鲁迅：《摩罗诗力说》，《鲁迅全集》第1卷，第91页。

论》导言第十二篇"人群"中,赫胥黎勾勒了人类从"禽兽"进化而来的脉络,并指出"禽兽"的本性未曾发生改变:

> 人之先远矣,其始禽兽也。不知更几何世,而为山都木客;又不知更几何年,而为毛民猺獠;由毛民猺獠,经数万年之天演,而渐有今日,此不必深讳者也。自禽兽以至为人,其间物竞天择之用,无时而或休,而所以与万物争存,战胜而种盛者,中有最宜者在也。是最宜云何?曰独善自营而已。夫自营为私,然私之一言,乃无始来斯人种子,由禽兽得此,渐以为人,直至今日而根株仍在者也。古人有言,人之性恶。又曰人为孽种,自有生来,便含罪恶。其言岂尽妄哉!①

赫胥黎认为,从禽兽进化到人类的历史是非常漫长的,从自然选择的角度而言,人类是生存竞争中的优胜者(即"最宜者"),那么,是什么因素使得人类进化到这一步呢?关键在于人类更擅长"自营",这是远古时期人类还是禽兽时就禀有的原始本性,正是这种"兽性"使得人类成为进化最成功的种群。有意思的是,赫胥黎认为,现阶段的人类社会应当排斥这种自私的"兽性",并转而把"兽性"视为潜在的破坏力量,他主张通过建立伦理社会抵制"兽性"的破坏,否则,"自营大行,群道将息,而人种灭矣"②。尽管鲁迅也像赫胥黎一样描述人类进化过程中"兽性"的遗留并批评其危害,但不同的是,他并未从"自营"的自然本能解释"兽性",而是较多地采纳了勃兰兑斯的观点,用这种概念来谴责人类社会中侵略、杀戮等野蛮的现象。另外,鲁迅也不像赫胥黎一样认为这种

---

① [英]赫胥黎:《天演论》,严复译,《严复集》第5册,中华书局1986年版,第1345页。

② [英]赫胥黎:《天演论》,严复译,《严复集》第5册,中华书局1986年版,第1345页。

"兽性"能够被遏制住,他更倾向于接受了人类社会将无法避免地要与"兽性"共存、斗争的观点,这种对人性幽暗的观察使得他相信人类的世界无法太平,战争总是存在的。

鲁迅反对托尔斯泰的非暴力主义的理想,他认为,人类总是有"兽性"的遗留,这些"兽性"的族类不可避免地要发动战争,所以他否定托尔斯泰基于基督教精神的人道主义,进化论的思想背景更使他确信——"察人类之不齐,亦当悟斯言之非至"①。在这种自然观的启示下,鲁迅认为世界上的各个人种、族群都是不同的,在多元混杂的世界里,"兽性"民族始终威胁到人类的生存。不过,鲁迅虽然描绘了一幅颇为悲观的世界图景,但他仍然真诚相信,"别有天识在人,虎狼之行,非其首事"②。事实上,由于人类之不齐,鲁迅并不认为所有人种都能够获得"人"的资格。鲁迅没有陷入绝望,当然,他也没有盲目地乐观。如果现实世界必然是人与虎狼并存的自然世界,那么,必须直面这种残酷的本相;即使无法从根本上祛除罪恶与污秽,也依然存在重建人类主体性的可能。他相信,现代世界的本质就是人与兽相搏斗的世界,战争与暴力是必然的,由此,抵抗也是必然的。鲁迅清楚地意识到,托尔斯泰描绘的农人和平安宁的时代已经一去不复返了,尽管他对于农人道德的推许与纯白之心的赞扬回应了托尔斯泰,甚至两人对国家主义的批判也在某种程度上相似,但不同的是,鲁迅承认战争、暴力构成了人类现代命运中无可取消的元素。问题只在于,如何面对这种命运?

在这个意义上,指出鲁迅反战、批判强权只说明了问题的一个方面,并不能认为鲁迅已经成为托尔斯泰式的人道主义者了。与其他人一样,鲁迅通过进化论的视角分析了晚清中国面对的危机形势,但他对进化论的解释却明显融入了主体性的思考。鲁迅提出一种相当别致的"差等进化"思路:"夫人历进化之道途,其度则大有差

---

① 鲁迅:《破恶声论》,《鲁迅全集》第8卷,第34页。
② 鲁迅:《破恶声论》,《鲁迅全集》第8卷,第33页。

等，或留蛆虫性，或猿狙性，纵越万祀，不能大同。"① 以此打破了从蛆虫、猿狙再到人类的单线进化叙事，他将进化描述为一种开放的形式，这种原理的依据并不蕴藏在科学结论之中，而明显来自他的精神主义取向，"蛆虫性"和"猿狙性"体现着鲜明的价值等级。鲁迅进而从"差等进化"的思路否定了"大同"的理想。我们可以从这种批判引申出：鲁迅早年对于"人"或"人性"的解释指向的必然是一种更高级别的精神类型。

尽管鲁迅指出战争、暴力是必须面对的现实，但这不意味着人类只能等待被强权逻辑征服，他早年最大的努力就在于探索一种与此不同的道路。在进化的前提下，鲁迅将如何在现代世界生存的问题深化到了人性论的层面。他希望中国人首先不要被强权主义者的"兽性"以及崇拜强权的"奴子性"迷惑，而是自觉地作为真正的"人"生存，最终建立中国在现代世界的主体性。这种思路意味着鲁迅并不从绝对的意义上反对成为强者。事实上，他很早就渴望中国成为世界上的强者。1903 年，初到日本的鲁迅很快翻译出《月界旅行》《地底旅行》与《斯巴达之魂》等小说，这些翻译不仅密切呼应着 20 世纪初年晚清革命者"尚武""自强"的精神氛围，还鲜明地表达了鲁迅对战争与暴力的态度。

鲁迅在《月界旅行·辨言》中有过一段关于战争的表述：

> 若培伦氏，实以其尚武之精神，写此希望之进化者也。凡事以理想为因，实行为果，既莳厥种，乃亦有秋。尔后殖民星球，旅行月界，虽贩夫稚子，必将夷然视之，习不为诧。据理以推，有固然也。如是，则虽地球之大同可期，而星球之战祸又起。呜呼！琼孙之福地，弥尔之乐园，遍觅尘球，竟成幻想，

---

① 鲁迅：《破恶声论》，《鲁迅全集》第 8 卷，第 34 页。

冥冥黄族，可以兴矣。①

这时的鲁迅同晚清众多改革者一样，热烈呼吁"尚武"精神，他还把这种精神融入振兴民族的大业之中。正是进化论为鲁迅提供了最基本的精神背景。他认为，依靠自然科学的进步，未来的人类或许能够开拓出更为广大的空间，同时值得注意的是，这种进步和发展并没有导向和平主义，鲁迅最后将笔锋一转，指出无论人类进步到何种程度，都不可能实现"大同"。战争是必然的，从地球、月球再到更远的星球，人类面临着永恒的战争之祸。不过，鲁迅并未对此感到消沉，他恰恰指出，战争蕴含着促使民族兴起的可能。鲁迅思想的现实品格使他抛弃了大同世界的幻想，他批判托尔斯泰"为理想诚善"的非暴力主义同样出于这种背景。随后，鲁迅将这种尚武的精神和自强的意志贯彻到他的译文中，他反复表达着对英雄、侠士、壮士的期待。鲁迅无疑渴望中国成为真正的强者，这种心情从根本上决定了他改造国民性的诉求。在《地底旅行》中，鲁迅便激动地跳出凡尔纳的原文，借助小说人物痛斥"懦弱"的国民性格。这让人联想到，鲁迅在同一时期经常与好友许寿裳谈及的对于理想人性以及中国民族性的问题②，其中包含着他有关于如何使中国人自立于强者当道的世界的现实焦虑。

1906年，鲁迅从仙台回到东京从事文艺运动，他推崇拜伦、雪莱等具有反抗精神的诗人组成的"摩罗诗派"，这些诗人延续了他更早时期在翻译中神往的"英雄"们的精神脉络，只不过，这时的鲁迅更为明确地将精神层面的自觉作为英雄的首要条件。如果说1903年翻译《斯巴达之魂》与凡尔纳的科学小说时，鲁迅还处在晚清的

---

① 鲁迅：《月界旅行·辨言》，《鲁迅著译编年全集》第1卷，人民出版社2009年版，第27页。

② 许寿裳：《回忆鲁迅》，《挚友的怀念——许寿裳忆鲁迅》，河北教育出版社2000年版，第110页。

自强潮流中，那么，1906年回到东京之后，鲁迅在延续早年"尚武"、崇拜"英雄"的脉络上，进一步深化了"自强"的精神维度——真正的主体或强者，必须首先获得精神层面的自觉，这使得他与当时流行的强权主义思路区别开来。所谓"摩罗之言，假自天竺，此云天魔，欧人谓之撒但"①，鲁迅呼吁"撒但"式的反抗精神，"大都不为顺世和乐之音，动吭一呼，闻者兴起，争天拒俗，而精神复深感后世人心，绵延至于无已"②。这些无疑是托尔斯泰不喜欢并且无法接受的，事实上，鲁迅对"摩罗诗人"这种极高程度的赞扬，使得他完全像是托尔斯泰的思想对手。

从鲁迅推崇"贵力而尚强，尊己而好战"③的文艺宗旨来看，他显然没有脱离现代中国乃至东亚转型进程中的时代主题。不过，相比那些崇拜强权的宣传家，鲁迅的不同在于，他所追求的"强"类似于尼采所谓的"强力意志"，即要求强者首先在伦理自觉的意义上具备成为"人"的资格。在这个意义上，鲁迅将对于战争、暴力的批判引入了更为内在的精神层面。这正是他所谓的"今兹敢告华土壮者曰，勇健有力，果毅不怯斗，固人生宜有事，特此则以自臧，而非用以搏噬无辜之国"④。强调斗争，不意味鲁迅认可了现实中的强权与暴力秩序，也不意味他主张重复强权的逻辑，与之相反，他所推崇的内在精神自觉的强者必须批判、反抗现有的强权秩序。尽管在自然与人性本体层面上，"兽性"不可消除，但鲁迅仍然向往反抗者出现并呼吁觉醒的主体结成同盟："凡有危邦，咸与扶掖，先起友国，次及其他，令人间世，自繇具足。"⑤

---

① 鲁迅：《摩罗诗力说》，《鲁迅全集》第1卷，第68页。
② 鲁迅：《摩罗诗力说》，《鲁迅全集》第1卷，第68页。
③ 鲁迅：《摩罗诗力说》，《鲁迅全集》第1卷，第84页。
④ 鲁迅：《破恶声论》，《鲁迅全集》第8卷，第36页。
⑤ 鲁迅：《破恶声论》，《鲁迅全集》第8卷，第36页。

三 "强国"与"人国"

鲁迅早年的思想或许在一定意义上具备着人道主义特征，但现实的残酷程度使他意识到，这种理想必须借助暴力、战争才能完成，即必须战斗。鲁迅与拜伦、雪莱等"摩罗诗人"结缘，正是为了鼓动更多反抗者的出现。如果是在自由、独立精神的指引下，必须采取暴力、战争，那么，就不能简单将人道主义和暴力、战争等因素对立起来看待。鲁迅呼唤"人"的精神自觉，并且通过这种方式，探索出了一种不同于托尔斯泰的人道主义，他无疑在思考：怎样让强者的话语与人道主义结合起来？鲁迅多次引用拜伦作为典范。在《摩罗诗力说》与《破恶声论》中，他先后两次叙述了拜伦为援助希腊革命牺牲的事迹，称赞拜伦是真正的"强者"。尽管围绕着拜伦的主题是战争、暴力，但无论如何，鲁迅对强者的向往和晚清的改革逻辑并不合拍，根本的区别在于，鲁迅崇奉的强者并不是重蹈了强权主义逻辑，正如他称赞了拜伦之后紧接着说明"其战复不如野兽，为独立自由人道也"①。尽管拜伦"贵力""尚强""好战"，但这些具有时代特色的表述均建立在"为独立自由人道"的价值论引领之下，拜伦由此代表的是一种人道主义的抗争方式，鲁迅尤其强调这种抗争与"兽性爱国"者的本质区别。

无论是托尔斯泰还是鲁迅，他们都是现代强权秩序的批判者，但鲁迅的态度却比托尔斯泰的复杂得多。一方面，与晚清大多数向往变革的知识分子一样，鲁迅渴盼中国成为真正的强者，但另一方面，他将"自强"首先转换为"立人"的精神伦理主题。正是在这个意义上，鲁迅在《文化偏至论》的结尾呼吁建立"人国"，他通过自己创造的"人国"的概念，回应了晚清"强国"崇拜潮流的道德困境。"人国"与其被视为一个表示政治实体性的理念，不如说是建立在精神伦理层面上的想象的共同体。

---

① 鲁迅：《摩罗诗力说》，《鲁迅全集》第1卷，第84页。

鲁迅认为，只有人们首先在精神层面实现了主体性的自觉，才有通向"人国"的可能与希望。这里仍然存在着问题：既然"自觉"具有根本性的意义，那么，它又意味着什么呢？我们似乎很难找到一套确定的规范或者名词揭示其具体内涵，不过，从鲁迅对强权主义话语的批判来看，"自觉"应当首先源自于对现代世界残酷本质的领悟，并与之建立一种批判性或反思性的距离，进而体现为一种从"兽性"中独立出来的主体性意识。在《文化偏至论》中，鲁迅将施蒂纳、克尔凯郭尔、叔本华、易卜生、尼采等人视作"新神思宗"，他主张借助新的精神资源激发出中国人的自觉，最终由这种具有内在深度的个体建立"人国"：

> 国人之自觉至，个性张，沙聚之邦，由是转为人国。人国既建，乃始雄厉无前，屹然独见于天下，更何有于肤浅凡庸之事物哉？[①]

无论赞成还是批判强权主义逻辑，晚清改革者和鲁迅都存在相似的困境，即，他们都清楚认识到了被战争、暴力和强权笼罩的现实，但区别也从这里发生。面对现实，鲁迅更多展现出对"人"的伦理性问题的思考，他认为这是首要和根本的问题，只有首先解决了人的存在问题，才有资格谈论战争、暴力。事实上，鲁迅也正是通过这种对"人"的思考，将他的反思以及"人国"理念更加深刻地置入到了现代国家理论的历史脉络中。

上文曾述，从基督教精神出发，托尔斯泰把现代国家视为人性和道德堕落的罪恶渊薮，他批判国家自始至终是强权和暴力诞下的畸形怪胎。托尔斯泰对国家的道德批判，完全可以在马基雅维里、霍布斯、洛克、斯宾诺莎等主流政治哲学家的论述中得到确证——国家内在着道德正当性的困境，它存在的意义只是在于保护个人的

[①] 鲁迅：《文化偏至论》，《鲁迅全集》第1卷，第57页。

生命、自由和安全。① 与此相应，军队、暴力而不是人的德性被视为现代政治理所当然的基础，马基雅维里在《君主论》中提出，一个国家的建立必须具有与之相应的强大军队。对于中世纪晚期欧洲四分五裂的小型城邦国家或联盟而言，军事竞争是形成统一、集中的现代主权国家的必经阶段，正是从战争资源的榨取和斗争中产生了国家的中央组织机构。② 在这个历史脉络上，现代国家运行离不开战争、暴力，安东尼·吉登斯（Anthony Giddens）指出两者的关联："它对业已划定边界（国界）的领土实施行政垄断，它的统治靠法律以及对内外暴力工具的直接控制而得以维护。"③

起源于政教分离的现代国家，正如托尔斯泰描述的那样具有天然的伦理困境。为了解决宗教权力对世俗政治的干涉，16、17世纪的思想家着力思考将宗教因素从世俗政治中驱除出去。霍布斯在《利维坦》中精心设计了国家起源的理论，区别于古典政治对于人类生存方式的预设，霍布斯首先重新解释了人的自然状态，他认为，人类最初处于相互为战的战争状态，个体随时面临着因暴力而丧生的危险，出于对死亡的恐惧，必须从自然状态也就是战争状态中走出来——达尔文便延续了这种残酷的自然观，于是，人们根据相互之间的约定放弃自己的权利，统一让与第三方也即主权者。作为国家的法人，主权者负责保护众人的生命和财产安全，而为了使信约有效，它必须拥有强大的力量。正如吉登斯指出的国家的暴力本质，作为规避暴力而诞生的国家，却天然地具有暴力属性，它时刻都需

---

① 吴增定：《利维坦的道德困境：早期现代政治哲学的问题与脉络》，生活·读书·新知三联书店2012年版，第10、第12页。

② ［美］查尔斯·蒂利：《强制、资本和欧洲国家（公元990—1992年）》，魏洪钟译，上海人民出版社2012年版，第34页。

③ ［英］安东尼·吉登斯：《民族国家与暴力》，胡宗泽等译，生活·读书·新知三联书店1998年版，第147页。

要借此来保护那个强力的信约。① 由此,国家更像是建立在战争和强权基础上的一架冷酷的机器,与此同时,宗教、道德等精神层面的问题成为个人的事情。不过,基于这种理念诞生的现代国家虽然保障了国内和平,但一旦转向国际领域,战争状态就将死火复燃。② 对于晚清中国的知识分子而言,这种理论无疑是陌生的,但迫于时势,其中挟带的强权政治的逻辑很快赢得了他们的热忱,例如梁启超赞扬霍布斯的国家学说颇有说服力③,中国的混乱状况更使其成为必要,"非更有独立强大之主权,则终不能以奠定"④。当西方列强将这种强制性的模式通过暴力、军事征服的途径扩张至中国时,他们对于国家的理解便很难超越暴力的逻辑,如有"夫国家者无道德,唯恃强力"⑤ 的观点,以及前所未有地强调军事对政权的意义:"欲行天下之权者,必先拥天下之兵。"⑥

将中国建设成为富强国家的心态,使得人们越发不加掩饰地表达对军事和强力的崇拜。在达尔文理论的刺激之下,面对强权当道的现代世界,很多人达成了这样的共识,即,如果西方大肆推行帝国主义,那么中国同样可以,甚至还将有过之而无不及。在听闻日本战胜俄国的消息后,德皇威廉二世警告他的帝国主义同伴们"黄祸"的危险,这种刻意制造敌意的言论,恰恰被晚清的强权崇拜者们拿来自我陶醉,他们相信有朝一日"黄祸"会真正实现,而那时中国就将殖民整个世界。鲁迅斥责这种思想透露了

---

① [英]霍布斯:《利维坦》,黎思复、黎廷弼译,商务印书馆 2009 年版,第 106 页。
② [德]汉斯·约阿斯、沃尔夫冈·克内布尔:《战争与社会思想:霍布斯以降》,张志超译,华东师范大学出版社 2017 年版,第 20 页。
③ 梁启超:《霍布士学案》,《梁启超全集》第 2 卷,北京出版社 1999 年版,第 498 页。
④ 梁启超:《政治学大家伯伦知理之学说》,《梁启超全集》第 4 卷,北京出版社 1999 年版,第 1073 页。
⑤ 康有为:《物质救国论》,《康有为政论集》,中华书局 1981 年版,第 584 页。
⑥ 东亚时论:《兴清论》,《清议报》第 1 册,1898 年 12 月 23 日。

骨子里深刻的奴性："今日佳兵之士，自屈于强暴久，因渐成奴子之性，忘本来而崇侵略者最下；人云亦云，不持自见者上也。间亦有不隶二类，而偶反其未为人类前之性者，吾尝一二见于诗歌，其大旨在援德皇威廉二世黄祸之说以自豪，厉声而嗥，欲毁伦敦而覆罗马；巴黎一地，则以供淫游焉。"① 对此，鲁迅强调，真正的强者绝不是去复制现有的逻辑。

20世纪中期，旨在从文化、伦理角度总结晚清国家建设经验的梁漱溟颇为服膺历史学家雷海宗的观察，雷氏认为，中国近代积弱的深层原因在于中国文化本质上乃是一种"无兵"的文化。② 梁漱溟指出，正是中国文化的这种特点使其发育出了一种相对独特的"伦理本位的社会"，在这种社会结构中，传统中国只有天下观念而无法生成现代西方的国家理论，归根结底，由于缺乏对抗性的因素："国家消融在社会里面，社会与国家相浑融。国家是有对抗性的，而社会则没有，天下观念就于此产生。"③ 随着列强不断入侵，对抗性的国际关系逐渐占据了主导，借助军队和暴力建立起对内统治、对外防御的现代国家越发显示出重要的意义。事实上，梁漱溟的解释正延续了晚清以降的国家观念，如梁启超便指出"夫国家也者，对待之名辞也"④，只有列强不断的冲击使得此前自我中心的天下秩序出现危机时，国家建设才浮现为重要的议题，相应地，军事建设也才进一步显得急迫。从现代国家理论的西方脉络看，晚清国家建设浪潮强调军事和暴力的意义似乎将是必然。

---

① 鲁迅：《破恶声论》，《鲁迅全集》第8卷，第36页。
② 梁漱溟提到的"中国自东汉以降为无兵的文化"，这句话见于雷海宗《中国的文化与中国的兵》一书中上编"传统文化之评价"部分，雷海宗在第一节"中国的兵"与第四节"无兵"的文化对"东汉以降为无兵的文化"进行了论述。参见雷海宗《中国文化与中国的兵》，商务印书馆2001年版，第2—56、第78—101页。
③ 梁漱溟：《中国文化要义》，上海人民出版社2011年版，第158页。
④ 梁启超：《中国前途之希望与国民责任》，《梁启超全集》第8卷，北京出版社1999年版，第2389页。

鲁迅谴责那些重复强权逻辑的改革者,"举世滔滔,颂美侵略,暴俄强德,向往之如慕乐园,至受厄无告如印度波兰之民,则以冰寒之言嘲其陨落"①。在崇慕强权的世界性潮流中,鲁迅的批判与反省尤为特殊。在《破恶声论》中,鲁迅解释了现代国家诞生与暴力的关系,他认为国家主义者呼吁的建立国家的思路,本质上是崇拜侵略的奴隶性表现。他洞察出了这一潮流内在的精神危机,即推崇暴力的国家建设思路只能不断地再造强权,而无法生成真正的历史主体——这显然是他从近代俄国与日本的改革经验中获得的认识。鲁迅对进化论有着深刻的信仰,他从精神主义的思路对此做出解释,作为生物界的一员,人类无法根除自我先天挟来的"兽性"以及部分民族崇拜强权的"奴子性",由此,人类将宿命般被战争的阴影笼罩。他以一种坚决的语气指出:

> 顾战争绝迹,平和永存,乃又须迟之人类灭尽,大地崩离以后;则甲兵之寿,盖又与人类同终始者已。②

如同自然界上演着永无止息的生存斗争,战争也将与人类的历史相始终。这种观点延续了鲁迅在《月界旅行·辨言》中对待战争的态度,也颇让人想起与霍布斯将自然状态视作"一切人对一切人的战争"的观点,但区别于霍布斯等西方理论家,鲁迅从来没有去设想摆脱这种状况的可能,当然,在这种前提下,他也无心去构思一个国家应有的切实的政治运行制度。鲁迅坚定地强调,中国作为现代国家的诞生,必须有其内在的理想或精神伦理作为支撑——这种精神伦理既非传统的儒教美德,也非托尔斯泰所追求的基督教精神,而是一种能够激发人类内在自觉的力量,鲁迅推崇"新神思宗"与"摩罗诗人"的目的即在于此。这是一种根源于自身传统但同时

---

① 鲁迅:《破恶声论》,《鲁迅全集》第8卷,第35页。
② 鲁迅:《破恶声论》,《鲁迅全集》第8卷,第34页。

吸纳了现代文明精神的批判性力量，他认为，能否实现"人"的自觉将是决定一个国家命运最为重要的因素。

战争与暴力既是生存的必然，又是必须被超越的对象。晚清的衰弱局势使鲁迅认为，中国必须加强自己的军备力量，这是中国的必然之路。根据进化论描绘的自然图景，鲁迅意识到绝不能幻想没有战争的人类世界。如果生存斗争是永恒的，那么战争就是人类的宿命，如其指出："人事亦然，衣食家室邦国之争，形现既昭，已不可以讳掩；而二士室处，亦有吸呼，于是生颢气之争，强肺者致胜。故杀机之昉，与有生偕；平和之名，等于无有"①。鲁迅要求人们时刻准备战争的到来，他既呼吁警惕"兽性其上"的侵略者，又警告人们不可自甘堕落崇拜这样的侵略者，"兽性者起，而平和之民始大骇，日夕岌岌，若不能存，苟不斥去之，固无以自生活；然此亦惟驱之适旧乡，而不自反于兽性，况其戴牙角以戕贼小弱孤露者乎"②。鲁迅并不从本体层面排斥战争、暴力，只不过，他感到更有必要强调驾驭这些力量的"人"的主体性，这种紧张感如影随形，例如：

> 然此特所以自捍卫，辟虎狼也，不假之为爪牙，以残食世之小弱，令兵为人用，而不强人为兵奴，人知此义，乃庶可与语武事，而不至为两间大厉也与。③

又如：

> 夫吾华土之苦于强暴，亦已久矣，未至陈尸，鸷鸟先集，丧地不足，益以金资，而人亦为之寒饿野死。而今而后，所当

---

① 鲁迅：《摩罗诗力说》，《鲁迅全集》第1卷，第68页。
② 鲁迅：《破恶声论》，《鲁迅全集》第8卷，第35页。
③ 鲁迅：《破恶声论》，《鲁迅全集》第8卷，第34页。

有利兵坚盾，环卫其身，毋俾封豕长蛇，荐食上国；然此则所以自卫而已，非效侵略者之行，非将以侵略人也。①

这些引文显示，鲁迅遵循了生物进化论启示给他的自然法则，如以自然界的残酷意象凸显中国面临的绝境。由于深刻相信无论何时人类都摆脱不了战争侵扰，这使得他更迫切地提出人的精神伦理问题。尽管自然法则决定了现代世界永不安宁的命运，但他相信诉诸"人"的精神自觉，依然能够在虎狼环伺的自然丛林中获得主体性的生存地位，而这样的国家就是"人国"。面对晚清的衰弱局面，鲁迅同样期待将中国改造为屹立于现代世界的"雄厉无前"的"强国"，他从来没有改变过这个志向，但他坚定拒绝沿着进化的道路不假思索地走向强权主义。

鲁迅从这个潮流中撤退出来，并与之建立了批判与反思的距离，他首先将"强国"视为一个必须被问题化的对象，继而呼吁"人"的内在的精神觉醒。鲁迅对"人"的论述最终超越了社会达尔文主义的逻辑，它召唤着更高级别的精神类型。他主张"兵为人用"，而非"人为兵奴"，只有这种"强国"才有资格被称作"人国"。鲁迅通过"人国"的呼吁更新了晚清知识界对国家形态的想象，并以此重建了寻求富强与主体自觉之间的关联，它不像日本、晚清的强权崇拜者幻想的那样用暴力荡平欧洲——这种思想恰恰体现了鲁迅所批判的崇侵略的"奴子性"，而是在捍卫自我主体性的前提下，去援助、解放与自己有着相似历史命运的民族，鲁迅早年虽然没有进行文学创作，但他翻译的作品与关注的作家大多来自被侮辱与被损害的弱小国家的事实，正表明了这一点。当这些国家一边战斗，一边联合起来抵制强权主义的逻辑时，便从根本上否定了强权政治所建立的主奴关系，这些相互之间具有主体性的"人国"最终构建出了一幅新的世界图景。

---

① 鲁迅：《破恶声论》，《鲁迅全集》第 8 卷，第 35 页。

"人国"颠覆了强权主义，它展现出鲁迅否定强权逻辑之后对另一种世界秩序的构想。鲁迅指出这才是真正的"黄祸"，他完全更新了"黄祸"的内涵，所谓"眈眈皙种，失其臣奴，则黄祸始以实现"[①]，其结果是不是仿造，而是从根本上抽空、颠覆了现代世界的主奴结构关系及其再生产机制。总之，鲁迅的"人国"理念回应了他那个时代所面临的"人"的存在论问题，通过这一理念，他对于现代中国政治的实践提出了明确的精神伦理要求。面对改革，"人"的精神自觉和主体性始终被置于第一位，在这个意义上，"人国"指向的是一种精神共同体，它体现出伦理政治的特点，并为鲁迅早年诸多问题的展开提供了最重要的背景。

---

① 鲁迅：《破恶声论》，《鲁迅全集》第 8 卷，第 36 页。

第 二 章
人在自然界中的位置

　　1898年，为晚清中国知识分子提供原则指引的严译《天演论》出版。① 但严复并不满足于单纯的译介工作，他几乎在每一则译文后面都附上了自己的案语，其中也包括不少对赫胥黎的批评。因此，这部译稿杂糅了赫胥黎、斯宾塞以及译者严复在内的多重声音。出身福建船政学堂的严复深受甲午战败的刺激，即如胡适所言，《天演论》造成了人们对国际政治的了解②，实际的情况正是这样，从译者严复开始，他就瞩目于政治改革并将赫胥黎的《进化论与伦理学》与晚清中国的救亡事业紧密联系起来，如有所谓："赫胥黎氏此书之恉，本以救斯宾塞任天为治之末流，其中所论，与吾古人有甚合者。且于自强保种之事，反复三致意焉。"③

　　19世纪下半叶，在达尔文的论证下，生物进化思想获得了巨大发展，但同时也带来了深刻的伦理学问题。如果一切按照自然界的规律，那么强者对于弱者的权力在人类社会就将是难免的。这种伦

---

　　① 严复翻译的《天演论》以赫胥黎在1893年在牛津大学"罗马尼斯"的讲稿《进化论与伦理学》为底本，赫胥黎这部讲稿在英语世界的出版年份是1895年，严复应当对西方思想世界一直保持着密切的关注，他于出版次年就着手开始了翻译工作。

　　② 胡适：《胡适自述》，《胡适文集》第1册，北京大学出版社1998年版，第70页。

　　③ 严复：《天演论·自序》，《严复集》第5册，中华书局1986年版，第1321页。

理困境最初引发了英国学界的争议，斯宾塞和赫胥黎显然代表了两种不同的声音。严复对此心领神会，他努力地在二者之间寻找平衡，尽管他直接翻译的是赫胥黎的著作，但同时却在连绵不断的案语中解释着斯宾塞的观点，以此作为对赫胥黎的补充或者修正。这些意见最终共同融化在严复古雅的传统学术语言中，使得《进化论与伦理学》并不只是被改造成一部指导救亡的政论，也同时重构了"天"与"人"的相互关系。

第一节 "人"的诞生

在译者序言中，严复指出"天学明，人事利"①，为了推动改革，更为深入地研究人类社会的原理无疑是非常必要的。严复强调《天演论》正是具有这种意义的著作，赫胥黎和斯宾塞由此进入了他的视野。尽管"天"的含义向来复杂，但严复清楚表明自己运用这一概念时的变化，这种转变随即开启了重新认识"人"的潮流。事实上，在《天演论》的第一则案语中，严复就展示出这种新的理论资源如何重新定义了作为物种的人类："古者以大地为静居天中，而日月星辰，拱绕周流，以地为主。自歌白尼出，乃知地本行星，系日而运。古者以人类为首出庶物，肖天而生，与万物绝异。自达尔文出，知人为天演中一境，且演且进，来者方将，而教宗抟土之说，必不可信。盖自有歌白尼而后天学明，亦自有达尔文而后生理确也。"② 由此可见，对严复来说，生物进化论不仅揭示了人类过去的历史，还蕴含着人类社会面向未来而展开的原理。

不过问题在于，人类历史演进到了 19 世纪末，业已发达的文明成就与生物自然本性之间的关系并不明朗，生物进化论无法不证自

---

① 严复案语，《严复集》第 5 册，中华书局 1986 年版，第 1320 页。
② 严复案语，《严复集》第 5 册，中华书局 1986 年版，第 1325 页。

明地直接成为人类社会的指引。赫胥黎与斯宾塞,这两位在严复看来可以相补、相济的思想家,对此提供了两种完全不同的看法。当然,他们都不排斥生物进化论作为真理的事实,两者真正交锋的地方在于:如何认识人类的地位并规划人与自然的关系。他们的分歧主要集中在伦理学,而非进化论。直到1871年,达尔文才在《人类的由来》中系统探讨了伦理学问题,论证人类在进化过程中形成的道德感,但是他从来没有作为伦理学家受到关注。相比之下,斯宾塞更早且更系统地阐述了基于生物进化的伦理学观点,他不仅提出了著名的"适者生存"的口号,而且也在创建综合哲学的理想照耀下将其引入人类社会,斯宾塞认为,政治上的自由放任是适应自然进化的体现,人类的自由、幸福源于对进化法则的遵从。在19世纪下半叶英国知识界,斯宾塞读者众多,这种观点影响十分深远。但同时,这也使得斯宾塞遭到了来自知识界持久的批判,赫胥黎即是这些批判者中最负盛名的一位。[1] 1893年,在牛津大学"罗马尼斯"讲座中,赫胥黎鲜明表达了对斯宾塞观点的批评,讲座题为"进化论与伦理学",其中,"进化"与"伦理"是必须被分开的概念。翌年,赫胥黎为之添加了导言,深入说明人类的伦理学区别于自然进化的宗旨。这些内容构成了严译《天演论》的主体部分。尽管严复在案语中不时用斯宾塞纠正赫胥黎的诸多观点,但这不仅没有埋没赫胥黎的观点,反而通过这种方式,进一步凸显出了两者的关键性差异,即关于"人"的伦理学问题。

一 分裂的景象

在《进化论与伦理学》中,赫胥黎的重心明显是在伦理学,进化论更像一道预先摆在人类面前的难题,某种程度上,他主要是为了应对进化论的难题而提出相应的伦理学。对赫胥黎来说,人是一

---

[1] Allhoff Fritz, "Evolutionary Ethics from Darwin to Moore", *History and Philosophy of the Life Sciences*, 2003, Vol. 25, No. 1 (2003).

种独特的生物，这种生物首先是自然界中的物种，但为了生存，却必须随时具备反抗自然界的力量。在更早的文章中，赫胥黎曾借助生物学的研究强调人与兽类的亲缘关系，他认为人与兽不存在根本的隔阂，甚至在感情与智力方面也是如此，"人类和动物之间，其分界线绝不比动物本身之间的分界线更为显著。"① 但他同时又坚信人类与兽类存在着巨大鸿沟，这源于人类作为创造了文明的物种的特殊性，因此人类绝不能等同于兽类。《进化论与伦理学》延续了这种观点，赫胥黎力图说明的是人类社会的特殊原理。

有意思的是，在南京沉迷于阅读《天演论》的时候，鲁迅正是被其中的伦理学吸引，同时，按周作人的回忆，他对生物进化论的原理却很模糊，鲁迅这时熟悉的进化论仍然是晚清普遍流行的优胜劣败的观点。② 这是一种源自斯宾塞的观点，相反，赫胥黎意在强调自然界适者生存法则与人类伦理相互敌对的关系。在《进化论与伦理学》开篇，赫胥黎清楚说明了人类同自然界的对抗关系。面向窗外的自然世界，赫胥黎想象在两千年前恺撒军队未到时的景象，试图还原自然的原初状态，他指出为了争夺有限的资源，这里的动植物必然在严酷的环境中展开生存竞争："土生土长的牧草、杂草，还有散布其间的一丛丛金雀花，你争我夺，抢占着贫瘠的表层土壤。这些植物盛夏抗击干旱，寒冬抵御严霜，而且一年四季都要面对时而从太平洋、时而从北海刮来的狂风。此外，地下和地上的动物还常常进行骚扰，留下一片片空隙，有赖这些植物尽其所能加以填补。"③ 如果没有人为干预，这里的生存法则便是斯宾塞所谓的"适者生存"。这种对自然环境的描绘意在表明人类的价值，因为正是人

---

① [英]赫胥黎：《人类在自然界中的位置》，蔡重阳、王鑫、傅强译，北京大学出版社2010年版，第61页。
② 周作人：《鲁迅与清末文坛》，《年少沧桑——兄弟忆鲁迅（一）》，河北教育出版社2002年版，第204页。
③ [英]赫胥黎：《进化论与伦理学》，宋启林等译，北京大学出版社2010版，第3页。

类的到来彻底改变了这里的生存环境。

相对于"自然状态",赫胥黎将人类对自然的干预称作"人为状态",他由此凸显出了人类的主体性,在干预自然的过程中,人类的体力和智力得到充分展现。赫胥黎紧接着表示,经过人工的打理,那片荒原的一部分已经被改造成了物产丰富的园地。当再次描述窗外的景象时,赫胥黎尤其提醒人们注意围墙的存在,他指出围墙区别开了"自然状态"与"人为状态",园地内外面貌迥异:

> 墙外的土地,仍然处于自然状态;墙内的土地,已经过人类的处理。树木、灌木和草本植物,其中有许多来自异国他乡的野生种类,在园地繁荣昌盛。此外,园内还生产大量的蔬菜、水果和花卉,这些品种在墙外不仅现在不存在,过去也没有存在过,只有在诸如园地所提供的条件下才能生存,因此,这些品种,就像栽培它们的棚架暖房一样,是人类技艺的成品。①

在园丁的精细照料下,园地里的物种欣欣向荣,与此同时,生存竞争得到了有效限制。当然,对于保护人类的利益而言,园丁必须时刻警惕"自然状态"的入侵,一旦疏于管理,"自然状态"便会卷土重来。在"自然状态"下,物种不仅必须在狭小的空间内为生存资源展开竞争,而且面临着严酷气候的磨难。园丁的工作改变了这些生存条件,同时他还可以限制物种繁殖,并根据自己的意愿选择培养那些理想的物种,最终维持园地的稳定与发展。赫胥黎联想到人类文明的进程,他指出"从燧石工具到大教堂到

---

① [英]赫胥黎:《进化论与伦理学》,宋启林等译,北京大学出版社 2010 版,第 5—6 页。

精密计时器"① 都显示了人类的智慧与成就。

但赫胥黎并不认为园丁的工作可以完全适用于人类社会。由于园丁总是倾向选择那些更有经济效用或更为美观的物种，淘汰不符合演变方向的物种，这仍然体现了一种进化统治的逻辑。相应地，如果将这种育种原则推向人类社会，那些老弱病残的人们就失去了生存的机会。同时，生物过度繁殖的压力也会导致生存竞争再次上演，无论多么美好的伊甸园都难以承受人口膨胀的压力。赫胥黎不得不寻求建立一种完全与自然法则对抗的伦理学，以尽可能将生存竞争彻底地从人类社会驱逐出去——"由于法律和道德限制人与人之间的生存斗争，因而伦理过程就与宇宙过程的原则相对抗，并倾向于压制那些最有利于在生存斗争中获胜的品质"②。这种观点不仅显示出人类与自然界动物不同的生存法则，也表明了赫胥黎与斯宾塞之间最主要的分歧。后者认为，进化论与伦理学的目的相同，社会的进化必须不断排除那些不适应它的成员，这是一种自然的净化，相反，如果试图以慈善名义遏制适应的过程，妨碍那些有能力、有远见之人的发展，社会就会走向衰败。③ 对于赫胥黎来说，法律和道德才是护卫人类社会的围墙，它们尽可能保障人类社会的每一个成员都能获得相应的生存资源，远离自然状态的威胁。在这个意义上，赫胥黎将人类这种懂得自我约束和克制的动物称作一种"政治动物"④。

赫胥黎对窗外世界的描绘极大引发了鲁迅的好奇，他虽然未必

---

① ［英］赫胥黎：《进化论与伦理学》，宋启林等译，北京大学出版社 2010 版，第 6 页。

② ［英］赫胥黎：《进化论与伦理学》，宋启林等译，北京大学出版社 2010 版，第 13 页。

③ ［英］斯宾塞：《社会静力学》，张雄武译，商务印书馆 1996 年版，第 143—148 页。

④ ［英］赫胥黎：《进化论与伦理学》，宋启林等译，北京大学出版社 2010 版，第 17 页。

明白赫胥黎与斯宾塞争论的背景，但对于他们所共同描绘的以生存竞争和适者生存为法则的自然界，却产生了十足的兴趣。事实上，在鲁迅此后提倡"立人"并不断对"人"的内涵解释说明的过程中，他同样深刻参与了这场关于自然与伦理关系的论辩。在《琐记》中，鲁迅回忆了早年阅读《天演论》的惊喜之感，他很快便沉浸在"物竞""天择"的世界之中。这两个概念一同出自《天演论》首篇，并相当有代表性地展现了赫胥黎所描述的自然世界及其与人类伦理的关系，那片荒芜的原野和赫胥黎精心打造的园地逐次浮现在鲁迅的面前。当鲁迅对此不住地感叹"新鲜"的时候，"自然状态"与"人为状态"的分裂景象同时闯进了他的视线。

正如斯宾塞和赫胥黎展开各自的伦理学，是出于认识自然的不同角度，对鲁迅而言，他有关"人"的思考也同样源于对自然界的再次观照。在鲁迅接触《天演论》之前长达二十余年的生活中，他不仅从很小的时候就表现出对自然事物的关切和热爱，也由此形成了对自然与人类关系最初的认识，直到《天演论》向他展示出一幅全新的图景，促使他开始将自然与人类关系的转变作为后续思想的起点。值得提及的是，在时间背景比《琐记》更早的文章（《从百草园到三味书屋》）中，鲁迅也曾描绘过一个园地，并展现出了围绕这个园地生成的人与自然的关系。当然，它与赫胥黎讲述的园地的形成与发展存在着巨大的差异，这种差异或许是鲁迅发生惊奇的源头？

鲁迅自称这个园地是"百草园"，尽管只是一个普通菜园，但其中的动植物仍给了童年的他无尽的乐趣。这是一个秩序井然的地方："不必说碧绿的菜畦，光滑的石井栏，高大的皂荚树，紫红的桑椹；也不必说鸣蝉在树叶里长吟，肥胖的黄蜂伏在菜花上，轻捷的叫天子（云雀）忽然从草间直窜向云霄里去了。单是周围的短短的泥墙根一带，就有无限趣味。"[1] 这种状态接近赫胥黎描绘的园地，"百草

---

[1] 鲁迅：《从百草园到三味书屋》，《鲁迅全集》第 2 卷，第 287 页。

园"整洁的景象源自人类的辛勤劳作,但鲁迅这么写,却不是为了表明人类对自然的干预,他显然并无这重思想背景。在随后的段落中,鲁迅描述了泥墙根的小动物,如油蛉、蟋蟀、蜈蚣以及斑蝥给他带来的乐趣,他完全陶醉在这个世界之中。由于鲁迅早年生活在城市里,这堵墙没有分割自然与人为的功能,更重要的是,鲁迅也从来不曾设想一个没有人涉足的自然世界。

鲁迅不认为自然必须是冷酷无情的,他对动植物的描写说明了自然与人类之间深刻的精神联系。事实上,鲁迅这时对百草园的回忆已经超越了个体层面,这些文字传达了中国古人对自然及其与人类关系的理解。例如,他讲起何首乌:"有人说,何首乌根是有像人形的,吃了便可以成仙,我于是常常拔它起来,牵连不断地拔起来,也曾因此弄坏了泥墙,却从来没有见过有一块根像人样。"[①] 这种植物不仅与人类在外形上相似,而且生动反映了民间传说中的自然哲学,它被赋予了吃了便可以成仙的功能和愿望。有趣的是,鲁迅在说明"百草园"中赤链蛇的传说后,转接上了保姆阿长讲过的"美女蛇"的故事。这本来是一个劝学故事,一个在庙里用功的书生被"美女蛇"诱惑,识破真相的老和尚用"飞蜈蚣"帮他治死了"美女蛇",这是因为蜈蚣能够吸食蛇的脑髓的缘故。不论这种对自然的想象是否荒诞,在这个故事中,人与自然完全被同化在了一起,同时,这个故事把"美女"与"蛇"相联属,并将其视为需要被克服的对象,也容易让人想起中国传统道德对于淫邪与女色的批判。

鲁迅早年对于动植物有着浓厚的兴趣,他多次谈起对于《山海经》《毛诗草木鸟兽虫鱼疏》以及《花镜》的喜爱[②]。此外,鲁迅还喜欢收集《尔雅因图》《毛诗品物图考》《点石斋丛画》和《诗画

[①] 鲁迅:《从百草园到三味书屋》,《鲁迅全集》第 2 卷,第 287 页。
[②] 鲁迅:《阿长与〈山海经〉》,《鲁迅全集》第 2 卷,人民文学出版社 2005 年版,第 254 页。

筋》之类的画书。对于鲁迅而言，这些著作不仅是知识的滋养，也向他传达着关于自然界的美学、道德的信息，他从不曾像赫胥黎那样面对真正荒芜的自然世界。① 周建人也指出，鲁迅早年——

> 很喜欢看讲草木虫鱼等的书。如《南方草木状》，《花划》，《兰蕙同心录》等等，也占据了他的红色皮箱里一部分位置。后来又得了一部《广群芳谱》。抄的也就是这一类，如《释草小记》，《释虫小记》等等，许多这类文字都抄下来，起初抄的都用荆川纸，画了格子衬在里面来抄。……他读书时，从书坊里回来，常常看看《花镜》，并曾经加上许多注解。②

鲁迅自己种过许多花木，这些著作构成了他的参照。值得注意的是，鲁迅和周建人都提到过一本名为《花镜》的著作。《花镜》是关于花木虫鱼养殖的类书，著者为康熙年间的学者陈淏子。这部著作深受鲁迅喜爱，1901 年，他曾模仿《花镜》的体例写作《莳花杂志》，介绍"晚香玉"和一种被称作"里低母斯"的苔类植物。鲁迅这时已在南京学习现代科学，这两条记载显示了他与陈淏子知识结构的不同，例如在"晚香玉"后说明其本名"土秘蠃斯"，这是拉丁学名"Polianthes tuberosa"的音译，而对"里低母斯"的介绍则完全采用了新式的科学语言，鲁迅指出这种植物汁液的颜色会根据酸碱性发生变化，由此被广泛用于实验。③

---

① 孟悦指出中国古代植物绘图力求展现植物的德与气，与西方现代科学对植物的知识性描绘（如林奈）不同。参见孟悦《反观"半文明"：中国植物知识的转轨与分流》，刘禾主编《世界秩序与文明等级》，生活·读书·新知三联书店 2016 年版，第 411—424 页。有关中国古代植物绘图的宗教礼仪色彩，又可参见 [法] 舍普等《非正规科学：从大众化知识到人种科学》，生活·读书·新知三联书店 2003 年版，第 18 页。

② 周建人：《略讲关于鲁迅的事情》，《年少沧桑：兄弟忆鲁迅（一）》，河北教育出版社 2002 年版，第 254 页。

③ 鲁迅：《莳花杂志》，《鲁迅著译编年全集》第 1 卷，人民文学出版社 2009 年版，第 15 页。

鲁迅早年生活在民俗的世界中，多篇回忆性的文章都表明了自然与人类相互依存的关系。在"百草园"所象征的精神世界中，鲁迅不止一次地被神话、传说吸引，这些故事携带的对天人关系的浪漫想象，以及简洁朴素的道德感都曾使他发生感动。① 事实上，对于这种自然与人类的关系，鲁迅并非没有发生怀疑的时刻。在父亲生病期间，他遵照医方寻找的药引殊为奇特：芦根、经霜三年的甘蔗、原配的蟋蟀、结子的平地木、打破的旧鼓皮……传统医学预设人与自然的一体关系，并由此决定对自然界动植物属性的判断，相应的动植物将依据特定的属性作用于人类。鲁迅在"百草园"中拔出来的"何首乌"，其得名便在于医学上的功效，如："据医书上说，有一个姓何的老人因为常吃这一种块根，头发不白而黑，因此就称为何首乌。"② 这些药引不仅使鲁迅颇为犯难，而且没有治好父亲的病，这使得鲁迅的回忆总是夹带着讥讽的语气。不过尽管如此，由于鲁迅身处传统的世界中，他还未曾获得批判的资源。在南京求学期间，鲁迅的知识结构才发生了实质的改变，在现代科学的启发下，他明确意识到"中医不过是一种有意的或无意的骗子"③，而这种觉悟与他阅读《天演论》发生在同样的语境中。

鲁迅开始转变对自然的认识，他感叹赫胥黎观点的"新鲜"，在"物竞""天择"主导的世界中，那些原先附着于自然万物的道德、美学寓意不断褪色："物竞者，物争自存也。以一物以与物物争，或存或亡，而其效则归于天择。天择者，物争焉而独存。则其存也，必有其所以存，必其所得于天之分，自致一己之能，与其所遭值之时与地，及凡周身以外之物力，有其相谋相剂者焉。夫而后独免于亡，而足以自立也。"④ 鲁迅对这段文字印象极为深刻，二十多年

---

① 另可参见《论雷峰塔的倒掉》与《狗·猫·鼠》等文。
② 周作人：《鲁迅的故家》，《年少沧桑：兄弟忆鲁迅（一）》，河北教育出版社2002年版，第8—9页。
③ 鲁迅：《呐喊·自序》，《鲁迅全集》第1卷，第438页。
④ 严复译文，《严复集》第5册，中华书局1986年版，第1324页。

后，他依然清晰记得读到这段文字时的惊奇之感，正是其中天、人之间的分裂景象，构成了他此后诸多论述的起点。

二 《天演论》开启的思想空间

从赫胥黎描述的天人关系来看，《天演论》无疑已经逸出了中国思想的主流传统。作为译者的严复同样看到了这种情形，他由此联想到先秦时期的荀子与唐代的刘禹锡、柳宗元等人，这些思想家更为强调天人之间的分裂关系。在严复看来，虽然在宋明以来的儒学传统中，他们的观点不被重视，但是对于《天演论》中赫胥黎充满挑战性的见解来说，两者的思路却是如此相近。严复在《天演论·论十六群治》案语中指出："以尚力为天行，尚德为人治。争且乱则天胜，安且治则人胜。此其说与唐刘、柳诸家天论之言合，而与宋以来儒者，以理属天，以欲属人者，致相反矣。"① 赫胥黎的观点颠倒了宋明理学中"天行"与"人治"的关系，因此，当严复认可赫胥黎的学说提供了"自强保种"的原理时，他本人也已经冲破了宋明理学的限制。

不过，正如严复在《天演论》自序中所表露的矛盾，他并未就此走向天人对立的结论，严复将赫胥黎强调"人治"的部分继续放置在天人一体的结构中，转而特别称赞斯宾塞的一元论：

> 有斯宾塞尔者，以天演自然言化，著书造论，贯天地人而一理之。此亦晚近之绝作也。其为天演界说曰："翕以合质，辟以出力，始简易而终杂糅。"而《易》则曰："坤其静也翕，其动也辟。"②

严复虽然肯定了人的力量，但他却不像赫胥黎那样认为，这是

---

① 严复案语，《严复集》第 5 册，中华书局 1986 年版，第 1395 页。
② 严复：《天演论·自序》，《严复集》第 5 册，中华书局 1986 年版，第 1320 页。

一种与自然界相互对立的力量,在他看来,人的主动性最终仍然顺应自然要求,严复正由此强调了《易经》与《天演论》的相通之处。另外值得一提的是,作为《天演论》最早的阅读者,吴汝纶在为《天演论》写作的序言中得出了和严复相似的观点,他指出赫胥黎是书提出"与天争胜",但更进一步地,他认为"人之争天而胜天者,又皆天事之所苞。是故天行人治,同归天演"[1]。

严复和吴汝纶的解释体现了《天演论》最早一批读者的心理,他们尽可能地利用中国传统思想资源消解赫胥黎观点的异质性,这与鲁迅在南京的矿路学堂中阅读《天演论》的情形存在明显差别。他们并没有发现一个新世界的欣喜之情,而是试图借助外来的灵感与启示再次肯定传统的资源,严复指出:

> 近二百年,欧洲学术之盛,远迈古初。其所得以为名理公例者,在在见极,不可复摇。顾吾古人之所得,往往先之,此非傅会扬己之言也。[2]

对严复来说,翻译《天演论》也是阐扬中国思想的方式,从对《易经》的再次体会出发,严复遗憾地认为,中国的先贤已经发现了同样的原理,只是后人没有很好地发扬。严复这种表态很容易让人想起晚清盛行的"西学中源"论调。持这种论调的人相信,包括现代自然科学在内的西方思想学术最初发源于中国,中国的历史文献中早已存在相应表述。这种论调不仅是守旧者的盾牌,也吸引了一批著名的改革者,在他们看来,晚清的改革虽然表面上是向西方学习,但归根结底却无非是在光复旧物。[3] 严复一方面认为转向西学是

---

[1] 吴汝纶序言,《严复集》第 5 册,中华书局 1986 年版,第 1317 页。
[2] 严复:《天演论·自序》,《严复集》第 5 册,中华书局 1986 年版,第 1320 页。
[3] 熊月之:《西学东渐与晚清社会》,上海人民出版社 1994 年版,第 716—727 页。

为了"得识古之用"①，另一方面却表明自己不是一般的"西学中源"论者，他曾在《救亡决论》中严厉批评这种论调②。严复强调应当具体问题具体分析，虽然不能认为西方所有的学术都源出于中国，但将《天演论》与传统思想联系在一起却不是附会。

相比于严复、吴汝纶，作为《天演论》更为年轻一代的阅读者，鲁迅从未萌生过联系《天演论》与《易经》的意图。无论是宋明理学的主流视野，还是严复发掘出的荀子、刘禹锡与柳宗元的另类论述，在他这里都没有得到展现。不同于严复在《天演论》中再次诉诸天人一体的结构，鲁迅更大限度地接受并发挥了赫胥黎的思路，他在《科学史教篇》(1907)开篇写道：

> 观于今之世，不瞿然者几何人哉？自然之力，既听命于人间，发纵指挥，如使其马，束以器械而用之；交通贸迁，利于前时，虽高山大川，无足沮核；饥疠之害减；教育之功全；较以百祀前之社会，改革盖无烈于是也。③

鲁迅的描述延续了赫胥黎在《天演论》中的观点，其中，自然被对象化，人的生存与发展需要被不断放大。正如赫胥黎主张发挥人类改造自然的能力，鲁迅同样歌颂了现代社会中人类对自然的控制，他指出随着自然科学的发展，人类社会的福利将得到前所未有的改善。赫胥黎的观点体现了西方思想传统中人类统治自然的理念，这种理念从古希腊时期即扎根在人们的思想意识里，继而被中世纪的神学家发扬光大（如认为人类具有代替上帝掌管自然万物的权利），直至因17世纪以来不断进步的科技文明被渲染到无以复加的

---

① 严复：《天演论·自序》，《严复集》第5册，中华书局1986年版，第1320页。
② 严复：《救亡决论》，《严复集》第1册，中华书局1986年版，第52页。
③ 鲁迅：《科学史教篇》，《鲁迅全集》第1卷，人民文学出版社2005年版，第25页。

地步。鲁迅认识到这种理念与中国思想传统的根本差异,他以印度为鉴,批评晚清士人守旧与自欺的态度:

> 昔英人设水道于天竺,其国人恶而拒之,有谓水道本创自天竺古贤,久而术失,白人不过窃取而更新之者,水道始大行。旧国笃古之余,每至不惜于自欺如是。震旦死抱国粹之士,作此说者最多,一若今之学术艺文,皆我数千载前所已具。不知意之所在,将如天竺造说之人,聊弄术以入新学,抑诚尸祝往时,视为全能而不可越也?①

鲁迅讽刺"西学中源"论的拥护者,同时,他拒绝像严复那样重回中国古代的思想世界。如果说赫胥黎在《天演论》中宣布自然界与人类社会的分裂关系,那么鲁迅坦然接受了这种结论。鲁迅据此回顾自然科学发生的历史,他指出"索其真源,盖远在夫希腊"②,进而认为,从中国古代的思想、学术传统中无法寻绎出现代科学的源头,"盖科学者,以其知识,历探自然见象之深微,久而得效,改革遂及于社会,继复流衍,来溉远东,浸及震旦"③。对鲁迅而言,科学是明确起源于西方的知识形态,它包含一种特殊的看待自然与人类关系的方式,由此可以明确,只有根植于西方自身的思想与学术脉络,才能历史地检讨科学发展的经验。

鲁迅早年具备良好的科学素养,这种背景增强了他对西方科学史的了解,并进一步影响了他有关人类社会的观点。在留学日本的第二年(1903),鲁迅连续发表了《说钼》《中国地质略论》两篇自

---

① 鲁迅:《科学史教篇》,《鲁迅全集》第1卷,人民文学出版社2005年版,第26—27页。

② 鲁迅:《科学史教篇》,《鲁迅全集》第1卷,人民文学出版社2005年版,第25页。

③ 鲁迅:《科学史教篇》,《鲁迅全集》第1卷,人民文学出版社2005年版,第25页。

然科学方面的文章，1906年之后，又相继写出《人之历史》与《科学史教篇》。这些论述既与鲁迅当时的学业、兴趣密切相关，又展现出了超出大多同代人的科学知识积淀，鲁迅的《说钼》不仅是中国最早介绍放射性元素"钼"的文章，同时，这篇文章也紧跟上了西方科学界在20世纪初的进展。他意识到，"钼"的发现将很可能激发西方物理学革命：

> 煌煌焉出现于世界，辉新世纪之曙光，破旧学者之迷梦。若能力保存说，若原子说，若物质不灭说，皆蒙极酷之袭击，跛跟倾欹，不可终日。①

《说钼》传达出了鲁迅的物质观念及其理解自然方式的变化，作为放射性元素，"钼"在测定地质年代方面具有重要的作用。尽管居里夫人凭借对"钼"的发现获得1903年诺贝尔物理学奖，但鲁迅写作《说钼》却很可能不是因为追慕居里夫人的名气，而是与他在地质学方面的进展有关。紧接着《说钼》，鲁迅同月写下《中国地质略论》，不久后他又完成了一部地质学稿，但并未发表。

鲁迅写作地质学方面的论文并非偶然，这与他接受《天演论》乃是一个同步的过程。在《天演论》的案语中，严复就曾指出"天演之学，肇端于地学之僵石古兽"②，地质学为进化论的发展提供了理论基础，对此，鲁迅同样有着明确的认识："地质学者，地球之进化史也；凡岩石之成因，地壳之构造，皆所深究。"③ 19世纪地质学的成就打开了人们对于漫长时间的想象，正是赖尔在《地质学原理》中关于地质渐变的猜想启发了达尔文，促使他提出以自然选择为中

---

① 鲁迅：《说钼》，《鲁迅全集》第7卷，人民文学出版社2005年版，第21页。
② 严复案语，《严复集》第5册，中华书局1986年版，第1354页。
③ 鲁迅：《中国地质略论》，《鲁迅全集》第8卷，第6页。

心的生物进化论，而鲁迅在南京时便抄写过赖尔的这本著作①。更为重要的是，这些论文体现出鲁迅对宇宙起源以及万物基本原理的新认识，在《中国地质略论》中，他根据康德—拉普拉斯的"星云假说"解释地球的进化史：

> 昔德儒康德 Kant 唱星云说，法儒拉布拉 Laplace 和之。以地球为宇宙间大气体中析出之一份，回旋空间，不知历几亿万劫，凝为流质；尔后日就冷缩，外皮遂坚，是曰地壳。至其中心，议者綦众：有内部融体说，有内部非融体说，有内外固体中挟融体说。各据学理，以文其议。②

康德的"星云假说"继承了笛卡尔、牛顿的自然哲学，在此基础上，他宣称自己的假说不存在任何形而上的虚构，只要有了物质，运用力学原则就足够解释宇宙的起源。③ 尽管拉普拉斯最终得出了和康德相似的观点，但事实上，他在研究宇宙起源时对康德的结论并不知情。康德—拉普拉斯的"星云假说"排除了宇宙起源的目的论解释，由此引发了 19 世纪自然观念的革新。

这种假说极大地影响了此后天文学与地质学的发展，鲁迅的引用即可印证其中的关联。在《天演论·导言二 广义》的案语中，严复也曾描绘过这种"质力相推"④ 的宇宙图景：

> 其所谓翕以聚质者，即如日局太始，乃为星气，名涅菩剌斯，布濩六合，其质点本热至大，其抵力亦多，过于吸力。继乃由通吸力收摄成珠，太阳居中，八纬外绕，各各聚质，如今

---

① 即雷侠儿《地学浅说》，当年鲁迅在南京使用的地质学教材。雷侠儿（Charles Lyell），19 世纪英国地质学家，今通译赖尔，《地学浅释》今译为《地质学原理》。
② 鲁迅：《中国地质略论》，《鲁迅全集》第 8 卷，第 8 页。
③ ［德］康德：《宇宙发展史概论》，上海人民出版社 1972 年版，第 16、24 页。
④ 严复：《天演论·自序》，《严复集》第 5 册，第 1320 页。

是也。所谓辟以散力者，质聚而为热、为光、为声、为动，未有不耗本力者，此所以今日不如古日之热。①

鲁迅对"星云假说"的了解可能起源于此，《中国地质略论》明显延续了《天演论》中关于宇宙形成原理的科学性描述。值得注意的是，这种源于《天演论》的启示并未随着鲁迅转向文艺启蒙而中断，他把这种假说进一步引入早年的文学论，由此建立了对于"人"以及文学性质的理解。如果"星云假说"取消了目的因并使得自然被贬斥为一个无情的物理世界，那么这种变革对鲁迅的启发就在于，人们再也无法从自然界中寻找到诸如"天道""天理"等安身立命的依据，反过来，自然还会时刻威胁到人的生存，因而反抗和斗争才是唯一的出路。他在《摩罗诗力说》中指出：

然奈何星气既凝，人类既出而后，无时无物，不禀杀机，进化或可停，而生物不能返本。……而不幸进化如飞矢，非堕落不止，非著物不止，祈逆飞而归弦，为理势所无有。此人世所以可悲，而摩罗宗之为至伟也。人得是力，乃以发生，乃以曼衍，乃以上征，乃至于人所能至之极点。②

---

① 严复案语，《严复集》第5册，第1327页。
② 鲁迅：《摩罗诗力说》，《鲁迅全集》第1卷，第69—70页。鲁迅这里对自然和人类关系的描述很可能来自《天演论·论一 能实》："今然后知静者未觉之动也，平者不喧之争也。群力交推，屈申相报，众流汇激，胜负迭乘，广宇悠宙之间，长此摩盪运行而已矣。"（《严复集》第5册，中华书局1986年版，第1361页）此外鲁迅还强调："平和为物，不见于人间。其强谓之平和者，不过战事方已或未始之时，外状若宁，暗流仍伏，时劫一会，动作始矣。"（鲁迅：《摩罗诗力说》，《鲁迅全集》第1卷，第68页）不过，相比严复的译文，赫胥黎原文反而更接近鲁迅将自然界类比成战场的说法："我们对事物的本质认识得越多，也就越明白，所谓的静止不过是未被察觉的活动，表面的平静只是无声而剧烈的战争。在每一个局部，每一时刻，宇宙所处的状态，都是各种对抗势力短暂协调的表现——是战争的现场，所有的战士在这儿依次倒下。"（［英］赫胥黎：《进化论与伦理学》，宋启林等译，北京大学出版社2010年版，第22页）

鲁迅再次引用"星云假说"时的用意更为复杂,与《中国地质略论》不同的是,"人"在这里成为他最关心的对象,从这种假说中,鲁迅试图引申出自然世界的普遍规律,进而重建有关"人"的论述。他领悟到,自然界和人类乃是相互对立的二元,为了生存和进化,人类必须建立自我的主体性,而这只能依靠内在的意志力量。争天拒俗的"摩罗诗人"体现了人类精神力量的伟大,不仅如此,鲁迅早年推崇的"新神思宗"也同样诞生在这种语境中。

在这个意义上,通过阅读《天演论》,鲁迅打开了以"立人"为主题的一系列论述的思想空间。这种理想建立在全新的自然观基础上,并要求对人的生存法则进行根本改造,尽管鲁迅的"立人"表述渊源于《易经》,但这一主题展现的却是与《易经》完全不同的天人关系。需要指出的是,严复也强调中国的改革必须立足于民智、民力与民德的建设,但正如他认为《天演论》与《易经》相通的观点,严复强调这是"固民所受于天"[1] 的要求,因而并未脱离天人一体的传统思想架构。中国古代典籍中虽然不乏对"自然"的引用、解释,却并没有体现出鲁迅在《摩罗诗力说》中的认识,同时,"自然"也主要被用作一个由"自"和"然"连缀而成的副词,而非名词[2]。李约瑟认为,追求自然与人相融合的模式使得古代中国虽然涌现了诸多先进的技术和发明,却始终无法发展出现代西方意义上的自然科学。[3] 在《科学史教篇》中,鲁迅指出西方自然科学在源头上便受益于一种特殊的自然观,正是对于人与自然关系的差异性认识导致中国与西方最终发展出了两种不同的文明形态。鲁迅在接纳这种差异性的基础上更新了关于"人"的解释,或许,我们由此才得以理解,鲁迅何以会在这篇文章结尾把对西方科学史的总

---

[1] 严复:《原强》,《严复集》第 1 册,中华书局 1986 年版,第 15 页。

[2] 张岱年:《中国哲学大纲》,商务印书馆 2015 年版,第 613—629 页。

[3] Joseph Needham, *Science and Civilization in China*, Volume 2, Cambridge: Cambridge University Press, 1956, pp. 562-564.

结提升到了人性乃至文明论的高度:"凡此者,皆所以致人性于全,不使之偏倚,因以见今日之文明者也。"①

三 "博物学"问题与"人治"的崛起

如今,不少学者主张以博物学方式调节人与自然的紧张关系,这种做法也肯定了传统中国人对待自然事物的态度。在博物学视野中,自然恢复了内在生命力并重新"具有灵性或神圣性",人们"不过分夸耀人类的征服能力,不会高喊'人定胜天',也不会盲目崇拜强力与速度"②。与此相应,鲁迅与博物学的关联受到越来越多关注,他早年收藏动植物图谱、爱好花木的习惯以及在南京与日本学习进化论的经历,都使得他对"人"的论述中融汇了博物学的观念。这种思路既彰显出鲁迅的人文情怀,也说明了鲁迅对于中国古代博物传统的延续性。但鲁迅的博物学却是一个复杂命题,至少就《天演论》这部著作对鲁迅造成的深刻冲击而言,这种思路的说服力仍显不足,除了人与自然和谐共生的传统自然观的延续,他还接受并抵抗着另外一种形态的博物学。

博物学源于英文"natural history",晚清被译至中国学界,"博物"原指人的博学多识,范围包括地理、动植物、方术、异闻、杂说以及典章、名物、制度的考证与补录,因多涉及自然事物这一相似性而被用于对应西方的博物学。在西方学术传统中,博物学与自然哲学"natural philosophy"相对,它着眼于描述现象和事实的独特性与不可还原性,不追究事物的抽象本质,博物学家的主要工作是对动物、植物、矿物进行收集和鉴别,然后对之描述、命名与分类编目。③ 文艺复兴后,随着西方学者把目光转向自然界,逐渐形成了两种认识自然的传统,即数理传统和经验传统。

---

① 鲁迅:《科学史教篇》,《鲁迅全集》第 1 卷,第 35 页。
② 刘华杰:《博物人生》,北京大学出版社 2012 年版,第 45 页。
③ 吴国盛:《自然史还是博物学》,《读书》2016 年第 1 期。

博物学的发展主要得益于经验传统,例如培根就曾将博物学提升到了根本性的地位。在15—16世纪,博物学家仍然根据人的视角看待世界,这种学问尚带有一定的象征、隐喻与道德说教色彩,也与鲁迅早年对自然事物的浪漫想象颇有相通之处。

但17世纪的博物学家已开始有意识地规避这种倾向,他们更为推崇面对自然界时的超然态度,并且不再把人类与自然事物类比,由此淡化了寄寓在动植物中的美学与道德意识,"十七、十八世纪见证了与旧时代假设的根本分离。博物学家不是按照自然与人类比拟与相似的方式领悟自然,而是努力以自然本身的存在研究它"[①]。此后,博物学不断走向辉煌,却也在这一过程中,随着知识体系的专门化与精细化,日渐变成了一个语义不明朗的词汇,其内部分支也最终在20世纪初汇入数理实验科学的范畴。这段历史表明,被称为博物学最高成就的进化论很难在普遍意义上与中国的博物传统联通起来。另外,值得一提的是,即便在西方发展起来的博物学,其内部源流也不可同一而论,沃斯特(Donald Worster)将18世纪后的博物学区分为"阿卡迪亚(Arcadia)"与"帝国(Imperial)"两种传统,其中,阿卡迪亚传统强调人类与自然的和谐共处,而帝国传统则宣扬一种征服、统治自然的观念。[②] 事实上,在后来的发展历程中,帝国博物学的传统严重挤压了前者的存在空间,而这种情形同样生动体现在进化论的形成与传播过程中。

作为一种不同于中国学术传统的知识门类,博物学与帝国的殖民扩张存在着密切关联,范发迪(Fa-ti Fan)认为19世纪科学与帝国殖民的共生关系体现了"科学帝国主义"(scientific imperialism)的构想,那些奔走在世界各地的领事、旅行者、军官和商人们不仅热衷

---

① [英]基思·托马斯:《人类与自然世界:1500—1800年间英国观念的变化》,宋丽丽译,译林出版社2008年版,第83页。

② Donald Worster, *Nature's Economy: A History of Ecological Ideas*, New York: Cambridge University Prese, 1994, p. 30.

于探索自然，同时还与本国的博物学家保持着频繁的书信往来。① 在这个意义上，博物学的进展与帝国疆界的扩张是一个同步过程，达尔文即以博物学家身份跟随英国皇家海军"贝格尔号"（H. M. S. Beagle）军舰环球航行，这次经历促使他提出了以自然选择为中心的生物进化论。也因此，博物学家的观察和记录历史地包含着征服与控制自然的野心，并有力支持了帝国开疆拓土、增加财富的目标，同时"在帝国博物学的认知目标中，渗透着明显的政治道德观，指导和推动着欧洲近代殖民化过程"②。尽管实验科学在19世纪后期占据了统治地位，但有关动植物的分类学仍然被认为是欧洲帝国探索和开发世界过程中的一个重要组成部分。③

晚清知识界对这种渗透着帝国意识的博物学形态并不陌生，赫胥黎在论述人类必须征服、战胜自然的时候，即将未开垦的殖民地视为"自然状态"并极力倡导以"人为状态"改造"自然状态"，诸如强化对殖民地的征服、管理与控制。在《进化论与伦理学》的导论部分，赫胥黎以英国殖民塔斯马尼亚的历史为例，指出帝国殖民活动与"人为状态"之间的相似性：

> 我们假定，英国殖民者乘船前往塔斯马尼亚去开拓殖民地，是在上世纪中叶。登陆后，他们发现自己处于一种自然状态之中，除了最常见的自然条件外，一切都与英国本土完全不同——常见的植物、鸟类、四脚兽，还有人，都与他们在地球那一边的出发地看到的完全不同。殖民者急于占领大量土地，于是着手消除眼前的自然状态。……殖民地如同引进到原有自然状态中的一个综合体，继而成为参与生存斗争的一个竞争者，

---

① ［美］范发迪：《清代在华的英国博物学家：科学、帝国与文化遭遇》，袁剑译，中国人民大学出版社2011年版，第5页。

② 李猛：《班克斯的帝国博物学》，上海交通大学出版社2019年版，第16页。

③ ［英］约翰·V. 皮克斯通：《认识方式：一种新的科学、技术和医学史》，陈朝勇译，上海科技教育出版社2017年版，第72页。

不胜即亡。①

塔斯马尼亚人与植物、鸟类和四脚兽构成了同一个序列，作为生活在这里的"野蛮的土著人"②，他们被归入"自然状态"的范畴，等待着外来殖民者的开化。这种类比彰显了进化论潜在的西方中心主义意识，对于"人为状态"与"自然状态"的差异性叙述指向了现实语境中统治与被统治、主宰与奴役的等级关系。在殖民主义的视野中，广大非西方世界是有待开垦的"自然状态"，"人为状态"反证了作为主宰的西方对于自然，即非西方世界殖民扩张的合法性。尽管赫胥黎进一步在"人为状态"中区分了"园艺过程"与"伦理过程"，他用"伦理过程"强调人类社会内部共有的组织化、人格化的同情心，以否定基于优胜劣汰法则的"园艺过程"，但他并未明确地说明殖民地人民是否适用于"伦理过程"。如果按照上述划分方式，殖民地的人民很可能已预先被排斥在了人类社会之外。

有意思的是，晚清知识界对进化论的接受恰恰从反抗者的角度颠覆了这种自然观念包含的霸权意识。一个重要的事实是，正是甲午战争之后东亚地缘政治的变迁才促进了《天演论》的流行，并加速了晚清思想与政治变革的进程，中国的新生不得不突破殖民者规划的权力秩序及其所欲建立的不平等政治体系。由于"人为状态"蕴含着自强保种的现实指向，而殖民者代表了必须被反抗的"自然状态"，赫胥黎在《天演论》中描述的"天行"与"人治"的结构关系最终被反转了过来。如果说翻译《天演论》的严复还在"任天"与"人治"之间犹豫，那么《天演论》的早期

---

① ［英］赫胥黎：《进化论与伦理学》，宋启林等译，北京大学出版社2010年版，第8页。

② ［英］赫胥黎：《进化论与伦理学》，宋启林等译，北京大学出版社2010年版，第8页。

读者们却比他激进多了。如梁启超便有"人治者，常与天行相搏，为不断之竞争者也。天行之为物，往往与人类所期望相背，故其反抗力之大且剧"①的论述。在一篇名为《革天》的文章中，作者把"天"视为一切政治压迫者的象征，并提出"天革，而他革乃可言矣""中国数千年来之学子，莫不以天为最大之指归，以便为其遁词之地。凡遇有不可思议，无可解说之事，辄曰天也天也，而人相与信之"②，他随后激烈地否定了"天演"，认为仅说"人定胜天"远远不够，还需要进一步明确提出"人定代天"。至此，"天"已经从作为人类精神源泉的神圣地位上跌落下来，"人"的力量得到了前所未有的彰显。

鲁迅在《文化偏至论》结尾断然指出，必须通过"立人"才能从根本上解决中国所遇到的问题，这种思路直接生成于晚清天人关系转变的思想潮流中，又以他颇具个人特色的如以号召"新神思宗""摩罗诗人"等精神革命方式，深化了这一潮流的内在深度。在1903年翻译的两部科学小说（《月界旅行》《地底旅行》）中，鲁迅将科学家称作"豪侠"或"英雄"，并通过自己添加的回目或散场诗赞颂了这些科学家突破自然阻碍的勇敢事迹，在鲁迅心目中，他们不仅是对抗自然的先锋，也是率领人类进步的希望。这些豪杰之士构成了"新神思宗"与"摩罗诗人"的前驱，同时，这种延续性也显示出鲁迅对"立人"的呼吁是其深思熟虑的结果。在这两部译作的回目和散场诗中，宣扬天人对立、赞颂作为开拓者的英雄构成了鲁迅一以贯之的主题，而这是凡尔纳的科学小说所没有的旨意，如《月界旅行》"壮士不甘空岁月，秋鸿何事下庭除"（第一回散场诗）、"天人决战，人定胜天。人鉴不远，天将何言"（第二回散场诗）、"侠男儿演坛奏凯，老社长人海逢仇"（第九回回目）、"侠士

---

① 梁启超：《论毅力》，《梁启超全集》第3卷，北京出版社1999年版，第702页。
② 社说：《革天》，《国民日日报汇编》1904年第1期。该文又以《革天障》为题重刊于《广益丛报》1905年第79期。

热心炉宇宙，明君折节礼英雄"（第十一回回目）、"新实验勇士服气，大创造巨鉴窥天"（第十二回回目）、"咄尔旁观，仓皇遍野；而彼三侠，泠然善也"。《地底旅行》的回目再次重复了这一主题，"割爱情挥手上征途，教冒险登高吓游子"（第二回回目）、"拚生命奋身入火口，择中道联步向地心"（第四回回目）、"掷磁针碛间呵造化，拾匕首碣上识英雄"（第九回回目）、"乘热潮入火出火，堕乐土舍生得生"（第十一回回目）。这些回目与诗句密切呼应了鲁迅在《月界旅行·辨言》中描述的天人关系：

在昔人智未辟，天然擅权，积山长波，皆足为阻。递有刳木剡木之智，乃胎交通，而桨而帆，日益衍进。惟遥望重洋，水天相接，则犹魄悸体慄，谢不敏也。既而驱铁使汽，车舰风驰，人治日张，天行自逊，五州同室，交贻文明，以成今日之世界。然造化不仁，限制是乐，山水之险，虽失其力，复有吸力空气，束缚群生，使难越雷池一步，以与诸星球人类相交际。沉沦黑狱，耳窒目矇，夔以相欺，日颂至德，斯固造物所乐，而人类所羞者矣。然人类者，有希望进步之生物也，故其一部分，略得光明，犹不知餍，发大希望，思斥吸力，胜空气，泠然神行，无有障碍。①

从这种思路出发，鲁迅把人类的文明史解释为人类与自然对抗的历史。他认为人类正是在同自然的对抗中取得进步，虽然人类发展处处受到自然界的阻碍，但随着人类自身能力增强，这些障碍不断被突破，自然终将被人类的力量征服，此即所谓"天行自逊"。在凡尔纳小说的激发下，鲁迅甚至幻想科学进步不仅能够促使人类征服地球，还将征服整个宇宙。鲁迅对"人治"的强调凸显了他对人

---

① 鲁迅：《月界旅行·辨言》，《鲁迅著译编年全集》第1卷，人民出版社2009版，第27页。

类未来无穷的信心,他相信作为一种有希望的物种,人类不仅蕴含着无限的可能性,而且是一切自然之力不可阻挡的。

在凡尔纳的小说中,科学家探险自然的活动原本是帝国扩张的同步体现,但在鲁迅这里,他们被反过来与民族革命主题联系在了一起。鲁迅有意识地将探索与征服自然的活动引入民族复兴潮流,他在《辨言》呼吁:"如是,则虽地球之大同可期,而星球之战祸又起。呜呼!琼孙之福地,弥尔之乐园,遍觅尘球,竟成幻想,冥冥黄族,可以兴矣。"① 这种呼吁表达了鲁迅早年最重要的伦理关切,同时也显示出,尽管鲁迅多次论述天人关系,但他并不在抽象意义上呼吁"立人"——在《天演论》揭示的天人关系转变的总体语境中,鲁迅把对"天"和"人"的理解尽可能历史化了。通过这种方式,无论是他早年翻译中作为自然开拓者的科学家、探险家,还是在《文化偏至论》《摩罗诗力说》《破恶声论》等文章中推崇的"新神思宗"与"摩罗诗人",最终都汇聚为晚清政治革命与民族复兴的思想资源。

正如许多有志变革的同代人那样,鲁迅接受了《天演论》所描绘的"人治"与"天行"对抗性的结构关系,在把"天"降格为与"人"对立的"自然界"的同时,也把人类的主体性与"人治"的边界推到了无限远的地方。这与赫胥黎原意存在明显差异,赫胥黎虽然认为人类必须对抗自然的威胁,但对于人类是否能够控制自然的问题,他的回答颇为谨慎。赫胥黎指出无论人类的能力进步到何种程度,对于自然的控制,总是只在狭小的范围内有效,而且,人类为控制自然付出的诸种努力也最终要被自然所回收。显然,这种观点无法被接受。鲁迅此时对人类的前景充满乐观精神,热情的革命意志使他主张用"人治"对抗"天行"。事实上,即便温和的严复也未必肯真心接受赫胥黎的观点,他指出,

---

① 鲁迅:《月界旅行·辨言》,《鲁迅著译编年全集》第 1 卷,人民出版社 2009 版,第 27 页。

现时代的人类必然是进步的，至于终极问题可以暂时搁置不谈，否则，改革的意义就很微弱了。①

第二节 《人之历史》及其中的伦理学困境

鲁迅呼吁"立人"并非偶然，他早年的多篇文章均循此展开，在这个意义上，鲁迅关于"立人"的论述前提及其思想脉络颇为值得关注。在《文化偏至论》之前，鲁迅曾作有一篇《人之历史》，系统回顾了进化学说发展的历史，这既是鲁迅在 1906 年弃医从文之后写作的第一篇文章，同时，这篇文章也最为集中地展现了关于"人"的生物学解释。尽管《人之历史》不乏从当时日本流行的进化论著作中剪辑而来的材料，但是，这篇介绍海克尔②种系一元论的文章出现在晚清知识界的意义依然十分值得重视，尤其这篇文章同时联系着晚清中国、西方与日本多元的历史语境。鲁迅对于这篇文章的态度非同一般，1927 年，在时隔将近二十年之后，鲁迅仍然将其作为首篇收入自己的第一部杂文集《坟》中，其意图并非为了彰显他的论述有着科学起源，《人之历史》也不是他第一篇专门讲述科学史的文章③，鲁迅似乎有意在向读者强调，对于"人"的生物学解释在他思想与文学起点上的重要性——不仅是青年时代，而且同样可以衔接起他在"五四"时期及以后的诸多论述。

一 "一元研究"的宗旨

《人之历史》叙述了从古希腊一直到 19 世纪末进化思想的发展

---

① 严复案语，《严复集》第 5 册，中华书局 1986 年版，第 1360 页。
② 鲁迅译为黑格尔，今通译为海克尔，19 世纪德国著名生物学家。
③ 在此之前，鲁迅有《说钼》(1903)、《中国地质略论》(1903)、《中国矿产志》(1906)。

史，在写作方法和问题意识上，这篇文章不同于《天演论》以及清末民初众多从现实政治角度介绍进化论的译作，与鲁迅同期作品相比，《人之历史》的现实指向也薄弱许多，我们很难从中读出启蒙或者救亡的主题。① 《人之历史》可以被视为一篇较为纯粹的有关进化学说史的专论，涉及的内容、知识脉络同鲁迅早年的其他文章也存在明显差别，或许因此，这篇文章没有得到应有的重视。

《人之历史》最初发表于 1907 年 12 月的《河南》创刊号上，原题为"人间之历史"，"人间"（にんげん）即日语中人类的意思。鲁迅这里所谓的"人"是指生物学意义上作为物种之一的"人类"。从表面上看，《人之历史》显示出鲁迅远超同代人的深厚的生物学素养，而且学界也一度将其视为鲁迅自己的著述进行研究②。不过，早些年相关日语材源的发现更正了这种观点。周作人最早指出，鲁迅早年对进化论的理解多半来自日本学界③，日本学者中岛长文更是详细考证出了《人之历史》所依据的多个底本：主要是海克尔的《宇宙之谜》第五章《人类之种类发生学》，以及作为辅助的丘浅次郎的《进化论讲话》与石川千代松的《进化新论》。他推断，《人之历史》中百分之九十的地方都有据可查。④

不过，恰恰在中岛长文寻找不到原文出处的地方，有一个段落相当值得注意，它或许关涉到《人之历史》隐含的一个题旨，即，如果生物进化论从科学角度要求改写既往的人类历史，那么，应当

---

① 在《人之历史》中，鲁迅在介绍达尔文关于"人择"与"天择"的区分的时候提出"举其要旨，首在人择"，而不是将达尔文学说的核心自然选择作为首要内容。陈福康认为，鲁迅这里的目的当是维新救国，但实际上，达尔文在《物种起源》中确实将人工选择作为思考的前提，并由此引出自然选择的机制，鲁迅恰恰相对严谨叙述了自然选择学说提出的过程，并不能从此看出鲁迅的救世之心。

② 陈福康：《〈人之历史〉再认识》，《东北师大学报》1984 年第 4 期。

③ 据周作人回忆，鲁迅早年虽然熟读严复的《天演论》，但并未真正明了进化的含义，而直到赴日本之后，读了丘浅次郎的《进化论讲话》才明白了进化论的含义。

④ ［日］中岛长文：《蓝本〈人之历史〉》，陈福康译，鲁迅研究室编《鲁迅研究资料》第 12 辑，天津人民出版社 1983 年版，第 313—331 页。

如何重新认识人类在自然界的位置？对于鲁迅早年的诸多论述乃至"五四"时期的伦理改革而言，这是具有根本性的问题，在这个意义上，作为起点的《人之历史》理应受到重视。

在《人之历史》开篇，鲁迅引述了德国伦理学家、教育家泡尔生（Fr. Paulsen）[①]与生物学家海克尔的一段争论。他将泡尔生与清末那些反对进化论的"笃故者"联系起来：

> 中国迩日，进化之语，几成常言，喜新者凭以丽其辞，而笃故者则病侪人类于猕猴，辄沮遏以全力。德哲学家保罗生（Fr. Paulsen）亦曰，读黑格尔书者多，吾德之羞也。夫德意志为学术渊丛，保罗生亦爱智之士，而犹有斯言，则中国抱残守阙之辈，耳新声而疾走，固无足异矣。[②]

鲁迅解释了进化论何以在晚清遇到阻力，他援引泡尔生为例，说明如果连学术发达的德国学界都难免出现反对的声音，那么中国的"笃故者"似乎也情有可原。其中，有关泡尔生的一段话出自其1900年的《作为哲学家的恩斯特·海克尔》，后收录于《战斗的哲学：反对教权主义和自然主义》。泡尔生在该文中激愤地谴责海克尔："我读了这本书感到极大的羞耻，对我们民族的一般教育和哲学教育的状况感到羞耻。"[③]"这本书"正是指海克尔于一年前（1899）出版的《宇宙之谜》，亦即涉及《人之历史》绝大部分内容来源的一部著作。

面对这场争论，首先需要思考的是，泡尔生究竟不满于海克尔的哪些言论？其次，泡尔生所谓的"一般教育""哲学教育"与鲁迅所谓的"进化之语"又存在何种关系？从《人之历史》中的引用

[①] Fr. Paulsen（1846—1908），鲁迅译作保罗生，今通译为泡尔生。
[②] 鲁迅：《人之历史》，《鲁迅全集》第1卷，第8页。
[③] 参见《鲁迅全集》第1卷，第18页，注释8。

与鲁迅的语义来看,他认为这场争端来自海克尔把人类作为自然界的物种与动物划归到同一个进化谱系,这种做法引起了泡尔生的不满,并使他由此激烈地反对进化论。《人之历史》副标题为"德国黑格尔氏种族发生学一元研究诠解","一元"指人类与动物有着共同的起源和祖先,即正文中所谓"遡推本原,咸归于一"①,根据这种一元论,人类没有超出作为自然界物种之一的特权——而在基督教的解释传统中,人类处在神与神的造物之间,上帝按照自己的形象塑造人并通过人类照管万物。总之,从鲁迅的引述来看,保守的泡尔生是反对海克尔的这种一元论的。

为了更深入地探讨这场争论的起因与实质,我们有必要追溯一元论在现代西方兴起的历史。在 19 世纪之前,一元论很少被提及。尽管黑格尔派哲学家率先使用了这一术语②,但直到 19 世纪末,一元论才发展成显赫的思想运动,其中,海克尔的生物进化论厥功至伟。不仅与二元论相对,也与各执一词的唯物主义、唯心主义不同,一元论试图统一物质与精神、灵魂与肉体等对立的范畴。德国哲学家欧肯(Rudolf Eucken)与海克尔、泡尔生处于同一时期,他这样描述 19 世纪末德国的一元论:"自然科学所特有的思维模式悄无声息地对我们的概念和信仰施加影响……从一元论的角度看,自然概念仅需要从精神生活的方向上做适当延伸,以便吸收所有现实从而达到主宰全部生活的目标。"③ 一元论由于"将自然视为万物的本质并允许自然观点占据整个事实,而否认所有的独立精神生活"④,从而也可以被称为科学的自然主义(Scientific Naturalism)。

---

① 鲁迅:《人之历史》,《鲁迅全集》第 1 卷,第 14 页。
② 1832 年,古舍尔有《一元论思想》一书。可参见〔德〕鲁道夫·欧肯《近代思想的主潮》,高玉飞译,安徽人民出版社 2013 年版,第 169 页。
③ 〔德〕鲁道夫·欧肯:《近代思想的主潮》,高玉飞译,安徽人民出版社 2013 年版,第 185—187 页。
④ 〔德〕鲁道夫·欧肯:《近代思想的主潮》,高玉飞译,安徽人民出版社 2013 年版,第 182 页。

与《人之历史》呼应更为紧密的是，欧肯指出，进化论剥夺了人类在自然界的特殊位置并加剧了一元论的扩张："正是这个特殊位置，现在却在进化论的撼动下受到最猛烈的动摇，这一理论将人类与动物生命连接到一起，因此人类参与到自然中，人类于是一落千丈，成为众多自然现象中的普通一员。"① 泡尔生即被鲁迅认为是反对这种一元论的人物。欧肯随后对这种思路展开批评，他指出，在一元论的世界中，"一切属于人类的东西都被抹杀了，一切精神的，一切赋予生活以充实的内容的事物都不见了，这包括对生活中的禁锢和贫瘠。这标志着它拒绝历史的全部内在实质，抛弃一切人性追求的，并期望达到最高点的事物"②。

根据欧肯，我们可以理解《人之历史》副标题中"一元研究"的思想史含义以及海克尔与泡尔生发生争论的背景。综合鲁迅在《人之历史》中的引述与欧肯的介绍可知，一元论曾在两个方面引起冲击：其一，进化论取消了人类在自然界的特殊性；其二，在此基础上，认为人类并不超越自然界的机械因果律，因而可以从科学原理解释人类的精神生活。鲁迅的引述向我们表明，在这场围绕一元论的争论中，泡尔生反对海克尔的一元论思想，而他选择了支持海克尔。

如果回到《人之历史》的发表语境，我们还可以发现，鲁迅对海克尔及其一元论的选择与信任反映出了晚清学界重新揭示人类自然本性的总体趋势。自进化学说传入中国，学界就涌现出一批从自然主义检讨"人之历史"的论述。《天演论》率先引发了这一趋势，在《导言三·趋异》中，即出现了作为自然界物种之一的人类这种表述："人，动物之灵者也，与不灵之禽兽鱼

---

① ［德］鲁道夫·欧肯：《近代思想的主潮》，高玉飞译，安徽人民出版社2013年版，第186页。

② ［德］鲁道夫·欧肯：《近代思想的主潮》，高玉飞译，安徽人民出版社2013年版，第192页。

鳖昆虫对；动物者，生类之有知觉运动者也，与无知觉之植物对；生类者，有质之物而具支体官理者也，与无支体官理之金石水土对。凡此皆有质可称量之物也，合之无质不可称量之声热光电诸动力，而万物之品备矣。总而言之，气质而已。故人者，具气质之体，有支体官理知觉运动，而形上之神，寓之以为灵，此其所以为生类之最贵也。"①严复用"气""质"对应人类的自然本性，又彰显了人类具有超越自然的形而上精神，因此，尽管与动物同列，但人类在自然界仍然占据最高（"最贵"）的位置。章太炎早年同样将"人"定义为自然界的一个物种，如"人之始，皆一尺之鳞也。化有蚤晚而部族殊，性有文犷而戎夏殊"②，"人之称菌也，其义则必自精虫始，亦以蛊菌为同物，而动植不可以强判尔"③。他甚至将人类进化的源头推至无机界，"夫自有花刚石以来，各种递变，而至于人，则各种皆充其鼎俎，以人智于各种尔"④。另如谭嗣同也把人类放置在生物进化的序列中，"究天地生物之序，盖莫先螺蛤之属，而鱼属次之，蛇龟之属又次之，鸟兽又次之，而人其最后焉者也"⑤。

1907年，鲁迅依据海克尔理论描述的"人之历史"响应了这一潮流。事实上，鲁迅从很早就开始思索关于"人"的问题，这意味

---

① ［英］赫胥黎：《天演论》，严复译，《严复集》第5册，中华书局1986年版，第1328、1329页。

② 章太炎：《原人》，《章太炎全集》第3卷，上海人民出版社1984年版，第21页。

③ 章太炎：《菌说》，《章太炎选集》，上海人民出版社1981年版，第59页。

④ 章太炎：《菌说》，《章太炎选集》，上海人民出版社1981年版，第81页。他在这里将有机界与无机界视为一体，值得注意的是，鲁迅在介绍完海克尔的种系一元论之后，也做出过类似猜想："故有生无生二界，且日益近接，终不能分，无生物之转有生，是成不易之真理，十九世纪末学术之足惊怖，有如是也。"（鲁迅：《人之历史》，《鲁迅全集》第1卷，第17页）但不能肯定鲁迅是否直接受到了章太炎的启发。

⑤ 谭嗣同：《石菊影庐笔识·十五》，《谭嗣同文选注》，中华书局1981年版，第131页。

着在编写《人之历史》之前,他已经做出了诸多准备。1904年10月,独居仙台的鲁迅写信给好友蒋抑卮,称在读到一篇名为《释人》的文章后分外喜悦。①《释人》是清代经学家孙星衍的作品,这篇文章的体例类同训诂学经典著作《尔雅》,只是介绍人体在形成阶段以及人体各器官的称谓,全篇并无特别引人之处,鲁迅的热烈反响或许源于当时正在修习医学的缘故。在仙台期间,他还根据原抱一庵主人的底本翻译了美国科幻作家斯特朗(Louise J. Strong)的《造人术》。这篇小说描述了化学家伊尼他氏从化学溶液制造生命的过程。伊尼他在成功之际陷入狂喜,鲁迅有译文如是:"假世界有第一造物主,则吾非其亚耶?生命,吾能创作!世界,吾能创作!天上天下,造化之主,舍我其谁!吾人之人之人也,吾王之王之王也!人生而为造物主,快哉!"② 人类最后被一直拔高到与"造物主"相平等的地位。更早地,在1903年所翻译的科学小说《月界旅行》的序言中,鲁迅还描述过人类与自然关系的变动——由"人智未辟,天然擅权"③ 到因科学进步而有"人治日张,天行自逊"④,赞扬人类对抗自然界的能力不断增强。1907年,在《科学史教篇》开篇又有"自然之力,既听命于人间"⑤,鲁迅对人类及其未来抱有坚定信心,尤其现代科学的进步,更让他相信人类不仅能够超越自然界的限制,最终还可以成为自然界的主宰。在一系列有关人类在自然界地位的重新思考中,他多次表露了这种乐观的态度。这种对人类主体性及其超越自然限制的能力的赞扬,既构成了鲁迅展开科学史叙事、介

---

① 鲁迅:《致蒋抑卮》,《鲁迅著译编年全集》第1卷,人民出版社2009年版,第123页。
② [美]路易斯托仑:《造人术》,鲁迅译,《鲁迅著译编年全集》第1卷,人民出版社2009年版,第128页。
③ 鲁迅:《月界旅行·辨言》,《鲁迅著译编年全集》第1卷,人民出版社2009年版,第27页。
④ 鲁迅:《月界旅行·辨言》,《鲁迅著译编年全集》第1卷,人民出版社2009年版,第27页。
⑤ 鲁迅:《科学史教篇》,《鲁迅全集》第1卷,第25页。

绍"人之历史"的前提，也与他接受把人类作为自然界物种之一的自然主义解释形成了张力。

二 海克尔的《宇宙之谜》与泡尔生的抗议

对于当时留学日本的鲁迅而言，泡尔生和海克尔都不会是陌生的名字，尽管如今这两人的读者已经十分稀少，但在19世纪末，他们不仅分别是德国哲学与生物学领域中最负盛名的人物，而且都曾一度享誉世界，并在明治日本与晚清思想文化界颇具影响力。

虽然海克尔最初进入中国知识界并非从鲁迅开始，在《天演论》的一则案语中，严复曾提及海克尔，并将海克尔与达尔文、赫胥黎并列在一起[①]，杨荫杭翻译的加藤弘之的《物竞论》(1901) 在晚清也颇为流行，其中不仅提到过海克尔，还将海克尔作为重要的引述对象[②]，但是，最早也是最全面、系统地介绍海克尔种系一元论的，仍属鲁迅1907年发表的《人之历史》。鲁迅深为认同海克尔的种系一元论，他怀着高度的钦佩之情介绍海克尔的学说："立种族发生学 (Phylogenie)，使与个体发生学 (Ontogenie) 并，远稽人类由来，及其曼衍之迹，群疑冰泮，大闵犁然，为近日生物学之峰极。"[③] 这种盛情赞扬也颇能显示出，鲁迅相信《人之历史》将最大限度地增进晚清学界对进化论的了解。鲁迅同样将海克尔与晚清读者熟悉的赫胥黎、达尔文并列比较，以下这段文字说明他对这三位科学家之间的关系有较为准确的认识：

德之黑格尔（E. Haeckel）者，犹赫胥黎（T. H.

[①] 在《导言十二 人群》的案语中，严复有谓："达尔文《原人篇》，希克罗《人天演》，赫胥黎《化中人位论》，三书皆明人先为猿之理。""希克罗"即 E. Haeckel，《人天演》即 *The Evolution of Man*，为海克尔在1874年出版的《人类发生或人的发展史》。

[②] 邹振环：《影响中国近代社会的一百种译作》，中国对外翻译出版公司1996年版，第150页。

[③] 鲁迅：《人之历史》，《鲁迅全集》第1卷，第8页。

Huxley）然，亦近世达尔文说之讴歌者也，顾亦不笃于旧，多所更张，作生物进化系图，远追动植之绳迹，明其曼衍之由，间有不足，则补以化石，区分记述，蔚为鸿裁，上自单幺，近迄人类，会成一统，征信历然。①

达尔文虽然在1859年因出版《物种起源》而名声大噪，但他终生安静地居住在伦敦近郊的村子里，并不是一位以论辩见长的学者。在英国，宣传进化论并回应其所招致的敌对和诽谤，这样的任务主要由赫胥黎完成。作为一名生物学家，尽管存在不同的观点，但赫胥黎非常赞赏达尔文的成就，并甘愿担当达尔文的斗犬（bulldog）。在德国，使达尔文的进化学说发扬光大的则是海克尔。

在《人之历史》中，鲁迅不仅将海克尔视为进化论的集大成者，而且在他看来，海克尔的成就甚至还要超过达尔文："迨黑格尔出，复总会前此之结果，建官品之种族发生学，于是人类演进之事，昭然无疑影矣。"② 海克尔的种系一元论远比达尔文更综合、更有野心，他相信"由于这一理论，人们可以证明各种动物胚胎进化史中存在着统一的自然规律，因此它们的种系发生都共同起源于一个最简单的原始祖先"③。海克尔的一元论建立在古生物学、个体发生学和比较解剖学的基础上，他力图证明人类的起源与进化——从原始单细胞生物一直到人类——的浩大的进化过程。在论证种系一元的过程中，海克尔遇到了诸多障碍，例如，在研究早期无脊椎祖先的时候，因为这些生物体质柔软、无骨的特征，并没有化石残骸遗留下来，古生物学只能止步于此，但海克尔大胆地提出，可以根据比较解剖学和个体发生学的规律"推导"远古生物的形态。④

---

① 鲁迅：《人之历史》，《鲁迅全集》第1卷，第8页。
② 鲁迅：《人之历史》，《鲁迅全集》第1卷，第14页。
③ [德]海克尔：《宇宙之谜》，苑建华译，陕西人民出版社2006年版，第85页。
④ [德]海克尔：《宇宙之谜》，苑建华译，陕西人民出版社2006年版，第88页。

从《人之历史》来看，鲁迅应当清楚海克尔这种夹杂着想象的方法论，如其指出"黑格尔乃追进化之迹而识别之，间有不足，则补以化石与悬拟之生物，而自单幺以至人类之系图遂成"①。这种大胆的方法实际上并未获得强调经验与实证的达尔文、赫胥黎的认同，达尔文在回复海克尔的一封信中表示：你的著作"充满了创造性的思想，实可钦佩。然而你的大胆有时使我发抖……虽然你完全承认地质纪录的不完全，但赫胥黎和我还一致认为你冒险地说若干类群最初出现于什么时期是颇为轻率的。"②

海克尔在《宇宙之谜》前五章亦即第一部分"人类学：人"中完成了以上论证，其中就包含中岛长文所考证的《人之历史》绝大部分材源的出处。但正如书名"宇宙之谜"显示，海克尔抱负远大，他写这部著作的用心绝非仅止于此，而是以此作为一个跳板，去解开更为深邃的"宇宙之谜"等问题。在这个总体性的宏伟规划中，海克尔根据一元论，对"灵魂的本质与发展""宇宙发展""宗教信仰"等提出新解，把形而上的诸多问题统摄到自然科学的解释范畴中。虽然书的标题为"宇宙之谜"，但海克尔确信已经找到了解开全部谜底的钥匙，那就是："机械因果性的抽象的重大规律——宇宙基本规律，即实体定律，只是它的另一个具体表达——目前既统治着宇宙，同样也统治着人类精神。"③

1907年，身在日本学术中心的鲁迅，在《人之历史》中引入泡尔生对海克尔的抗议亦非偶然。泡尔生此时作为一名伦理学家被清末的知识界熟知。梁启超东渡日本之后便大力介绍当时日本流行的伦理学著作，在梁氏推荐的近育成会编辑的《伦理学书解说》丛书（包括亚里士多德、康德、杜威等古今著名的十二位伦理学家）中，"泡尔森

---

① 鲁迅：《人之历史》，《鲁迅全集》第1卷，第15页。
② [英] F. 达尔文编：《达尔文生平》，叶笃庄、叶晓译，辽宁教育出版社1998年版，第351页。
③ [德] 海克尔：《宇宙之谜》，苑建华译，陕西人民出版社2006年版，第320页。

《伦理学》"即被列为其中之一,这足以说明泡尔生在当时日本学界地位之隆。在1901年留学日本期间,王国维也曾熟读泡尔生的《哲学导论》与《伦理学体系》,正是借助于泡尔生这些相对易读的著作,他得以窥见西方哲学的堂奥,在王国维转入历史研究之前,泡尔生在他的思想世界中占据过相当重要的地位。① 此外,蔡元培还将泡尔生的伦理学著作翻译成中文,1909年,他通过蟹江义丸的日译本把《伦理学体系》介绍给中国学界,② 此即毛泽东日后跟随伦理学家杨昌济深入研习的《伦理学原理》一书③。

然而,问题在于,如若参考蔡元培翻译的《伦理学原理》一书,我们就会发现,泡尔生并不像鲁迅在《人之历史》中所描述的那样顽固地拒斥进化论。真实的情况是,他频繁地征引达尔文,对进化论的态度也相当热情和友好,在论述利己主义、功利主义、人类义务感情起源时都曾长篇大段地引述生物进化论,并将之作为伦理社会形成的自然史前提。④ 不过,泡尔生虽然相信进化论可以解释人类社会诸种伦理的起源,但并不认可海克尔的一元论哲学。他与海克尔的观点正是在这里发生了分歧。泡尔生对科学所能够达到的边界有清晰的认识,如他写道:

> 科学之进步,非真能明了事物之理,乃转使吾人对于宇宙之不可思议,益以惊叹而畏敬也。是故科学者,使精心研究之人,不流于傲慢,而自觉其眇眇之身,直微于尘芥,则不能不

---

① 参见罗钢《王国维与泡尔生》,《清华大学学报》2005年第5期。
② 蟹江义丸将泡尔生的《伦理学体系》译作《伦理学原理》,他翻译了《伦理学原理》的"序论"与第二篇"伦理学原理"两部分,蔡元培遵从了蟹江义丸的译名。
③ 毛泽东十分喜爱该书,他在这本仅10万字的译作上做了一万二千余字的批语,并根据泡尔生的论点加以批判和发挥,写出了著名的《心之力》,杨昌济慨慷给予了满分。李锐:《毛泽东的读书生活》,万卷出版公司2015年版,第197页。
④ [德]泡尔生:《伦理学原理》,蔡元培译,天津人民出版社2017年版,第54—60、77、87、150—163页。

起抑损寅畏之情,柰端如是,康德亦如是。①

有意思的是,这里的"宇宙之不可思议"恰恰与海克尔所欲破解的"宇宙之谜"遥相对应,但与后者明显不同,泡尔生更多是从中阐发人类在自然界中的渺小以及对宇宙本体的敬畏之情——这与鲁迅早年不断高扬人类主体性的思路存在巨大差异,也同样可以解释为何鲁迅更能够接受的是海克尔而不是泡尔生。

泡尔生反对一元论运动,他认为,自然科学("机械之理")已经将人类的发展引向"偏颇",并尤其强调自然科学对于增进人类精神生活无能为力:

> 于内界生活最重要之方面,所谓最优美最高尚最自由者,不能遂其发展之度也。今之人类是者特多,盖今日之长技,如分业分科,及以机械之理证明生活状态,是皆助偏颇之发展。而多数学者,乃转以近代之特色夸之。②

由此,我们需要注意,泡尔生对待生物进化论与海克尔一元论思想体系的不同态度,在《人之历史》中,鲁迅很可能误解了泡尔生批判海克尔的原意。首先,泡尔生对作为哲学家与教育家的海克尔确实颇有意见,因而如鲁迅在《人之历史》中所述——"读黑格尔书者多,吾德之羞也"③ 能够成立;其次,泡尔生只是立足于哲学、教育层面批评海克尔,并非恐惧进化论将贬低人类在自然界中的地位,因而鲁迅将泡尔生与反对进化论的中国的"笃故者"相提并论,说明他对这场争论的实质并不清楚。据说泡尔生素来温文尔雅,但在读了海克尔的《宇宙之谜》之后却大为光火,一再地表达

---

① [德] 泡尔生:《伦理学原理》,蔡元培译,天津人民出版社2017年版,第233页。
② [德] 泡尔生:《伦理学原理》,蔡元培译,天津人民出版社2017年版,第234页。
③ [德] 泡尔生:《伦理学原理》,蔡元培译,天津人民出版社2017年版,第234页。

对海克尔哲学观的不满。当然，泡尔生针对的不仅是海克尔，还有他所代表的日益发展壮大的德国思想界的一元论运动，恰如欧肯所言:"整个19世纪，这一运动取得节节胜利。"①

如果人类的精神生活过去曾受到神学和宗教的威胁，现在，这种威胁直接来自一元主义的自然科学。对泡尔生而言，进化论、自然科学本身并非问题的症结，那种企图把人类的精神和价值建立在自然科学基础上的做法才真正令他无法接受。泡尔生奉劝海克尔，如果没有经过专门的哲学训练，就不要轻易对那些深奥的问题想当然，正如哲学家也不能不经过自然科学的训练，就去对这个领域的人指手画脚。② 不过，泡尔生虽然批评海克尔是自然科学的教条主义者，但仍高度尊敬作为生物学家的海克尔，他只是认为，应当仔细地分辨人类的精神生活与自然科学的关系。③

泡尔生一方面运用进化原理解释人类社会伦理的起源，另一方面又警惕一元论哲学对人类精神生活的入侵。事实上，不仅泡尔生，即便赫胥黎也不会赞同海克尔的哲学观。生物进化论的传播曾引起19世纪英国公众对自然与人类关系的高度关注，作为严译《天演论》底本来源，赫胥黎1893年题为"进化论与伦理学"的讲座即意在回应这一困境，他坚定地将自然界的生存斗争法则排除在人类社会之外。在《人之历史》开篇，鲁迅斩钉截铁地说赫胥黎与海克尔同样是进化论的讴歌者，而需要分辨的是，赫胥黎虽然支持生物进化论，但并不是海克尔那样的自然科学一元论者。在《进化论与伦

---

① [德] 泡尔生:《伦理学原理》，蔡元培译，天津人民出版社2017年版，第185页。

② Frank Thilly, "Philosophia Militans. Gegen Klerikalismus und Naturalismus. Fünf Abhandlungen. By Friedrich Paulsen", *The Philosophical Review*, Vol. 10, No. 5 (Sep., 1901), pp. 560–563.

③ Frank Thilly, "Friedrich Paulsen's Work and Influence", *International Journal of Ethics*, Vol. 19, No. 2 (Jan. 1909), pp. 141–155. Frank Thilly, "Friedrich Paulsen, The Journal of Philosophy", *Psychology and Scientific Methods*, Vol. 5, No. 19 (Step10, 1908), pp. 505–508.

理学》中，赫胥黎的主要目的就是切断自然界与人类社会的一元论调，他呼吁人类社会依靠后天的精神、伦理建设尽可能地摆脱自然界的束缚。在这个意义上，赫胥黎和泡尔生更为接近。

三　日本语境与鲁迅的选择

鲁迅对海克尔一元论的信赖受到明治日本学界的影响，由于明治政府将德、法两国奉作自然科学领域里的导师，并多次派遣留学生到这两个国家留学，医学方面更完全师法德国，因此，不难理解海克尔的理论可以在日本知识界发挥重要的影响。值得注意的是，海克尔对近代日本的影响并不限于生物学领域，而且还包括了国际政治领域。著名的国家主义者加藤弘之根据海克尔的进化思想，于明治十五年（1882）曾作《人权新说》[1]，用以反对拥护卢梭天赋人权学说的民权论者[2]。1903年，这本著作由陈尚素翻译至中国学界。在《人权新说》一开篇，加藤弘之即对海克尔进行了堪称极致的赞扬："硕儒黑科尔氏之说进化主义，盖可为促将来人世大开明之最大源也。"[3] 加藤弘之继承了海克尔的一元论思路，如认为："近世自此主义之发生，生物学大进步，其次则人类学哲学，亦因之而脱妄想主义，专研究人性之是理，遂致社会道德之大成。"[4] 在这个基础上，他进一步将生物界优胜劣败的法则引入人类世界并指出："吾人人类之竞争，无异动植物，若不为保持生存起见，则掌握权力之事，亦不可得"[5]。

---

[1] 加藤弘之的《人权新说》很可能参考了海克尔的《自然创造史》一书。海克尔于1868年出版《自然创造史》，这是一部关于达尔文、歌德和拉马克进化思想的通俗科学报告。这本小册子出版之后取得了超出预料的成功，在34年的时间里前后修订了10次，并被翻译成12种不同的文字。尽管此书存在不少缺陷，海克尔仍认为："在更广泛的读者群体中宣传我们现代进化论的基本思想方面仍然作出了巨大的贡献。"[德]海克尔：《宇宙之谜》，苑建华译，陕西人民出版社2006年版，第84页。

[2] [日]永田广志：《日本哲学思想史》，商务印书馆1978年版，第284页。

[3] [日]加藤弘之：《人权新说》，陈尚素译，开明书店1930年版，第4页。

[4] [日]加藤弘之：《人权新说》，陈尚素译，开明书店1930年版，第4页。

[5] [日]加藤弘之：《人权新说》，陈尚素译，开明书店1930年版，第19页。

加藤弘之发展了海克尔进化思想中潜在的帝国主义和种族主义因素，这一点被他的仰慕者——戊戌事变后流亡日本的梁启超所汲取①，在清末知识界崇拜强权的思潮中，加藤弘之间接起到了推波助澜的作用。除了《人权新说》，加藤弘之还著有《强者的权利的竞争》（1893），继续阐述进化主义和强权理论，这部著作在1901年由杨荫杭以《物竞论》为名翻译至中国学界。鲁迅读过这本著作，他对于加藤弘之的思想应当有所了解，但从《人之历史》的内容来看，鲁迅在接受海克尔的理论时明显过滤掉了这些政治化的信息。

在海克尔之外，对于鲁迅接受一元论有重要影响的是丘浅次郎，事实上，他很可能正是在丘浅次郎的引导下才真正熟悉了作为生物学家的海克尔②，相比于加藤弘之从国际政治角度对海克尔的解读，作为日本近代著名生物学家的丘浅次郎的言论无疑更具权威性。在1904年4月赴仙台学医之前，鲁迅或许也曾身临其境地在弘文学院听到过他的演讲③，而且他编译《人之历史》的底本之一，就包括丘浅次郎在1904年出版的《进化论讲话》一书。丘浅次郎与海克尔的观点相近，虽然也曾多次批评海克尔的著作想象性（鲁迅所谓"悬拟"）成分太过，但他对于试图从生物学阐发出一套哲学论述的海克尔相当友好，例如：

---

① 日本国家主义思潮对梁启超在清末的思想有重要影响，如《论强权》、《国家思想变迁异同论》即沿袭了加藤弘之在《强者的权利竞争》中的帝国主义论调。参见郑匡民《梁启超启蒙思想的东学背景》，上海书店出版社2003年版，第170—228页。

② 丘浅次郎是日本著名生物学家，早年曾留学德国，1897年，丘浅次郎已经是东京高等师范学校的教授。他专攻水产动物的比较解剖，热心于进化论的传播和研究。丘浅次郎于1904年出版的《进化论讲话》是近代日本宣传进化论的重要著作，并多次出版，在日本和中国具有广泛影响。这部著作在1927年由刘文典翻译至中国学界，但中国学界知晓丘浅次郎的学说则早在1902年，嘉纳治五郎在任弘文学院的校长期间，每周敦请日本专家临院讲授专门学问，丘浅次郎即是被邀请专门讲演进化论的（《世界生物学史》，汪子春、田洺、易华编，吉林教育出版社2009年版，第373页）。

③ 丘浅次郎的讲稿后被整理为《进化论大略（弘文学院特别讲义）》，译文载《新民丛报》1903年第46—48期，第188—204页。

《宇宙之谜》和《生命之不可思议》都可以说是以生物学为基础的赫凯尔式的宇宙观，读者的批评当然各有不同，但是在有哲学兴味的人，实在是极其有趣的书。①

我们不知道丘浅次郎的哲学素养如何，但他的态度和泡尔生明显不同。在《进化论讲话》中，丘浅次郎也提到过赫胥黎，不过，他主要关注的是赫胥黎在1863年出版的《人类在自然界中的位置》一书。在这部著作中，赫胥黎发挥了达尔文在《物种起源》中出于宗教顾虑未敢说出的结论，并详细论证了人类与高等猿类在生理上的相似度远远超过高等猿类与低等猿类。丘浅次郎没有涉及赫胥黎在当时最为新近，也是影响最为深远的《进化论与伦理学》，这或许多少反映出了他的态度：作为生物学家的丘浅次郎还不曾像赫胥黎一样深入思考人类社会的伦理问题，他只强调赫胥黎的生物学成就，并相信在这之中就已经包含了对人类的全部解释。②

从鲁迅早年所处的中、日思想语境来看，他在《人之历史》中拥护海克尔的一元论是顺理成章的事情。丘浅次郎站在同海克尔相似的立场，依次从"人体的构造和发生""人体之生活现象""精神和言语""人是兽类中之一种""人也是属于猿类的""血清反应的证据""猿人的化石"七个方面详细论证了人类并不超越于其他物种的自然本性。他同样反对笛卡尔、康德"唯有人类有精神"的观点，如强调"'人类'这种东西，从身体的构造，发生上考察起来，从精神作用的方面讲起来，比那猫犬等普通的兽类毫无根本上的差

---

① ［日］丘浅次郎：《进化论讲话》，刘文典译，亚东图书馆1927年版，第399页。
② 这反映了中、日两国知识界接受赫胥黎时的不同情况。在日本，赫胥黎长期被作为生物学家接受，"二战"之后，日本学者才开始重视赫胥黎在思想史上的价值，如《进化论与伦理学》直至1948年才出版了完整译本，此前仅有1895年较为浅显的摘译本，作为伦理学家的赫胥黎受到关注则晚至20世纪70年代。详参沈国威《赫胥黎在日本》，王宏志主编《翻译史研究2018》，复旦大学出版社2020年版，第176—178页。

异"①。丘浅次郎认为，由于进化方向不同，人们无法在不同门类的物种之间比较"优劣""高下"，他将生物进化描述成一幅不断分叉的"树枝状的谱系图"：

> 从那把生物进化画成树枝状的谱系图上看起来，动物的各门都是从树干上近根的处所分出来的大枝，所以门不同的，进化的方向也就全然不同，决不是能比较优劣的。要把脊椎动物的人类和软体动物的章鱼作比较，那就好比是评论打球名手和绘画名家的优劣一般，要知道二者是往全然不同的两个方面发达的，所以无从去分高下。②

在这个脉络中，让我们再次回到《人之历史》的开篇。当鲁迅依据海克尔的种系一元论批判泡尔生与中国的"笃故者"时，他似乎也在向他们努力地证明进化论从未曾影响到人类在自然界崇高的地位：

> 虽然，人类进化之说，实未尝渎灵长也，自卑而高，日进无既，斯益见人类之能，超乎群动，系统何昉，宁足耻乎？③

尽管鲁迅承认人类也是自然界中的一员，但这里显示出，他仍然相信人类更高一等。在他的进化图谱中，包含着"自卑而高，日进无既"的递进式等级结构——这明确违背了丘浅次郎在《进化论讲话》中的意思。另外，鲁迅所勾勒的进化图谱也很难在海克尔的理论中找到依据。在《宇宙之谜》第五章《我们的种系发生》④ 中，

---

① ［日］丘浅次郎：《进化论讲话》，刘文典译，亚东图书馆1927年版，第527页。
② ［日］丘浅次郎：《进化论讲话》，刘文典译，亚东图书馆1927年版，第528页。
③ 鲁迅：《人之历史》，《鲁迅全集》第1卷，第8页。
④ 即中岛长文所谓的《人类之种类发生学》一章。

海克尔虽然叙述了从单细胞生物到人类的进化史，但他并没有明确在此之间区分出高下、优劣。唯一可能启发鲁迅的是在这一章中，海克尔指出："对一元论哲学来说，事关重大的是确认以下可靠的历史事实，即人首先是从猿猴进化而来，并可进一步追溯到是从一系列更低级的脊椎动物进化而来。"①

然而，这与鲁迅梳理出"自卑而高"的进化谱系、表达人类"超乎群动"的说法仍有相当差异。这里，鲁迅很可能转而直接求助了石川千代松在《进化新论》中的观点。正如石川千代松指出，虽然人类与大猩猩、长臂猿出于同一的祖先，但这并没有降低人类的地位："因为人类实在是同其他动物一样，从最低级的单细胞动物一直进化而来的，而他动物岂能企及呢！"② 相比于丘浅次郎和海克尔，这种观点更直接地呼应了鲁迅早年对人类主体性的乐观态度。这种选择也颇能够说明，尽管这篇百分之九十都可以查到确切材源的《人之历史》，却仍然在主旨上深刻地贯彻了作为编译者、思想者的早期鲁迅的主体精神。

或许，也只有石川千代松，才能帮助他宽慰中国学界那些反对进化论的"笃故者"：不必恐惧进化思想！揭示人类的自然进化史并不是一桩耻辱！在介绍完泡尔生与海克尔的争论之后，鲁迅引述了古代思想家对人类地位的描述：

> 盖古之哲士宗徒，无不目人为灵长，超迈群生，故纵疑官品起原，亦彷徨于神话之歧途，诠释率神闳而不可思议。③

鲁迅又举出女娲造人、盘古开天辟地以及西方创世神话，他借用海克尔批评这些神话是"世界史之大欺罔者"④，但是如上所述，

---

① ［德］海克尔：《宇宙之谜》，苑建华译，陕西人民出版社2006年版，第88页。
② 转引自中岛长文《蓝本〈人之历史〉》。
③ 鲁迅：《人之历史》，《鲁迅全集》第1卷，第9页。
④ 鲁迅：《人之历史》，《鲁迅全集》第1卷，第9页。

鲁迅对于一元论的信服，却并不促使他否认古人对于人类在自然界中的地位的看法。从古人认为人类乃"超迈群生"，到鲁迅自己总结出的"超乎群动"，非但没有降低人类在自然界中的崇高地位，甚至还进一步增强了其信服力（所谓"益见人类之能"）。

有意思的是，鲁迅在有关人类起源的观点上同时提到了"神閟"与"不可思议"的问题，显然，他的态度与海克尔在《宇宙之谜》中的立场相近，即从一元论立场出发，坚定地拒绝"古之哲士宗徒"对人类起源"神秘而不可思议"的解释，并由此与那位总是惊叹"宇宙之不可思议"的泡尔生不同。

总之，不同于清末那些将救亡理念直接嵌入文本的译述，《人之历史》的现实指向相当微弱。然而，它的思想史意义却不容忽视。在《人之历史》开篇，鲁迅引入海克尔与泡尔生的争论，这场争论关系到如何看待人类在自然界中的位置：根据生物进化论的脉络，怎样理解人类与自然界其他物种的关系？人类的精神生活能否包容在自然科学的机械因果律中？通过《人之历史》，鲁迅回答了第一个问题，他选择了海克尔的一元论，并相信人类的崇高地位，这与他早年自《月界旅行·辨言》《造人术》高扬人类主体性的思路一脉相承。但鲁迅无疑误解了泡尔生，泡尔生并非进化论的反对者，他只是不赞同海克尔的一元论哲学。由此可见，鲁迅没有充分回应第二个，亦即有关泡尔生与海克尔争论的核心问题，这说明在写作《人之历史》时，鲁迅尚不了解这场争论的关键之处。

第三节　科学主义潮流中的知识、道德与信仰问题

不过，鲁迅随后还是深入地思考了这一问题，在晚清，为了倡导文艺运动并且独树一帜地为"迷信"辩护，鲁迅必须回应一元论哲学的问题，尤其这还是他自己曾经信服的理论。表面上，在即将离开日本之际写下的《破恶声论》中，他仍然坚持海克尔的一元论：

"德之学者黑格尔，研究官品，终立一元之说，其于宗教，则谓当别立理性之神祠，以奉十九世纪三位一体之真者。三位云何？诚善美也。"① 关于鲁迅所引海克尔的这一段话，汪晖解释："海克尔是个科学家，但是他这个科学可以变成宗教，因为科学恰恰就起源于宗教。"② 不过，他并未给出从科学到宗教的转变原理，而认为科学起源于宗教，也不符合海克尔的原意。因而需要承认，在《破恶声论》中，鲁迅的整体立场已经与海克尔的一元论哲学存在诸多矛盾，他对海克尔的引用应当出于别的原因。

事实上，鲁迅这时已经违背了海克尔用一元的科学理性解开"宇宙之谜"的宏大志愿，反而越来越接近承认"宇宙之不可思议"并对大自然的神秘饱含敬畏之心、认为人类在自然界宛如"尘芥"的泡尔生。③ 在鲁迅对科学的反思中，人类在自然界中的地位悄然发生了变动。鲁迅再次引用海克尔的一元论哲学为"迷信"辩护，使得他的论述内部包含了极强的张力。另外，鲁迅为"迷信"辩护绝非出于意气之争，他认为"迷信"体现了民众"厥心纯白"，反而于晚清堕落的"民德"有所补救。因此，从海克尔的一元论出发，我们还需要考察鲁迅对于科学、道德以及信仰诸多范畴的理解。

---

① 鲁迅：《破恶声论》，《鲁迅全集》第 8 卷，第 30、31 页。
② 汪晖：《声之善恶：鲁迅〈破恶声论〉〈呐喊·自序〉讲稿》，生活·读书·新知三联书店 2013 年版，第 79 页。
③ 在《我们的一元论宗教》这一章中，海克尔解释所谓的"理性之神祠"："为了实现这一崇高的目的，当代的自然科学不仅要摧毁迷信的幻境，铲除其留在前进道路上的瓦砾，还要在清理出来的空旷的广场上为人类的情感建造一座崭新的、适合居住的大厦，一座理性的殿堂。在这座殿堂里，我们将依据所获得的一元论世界观虔诚地供奉起 19 世纪真正的'三位一体'，即'真、善、美'"（[德] 海克尔：《宇宙之谜》，苑建华译，陕西人民出版社 2006 年版，第 357 页）。鲁迅在《破恶声论》中引述的段落即出自这里，但非常明显，海克尔的"理性之神祠"所供奉的理性，与鲁迅力图辩护的中国乡土社会中的"迷信"本质不同，它建立在对自然科学一元论彻底信奉的基础上。

一 科学主义的逻辑与认识论问题

鲁迅早年不仅密切关注现代西方科学的最新进展，也处在清末激进的科学主义潮流中，这两条脉络的交汇构成了他所面对的基本语境。鲁迅接受了较为完备的科学训练，从1898年到1906年，他先后在南京的新式学堂与日本东京的弘文学院、仙台医专学习，其主业均密切围绕自然科学。这将近十年的科学训练既构成了鲁迅早年最重要的知识背景，也影响着他此后的思想与言说。

尽管鲁迅1906年从仙台返回东京从事文艺运动，但他的思路仍然延续着此前的轨迹。鲁迅的首篇文章《人之历史》即回顾了进化学说在西方的历史，正如这篇文章副标题"德国黑格尔氏种族发生学一元研究诠解"显示，在接受科学过程中，鲁迅曾颇为热衷海克尔的一元论思想，他甚至认为海克尔的生物学成就超过了达尔文和赫胥黎。鲁迅不仅向清末知识界热情介绍了海克尔的"种族发生学"，他还在《破恶声论》中再次引述海克尔的一元论观点，并借此为宗教和迷信进行辩护。作为19世纪末德国最著名的生物学家，海克尔主张从自然科学出发解释宇宙间的一切现象。海克尔的一元论源于西方现代思想发展的特殊性，他试图借助科学理性解决现象与本体、物质与精神、自然与自由等范畴分裂的状况。[①] 吉莱斯皮（M. A. Gillespie）认为这种状况是中世纪的神学遗产：一方面，上帝化身为"物质""自然""科学"等范畴；另一方面，人类的主体性却与这些范畴内在的决定论思维存在根本分歧。在这个意义上，中世纪人、神对立的景象在现代世界重新上演。他指出，康德纯粹理性批判的第三组二律背反"人有自由，——反题：

---

① ［德］海克尔：《宇宙之谜》，苑建华译，陕西人民出版社2006年版，第419—422页。

没有自由，一切都是自然的必然性"便再现了这种矛盾。① 康德提出"我不得不扬弃知识，以便为信念腾出地盘"，通过论证人类理性仅在经验和现象世界内的有效性，他给信仰、精神和道德留下了存在空间。② 然而，海克尔否定这种方案，他将灵魂、上帝、精神、道德等形而上学问题尽数收纳到自然科学的解释框架中，并批评康德的先验形而上学是忽视生物学与人类学视野的狭隘表现。海克尔几乎把康德当作一元论的最主要对手，这也使得他得罪了当时德国学界的新康德主义者，其中就包括了鲁迅在《人之历史》中提到的"德哲学家保罗生（Fr. Paulsen）"③。

如果说海克尔的观点代表了科学主义在西方的最高峰，那么，鲁迅将其一元论介绍到清末知识界则呼应了当时人们崇拜科学的心理。郭颖颐将科学主义视作一种"把所有的实在都置于自然秩序之内，并相信仅有科学方法才能认识这种秩序的所有方面（即生物的、社会的、物理的或心理的方面）的观点"④，他认为清末的科学主义者正是从现代西方接受了这种世界观，进而"轻率地在统治自然科学的自然法则（laws of nature）和被认为是描述了有秩序的、可分析的人类社会的自然法（natural law）之间划了等号"⑤。考虑到中国思想传统在清末的延续，所谓"轻率"仍有补充说明的必要。根据西方思想史内含的悖论，自然科学的冲击本应使得人类的精神生活与伦理秩序成为难题，包括鲁迅在内的许多学者都曾有过天、人关系决裂的表述，但在很长一段时期之内——直到1923年

---

① [美] 米歇尔·艾伦·吉莱斯皮：《现代性的神学起源》，张卜天译，湖南科学技术出版社2012年版，第335—344页。
② [德] 康德：《纯粹理性批判》，李秋零译注，中国人民大学出版社2011年版，第21页。
③ 鲁迅：《人之历史》，《鲁迅全集》第1卷，第8页。
④ [美] 郭颖颐：《中国现代思想中的唯科学主义（1900—1950）》，雷颐译，江苏人民出版社1998年版，第16—17页。
⑤ [美] 郭颖颐：《中国现代思想中的唯科学主义（1900—1950）》，雷颐译，江苏人民出版社1998年版，第10页。

的"科玄论战",这种难题都没有出现在中国的知识界。如果为了接受自然科学而不得不取消"天"的神圣性及其作为价值源泉的崇高地位,那么,清末的知识分子却在天理世界观崩溃之际构造出了一套基于科学公理的新的世界观,在他们看来,"科学是以宇宙的先验公理为前提的,这种先验的公理是一种普遍的原理,因此对科学的探讨不仅可以丰富人类的物质文明,而且能够培养人类的道德和审美趣味。"①

对于清末中国的知识界而言,接受海克尔的一元论并不困难。尽管面对的是一个被对象化、物质化的自然界,清末知识分子依然为之赋予了高度的精神意涵,并顺理成章地将对科学原理的表述转化成古代中国的学术语言。他们仍然尊奉"道通为一"②的原则,例如,严复认为:"自然公例,即道家所谓道,儒先所谓理,《易》之太极,释子所谓不二法门。"③ 1895年前后,严复在翻译《天演论》时不满于原著者赫胥黎的二元论,却对斯宾塞贯通天人之学的思想青睐有加,同样显示了这种一元论思路。④ 又如,康有为在《实理公法全书》中根据几何公理重新设计了人类社会生活的诸种法则,在《诸天讲》中,尽管他吸收了现代自然科学的成果,但仍然表达出庄子式的与天地同游的精神境界。⑤ 类似地,谭嗣同也主张从科学重建人类社会关系,并在《仁学》中用"以太""电"解释

---

① 汪晖:《现代中国思想的兴起》,生活·读书·新知三联书店2004年版,第1170页。

② 严复:《救亡决论》,《严复集》第1册,中华书局1986年版,第45页。

③ 严复:《〈穆勒名学〉按语》,《严复集》第4册,中华书局1986年版,第1051页。

④ 严复在《天演论》的序言中有:"斯宾塞尔者,以天演自然言化,著书造论,贯天地人而一理之,此亦晚近之绝作也。"(《严复集》第5册,中华书局1986年版,第1320页)

⑤ 康有为在自序中有:"吾之谈天也,欲为吾同胞天人发聋振聩,俾人人自知为天上人,知诸天之无量。人可乘以太而天游,则天人之电道,与天人之极乐,自有在矣。"(《诸天讲》,中华书局1990年版,第3页)

"仁""心力"等概念。梁启超认为,达尔文的进化论不仅是生物学领域的突破,还提供了政治法制、宗教道德以及风俗习惯的变革原理,所谓"一切事物,皆循进化之公理,日赴于文明"①。

不过,与海克尔的一元论不同,清末科学主义并非导源于科学发展的内在逻辑。正如严译《天演论》迅速推动了进化论在中国知识界的流传,只有从特定的历史形势出发,我们才能理解科学主义何以在20世纪初年蔚为大观。从19世纪中叶开始,中国的官员与知识分子就不断强调科学对于富国强兵的意义。所谓"师夷长技以制夷"②,对于林则徐和魏源等最早一批提倡科学救国的士人来说,"科学"仅是见诸器物层面的坚船利炮。随后的洋务运动进一步发扬了这种思路,曾国藩、李鸿章等官员强调发展军事工业的重要性,他们虽倡导"实业救国",但已比林、魏更深入地认识到基础科学的意义,如"西洋制造之精,实源本于测算格致之学"③。一些富有改革精神的知识分子也强调现代西方强盛的根源就在于科学,并从各个方面论证了科学的重要性:"夫西人之商政、兵法、造船、制器以及农、渔、牧、矿诸务,实无不精,而皆导源于汽学、光学、电学、化学,以得御水、御火、御电之法。"④

在洋务运动中设立的新式学堂体现了这种思路,这里不妨以鲁迅早年求学的经历为例。1898年,鲁迅入学的江南水师学堂便要求——"勾股、算术、几何、代数、平弧三角、重学微积,以及中西海道星辰部位驾驶御风测量绘图诸法,帆缆枪炮轮机大要,皆当

---

① 梁启超:《论学术之势力左右世界》,《梁启超全集》第3卷,北京出版社1999年版,第559页。
② 魏源:《海国图志原叙》,《海国图志》,岳麓书社1998年版,第1页。
③ 李鸿章:《闽厂学生出洋学习折》,《李鸿章全集》,安徽教育出版社2008年版,第257页。
④ 薛福成:《西法为公共之理说》,《薛福成选集》,上海人民出版社1987年版,第298页。

次第研求"①，半年后，鲁迅转入江南陆师学堂附设的矿路学堂，但仍要首先学习"测量绘算"以及"重力汽化地质学"等基础科学②。甲午战争的失败虽使得洋务运动备受挫折，但并没有阻断人们对科学救国发出更为强烈的愿望，如严复便指出："救之之道，非造铁道用机器不为功；而造铁道用机器，又非明西学格致必不可。"③ 同时，他根据实用主义原则强调科学的根本意义："有用之效，征之富强；富强之基，本诸格致。"④ 如果说此前人们接受科学时还遵循着"中体西用"的思路，严复则明确说明："体用者，即一物而言之也。有牛之体，则有负重之用；有马之体，则有致远之用。未闻以牛为体，以马为用者也。"⑤ 他也由此进一步将对于科学的认识提升到了本体论的层面。这时活跃的思想家如康有为、谭嗣同、梁启超也都莫不自觉地试图从科学推演出政治改革的原则。

尽管科学不断获得形而上层面的价值内涵，但内在的实用主义逻辑仍然限制了人们对科学的认识。这种思潮最初对于鲁迅有着深刻影响，1898年之后，他即是在这种氛围中开始接触自然科学。事实上，鲁迅从不反对利用科学实现富强，即便从仙台返回东京从事文艺运动之后，他也仍然坚持着科学救国的理想。在《科学史教篇》中，鲁迅讴歌了法国大革命，他认为法国民众成功的关键原因便在于"科学与爱国"⑥，同时，他强调要从更深的层面认识科学：

故震他国之强大，栗然自危，兴业振兵之说，日腾于口者，外

---

① 《光绪政要》第二十册二十四卷，转引自《鲁迅年谱》第1卷，人民文学出版社1981年版，第56页。
② 《刘坤一遗集》"奏疏卷"二十八，转引自《鲁迅年谱》第1卷，人民文学出版社1981年版，第60页。
③ 严复：《救亡决论》，《严复集》第1册，中华书局1986年版，第48页。
④ 严复：《救亡决论》，《严复集》第1册，中华书局1986年版，第43页。
⑤ 严复：《与〈外交报〉主人书》，《严复集》第3册，中华书局1986年版，第558、559页。
⑥ 鲁迅：《科学史教篇》，《鲁迅全集》第1卷，第35页。

状固若成然觉矣，按其实则仅眩于当前之物，而未得其真谛。夫欧人之来，最眩人者，固莫前举二事若，然此亦非本柢而特葩叶耳。①

鲁迅批评清末的宣传家并不是真的在提倡科学，而是被实用性的外在表现（所谓"外状"与"当前之物"）迷惑，他指出这只是科学的"葩叶"。如果说甲午之后，严复等学者从富强的逻辑强调科学的本体意义，那么，鲁迅则进一步在科学原理与富强逻辑之间做出区分，在他这里，明确出现了一种超越功利的追寻科学发展之根基的思路，例如认为，科学研究必须具有独立自主的空间："顾治科学之桀士，则不以是婴心也，如前所言，盖仅以知真理为惟一之仪的，扩脑海之波澜，扫学区之荒秽，因举其身心时力，日探自然之大法而已。"② 鲁迅以侯矢勒、拉普拉斯、拉马克为例，提醒人们注意，西方物质文明在19世纪达致辉煌之前存在着漫长的准备时期，只有关注它的源头，建立对科学更具历史性的认识，才能将真正的科学精神揭示出来，并移植到中国的社会语境之中。

鲁迅的观点深化了清末知识界对科学的认识，他不仅寻找到了更为内在性的思路，也为从学理层面探讨科学问题预留了空间。鲁迅认为，西方现代科学的兴起原本是为了探求自然界之"真理"，因此，不能将科学的意义局限在工具理性层面。当然，面对清末衰颓的形势，鲁迅并未走向极端，他指出，发展实业与追求"真理"的科学研究没有根本冲突，理想的状态是"相互为援，于以两进"③。总之，鲁迅同时代趋势保持着对话关系：他既强调科学研究非功利性的特征，又不否认科学研究的现实意义。

《科学史教篇》发表于1908年6月，时间上不仅距离鲁迅弃医从文过去了两年，也已是编写完《摩罗诗力说》将近半年之后，

---

① 鲁迅：《科学史教篇》，《鲁迅全集》第1卷，第33页。
② 鲁迅：《科学史教篇》，《鲁迅全集》第1卷，第32、33页。
③ 鲁迅：《科学史教篇》，《鲁迅全集》第1卷，第33页。

这意味着，他并非因为转向文艺启蒙就彻底否定了科学救国的思路。换言之，鲁迅考虑的不只是科学与文艺之间过渡或"延伸"的问题①，也包括这两者如何共存的问题。正如这篇文章标题所揭示，鲁迅这时重新思考而不是简单、被动地接受科学，目的在于发掘其中的"教训"："第相科学历来发达之绳迹，则勤劬艰苦之影在焉，谓之教训。"②鲁迅的论述由此变得更为复杂。

鲁迅认为现代科学是西方文明运动、发展的内在结果，因而在叙述科学发展的过程中，他同时将与现代科学相关的认识论问题引入进来：人类对自然的认识有没有限度？知识是否存在边界？科学与文艺、知识和道德的关系如何界定？这些问题无疑构成了《科学史教篇》最重要的关切，同时也决定了鲁迅面对现代性核心议题的复杂态度。在这篇文章开篇，鲁迅指出："盖科学者，以其知识，历探自然见象之深微，久而得效，改革遂及于社会，继复流衍，来溅远东，浸及震旦，而洪流所向，则尚浩荡而未有止也。"③鲁迅检讨西方自然科学的发展史，无可避免要去思考现代科学内在的知识论问题，它不仅是西方的问题，也是科学主义潮流在中国制造出来的新问题。如果说鲁迅此前曾对于科学的发展充满信心并主张用知识扫除"迷信"，例如在清末的科学主义潮流中，他也

---

① 伊藤虎丸指出，鲁迅"继《人之历史》和《科学史教篇》之后，又相继写出了1907年的《文化偏至论》《摩罗诗力说》和1908年的《破恶声论》等长篇文学评论和文明批评论"，并由此得出"从科学者鲁迅到文学者鲁迅"的线索以及"《摩罗诗力说》等文章中介绍的'诗人'和'精神界之战士'的形象，就处在'科学者'形象的延伸线上"(《鲁迅与日本人——亚洲的近代与"个"的思想》，李冬木译，河北教育出版社2000年版，第81—83页)。其中的问题或许在于，伊藤虎丸未能注意到鲁迅写作的时间顺序，而是根据鲁迅在《坟》中的编排顺序，将《科学史教篇》放在《摩罗诗力说》之前理解，由此将科学问题与文学问题分离开，忽略了《科学史教篇》中展现出的文学与科学更为复杂的关系。按照最初写作和发表的顺序，这五篇依次是《人之历史》《摩罗诗力说》《科学史教篇》《文化偏至论》《破恶声论》。

② 鲁迅：《科学史教篇》，《鲁迅全集》第1卷，第25页。

③ 鲁迅：《科学史教篇》，《鲁迅全集》第1卷，第25页。

试图通过翻译科学小说，以"获一斑之智识，破遗传之迷信，改良思想，补助文明"①，"智识"意味着对于自然现象的科学也即最权威的解释，这种以"智识"破除"迷信"的思路也同样在《中国地质略论》中得到表达，鲁迅认为"迷信"是地质学，也即科学知识不够发达的结果，其危害甚至将导致国家衰亡②，那么，从《科学史教篇》开始，他已经警惕并深入地反思这种思路。

由于中国古代思想家几乎不把自然界视为与主体对立的客观存在，认识论传统并不居于显要位置，尽管并非放弃了将自然对象化的认知思路，但相比外在性的知识，更为重要的是发现内心中所本有的伦理精神。儒家经典《大学》开篇讲述格物致知的原理："古之欲明明德于天下者，先治其国。欲治其国者，先齐其家。欲齐其家者，先修其身。欲修其身者，先正其心。欲正其心者，先诚其意。欲诚其意者，先致其知。致知在格物。"（《礼记·大学》）在这种构想中，知识内在于主体道德修养与社会政治伦理秩序的展开过程，格物致知的"知"并非指向对外物、外在世界的理性认识，而是主要体现为对伦理境界的把握，"知"首先意味着一种道德性的知识，"致知"的根本目的是为了实现伦理本体的自觉，如果说中国古代思想中存在一种认识论，那么它只能从属于伦理学。③ 这种为了修身、道德完善而获得的知识区别于现代科学的纯粹客观知识，与此相应，"物"也蕴含着丰富的精神性内涵，它被置于礼乐制度以及理学家的天理思想体系中加以认识。在晚清科学主义潮流中，人们将对知识

---

① 鲁迅：《月界旅行·辨言》，《鲁迅著译编年全集》第1卷，人民出版社2009年版，第28页。
② 鲁迅：《中国地质略论》，《鲁迅全集》第8卷，第6页。
③ 李泽厚：《中国古代思想史论》，生活·读书·新知三联书店2008年版，第239页。中国哲学最注重人生，至于知识问题，则不是所注重的，有关中国哲学中的认识论问题亦可参见张岱年《中国哲学大纲》，江苏教育出版社2005年版，第447页。

的重视提升到"第一义"的高度①,随着作为客观对象的物质的概念的建立,认识论获得了讨论的必要性,但是正如科学主义在中国的兴起历史地延续了理学家确立的一元论世界观,知识仍然与政治、道德和秩序问题紧密联系在一起②。

鲁迅对现代科学的反思,其深刻之处在于他不仅清理了眼前的功利主义问题,也对知识和道德、科学与文艺的关系展开了更为深入的认识论的思考。鲁迅试图寻找科学发展的根基,并在这一过程中阐明文艺和道德的必要性,由此更具反思性和批判性地处理科学主义内在的认识论问题。

二 《科学史教篇》中的二元叙事

晚近有论者考证出《科学史教篇》是以木村骏吉 1890 年出版的《科学之原理》序言"科学历史之大观"为蓝本,其中将近五分之四的篇幅均为鲁迅编译。③ 这使得我们面对《科学史教篇》的时候需要谨慎分辨作为读者、编译者以及思想者鲁迅的态度,同时,这一发现更为迫切地要求我们返回鲁迅早年的语境,考察鲁迅出于何种意图必须编译这篇文章?他在回应哪些问题?内容上,《科学史教

---

① 梁启超早年在呼吁变法自强时有:"言自强于今日,以开民智为第一义"(梁启超:《变法通议》,《梁启超全集》第 1 卷,北京出版社 1999 年版,第 17 页),并且直接把知识与权力关联起来,"权者生于智也,有一分智,即有一分之权","今日欲伸民权,必以广民智为第一义"(梁启超:《论湖南应办之事》,《梁启超全集》第 1 卷,北京出版社 1999 年版,第 177 页)。谭嗣同认同梁的观点,如有:"盖方今急务在兴民权,欲兴民权在开民智"(谭嗣同:《与徐仁铸书》,《谭嗣同集》,岳麓书社 2012 年版,第 291 页)。康有为认为,如果要实现实业救国的思路,那么就应当养成尚智的传统,如"国尚农则守旧日愚,国尚工则日新尚智"(康有为:《康有为政论集》,中华书局 1981 年版,第 289 页)。章太炎在《驳康有为论革命书》中指出"人心之智慧,自竞争而后发生,今日之民智,不必恃他事以开之,而但恃革命以开之"(章太炎:《章太炎全集·太炎文录初编》,上海人民出版社 2014 年版,第 184 页)。

② 汪晖:《世纪的诞生》,生活·读书·新知三联书店 2020 年版,第 285 页。

③ 宋声泉:《〈科学史教篇〉蓝本考略》,《中国现代文学研究丛刊》2019 年第 1 期。

篇》叙述了西方科学从古希腊至19世纪的发展史,这意味着正是西方科学史的经验、教训启发了鲁迅。恰如清末学界借道日本翻译和阅读西书的现象说明,鲁迅的"终极目标并不是学习日本的学术文化,而是学习西洋文化"[①],他从日本蓝本中接受的最终是来自西方的原理。如果鲁迅旨在通过《科学史教篇》将西方科学发展的经验和教训传达给清末学界,那么,真正原理性的内容是什么呢?他同清末学界存在哪些更为深层的交锋?

首先值得注意的是,《科学史教篇》的写作思路与清末科学主义出现了显著差异,鲁迅追随西方科学发展的理路建立了二元论的叙事方式。在《科学史教篇》开篇,鲁迅指出"希腊罗马科学之盛,殊不逊于艺文"[②],这句话具有提纲挈领的意义。根据"科学"与"艺文"并重的整体史观,鲁迅在《科学史教篇》呈现的西方科学发展史便不只是"科学"的单一线索。可比较的是,梁启超更早介绍西方科学史,在他1902年写就的《格致学沿革考略》中,通篇未曾涉及科学之外的任何因素,这种叙事也更为契合清末学界认识科学的一元论思路。梁氏认为,中国在近代正是因为缺乏科学而落后于西方,因此,他呼吁尽快将西方现代科学引入中国。[③] 如果和梁启超的思路对比,将会发现《科学史教篇》的叙事策略是相当独特的,这篇文章始终沿着"科学"与"艺文"两条线索论述科学发展史,鲁迅也由此突破了科学主义的一元论思路。

其次,鲁迅紧接着展示了一种认识中世纪的新观点。按照启蒙主义叙事,这是一段蒙昧、黑暗的历史,然而,在论述中世纪神学与科学的关系时,鲁迅虽不否认神学阻碍了科学发展,但更为值得注意的是,他认为应当给予中世纪更高的评价。鲁迅不仅从基督教

---

① 王汎森:《"思想资源"与"概念工具"——戊戌前后的几种日本因素》,《中国近代思想与学术的系谱》,吉林出版集团有限责任公司2011年版,第188页。

② 鲁迅:《科学史教篇》,《鲁迅全集》第1卷,第25页。

③ 梁启超:《格致学沿革考略》,《梁启超全集》第4卷,北京出版社1999年版,第951—956页。

在欧洲兴起的背景对宗教表示理解,"以其时罗马及他国之都,道德无不颓废,景教适以时起,宣福音于平人,制非极严,不足以矫俗"①,还高度评价了中世纪的学术成就,"顾亦有不可贬者,为尔时学士,实非懒散而无为,精神之弛,因入退守"②,"学校亦林立,以治文理数理爱智质学及医药之事;质学有醇酒硝硫酸之发明,数学有代数三角之进步;又复设度测地,以摆计时,星表之作,亦始此顷,其学术之盛,盖几世界之中枢矣"③。在这个脉络上,他将"知识和道德""科学和美艺"并列在一起,指出两者"均人间曼衍之要旨,定其孰要,今兹未能"④。这种判断不仅与清末的科学主义者截然不同,也与鲁迅此前的论述存在着鲜明差异。

虽然科学在中世纪未能有所突破,但宗教和道德的成就仍然值得肯定,这种二元论的叙事延续在《文化偏至论》中。鲁迅正是在批判晚清的物质主义潮流中提出了精神革命的要求,在他这里,出现了"物质"与"精神"的二元并立的局面:一方面,"物"的概念脱去了道德含义,与古人试图在"格物"中获得道德提升之"物"存在根本差异;另一方面,鲁迅也突破了海克尔的自然一元论,上文曾述,海克尔毕生最大的努力就是将科学的功能发挥到极致,以解决现代自然科学造成的二元对立局面,认为精神只不过是生物的一种生理反应,晚清知识界的科学主义即反映了这种思路。如果继续追随科学主义的一元论潮流,鲁迅将无法提出他的文学理想——除非他彻底放弃了科学救国的希望,但正如《科学史教篇》中显示的那样,鲁迅显然不愿意做出这种选择。

鲁迅清楚地知道二元论在西方的历史,他批判物质文明——"递夫十九世纪后叶,而其弊果益昭,诸凡事物,无不质化,灵明日

---

① 鲁迅:《科学史教篇》,《鲁迅全集》第1卷,第28页。
② 鲁迅:《科学史教篇》,《鲁迅全集》第1卷,第27页。
③ 鲁迅:《科学史教篇》,《鲁迅全集》第1卷,第28页。
④ 鲁迅:《科学史教篇》,《鲁迅全集》第1卷,第29页。

以亏蚀，旨趣流于平庸，人惟客观之物质世界是趋，而主观之内面精神，乃舍置不之一省"①，并要求将主观的内面精神从物质世界束缚中解放出来，以建立自我的主体性，因而指出："去现实物质与自然之樊，以就其本有心灵之域；知精神现象实人类生活之极颠，非发挥其辉光，于人生为无当；而张大个人之人格，又人生之第一义也。"② 鲁迅否定把"开民智"作为"第一义"的思路，他试图用更具精神性的"人格"取而代之。由于强调精神改造的根本意义，鲁迅最终背离了晚清科学主义的方向。

在这个意义上，《科学史教篇》中的叙事方式显得颇为独特，鲁迅采用编译的方式将这种对于科学的认识引入清末知识界，并向科学主义的拥护者们表达了不满。随后的问题在于，应当如何从内在原理的层面对此做出进一步解释？

1906年之后，鲁迅跟随章太炎学习。从晚清知识界的情况来看，《科学史教篇》中的二元叙事最可能响应了章太炎的反科学主义观点。章太炎也曾激烈批评晚清科学主义潮流，例如，他运用二元论反驳进化思想："若云进化终极，必能达于尽美醇善之区，则随举一事，无不可以反唇相稽。彼不悟进化之所以为进化者，非由一方直进，而必由双方并进，专举一方，惟言智识进化可尔。若以道德言，则善亦进化，恶亦进化；若以生计言，则乐亦进化，苦亦进化。双方并进，如影之随形，如罔两之逐影，非有他也。"③ 鲁迅对此并不陌生，在《科学史教篇》中他也有类似表述："盖神思一端，虽古之胜今，非无前例，而学则构思验实，必与时代之进而俱升，古所未知，后无可愧，且亦无庸讳也。"④ 这两段表述从结构到内容都非常相似。章太炎区分了"智识"与"道德"二元，他认为只有"智

---

① 鲁迅：《文化偏至论》，《鲁迅全集》第1卷，第54页。
② 鲁迅：《文化偏至论》，《鲁迅全集》第1卷，第55页。
③ 章太炎：《俱分进化论》，《章太炎全集·太炎文录初编》，上海人民出版社2014年版，第405页。
④ 鲁迅：《科学史教篇》，《鲁迅全集》第1卷，第26页。

识"可以进化,"道德"则无所谓进化。鲁迅同样建立了"学"与"神思"二元并立的论述,他指出"学"可以进化,"神思"则不存在进化的必然。不同的只是,鲁迅把章太炎的表述中的"道德"置换成了"神思"。章太炎的二元叙事建立在佛学唯识宗种子有"善""恶"的理论基础上,在他看来,任何生命在起源时就蕴蓄了"善"与"恶"两种潜能。① 除此之外,章太炎还在《规〈新世纪〉》中批判清末的科学主义者,他指出"科学"一词被过度地滥用了,许多人不加节制地运用科学去解释世界的一切现象,相反,章氏认为"万状之纷纭,固非科学所能尽理"②。

章太炎的论述无疑能够启发鲁迅反思科学主义的问题。然而,回到《科学史教篇》,我们却可以发现,不是章太炎的唯识学观点,而是源自西方科学界的经验和教训启发鲁迅突破了清末科学主义的局限,这一点很可能是他编译这篇文章试图传达的最重要的内容。尽管鲁迅没有直接引用章太炎,但通过对西方科学界更为深入的认识,他从另一条思想脉络有力地呼应了章太炎的观点。对此,还应当说明的是,鲁迅也通过编译《科学史教篇》解答了自己的困惑。他在这篇文章中略显唐突地插入有关"迷信"的长段论述,即反映了这种主体性的问题意识③,正如鲁迅早年对"迷信"一以贯之的思索,这不是偶然的现象。

鲁迅虽是根据日语文献编译《科学史教篇》,但这篇文章却通篇围绕华惠尔(W. Whewell)、赫胥黎以及丁达尔(J. Tyndall)等维多利亚时期(1837—1901)的英国科学家的论述展开。这意味着,如

---

① 这种理论储备是留日时期的鲁迅所没有的,他认真攻读佛经乃是辛亥革命之后的事情。许寿裳指出:"民三(1914年)以后,鲁迅开始看佛经,用功很猛,别人赶不上。"(许寿裳:《亡友鲁迅印象记》,当代世界出版社2015年版,第55页)

② 章太炎:《规〈新世纪〉》,《章太炎全集·太炎文录补编(上)》,上海人民出版社2017年版,第322页。

③ 宋声泉考证出鲁迅在《科学史教篇》第二段进行了最大限度的发挥,而这一段即涉及"迷信"问题。

果对《科学史教篇》中鲁迅的科学观做出进一步的理解,我们需要转入西方语境,更为仔细地考察鲁迅引用的那些观点以及其中所包含的原理性内容。① 这三位科学家都是当时英国知识界颇有影响力的人物,正是来自西方的科学家重塑了鲁迅对科学的理解。需要注意的是,与海克尔不同,他们虽然对于自然科学的发展抱有信心,却并不将科学视为宇宙和人生的根本之道,相反,他们从更具整体性、批判性的视野指出科学的起源与界限,探讨使知识成立的可能性。这种对科学的认识很大程度受到康德的启发。

事实上,华惠尔的《归纳科学的哲学》有关时空基本概念的讨论便继承了康德的思路,华惠尔不仅被时人称为形而上学的科学家(metascientist),也被看作英国的康德。② 华惠尔提出"探自然必赖夫玄念"③,他的观点体现出明显的先验哲学的影响④。其次,赫胥黎也认为:"发见本于圣觉,不与人之能力相关;如是圣觉,即名曰真理发见者。有此觉而中才亦成宏功,如无此觉,则虽天纵之才,

---

① 相关研究亦可参见蒋晖《维多利亚时代与中国现代性问题的诞生:重考〈科学史教篇〉的资料来源、结构和历史哲学的命题》,《西北大学学报》2012 年第 1 期。

② Richard Yeo, *Defining Science: William Whewell, Natural Knowledge and Public Debate in Early Victorian Britain*, Cambridge: Cambridge University Press, 1993, p. 61.

③ 鲁迅:《科学史教篇》,《鲁迅全集》第 1 卷,第 26 页。

④ 鲁迅所谓的"玄念"应当指华惠尔认为科学研究必要的基础性理念(Fundamental Ideas),即科学家用以综合事实的概念形式,这也是华惠尔归纳科学的核心概念。华惠尔的基础性理念与康德认为使知识成立的先验条件较为接近,但两者仍有不同。华惠尔认为这种理念起源于一位神圣的创造者(in the mind of a divine creator),人类知识以及外部世界之所以是真实存在的,均由于这位创造者将其萌芽(germs)埋藏在了人类的心灵之中,科学家最重要的工作是将这种基础性理念展开、呈现出来,华惠尔相信正是这种形而上的理念构成了科学的基础,同时,他并不同意康德将外部世界视为黑暗和不可知的领域。华惠尔的认识论虽然与康德存在相似之处,但总体上介于经验主义和先验主义之间。Laura. J. Snyder, *Reforming Philosophy: A Victorian Debate on Science and Society*, Chicago and London: The University of Chicago Press, 2006, pp. 42-51. 华惠尔也用 General Ideas 表示科学成立的前提条件,与基础性理念相通。

事亦终于不集。"① 他在《进化论与伦理学》里将自然世界与人类社会对立起来的论述同样表现出康德哲学二元论的特点。这些科学家之间的观点既有继承，也互有差异。华惠尔把中世纪科学停滞归结为四个原因——"一曰思不坚，二曰卑琐，三曰不假之性，四曰热中之性"②，作为后学的丁达尔对此提出疑义，他指出"热中之性"，即性情偏于热烈（enthusiasm of temper），不仅不会阻碍科学，相反，如果科学家的精力足够旺盛，反而有助于研究展开。③ 鲁迅由此得出"盖科学发见，常受超科学之力，易语以释之，亦可曰非科学的理想之感动，古今知名之士，概如是矣"④。

19 世纪下半叶，科学与宗教、文艺之所以出现激烈交锋，原因在于飞速发展的自然科学要求重组文化格局，1859 年达尔文《物种起源》的出版更引起维多利亚知识界关于科学与宗教关系的长期争论，这一时期也正是自然科学家争夺文化领导权的关键时期，他们提出了有关人性、自然与社会的新解释，并相信自己肩负着引领英国社会转型的任务。但有意思的是，在抵抗教会与神学教条干涉的同时，许多科学家相对和平地接受了某种形式的唯心主义思想。对于赫胥黎、丁达尔等科学家而言，科学属于认知领域，而宗教就像诗歌和艺术一样，属于感情和伦理领域，两者维持着一种不和谐的和谐关系（Discordant Harmonies），他们也由此对浪漫主义思想家卡莱尔（T. Carlyle）情有独钟——真正的宗教和神灵存在于人类内

---

① 鲁迅：《科学史教篇》，《鲁迅全集》第 1 卷，第 30 页。
② 鲁迅：《科学史教篇》，《鲁迅全集》第 1 卷，第 29 页。
③ 鲁迅：《科学史教篇》，《鲁迅全集》第 1 卷，第 29 页。鲁迅引述的原文为："Whewell ascribes this stationary period to four causes - obscurity of thought, servility, intolerance of disposition, enthusiasm of temper; and he gives striking examples of each."参阅 John Tyndall,"Belfast Address", *Fragments of Science：A Series of Detached Essays, Addresses, and Reviews*, New York: D. Appleton and Company, 1897, Vol. 2, pp. 213-214.
④ 鲁迅：《科学史教篇》，《鲁迅全集》第 1 卷，第 29 页。

心,它表现为好奇、谦逊与终生勤奋的工作。① 同时,这种复杂的思想背景并没有妨碍向公众宣传自然科学的重要性,相反,他们认为科学与宗教是互补而非相互冲突的关系,在各自的范围之外不存在绝对权威,科学只关注那些能够被人类理性能力理解的问题。卡莱尔的唯心主义世界观无疑有助于缓解宗教与科学、精神与世俗之间的矛盾冲突,这种做法的关键在于区分宗教感情和神学教条,其中,前者被认为更深刻地扎根在人性的内在的必然需求之中。②

或许已经立志从事文艺运动,鲁迅对维多利亚知识界的了解超出了科学领域。在《摩罗诗力说》中,鲁迅援引马修·阿诺德的观点强调诗歌必须源自真切的人生体验:"如热带人既见冰后,曩之竭研究思索而弗能喻者,今宛在矣。昔爱诺尔特氏(M. Arnold)以诗为人生评骘,亦正此意。"③ 阿诺德从文学立场对当时自然科学垄断教育体系的趋势表示不满,他感到文学在教育体系中的地位几乎要被科学吞噬:"目前这种运动意在剥夺文科在教育中传统的主导地位,使它让位于自然科学教育,那么我要问问这一蒸蒸日上的运动是否能够,而且应不应该这般盛极一时,而且最终是否真能成气候?"④ 阿诺德把赫胥黎当作主要对手,讽刺其为"出色的作家和善辩王子"⑤,但从赫胥黎的立场看,很难说阿诺德与赫胥黎存在根本分歧,因为赫胥黎并不否认文学的教育功能,只不过,他更强调自

---

① 赫胥黎和丁达尔都深受卡莱尔影响。Frank Turner, *Contesting Cultural Authority: Essays in Victorian Intellectual Life*, Cambridge: Cambridge University Press, 1993, pp. 132-136、pp. 141-150.

② Bernard Lightman, "Victorian Sciences and Religions Discordant Harmonies", *Osiris*, Vol. 16 (2001), pp. 343-366.

③ 鲁迅:《摩罗诗力说》,《鲁迅全集》第1卷,第74页。

④ [美]马修·阿诺德:《"甘甜"与"光明":马修·阿诺德新译8种及其他》,贺淯滨译,河南大学出版社2011年版,第59页。

⑤ [美]马修·阿诺德:《"甘甜"与"光明":马修·阿诺德新译8种及其他》,贺淯滨译,河南大学出版社2011年版,第60页。

然科学对于培养人类心智的作用。① 此外,赫胥黎还被指责为一位极端的唯物主义者,这种批评用在海克尔身上或许恰当,但对于赫胥黎就是误解。赫胥黎对形而上的领域保持着敬畏之心②,作为科学家中的领袖,他并不讳言自己深厚的宗教感情。赫胥黎指出,"大量非常熟悉而又极为重要的现象,的确处于自然科学的合理界限之外"③——包括音乐、绘画、建筑等艺术领域,它们并非因为不隶属于自然科学而丧失合理性,他说:

> 也许是现在,也可能是将来某一天,自然科学能够使我们的后代详尽地解释,对美的极度着迷所带来的生理反应和生理状态。但是,即使那一天真的到来,对美的着迷也仍然像现在一样,处于自然世界的外部,超出自然世界之外——甚至在精神世界,也有一些东西添加到纯粹的感觉中去。④

对于科学主义者从物质与力学法则解释宇宙的做法,赫胥黎选择与之保持距离:"如果我不得已要在唯物主义和唯心主义之间做出选择,我应该会选择后者,但我的的确确与软弱无力的唯心主义神话没有任何关系。"⑤ 像华惠尔一样,赫胥黎也把康德哲学作为重要的思想资源,他引用康德的学说以说明灵魂的不朽超越了经验维度,宣告科学实证方法对此无效。赫胥黎的观点显得颇为含混。赫胥黎

---

① [英]赫胥黎:《科学与道德》,《进化论与伦理学》,宋启林等译,北京大学出版社2010年版,第52页。

② 赫胥黎与丁达尔都曾是当时一个名为"形而上学学会(Metaphysics Society)"的成员。

③ [英]赫胥黎:《科学与道德》,《进化论与伦理学》,宋启林等译,北京大学出版社2010年版,第50页。

④ [英]赫胥黎:《科学与道德》,《进化论与伦理学》,宋启林等译,北京大学出版社2010年版,第51页。

⑤ [英]赫胥黎:《科学与道德》,《进化论与伦理学》,宋启林等译,北京大学出版社2010年版,第54页。

索性发明了一个术语,用"不可知论"(Agnosticism)概括自己的想法,这个术语一方面嘲弄了他的基督教对手对最高存在的独断解释,另一方面显示出了他自身宗教立场的正统性。① 对于形而上学,不同于一元论的唯物主义与无神论者,赫胥黎表示"谦卑地意识到对这些高深问题的无知"②。与赫胥黎相近,《科学史教篇》中另外两位科学家华惠尔、丁达尔都没有将科学作为终极答案。

维多利亚时代的科学家们能够更具反思性地面对科学,这种思路体现出康德哲学的深刻影响,经过辗转,最终改变了鲁迅的科学观。康德认为,"我们对于任何作为物自身的对象都不可能有知识,而只有在它作为感性直观的客体、即作为显象时才能有知识;由此当然也就得出,一切思辨的理性知识只要可能,就都仅仅限制在经验的对象之上。"③ 根据这种说法,人类的知识被限制在现象界,本体无法探知;作为"物自身",道德、自由与信仰这些问题超出了人类理性探知的界限。当然,不可知论的理论脉络还可以从康德进一步上溯到休谟,正是休谟认为客观世界是不可知的怀疑论激发了康德对理性的批判,促使康德重新思考科学与形而上学的关系。休谟的观点无疑直接启发过赫胥黎,事实上,赫胥黎有关"不可知论"的提法最早便见于1878年论述休谟哲学的文字。④ 从不可知论的立场来看,人类的认识能力与获得的知识存在相应极限,如果与海克尔相比,那么,华惠尔、赫胥黎、丁达尔的区别是:虽然同为科学家,但后者对科学主义保持着批判性距离,相比之下,海克尔则缺

---

① Bernard Lightman,"Victorian Sciences and Religions Discordant Harmonies",*Osiris*,Vol. 16 (2001),pp. 343-366.

② [英]赫胥黎:《科学与道德》,《进化论与伦理学》,宋启林等译,北京大学出版社2010年版,第58页。

③ [德]康德:《纯粹理性批判》,李秋零译注,中国人民大学出版社2011年版,第19页。

④ 1878年,赫胥黎著有[*Hume*(*English Men of Letters Series*)]讨论休谟哲学,正是在这本书中,赫胥黎第一次以文字形式使用了"不可知论"(Agnoticism)一词。

少这一点。

三 "迷信可存"：丁达尔的人性论与科学的"本柢"

在《科学史教篇》中，鲁迅多次（先后4次）直接引用了丁达尔的观点，这些地方几乎贯穿了《科学史教篇》的首尾。这意味着，在启发鲁迅破除科学主义并提出"迷信可存"的科学家中，丁达尔或许是最为关键的人物。丁达尔和赫胥黎是亲密的朋友，他们共同致力推进科学在公众中的影响力，以使科学能够和文学、哲学占据同等重要的角色。1874 年，他被后者举荐为英国科学促进会（British Association for the Advancement of Science）会长，这个协会的主要宗旨是在坚持人本主义价值观的前提下，致力于科学的普及教育。与海克尔不同，丁达尔指出了人类认识能力的有限性，尽管科学工作必须借助于实验与精确的数学计算完成，但丁达尔坚信，想象力（imagination）才是最终的设计师。[①]

有意思的是，作为自然科学家，丁达尔酷爱浪漫主义文学，这相当契合鲁迅早年对西方浪漫主义的推崇。丁达尔对于想象力的倡导也与鲁迅强调"神思"的重要性不谋而合。"神思"是鲁迅早年论述中的一个本原性概念，它源于刘勰的《文心雕龙·神思》，在《文化偏至论》中，鲁迅借以指代浪漫主义诗歌与传说、神话的想象力。在《破恶声论》中为"迷信"辩护时，鲁迅不仅强调"迷信"包含的"神思"之美妙，而且更进一步将其视作一个文明体的内核。[②] 也正是意识到理性的局限，丁达尔对于英国浪漫主义诗人如雪

[①] 丁达尔举出牛顿（Newton）、开普勒（Kepler）、道尔顿（Dalton）、法拉第（Faraday）等科学家为例，论证想象力在科学研究中的重要意义。See John Tyndall, *Scientific Use of the Imagination*, 收入 *Fragments of Science: A Series of Detached Essays, Addresses, and Reviews*, New York: D. Appleton and Company, 1897, Vol.2, pp. 111, 112.

[②] 鲁迅将传说神话等艺术的地位抬得极高："倘欲究西国人文，治此则其首事，盖不知神话，即莫由解其艺文，暗艺文者，于内部文明何获焉。"（《破恶声论》，《鲁迅全集》第8卷，32页）

莱、济慈、拜伦、华兹华斯等都展现出浓厚的阅读热情。丁达尔长期进行文学创作，他最热爱的是诗人丁尼生（Alfred Tennyson）和思想家卡莱尔。① 他曾有一部名为《新片段》(*New Fragments*)的文学作品集，收录了毕生的诗作和回忆散文。

丁达尔为自己的文学作品集取名为"新片段"，显然是为了对应专门收录科学论文与演讲的《科学片段》(*Fragments of Science*)。无论丁达尔在文学领域内的成就如何，他的实践都有助于理解维多利亚时期科学与文学的分裂状况以及他为协调两者关系所做的努力。丁达尔多次向卡莱尔表达赞美之情，在19世纪上半叶，卡莱尔是英国浪漫主义运动领军人物，他早年受到德国浪漫派者思想家如费希特、谢林等人影响，认为人在本质上是一种精神存在，世界的终极实在呈现为精神的秩序。② 作为一名举足轻重的物理科学家，丁达尔却不惮于承认，正是卡莱尔、爱默生和费希特塑造了他对自然界的理解。丁达尔科学思想中的浪漫主义色彩往往由此引起争议。在他过世后不久，便有论者指出，由于洞察了科学的不足，丁达尔不同于一般的唯物主义者。③ 弗兰克·特纳（Frank Turner）认为，丁达尔对卡莱尔的崇拜是悖论的，客观的科学分析与后者对宇宙终极乃是神秘的推断无法兼容。而巴顿（Ruth Barton）认为，丁达尔本质上是一位泛神论者，他的科学研究被包容在更具总体性的超自然主义精神背景中，因此更应当被视为唯心主义的代表。④ 这些彼此差异的观点共同表明了，丁达尔并不把自然界当作死气沉沉的物质世界，而是强调其中充溢着神秘主义的精神。

---

① Francis O'Gorman, "John Tyndall as Poet: Agnosticism and 'A Morning on Alp Lusgen'", *The Review of English Studies*, Vol. 48, No. 191（Aug, 1997），pp. 353-358.

② ［英］勒·凯内：《卡莱尔》，段忠桥译，中国社会科学出版社1987年版，第43页。

③ John Grier Hibben, "Professor Tyndall as a Materialist", *The North American Review*, Vol. 158, No. 446（Jan., 1894），pp. 122-125.

④ Ruth Barton, "John Tyndall, Pantheist: A Rereading of the Belfast Address", *Osiris*, Vol. 3（1987），pp. 111-134.

像华惠尔与赫胥黎一样,丁达尔也多次提及康德,他把康德那句"有两件事物让我充满敬畏:其一是头顶的星空,其二是心中的道德律"作为座右铭①。1874年,丁达尔就任英国科学促进会会长,在著名的《贝尔法斯特就职演说》(The Belfast Address)中,他详细解释了自然科学与泛神论共存的原理。丁达尔强调,尽管人类借助理性能力不断增进了对于现象世界的认识,但却永远难以接近现象世界背后那个无法触摸的根基(unsearchable roots),因为宇宙仅仅把它极其微小的一面展示给人类,而恰恰就是这极微小的一部分,人类也无法完全掌握。②与此同时,他还指出,人类自有历史以来就从未停止过对大自然的敬畏、好奇,更不用说对美与道德的追求,正是这些构成了人性中最为深刻的内容。

在这篇演说的最后,丁达尔从人性的整全立场提出协调二元的方法,他认为,伴随着人类在自然科学领域的进步,恰恰需要更加重视对于道德与情感等精神领域的探索,因为科学离不开从非科学的领域中获得灵感③。科学源自理性,在科学边界之外则有诗歌、艺术——这与前者同等重要,真正的科学家应当同时从两方面汲取力量,丁达尔因此呼吁:

> 这个世界不仅需要牛顿,还需要莎士比亚,不仅需要波义耳,还需要拉斐尔,不仅需要康德,还需要贝多芬,不仅需要达尔文,还需要卡莱尔。人性并不孤立存在于任何一方面。与其说它们是相互反对的,不如说是相互补充的关系——不是互

---

① John Tyndall, "Scientific Use of the Imagination", *Fragments of Science: A Series of Detached Essays, Addresses, and Reviews*, New York: D. Appleton and Company, 1897, Vol. 2, p. 143.

② John Tyndall, "Belfast Address", *Fragments of Science: A Series of Detached Essays, Addresses, and Reviews*, New York: D. Appleton and Company, 1897, Vol. 2, p. 207.

③ John Tyndall, "Belfast Address", *Fragments of Science: A Series of Detached Essays, Addresses, and Reviews*, New York: D. Appleton and Company, 1897, Vol. 2, pp. 208–210.

相排斥的，而是可以调和的。①

这段话被鲁迅用作主旨，一字不易地摘录到《科学史教篇》，从而有力地收束了《科学史教篇》中"科学与美艺""知识与道德"的二元叙事。这种叙事建立在人类理性有限性的认识基础上，而这便是鲁迅从西方科学史获得的最重要的"教训"。

同时，鲁迅也准确把握到了丁达尔立足人性整合二元论的立场，如其在《科学史教篇》最后的引申：

> 凡此者，皆所以致人性于全，不使之偏倚，因以见今日之文明者也。嗟夫，彼人文史实之所垂示，固如是已！②

在这条知识脉络中，一方面，诚如伊藤虎丸指出，鲁迅"把科学看成是受思想—神思支配的'假说'"，他认为：

> 鲁迅视科学为"白心"和"神思"的产物，即把科学置于与"迷信"有着"近亲血缘关系"的位置上考察，这意味着他汲取了近代科学来自人类的主体性精神。③

这种观点澄清了鲁迅用"神思"协调科学与"迷信"的方式，同时，他也敏锐地注意到鲁迅的"迷信"最终通向的是"神秘的

---

① John Tyndall, "Belfast Address", *Fragments of Science: A Series of Detached Essays, Addresses, and Reviews*, New York: D. Appleton and Company, 1897, Vol. 2, pp. 213-214. 丁达尔原文如是："The world embraces not only a Newton, but a Shakespeare-not only a Boyle, but a Raphael-not only a Kant, but a Beethoven-not only a Darwin, but a Carlyle. Not in each of these, but in all, is human nature whole. They are not opposed, but supplementary — not mutually exclusive, but reconcilable."

② 鲁迅：《科学史教篇》，《鲁迅全集》第 1 卷，第 35 页。

③ ［日］伊藤虎丸：《早期鲁迅的宗教观："迷信"与"科学"之关系》，孙猛译，《鲁迅研究动态》1989 年第 11 期。

心"。这很容易让人想起丁达尔认为想象力（伊藤虎丸所谓"空想力"）才是科学设计师的说法。

不过，另一方面，回到《破恶声论》中，却可发现鲁迅并非意在建立科学与"迷信"的"亲近关系"，或如伊藤虎丸所说，是论证"科学与'迷信'是一脉相通的，而不是对立的"[①]。与此相反，鲁迅致力的是如何区分开"科学"与"迷信"的关系。在这里，伊藤虎丸的问题意识与鲁迅的论述指向发生了偏离，因为只有通过划定"科学"的界线，找出清末科学主义在原理上的缺陷，鲁迅才能够回击那些"伪士"并论证"迷信"的合理性。如果在《科学史教篇》中，鲁迅强调清末对科学的认识局限在肤浅的功利层面，并指出科学的"本柢"在于人性，那么在《破恶声论》中，鲁迅则将这种思路延续在对"迷信"的辩护中，同时，他更进一步地表明科学的局限性。面对浩瀚的大自然与深刻的人生意义问题，科学的解释力非常有限，无法作为宇宙、人生终极的"本柢"。

这些反思无疑来自鲁迅对西方科学界更深入的认识。鲁迅在《科学史教篇》中所描述的"知识和道德""科学与美艺"的二元关系，明显受到维多利亚时期科学家群体的影响，这种影响进一步延伸到《破恶声论》中。《破恶声论》原本旨在批判清末的国家主义和世界主义潮流，其中，破除"迷信"被视为建立现代国家的前提，这与鲁迅更早在《中国地质略论》等文中批判"迷信"的思路一致。尽管鲁迅还未写完对世界主义的批判就匆匆回国了，但这篇未完成的《破恶声论》却体现了鲁迅对于科学的认识已经相当成熟，显示出他最终超越了清末的科学主义潮流。

当鲁迅提出"伪士当去，迷信可存"时，他有着确切的对立面。

[①] ［日］伊藤虎丸:《早期鲁迅的宗教观:"迷信"与"科学"之关系》，孙猛译，《鲁迅研究动态》1989年第11期。

伊藤虎丸认为，鲁迅这里是站在章太炎的阵营批判康有为①，也有论者以为，鲁迅这里是跟随章太炎批判清末无政府主义者在《新世纪》上的观点。②尽管鲁迅未必赞同康有为与《新世纪》上的观点，但具体到《破恶声论》，我们却可以大致判定，署名"义乌陈榥"的《续无鬼论》（1903）③与署名"导迷"的《无鬼说》（1904）④才应是鲁迅在《破恶声论》中全力反驳的对象。⑤

这两篇文章均体现了清末科学主义的宗旨，内容也较为接近，即，同样是从自然科学的原理出发，解释世界上并不存在鬼神，进而批判中国民间"迷信"现象的危害性。具体包括：第一，从化学原理解释"鬼火"，指出这种现象是由于动物骨骼中含磷，而磷在湿热的环境中会自燃，因此没有什么"鬼火"；第二，批判迎神赛会、崇拜偶像等风俗以及祈祷神灵消灾除病的愚昧现象；第三，以古印度、埃及文明的灭亡为例，警示"迷信"有亡国危险，诵经念佛必将使得人心昏昏；第四，指出龙、凤是荒唐无稽之谈，世界上根本

---

① [日] 伊藤虎丸：《早期鲁迅的宗教观："迷信"与"科学"之关系》，孙猛译，《鲁迅研究动态》1989年第11期。

② 乐黛云在《鲁迅的〈破恶声论〉及其现代性》中认为，《破恶声论》中讨论宗教问题的部分可能直接针对《新世纪》，具体即《普及革命》中批判宗教的观点。（《中国现代文学研究丛刊》2000年第3期。）在这个思路上，陈方竞、刘中树等学者也认为鲁迅《破恶声论》中破除"迷信"是为反驳《新世纪》而作（《鲁迅早期思想的现代性》，收入李永鑫编《鲁迅的世界 世界的鲁迅》，远方出版社2002年版，第238页）。鲁迅在《破恶声论》中的观点确实可以用来反驳《新世纪》，但二者并非直接性的对应联系，如果从针对清末知识界的整体风气考虑，这种联系或许也能够成立。

③ 陈榥：《续无鬼论》，《浙江潮》1903年第1期。该文连载于1903年第1—3期。

④ 导迷：《无鬼说》，《觉民》1904年第1—5期合本。

⑤ 《无鬼说》后出，在许多观点上重复了《续无鬼论》。相比于《无鬼说》，《续无鬼论》不仅内容更为丰富，与《破恶声论》的呼应也更强，加之该文发表在《浙江潮》创刊之初，鲁迅完全可能读到并对之表示异议。但如果鲁迅在1903年读到了创刊号上以及随后连载的《续无鬼论》，他应当对陈榥的观点深表赞同，因为这时他也曾主张破除"迷信"，以开启民智、改良文明，如其翻译科学小说的目的就在于此。但是，随着对自然科学更深的认识，鲁迅的态度在此后发生了转变。

不存在这类动物；第五，批判中国古代的谶纬之说与神道主义，斥责中国古人相信草木竹石等自然事物蕴含神灵与道德是主观的臆想。总之，这些观点切中了《破恶声论》反驳的几乎所有主题。

在《破恶声论》中，鲁迅逐一批判了上述观点，例如："若夫自谓其言之尤光大者，则有奉科学为圭臬之辈，稍耳物质之说，即曰：'磷，元素之一也；不为鬼火。'略翻生理之书，即曰：'人体，细胞所合成也；安有灵魂？'"① 对于民间迎神报赛活动，鲁迅则认为："农人耕稼，岁几无休时，递得余闲，则有报赛，举酒自劳，洁牲酬神，精神体质，两愉悦也。号志士者起，乃谓乡人事此，足以丧财费时，奔走号呼，力施遏止，而钩其财帛为公用。"② 鲁迅认为否定龙、凤，只是势利观念使然："借口科学，怀疑于中国古然之神龙者，按其由来，实在拾外人之余唾。彼徒除利力而外，无蕴于中，见中国式微，则虽一石一华，亦加轻薄，于是吹索抉剔，以动物学之定理，断神龙为必无。夫龙之为物，本吾古民神思所创造，例以动物学，则既自白其愚矣，而华土同人，贩此又何为者？抑国民有是，非特无足愧恧已也，神思美富，益可自扬。"③

鲁迅没有采取正面否定"无鬼"的论述策略，他批判这些人对科学的认识是极为肤浅的。换言之，鲁迅并不反对科学，他并非不理解《续无鬼论》与《无鬼说》中陈述的科学原理，同时，他甚至不会拒绝人们揭示"迷信"现象包含的科学原理，但他坚定反对这些论述所表现的科学主义霸权。他指出：

> 知识未能周，而辄欲以所拾质力杂说之至浅而多谬者，解释万事。不思事理神閟变化，绝不为理科入门一册之所范围，

---

① 鲁迅：《破恶声论》，《鲁迅全集》第8卷，第30页。
② 鲁迅：《破恶声论》，《鲁迅全集》第8卷，第31—32页。
③ 鲁迅：《破恶声论》，《鲁迅全集》第8卷，第32页。

依此攻彼，不亦慎乎。①

在鲁迅的论述中，包含着"知识"越多，越是能够意识到"知识"存在有限性的悖论。鲁迅对于科学边界以及人类理性的认识延续了《科学史教篇》中的看法："盖使举世惟知识之崇，人生必大归于枯寂，如是既久，则美上之感情漓，明敏之思想失，所谓科学，亦同趣于无有矣。"② 在上述引文中，鲁迅再次指出科学的有限性，所谓"不为理科入门一册之所范围"，同时，他从"人生"的基本范畴认识科学问题，明显与赫胥黎、丁达尔的做法一样。鲁迅强调对于人类的精神生活，科学的解释力是有限的。

鲁迅取消了科学作为"本柢"的权威地位，从而使其失去诘难"迷信"的可能性。在他看来，"迷信"是"朴素之民，厥心纯白"③的表现，农人终岁劳苦，他们不仅在"迷信"中获得精神慰藉，也由此养成了朴素的"民性"与"民德"，鲁迅反问道"方昌大之不暇，胡毁裂也"④？如果"迷信"表达了农人真诚的内心世界，那么，也正是在对于"迷信"的道德主义诠释中，鲁迅才得以反过来恰如其分地批判当时的科学主义者是"伪士"。此外，鲁迅批评清末知识界的功利风气使得人们认为"迷信"导致了古代埃及、希腊、印度文明的灭亡，相反，他恰恰赞扬这些古国的思想和文艺（如神话传说）不仅庄严美妙，还影响深远。因此，在伊藤虎丸的论述基础上应当进一步指出，鲁迅从清末科学主义潮流中摆脱出来并为"迷信"辩护，来自于他对科学知识以及人类理性认知能力有限的认识。通过以"人"为主体建立科学与文艺、道德的二元叙事，他既立足于人类的自然本性为充满想象力的"迷信"留出合理性空间，

---

① 鲁迅：《破恶声论》，《鲁迅全集》第8卷，第30页。
② 鲁迅：《科学史教篇》，《鲁迅全集》第1卷，第35页。
③ 鲁迅：《破恶声论》，《鲁迅全集》第8卷，第32页。
④ 鲁迅：《破恶声论》，《鲁迅全集》第8卷，第31页。

也划清了自己与清末科学主义者的关系。

最后，为了解释鲁迅科学思想的"本柢"，我们有必要回溯到英国科学家尤其是丁达尔对他的启发。例如，鲁迅认为"迷信"起源于先民本能的精神活动："人心必有所冯依，非信无以立，宗教之作，不可已矣。"① 这种从"人心"出发对"迷信"的辩护，即与丁达尔从人性协调科学与形而上学的方式相似。这也意味着，鲁迅并非认同"迷信"是对自然现象的真实反映，即把"迷信"视为真理，他重视的是毋宁是"迷信"这种精神现象蕴含的纯粹的道德（"白心"）与丰富的想象力。又如，鲁迅指出中国古代的泛神论信仰意义重大："顾吾中国，则夙以普崇万物为文化本根，敬天礼地，实与法式，发育张大，整然不紊。覆载为之首，而次及于万汇，凡一切睿知义理与邦国家族之制，无不据是为始基焉。"② 由此，被清末科学主义者批判的"迷信"恰恰蕴含着民族起源和发展的根本活力。如果这是鲁迅突破科学主义潮流最终寻找到的"本柢"（鲁迅连续使用了"本根""始基"），是否能认为，"迷信可存"一语显示出鲁迅也抵达了泛神论的立场？当然，这种判断绝不意味着鲁迅否定了科学，正如丁达尔指出科学无法探索宇宙的根基一样，他最终立足人性的整全发现了科学不够精深的地方。

鲁迅早年身处清末科学主义的潮流之中，这种背景最初奠定了他对科学的认识，但从《科学史教篇》开始，通过对西方科学发展史的深入考察，鲁迅逐渐突破了这种一元论思想范式的限制。来自维多利亚时期的科学家重新塑造了鲁迅的科学观，使他认识到人类理性能力的有限性，并进一步确认了精神生活的独立价值及其重要意义。在这个脉络上，从呼吁破除"迷信"到提出"伪士当去，迷信可存"，这种变化极具代表力地体现了鲁迅早年科学观走向成熟的过程。如果说科学主义代表了清末知识界对现代性的追求，那么，

---

① 鲁迅：《破恶声论》，《鲁迅全集》第 8 卷，第 29 页。
② 鲁迅：《破恶声论》，《鲁迅全集》第 8 卷，第 29—30 页。

鲁迅一方面坚持着这种理想，但另一方面，他批判科学主义者的蛮横自大，表现出了对于现代性更为复杂的理解。

不过，如本节开始所示，在《破恶声论》中，鲁迅指出科学的边界后，又再次引用了海克尔的一元论。姑且不论海克尔和鲁迅对待"迷信"不同的态度，如果鲁迅真的接受了二元论的叙事，那么他何以可能再次引用海克尔的观点呢？

海克尔曾将泛神论视作现代自然科学的知音，他认为，泛神论与一切有神论的世界观背道而驰："有神论认为，神是超世的东西，在创世和护世的问题上同自然界相对立，是从外部对自然界施加影响；而泛神论则认为，神是尘世的东西，处处都是自然界本身，在实体内部起着'力或能'的作用。只有后者的观点才符合最高的自然法则，即实体定律。对这个最高自然法则的认识构成了19世纪最伟大的成就之一。因此，泛神论必然是我们现代自然科学的世界观。"[①] 有意思的是，海克尔在追溯泛神论的早期历史时，也将古代中国的宗教信仰列在其中，即所谓"泛神论的幼芽"。[②] 从这种认识出发，鲁迅引用海克尔为中国民间带有泛神色彩的"迷信"辩护似乎也是合理的。海克尔虽然批判"迷信"，但他认可泛神论，主张将其视作科学世界观的前奏——正是泛神论取消了与尘世对立的超越性维度，值得注意的是，鲁迅准确把握到了这种思路，他在随后指出海克尔的"理性之神祠"，其实不过是"奉行仪式，俾人易知执着现世，而求精进"[③]。

鲁迅在《破恶声论》中征用海克尔，未必在于一元论思想，而很可能是他执着于"现世"的"理性之神祠"的说法吸引了鲁迅，无论以哪一种方式，信仰都是必然的，即便海克尔将科学视为新的宗教的根基，但这不也是一种信仰吗？"虽云据科学为根，而宗教与

---

① ［德］海克尔：《宇宙之谜》，苑建华译，陕西人民出版社2006年版，第303页。
② ［德］海克尔：《宇宙之谜》，苑建华译，陕西人民出版社2006年版，第303页。
③ 鲁迅：《破恶声论》，《鲁迅全集》第8卷，第31页。

幻想之臭味不脱，则其张主，特为易信仰，而非灭信仰昭然矣。"①。同理，鲁迅相信，为"迷信"辩护与现实语境中旨在救国的文艺运动不可分割。但总体上，仍然需要回到华惠尔、赫胥黎与丁达尔启发了他的认识论，如果鲁迅编写《科学史教篇》是为了在清末浮躁世风中探寻西方现代科学的真正起源，那么在此过程中，他一方面发现了科学研究非功利性的特点，另一方面不断意识到科学自身的局限性，所谓"寻其根源，深无底极"②，进而对于人性的内在光芒发出感叹。当再次介绍海克尔一元论思想时，他已经明确强调科学并非终极的权威，正如鲁迅紧接着指出："盖以科学所底，不极精深，揭是以招众生，聆之者则未能满志。"③

---

① 鲁迅：《破恶声论》，《鲁迅全集》第8卷，第31页。
② 鲁迅：《科学史教篇》，《鲁迅全集》第1卷，第33页。
③ 鲁迅：《破恶声论》，《鲁迅全集》第8卷，第31页。

第 三 章

历史意识的变迁

事实上，无论今天我们如何称赞鲁迅的深刻和特殊，恐怕他都会谦逊地说，这一切皆只是历史形势使然。鲁迅的思想和文学生成于对历史的认识与反思过程之中。晚清中国面临着极为复杂的历史语境，来自古今中西多方的力量都在彼此竞争和抗衡着。鲁迅的难得之处或许在于，当大多数知识分子对于西方世界表示出艳羡的时候，他却认为西方历史行进到了19世纪末叶已经同样危机重重，他称其为"偏至"，这时，真正的明哲之士应当"洞达世界之大势，权衡较量，去其偏颇，得其神明，施之国中，翕合无间"①。鲁迅不满于一些新派人士将中国问题归结为古典语言和思想的粗暴做法，并批评他们对西方的认识过于肤浅，他的理想是——"外之既不后于世界之思潮，内之仍弗失固有之血脉，取今复古，别立新宗"②。这种方案体现了他开阔的世界视野与深厚的历史感，在鲁迅看来，解决晚清中国的问题不仅需要更加深入地理解西方，还需要重新总结中国的历史经验。

随着晚清中国危机的加重，经世致用的传统逐渐主导了知识界风向，与此同时，历史意识变得空前高涨。晚清是一个经学解

---

① 鲁迅：《文化偏至论》，《鲁迅全集》第1卷，第57页。
② 鲁迅：《文化偏至论》，《鲁迅全集》第1卷，第57页。

体的时代，无论是今文经还是古文经的领袖（例如康有为、章太炎），他们都把历史解释权视为重要的争夺对象。经学原本的任务是为历史解释提供至高的道德指引，所谓"天不变，道亦不变"，既然改革以承认变化为前提，古训就需要被打破。因此，"变"成为时代的共识。在这种思想氛围中传入中国的进化论不仅提供了新的历史意识，还在同时构造出了一套全新的时间和空间关系。如何理解中国和西方？面对类似的问题，人们几乎很难做出客观公正的理性比较，而不得不在过去与未来、落后与进步之间进行艰难的价值抉择。正是在这种复杂的时空关系中，鲁迅展开了他的思考。

第一节 "停滞"的历史与"偏至"的发生

一个值得注意的现象是，从介绍海克尔生物一元论的《人之历史》开始，"历史"就构成了鲁迅表述中的关键词。鲁迅早年主张重建"人"的主体性，事实上，他首要的工作即是梳理人类的历史，无论是科学史意义上的，还是文化史层面上的。例如随后的《文化偏至论》，鲁迅的目的虽然在于回应中国问题，但占据绝大部分篇幅的是对西方历史的介绍，他甚至认为，这才是回应时代争论的根本之道。[①] 在鲁迅看来，中国的问题已经与西方难解难分，由此更迫切地需要建立重新认识中国的世界视野，只有准确把握了西方，才可能在晚清的迷局中找到改革路径。这种思路延续在《科学史教篇》中，以科学史作为认识科学的方式本身就显示出了他的历史眼光。而在《摩罗诗力说》开篇，鲁迅再次表达了对于历史问题的关注，他首先综述世界文明古国如印度、希伯来、波斯、埃及衰亡的历史，并渴望中国能避免类似的悲剧命运。

---

① 鲁迅：《文化偏至论》，《鲁迅全集》第1卷，第47、48页。

一 停滞论的起源与接受史

在《摩罗诗力说》的开篇,鲁迅表达自己阅读古国历史之后的感想,他深感不安,这些古文明的命运或许就暗示中国在不远之后的未来。在20世纪初的世界舞台上,晚清中国遭受着欧洲列强、日本等强权主义者的侵占与掠夺,越发显示出亡国迹象。鲁迅观察到,与这些新生国家构成鲜明对照的,是宛如"死海"一般、停滞的中国:"发展既央,隳败随起,况久席古宗祖之光荣,尝首出周围之下国,暮气之作,每不自知,自用而愚,污如死海。"①

鲁迅的眼光透露出一种特殊的历史意识,即以变动和进步为基调,相反,20世纪初的中国呈现出一幅让人看不到希望的停滞景象。这不仅由于在西方主导的现代世界中,中国从天下中心转变为万国世界中的一员,其自我认知因为西方的闯入陡然生变,可怕的地方还在于,如果不能实现有效的改革,中国将难逃灭亡的厄运。这种严峻的形势超出了以往任何时期。鲁迅多次描述中国的危机处境,并自觉地将改变这种状况作为论述的起点。在《文化偏至论》开篇,他首先勾勒出中国历史形象的转换:

> 屹然出中央而无校雠,则其益自尊大,宝自有而傲睨万物,固人情所宜然,亦非甚背于理极者矣。虽然,惟无校雠故,则宴安日久,苓落以胎,迫拶不来,上征亦辍,使人荼,使人屯,其极为见善而不思式。有新国林起于西,以其殊异之方术来向,一施吹拂,块然踣僵。②

鲁迅的这番评述常常被人们引用,以说明他早年并没有过分指责中国在历史上妄自尊大。但事实上,这是许多晚清论者所共

---

① 鲁迅:《摩罗诗力说》,《鲁迅全集》第1卷,第66页。
② 鲁迅:《文化偏至论》,《鲁迅全集》第1卷,第45页。

同持有的观点。① 或许更为值得关注的是，随着天下中心的秩序被打破，鲁迅叙述中包含的历史意识也发生了变迁。

在《文化偏至论》中，鲁迅认为特殊的地理环境使得中国人萌发了自大的情绪。一个屹然居于天下中心的强盛帝国，由于四周没有足以相称的竞争对手存在，产生这种自我认知并非不合乎情理，让他真正痛心的是，中国文明由此失去了进步和发展的可能，进而陷入停滞的僵局，直到西方的入侵改变了这一切。这种对于中国历史演变粗线条式的描绘，凸显出了竞争（"校雠"）的意义，蕴含着没有竞争便不可能有进步（"上征"）的逻辑。其中，鲁迅对竞争与进步的理解体现出进化论对他的影响，他渴望中国摆脱自我中心的幻想并走向"上征"的道路。"上征"虽是一个源于《楚辞》的概念，但鲁迅已经明确将其与进化论联系在一起，表达对于发展、进步等理想的憧憬。事实上，正是在介绍进化学说发展史的《人之历史》中，鲁迅最早使用了"上征"的表述，如他讲述从古希腊到海克尔的脉络并评判后者的成就："虽后世学人，或更上征而无底极，然十九世纪末之言进化者，固已大就于斯人矣。"② 此外，除了《人之历史》《文化偏至论》，在《摩罗诗力说》中，鲁迅也再一次抒发了对"上征"的期望，他批判中国古代的历史观只会让人沉湎于过去，失去前进的动力："故做此念者，为无上征，为无努力，较

---

① 梁启超在《论进步》中有："中国环列皆小蛮夷，其文明程度，无一不下我数等，一与相遇，如汤沃雪，纵横四顾，常觉有上天下地唯我独尊之概，始而自信，继而自大，终而自画，至于自画，而进步之途绝矣。"（梁启超：《论进步》，《梁启超全集》第3卷，北京出版社1999年版，第684页）这与鲁迅在《文化偏至论》中对中国历史处境的描述基本一致。康有为也认为："中国者，数千年一统者也，自以为天下而非国，甚于罗马者也，以文物战胜其邻，而晏然自足者也。一旦飞船奇器排闼破门而入，有若诸星之怪物忽来吾地，所挟之具皆非吾地所有，空吾地之物而无以拒之，则必全地苍攘，沈沈而莫测，彷徨而无术，才人智士纷纭献策，而皆无当。"（康有为：《物质救国论·序》，《康有为全集》第8集，中国人民大学出版社2007年版，第63页）

② 鲁迅：《人之历史》，《鲁迅全集》第1卷，第8页。

以西方思理,犹水火然。"① 同时,他更为清晰地表明这一概念与进化论的关联:"而不幸进化如飞矢,非堕落不止,非著物不止,祈逆飞而归弦,为理势所无有。……人得是力,乃以发生,乃以曼衍,乃以上征,乃至于人所能至之极点。"②

然而,从屹然"自尊大"的泱泱大国到濒临灭亡的停滞古国,这两种历史形象的转换不是很突然吗?西方的到来仿佛一阵强风,吹倒了摇摇欲坠的古老帝国。"西风压倒东风",不仅是实力上的胜利,也将一种全新的历史意识带进中国。晚清的失败经验使得停滞的中国形象被许多改革者接纳。但鲁迅的叙述还表明,这也是一个相对于西方强势文明而生成的历史镜像。正是列强入侵制造的困境超出了中国已有的历史经验,同时伴随新的历史观念生成的自我认知,导致晚清知识分子越发深陷灭亡的恐惧。鲁迅描述停滞的中国形象,向读者表达了灭亡的焦虑,对于鲁迅等中国知识分子而言,与中国停滞相对的是西方世界的日新月异,这种参差的对照强化了一种落后乃至灭亡的危机感,并深刻影响了对于自我的认知。在这个意义上,强调中国停滞与接受历史进步观念乃是基于同样的原理。

但首先存在的问题是,进化论果真指出了历史进步的方向吗?包括鲁迅在内,晚清许多论者不自觉地将"进化"与"进步"混淆,尽管总是仰仗着达尔文的名义,但其中显然存在着需要澄清的地方。如果只是追溯到达尔文,可以发现,他并没有试图用生物学理论证明历史进步,对达尔文而言,生物进化本身就是一场以自然选择为机制、充满偶然性的冒险,例如丹皮尔(W. C. Dampier)指出:"如果从最充分的意义上加以接受,自然选择是对一切目的论的

---

① 鲁迅:《摩罗诗力说》,《鲁迅全集》第1卷,第69页。
② 鲁迅:《摩罗诗力说》,《鲁迅全集》第1卷,第70页。

否定。"① 把两者混合在一起的是斯宾塞，然而，斯宾塞的社会进化论并不是从生物学着手，他从一开始就抱持普遍进化的观点，只是后来才将生物进化论纳入其中，另外，斯宾塞采纳的是拉马克的遗传学原理——这种原理支持为达尔文所反对的进步论②。对物种起源与变化给出生物学的解释，并不是斯宾塞的兴趣，他的主要意图在于找出历史与存在的普遍原则，他预设历史的本质是"以一种线性的过程从简单到复杂、从同质到异质而完成的，并且不仅自然界是这样，而且整个宇宙都是这样"③。对于进步的乐观主义心理是达尔文所不具备的，尽管同处于维多利亚时期，这种理念远比达尔文的自然选择学说更能反映大英帝国蒸蒸日上的时代情绪。

曾留学英国（1877—1879）并切身体会到现代西方强盛文明的严复对斯宾塞式的历史进步论报以坚定信心，他不仅很早便介绍斯宾塞的思想，更是在《天演论》中对于斯宾塞不吝赞美之言。斯宾塞的进步史观生动地反映了现代西方对于历史发展乐观的一面，正是在这种史观的照耀下，中国的历史形象变得黯然失色。事实上，这种进步论完成于更早的18世纪，达尔文于19世纪中后期提出的生物进化论之所以受到学界推崇，其中一个原因，便在于他以科学的方式证明了历史的进步趋势——尽管这从来不是他的本意④。同样，关于中国"停滞"的形象也产生于18世纪，欧洲的历史观在18世纪的启蒙运动中完成革命，正是在这一个世纪的前后两端，中

---

① ［英］W.C.丹皮尔：《科学史及其与哲学和宗教的关系》，李珩译，商务印书馆1978年版，第426页。

② 达尔文在写给胡克的信里表明自己不愿意接受进步的说法，"愿上天保佑我不去相信拉马克的'进步的倾向'、由动物缓慢的愿望所引起的适应等等荒谬说法"（［英］F.达尔文编：《达尔文生平》，叶笃庄、叶晓译，辽宁教育出版社1998年版，第235页）。

③ ［荷］克里斯·布斯克斯：《进化思维：达尔文对我们世界观的影响》，四川人民出版社2014年版，第316页。

④ 19世纪德国历史学家德罗伊森指出达尔文的理论"也不外是把历史的特性加诸有机的自然界"。［德］德罗伊森：《历史知识理论》，胡昌智译，北京大学出版社2006年版，第119页。

国在西方的历史形象发生了颠覆性的转变。

在这个转变发生之前,中国古代思想家通过传教士的介绍,对欧洲17、18世纪的启蒙运动提供了重要支持,尤其在反对教会、提倡理性与世俗化的过程中贡献良多。[①] 包括伏尔泰、狄德罗在内的百科全书派以及莱布尼茨等思想家均对于中国文化发出过衷心的赞叹,伏尔泰甚至宣称:"我们不能像中国人一样,这真是大不幸!"显然,这时的中国在欧洲被过分理想化了。[②] 不过,即使盛赞中国文化的伏尔泰,也意识到了中国的科学水平已落后于欧洲的事实,只不过他不愿意就此进行深究,在他看来,中国发达的伦理学要比科学更为重要。[③] 但恰恰是在18、19世纪,自然科学的飞快发展以及由此创造出来的丰厚的物质成就,使得欧洲人纷纷相信进步成为压倒性的历史潮流。距离伏尔泰的描述不到半个世纪,"停滞"的中国形象便产生了。中国的历史形象在启蒙运动晚期发生了颠倒,例如,孔多塞在《人类精神进步史表纲要》中将中国描绘成只有迷信,没有科学的停滞、腐败的半野蛮国家,此时的中国完全成了摧残人类理性能力的反面教材:"如果我们想要知道这类体制(祭司等级制——引者注)——即使是不乞灵于迷信的恐怖——能够把它们那摧残人类能力的权力推向什么地步,那么我们就必须暂时把目光转到中国,转到那个民族,他们似乎从不曾在科学上和技术上被别的民族所超出过,但他们却又只是看到自己被所有其他的民族一一相继地超赶

---

① 17、18世纪,为反对天主教会,欧洲知识界曾热烈欢迎、提倡被斥为宗教异端的孔子和理学思想,例如法国百科全书派将中国哲学当作唯物论和无神论来接受,德国古典哲学则把它当作辩证法和观念论来接受。可参见朱谦之《中国哲学对欧洲的影响》,上海人民出版社2006年版,第356页。

② 朱谦之:《中国哲学对欧洲的影响》,上海人民出版社2006年版,第357页。

③ 伏尔泰在《风俗论》中说明:"我不想在这里研究已能认识并运用一切有益于社会的智慧的中国人,为什么今天在科学方面没有同我们一样取得长足进步。我承认,中国人今天跟200年前的我们和古希腊人、古罗马人一样都是并不高明的物理学家;但是他们完善了伦理学,伦理学是首要的科学。"([法]伏尔泰:《风俗论》,梁守锵译,商务印书馆2000年版,第87页)

过去。这个民族的火炮知识并没有使他们免于被那些野蛮国家所征服；科学在无数的学校里是向所有的公民都开放的，惟有它才导向一切的尊贵，然而却由于种种荒诞的偏见，科学竟致沦为一种永恒的卑微；在那里甚至于印刷术的发明，也全然无助于人类精神的进步。"① ——这与鲁迅所描绘的中国从"自尊大"到"停滞"的历史形象转变已经非常接近。孔多塞宣扬线性进步的历史观念，在这一点上，斯宾塞继承了孔多塞。

通过《天演论》以及其他介绍进化论的著作，这种进步观最终传播到了晚清中国，成为人们重审历史与自我的必然性法则。包括鲁迅在内的许多知识分子习惯性地把西方设想成为进步史的模本，进而将进步的西方同停滞的中国相对照，例如在《摩罗诗力说》中：

> 自柏拉图（Platon）《邦国论》始，西方哲士，作此念者不知几何人。虽自古迄今，绝无此平和之朕，而延颈方来，神驰所慕之仪的，日逐而不舍，要亦人间进化之一因子欤？吾中国爱智之士，独不与西方同，心神所注，辽远在于唐虞，或迳入古初，游于人兽杂居之世；谓其时万祸不作，人安其天，不如斯世之恶浊阽危，无以生活。其说照之人类进化史实，事正背驰。②

鲁迅把柏拉图《理想国》作为西方进化思想的起点，显然，他已经认为，自古至今，西方历史观的基调就是进化论。以此为依据，他反过来批判中国古代的思想家走上了与西方哲人背离的另一条道路，并指责正是这种倒退的历史观导致了中国人不思进取的民族性及其悲惨的现代命运。同停滞的中国形象一样，当鲁迅提出这些批判的时候，他也颇为自觉地接纳了现代启蒙运动的

---

① ［法］孔多塞《人类精神进步史表纲要》，何兆武、何冰译，生活·读书·新知三联书店1998年版，第36、37页。

② 鲁迅：《摩罗诗力说》，《鲁迅全集》第1卷，第69页。

历史眼光。

不过，鲁迅对于进步史观在西方的起源与发展似乎都存在着相当的误解，柏拉图不仅不是他理想中的进步论者，而且西方历史进步论的形成也是晚近的事情。洛维特（Karl Löwith）指出，在古希腊、罗马时代，绝大多数思想家相信历史循环运动，而且同中国的古人一样，他们也有着远古时期"黄金时代"的传说，直到中世纪基督教的末世论打破这种循环史观，形成了一种以上帝创世为起点、末日审判为终点的线性进化史观。① 现代进步史观虽祛除了基督教历史观中的神义色彩，却延续了后者对于未来的期待，并将信心建立在现代自然科学创造的物质基础上。自然科学的飞速发展成全了进步史观，17世纪，在拉开启蒙运动序幕的古今之争中，现代人即宣称要以科学进步全面征服古人和历史。②

---

① 洛维特指出这两种史观的差异："在古希腊和古罗马的神话学和谱系学中，过去作为永恒的起源被化为目前（ver-gegenwärtigt）；而按照犹太教和基督教的历史观，过去则是对未来的一种许诺。因此，对过去的解释就成为回溯的预言；它把过去解释为未来的一种有意义的'准备'。"（［德］卡尔·洛维特：《世界历史与救赎历史》，李秋零、田薇译，生活·读书·新知三联书店2002年版，第10页）他指出，古希腊与古罗马的历史图式呈现为循环运动："希罗多德所叙述的时间图式不是世界历史的一个指向未来目标的、有意义的进程，而是与古希腊人对事件的理解完全一致，是一种周期性的循环运动，在这种循环运动中，变化无常的命运的上升和下降是由罪孽（hybris）和报应（nemesis）之间的平衡来调节的。"（［德］卡尔·洛维特：《世界历史与救赎历史》，李秋零、田薇译，生活·读书·新知三联书店2002年版，第11页）而基督教史观与此相反："先知是预言家……他的预言成全了历史概念，即作为未来的存在的历史……历史成为未来……未来就是历史思想的主要内容。……通过末世论的未来，地上真正的、历史的存在就取代了神话传说的过去中的黄金时代。"（［德］卡尔·洛维特：《世界历史与救赎历史》，李秋零、田薇译，生活·读书·新知三联书店2002年版，第24页）

② 马泰·卡林内斯库介绍说，在17世纪的古今之争中，人们相信能够"将自己在科学上相对于古代人所具有的优势转变为一种艺术上的优势"，荷马因为科学上的不准确还曾经受到攻击，借助科学上的进步，启蒙运动确立起全面的进步史观，马泰·卡林内斯库指出这是现代人的一种错觉（［美］马泰·卡林内斯库：《现代性的五副面孔》，顾爱彬、李瑞华译，译林出版社2015年版，第26—31页）。

孔多塞的《人类精神进步史纲要》可以称得上是对启蒙主义进步史观的总结，他的观点体现出了对日趋发达的自然科学的乐观信仰。根据这种标准，孔多塞叙述了人类历史的十个时代——其中，中国被划定在第三个时代"农业民族的进步，下迄拼音书写的发明"——之后，他坚定地相信："我们将要在过去的经验中、在观察科学和文明迄今为止所做出的进步之中，在分析人类精神的进程及其能力的发展之中，发现有着最强而有力的动机可以相信：自然界对于我们的希望并没有布置下任何限度。"[1] 这段论述极具代表性地展现了对人类的信心与对进步观念的坚定信仰。

鲁迅早年表达过相似的宗旨，他的论述与孔多塞的历史进步理念并不存在隔阂。在1903年翻译凡尔纳的科学小说时，鲁迅也激动于自然科学为人类打开的新世界，歌颂人类的伟大力量。在《月界旅行·辨言》中，鲁迅先是描述了科学技术创造出的现代世界，随后，他同样表明对进步史观的坚定信心并展望未来："人类者，有希望进步之生物也，故其一部分，略得光明，犹不知餍，发大希望，思斥吸力，胜空气，泠然神行，无有障碍。"[2] 这种自然科学鼓舞下的无限进步的观点和孔多塞的启蒙史学观如出一辙。正是在这个脉络上，鲁迅自觉地依据启蒙主义的进步史观在《文化偏至论》开篇描述出了一幅停滞的中国形象。

二 19世纪历史及其偏至

事实上，从伏尔泰开始，启蒙思想家就自觉地将历史研究与现代自然科学的发展联系起来，他本人更是提倡用自然科学家的思维

---

[1] [法]孔多塞：《人类精神进步史表纲要》，何兆武、何冰译，生活·读书·新知三联书店1998年版，第178页。

[2] 鲁迅：《月界旅行·辨言》，《鲁迅著译编年全集》第1卷，人民出版社2009年版，第27页。

认识历史,并相信历史能够被还原为自然定律①。这样也就不难理解,科学发展和物质进步如何激发了历史进步论的流行。② 这种认识历史的方法不仅吸引了启蒙运动及之后的进步论信仰者,在晚清中国的知识分子群体中同样广受欢迎。③ 在严译《天演论》之前,进步史观已经通过传教士翻译的西方历史著作传播开来,并对晚清史学观念造成了极大的冲击。鲁迅早年在南京的新式学堂使用过的地质学教材《地学浅释》(1871)、林乐知的《四裔编年表》(1874)以及详细描述了西方19世纪进步史的《泰西新史揽要》(1894)等西史译著,都已经将西方启蒙时期的进步观念引入中国知识界。④ 其中,《泰西新史揽要》对西方历史的描摹颇为值得关注。这部著作的作者罗伯特·麦肯齐(John Robert Mackenize),柯林伍德批评其只

---

① 卡西尔以伏尔泰为例,指出启蒙运动思想家要求"历史应当能够类似于牛顿的科学,能把事实还原为定律。但在这里就象在自然界一样,除非在大量现象中找到一个立足点,否则就不可能有关于规律的任何知识的思想"。而且认为:"自然科学家与历史学家有同样的任务,他们都在纷繁复杂的现象中寻求隐藏的规律。"([德]卡西尔:《启蒙哲学》,顾伟铭等译,山东人民出版社2007年版,第201、203页)

② 如约翰·伯瑞所言:"科学发展和机械技术的壮观成就使每个普通人都认识到,随着人类大脑穿透了自然的奥秘,人类对自然的控制力量的增长也将是无限的。这种自古至今都没有中断的明显的物质进步一直是现在流行于世的对进步的普遍信仰的支柱。"([英]约翰·伯瑞:《进步的观念》,上海三联书店2005年版,第226页)

③ 1904年,康有为游览了欧美等强国之后发现,如果以道德文明而言,那么中国仍然要优于欧美,中国的问题在于"物质之学"不够发达:"欧洲百年来最著之效,则有国民学、物质学二者。中国数年来,亦发明国民之义矣,但以一国之强弱论焉。以中国之地位,为救急之方药,则中国之病弱非有他也,在不知讲物质之学而已。"(康有为:《物质救国论·序》,《康有为全集》第8集,中国人民大学出版社2007年版,第63页)"物质"包括军兵、炮舰、工商,他认为正是这几个方面构成了西方在近百年来强大的基础,若要实现救国,必须要把精力放在这几个方面。

④ 邹振环:《晚清西史东渐的影响与意义》,《西方传教士与晚清西史东渐:以1815—1900年西方历史译著的传播与影响为中心》,上海古籍出版社2007年版,第308—326页。

是第三流的历史学家①，却在被李提摩太翻译至中国知识界之后暴得大名。这部译著原名为《十九世纪史》(1880年出版)，主要论述了欧美各国19世纪资本主义发展的历史。受社会达尔文主义思潮的影响，《十九世纪史》把人类历史描绘成进步的历史，并将19世纪的西方视为人类一切进步的归宿和顶点。虽然这本著作在英国史学界评价不高，却吊诡地或许成了晚清认识西方——尤其是近百年西方世界最为重要的一部著作。例如梁启超便说："凡欧洲一切新政皆于此百年内渤兴，故百年内之史最可观，近译《泰西新史揽要》即此类书也。"② 这部著作还为知识界提供了"世纪"的概念——一种全然不同于古代中国的把握历史的时间单位，而19世纪的西方更是包纳了进步的所有内容，例如科学、物质和政治制度等，这些都成为晚清变法的模仿对象。③

晚清知识分子对于西方的认识多集中在19世纪，他们自觉地认同这种观点，即人类历史上的所有成就最终汇流到了19世纪的西方。如果19世纪蕴含着人类的进步和希望，那么，中国的自强变法便应当紧跟上西方19世纪的步伐。在这种逻辑的导引下，中国与西方的差异被转换成了落后与先进的线性等级关系，与"19世纪之欧洲"对应的是"20世纪之中国"，以至于在当时出现了要追上欧洲

---

① 柯林伍德主要批评麦肯齐的著作把19世纪夸张地描述成进步的时代，而19世纪末，这种缺乏反思力的历史观已经陈腐不堪，相反，柯林伍德认为赫胥黎的《进化论与伦理学》体现了新的时代精神。详参［英］柯林伍德《历史的观念》，何兆武、张文杰译，商务印书馆2017年版，第213—215页。

② 梁启超：《论译书》，《梁启超全集》第1卷，北京出版社1999年版，第47页。

③ 1896年，梁启超向读者极力推荐《泰西新史揽要》，他曾言："述近百年以来欧、美各国变法自强之际，西史中最佳之书也。"（梁启超：《读西学书法》，夏晓虹编《饮冰室合集·集外文》，北京大学出版社2005年版，第1164页）1899年，徐维则《东西学书录》中也认为此书"于近百年来各国变法自强之迹，堪称翔实，为西史佳本"（熊月之编：《晚清新学书目提要》，上海书店出版社2007年版，第12页）。

的19世纪,就必须先成为18世纪的欧洲的观点。① 由此也可以理解,鲁迅为何在《文化偏至论》中执着于论述19世纪的西方历史。

这种错位的历史观构成了鲁迅的背景,但一开始追随知识界大潮批评中国历史"停滞"的鲁迅,却在随后展现出了对于19世纪西方历史截然不同的看法。19世纪的西方世界以科学进步、物质繁荣以及先进的政治制度傲然全球,但从《文化偏至论》开始,鲁迅就表现出他对19世纪文明的不满:"物质也,众数也,十九世纪末叶文明之一面或在兹,而论者不以为有当。"②

更为引人注目的,是鲁迅对于西方历史的整体性观察。鲁迅的视野由此超出了19世纪的欧洲,这为他提供了重新评价19世纪文明的历史主义路径,进而生成一种批判性的认识。他认为,晚清新派人士崇拜的进步的欧洲已经走向了"偏至",所谓"根史实而见于西方者不得已,横取而施之中国则非也"③。显然,区别于同时代的观察者,鲁迅否定了由历史进步论编织起来的中国落后而西方先进的启蒙神话,他强调中国应当跟上20世纪的欧洲,两者只是并列的关系,甚至可谓"同病相怜"。因为在《文化偏至论》中,鲁迅借助他所谓的"新神思宗"(叔本华、尼采等)的视角批评"物质"和"众数"湮没了天才,而这也是中国古代文化存在的通病——"夫中国在昔,本尚物质而疾天才矣,先王之泽,日以殄绝,逮蒙外力,乃退然不可自存"④。因此,他不再可能认同于那种自卑地把中国历史放置到西方19世纪

---

① 例如梁启超认为:"二十世纪之亚陆,其未必多让于十九世纪之欧陆耶"。另外又有:"十八世纪者,十九世纪之母也(专指欧洲言)。故吾愿今日自命维新党者,勿遽求为欧洲十九世纪之人物,而先求为欧洲十八世纪之人物,吾亚其将有瘳。"(梁启超:《十九世纪之欧洲与二十世纪之中国》,《梁启超全集》第2卷,北京出版社1999年版,第369页)

② 鲁迅:《文化偏至论》,《鲁迅全集》第1卷,第47页。

③ 鲁迅:《文化偏至论》,《鲁迅全集》第1卷,第47页。

④ 鲁迅:《文化偏至论》,《鲁迅全集》第1卷,第58页。

之前的观点。

如同晚清其他的知识分子，鲁迅承受着西方19世纪文明历史带来的压力，但1906年回到东京专门从事文艺运动之后，他的历史观与翻译科学小说时期发生了显著的转变。尽管鲁迅批评中国历史"停滞"，但他对历史的认识越发显露与进步论者的距离。那么，鲁迅此时是如何看待19世纪西方文明的呢？

首先，鲁迅没有孤立地面对19世纪的西方，而是将其放置到更长时段的文明史视野中进行考察。鲁迅论述的起点是"世纪之元"，也就是从耶稣降临的时刻开始讲起，他相信，人类历史的行进正如流水有其源头、花草有其根系一样，西方的强盛有其自然的历史合理性，发达的现代文明是西方宗教改革的结果。因此，当鲁迅追溯现代西方兴起历史的时候，他同时颇为客观地承认其物质成就确实达到了人类文明前所未有的高度：

> 递教力堕地，思想自由，凡百学术之事，勃焉兴起，学理为用，实益遂生，故至十九世纪，而物质文明之盛，直傲睨前此二千余年之业绩。数其著者，乃有棉铁石炭之属，产生倍旧，应用多方，施之战斗制造交通，无不功越于往日；为汽为电，咸听指挥，世界之情状顿更，人民之事业益利。[1]

这段文字描绘的物质发达、科学进步的景象，与他此前在《月界旅行·辨言》中赞叹科学缔造了的现代世界并没有什么根本不同，唯一的差异在于，此时的鲁迅没有进一步畅想人类通过自然科学的进步最终征服宇宙的景象。他转而从历史的整体性出发，在随后指出科技进步的界限，即，不能把科学和物质当作"一切存在之本根"[2]，因为还有无法被包容在内的精神界的问题。

---

[1] 鲁迅：《文化偏至论》，《鲁迅全集》第1卷，第49页。
[2] 鲁迅：《文化偏至论》，《鲁迅全集》第1卷，第49页。

其次，关于19世纪的政治运动，鲁迅也表现出辩证的认识。一方面，鲁迅指出西方19世纪的民主、平等的政治制度有其历史合理性："物反于穷，民意遂动，革命于是见于英，继起于美，复次则大起于法朗西，扫荡门第，平一尊卑，政治之权，主以百姓，平等自由之念，社会民主之思，弥漫于人心。"① 但另一方面，他认为这种思潮已经发展到了它的极限，即把原本政治经济方面的民主平等观念扩张到了精神领域，例如对风俗、习惯、道德、宗教、趣味等都要求无差别对待，泯灭主体的差异与个性，成为一种抽象的带有压迫性的力量，不仅失去了启蒙时期的精神，也不符合20世纪历史的潮流。事实上，对于鲁迅早年的精神主义立场与反民主、平等的政治思想，如果不从历史伦理的角度分析，而过分地从中引申出绝对价值，我们将几乎无法把握鲁迅思想的精髓，也更不可能理解鲁迅的批判与抉择。

三 "时"的意识：鲁迅的历史主义

历史大势，浩浩汤汤。鲁迅形象地把历史比作流水："诚以人事连绵，深有本柢，如流水之必自原泉。"② 以"流水"喻指历史的衍进，这种想法并不脱离古代中国的思想传统，儒家和道家的学者都深为喜爱这个意象，但不同于儒道两家中的任何一种传统，鲁迅既不企图从流水意象升华出某种永恒的真理，也不再把它当成道德理想的寄托，而是试图从中引申出变动的法则和意义。

在鲁迅的思想结构中，不存在超越时空的绝对价值和判断，通过对19世纪文明的历史起源的考察，他能够克服作为启蒙叙事的进步主义神话，而更像一位认可各时代、各地域都有其特殊之性的历

---

① 鲁迅：《文化偏至论》，《鲁迅全集》第1卷，第49页。
② 鲁迅：《文化偏至论》，《鲁迅全集》第1卷，第48页。

史主义者①，如其指出："顾世事之常，有动无定。"② 鲁迅正是在这种思想基础上认可了 19 世纪"物质"和"众数"的历史合理性，同时，也恰恰以此为依据，否定了为晚清知识界仰之弥高的 19 世纪文明，因为人类历史已经行进到了 20 世纪，这是一个全新的时期，相比之下，"物质"和"众数"——"此迁流偏至之物，已陈旧于殊方者，馨香顶礼，吾又何为若是其茫茫哉！"③ 鲁迅的历史感使得他选择追随 19 世纪末叶的"新神思宗"，在他看来，这不仅预示着历史的未来，也更能切中时代的弊病。

值得注意的是，在评述某种历史现象之前，鲁迅常常为之加上"时"作为修饰和限定。对理解鲁迅的观点而言，"时"是一个至关重要的标志词。它首先取消了凌驾、超越于其上的普遍真理与绝对价值，其次，这种明确的时间意识使得鲁迅倾向于承认每一个历史

---

① 历史主义（Historicism）起源于 18 世纪末德国思想界，弗里德里希·施莱格尔（Friedrich Schlegel）较早使用了这一概念，用以指称一种可以被估量和解释的独特性以及描述古代文化的独一无二的性质。19 世纪的德国学者延续了施莱格尔的看法，他们沿用历史主义表示一种历史研究的态度，这种态度承认具体时空条件下的个别性。因此，历史主义不同于无视个别事实、旨在建立系统的黑格尔式的历史哲学。兰克、德罗伊森、狄尔泰、克罗齐以及柯林伍德等都对历史主义进行过解释，其中对于进步观念，他们保持了相近的态度，即明确地表示拒绝，同时强调每一个时代都有其自身的价值，并与上帝直接相通。这种观念影响深远，"在 19 和 20 世纪，承认所有的人类思想和价值都有其历史局限并不断发展变化的历史主义在西方世界已经成为主导一切的态度"（［美］格奥尔格·伊格尔斯：《历史主义的由来及其含义》，王晴佳译，《史学理论研究》1998 年第 1 期）。所谓"时代之间皆平等"，这一点也被视为历史主义的核心（［美］恩斯特·布赖萨赫：《西方史学史：古代、中世纪和近代》，黄艳红等译，北京大学出版社 2019 年版，第 432 页）。总体上，历史主义包含以下三重特征：首先，历史主义承认历史现象的特殊性，从语境和社会形势对相应的思想、情感表达同理心；其次，更广义层面上，强调任何现象只能在历史发展中的特定位置才能进行充分解释，体现出一种相对主义；第三则是在历史变化规律的基础上，赋予社会科学预测未来发展趋势的角色的学说。Ted Honderich, *The Oxford Companion to Philosophy*, New York: Oxford University Press, 1995, p. 357.

② 鲁迅：《文化偏至论》，《鲁迅全集》第 1 卷，第 48 页。

③ 鲁迅：《文化偏至论》，《鲁迅全集》第 1 卷，第 47 页。

阶段的独特性，进而突破启蒙主义所构造的进步神话。借助"时"的意识解释特定历史现象的合理性及其此后必将面临的发展困境，鲁迅的这种认识包含着一种辩证法的思想。事实上，由于科学促成了历史进步论的流行，当鲁迅对这种观念展开批判时，他同样意识到需要对科学问题加以历史性的认识，以重新解释和确认科学与进步的关系。在《文化偏至论》之前，鲁迅已经通过《科学史教篇》系统了表述了他对于历史发展规律的认识。

例如，古希腊学者对自然界的本体做出了丰富的猜想，按照 19 世纪的科学标准来看，他们的观点都是不恰当的，但能够因此否定他们的成绩吗？鲁迅在这里引用了华惠尔的观点，后者认为，虽然当时学者的水平有限，但他们追根究底、探索自然的精神却与今天的科学家没有根本区别[1]，"方诸近世，直无优劣之可言"[2]，在华惠尔的启发下，鲁迅引申出了一段评判历史得失依据的论述：

> 盖世之评一时代历史者，褒贬所加，辄不一致，以当时人文所现，合之近今，得其差池，因生不满。若自设为古之一人，返其旧心，不思近世，平意求索，与之批评，则所论始云不妄，略有思理之士，无不然矣。若据此立言，则希腊学术之隆，为至可褒而不可黜；其他亦然。世有哂神话为迷信，斥古教为谫陋者，胥自迷之徒耳，足悯谏也。盖凡论往古人文，加之轩轾，

---

[1] 华惠尔认为古希腊学者的探究存在谬误，这是由于不能根据归纳法从事物中推导出基础性的理念（William Whewell, *History of the Inductive Science: From the Earliest to the Present Times*, New York: D. Appleton and Company, 1859, p. 62）。不过，他没有将其视为愚昧表现而简单抛弃，而是认为应当对此进行历史的分析，强调这些谬误同样揭示了科学发展的重要线索，他称古希腊的科学"诚然是不足的，但并不因此毫无意义"。因此，华惠尔的历史观与启蒙主义的历史叙述不同，由于意识到特定历史时空中影响科学实践的相关的社会性因素，他的论述呈现出了一种文化相对主义的特点。See Richard Yeo, *Defining Science: William Whewell, Natural Knowledge and Public Debate in Early Victorian Britain*, Cambridge: Cambridge University Press, 1993, p. 157.

[2] 鲁迅：《科学史教篇》，《鲁迅全集》第 1 卷，第 26 页。

必取他种人与是相当之时劫，相度其所能至而较量之，决论之出，斯近正耳。①

这段文字清晰表明，鲁迅抛弃了历史进步论的叙事，他指出，如果把自己想象成古希腊时期的人们，运用同当时人一样的视角，那么，便会认为古希腊的科学成就同样非常伟大。因此，评价历史的合理方法是遵照历史发展的特定语境，而不是从后设的视角对之横加指责，今人并不必然在与古人的较量中占据上风。反之，如果一切依从古人、赞美古人，那么也与蔑视古人的做法相当。

鲁迅在随后的论述中略显突兀地插入了"迷信"的问题，这种偏离了主题的论述彰显出鲁迅早年另一个切己的问题意识：同一时期，他正在与当时的科学主义者围绕"迷信"问题展开争辩。在历史进步论的叙事中，"迷信"是必须被批判的对象，它体现了古人的愚昧与落后，但鲁迅恰恰按照他的历史主义思路对此指出，不应当从现代科学的角度评价"迷信"之类的精神现象，相反，鲁迅从"迷信"中看到了古人虽然科技不够发达，但纯洁善良的内心。那么，鲁迅取消了进步论吗？对于这个现代世界最为重要的意识形态，从启蒙运动以降现代思想家确立自我根基的信仰，鲁迅如何看待呢？立足于上文所述的对于人性的整体认识论，他首先选择将人类的历史从内部一分为二，进而说明：

盖神思一端，虽古之胜今，非无前例，而学则构思验实，必与时代之进而俱升，古所未知，后无可愧，且亦无庸讳也。②

与评价"迷信"时的准则一样，鲁迅指出神话、传说和诗歌等

---

① 鲁迅：《科学史教篇》，《鲁迅全集》第1卷，第26页。
② 鲁迅：《科学史教篇》，《鲁迅全集》第1卷，第26页。

"神思"一方面的成就并不表现出进步趋向。① 只有科学,这种依靠不断积累实证经验的知识领域才有必要用进步的眼光进行考量。这令人联想起在西方17世纪的古今之争中,文学、艺术曾经被科学的崇奉者所攻击的场景,荷马的诗歌便因为科学的不准确而受到批评②。这里显示出,鲁迅明确拒绝了这种粗暴的做法。

鲁迅破除了作为历史进步论基础的科学主义信仰。另外,对于道德、宗教以及中世纪的状况,他同样表达出了不同的观点。按照启蒙主义或历史进步论者的叙述,中世纪无疑是一段黑暗与蒙昧的时期,正是科学进步重新将理性的光明带给人类。晚清论者习惯将中国古代历史类比成西方的中世纪,对此鲜少见到进行正面的论述。③ 在《文化偏至论》与《科学史教篇》中,鲁迅两次深入探讨西方的历史,并且都是从西方历史的起源处着笔。在《文化偏至论》中,鲁迅首先确立认识历史的原则:"寻绎其条贯本末,大都蝉联而不可离,若所谓某世纪文明之特色何在者,特举荦荦大者而为言耳"④。他批评教皇统治的中世纪使得人心窒息,但事实上根据他的原则,宗教改革以及现代西方崛起的可能也同样蕴含在这段黑暗时期。在《科学史教篇》中,鲁迅更是令人意外地对这段历史进行了正面评价,同时,他的视野超出了科学范围。尽管鲁迅承认在古希腊、古罗马衰败之后,科学前进的步伐就停止了,但重要的是,他转而回到中世纪的视角:

顾亦有不可贬者,为尔时学士,实非懒散而无为,精神之

---

① 在《破恶声论》中,鲁迅从"神思"的角度为"迷信"在现代社会寻找空间,把"迷信"当作一种精神形态,并用审美的眼光对待。

② [美]马泰·卡林内斯库:《现代性的五副面孔》,顾爱彬、李瑞华译,译林出版社2015年版,第29页。

③ 例如梁启超有:"盖自中世以来,学者惟依傍前人,莫能自出机杼,前哲所可,彼亦可之,所否,彼亦否之,不复问事理之如何,附和而雷同之,所谓学界之奴隶也。及笛卡儿兴,始一洗奴性,而使人内返本心,复其固有之自由。"(梁启超:《近世文明初祖二大家之学说》,《梁启超全集》第4卷,北京出版社1999年,第1034页)

④ 鲁迅:《文化偏至论》,《鲁迅全集》第1卷,第48页。

驰，因入退守；徒以方术之误，结果乃止于无功，至所致力，固有足以惊叹。①

随后，鲁迅引用了赫胥黎的观点，他指出中世纪发达的教育制度也许会让现代人感到羞愧："中世学校，咸以天文几何算术音乐为高等教育之四分科，学者非知其一，不足称有适当之教育；今不遇此，吾徒耻之。"② 关于宗教的兴起，鲁迅也试图用一种历史主义的思路解释其合理性，他首先回到历史语境："以其时罗马及他国之都，道德无不颓废，景教适以时起，宣福音于平人，制非极严，不足以矫俗，故宗徒之遘害虽多，而终得以制胜。"③ 鲁迅强调需要根据历史语境重新理解宗教的兴起。宗教兴起是晚期罗马帝国强化道德的必然，但由于时过境迁，宗教发展到达了自己的极限，反而成了禁锢人心的枷锁，这才遭到了科学家的批评。④

无论对于哪一段历史，鲁迅都试图用历史的相对合理性进行理解——古希腊罗马时代、中世纪与现代历史时期，在鲁迅的思想世界中，都具备着相应的合理性，但也仅仅是暂时的合理性，没有任何思想、制度可以超越历史变迁而永恒。历史本身就意味着变革，同时，也不存在目的论，变革的优劣、成败均取决于特定的语境和形势。这种观点让人重新想起进化论，但并非晚清士人所接受的斯宾塞意义上的社会进化论，而是达尔文的那种去除了目的论的进化论。

从这种观点出发，鲁迅在叙述了西方历史之后指出："盖无间教宗学术美艺文章，均人间曼衍之要旨，定其孰要，今兹未能。"⑤ 关于科学和宗教究竟哪一方更为重要，鲁迅认为无法定夺，没有任何人

---

① 鲁迅：《科学史教篇》，《鲁迅全集》第1卷，第27页。
② 鲁迅：《科学史教篇》，《鲁迅全集》第1卷，第27页。
③ 鲁迅：《科学史教篇》，《鲁迅全集》第1卷，第28页。
④ 鲁迅指出："惟心意之受婴久，斯痕迹之漫漶也难，于是虽奉为灵粮之圣文，亦以供科学之判决。"（鲁迅：《科学史教篇》，《鲁迅全集》第1卷，第28页）
⑤ 鲁迅：《科学史教篇》，《鲁迅全集》第1卷，第29页。

能够超越自身局限对此评判。如果锲而不舍地追问，鲁迅也许会说，那我们不妨先研究一下当时的历史和现状吧，但最终，也仍然无法确定这就是人类全部历史的目的和终点。根据这个结论，我们或许会想到，二十年之后，他在《坟》后记所表达的心情，一切都要流逝，一切都是历史的中间物，连他自己也算在内。① 鲁迅坦言不会信仰任何黄金世界的许诺，这种观念很早便被确立下来。

对他而言，"进步"更像是一个矛盾的说法。由于并不存在最终的目的，一切都要随着历史形势而变化，从总体上看，线性的进步史观无法成立；但同时，在二元论的历史叙述内部，科学、知识却又具有进步的可能。② 鲁迅的历史观由此呈现出内在分裂的特点，他的论述接续了西方文明史上"物质"与"精神"二元分化的脉络，因而这种情形很可能表现了源于西方的精神结构内部的紧张关系，一方面，科技文明的进步刺激了历史进步论，但另一方面，与"物质"脱离的"精神"在何种程度上可以称为进步呢？鲁迅从来没有像贝克莱、休谟、康德和黑格尔等西方思想家一样试图联结这二者。③ 历史主义为鲁迅提供了走出困局的可能，在他看来，寻求联结或许并不

---

① 如鲁迅认为："一切事物，在转变中，是总有多少中间物的。动植之间，无脊椎和脊椎动物之间，都有中间物；或者简直可以说，在进化的链子上，一切都是中间物。"（鲁迅：《写在〈坟〉后面》，《鲁迅全集》第1卷，第301—302页）

② 这与章太炎的观点近似："进化之所以为进化者，非由一方直进，而必由双方并进，专举一方，惟言智识进化可尔。若以道德言，则善亦进化，恶亦进化。"（章太炎：《俱分进化论》，《章太炎全集》第4卷，上海人民出版社1985年版，第386页）

③ 鲁迅这里面对的是西方18世纪最根本的分化，正如柯林伍德所描述的，17世纪，物质的含义发生了重要变化，不再是无形式的材料，通过被强加于自身的形式构成一切东西，物质表示的是从量上组织起来的运动物体的整体，这也是现代物理科学所建立起来的物质概念，与此同时，精神成为外在于物质的东西，"因此，当十八世纪哲学思想的引力中心在自然的理论和精神的理论之间摆动时，自然的问题照例不可避免地以这种形式出现：精神如何同某些完全相异的东西，同那根本上是机械的和非精神的东西即自然相联结？这个关于自然的问题，说到底也是唯一困扰着贝克莱、休谟、康德和黑格尔这些伟大的精神哲学家的问题"（[英]柯林伍德：《自然的观念》，吴国盛、柯映红译，华夏出版社1999年版，第14、129页）。

是最重要的问题，关键是如何判断哪一个方面更符合历史需求。对鲁迅而言，他选择追随叔本华、尼采等"新神思宗"，也是出于以上特定的历史观而做出的决定，他尤其强调他们是"神思宗"里的"至新者"①，几乎没有人追问，为什么鲁迅格外强调他所推崇的是"至新者"呢？这反映出了他的何种历史观？由以上分析可以知道，因为对鲁迅而言，恰恰只有"至新"，他们的理论才具有面向当下历史的合理性与针对性，这不仅是应对西方19世纪历史偏至产生的新潮流，而且同样适用于陷于功利主义泥沼的中国。

让人困惑的是，当鲁迅诠释这种历史主义的方法时，他同时对"本根"一词念念不忘，并据此批评晚清的改革者们崇拜科学、物质和立宪制度是找错了门路，寻求到的仅仅是历史的枝叶而已，这不是很矛盾吗？一种可能的解释是，鲁迅没有把"本根"视为本体的意思，换言之，"本根"仍然是流动的、不稳定的，要随着历史形势的变迁而改变，并不指示某种超越时间的普遍性原理。与这种原理相近，"偏至"也可以由此解释，因为历史的行进总会使得过去的"本根"发生"偏至"，继而"偏至"再转换为"本根"。与"本根"不同，"偏至"预示了改革或革命，它同时表明了历史的停滞与转折到来的迹象。在二元对抗、交替的整体世界图景中，历史从一个"偏至"行进到另一个"偏至"，"本根"的指向也在同时发生着变化。如在《文化偏至论》中，鲁迅有所谓："盖今所成就，无一不绳前时之遗迹，则文明必日有其迁流，又或抗往代之大潮，则文明不能无偏至。"② 类似地，鲁迅也在《科学史教篇》中指出："人间教育诸科，每不及于中道，甲张则乙弛，乙盛则甲衰，迭代往来，无有纪极。"③ 这应当是鲁迅取消了历史目的论后的结果，在他的历史意识中，既没有中庸之道，也没有祥和安逸的终点，取而代之的是内在矛盾不间断的往

---

① 鲁迅：《文化偏至论》，《鲁迅全集》第1卷，第50页。
② 鲁迅：《文化偏至论》，《鲁迅全集》第1卷，第47页。
③ 鲁迅：《科学史教篇》，《鲁迅全集》第1卷，第28页。

复运动。鲁迅用了一对颇为有趣的形象描述历史"偏至"行进的轨迹，他坚定地指出："文明无不根旧迹而演来，亦以矫往事而生偏至，缘督较量，其颇灼然，犹子与蘖焉耳。"①

由于历史的前进总是以对前代的反抗为动力，在特定的时代诉求下，历史行进的轨迹必然偏趋一极。当这种力量逐渐积聚而占据了优势地位并发展到极致、饱和的状况时，即形成了"偏至"现象。因此，所谓"偏至"，乃是一个时代主潮从最开始形成便注定的命运，"偏至"的因素时刻潜在于历史运行过程中，并在到达一定时限之后，随着新浪潮的兴起而成为反动力量，最终遭到新的势力的反抗、压倒和取代，历史由此在否定中完成迭代、更新。鲁迅认为，历史就像是"独臂者"和"跛足者"，总是从一个"偏至"走向另一个"偏至"。归根结底，这源自于鲁迅根据历史主义生成的一种与"时"俱进的辩证的历史意识。鲁迅对于"偏至"的表述由此复杂而充满张力，他一方面承认"偏至"是历史的必然趋势，将其视为基本的法则，另一方面，又从中发现了转折可能，故而强调应当努力防止"偏至"②，凸显出人在历史进程中的主体性意义。可见历史的运行方向需要随时调整，亦即随时改革，随时革命。在这个意义上，鲁迅强调历史乃"以改革而胎，反抗为本"③，"偏至"不仅是危机的症候，也预示了历史改革期或革命期的到来，其呼唤的是主体的觉醒以及历史展开的新的动力。

第二节 何为"复古"

相比古人只能检讨前代的历史作为镜鉴，晚清中国的知识分子

---

① 鲁迅：《文化偏至论》，《鲁迅全集》第1卷，第50页。
② 鲁迅有所谓"顾犹有不可忽者，为当防社会入于偏，日趋而之一极"（鲁迅：《科学史教篇》，《鲁迅全集》第1卷，第35页。）
③ 鲁迅：《文化偏至论》，《鲁迅全集》第1卷，第56页。

显然多出了作为参照的西方。鲁迅早年在《科学史教篇》和《文化偏至论》中总结的历史偏至论,虽然以对西方历史的考察为主,但他真正关心的无疑是清末的中国;这种写作重心的转移显示出,对于西方历史的认识已经成为他思考中国问题的前提。鲁迅的论述包含着一种普遍主义的判断,他屡屡使用"无不""每不"这样的全称性修辞,中国历史似乎也难逃"偏至"命运;但与此同时,鲁迅又抱持着某种乐观的态度相信,中国可以避免这种命运——"特其见于欧洲也,为不得已,且亦不可去,去子与蘖,斯失子与蘖之德,而留者为空无。不安受宝重之者奈何?顾横被之不相系之中国而膜拜之,又宁见其有当也?明者微睇,察逾众凡,大士哲人,乃蚤识其弊而生愤叹,此十九世纪末叶思潮之所以变矣。"[1] "物质""众数"这些塑造了强大的19世纪西方的历史经验[2],只不过是其自身历史运动的必然产物,如今,它们已经走向"偏至",对于晚清中国的改革而言,更为紧要的问题是将西方19世纪末崇尚"个人"和"精神"的"新神思宗"引入进来。

鲁迅相信中国可以从西方19世纪的危机中获得启发,同时他认为中国的改革完全可以开拓出具有主体意识的新的道路,杜绝类似的问题。他的理由是,这仅仅是西方的"不得已"而与中国国情"不相系",在做出了这种区分之后,鲁迅何以能够确认19世纪末的思潮与中国历史和现实的关联?在《文化偏至论》《摩罗诗力说》中,鲁迅竭力推崇"新神思宗"和"摩罗诗人",但假如中国没有相系的根基,这些想法同样将如空中楼阁一般虚幻。在宣扬这些理想时,鲁迅显然不是历史虚无主义者。如果说鲁迅心目中的明哲之士应当"洞达世界之大势,权衡较量,去其偏颇,得其神明,施之

---

[1] 鲁迅:《文化偏至论》,《鲁迅全集》第1卷,第50页。
[2] 鲁迅虽然批判19世纪西方文明已经偏至,但对于19世纪的西方,仍然不乏赞叹,如称其"度越前古,凌驾亚东"(鲁迅:《文化偏至论》,《鲁迅全集》第1卷,第56页)。鲁迅在这里同样遵循了历史主义原则。

国中，翕合无间"①，那么，当鲁迅精心描绘西方历史并对于西方知识界的最新变动给予高度评价之时，他必然需要对中国历史进行相应的评判与选择，他希望发掘与20世纪西方"翕合无间"的资源，并将二者关联起来。在这个意义上，鲁迅甚至以"复古"作为纲领，所谓"外之既不后于世界之思潮，内之仍弗失固有之血脉，取今复古，别立新宗"②。我们已经明确鲁迅的"取今"指向西方19世纪末反"物质"和"众数"的思潮，但在崇尚进化的语境中提倡"复古"，不是很矛盾吗？

一 "退化论"的形成

如何看取中国古代文明与现代西方的历史，在晚清变局中成为一个格外重要的问题。一些改革者认为中国之所以衰败，原因乃在于历史观出了问题，中国人好古，而西方人好新，正是好古的心理阻碍了中国进步，他们由此反问：假如古代一切皆好，那么如何做现代人呢？③ 事实上，这也是鲁迅早年必然面临的问题。不同于发生在17世纪西方的奠定了历史进步论的古今之争，也不同于晚清趋新的进步论者，在鲁迅早年的思想结构中，他不仅没有将"古"和"今"视作对立的二元，而是试图探索两者相续的道路。仅就此而言，他的"复古"主张便与历史进步论存在着不小的张力。

尽管鲁迅信服进化论，但他并不轻薄古人，在《科学史教篇》

---

① 鲁迅：《文化偏至论》，《鲁迅全集》第1卷，第57页。
② 鲁迅：《文化偏至论》，《鲁迅全集》第1卷，第57页。
③ 如严复认为："尝谓中西事理，其最不同而断乎不可合者，莫大于中之人好古而忽今，西之人力今以胜古；中之人以一治一乱、一盛一衰为天行人事之自然，西之人以日进无疆，既盛不可复衰，既治不可复乱，为学术政化之极则。"（《论世变之亟》，《严复集》第1册，中华书局1986年版，第1页）谭嗣同指出："古而可好，又何必为今之人哉？……欧、美二洲，以好新而兴；日本效之，至变其衣食嗜好。亚、非、澳三洲，以好古而亡。中国动辄援古制，死亡之在眉睫，犹栖心于榛狉未化之世，若于今熟视无睹者也。"（《仁学·十八》，《谭嗣同全集》，中华书局1981年版，第319页）

里，他批评了当时流行的两种面对历史的错误态度，即"崇古"与"蔑古"："惟张皇近世学说，无不本之古人，一切新声，胥为绍述，则意之所执，与蔑古亦相同。"① 鲁迅批评将西方新学视为出自中国学术传统的做法，这种混淆中西的做法看似尊崇古人，实际上是缺乏历史感的体现，因而与蔑视古人相等同。那些从心理上不堪忍受中西文明之巨大落差的人沉浸在旧梦之中，对此，鲁迅指出"中落之胄，故家荒矣，则喋喋语人，谓厥祖在时，其为智慧武怒者何似，尝有闳宇崇楼，珠玉犬马，尊显胜于凡人"②，鲁迅多年后创造的经典形象阿Q仍然回应了这种沉湎于过去的历史观，他总是在被动挨打了之后心满意足地宣称："我们先前——比你阔的多了！你算是什么东西。"③ 阿Q式的优胜策略包含着面对现实悲惨处境的虚无态度，这造成中国彻底丧失了改革与进步的动力。与此不同，鲁迅提出了一种将古代文明转化为现代改革源泉的思路："夫国民发展，功虽有在于怀古，然其怀也，思理朗然，如鉴明镜，时时上征，时时反顾，时时进光明之长途，时时念辉煌之旧有，故其新者日新，而其古亦不死。"④ 他相信民族历史的精髓可以延续下来并在现代世界焕发生机，如果保持了这种清明理性的态度，那么中国古代文明同样可以成为现代社会改革和发展的力量来源。

鲁迅正是在这种"怀古"语境下提出自己的文学理想。例如在《摩罗诗力说》中，当鲁迅从对古国灭亡的历史沉思中转向"摩罗诗人"时，他这样说明写作动因："今且置古事不道，别求新声于异邦，而其因即动于怀古。"⑤ 鲁迅在随后亲自实践了"取今复古"的主张。"复古"包含了两个步骤，其一是对于古代文明历史症结的拷问，其二是通过对古代文明的追溯，发掘突破僵局的新的力量。因此，在理

---

① 鲁迅：《科学史教篇》，《鲁迅全集》第1卷，第26页。
② 鲁迅：《摩罗诗力说》，《鲁迅全集》第1卷，第67页。
③ 鲁迅：《阿Q正传》，《鲁迅全集》第1卷，第515页。
④ 鲁迅：《摩罗诗力说》，《鲁迅全集》第1卷，第67页。
⑤ 鲁迅：《摩罗诗力说》，《鲁迅全集》第1卷，第68页。

解"复古"的含义之前,不妨考察鲁迅对于中国历史的总体评价,他的论述究竟出于何种"怀古"的沉思?

正如鲁迅把晚清时期的中国视作停滞的中央帝国,遵循进化论指引,他在中国历史的行进中看到了"退化"迹象。"退化"违背了自然规律,结局只有灭亡。事实上,"停滞"还只意味着一个转折期,与鲁迅认为文化"偏至"行进的观点一样,虽然显示着危机,却也蕴含着新的可能。① 如果不能尽快改变"退化"的历史进程,后果才是不堪设想的。1903 年,在鲁迅刚到日本不久后写下的文章《中国地质略论》中,他反复表达着这样的忧心:

> 觇国非难。入其境,搜其市,无一幅自制之精密地形图,非文明国。无一幅自制之精密地质图(并地文土性等图),非文明国。不宁惟是;必殆将化为僵石,供后人摩挲叹息,谥曰绝种 Extract species 之祥也。②

显然,鲁迅已经掌握了地质学与进化论的关系。如前所述,在无数年代的地质运动与变迁过程中,化石诉说的是那些因为无法适应自然进化而灭绝的种族的历史,鲁迅从中获得了文明批评的灵感,他指出,如果中国不能顺应自然进化的要求进行改革,那么其结果就将如那些灭绝的种族一样,成为人类历史上的化石。鲁迅以此凸显中国人作为物种行将灭亡的危险,进一步将中国在地质学上的落后上升为一种整体性的文明命运的写照,借此表达对于中国将要成为"僵石"进而"绝种"的担心,例如描述中国的退化:"呜呼,现象如是,虽弱水四环,锁户孤立,犹将汰于天行,以日退化,为猿

---

① 例如梁启超在《过渡时代论》中将停滞期认为是过渡期来临的先兆,这说明晚清士人对于停滞的历史印象并非全然悲观主义,而毋宁说是他们改革行动的起点。

② 鲁迅:《中国地质略论》,《鲁迅全集》第 8 卷,第 5 页。

鸟蜃藻,以至非生物"①。

日本学者伊藤虎丸、阿部兼也都曾对鲁迅的"退化论"表示出兴趣。阿部兼也认为,这体现了包括鲁迅在内的清末知识分子的危机感,他这样解释"退化"的原因:"究其原因,这无疑与中国传统的封建思想文化体制和政治统治机制有着明显的因果关系。"不过,这里的原因似乎并非鲁迅直接关心的对象,鲁迅在《中国地质略论》感叹的是落后的科学水平,他这时的思路仍然跟随着科学主义潮流。阿部兼也强调鲁迅在仙台期间思想上的变化,并质疑《中国地质略论》立论的可靠性和全面性。阿部兼也忽略了鲁迅此时已经掌握了进化论的背景,以致于认为"鲁迅关于人种在生理肉体上的'退化'看法,却是误解了进化论思想的结果"②,最终未能读解出"退化论"包含的讽刺和批判意图。

相比之下,伊藤虎丸从进化论的角度解释了鲁迅的心理:"这种奇妙的'退化论'的非合理主义的逻辑,同时意味着进化论一方面虽被作为'公理'即自然的必然、作为不得不承认的东西来接受,但另一方面,又不是以一般的,而是以个别的(在此场合,就是作为劣者的中国人的)立场,换句话说,就是以主体的立场而被接受的。"③ 在这段引文中,伊藤虎丸更为明确指出鲁迅掌握了进化论的事实,并说明"退化"实际上传达出的是鲁迅从中国主体性的角度感受到的灭亡的危机。鲁迅承认进化是必然的公理,与此对照,他发现了中国历史乃是倒退着的历史——按进化"公理"或必然律,中国行将作为特例而被淘汰。

不过,伊藤虎丸和阿部兼也在解释"退化论"的时候,并未提及鲁迅对于中国文明的赞扬,而这对于"退化论"的形成是至关重

---

① 鲁迅:《中国地质略论》,《鲁迅全集》第8卷,第5、6页。
② [日]阿部兼也:《鲁迅仙台时代思想的探索——关于"退化"意识的问题》,载吴俊编《东洋文论:日本现代中国文学论》,浙江人民出版社1998年版,第35-48页。
③ [日]伊藤虎丸:《鲁迅与终末论》,李冬木译,生活·读书·新知三联书店2008年版,第147页。

要的。如果不存在辉煌灿烂的往昔，"退化"便无由成立。因而当鲁迅批评中国历史是一部退化史的时候，他同时自豪地声称："吾广漠美丽最可爱之中国兮！而实世界之天府，文明之鼻祖也。"① 这种赞扬与中国沦为"非文明国"的现实状况构成了古今之间遥相呼应却又对比鲜明的两个极点。② 除了在《中国地质略论》中直接批评中国历史的"退化"，在《摩罗诗力说》开篇，鲁迅也表达过对于历史"退化"的焦虑。他把中国与当时已经灭亡了的古印度、希伯来、埃及与波斯等文明并列在一起，表示"人有读古国文化史者，循代而下，至于卷末，必凄以有所觉，如脱春温而入于秋肃，勾萌绝朕，枯槁在前，吾无以名，姑谓之萧条而止"③，鲁迅早年提倡"摩罗诗学"，便是期望中国避免这种悲凉的结局。

当鲁迅感慨这些文明古国灭亡的命运时，他也展现出了自己的历史观。所谓"灿烂于古，萧瑟于今"④，对于古代文明的赞扬并不意味进化论失效，反而从相反的角度论证了进化论的解释力，一种文明从兴盛走向衰败乃至灭亡，正源于自身失去了进化的动力，从文明的灭亡史中，鲁迅越加坚定地确认了进化的必然性法则及其作用力之强大。总之，鲁迅的"退化论"，只有从其已经掌握了进化论的事实层面才能得到解释，"退化"是一重经过"进化"意识观照显现出的历史影像。没有"进化"，当然也无所谓"退化"。

二 进化的感伤底色与出路

由此不难理解，在《摩罗诗力说》中总结了灭亡古国的历史后，鲁迅再次重述对于进化论的信仰——"而不幸进化如飞矢，非堕落不止，非著物不止，祈逆飞而归弦，为理势所无有。此人世所以可

---

① 鲁迅：《中国地质略论》，《鲁迅全集》第8卷，第5页。
② 由于运用了进化论的视角，鲁迅这里展现了符合现代西方历史哲学的观点，启蒙史学对中国历史的古代部分往往评价较高，而对近现代的部分给以停滞的评价。
③ 鲁迅：《摩罗诗力说》，《鲁迅全集》第1卷，第65页。
④ 鲁迅：《摩罗诗力说》，《鲁迅全集》第1卷，第66页。

悲，而摩罗宗之为至伟也。人得是力，乃以发生，乃以曼衍，乃以上征，乃至于人所能至之极点。"① 借助进化的必然性逻辑，鲁迅清楚解释了那些古国灭亡以及中国历史"退化"的原因。

很少有人追问，当鲁迅讴歌进化时，为什么在紧密相连的两个句子中，连续使用了"不幸""可悲"这种表示悲观的词汇？鲁迅的心情显得颇为复杂，即便对他而言，进化的过程也是沉重的。鲁迅不仅在阅览古代文明衰亡史的过程中感到凄凉，在《中国地质略论》中批判中国历史的"退化"时，他同样首先勾勒出了现代中国"可悲"的一面，在这篇文章中，中国被比喻为蒙昧无知的孤儿，列强已在周围虎视眈眈。② 这些地方或许可以解释"不幸"和"可悲"的来源，鲁迅接受进化论时多少带着不得已的心理。在鲁迅的论述中，人和自然存在着矛盾关系：人既在自然界之中，就应当遵从自然界的必然律，以进化为追求；而古代文明的历史说明，人类进化过程难免夹带一幕幕灭亡的悲剧，换言之，进化是人类不得已的命运，灭亡随时笼罩着人类。这些凝练的表述包含了复杂的信息。事实上，这与鲁迅接受的进化论的理论渊源离不开关系。

在赫胥黎的《进化论与伦理学》中，这种人与自然的紧张关系表达得最为明显。鲁迅批评晚清强权崇拜者的思路的确更接近于赫胥黎，正如后者批判社会达尔文主义者一样，他强调人类应当借助伦理抵抗自然因素的袭扰。伊藤虎丸对此指出，赫胥黎主张用伦理过程抵抗自然过程，反对弱肉强食、优胜劣汰的法则，而鲁迅和严复以及日本学界的一些斯宾塞主义者不同，即在于他作为赫胥黎主义者，呼吁"伦理的进化"③，这种进化观要求将人类从自然界的束缚独立出来，面对强势的自然，只有"伦理的进化"才能体现出人

---

① 鲁迅：《摩罗诗力说》，《鲁迅全集》第1卷，第70页。
② 鲁迅：《中国地质略论》，《鲁迅全集》第8卷，第5页。
③ ［日］伊藤虎丸：《鲁迅与日本人——亚洲的近代与"个"的思想》，李冬木译，河北教育出版社2000年版，第78页。

类的希望。不过，同样不可忽视的是，在赫胥黎关于人类与自然关系的论述中蕴含着一种悲观态度，这与鲁迅在《摩罗诗力说》中多次抒发的"不幸""可悲"的感受非常相似。① 这种悲观的情绪构成了两人进化表述的共同的精神底色，即在对人类的伦理进化表示期待的同时，流露出有关人类生存境况更复杂的意味。

赫胥黎的悲观主义值得重视，他提供了对于历史进步论的反思性立场，通过对赫胥黎伦理学思想的追溯，有助于增进对鲁迅感叹进化之"不幸""可悲"的理解。对于赫胥黎而言，人类生存的悲剧性来源于自然界生存斗争的宿命论，无论人类的抵抗多么顽强，自然都将再次吞噬人类。赫胥黎将自然界的进化与人类社会做出了二元论的切割，而这种二元论的矛盾性或其不彻底性在于，人类始终是自然界的一部分，人类的活动既在自然规律的笼罩之下，又需要时刻对抗自然界的压迫。② 如果人类能够不断成功突破自然界的限制，那么赫胥黎也许会赞成启蒙主义的进步观点，但真实的情况却是，赫胥黎并不看好人类最终的征服行动，他的思想底色是悲观的："我们与生俱来的宇宙本性，在很大程度上是我们生存的必要条件，是亿万年严酷锤炼的结果，因此，想靠几个世纪就让它的专横跋扈屈服于纯粹的伦理目的，无异于痴人说梦。"③ 赫胥黎拒绝历史进步论："进化论并不鼓励对盛世千年的预测。如果我们的地球已经经历了亿万年的上升之路，那么，在某个时候它就会达到顶点，并开始

---

① 北冈正子曾对"此人世所以可悲"做出解释，她认为从这句话中"可知鲁迅从弱者经常面临灭亡危险的方面接受了进化论，并且因此承受巨大冲击"。（[日]北冈正子：《〈摩罗诗力说〉材源考》，何乃英译，北京师范大学出版社 1983 年版，第 184 页）。这种危险性来自于新的自然观，以及对人类整体境遇的悲观预期。

② 赫胥黎曾将自然与人类比作母子关系："人，作为自然的孩子，总是从母亲那儿借来各种东西进行拼装组合，但普遍的宇宙过程不喜欢组合的东西，于是自然母亲总是倾向于将这些东西收回。"[英]赫胥黎：《进化论与伦理学》，宋启林等译，北京大学出版社 2010 年版，第 7 页。

③ [英]赫胥黎：《进化论与伦理学》，宋启林等译，北京大学出版社 2010 年版，第 35 页。

下降的历程。最大胆的想象也不敢认为，人的力量和智慧能够永远抑制'大年'的进程。"① 在某些地方，他更接近于古典主义的循环论，例如指出：人类必须一刻不停地投入与自然的战斗，但尽管如此，人类的功绩最终仍然要被自然回收。②

事实上，现代生物学意义上的进化论的形成，从起源上便带有悲观主义的特征。1859 年，达尔文和华莱士同年发表了自然选择依据于生存斗争的进化学说，而这两位生物进化论的科学论证者，均不约而同地从马尔萨斯的人口论中获得启迪。③ 有趣的是，马尔萨斯人口论的初衷正是反驳孔多塞代表的历史进步论者④，赫胥黎排斥生

---

① ［英］赫胥黎：《进化论与伦理学》，宋启林等译，北京大学出版社 2010 年版，第 35 页。

② "生命过程表现出同样的循环进化。不仅如此，放眼望去，世界上的其他东西，其循环进化也从方方面面显现出来。"［英］赫胥黎：《进化论与伦理学》，宋启林等译，北京大学出版社 2010 年版，第 21 页。

③ 1887 年，华莱士描述两人共同提出生存斗争理论的经过："这件事的最有趣的巧合，我想乃是由于我以及达尔文都是通过马尔萨斯而被引导到这一理论的——在我这方面发生影响的正是马尔萨斯的下列深思熟虑的论述：把未开化种族的人口控制在相当固定而稀少的数量上，就是那些'抑制'的作用。这给我留下了强烈的印象，突然在我的思想中闪现了这样的看法：即，所有动物的数量也一定是这样被控制的——'生存斗争'——我一向认为变异一定常常是有利的，这样就会致使那些变种增加数量，而有害的变异则会致使变种减少数量。"［英］F. 达尔文编：《达尔文生平》，叶笃庄、叶晓译，辽宁教育出版社 1998 年版，第 254—255 页。

④ 马尔萨斯的《人口原理》副标题即 "人口对未来社会进步的影响；兼对葛德文先生、孔多塞先生和其他作者的理论进行评价"，明确表明了他与进步论者迥异的立场，葛德文（William Godwin）是 18 世纪末英国无政府主义的理论家，和孔多塞一样批评资本主义制度缺陷造成了社会贫困，马尔萨斯认为导致贫困的真正原因在于人类无限增殖的自然本性与必需的生存资料供不应求之间的矛盾，"一切生物都有超越为它准备的养料的范围而不断增殖的恒常趋势"，并且 "人口的增殖力无限大于土地为人类提供生产生活资料的能力"。他据此反对英国自 17 世纪初开始实施的济贫法，认为济贫法不但没有解决贫困问题，反而造成了穷人的懒惰和浪费，导致了赤贫人口的增多，"如果不能从他的双亲那里取得生活资料，又如果社会并不需要他的劳动，那么他就没有取得最小量食物的权利，事实上他在地球是多余的。大自然盛大的宴会上并没有为他设下空的席位，大自然将命令他离开"（［英］马尔萨斯：《人口原理》，朱泱等译，商务印书馆 1992 年版，第 5、6 页）。

存竞争在人类社会中的适用性,并从保护弱者的伦理立场强化了这一理论的悲观底色。严复的《天演论》译文较为准确地转达了赫胥黎的悲观主义,在《导言三·趋异》的案语中,他详细地解释了马尔塞斯的人口学理论。在《人之历史》中,鲁迅也曾经论述过马尔萨斯的人口原理并得出"强之种日昌,而弱之种日耗;时代既久,宜者遂留,而天择即行其中,使生物臻于极适"[①]的结论。不过,与鲁迅在《摩罗诗力说》中对进化的感伤表述不同,服膺斯宾塞进步论的严复很难理解赫胥黎的悲观主义[②]。

赫胥黎的悲观在于,他不仅看到人类面对的敌人的强大,还清醒地意识到,人类与生俱来的自然本性仍然时刻从内部威胁着进步的预想。相比漫长的野蛮历史,人类的文明时代实在过于短促,在赫胥黎看来,即便现代科学技术增强了人类对抗自然的力量,但这也仍然只是人类文明微弱的曙光。鲁迅的感伤源于对古国文明历史的回顾,他由此确认进化的必然规律并将灭亡视为进化整体进程的内在组成部分,这种在自然力量笼罩下无可逃避的宿命,与赫胥黎对人类命运的描述颇为相似。面对这种命运,赫胥黎强调,人类需要立足纯粹的伦理目的对抗强敌,借助法律、道德等手段——也即伦理的、文明的方式——增强同自然对抗的力量,他试图尽可能地改造人类自身的本性,以不断祛除宇宙之中以及人类内在的"根本的恶"[③]。在赫胥黎看来,人类文明的意义应当体现在驯服自我、除恶向善的过程中,他对此流露出对人类仅存的希望:"既然人类智慧已经把狼的兄弟驯化为羊群的忠实保护者,那么在抑制文明人中的

---

① 鲁迅:《人之历史》,《鲁迅全集》第1卷,第14页。
② 严复根据斯宾塞的进化论批评赫胥黎的悲观论:"夫斯宾塞所谓民群任天演之自然,则必日进善,不日趋恶,而郅治必有时而臻者,其竖义至坚,殆难破也。"(严复案语,《严复集》第5册,中华书局1986年版,第1392页)
③ [英]赫胥黎:《进化论与伦理学》,宋启林等译,北京大学出版社2010年版,第35页。

野蛮本能方面，也应该能够有所作为。"①

赫胥黎对人类命运的展望建立在明确的二元论基础上，尽管鲁迅能够接受赫胥黎对伦理过程的部分论述，譬如，呼吁人们关注弱者，主张主体的觉醒以联合抵抗强权，但在他的设想中，人类社会仍然遵从自然界规律的指引，他并不拒绝将这种残酷的规律引入人类社会，而是由此说明生存斗争——这种被赫胥黎称为"根本的恶"——将永远与人类的命运相左右："平和为物，不见于人间。其强谓之平和者，不过战事方已或未始之时，外状若宁，暗流仍伏，时劫一会，动作始矣。故观之天然，则和风拂林，甘雨润物，似无不以降福祉于人世，然烈火在下，出为地囱，一旦偾兴，万有同坏。其风雨时作，特暂伏之见象，非能永劫安易，如亚当之故家也。人事亦然，衣食家室邦国之争，形现既昭，已不可以讳掩；而二士室处，亦有呼吸，于是生颢气之争，强肺者致胜。故杀机之昉，与有生偕；平和之名，等于无有。"② 因此，人类的生存、希望并不超离于自然界的必然规律，战斗无处不在。尽管鲁迅接受了赫胥黎所描绘的自然世界，但他并没有像赫胥黎那样将自然视为最大的敌人，相反，在他对"摩罗诗人"的想象中明确包含着从自然界获得的启发，作为精神界的战士，"摩罗诗人"之所以脱颖而出，无疑是顺应了生存斗争的自然规律的要求。当他从"人世所以可悲"转变，高声赞扬起"摩罗宗之为至伟"之时，鲁迅说明的是进化的必然，他把希望寄托在反抗和战斗之中，"人得是力，乃以发生，乃以曼衍，乃以上征，乃至于人所能至之极点。"③

这种对"摩罗诗人"的赞扬令人想起赫胥黎在《进化论与伦理学》演讲最后呼吁的一种男子汉气概，它被认为是人类主体性及其

---

① ［英］赫胥黎：《进化论与伦理学》，宋启林等译，北京大学出版社 2010 年版，第 35 页。
② 鲁迅：《摩罗诗力说》，《鲁迅全集》第 1 卷，第 68 页。
③ 鲁迅：《摩罗诗力说》，《鲁迅全集》第 1 卷，第 70 页。

尊严的显示。以此，人类虽然最终难免失败，但无须为此感到灰心丧气。赫胥黎引用丁尼生的诗，鼓舞听众积极奋斗——

> 意志坚强
> 去奋斗，去追求，去探索，绝不屈服。
> 也许漩涡会将我们卷进浪涛，
> 也许我们能抵达幸福的小岛；
> 但在达到终点之前尚有些事情，
> 一些高尚的事业需要我们去效劳。①

虽然两处同样表达了人类的反抗意志，并都据此设想了人类所能达致的终极命运，但正如赫胥黎强调伦理与文明在这个过程中的意义，对他而言，奋斗的道路也是一个不断祛除自然以及人类自身所携带的根本之"恶"的过程，他将全部的希望寄托在文明的建设上，换言之，赫胥黎将人类的文明视为抵抗自然的手段。

然而，在鲁迅的表述中，自然与野蛮都没有被确立为真正的对立面，相反，他还试图从中发掘抵抗性和更新文明的力量。鲁迅将"摩罗诗人"视为精神界之战士，构成其理论背景的正是自然界的生存斗争规律。鲁迅对人类文明的"退化"做出解释，他恰恰认为这是由于放弃了战斗精神使然：

> 特生民之始，既以武健勇烈，抗拒战斗，渐进于文明矣，化定俗移，转为新懦，知前征之至险，则爽然思归其雌，而战场在前，复自知不可避，于是运其神思，创为理想之邦，或托之人所莫至之区，或迟之不可计年以后。②

---

① ［英］赫胥黎：《进化论与伦理学》，宋启林等译，北京大学出版社 2010 年版，第 35 页。

② 鲁迅：《摩罗诗力说》，《鲁迅全集》第 1 卷，第 68、69 页。

赫胥黎对"文明"的执着,与鲁迅对先民古朴战斗精神的向往,展现出的是两种不同的有关人类命运的设想。对鲁迅来说,人类的希望并不在于法律与道德等文明制度的建设,而恰恰体现在那些不断批判、反抗这种文明的行动过程中。如果说赫胥黎要求"驯化"人类自身的野蛮习性,那么鲁迅无疑走向了另一个方向。他认为,"文明"意味着安定、秩序和保守,而这只是怯懦者的幻想,并将导致人类失去开拓和进步的勇气。这种区别显然说明鲁迅不是一般意义上的赫胥黎主义者。两人的差异体现了不同的诉求,赫胥黎将"奋斗"的对象指向自然,而鲁迅的对立面则是现实中的帝国主义与民族压迫者。与赫胥黎强调英国社会的伦理建设不同,生活在晚清语境中的鲁迅面临着更为复杂和艰巨的民族解放的任务,他的重心由此转向了人类社会内部的竞争,换言之,鲁迅的革命意志使得他将现实中的压迫者而不是自然当作终极的竞争对手。

赫胥黎对"伦理的进化"提出的要求,在鲁迅的论述中并不占据最核心的位置,他呼唤的毋宁是一种反叛和解放的精神。为此,他对人类文明前景的展望悖论地体现出反文明的视野:早期人类文明蕴含了鲁迅期待的可能,随后日渐复杂和精细的文明丧失了开拓精神并阻碍了进化道路。鲁迅反抗强权并要求重建人的精神世界,同样源自伦理性的要求,但他不像赫胥黎那样强调对自我本性的驯化与约束,相反,鲁迅多次表露出对自然之野性生命力的向往,在他看来,这种古朴的、勇猛的、善战的活力是久享文明的中国民族缺乏的品质,而且同中国文明的处境一样,那些古代文明正因为这种力量"灿烂于古",也因这种力量的丧失"萧瑟于今"[①]。

三 还原上古史

鲁迅有关"复古"的诉求仍然来自对进化论的信仰,他号召晚清革命者们尽可能像文明开创时期的先民一样,展现出勇猛顽强的

[①] 鲁迅:《摩罗诗力说》,《鲁迅全集》第1卷,第66页。

战斗与开拓精神。鲁迅一再表现出对文明史的不满,他批评人类的文明既阻碍了这种精神的发达,也由此失去了内在的生命力。形式上,鲁迅"复古"的说法与古代中国许多思想家类似,但这丝毫不意味着鲁迅走向了保守,相反,这种自然主义的"复古"却不啻一场激烈的史学与伦理学革命。作为中国历史观基调的"复古",从根本上和鲁迅的愿望不是一回事。在《摩罗诗力说》中,鲁迅首先表达了对这种论调的不满:

> 心神所注,辽远在于唐虞,或迳入古初,游于人兽杂居之世;谓其时万祸不作,人安其天,不如斯世之恶浊阽危,无以生活。其说照之人类进化史实,事正背驰。①

这是一种整体性批判,鲁迅批评儒家复归唐虞"三代"的理想与道家追求更为辽远的复古理想。古人意在通过"复古"表达一种崇高的道德理想,在这个意义上,上古历史被认为蕴含了至高无上的"道"或者"理"。也由此,人们把上古历史视为文明的"黄金时代",并将其构想为超越时空限制的精神故乡。② 当鲁迅借助进化的视角重新解释上古历史时,他描绘出了与"黄金时代"完全迥异的景象,这种新的解释无异于同时吹响了精神革命号角。

随着进化思想越来越挤占人们的精神世界,对于上古史的解释

---

① 鲁迅:《摩罗诗力说》,《鲁迅全集》第 1 卷,第 69 页。
② 王汎森认为,所谓的"黄金时代"包含了道德和物质两个层面,古人对于上古的崇敬意在强调其中的道德层面,"在物质与道德的二元架构中,人们对道德的'黄金古代'是坚定而清楚的,而且往往忽略物质而强调道德"。社会进化论打破了道德的黄金古代(王汎森:《近代中国的史家与史学》,复旦大学出版社 2010 年版,第 57 页)。黄俊杰也指出,上古理想蕴含了永恒的潜藏于历史的"道","道"既是历史的必然性,又是道德的必然性(黄俊杰:《中国传统历史思想中的时间概念及其现代启示》,黄俊杰编《传统中华文化与现代价值的激荡》,社会科学文献出版社 2002 年版,第 339—359 页)。又可参见 [德] 施耐德《"进步""未来"观念之我见》,方维规编《思想与方法:近代中国的文化政治与知识建构》,北京大学出版社 2015 年版,第 55—60 页。

不断受到冲击。在鲁迅之前,康有为就将今文经的三世说与线性进化论糅合在一起,断言孔子之前的历史"茫昧无稽考",这种观点对于晚清之后的疑古思潮颇具影响。[1] 康氏把古人向往的"黄金时代"从过去转移到未来,并相信根据三世说进行相应的改革,人类历史终将实现大同。鲁迅同样认为上古并非"黄金时代",这个时代的真相充斥着"汗迹血腥"[2],只是进入文明社会的后人抛弃了先辈武健勇烈、不畏艰险的作风,并且由于缺少记载,转而虚拟了一个不存在的、和平安详的"黄金时代"。这种观点与康有为的疑古观点相似,但不同之处在于,鲁迅拒绝了"黄金时代"或大同世界的可能性。无论是面对过去还是朝向未来,鲁迅对进化论的信仰都使他确信生存斗争的必然性,和平不过是暂时的幻象。

鲁迅这时真正的对立面并不是康有为。当鲁迅依据进化论的原理批判中国古代的历史观时,他的主要对手是道家的始祖老子,一位行动上的消极主义者。老子把上古历史想象成平和安逸的时期,反对人为的干涉。虽然鲁迅也提倡复古,但除了字面上的近似,其实质是完全不同的两种历史观,他运用进化论的眼光发现了与老子不一样的古代,并清理了所有关于古代的美好幻想。

问题仍然在于,这种观点并不鲜见,为什么鲁迅偏偏指明批判老子呢?可能的解释是,与掌握了进化论的鲁迅类似,老子也多次表明对自然的看法并从中引申人世的哲理,而他关于自然与人的所有理解都与鲁迅背道而驰。老子意图返归的自然,并不是某种客观存在生存斗争的场所,他理想中的自然,意指宇宙万物原本的状态,在这个意义上,自然被用作表示万物"自然而然"的副词,完全不同于现代科学对自然的描述。与此相应,任何事物都应当与客观环境保持和谐,顺应环境变化而不干涉、不破坏事物之自然,这种状

---

[1] 顾颉刚:《〈古史辨〉第一册自序》,《古史辨自序》,商务印书馆2011年版,第56页。

[2] 鲁迅:《摩罗诗力说》,《鲁迅全集》第1卷,第69页。

态被视为事物存在与发展的最佳状态，自然是"包括人在内的天地万物所必须遵循的最高原则"①。鲁迅把老子视作复古史观的最重要的代表，如有所谓"老子之辈，盖其枭雄"，结果，接受了现代自然观的鲁迅和老子形成了全面的对立：

> 古之思士，决不以华土为可乐，如今人所张皇；惟自知良懦无可为，乃独图脱屣尘埃，惝恍古国，任人群堕于虫兽，而己身以隐逸终。思士如是，社会善之，咸谓之高蹈之人，而自云我虫兽我虫兽也。其不然者，乃立言辞，欲致人同归于朴古，老子之辈，盖其枭雄。老子书五千语，要在不撄人心；以不撄人心故，则必先自致槁木之心，立无为之治；以无为之为化社会，而世即于太平。其术善也。然奈何星气既凝，人类既出而后，无时无物，不禀杀机，进化或可停，而生物不能返本。使拂逆其前征，势即入于苓落，世界之内，实例至多，一览古国，悉其信证。若诚能渐致人间，使归于禽虫卉木原生物，复由渐即于无情，则宇宙自大，有情已去，一切虚无，宁非至净。②

鲁迅批判老子怯懦、无为，讽刺其高蹈虚空的隐士理想，强调这种理想最终将使人失去生机与活力，变成僵死的草木。③ 鲁迅的批判显示出他立足进化论对自然的理解，根据生存竞争法则，老子的理想漠视主体性的意义，必然指向了被淘汰的结局。事实上，老子关于"无为"的完整表述应当是"道常无为而无不为，侯王若能守之，万物将自化"（《道德经·第三十七章》），老子相信万物具备

---

① 陈鼓应、白奚：《老子评传》，南京大学出版社2001年版，第92—93页。
② 鲁迅：《摩罗诗力说》，《鲁迅全集》第1卷，第69、70页。
③ 《道德经·第七十六章》有云："人之生也柔弱，其死也坚强。草木之生也柔脆，其死也枯槁，故坚强者死之徒，柔弱者生之徒。是以兵强则灭，木强则折。强大处下，柔弱处上。"这一段文字与鲁迅批判老子使人退化为草木等原生物的观点较为相似，老子这里以草木做比喻说明以弱胜强的道理。

"自然"调节的能力,"无为"与"无不为"都是"自然"内在的作用。鲁迅有意忽略老子自然观中的自发性和自律性,这应当与他对现代科学的接受有关,如从星云学说讲述宇宙与人的起源,强调人类征服、改造世界的能力,同时,赫胥黎更从二元对立的角度提示他:自然时刻威胁人类,人类必须为此不断抗争。

老子提倡以"不争"为道德,对于晚清中国的衰败局面,是否也要承担责任呢?[①] 鲁迅的批判包含明显的救世之心,他不希望中国的知识分子成为老子式的隐士而不关心眼前的社会(即"不撄心"),自然放任主义可能导致的结果令他感到恐惧。这段对老子的批判并不令人陌生,我们从中再次领略到了他在《中国地质略论》中感叹中国文明"退化"以致即将"绝种"的心情。相比鲁迅,老子才是真正的"退化论"者。鲁迅无法赞成这样的"退化论",老子式的"复古"必然将中国引向灭亡。此外,他还在老子身上看到了晚清号召改革的投机分子的身影,他们平时以改革的名义谋取私利,遇到危险便祈求侥幸,隐遁起来保全自己。[②] 现实的焦虑激发了鲁迅对于退隐理想的反感,他迫切地希望改变中国的局势,而唯一的出路便是斗争:"故不争之民,其遭遇战事,常较好争之民多,而畏死之民,其苓落殇亡,亦视强项敢死之民众。"[③] 不过,老子的"不争"却并非放弃斗争,他认为天地万物自有其损益、平衡之道,适当的形势与时机下,弱者并非不能够战胜强者,如果从弱者也会转化成强者的自然辩证法来看,老子并不是真心自甘软弱,他不仅

[①] 甲午战争之后,许多接受了进化论的知识分子批评中国古代崇尚"不争"的道德理想,并认为"不争"的道德理想应当为中国的失败负责。[美]浦嘉珉:《中国与达尔文》,钟永强译,江苏人民出版社2009年版,第59、60页。

[②] 鲁迅也在《文化偏至论》中描绘过这类改革者:"盖国若一日存,固足以假力图富强之名,博志士之誉;即有不幸,宗社为墟,而广有金资,大能温饱,即使怙恃既失,或被虐杀如犹太遗黎,然善自退藏,或不至于身受;纵大祸垂及矣,而幸免者非无人,其人又适为己,则能得温饱又如故也。"(《文化偏至论》,《鲁迅全集》第1卷,第46页)这里"志士"与鲁迅批评老子时提到的"思士"是同一类人。

[③] 鲁迅:《摩罗诗力说》,《鲁迅全集》第1卷,第72页。

被古人当作史官，也被视为一位老练的战略家而受到尊崇。① 鲁迅清楚这种思路，他以惯用的讽刺手法称"其术善也"，但随即却用进化论对此表示拒绝，将老子关闭在现代世界的大门之外。

虽然进化论在晚清风行一时，但有意思的是，老子在当时的形象并不完全是消极的。与鲁迅对老子穷加批判不同，在《天演论》的译者严复看来，老子的思想本质上可以和进化论相通。② 严复对于老子的态度相当友善，他屡屡尝试将老子与西方思想家贯通，早在为《天演论》所写的案语中，严复就将老子的无为思想与斯宾塞的社会达尔文主义联系起来③，这甚至为他解释进化论提供了最重要的背景。此后，在1903年评点老子的《道德经》时，严复更是多次将老子与达尔文的进化思想以及现代政治、哲学理念附会在一起，尽管老子返璞归真的愿望与现代世界大势有异，但他崇尚自由的主张却与自然万物竞相生存的进化论相合④。尤需提及的是，鲁迅批评老子的"权术"不符合自然规律，更不可移用于现代世界，严复对此持相反的看法，他认为老子绝非不知变通，相反，还是一位足智多谋且善于权变的大师。⑤ 不同于严复，梁启超自戊戌变法之际便不遗余力地

---

① 老子有云："天下莫柔弱于水，而攻坚强者莫之能胜，以其无以易之。弱之胜强，柔之胜刚，天下莫不知，莫能行。是以圣人云：'受国之垢，是谓社稷主；受国不祥，是为天下王。'"（《道德经·第七十八章》） 鲁迅在东京时期曾师从章太炎，章氏便以此为例论证老子以弱胜强的权术。不过，他同样认为，老子本质上是胆怯的。此外，章太炎也说明，老子关于权术的智慧为法家汲取（章太炎：《论诸子学》，《章太炎全集·演讲集》，上海人民出版社2015年版，第54—55页）。

② 夏曾佑在《侯官严氏评点老子书·序言》中有言："吾友严几道读之，以为其说独与达尔文、孟德斯鸠、斯宾塞相通。尝为熊季廉说之，季廉以为是。曾佑闻之，亦以为是也。"（《严复集》第4册，中华书局1986年版，第1095页）也由此可知，严复的观点得到了众多支持。

③ 在《导言五 互争》的案语中，严复有所谓："斯宾塞之言治也，大旨存于任天，而人事为之辅，犹黄老之明自然，而不妄在宥是已。"严复案语，《严复集》第5册，中华书局1986年版，第1334页。

④ 严复：《侯官严氏评点老子》，《严复集》第4册，中华书局1986年版，第1082页。

⑤ 严复为老子辩解："老氏雄雌之言，因圣智之妙用微权。"（严复：《原强》，《严复集》第1册，中华书局1986年版，第23、24页）

贬低老子，控告老子毒害中国几千年之久①，鲁迅的批判延续了这种思路。不过，直接启发鲁迅指斥老子怯懦的更可能是章太炎，例如，章氏一再强调老子讲求退让是胆怯的缘故，老子之所以善于权术也与这种性格有关。② 这些观点在鲁迅的论述中得到了明确体现，同时，他进一步将对老子的批判放置到进化语境中，揭示其复古理想根本上是自身怯懦、不敢面对现实斗争的表现。在进化论启示下，鲁迅澄清了上古真相，这个世界只有善于战斗的强者才有生存机会，而他的复古理想既不指向"黄金古代"，也不包含任何道德训教的意味。鲁迅更为看重的是如何发掘出古代先民勇猛善战、不畏艰苦的开拓精神。正是这样的意图促使他走上了与老子相反的道路。

四 "古之精神光耀"

鲁迅的"复古"论并非没有同道，他早年的诸多论述显示出与晚清国粹派不同寻常的关系。国粹派曾经是清末鼓吹"古学复兴"最为重要的阵营。1905年，由邓实、黄节主编的《国粹学报》提出"古学复兴"的口号，这是一份旨在用国粹激起民族主义情绪的刊物。"古学复兴"既以西方的文艺复兴作为最高理想，又以日本作为现实中切近的榜样。这一派学者认为，现代西方的强盛根源于古典文明的复兴，而日本明治维新后的崛起再次证明了这种思路的有效性，如今，振兴中华、复兴古学也已经迫在眉头。③ "国粹"的内容

---

① 梁启超在《自由书·论成败》《中国积弱渊源论》《新民说》中都曾极为严厉批判过老子。

② 章太炎：《论诸子学》，《章太炎全集·演讲集》，上海人民出版社2015年版，第54—55页。

③ 这也是晚清国粹派的基本立场，如黄节认为："昔者欧洲十字军东征，驰贵族之权，削封建之制，载吾东方之文物以归，于时意大利文学复兴，达泰氏以国文著述，而欧洲教育，遂进文明。昔者日本维新，归藩复幕，举国风靡，于时欧化主义，浩浩滔天，三宅雄次郎、志贺重昂等，撰杂志，倡国粹保全，而日本主义，卒以成立。"（黄节：《"国粹学报"序》，《国粹学报》1905年第1期）

非常广泛，不仅指正统儒学，还包括在晚清蔚为大潮的周秦诸子学。尽管以"国粹"标榜，但国粹派对待西学的态度亦相当开明，甚至将宣扬"国粹"作为引入西方文化的推动力①。

不同于后来提及"国粹"，鲁迅便充满了挖苦讽刺，他早年虽然没有直接宣扬"国粹"，但对此态度相对温和。例如在《文化偏至论》中，鲁迅批驳当时那些浅薄的历史虚无观点，指出绝不应当把中国的衰败归罪于古代的文物制度和语言文字，他认为"国粹"与欧化并非对立的关系，西方文明也不可取代中国文化。②1906年之后，鲁迅开始跟随章太炎学习《说文解字》并颇为神往于章氏的革命文章。作为晚清国粹派精神领袖，章太炎号召"用国粹激动种性，增进爱国的热肠"③，并通过"文学复兴"推动民族革命事业。④鲁迅晚年回忆东京时期的章太炎时，评价其为"有学问的革命家"⑤，正表明章氏的学术、思想与民族革命的关系。据考证，章太炎的《文学论略》便发表在《国粹学报》上⑥，包括翻译在内，鲁迅早年行文习惯明显受到章太炎"文学复古"观念的影响，与此同时，章太炎也无疑启发了鲁迅的民族主义思想。

另外，在《摩罗诗力说》开篇，鲁迅对但丁表示钦慕，他确信意

---

① 许守微：《论国粹无阻于欧化》，《国粹学报》1905年第7期。
② 鲁迅批评当时流行的一种风气："顾今者翻然思变，历岁已多，青年之所思惟，大都归罪恶于古之文物，甚或斥言文为蛮野，鄙思想为简陋，风发浮起，皇皇焉欲进欧西之物而代之。"（鲁迅：《文化偏至论》，《鲁迅全集》第1卷，第57页）
③ 章太炎：《在东京留学生欢迎会之演讲》，《章太炎全集·演讲集》，上海人民出版社2015年版，第4页。
④ 例如章太炎指出："彼意大利中兴，且以文学复古为之前导，汉学亦然，其于种族，固有益无损已。"（章太炎：《革命道德说》，《章太炎政论选集》，中华书局1977年版，第310页）在晚清，将"文艺复兴"视为"古学复兴"是广为流行的看法，这种观点同样受到日本学界国粹主义潮流的影响。参见葛兆光《一个历史事件的旅行——"文艺复兴"在东亚近代思想和学术中的影响》，《学术月刊》2016年第3期。
⑤ 鲁迅：《关于太炎先生二三事》，《鲁迅全集》第6卷，第566页。
⑥ ［日］木山英雄：《"文学复古"与"文学革命"》，赵京华编《文学复古与文学革命——木山英雄现代中国文学思想论集》，北京大学出版社2004年，第220页。

大利统一与但丁的写作密切相关,"意太利分崩矣,然实一统也,彼生但丁,彼有意语",以至于到了"有但丁者统一"① 的地步。鲁迅跟随章太炎学习之后,追求古义并改用艰涩的古字作为书写语言,正是这种历史与民族主义意识的体现。鲁迅早年还一度想要追随但丁,以《新生》为名推动自己的文学运动。事实上,鲁迅如此强调但丁的历史意义,也很可能来自章太炎与国粹派影响。②

鲁迅的"复古"主张呼应了晚清鼓吹文艺复兴的潮流,民族革命同样是他的诉求。对上古世界的重新描绘展现了他对这一主题的神往,所谓"吾之吟咏,无不为宗邦神往"③。鲁迅认为中国的复兴将必然从精神界革命开始,他把这种精神主义的思路贯彻到对古代文明史的追怀当中,并在文明发展与其内在精神力量的消长之间建立了直接性关联,例如《摩罗诗力说》的开篇:

  盖人文之留遗后世者,最有力莫如心声。古民神思,接天然之閟宫,冥契万有,与之灵会,道其能道,爰为诗歌。……递文事式微,则种人之运命亦尽,群生辍响,荣华收光;读史者萧条之感,即以怒起,而此文明史记,亦渐临末页矣。④

鲁迅在这里发现了历史运行的秘密,他总结出先民精神力量的起伏变化与其历史命运的深刻关联,强调内在精神力量的衰退正是一个民族陷入危机的症候。而他的"复古"便旨在逆转颓势,激活那些深藏在历史深处的原始的生命力。

无论推崇尼采、叔本华等"新神思宗"(所谓"新神思宗",即对应这里的"古民神思"),还是向往拜伦、雪莱为首的"摩罗诗

---

① 鲁迅:《摩罗诗力说》,《鲁迅全集》第 1 卷,第 66 页。
② 有关晚清国粹派对但丁用意大利语写作的认识,可详参王东杰《〈国粹学报〉与"古学复兴"》,《四川大学学报》2000 年第 5 期。
③ 鲁迅:《摩罗诗力说》,《鲁迅全集》第 1 卷,第 72 页。
④ 鲁迅:《摩罗诗力说》,《鲁迅全集》第 1 卷,第 65 页。

人",鲁迅的中心意图都不曾离开当时激荡的民族主义思潮。① 在《摩罗诗力说》中,鲁迅以1812年普鲁士反抗拿破仑帝国的事例说明,复兴一个民族自古遗存下来的精神力量,对于激发战斗意志将会怎样具有根本性的意义,他将其称作"古之精神光耀":"其时德之民族,虽遭败亡窘辱,而古之精神光耀,固尚保有而未隳。……败拿坡仑者,不为国家,不为皇帝,不为兵刃,国民而已。国民皆诗,亦皆诗人之具,而德卒以不亡。"② 正是这种内在于民族血脉的精神力量重塑了国民主体性,使其取得了战争胜利。

鲁迅希望借助这种力量推动晚清民族革命热潮,同时,他也被不断高涨的民族主义情绪影响。鲁迅不仅认同清末民族革命者所塑造的黄帝形象,还以黄帝子孙的身份追溯民族起源:"昔者帝轩辕氏之戡蚩尤而定居于华土也,典章文物,于以权舆,有苗裔之繁衍于兹,则更改张皇,益臻美大。"③ 事实上,在中国古史系统中,黄帝是一位难以考证的神话式的人物,19世纪中期以前,作为皇统的一个要素,黄帝被视作政治权威的象征,20世纪初随着民族革命浪潮的兴起,黄帝从一朝一姓专属的祖源转变成了中华民族的共同祖先。④ 鲁迅另一次提到黄帝是在《破恶声论》中,他批评那些蔑视民族历史、盲目趋新的人士浅薄无知:"教师常寡学,虽西学之肤浅

---

① 鲁迅后来的回忆也可以说明:"有人说 G. Byron 的诗为青年所爱读,我觉得这话很有几分真。就自己而论,也还记得怎样读了他的诗而心神俱旺;尤其是看见他那花布裹头,去助希腊独立时候的肖像。"又有:"那时 Byron 之所以比较的为中国人所知,还有别一原因,就是他的助希腊独立。时当清的末年,在一部分中国青年的心中,革命思潮正盛,凡有叫喊复仇和反抗的,便容易惹起感应。"(鲁迅:《杂忆》,《鲁迅全集》第1卷,第233、234页)

② 鲁迅:《摩罗诗力说》,《鲁迅全集》第1卷,第72、73页。

③ 鲁迅:《文化偏至论》,《鲁迅全集》第1卷,第45页。

④ 沈松侨:《我以我血荐轩辕:黄帝神话与晚清的国族建构》,许纪霖编《现代中国思想史论》,上海人民出版社2014年版,第253—306页;又可参见[日]石川祯浩《中国近代历史的表与里》,袁广泉译,北京大学出版社2015年版,第26—52页。孙隆基:《清季民族主义与黄帝崇拜之发明》,《历史研究》2000年第3期。

者不憭,徒作新态,用惑乱人。讲古史则有黄帝之伐蚩尤,国字且不周识矣"①。鲁迅早年写下"我以我血荐轩辕"的慷慨诗句,也可谓这种思潮的结晶。除此之外,对于构建民族身份与民族意识具有重要意义的龙图腾,曾在晚清鼓吹科学与进步思潮中陷入困境——按照社会发展的一般规律,图腾乃是落后和野蛮的象征②,更不用说,世界上本来就没有所谓的"龙"这种动物——出于对古代先民精神力量的赞赏,鲁迅同样怀着自豪感为之辩护:"夫龙之为物,本吾古民神思所创造"③。他认为图腾中蕴含着中国古人丰富且美妙的想象力,即便到了20世纪,也仍然需要发扬。

当鲁迅多次赞叹先民的"神思"时,他与进化论是什么关系呢?在《科学史教篇》中,鲁迅解释"迷信"起源时提出"盖神思一端,虽古之胜今,非无前例,而学则构思验实,必与时代之进而俱升,古所未知,后无可愧,且亦无庸讳也"④,这种认识再次显示出了鲁迅早年二元论的思想结构。如果侧重"神思",那么在古今之间并不存在进化这种说法,换言之,鲁迅对于上古世界的描述及其重塑民族精神的努力,意味着他并不把进化论作为普遍性的原理。鲁迅不仅为"怀古"赋予合理性,还试图从古人遗存的精神资源中寻找推动历史变革的力量。不妨认为:一方面,进化论为鲁迅澄清了上古蛮荒的真相,促使他批评老子代表的复古论者;但是另一方面,对古学、"国粹"相对保守的态度以及对上古时期先民抗争精神的强调,则显示出鲁迅的历史观超越了进化主义的局限。

在鲁迅关于上古世界的想象中,值得注意的是他与《山海经》的关系,这是一部令鲁迅自幼年起即深为着迷的著作。明代学者胡应麟称赞《山海经》为"古今语怪之祖",这部经典著作记载了怪

---

① 鲁迅:《破恶声论》,《鲁迅全集》第8卷,第31页。
② 如翻译了甄克思《社会通诠》的严复,将社会发展分为图腾、宗法和军国三个阶段,中国应当从宗法社会过渡到军国社会,严复有案语"图腾者,蛮夷之徽识"。
③ 鲁迅:《破恶声论》,《鲁迅全集》第8卷,第32页。
④ 鲁迅:《科学史教篇》,《鲁迅全集》第1卷,第26页。

异的草木鸟兽与山川地理，汇聚着上古先民对于世界的浪漫想象。由于记载的内容过于怪诞，《山海经》长期被士大夫冷落。直至清代乾嘉时期，随着崇尚淹博的学风兴起，《山海经》逐渐得到士人追捧，而到了鲁迅所生活的晚清时期，《山海经》已被作为"信史"列入史部。① 鲁迅早年听闻并阅读《山海经》的经历，即与此种学术风气转移有关。在《阿长与〈山海经〉》中，鲁迅回忆他最早在叔祖周玉田家里翻阅了这部著作，书中的形象令他难以忘怀："画着人面的兽，九头的蛇，三脚的鸟，生着翅膀的人，没有头而以两乳当作眼睛的怪物。"② 直到几十年后，鲁迅仍然清晰记得书中的人物，尤其是"刑天"，他反复刻画这个"没有头而'以乳为目，以脐为口'，还要'执干戚而舞'"③的战士形象。这些形象无疑出于鲁迅所谓"古民神思"的创造，除了激发鲁迅对其中想象力的惊叹之外，它们也成为鲁迅民族主义思想的来源。1903年，刚到日本的鲁迅翻译科学小说时，仍然没有忘记《山海经》，他把这部著作与凡尔纳的科学小说联系在一起，如在译文中突兀地插入陶渊明的诗句——"精卫衔微木，将以填沧海；刑天舞干戚，猛志固常在"④，以勇于反抗的精卫、刑天礼赞小说中的"战争狂人"。鲁迅在《月界旅行·辨言》中表示，他翻译科学小说的目的之一在于鼓动起进取冒险的民族精神，所谓"冥冥黄族，可以兴矣"⑤，先民的神话、传说不是可以作为精神力量的来源吗？

鲁迅借助进化论重建了上古历史世界，清除了对"黄金古代"的美好想象，在他的描述中，人类文明起源于自然界惨烈的生存斗

---

① 参见罗志田《〈山海经〉与近代中国史学》，《中国社会科学》2001年第1期。
② 鲁迅：《阿长与〈山海经〉》，《鲁迅全集》第2卷，第254页。
③ 鲁迅：《阿长与〈山海经〉》，《鲁迅全集》第2卷，第255页。
④ [美]培伦：《月界旅行》，鲁迅译，《鲁迅著译编年全集》第1卷，人民出版社2009年版，第47页。
⑤ 鲁迅：《月界旅行·辨言》，《鲁迅著译编年全集》第1卷，人民出版社2009年版，第27页。

争，对于战斗精神的推崇使得他批评文明自身的保守特征，进而向那些被人们因怯懦而有意遗忘和改写的上古历史投以期待的目光，并力图从中发掘出民族内在的生命力。鲁迅提出"复古"的口号，是为了焕发出集体的战斗意志，以重建当下民族精神的内部结构，达成再造主体的目的。这种背景或许是悲观的，但他认为这是民族通向复兴的必经之路。伊藤虎丸认为，鲁迅用"古民神思"捕捉到了现代西方的"自由精神"①，但指出其中的"自由精神"仍是不足够的，鲁迅对于上古历史的回顾中包含了强烈的民族主义诉求，寄托着他对抗争、力量以及新生的向往之情。

有趣的是，在《摩罗诗力说》中，当鲁迅赞扬"摩罗诗人"的反抗精神时，他援引了生物学上的返祖现象来说明"复古"的观点：

> 抑吾闻生学家言，有云反种一事，为生物中每现异品，肖其远先，如人所牧马，往往出野物，类之不拉（Zebra），盖未驯以前状，复现于今日者。撒但诗人之出，殆亦如是，非异事也。②

鲁迅将"野物"未驯服的状态与"摩罗诗人"的战斗精神联系起来，这让人联想到，鲁迅批评人类一旦跨入文明的门槛就丧失了进取意志，用形形色色的乌托邦满足自我逃避的幻想。他强调文明越是发达，人类对自我本性的限制也就越是烦琐和苛刻，直至因这些外在的约束而失去了进取的勇气和精神。历史由此走向"退化"，

---

① ［日］伊藤虎丸：《鲁迅、创造社与日本文学》，孙猛等译，北京大学出版社1995年版，第95、96页。

② 鲁迅：《摩罗诗力说》，《鲁迅全集》第1卷，第76页。鲁迅自陈"之不拉"的说法来自生物学家，事实上，《天演论》中便有一条案语涉及返祖现象。在《导言十六 进微》的案语中，严复即说："反种一事，生物累传之后，忽有极似远祖者，出于其间，此虽无数传无由以绝。如至今马种，尚有忽出遍体虎斑，肖其最初芝不拉野种者。驴种亦然，此二物同原证也。芝不拉之为驴马，则京垓年代事矣。"（严复：《严复集》第5册，中华书局1986年版，第1355页）这或许正是鲁迅所谓"之不拉"的出处。

文明史最终吊诡地变成了人类精神的退化史——除非再次恢复上古先民武健勇烈的作风，向衰弱的肌体中注入革新的力量，以扭转历史的"退化"进程。鲁迅引用生物学的返祖现象正是为了说明，只有破除那些使自我文明化的僵硬教条，重新发扬古朴自然的精神，才能够焕发出内在的生命力。这种崇高的使命使得古代先民与"新神思宗""摩罗诗人"具有了对话与呼应的可能。

不过，值得注意的是，当鲁迅不断称颂"摩罗诗人"的战斗精神时，他的文字中同时飘浮着一种悲凉的气息，尽管鲁迅早年对于民族的新生抱有极高的期待和信心，但诸多地方显示出他的心情颇为复杂。例如，在这段关于"野物"的论述之后，鲁迅紧接着便发出一段悲音，他似乎已然预料到其他马匹将对这种返祖的"野物"极不友好，甚至群起而攻之的结局："独众马怒其不伏箱，群起而交蹴之，斯足悯叹焉耳。"① 与此呼应，鲁迅也在这篇音色高亢的文章结尾指出："无流血于众之目前者，其群祸矣；虽有而众不之视，或且进而杀之，斯其为群，乃愈益为祸而不可救也！"② 这种情绪虽未得到更多的渲染，但失败却已然作为一种低音潜藏在鲁迅早年的呼唤声中，他后来经常描写的改革者遭受大众迫害的经历，某种程度上，也可以被视为这个生物学隐喻的延长。

第三节 "文、野之辨"

鲁迅对返祖现象的兴趣不仅发生在生物学层面，他还从中获得了挽救衰败文明的灵感。《摩罗诗力说》中对于返祖现象的描述，并非鲁迅偶然为之，他为"野物"注入了深厚的历史寓意。事实上，鲁迅正由此郑重推出早年寄予重望的"摩罗诗人"，"摩罗诗人"即

---

① 鲁迅：《摩罗诗力说》，《鲁迅全集》第1卷，第76、77页。
② 鲁迅：《摩罗诗力说》，《鲁迅全集》第1卷，第102页。

是被文明驯化了的人群中的"野物",他从"野物"充满生命活力的自然状态中发现了近代中国的救亡之路。鲁迅对野性之物的重视与文明复兴是何种关联?他又怎样论证生物学与救亡的关系?

一 追寻文明的"新力"

在《摩罗诗力说》开篇,通过对世界文明历史的回顾,鲁迅表达了对中国文明命运的深刻担忧。正如那些已经灭亡了的文明古国,晚清时期的中国同样已经失去了内在的生机。鲁迅对此感到无以名状的悲凉:"如脱春温而入于秋肃,勾萌绝朕,枯槁在前,吾无以名,姑谓之萧条而止。"[1] 与此类似,他也在《破恶声论》中描述晚清的中国"寂漠为政,天地闭矣"[2]。鲁迅渴望打破这种萧条、沉寂的状态,关键是到哪里去寻找促使文明复兴的动力呢?

在随后的一段中,鲁迅最先引用了尼采的观点。值得注意的是,尼采也将问题带出了文明的范围,他反其道而强调野蛮的重要性:"尼佉不恶野人,谓中有新力,言亦确凿不可移。"[3] 尼采对"野人"刮目相看,原因在于,他认为野性之物中蕴含着文明社会缺乏的生机和活力。鲁迅颇为认同尼采的观点,尼采对野力的赞美与鲁迅总结的古国灭亡教训一致,当然,他也很可能是借助尼采的观点才追溯了这些古代文明的衰亡史。

这种观点内含着一种悖论,即,人类的文明恰恰意味着对于进取和开拓精神的限制与否定,相比之下,野蛮预示了突破和新生的力量,人类驱除野蛮的历史,既是文明日渐走向发达的过程,同时也是其自身不断丧失生命力的过程。换言之,文明总是处在自我反对、自我瓦解的过程中,它越是走向成熟,就越是产生出更多自我毁灭的力量,当这种力量积累到一定程度的时候,也就宣告了文明

---

[1] 鲁迅:《摩罗诗力说》,《鲁迅全集》第1卷,第65页。
[2] 鲁迅:《破恶声论》,《鲁迅全集》第8卷,第25页。
[3] 鲁迅:《摩罗诗力说》,《鲁迅全集》第1卷,第66页。

自身的终结。这种对于文明史的叙述与鲁迅认为历史必然"偏至"行进的原理是一致的。借助类似的逻辑,鲁迅指出人类进入文明时代后随即面临着内在动力衰退的危机:"特生民之始,既以武健勇烈,抗拒战斗,渐进于文明矣,化定俗移,转为新懦,知前征之至险,则爽然思归其雌。"① 鲁迅把野蛮提升到人类文明演进过程中的根本性地位,以至于有"上征在是,希望亦在是"② 的说法。他认为"摩罗诗人"正如生物界中返祖的"野物"一般,这种"野物"不曾经过后天文明驯化而更能显示出其远祖的自然状态,鲁迅由此强调"野物"天生具有一种桀骜不驯的反抗性格,象征着超越文明约束的生机与活力,其批判中国文明在晚清丧失活力的原理非常容易令人联想到尼采对西方文明颓废现象的指责。

在一些注意到鲁迅对于文明和野蛮思考的论述中,有研究者统计了鲁迅使用"文明"和"野蛮"的频率,在鲁迅早年的论文中,"文明"一词共出现41次,"野蛮"或"蛮野"出现14次,而鲁迅将"文明"与"野蛮"联系起来的论述则达到了9次,同时,鲁迅对尼采的多次引用也让人相信"文明与野蛮二元联系或对立的思考框架,已经扎根于当时鲁迅的思想之中"。③ 在指出这种引人关注的现象后,更为值得追问的是:"文明"和"野蛮"是如何联系或者对立起来的呢?显然,当鲁迅指责文明限制了人类的进取心时,他并不是站到否定文明的立场:"盖文明之朕,固孕于蛮荒,野人狂獠其形,而隐曜即伏于内。文明如华,蛮野如蕾,文明如实,蛮野如华。"④ 鲁迅不仅不排斥"野蛮",还指出"野蛮"才是"文明"的本源及其发展的内在动力,是文明保持自身活力而时刻不可缺失的"内曜",两者并非二元对立,鲁迅以自然界中植物的生长次序为喻,

---

① 鲁迅:《摩罗诗力说》,《鲁迅全集》第1卷,第68、69页。
② 鲁迅:《摩罗诗力说》,《鲁迅全集》第1卷,第66页。
③ 方克强:《鲁迅与人类学思想》,《文艺研究》2015年第5期。
④ 鲁迅:《摩罗诗力说》,《鲁迅全集》第1卷,第66页。

说明文明和野蛮本质上乃是一体、共生的有机关系。

鲁迅并不针对抽象的命题发言,他的这些思考无不源于对中国文明形势的观察,并同时回应了晚清学界围绕文明话题的讨论热潮。当鲁迅强调野蛮中的力量时,构成其思想背景的正是晚清的文明史学,他对此表达了不同的见解。晚清文明史学的兴起与近代中国历史处境有关,面对19世纪下半叶屡屡被西方列强和日本挫败的现实,人们的自信心受到严重打击,此前那种将自我作为天下中心的理解中国与世界关系的方式被抛弃,取而代之的是,一种重新构造了文明和野蛮等级关系的新颖论述在知识界广泛流传开来。《摩罗诗力说》开篇的文明史叙事便展现了与此对话的问题意识。

尽管晚清文明论主要源自日本,但它反映的实际内容是西方中心主义的。在这套话语内,现代西方是文明的终极标准,中国从天下中心被放逐到文明体系的边缘,并被打上"野蛮"或"半野蛮"的次等标记。[1] 晚清改革者以及革命者大多被这套论述征服。以梁启超为例,他较早从日本明治时期的文明论潮流中获得启发[2],并一度追随文明论的理念提出了颇具强权色彩的观点:"夫以文明国而统治野蛮国之土地,此天演上应享之权利也;以文明国而开通野蛮国之人民,又伦理上应尽之责任也。"[3] 又有"以今日之中国视泰西,中国固为野蛮矣"[4] 的强硬论断。在这个意义上,梁氏所谓的"文明"体现为一种征服性、统治性的力量。作为晚清思想与舆论界的领袖,

---

[1] 关于这方面的论述,可详参方维规《论近现代中国文明、文化观的嬗变》,《史林》1999年第4期;黄兴涛《晚清民初现代"文明"和"文化"概念的形成及其历史实践》,《近代史研究》2006年第6期;黄克武《从"文明"论述到"文化"论述》,《南京大学学报》2017年第1期。

[2] 主要是福泽谕吉《文明论概略》,详细分析可参见[日]石川祯浩《近代中国的"文明"与"文化"》,《日本东方学》第1辑,中华书局2007年版,第322—337页。

[3] 梁启超:《张博望班定远合传》,《梁启超全集》第3卷,北京出版社1999年版,第799页。

[4] 梁启超:《论中国宜讲求法律之学》,《梁启超全集》第1卷,北京出版社1999年版,第60页。

梁启超关于文明、野蛮关系的论述有着巨大影响,至少在1903年写作《中国地质略论》时,鲁迅同样沉浸在这套文明等级论的话语模式之中,他在这篇地质学论文的结束部分呼吁:"况工业繁兴,机械为用,文明之影,日印于脑,尘尘相续,遂孕良果,吾知豪侠之士,必有恨恨以思,奋袂而起者矣。"① 同年,鲁迅在翻译法国作家凡尔纳的科学小说时也保持着这种观点,例如,他将自己的努力视为"改良思想,补助文明"② 的一部分。

但随着鲁迅转向文艺运动,他不仅扭转了对晚清流行的文明论的态度,而且反过来越来越频繁地表达对文明论的批判。这一转变源于鲁迅对19世纪西方文明的更深入的认识,通过总结西方科学、文化发展的历史,他不再满足梁启超所提供的文明论的认识框架,并开始对历史发展的轨迹与西方文明的现实状况做出新的判断。从文明论的标准看,中国处在野蛮阶段,另外,如果从野蛮到文明的道路是一条历史进化之路,那么,中国应当以西方为目标进行改革或革命以使自我文明化,此即当时面临的必然选择。由于文明论本身内含了现代性的进步逻辑,晚清文明论者几无例外地也是历史进步论的信仰者。因此,当鲁迅对文明论展开批评时,他同时表现出对于历史进步论的不信任感。鲁迅强调野蛮的意义并将其视为与文明发展共时存在的内在动力,对他而言,在野蛮与文明之间并不存在历史性的进化关系,他也由此取消了野蛮与文明的等级结构。

在此意义上,尽管鲁迅洞察了晚清文明论的内涵,但他本人却不是一位"合格"的文明论者。在《摩罗诗力说》之后,更为全面体现鲁迅批评文明论的文章是《文化偏至论》。在这篇文章中,鲁迅指责晚清文明论者——"近不知中国之情,远复不察欧美之实,以所拾尘

---

① 鲁迅:《中国地质略论》,《鲁迅全集》第8卷,第20页。
② 鲁迅:《月界旅行·辨言》,《鲁迅著译编年全集》第1卷,人民出版社2009年版,第28页。

芥，罗列人前，谓钩爪锯牙，为国家首事，又引文明之语，用以自文"①。如果不能深刻把握中国与西方的历史形势，"文明"不过是停留在肤浅辞藻层面上的空洞话语。在这篇文章开篇，鲁迅运用了诸多笔墨总结晚清文明论的主要内容，大体说来，其一是鼓吹武力至上，其二则是发展工商业、建立立宪政体。

事实上，鲁迅列举的这些内容正是19世纪下半叶中国向西方寻求富强走过的道路。鲁迅认为这些思路都未能触碰到问题的根本，假如不先改变中国人的精神（即"性灵"），最终都是没有意义的。晚清文明论的泛滥显然与当时知识分子对于西方历史的错误认识有关，鲁迅指出，19世纪的西方文明已经走向"偏至"，并造成了越来越多棘手的问题。在《文化偏至论》结尾，他连用了五个反问句式，对于晚清文明论的各个方面（"富有""路矿""众治""物质""多数"）进行抗议，他指责这种文明论"凡所张主，惟质为多，取其质犹可也，更按其实，则又质之至伪而偏，无所可用"②。同时，值得注意的是，鲁迅也与梁启超等文明论者对于中国历史的评价呈现出不可忽视的差异，他认为，不能根据近代中国面对列强的军事失败判定文明的优劣，"夫以力角盈绌者，于文野亦何关？"③ 在这个意义上，鲁迅逐一否定了晚清改革浪潮中以发展军事、工商业与建立立宪政体等为"文明"的思路。

另外，当鲁迅指出西方文明在19世纪的困境与晚清中国改革的迷误时，中国也脱离了"野蛮"的地位：

> 当其号召张皇，盖蔑弗托近世文明为后盾，有佛戾其说者起，辄谥之曰野人，谓为辱国害群，罪当甚于流放。第不知彼所谓文明者，将已立准则，慎施去取，指善美而可行诸中国之

---

① 鲁迅：《文化偏至论》，《鲁迅全集》第1卷，第46页。
② 鲁迅：《文化偏至论》，《鲁迅全集》第1卷，第57页。
③ 鲁迅：《文化偏至论》，《鲁迅全集》第1卷，第46页。

> 文明乎，抑成事旧章，咸弃捐不顾，独指西方文化而为言乎？①

由于鲁迅反抗对"文明"的一元主义的理解，中国文明得以挣脱文明论的话语霸权，进而获得了表述自我的合理性。鲁迅在《摩罗诗力说》中依次回溯印度、希伯来、埃及、波斯等古文明发展史，同样显示出他对"文明"的多元化理解。

鲁迅交错使用了"文明"和"文化"，这两种表述包含了丰富的信息。有论者指出《文化偏至论》中大量使用"文明"的现象，并将"文明"和"文化"相替换，认为鲁迅讨论的其实是"文明偏至论"，"文化偏至论"改为"文明偏至论"更为恰当。②虽然"文明"与"文化"均不属于新造词③，但其在晚清民初的大范围流行却是受到日本影响的结果，而且"文化"的普及时间较"文明"的流行靠后。④正如日本学者石川祯浩指出，"文化"一词在日本的出现乃是为了与具有一元性质的"文明"对抗，"文化"概念最初诞生于浪漫主义时期的德国，原本是为反对涵盖世界普遍真理以及带有强权意味的"文明"，并由此被赋予高度的精神性、地方性和民族性，"文化"在日本的流行便发扬了这种精神，他据此认为，鲁迅在《文化偏至论》中"继承了'文化Kultur'的价值观"⑤并自觉地以"文化"的立场对抗一元的文明论。事实上，在晚清语境中，"文明"与"文化"的界限颇为模糊，在大多数论者的使用中可以相互替换，尽管鲁迅反对一元性质的文明论，但他多次将"文明""文化"交错表述，可见并未过多考虑两者的区别。

---

① 鲁迅：《文化偏至论》，《鲁迅全集》第1卷，第47页。
② 董炳月：《鲁迅留日时期的文明观——以〈文化偏至论〉为中心》，《鲁迅研究月刊》2012年第9期。
③ 《易经》与《尚书》等古典文献中早已存在这种表述。
④ 方维规：《论近现代中国文明、文化观的嬗变》，《史林》1999年第4期。
⑤ [日]石川祯浩：《近代中国的"文明"与"文化"》，《日本东方学》，中华书局2007年版，第332、333页。

"文明"话语征服了晚清的改良派和革命派,尽管政治立场存在分歧,但他们共同争夺"文明"的表述权,以强化自我言说与行动的合理性。[①] 在这种潮流中,鲁迅早年追随的老师章太炎提出过与众不同的见解,他对晚清文明论的批判也直接启发了鲁迅。作为革命阵营最为重要的理论家,章太炎拒绝使用文明话语如"人权"为革命说法,而坚定地强调反满是一场旨在"复仇"的革命,甚至不惜自居为"野蛮":"今有以恢复人权为主而革命者,亦或谓种族革命为复仇,比于野蛮之习。夫强有力者,尝蹂躏人权,今欲恢复则必取于强有力者之手而得之。"[②] 章太炎同样意在塑造强有力的革命者,但他揭示文明话语的虚伪、欺骗性:"今之言文明者,非以道义为准,而以虚荣为准。持斯名以挟制人心,然人亦靡然从之者。盖文明即时尚之异名,崇拜文明,即趋时之别语。"[③] 章太炎首先否定以欧洲文明作为目标的文明论,进而重新解释了"文明"与"野蛮"的关系,章氏认为"野蛮"原本是"文明"发展的内在组成部分,"文明"恰恰是"野蛮"壮大之后的结果,例如他批评当时以"宪政国家"作为划分文明、野蛮依据的言论——

> 家族者,野蛮人所能为增进其野蛮之量则为部落,又增进其野蛮之量则为国家。是则文明者,即斥大野蛮而成,愈文明者即愈野蛮。亦犹伏卵为鸡,至三尺之鹍而止,鸡为极成之卵,文明为极成之野蛮,形式有殊,而性情无异,安用徒张虚号矣。今以

[①] 黄兴涛:《晚清民初现代"文明"和"文化"概念的形成及其历史实践》,《近代史研究》2006年第6期。

[②] 章太炎:《定复仇之是非》,《章太炎全集·太炎文录初编》,上海人民出版社2014年版,第279页。

[③] 章太炎:《定复仇之是非》,《章太炎全集·太炎文录初编》,上海人民出版社2014年版,第281页。

文明野蛮为国家有无之准，又何其紾戾也。①

这种论述或许源自章太炎认为善恶、苦乐俱分进化的思路，在他看来，"野蛮"与"文明"原本是一体并存的关系，人类不仅无法祛除"野蛮"，反而还必须借助"野蛮"之力推进"文明"。章氏试图表明，野蛮是创生文明的基础，文明是则野蛮生长的必然结果。章太炎也提到了尼采，他借助尼采的观点指出欧洲宗教改革之所以成功，根本原因在于北欧文明浅陋，易于相和，南欧文明昌盛则思想不容一致，章太炎认为，"以此反观改革宗教之所以成，正由北欧之文明缺乏耳"②，"野蛮"恰恰蕴含了改革的可能。

二 尼采、"野蛮人"与"内部文明"

鲁迅早年对文明论的批判呼应了章太炎，但值得注意的是，他从未在文章中直接引述章氏的观点，其论述大多直接来自对西方的观察和更深入的认识。石川祯浩认为，鲁迅早年受章太炎影响，他对文明论的批判"或许不是完全出于自觉"③，但这种"影响"无疑不能掩盖鲁迅早年思考的主体意识。事实上，因为尼采的介入，使得鲁迅与晚清文明史潮流的问题变得更为复杂。在《文化偏至论》与《摩罗诗力说》中，鲁迅多次表达了对尼采的推崇，正是尼采引导鲁迅着手批判19世纪文明并重构了"文明"与"野蛮"的关联。鲁迅指出19世纪文明的"偏至"问题时，便是依据尼采：

德人尼佉（Fr. Nietzsche）氏，则假察罗图斯德罗（Zarath-

---

① 章太炎：《驳神我宪政说》，《章太炎全集·太炎文录初编》，上海人民出版社2014年版，第328—329页。

② 章太炎：《驳神我宪政说》，《章太炎全集·太炎文录初编》，上海人民出版社2014年版，第327页。

③ ［日］石川祯浩：《近代中国的"文明"与"文化"》，《日本东方学》，中华书局2007年版，第332页。

ustra）之言曰，吾行太远，孑然失其侣，返而观夫今之世，文明之邦国矣，斑斓之社会矣。特其为社会也，无确固之崇信；众庶之于知识也，无作始之性质。邦国如是，奚能淹留？吾见放于父母之邦矣！聊可望者，独苗裔耳。①

在尼采启发下，鲁迅明显转变了早年追逐文明论的立场。伊藤虎丸也指出，鲁迅由于受到尼采的影响而对19世纪的文明论加以批判，并从尼采那里捕捉了西方文明的真正"精髓"。②尼采不仅批评19世纪西方文明的"偏至"，还同时关注到西方学界围绕文明话题形成的论述，并直接针对文明论发表见解。对于鲁迅、尼采与反文明论述之间的历史关联，伊藤虎丸尚未予以揭示。

事实上，尼采与晚清流行的文明论存在着复杂且深远的联系，通过对尼采的引用，鲁迅将他对文明论的批判推进到了更深的维度。在思想的脉络上，晚清文明论述受到明治日本知识界的影响，而文明论在日本的流行则需要追溯到两位欧洲史学家——基佐（Francois P. G. Guizot）和巴克尔（Henry T. Buckle）。基佐的《欧洲文明史》与巴克尔的《英国文明史》共同奠定了明治日本与晚清中国知识界对"文明"的认识，即，一种以欧洲文明为中心、带有浓郁帝国主义色调的文明观。前述福泽谕吉的《文明论概略》所吸收的正是这种来自欧洲的文明论，其中，巴克尔的《英国文明史》被认为提供了福泽谕吉文明论的大体构架，进而对明治日本与晚清中国知识界产生了巨大影响③。尤为值得提及的是，尼采曾指名道姓地将巴克尔作为他的对立面，并批评巴克

---

① 鲁迅：《文化偏至论》，《鲁迅全集》第1卷，第50页。
② ［日］伊藤虎丸：《鲁迅与日本人——亚洲与近代"个"的思想》，李冬木译，河北教育出版社2000年版，第31、32页。
③ ［日］石川祯浩：《中国近代历史的表与里》，袁广泉译，北京大学出版社2015年版，第107页。在晚清借道日本形成的文明论述中，巴克尔同样是一位颇为重要的人物，他的文明论被相当全面地介绍进中国学界，在当时先后出现了4个译本。参见李孝迁《巴克尔及其〈英国文明史〉在中国的传播和影响》，《史学月刊》2004年第8期。

尔所代表的文明史学是一次"臭名昭著"的事件,在最初翻阅了巴克尔的《英国文明史》之后,尼采即确切地表明:"很明显,巴克尔是我最为强劲的一个对手。"①

尼采启发鲁迅从源头上拒绝了晚清的文明论述,也由此,鲁迅与晚清文明论者之间形成了双重对话关系,他不仅批判晚清的文明论者,也通过对西方知识界更为深入的了解,从源头上破除了对文明论述的信仰。不过,也有必要指出,巴克尔虽然对明治日本与晚清中国的文明史观有着重大的影响,但在西方史学界的地位却颇有些尴尬,他的文明史范式也饱受争议。巴克尔师出无门,其史学功底完全基于自学。尽管巴克尔的著作在公众中广受欢迎,但在一些严肃的史学家看来,他的文明史研究则显得太肤浅和业余了,也因此很少得到当时西方史学界的正面评价。② 巴克尔在 1857-1861 年发表的两卷《英国文明史》只是原定写作计划的绪论部分,这两卷引起的诽议主要集中在他的实证主义方法论。受孔德《实证哲学教程》启发,巴克尔排斥

---

① 参见 [德] 尼采《道德的谱系》,梁锡江译,华东师范大学出版社 2015 年版,Putz 版注释 2,第 68 页。
② 与巴克尔同代的阿克顿勋爵 (Lord Acton) 批评其文明史是"学养不高的结果,粗略涉及了自然科学,但是忽视了其他的规律",他进而表示:"我这样说,不是为了显示巴克尔一个人的荒谬,而是他所代表的整个学派。"柯林伍德也批评巴克尔将历史还原为科学法则的意图,他指责巴克尔所依据的孔德的社会学"是科学而不是历史"。 (G. A. Well, "The Critics of Buckle", *Past & Present*, No. 9 (Apr., 1956), pp. 75-89.) 19 世纪中期是西方文明史写作高峰期,这一时期的许多文明史论述都留下了自然科学冲击的印记,正如英国史学家古奇 (G. P. Gooch.) 指出:"一些人热心地研究文明史,他们是在 19 世纪中期科学的发现和总结的冲击下写作的。孔德的有限的历史知识使他的关于文明发展概论的价值打了折扣;他的三阶段规律也是过分简单化了。马克思拘泥于他的经济决定论的体系。"另外,他也是不多的对巴克尔表示赞赏的史学家:"巴克尔的未完成的著作 (即《英国文明史》——引者注),在刺激人们思考事件的原因和联系以及强调自然条件的持久影响方面,具有较大的影响;同时,他关于英格兰与苏格兰、法国与西班牙的智慧发展的精彩叙述,可以列入最有吸引力的著作之林。" [英] 乔治·皮博迪·古奇:《十九世纪历史学与历史学家》,耿淡如译,商务印书馆 1989 年版,第 873、874 页。

历史的多元性和特殊性,追求科学法则一般的普遍意义。①他将人类的文明分为欧洲文明和非欧洲文明,并认为在欧洲文明中精神规律起决定作用,自然受人类支配,而在非欧洲文明中,自然规律起决定作用,人类受自然支配。相比之下,精神规律显然比自然规律更为高级。不过,巴克尔饱受指责的文明史写作思路却受到近代日本以及中国知识分子的追捧,日本学者远山茂树认为巴克尔的文明史带动了日本史学革命:"文明史终于与过去仅仅平面地罗列单纯事实的旧历史迥然不同,成为有规律的合乎科学的体系了。"② 对于晚清知识界而言,巴克尔则推动了以公理和科学为理念的"新史学"范式革命。从中国、日本的思想语境看,尼采无疑是一位相当特殊的人物。

尼采将19世纪的欧洲文明视为奴隶起义的现代变种,谴责现代文明本质上是"人"退化之后的结果:

> 假设所有文明的意义就在于,把"人"这个野兽驯化成温顺的、有教养的动物,即一种家畜的话,那么,人们就必须毫不迟疑地把所有这些反应本能和怨恨本能看作文明真正的工具,正是在它们的帮助下,贵族及其理念才最终遭受耻辱并被征服。③

在尼采看来,"人"的本性就是野兽,文明是奴隶的话语,无论过去的基督教文明还是19世纪的现代文明,都是奴隶造反的结果,他尖刻地批判文明"体现了人类的倒退"④。与鲁迅类似,尼采也对返祖现

---

① Reviewed Work (s): "History of Civilization in England by Henry Thomas Buckle; History of Civilization in England. Volume II by Henry Thomas Buckle", *The North American Review*, Vol. 93, No. 193 (Oct., 1861), pp. 519–559.

② [日] 远山茂树:《日本史研究入门》,生活·读书·新知三联书店1959年版,第4页。

③ [德] 尼采:《道德的谱系》,梁锡江译,华东师范大学出版社2015年版,第86页。

④ [德] 尼采:《道德的谱系》,梁锡江译,华东师范大学出版社2015年版,第86页。

象表示出浓厚的兴趣，对史前时代的思考构成了尼采文明批判的依据，他以此拉开距离，从局外人眼光考察西方精神的历史，19世纪60—80年代对古生物学的浓厚兴趣某种程度上决定了他此后的思考方式。① 当然，鲁迅当年对尼采的了解尚不至于如此深入，但这说明，他之所以受到尼采深刻影响并与之发生了深切的共鸣，却并非偶然。在《摩罗诗力说》中，鲁迅以返祖的"野物"做比喻，强调"摩罗诗人"反抗世俗、文明约束的天性，将其作为野蛮之力的象征，并从中汲取到了文明批评的灵感，明显可以见出尼采的风采。

相比"文明"，"野蛮"更符合尼采对"人"的要求，他称赞"这些高贵的种族，他们的本性全都无异于野兽，无异于非凡的、贪婪地渴求战利品的金发野兽。这一隐藏的本性需要时不时地发泄出来，野兽必须挣脱束缚，必须重归荒野"②。尼采所谓"隐藏的本性"与鲁迅指出野蛮乃是文明的"隐曜"相似，两种说法均旨在重新确认人类历史前进的动力。尼采相信：

> 最为野蛮的力量在开辟道路，最初是毁灭性的，但尽管如此，它的活动却是必需的……这些令人恐怖的力量——人们称之为邪恶的，是巨人般的建筑师，是人文精神的创始人。③

在《摩罗诗力说》中，鲁迅强调善于反抗的野蛮人天然具有一种"新力"，与尼采这里的表述非常接近。野蛮人不仅创造了文明，还蕴含着促使文明更新的生机与可能，对于衰弱不堪的中国文明而言，需要的正是这种新的力量。

---

① ［德］奥尔苏奇：《东方—西方：尼采摆脱欧洲世界图景的尝试》，徐畅译，华东师范大学出版社2015年版，第5页。

② ［德］尼采：《道德的谱系》，梁锡江译，华东师范大学出版社2015年版，第84页。

③ 《尼采全集》第2卷，第231页。转引自［德］雅思贝尔斯《尼采其人其说》，鲁路译，社会科学文献出版社2001年版，第250页。

鲁迅称赞拜伦、雪莱等诗人是"摩罗诗人",而"摩罗诗人"也即人群中最具有"新力"的一部分先驱者。"摩罗之言,假自天竺,此云天魔,欧人谓之撒但"①,从西方思想的脉络,他强调"魔"与撒旦才是促使人类文明诞生最为重要的角色,正是"魔"引诱了夏娃偷吃伊甸园的禁果,人类"爱得生命知识"②。鲁迅指出,如果脱去宗教的背景,可以发现,不是上帝而恰恰是"魔"创造了人类,因为伊甸园中的人类和笼子里的家禽没有本质区别,人类文明诞生于突破禁忌的那一刻:"使无天魔之诱,人类将无由生。故世间人,当蔑弗秉有魔血,惠之及人世者,撒但其首矣。"③ 在鲁迅的论述中,拜伦、雪莱等"摩罗诗人"便是"天魔"的化身,倡导"摩罗诗力"也即是再次借助"天魔"的力量,促使文明生发出新的活力。

作为19世纪最为著名的"敌基督者",尼采同样指出:"用基督教的话来说,魔鬼是世界的君主,是进程与结果的主宰,他是所有'历史力量'背后的力量。而这种情形会一直保持下去,不管现在对于那些习惯于将这种力量和结局神圣化的耳朵来说,它是多么刺耳。"④ 伊藤虎丸认为,在《摩罗诗力说》《文化偏至论》等文章中,鲁迅多次原封不动地引用了登张竹风《论弗里德里希·尼采》中的观点,"借尼采之口所高喊的批判19世纪物质文明、反国家主义、反道德主义、反科学主义、反实利主义、反民主主义"⑤。至于鲁迅引述的"尼佉不恶野人,谓中有新力",张钊贻则进一步考证这句话出自勃兰兑斯的《尼采导论》,其中,勃兰兑斯对尼采进行了引申,这句话发生在尼采批评文化市侩的语境中,尼采斥

---

① 鲁迅:《摩罗诗力说》,《鲁迅全集》第1卷,第68页。
② 鲁迅:《摩罗诗力说》,《鲁迅全集》第1卷,第75页。
③ 鲁迅:《摩罗诗力说》,《鲁迅全集》第1卷,第76页。
④ [德]尼采:《历史的用途与滥用》,陈涛、周辉荣译,上海人民出版社2000年版,第84页。
⑤ [日]伊藤虎丸:《鲁迅与日本人——亚洲的近代与"个"的思想》,李冬木译,河北教育出版社2000年版,第34页。

责他们虽"竭尽全力加强自己的野蛮性,但却缺乏野蛮性原有的生机和野性的力量"①。而登张竹风的译文更接近鲁迅的引述:"连野蛮民族的清新威力都没有"②。两者差别不大,相比之下,或许更为重要的是,这种情形说明了鲁迅关注日本知识界的宗旨,即,鲁迅主动从中选择了一种对抗时代潮流的思路,他的主要目的在于以此回应晚清中国知识界的争论。通过勃兰兑斯,他抓住了尼采反文明的历史观的精髓,形成了别样的文明论观点。

尼采鼓吹野蛮的意义,在历史上并非没有先驱,诸如蒙田、卢梭以及18世纪的英国浪漫派等。借助尼采,鲁迅接续上了这条精神谱系。作为与文明相对应的概念,野蛮原本与西方中心主义的文明论诞生于同一个世代。18世纪中叶,文明的概念开始在欧洲文化认同中获得复兴,激发出西方文明意识的正是当时人们对于遥远的野蛮世界的认识。③ 随着大航海时代到来,"野蛮"逐渐成为人们津津乐道的话题。借助探险者的实地考察和小说家的浪漫想象,诸多意在批评欧洲腐败现象的学者开始对远方世界以及"野蛮人"表现出好感,并将其视作单纯和心地善良的人。"高尚的野蛮人"不仅为浪漫派的文学提供了灵感④,还支持了诸如莫

---

① [澳] 张钊贻:《鲁迅:中国"温和"的尼采》,北京大学出版社2011年版,第170页。

② [澳] 张钊贻:《鲁迅:中国"温和"的尼采》,北京大学出版社2011年版,第170页。

③ 王铭铭:《"裂缝间的桥"——解读摩尔根〈古代社会〉》,山东人民出版社2004版,第27—34页。

④ 科学史家丹皮尔曾经指出,"在浪漫派文学中,'高尚的野蛮人'的观念和古人的'黄金时代'成为同义语,塔西佗就用它来描写日耳曼人。在现代,哥伦布把这个概念复活起来,蒙台涅(Montaigne)又把它加以充分发展。在英语中,首先使用'高尚的野蛮人'一语的大约是德赖登(Dryden),但在英国的浪漫主义时期中(起于1730年,到1790年达到最高峰),这个观念相当流行。"[英] W.C.丹皮尔:《科学史及其与哲学和宗教的关系》,李珩译,商务印书馆1997年版,第300—301页。

尔、笛福、卢梭等关于乌托邦的设想。① 当鲁迅呼唤野蛮之力时，他不仅拒绝了西方中心主义的文明论及其建构的文明等级秩序，更为重要的是，他同样坚信"野蛮"也是一种源自内心的道德力量，并与表面化的、虚伪的文明论构成了强烈的反差。

尽管鲁迅未必了解"高贵的野蛮人"在西方的精神谱系，但尼采关于野蛮的论述使得他相信，如果发扬"野蛮"中勇敢无畏、开拓进取的精神力量，那么将极大地改变中国文明衰败的趋势。在这个意义上，鲁迅谴责文明论者的肤浅与伪善，并将其与"朴野"的古人对比："实利之念，复黏黏热于中，且其为利，又至陋劣不足道，则驯至卑懦俭啬，退让畏葸，无古民之朴野，有末世之浇漓，又必然之势矣。"② 鲁迅的论述同样展现出文明与野蛮相比较的结构，有意思的是，他不是在与文明的比较中贬低野蛮，而是有意识地提高了野蛮的地位。又如在《摩罗诗力说》中，当介绍普希金的诗歌《吉普赛》时，鲁迅对于吉普赛这个在欧洲底层流浪的民族发出衷心的赞叹："社会之伪善，既灼然现于人前，而及泼希之朴野纯全，亦相形为之益显。"③ 对于"古民"和"朴野"精神的赞美，或许还会让我们联想到鲁迅早年为农民"迷信"辩护的理由。在晚清文明论的潮流中，一些改革者批判民间信仰是野蛮、愚昧的表现，鲁迅反过来斥责他们丧失了朴素的纯白之心："夫使人元气黬浊，性如沉垽，或灵明已亏，沦溺嗜欲，斯已耳；倘其朴素之民，厥心纯白，则劳作终岁，必求一扬其精神。"④此外，终身对于野史、笔记的兴趣也同样内在地关联着他由此思考中国文明的路径。

鲁迅不仅对那些依据文明论的眼光看上去野蛮的事物辩护——

---

① 米歇尔·拉尔夫·特洛伊洛特：《人类学和野蛮人的位置——他性的史学和政治》，何昌邑译，[美]理查德·G. 福克斯主编《重新把握人类学》，云南大学出版社1994年版，第29—37页。
② 鲁迅：《摩罗诗力说》，《鲁迅全集》第1卷，第71页。
③ 鲁迅：《摩罗诗力说》，《鲁迅全集》第1卷，第90页。
④ 鲁迅：《破恶声论》，《鲁迅全集》第8卷，第32页。

如果仅仅是辩护的话,那就很可能弱化他的立场,显然,他还发现了更为重要的内容。如果我们还记得,鲁迅在引述尼采关于野蛮的论断后有"文明之朕,固孕于蛮荒,野人狂獉其形,而隐曜即伏于内"① 的说法,对他而言,"野蛮"无疑指向了某种更为内在的、更具有生命力的内容,这即是鲁迅所谓"隐曜"的含义所在。与此相应,鲁迅在《破恶声论》开篇便强调"内曜"的意义,"曜"即光明,但不同于文明论者对外在物质的追求,这是一种内在性的、虽然粗犷但却具有再造历史主体之可能的精神力量。因此,尽管鲁迅使用"文明"的表述,但这一表述的内涵和指向都深刻区别于晚清文明论,他的"文明"表述充满张力,不仅不再以19世纪西方文明作为目标,还蕴含着与"野蛮"的对话与共生关系,乃至奉"野蛮"为"文明"本源性的力量。值得注意的是,在同一篇文章中,鲁迅在称赞农人信仰中的纯洁的道德感之后,提出了一个与众不同的概念——"内部文明":"盖不知神话,即莫由解其艺文,暗艺文者,于内部文明何获焉。"② 之后,鲁迅再次提到希腊、埃及、印度这些古代文明,按照他的思路,上古的神话、传说虽然被现代文明话语排斥,但它们却真正显示出了文明的生命力。

不同于文明论意义上的"文明","内部文明"是一个指向文明发生与发展的本源性概念,并与"内曜""隐曜"的含义相通,它恰恰承载了那些被晚清文明论述所驱逐的"野蛮"的部分,并具有促使文明再生的机能。鲁迅由此反转了文明论的框架。他在章太炎、尼采启发下提出"内部文明"的新概念,无论是"野蛮"还是"文明",最终都得到了明显不同于时代的解释。如果我们把鲁迅与20世纪初游历欧洲之后得出"夫文明者,就外形而观之,非就内心而论之"③ 的康有为相比较的话,鲁迅对于内在精神的强

---

① 鲁迅:《摩罗诗力说》,《鲁迅全集》第1卷,第66页。
② 鲁迅:《破恶声论》,《鲁迅全集》第8卷,第32页。
③ 康有为:《物质救国论》,《康有为政论集》,中华书局1981年版,第567页。

调就更加突出和独特了。在鲁迅看来，只有"内部文明"才真正显示了一个民族在历史发展中的最为本源性的力量，他对"摩罗诗人"代表的野蛮之力的向往同样发源于"内部文明"的要求。如果说在文明论者看来，只有不断驱逐野蛮才会变得文明，那么，鲁迅恰恰颠覆了这种逻辑，他反过来相信，只有不断吸收来自野蛮的力量，文明才有可能获得前进的动力。

三 "诗力说"的自然原理

在这个意义上，鲁迅指出不能像晚清文明论者那样将古国衰亡归结为神话、传说等精神层面的问题："举其大略，首有嘲神话者，总希腊埃及印度，咸于诽笑，谓足作解颐之具。……若谓埃及以迷信亡，举彼上古文明，胥加呵斥，则竖子之见。"[①] 他认为，对一个文明与民族的生存和发展而言，上古时期乃是其精神力量最为活跃、最具开拓性的时期，正如这个时期的文学显示出了先民的生机与活力。当鲁迅强调"野蛮"中蕴藏着更新"文明"的力量时，他怎样解释这种"新力"在文明发展与民族复兴过程中的意义呢？如果"摩罗诗力"便是鲁迅最终追寻到的这种"新力"，他又如何说明诗歌或文学作用于"文明"的原理呢？

晚清时期，像鲁迅这样焦虑中国的命运，转而观察世界大势，总结古国灭亡教训的思想家，最为著名的仍然是梁启超。值得关注的是，梁启超在《灭国新法论》中依次剖析了埃及、印度、波兰等古国的灭亡教训——这同样也是鲁迅反复提到的几个文明古国，但他却与鲁迅得出了迥然有别的答案。他所看重的"新法"无一不是晚清文明论包含的内容："昔之灭国者如虎狼，今之灭国者如狐狸。或以通商灭之，或以放债灭之，或以代练兵灭之，或以设顾问灭之，

---

① 鲁迅：《破恶声论》，《鲁迅全集》第8卷，第32页。

或以通道路灭之,或以煽党争灭之,或以平内乱灭之,或以助革命灭之。"① 梁启超同样把握到文明生存、发展与"力"的关联,他指出:"两平等者相遇,无所谓权力,道理即权力也;两不平等者相遇,无所谓道理,权力即道理也。"② 文明只通行于欧洲诸国之间,欧洲之外的广大世界却是强权角逐的野蛮之地,对于中国而言,增强国家实力也即实现自我的文明化。梁启超的结论反映了晚清力本论宇宙观,虽然对于"力"的形式上有所区分,但从被视作保守派的张之洞,一直到革命领袖孙中山,都把如何增强中国的"力量"作为核心议题。③ 如同对于富强的渴望,许多人相信"力量"将是中国立足现代世界的根本。鲁迅对于野蛮的重视及其以"诗力说"为中心的文学观,同样未能脱离晚清力本论的思潮。

晚清知识界对 19 世纪现代科学的接受凸显出了"力"的重要性,这种思路与一种机械论性质的自然观的形成有关。在西方科学史上,力学最初指的不过是一门技艺,其性质在 17 世纪发生了重大转变——从注重实用的人工技艺上升为解释自然背后秩序的理论科学,随着人们普遍采取机械方法研究自然,力学法则逐渐等同于自然法则。④ 这种力学本位的自然观被引介到晚清知识界,进而构成了

---

① 梁启超:《灭国新法论》,《梁启超全集》第 2 卷,北京出版社 1999 年版,第 467 页。

② 梁启超:《国家思想变迁异同论》,《梁启超全集》第 2 卷,北京出版社 1999 年版,第 459 页。

③ 张之洞在《劝学篇》中有"自强生于力,力生于智,智生于学"(张之洞:《劝学篇》,上海书店出版社 2002 年版,第 35 页)。他甚至认为需要借助兵力以壮大国威、推广教化:"教何以行?有力则行。力者,兵之谓也。故国不威则教不循,国不盛则种不尊。"(张之洞:《劝学篇》,上海书店出版社 2002 年版,第 4 页)孙中山也在《三民主义》中指出:"世界中的进化力,不止一种天然力,是天然力和人为力凑合而成。人为的力量,可以巧夺天工,所谓人事胜天。这种人为的力,最大的有两种,一种是政治力,一种是经济力。这两种力关系到民族兴亡,比较天然力还要大。"(孙中山:《孙中山选集》,人民出版社 2011 年版,第 602 页)

④ 张卜天:《从古希腊到近代早期力学含义的演变》,《科学文化评论》2010 年第 7 卷第 3 期。

改革的理论依据。以严复为例，他在《原强》中准确把握到力学与现代科学的关系，如其指出"力学者，所谓格致学也"①，考虑到严复还有所谓"富强之基，本诸格致"②的说法，力学原则更是显示出根基性的意义。"大宇之内，质力相推，非质无以见力，非力无以呈质"③，严复在《天演论》序言中描述的正是一幅根据17世纪经典物理学绘制出的机械论宇宙图景。当这种对自然世界的认识推及到人类社会中时，"力"便成了自强保种的不二法则。熟读《天演论》的鲁迅对此并不陌生，在《中国地质略论》《摩罗诗力说》等文中，他多次提到奠定了机械宇宙论基础的康德—拉普拉斯"星云假说"，这种假说认为宇宙在原理上可由物质以及相互之间的作用力构建起来，"力"是解释自然现象的最重要的基点。

与此相应，鲁迅始终将对"力"的解释与人的进化、生命问题关联在一起。在《人之历史》中，鲁迅介绍了歌德以"力量"为原则的"形蜕论"进化思想，这种观点认为，自然界中的生物虽然有着共同的本原，但是由于"力量"作用方向的不同，产生了物种"遗传"和"趋异"的现象：

> 形变之因，有大力之构成作用二：在内谓之求心力，在外谓之离心力，求心力所以归同，离心力所以趋异。归同犹今之遗传，趋异犹今之适应。④

鲁迅认为歌德的"形蜕论"是拉马克、达尔文进化学说的先驱，在介绍拉马克的生物进化观点时，他更是得出了万物生存的根基完全在于力学的观点："盖世所谓生，仅力学的现象而已。"⑤ 根据中岛

---

① 严复：《原强》，《严复集》第1册，中华书局1986年版，第7页。
② 严复：《救亡决论》，《严复集》第1册，中华书局1986年版，第43页。
③ 严复：《天演论·自序》，《严复集》第5册，中华书局1986年版，第1320页。
④ 鲁迅：《人之历史》，《鲁迅全集》第1卷，第11页。
⑤ 鲁迅：《人之历史》，《鲁迅全集》第1卷，第12页。

长文的研究，鲁迅的《人之历史》是以海克尔《宇宙之谜》第五章为依据，但有意思的是，鲁迅关于这句话的译法却与海克尔的原文存在着微妙的差异。在海克尔相应的日语译文中，这句话应为"设世人所称'生'者仅是一种物理现象"①，鲁迅在译文中用"力学"替换了原文中的"物理"。这种选择或许来自严复及晚清科学语境的影响，并显示出鲁迅对力学原则信奉之深。

在《文化偏至论》中，当鲁迅介绍施蒂纳的个人主义思想时，他再次强调"力"的作用："自由之得以力，而力即在乎个人，亦即资财，亦即权利。故苟有外力来被，则无间出于寡人，或出于众庶，皆专制也。"②鲁迅主张反抗"外力"的干扰，他强调"外力"只会对主体造成压迫，相应地，带来解放或者与主体性相关的必然是"内力"。在《摩罗诗力说》中，鲁迅在解释"摩罗诗人"的反抗与战斗精神时也指出："人得是力，乃以发生，乃以曼衍，乃以上征，乃至于人所能至之极点"③。显然，鲁迅化用了歌德与拉马克的观点，他根据力学原则解释人的生命和精神现象，指出人的力量既是自然的进化之力，又同时是内在的意志之力。鲁迅没有将力量原则限制在物理世界，而是沿着歌德、拉马克的思路，极其自然地接受了力本论的思想。我们很难在鲁迅颂扬的"摩罗诗人"的意志力与进化论的自然力之间找到清晰的界限，鲁迅并未细致区分自然的机械力和意志力的不同。18、19世纪的西方面临着机械论自然观制造出的巨大难题，如何统筹自然的必然律和人类自由意志的问题困扰了诸多思想家，康德虽然自信运用力学原则和物质造出世界，但他的观点在解释生命或精神现象时仍然陷入了僵局。

不过，在《破恶声论》中，鲁迅表现出对这种含混认识的反思，

---

① [日]中岛长文：《蓝本〈人之历史〉》，陈福康译，《鲁迅研究资料》第12辑，天津人民出版社1983年版。
② 鲁迅：《文化偏至论》，《鲁迅全集》第1卷，第52页。
③ 鲁迅：《摩罗诗力说》，《鲁迅全集》第1卷，第70页。

在呼唤"诗人英雄"的出场时,鲁迅刻意补充了一段与"力"的作用方式有关的原理,他指出,人类正因可以抗拒"外力"而成为自然界的最高等生物:

> 夫外缘来会,惟须弥泰岳或不为之摇,此他有情,不能无应。然而厉风过窍,骄阳薄河,受其力者,则咸起损益变易,物性然也。至于有生,应乃愈著,阳气方动,元驹贲焉,杪秋之至,鸣虫默焉,蠛飞蠕动,无不以外缘而异其情状者,则以生理然也。若夫人类,首出群伦,其遇外缘而生感动拒受者,虽如他生,然又有其特异;神畅于春,心凝于夏,志沉于萧索,虑肃于伏藏。情若迁于时矣,顾时则有所连拒,天时人事,胥无足易其心,诚于中而有言;反其心者,虽天下皆唱而不与之和。①

鲁迅以"心"说明人类与自然界其他生物不同之处,因此,当鲁迅寄希望于那些"诗人英雄"拯救世界的时候,他所期待的"诗力"也指向了人类内在的精神或意志层面。这段文字对人类的定位显示出鲁迅对"外力"的拒绝,为了强调内在意志力更高的等级,他特别将人类与那些只能被动承受"外力"影响的自然事物区分开来。如果人类建立自我主体意识的根基在于"内力",那么,实现民族革新与文明复兴最为根本的任务便在于将中国人精神深处的这种力量激发出来。这与鲁迅对晚清文明论的批判基于同样的原理,发展军事、工商业以及政治改良体现了这里所说的"外力",鲁迅反其道而提出"内部文明"与"野蛮之力",无不将改革的目标引向了更为内在的"人"的灵魂的重塑。如果再次将鲁迅的论述与梁启超总结出的"灭国新法"相比较,我们会发现:梁启超推崇的力量的各种形式——如工商、军事和政体形式,也即晚清文明论所包括的

---

① 鲁迅:《破恶声论》,《鲁迅全集》第 8 卷,第 25 页。

主要内容，基本停留在"外力"的层面，相反，鲁迅对于人类在自然界中的定位促使他坚信，只有从更为内在的意志和精神出发，才能真正解决人类社会问题。

比起建造坚船利炮与发展资本经济这些物质性、外在性的诱惑，无论意志力还是据此提出的"摩罗诗力"，都难以被直接把握。在晚清崇尚物质与功利的语境中，仍有必要用更加切实的经验性的案例对此进行说明。在《摩罗诗力说》第二节结尾，鲁迅运用大段篇幅叙述了普鲁士人民战胜拿破仑帝国军队的战役，以说明"诗力"远比可见的物资、战备更为切实和有效。在叙述这段历史时，鲁迅特别强调阿恩特（E. M. Arndt）和柯尔纳（Theodor Körner）两位诗人对于扭转战局的关键意义。1806 年，战败的普鲁士沦为拿破仑帝国的附属，阿恩特"以伟大壮丽之笔，宣独立自繇之音"①，写下《时代精神篇》。虽然阿恩特被迫逃亡瑞典，但普鲁士人民的反抗意志已经被他的诗歌激发出来了。当 1812 年拿破仑败走莫斯科之后，普鲁士民众为自由、独立而战的呼声变得空前高涨。此时，柯尔纳投笔从戎，加入反抗法国统治的义勇军队伍，鲁迅也在这里打破原本语气平静的叙述，直接引用了柯尔纳的原文：

> 吾之吟咏，无不为宗邦神往。吾将舍所有福祉欢欣，为宗国战死。嗟夫，吾以明神之力，已得大悟。为邦人之自由与人道之善故，牺牲孰大于是？热力无量，涌吾灵台，吾起矣！②

这里，"诗力"被具体化为柯尔纳的"明神之力""热力无量"等表述。这段以第一人称展示出来的激昂慷慨的文字，同时也寄托了鲁迅的期望。鲁迅强调柯尔纳的诗歌叫喊出了所有德国青年人的心声，其力量影响深远："开纳之声，即全德人之声，开纳之血，亦

---

① 鲁迅：《摩罗诗力说》，《鲁迅全集》第 1 卷，第 72 页。
② 鲁迅：《摩罗诗力说》，《鲁迅全集》第 1 卷，第 72 页。

即全德人之血耳。"① 他很可能把自己想象成了其中的一员。鲁迅早就把自己的人生选择与民族命运紧密维系在了一起，在《自题小像》(1903) 中，他同样写下过"灵台无计逃神矢，风雨如磐暗故园。寄意寒星荃不察，我以我血荐轩辕"的豪迈诗句。

在空前团结的精神气氛中，普鲁士成功推翻了拿破仑帝国的统治，诗人在战争中的关键作用鼓励了鲁迅，让他更加坚信精神和诗歌的力量。鲁迅总结道："推而论之，败拿坡仑者，不为国家，不为皇帝，不为兵刃，国民而已。国民皆诗，亦皆诗人之具，而德卒以不亡。此岂笃守功利，摈斥诗歌，或抱异域之朽兵败甲，冀自卫其衣食室家者，意料之所能至哉？然此亦仅譬诗力于米盐，聊以震崇实之士，使知黄金黑铁，断不足以兴国家。"② 这种对"诗力"的彰显同样解释了鲁迅有关文学"不用之用"的主张，对他而言，诗歌或文学当然有其用武之处，它们肩负再造文明与民族主体的历史使命，但其作用的原理，却与借助"外力"的功利改革和道德说教根本不同。"诗力"诉诸人的情感和精神世界，旨在激荡读者内在的意志力，进而获得超出"外力"强制的结果，所谓"元气体力，则为之陡增也。故文章之于人生，其为用决不次于衣食，宫室，宗教，道德"③。对此，阿恩特和柯尔纳两位诗人已经给出了历史的证明，鲁迅一再强调"诗力"在这场斗争中的决定性意义，而他的目的正在于，通过把普鲁士人民胜利经验的"内质"④ 展现出来，以此指出中国民族革命、文明复兴的道路和方向。

不过，最后还存在一个重要问题，当鲁迅将主体的意志力量弘扬到如此高度的时候，他还是一位进化论的信奉者吗？自然科学要求坚持因果关系、普遍法则与必然性的规律，排斥人类意志的干预，

---

① 鲁迅：《摩罗诗力说》，《鲁迅全集》第 1 卷，第 72 页。
② 鲁迅：《摩罗诗力说》，《鲁迅全集》第 1 卷，第 72—73 页。
③ 鲁迅：《摩罗诗力说》，《鲁迅全集》第 1 卷，第 73 页。
④ 鲁迅：《摩罗诗力说》，《鲁迅全集》第 1 卷，第 73 页。

如果鲁迅还是进化论的信奉者，那么，他显然违背了达尔文的旨意，因为达尔文的自然选择机制首先将意志论排除在外，换言之，达尔文的自然选择学说所关注的恰恰是那些被鲁迅批判为"外力"的东西。① 当然，不止是鲁迅，晚清的力本论思潮同样说明这种问题。在源头上，力本论只是一种与人的意志完全无关的解释宇宙起源的假说，却被引申用来强调发挥人的主体能动性。按照达尔文的进化论的观点，中国的命运只能等候自然发落，人力无法干涉自然选择的过程，这种推论无法为人们所接受。

事实上，进化论最初进入中国时就附带了这对矛盾：一方面，人们认可物竞天择、适者生存的自然决定论；另一方面，又以此号召自强保种，改变中国人的历史命运。史华慈（Benjamin I. Schwartz）、浦嘉珉等西方学者都曾表示，难以从理论层面对此进行解释。鲁迅在这样的气氛中接受进化论，也使得他的思想结构中存在着自然决定论与自由意志论的矛盾。尽管他表示自己早年"只信进化论"②，但从鲁迅强调人类意志力来看，他距离达尔文的那种具有决定论性质的进化主义存在不小的距离。鲁迅甚至在违背达尔文旨意的道路上走得更远，例如他所推崇的尼采的观点以及"摩罗诗人"的"诗力说"，无疑都是最为远离自然决定论的。

鲁迅与达尔文的关系并不像他表面陈述的那样令人信服。如果仍然承认鲁迅是进化论者，那么他实际上更接近于一位拉马克主义者。浦嘉珉即坚持这样的观点，他认为晚清知识界普遍误读了达尔文，相信人类的力量可以改变进化与潜能无限的观点，使得达尔文

---

① 达尔文这样解释他在使用"自然选择"这一术语时的考虑："还有一些人反对选择这一用语，认为它含有这样的意义：被改变的动物能够进行有意识的选择；甚至极力主张植物既然没有意志作用，自然选择就不能应用于它们！照字面讲，没有疑问，自然选择这一用语是不确切的……我所谓'自然'，只是指许多自然法则的综合作用及其产物而言，而法则是我们所确定的各种事物的因果关系。"[英]达尔文：《物种起源》，周建人、叶笃庄、方宗熙译，商务印书馆2013年版，第95—96页。

② 鲁迅：《〈三闲集〉序言》，《鲁迅全集》第4卷，第6页。

的进化论被误读成了拉马克主义,在这一点上,鲁迅并没有什么特别之处。① 安德鲁·琼斯也认为近代中国实际上更容易接受拉马克的观点,"若摒除拉马克,就是等于承认:中国人民无法通过主体性的自强进化而改变自身在帝国主义地缘政治的残酷游戏里的悲惨境遇"②。作为引导鲁迅批评19世纪文明史学的先驱,尼采对达尔文嗤之以鼻,却对拉马克别有好感,原因在于拉马克强调内在于生物体的可塑性力量,并指出在生物适应环境的过程中,不是外在性,而是内在性力量起着主导作用③。由此,将鲁迅归结为拉马克主义者似乎更为恰当。不过,生物史家鲍勒(Peter J. Bowler)指出,拉马克并没有到了认为动物凭借意志力就可以主动改变自身形态的地步④。即便达尔文也产生了这种误会,他在写给胡克的信里指责"拉马克胡说什么……适应出自动物迟缓的自愿"。被誉为进化生物学史权威的恩斯特·迈尔同样指出这一点,这种误会产生原因之一是拉马克行文草率,使"besoin"这个在法语中表示"需求"("need")的词语被错译成"欲望"("want"),拉马克精心推敲的——由需求到努力到生理刺激到刺激生长到结构形成——因果链由此被忽略了。⑤ 迈尔认为,拉马克并未简单到得出动物通过欲望的想象即可产生新结构的结论。

如果以鲍勒和迈尔的观点来看,那么,提倡"摩罗诗力"的鲁迅甚至算不上一位合格的拉马克主义者。拉马克处于科学范式转换的关键时期,生活于18世纪下半叶到19世纪初期法国的拉马克曾

---

① James Reeve Pusey, *Lu Xun and Evolution*, New York: State University of New York Press, 1998.

② [美]安德鲁·琼斯:《狼的传人:鲁迅·自然史·叙事形式》,王敦、李之华译,《鲁迅研究月刊》2012年第6期。

③ [法]吉尔·德勒兹:《尼采与哲学》,周宇、刘玉宇译,社会科学文献出版社2001年版,第63页。See also Richard Schacht, "Nietzsche and Lamarck", *Journal of Nietzsche Studies*, Vol. 44, No. 2 (Summer 2013), pp. 264–281.

④ [英]鲍勒:《进化思想史》,田洺译,江西教育出版社1999年版,第45页。

⑤ [美]迈尔:《生物学思想发展的历史》,涂长晟译,四川教育出版社2010年版,第235页。

经受到了浪漫主义思潮的冲击，他的进化论连接着启蒙运动与浪漫主义两段时期。在1787—1800年，当他的研究重心从植物学向动物学转移的时候，拉马克重新定义了自然的观念，他开始承认生物的连续性、多样性与创造性，并由此突破了古典主义僵化、静止的生物学谱系。此外，拉马克也反对伽利略、牛顿基于数学原理所建构的以分析、量化为特征的宇宙模型。[①] 这些因素或许能够促使尼采对拉马克抱有好感，也让研究者们认为鲁迅是拉马克主义者，不过，当他们走向唯意志论时，就明显比拉马克激进了。

[①] See Charles Coulston Gillispie, "Lamarck and Darwin in the History of Science", *American Scientist*, Vol.46, No.4 (December1958), pp.388-409. Frans A. Stafleu, "Lamarck: The Birth of Biology", *Taxon*, Vol.20, No.4 (Aug., 1971), pp.397-442.

第四章

诗歌、政治与伦理

晚清中国面临社会关系重组的压力,如何在天下秩序瓦解之后建设富强的现代国家成为知识界普遍焦虑的议题①。在此背景下,以"群治""合群"为目的的"群学"尤受重视。正如严复称斯宾塞"宗天演之术,以大阐人伦治化之事,号其学曰'群学'",这一思路来自生物进化论的激发并强烈挑战着传统中国的伦理秩序。② 对于晚清的众多改革者而言,如果进化论警示了变革的迫切性,那么行动的纲领就是"群学"。尽管个体结合成群的路径与方式有许多种,但最重要的是,它们必须被统摄在国家建设的范畴中。③ 与此相应,鲁迅早年呼唤杰出的天才和个人主义者,多次表示出对群体的不信任,这很容易使人认为他否定了晚清的群学思潮。

如果严格寻找鲁迅对于"群学"的观点,最为明确的是在《摩罗诗力说》中,他从诗学切入群学思潮:"顾有据群学见地以观诗者,其为说复异:要在文章与道德之相关。谓诗有主分,曰观念之诚。其诚奈何?则曰为诗人之思想感情,与人类普遍观念之一致。得诚

---

① [美]列文森:《儒教中国及其现代命运》,郑大华译,中国社会科学出版社2000年版,第82—89页。

② 严复:《原强》,《严复集》第1册,中华书局1986年版,第16页。

③ 严复:《〈群学肄言〉译余赘语》,《严复集》第1册,中华书局1986年版,第125、126页。

奈何？则曰在据极溥博之经验。故所据之人群经验愈溥博，则诗之溥博视之。所谓道德，不外人类普遍观念所形成。故诗与道德之相关，缘盖出于造化。诗与道德合，即为观念之诚，生命在是，不朽在是。非如是者，必与群法僻驰。"① 鲁迅认为，晚清主流的诗学理论体现了相应的群学与道德观念，"诗学""群学""道德"这三者实质上是一体的关系。

鲁迅表示他的诗学观与那些"据群学见地以观诗者"不同，对此，我们能否推想，鲁迅早年的诗学观中也融入了他的道德观与群学观？这种推想并非没有依据，事实上，正是在这篇文章开篇，鲁迅引用卡莱尔的观点并以但丁、莎士比亚为例，强调诗歌对于民族、国家统一的意义。如果进一步考虑，鲁迅早年虽然倡导个人主义与自我，却又在《破恶声论》中指出"人各有己，而群之大觉近矣"②——这意味着他并未完全放弃"群学"思路，那么，鲁迅与晚清的"群学"潮流存在着怎样的关系？

第一节　群学与诗学

一　群学的义理基础与载道的诗教传统

为了向晚清的读者更充分地解释群学，严复想到了荀子，他试图把荀子的思想与群学联系起来。在较早介绍群学的《原强》中，严复指出："'群学'者何，荀卿子有言：'人之所以异于禽兽者，以其能群也。'凡民之相生相养，易事通功，推以至于兵刑礼乐之事，皆自能群之性以生，故锡彭塞氏取以名其学焉。"③ 不过，荀子关于"群"的设想与斯宾塞的思路并不相同，严复这里真正服膺的是斯宾

---

① 鲁迅：《摩罗诗力说》，《鲁迅全集》第1卷，第74页。
② 鲁迅：《破恶声论》，《鲁迅全集》第8卷，第26页。
③ 严复：《原强》，《严复集》第1册，中华书局1986年版，第6页。

塞,而非荀子。对于斯宾塞的方案,他在不久之后的《天演论·自序》中指出"以天演自然言化,著书造论,贯天地人而一理之"①。斯宾塞的思路包含着人与自然一元论的指向,他依据进化观念重新规划了人类社会体系,这一点恰恰与荀子形成了对立。

严复虽然假借荀子的理论解释群学,但恐怕只是借重了字面上的相似,因为荀子有关"群"的设想,并不像斯宾塞那样从生物学推导出来,而恰恰表现为克服自然的道德主义方式。换言之,这是两种关于群学的思路。荀子指出,人类区别于其他生物的地方就在于能够结成群体,所谓"人能群,彼不能群也"②。如果说生物学构成了斯宾塞群学理论的基础,那么,荀子恰恰反对将这种原理直接引入人类社会。作为晚清群学思想最为重要的鼓吹者,受严复影响的梁启超同样认为"夫群者万物之公性也,不学而知不虑而能也"③,又有"譬之物质然,合无数'阿屯'而成一体,合群之义也"④。荀子当然不能认同这种观点,他对于"群"有着更高的道德标准。出于对人性的悲观看法,荀子认为,人类之间的争夺不可避免——这与进化论描绘的生存斗争的图景颇为相似,为了实现停止纷争、实现合群的目标,必须首先"明分",只有通过制定相应的等级和礼仪秩序,人类才能够从混乱的自然状态走向治理。⑤ 荀子尤其强调"隆礼重法"的必要性并对社会道德的塑造提出严格要求,但晚清改革者对于秉持这种观点的荀子并不愿给予正面评价,甚至责

---

① 严复:《天演论·自序》,《严复集》第 5 册,中华书局 1986 年版,第 1320 页。
② 王先谦:《荀子集解·王制篇第九》,中华书局 2013 年版,第 194 页。
③ 梁启超:《〈说群〉·序》,《梁启超全集》第 1 卷,北京出版社 1999 年版,第 94 页。
④ 梁启超:《十种德性相反相成义》,《梁启超全集》第 2 卷,北京出版社 1999 年版,第 429 页。
⑤ 荀子在《性恶》篇中有云:"从人之性,顺人之情,必出于争夺,合于犯分乱理,而归于暴。故必将有师法之化,礼义之道,然后出于辞让,合于文理,而归于治。"(《荀子集解·性恶篇第二十三》,中华书局 1988 年版,第 434 页)

备正是荀子造成了中国两千多年的停滞局面。①

除了斯宾塞，同样不可忽视赫胥黎对晚清群学思潮的引领作用。赫胥黎反对将自然原理引入人类社会，总体上，他与荀子的观点相近而远离斯宾塞式的一元论。赫胥黎根据现代生物学的证据，例如，通过对蜂群的观察，论证了社会组织并非人类独有，生物出于自我保存的功能需要同样会产生合群的要求。不过，赫胥黎随后开始排斥自然主义的思路，他指出，人类社会与蜂群存在着"巨大的、根本性的差异"②。事实上，赫胥黎虽然承认人类出于自然天性而建立群体，但他呼吁人类在结合成为群体的过程中不断对动物性的天性进行遏制——趋利避害、贪图享乐的本能带有天然的反社会倾向，对此必须诉诸人类特有的情感交流方式。

与荀子诉诸礼法的办法不同，赫胥黎更为强调情感的重要性，具体而言，即同情心，如其认为："社会的每一次进步，都使人与人之间的关系变得更为紧密，也使得因同情而生的苦乐感变得愈发重要。"③ 在亚当·斯密的影响下，赫胥黎进一步指出："人类除了天然的人格外，还有一种人为的人格被建立起来，即'内在人'，也就是亚当·斯密所说的'良心'。它是社会的看守人，负责把自然人的反社会倾向限制在社会福利所要求的限度之内。"④ 赫胥黎认为人类特有的情感铸就了社会的原始纽带，并在随后进化为组织化和人格化的同情心（即"良心"），这种情感进化被他称为"伦理过程"。赫

---

① 例如，谭嗣同攻击荀子："二千年来之政，秦政也，皆大盗也；二千年来之学，荀学也，皆乡愿也。"（谭嗣同：《仁学》，《谭嗣同全集》，天津古籍出版社2016年版，第47页）梁启超曾与谭嗣同、夏曾佑等人在晚清倡议排荀运动（梁启超：《清代学术概论》，上海古籍出版社1998年版，第84页）。

② ［英］赫胥黎：《进化论与伦理学》，宋启林等译，北京大学出版社2010年版，第11页。

③ ［英］赫胥黎：《进化论与伦理学》，宋启林等译，北京大学出版社2010年版，第12页。

④ ［英］赫胥黎：《进化论与伦理学》，宋启林等译，北京大学出版社2010年版，第13页。

胥黎能够和亚当·斯密走到一起，在于他们共同相信一种自 18 世纪便在英国知识界流行的交感心理学。18 世纪的伦理学家颇为关注人类情感的原理以及相互之间的同情心的作用，休谟、哈特利、亚当·斯密和葛德文都曾对心灵交感现象表示出浓厚兴趣，"力图通过这一概念来填平原子个体主义（以经验哲学为前提）与可能的利他主义之间的鸿沟——也就是 18 世纪所谓'自爱与博爱'之间的鸿沟"①。

对亚当·斯密了解甚深的严复，并非不知道两人之间的相似②，但严复无法认可赫胥黎从同情心出发建立的伦理学，他指责赫胥黎犯了倒果为因的错误："赫胥黎保群之论，可谓辨矣。然其谓群道由人心善相感而立，则有倒果为因之病，又不可不知也。"③严复否定了人类通过内在情感的共通建立群体的可能，他认为，人类社会的组织原则原本是"安利"，只有在共同利益的基础上，才可能谈论所谓的情感或同情心问题，但这已然是人类群体建立之后的结果（即如何"善群"的问题），而不是原因，如果人类在形成群体之初就追求情感相通，那么这样的人类群体早就灭亡了，根本无法在自然界残酷的生存斗争中存活下来。④

相比严复，梁启超或许更能领会赫胥黎所说的同情心。作为一

---

① ［美］艾布拉姆斯：《镜与灯：浪漫主义文论及其批评传统》，郦稚牛等译，北京大学出版社 2015 年版，第 393 页。

② 严复在《天演论·制私》案语中有："且以感通为人道之本，其说发于计学家亚丹斯密，亦非赫胥黎氏所独标之新理也。"（《严复集》第 5 册，中华书局 1986 年版，第 1347 页）

③ 严复案语，《严复集》第 5 册，中华书局 1986 年版，第 1347 页。

④ 如严复《天演论·制私》案语："盖人之由散入群，原为安利，其始正与禽兽下生等耳，初非由感通而立也。夫既以群为安利，则天演之事，将使能群者存，不群者灭；善群者存，不善群者灭。善群者何？善相感通者是。然则善相感通之德，乃天择以后之事，非其始之即如是也。其始岂无不善相感通者？经物竞之烈，亡矣，不可见矣。赫胥黎执其末以齐其本，此其言群理，所以不若斯宾塞氏之密也。且以感通为人道之本，其说发于计学家亚丹斯密，亦非赫胥黎氏所独标之新理也。"（《严复集》第 5 册，中华书局 1986 年版，第 1347 页）

位情感丰沛的政治改革家，梁启超多次尝试从情感角度解决群治问题，他提出的"小说界之革命"即试图利用情感发动变革。1902年，在《论小说与群治之关系》这篇名文中，梁启超鼓吹小说革命能够起到更新国民道德、宗教、政治、风俗、学艺、人心、人格等全方面的作用，其中关键的原因便在于，小说具有一种"不可思议之力以支配人道"的力量，并能够通过熏、浸、刺、提四个步骤，实现"移人情"的总体目标。不过，尽管梁启超将小说的功能与群治联系在一起，甚至将小说比作维持生命必需的空气和食物，但可以明确指出的是，在他的论述中，小说从来没有获得独立性的位置：一方面，小说被批判是群治毒药，例如，梁氏认为诲淫诲盗的传统小说背负着群治衰败总根源的责任；另一方面，他又相信小说可以在所谓的正确的理念引导下，转而变为群治的理想手段。[①] 正是因为情感本身的盲目性，才格外需要外在的人为干预。如果说小说具有转移性情的作用，那么，为了铸造一个全新的现代国家，就需要根据相应的政治蓝图对这种情感进行合理的规训与引导，使其走上合理、健康的方向。

更为直接表明这种诗学观的政治指向的，是较早的《〈译印政治小说〉序》(1898)。这篇文章同样着眼于转移性情的方法问题，例如梁启超开篇便说"善为教者，则因人之情而利导之"[②]。他认为，在欧洲各国以及日本的现代化改革中，小说，尤其是政治小说居功甚伟，政治家只要将主张寄托在字里行间，继而散布到贩夫走卒与妇女童孺的手上，在潜移默化中对其完成引导性的情感教育，积久便将收到思想革新、政治革命的效果。事实上，相对于20世纪初的日本文学界，这种认识已经相当滞后。政治小说的全盛期

[①] 梁启超：《论小说与群治之关系》，《梁启超全集》第4卷，北京出版社1999年版，第884—886页。

[②] 梁启超：《〈译印政治小说〉序》，《梁启超全集》第1卷，北京出版社1999年版，第172页。

是在明治十年至二十年（1877—1887），这种小说的目的在于政治宣传，也被认为是一种政治性和观念性较强的意识形态小说。日本学者铃木修次认为："日本明治初期兴盛一时的政治小说蕴含着的文学观，更接近于中国的传统性的思考，可以说这种现实主义的政治小说意识，正是从汉学氛围中产生出来的。"① 这也意味着梁启超的文学观未必要从日本寻找根源，铃木修次间接指出了梁启超文学观中的"传统性"。在这个意义上，梁启超重视小说对于人道、群治的支配作用并不新颖，而很可能根源于中国传统"文以载道"的观念。

这与鲁迅批判的"据群学见地以观诗者"的看法便非常接近了。不过，仍有必要指出，梁启超与赫胥黎对情感的认识存在差异。在赫胥黎看来，作为人类的内在本能，情感铸塑造了人群的纽带并进化出作为伦理基础的同情心，正如他认为人类是自然界的生物又必须对抗自然界一样，道德起源于人类的自然天性却同时需要对之进行约束。② 相比之下，梁启超只是主张用外在的政治理念和道德要求教化个体的情感，换言之，他并没有认识到情感本身对于构建人类社会的意义，因而也没有赫胥黎思想深处的紧张感。梁启超重视情感的力量，主要在于推行改革的现实功利性需要。

最初，热心文学运动的青年鲁迅被梁启超的论述折服。1903年，在翻译凡尔纳的科学小说时，鲁迅延续了梁启超对小说使命的论述，例如他将小说作为传播科学的手段："盖胪陈科学，常人厌之，阅不终篇，辄欲睡去，强人所难，势必然矣。惟假小说之能力，被优孟之衣冠，则虽析理谭玄，亦能浸淫脑筋，不生厌倦。"③ 这种观

---

① ［日］铃木修次：《中国文学与日本文学》，吉林大学日本研究所文学研究室译，海峡文艺出版社1989年版，第11页。

② ［英］赫胥黎：《进化论与伦理学》，宋启林等译，北京大学出版社2010年版，第13页。

③ 鲁迅：《月界旅行·辨言》，《鲁迅著译编年全集》第1卷，人民出版社2009年版，第28页。

点颇能体现梁启超文教观念的影响。梁启超认为小说能够"移人情",作为回应,鲁迅同样指出科学小说的本质即是"经以科学,纬以人情"①。此外,鲁迅还强调科学小说"必能于不知不觉间,获一斑之智识,破遗传之迷信,改良思想,补助文明"②,不仅与梁启超要求"载道"的文学观相类似,两者的修辞和语气也非常接近。无论是梁启超还是这时的鲁迅,都只强调小说作为宣传手段的工具性意义,情感不过是其间的催化剂。

梁启超选择从小说推动政治改革,在于他相信小说能够有效地引导人们的情感世界,正如铃木修次所言,这种功利主义的立场很容易让人联想起古代中国"载道"的诗教传统。从孔子开始,儒家士大夫就不断要求文学承担起伦理教化的使命,如有所谓"温柔敦厚,诗教也"(《礼记·经解》)"兴于诗,立于礼,成于乐"(《论语·泰伯》)以及"修道之谓教"(《中庸》)……这种理论意图通过诗教建立符合儒家道德理想的政治秩序。此外,儒家还有"诗可以群"(《论语·阳货》)的说法,也与梁启超强调小说对于群治的作用颇为相近。虽然梁启超所谓的"群"的指向已经发生改变,也不再以礼乐教化为目标,但他强调维系群体的"公德"却仍然延续了重视道德教化的儒家传统。尽管鲁迅最初被这种诗学观吸引,但当 1907 年写下《摩罗诗力说》的时候,他所展现的有关于文学的认识,使得梁启超的小说理念以及儒家以道德教化为宗旨的诗教传统最终都构成了他的对立面。

二 "自由":言志论的新内涵

当鲁迅驳斥晚清的诗教论时,他同样深入考察了中国古代的诗

---

① 鲁迅:《月界旅行·辨言》,《鲁迅著译编年全集》第 1 卷,人民出版社 2009 年版,第 27 页。
② 鲁迅:《月界旅行·辨言》,《鲁迅著译编年全集》第 1 卷,人民出版社 2009 年版,第 28 页。

学传统。鲁迅多次引用魏晋时期文学理论家刘勰的观点,他对于《文心雕龙》的兴趣或许受到了老师章太炎的影响。另外,也有学者认为,鲁迅的观点受到了明治日本文学界如著有《小说神髓》的坪内逍遥以及夏目漱石、森欧外等人的影响。[1] 鲁迅通过《摩罗诗力说》表达的诗学观,尽管线索颇为复杂,但最主要的仍然可以明确是来自19世纪西方浪漫主义文学的资源。这些不同方向的理论资源汇集在一起,使得鲁迅的诗学观既不同于儒家的传统诗教,也明显有异于梁启超功利主义的文学改革思路。

在《摩罗诗力说》中,最为集中体现鲁迅诗学观的是他对于"诗言志"传统的阐发。他从中国古代诗学中发掘出"言志"传统以对抗晚清"载道"的文学观,但事实上,鲁迅所谓的"言志",其内在含义已经发生了深刻转变。此外,还需要说明的是,鲁迅并没有更为细致地区分诗歌与其他文体的差异,而是从文学的总体性、根源性的层面对此展开论述。鲁迅认为,"诗"在本质上是对于人之自然本性的抒发,不应受到任何形式的束缚,他详细分析了古代的"言志"传统:

> 如中国之诗,舜云言志;而后贤立说,乃云持人性情,三百之旨,无邪所蔽。夫既言志矣,何持之云?强以无邪,即非人志。许自繇于鞭策羁縻之下,殆此事乎?然厥后文章,乃果辗转不逾此界。[2]

如果以舜的"言志"说为起点,中国诗学曾经在正确的方向上,那么舜的旨意恰恰被此后的士大夫们有意篡改了。鲁迅提到了儒家"思无邪"的诗教传统,"无邪"出自孔子"诗三百,一言

---

[1] 黄开发:《中外影响下的周氏兄弟留日时期的文学观》,《鲁迅研究月刊》2004年第1期。

[2] 鲁迅:《摩罗诗力说》,《鲁迅全集》第1卷,第70页。

以蔽之，思无邪"（《论语·为政》），他认为，儒家"思无邪"的道德教化从外部禁锢了主张自由的"言志"传统。

当"志"的内涵被舜之后的"后贤"改换成"无邪"的道德教化时，"言志"传统就误入了歧途。鲁迅反问，难道存在着一种被鞭打、管教出来的自由吗？《鲁迅全集》（人民文学出版社2005年版）对此有两处注释，一是在"舜云言志"之后，指明出处为"《尚书·舜典》：'诗言志，歌永言，声依永，律和声'"，二是说明"自繇"即"自由"①。但对鲁迅所引的这一段文字而言，这两处注释却不足以说明问题，而且鲁迅也未必是直接从《尚书·舜典》中引出了"言志"的传统。

这段话明显化用了刘勰《文心雕龙·明诗》中的一段论述：

> 大舜云：诗言志，歌永言。圣谟所析，义已明矣。是以在心为志，发言为诗，舒文载实，其在兹乎！诗者，持也，持人情性；三百之蔽，义归无邪，持之为训，有符焉尔。②

按鲁迅的意思，他是服膺大舜的"言志"说的，但刘勰的解释恰恰与大舜相反，他抱持着诗歌应当"持人情性"的观点，很符合鲁迅批评的"后贤"。尽管生活于魏晋时期的刘勰并不像后世儒者那样思想僵化，例如，他同样认为诗歌应当抒发性情，重视情感在养成人格与施行教化过程中的意义，并以自然作为评判文学的标准，但将让鲁迅感到不满的是，刘勰最后也要向儒家"止乎礼义"的诗学观折中③。鲁迅指出，从大舜到后贤的变化导致了"言志"传统内部的自相矛盾。当然，更关键的在于，鲁迅这时已经

---

① 参见《鲁迅全集》第1卷，第106页。
② （南朝梁）刘勰著，范文澜注：《文心雕龙注·明诗》，人民文学出版社1958年版，第65页。
③ 例如刘勰在《文心雕龙·序志》中表示"唯务折衷"。

对于"志"做出了不同于古人的理解。

事实上，中国的文学理论家并不曾把"志"独立出来，"言志"与"载道"也不像鲁迅描述的是相互矛盾的两种传统，而恰恰与人伦、政教等问题密切地缠绕在一起。①《诗大序》云："诗者，志之所之也，在心为志，发言为诗。情动于中而形于言，言之不足，故嗟叹之……故正得失，动天地，感鬼神，莫近于诗。先王以是经夫妇，成孝敬，厚人伦，美教化，移风俗。"与此相对，一个值得注意的现象是，鲁迅将"言志"明确指向了"自由"，而这是一个中国传统诗学无法提供的概念。

鲁迅强调文学是生命感性的自由抒发，这种观点并不符合传统诗学中的"言志"说。鲁迅自己也意识到这一点，因此，他在引用《文心雕龙·明诗》的时候将大舜与后贤做出了区分，并用"而"字表示转折，后贤的问题在于，他们用道德说教遮蔽了"言志"原初的含义。显然，他的努力在于揭除这种错误解读的蒙蔽，而恢复"言志"说本来的面目。在批评了后贤对于"言志"的误解之后，鲁迅一再指出，应当允许诗人自由地抒发自然界给人的真切而美好的感受，所谓"心应虫鸟，情感林泉""抒两间之真美"，而不必"拘于无形之囹圄"②。鲁迅认为，只有这样才算还原了大舜的旨意，也才能够切近"言志"的真正含义。相比刘勰，魏晋时期的另一位文学理论家陆机的"诗缘情"理论或许更接近鲁迅的诗学观，但鲁迅并不愿放弃"言志"传统。这种思路使得鲁迅与清代诗人袁枚以

---

① 例如朱自清便指出"言志"和"载道"并不对立，"'言志'的本义原跟'载道'差不多，两者并不冲突，现时却变得和'载道'对立起来"（《诗言志辨 经典常谈》，商务印书馆 2011 年版，第 8 页）。朱自清的批评原本针对周作人《中国新文学的源流》(1932)中将"载道"与"言志"对立的论述，也可对应于早期鲁迅的言志论。周氏兄弟的文学观具有明显的相似性，尤其早年留学日本时期。

② 鲁迅：《摩罗诗力说》，《鲁迅全集》第 1 卷，第 70、71 页。

抒发"性灵"为追求的诗学观点相当接近。① 在《文化偏至论》中，鲁迅批判晚清学界对西方"物质"与"众治"的崇拜时，即以开启人的"性灵"为由，指出"曷弗启人智而开发其性灵，使知罟获戈矛，不过以御豺虎，而喋喋誉白人肉攫之心，以为极世界之文明者又何耶？且使如其言矣，而举国犹屏，授之巨兵，奚能胜任，仍有僵死而已矣"②。鲁迅希望建立人的主体性，他讽刺那些渴慕强权、暴力与物质利益，却在精神上麻木不仁的群治主义者。这段话也显示出，鲁迅对于主张抒发"性灵"的诗学传统不仅相当熟悉，而且为之赋予了高度的现实指向性和社会批判性。

不过，还是让我们重新回到鲁迅与刘勰的纠葛中。鲁迅早年在文章中多次引用了刘勰的观点，但有意思的是，他往往是为了表达与刘勰不同的诗学观。鲁迅认为，如果从自由抒发性灵的诗学观出发，那么，在中国文学的历史上，屈原最有可能被视作代表性的人物，他引用了刘勰在《文心雕龙·辨骚》中对屈原的评价："才高者菀其鸿裁，中巧者猎其艳辞，吟讽者衔其山川，童蒙者拾其香草。"③ 但鲁迅颇不满于刘勰指出来的这些特点，他认为这些评价都太过注重外在的形式，忽略了诗歌的内在精神，如所谓"著意外形，

---

① 渊源上，袁枚承续了明末公安派的诗学主张，如朱自清指出："清代袁枚也算得一个文坛革命家，论诗也以性灵为主；到了他才将'诗言志'的意义又扩展了一步，差不离和陆机的'诗缘情'并为一谈。"（《诗言志辨 经典常谈》，商务印书馆2011年版，第46页）又有："'诗缘情'那传统直到这时代才算真正抬起了头。到了现在，更有人以'言志'和'载道'两派论中国文学史的发展，说这两种潮流是互为起伏的。所谓'言志'是'人人都得自由讲自己愿意讲的话'；所谓'载道'是'以文学为工具，再借这工具将另外的更重要的东西——道——表现出来'。这又将'言志'的意义扩展了一步，不限于诗而包罗了整个儿中国文学。这种局面不能不说是袁枚的影响，加上外来的'抒情'意念——'抒情'这词组是我们固有的，但现在的含义却是外来的——而造成。"（《诗言志辨 经典常谈》，商务印书馆2011年版，第48页）所谓"有人"应指周作人，朱自清认为周作人对"言志"的解释超出了传统范围，同样适用于鲁迅这里的观点。

② 鲁迅：《文化偏至论》，《鲁迅全集》第1卷，第46页。
③ 鲁迅：《摩罗诗力说》，《鲁迅全集》第1卷，第71页。

不涉内质"①。

在《破恶声论》开篇，鲁迅再次引用刘勰。他首先对比了自然界的生物与人类，强调人类与生物既相似，又有区别：

> 夫外缘来会，惟须弥泰岳或不为之摇，此他有情，不能无应。然而厉风过窍，骄阳薄河，受其力者，则咸起损益变易，物性然也。至于有生，应乃愈著，阳气方动，元驹贲焉，杪秋之至，鸣虫默焉，蠕飞蠕动，无不以外缘而异其情状者，则以生理然也。若夫人类，首出群伦，其遇外缘而生感动拒受者，虽如他生，然又有其特异；神畅于春，心凝于夏，志沉于萧索，虑肃于伏藏。情若迁于时矣，顾时则有所迕拒，天时人事，胥无足易其心，诚于中而有言；反其心者，虽天下皆唱而不与之和。②

值得注意的是，鲁迅认为人类凭借"心"的作用可与自然对抗，这与他批评刘勰未能注意屈原诗歌的内在精神同理，"心"不就是"内质"吗？然而，刘勰忽略了这一点。鲁迅对于人类与四时季节变化相互关系的论述呼应了《文心雕龙·物色》，刘勰的原文是：

> 春秋代序，阴阳惨舒，物色之动，心亦摇焉。盖阳气萌而玄驹步，阴律凝而丹鸟羞，微虫犹或入感，四时之动物深矣。若夫珪璋挺其惠心，英华秀其清气，物色相召，人谁获安！是以献岁发春，悦豫之情畅；滔滔孟夏，郁陶之心凝；天高气清，阴沈之志远；霰雪无垠，矜肃之虑深。岁有其物，物有其容；情以物迁，辞以情发。一叶且或迎意，虫声有足引心。况清风与明月同夜，白日与春林共朝哉！是以诗人感物，联类不穷，流连万象之际，沈吟视听之区；写气图貌，既随物以宛转；属

---

① 鲁迅：《摩罗诗力说》，《鲁迅全集》第1卷，第71页。
② 鲁迅：《破恶声论》，《鲁迅全集》第8卷，第25页。

采附声,亦与心而徘徊。①

刘勰虽然谈到内心与情感的问题,但他是为了说明人类情志随着自然变迁而变化,并没有鲁迅那种内心和情感不为外界所动的意思,这是两者之间最为重要的差别。如果说刘勰强调的是人类从对于自然事物的感悟中创作诗歌,那么,鲁迅恰恰要求人类从这种"物感说"中超脱出来。鲁迅认为,在自然界的万事万物之中,只有人类才能够表达出独立于自然的情感和意志,这使得他的"言志"说很难从传统中国诗学的脉络进行解释。鲁迅提出的"言志"明确指向了主体性的"自由",正是这种具有独立意识的追求使人类超越了自然群伦。与被动感应自然界变化的生物不同,人类的自由是内在的,鲁迅对刘勰的两次批评都意在表明这一点。

那么,这种追求自由的"言志"说来自何处呢?木山英雄分析过鲁迅反驳"思无邪"的原理,他认为,鲁迅之所以抵制这种诗学观点,是因为这是一种由圣人之教产生的"外部的规范和强制力",而与他此时所接受的将人的"精神"视为绝对的、内在性的西方文学观念不同。② 具体而言,这种独立于自然的、超越性的意志观念,来自鲁迅所推崇的"新神思宗"和"摩罗诗人",尤其在这些杰出的天才人物中,叔本华和尼采有关意志的解释都颇为符合鲁迅的"言志"观。不妨更进一步说,鲁迅所谓的"言志"的观点实质上接续了现代西方的意志论传统,他试图运用来自西方的新的思想资源再次激活古老的"言志"说。

三 "群之大觉":鲁迅对卡莱尔诗学观的接受

从《摩罗诗力说》的语境看,鲁迅的诗学观直接受到卡莱尔,

---

① (南朝梁)刘勰著,范文澜注:《文心雕龙注·物色》,人民文学出版社1958年版,第693页。

② [日]木山英雄:《文学复古与文学革命》,赵京华译,北京大学出版社2004年版,第226页。

这位 19 世纪英国著名的浪漫主义思想家的启发，以至于给人一种印象，鲁迅对于诗歌、诗人的定义以及诗人使命的理解都像是出自卡莱尔。在《摩罗诗力说》中，卡莱尔出现的位置亦相当瞩目。在这篇文章的第一段，鲁迅首先回顾了如印度、希伯来、埃及、波斯等古代文明的兴亡史，并在随后引用卡莱尔的观点进行总结，他认为卡莱尔指出了晚清中国救亡的方向：

> 英人加勒尔（Th. Carlyle）曰，得昭明之声，洋洋乎歌心意而生者，为国民之首义。意太利分崩矣，然实一统也，彼生但丁（Dante Alighieri），彼有意语。大俄罗斯之札尔，有兵刃炮火，政治之上，能辖大区，行大业。然奈何无声？中或有大物，而其为大也喑。（中略）迨兵刃炮火，无不腐蚀，而但丁之声依然。有但丁者统一，而无声兆之俄人，终支离而已。①

这段关涉《摩罗诗力说》主旨的文字，完全来自卡莱尔 1840 年题为"诗人英雄"的演讲（收入其《论英雄、英雄崇拜和历史上的英雄业绩》）。卡莱尔在最后向诗人但丁、莎士比亚表达了极高的赞扬，鲁迅也对照原文，几乎一字不易地抄录了下来。② 这段文字礼赞

---

① 鲁迅：《摩罗诗力说》，《鲁迅全集》第 1 卷，第 66 页。
② 卡莱尔原文是："一个民族能有一位清晰表达的代言人，能培育出一位和悦地表达民族心声的人，这确实是一件重大的事情！例如，弱小的意大利，处在分散割裂的局面，任何条约和议定书都没有能使其统一，然而，高贵的意大利，实际上是整体；意大利产生了但丁，意大利就能表达自己的心声了！全俄罗斯的沙皇是强大的，拥有如此众多的刺刀、哥萨克士兵和大炮；为在如此辽阔的土地上实现政治统一作出贡献；但是，他却不能表达心声。他确实有某种伟大，但它是一种无声的伟大。他没有为所有的人和所有的时代能听到的天才心声。他必须学会说话。至今，他还是一个巨大而无声的怪物。他的大炮和哥萨克士兵都会化为乌有，可是，但丁的心声依然可闻。有但丁的民族，定能团结一致，不是无声的俄罗斯所能相比的。"（《论英雄、英雄崇拜和历史上的英雄业绩》，周祖达译，商务印书馆 2005 年版，第 130—131 页）鲁迅省略了中间的"他没有为所有的人和所有的时代能听到的天才心声。他必须学会说话。至今，他还是一个巨大而无声的怪物"。

了作为英雄的诗人,强调诗歌对于凝聚民族精神的重要性,鲁迅认为,这正是内忧外患的中国最急需且最为根本的东西。

鲁迅在《摩罗诗力说》中赞扬拜伦、雪莱等具有反抗精神的诗人,一定意义上,但丁和莎士比亚又可以作为"摩罗诗人"的先驱——尽管卡莱尔本人对于鲁迅所崇拜的这些"摩罗诗人"或许评价不高①。当然,在卡莱尔与鲁迅之间,值得关注的并不在此,最为重要的是,卡莱尔更新了鲁迅对于诗歌和诗人本质的认识。在这篇文章第二节中,鲁迅有这样的论述:"盖诗人者,撄人心者也。凡人之心,无不有诗,如诗人作诗,诗不为诗人独有,凡一读其诗,心即会解者,即无不自有诗人之诗"②以及"国民皆诗,亦皆诗人之具。"③鲁迅此处借用了《庄子》中"撄人心"的说法,他认为在诵读"诗人英雄"的诗歌时,每一个读者内心深处所本有的诗的潜能将被激发出来,诗人与大众由此发生了内在的精神共鸣。

这与卡莱尔在"诗人英雄"演讲中对诗人和诗歌的论述很是相似:"所有人的心中,都有诗的气质;但没有一个人完全是由诗构成的。我们只要读好一首诗,我们都是诗人。"④鲁迅这里对于诗人使命感的强调明显追随了卡莱尔的"诗人英雄"观。卡莱尔还指出:"诗人与一般人之间并不像圆与方之间那样有特殊的区别,因此,一切定义都必然或多或少带有任意性。当一个人自身的诗的素质发展

---

① 韦勒克指出卡莱尔对于拜伦和雪莱的态度非常苛刻:"卡莱尔一再责备拜伦,不妨说,他以为拜伦魄力不够,甚至态度消极而无所行动,这是惊人之谈,因为他无视拜伦在希腊的业绩。"他认为卡莱尔对雪莱的评价很没眼光,卡莱尔批评雪莱"一向是个极其懦弱的家伙,令人惋惜甚于令人推崇。天才薄弱,品格薄弱(因为这二者总是同时共存);一个可怜,消瘦,心血来潮,声嘶力竭,而又苍白无力的生灵"。[美]雷纳·韦勒克:《近代文学批评史》第3卷,杨自伍译,译文出版社2009年版,第141、143页。

② 鲁迅:《摩罗诗力说》,《鲁迅全集》第1卷,第70页。

③ 鲁迅:《摩罗诗力说》,《鲁迅全集》第1卷,第73页。

④ [英]卡莱尔:《论英雄、英雄崇拜和历史上的英雄业绩》,周祖达译,商务印书馆2005年版,第92页。

到足以引人注目时,就会被其周围的人们称之为诗人。"① 卡莱尔不仅称赞诗人是英雄,他对于"一般人"所内在或本有的"诗的素质"也报以很高的信心,所谓的"诗人"或"诗人英雄",只意味着比"一般人"的"诗的素质"程度更高一些。

但不同的是,当卡莱尔论述诗人与民众通过诗歌建立联系时,他并没有鲁迅那种急于救国救民的紧张感,他所举的例子是"一般人"对于但丁描绘的地狱、莎士比亚创造的《哈姆雷特》的回应,"一般人"的内心深处潜藏着"诗的素质",只不过与但丁、莎士比亚这样的"诗人英雄"相比,两者存在程度上的差别。卡莱尔从对于诗歌的领会出发,强调"诗人"与"一般人"情感的相通,鲁迅则在卡莱尔的理论中进一步融入了时代给予他的伦理负担。对于鲁迅来说,卡莱尔的诗学原理只有指向一个团结、强大的民族国家才更有意义,这正是他论述诗学与群学关系的关键之处。

卡莱尔向他说明了诗歌在人类群体中普遍存在的情形,也是基于这种原理,鲁迅才乐观地相信:

> 诗人为之语,则握拨一弹,心弦立应,其声澈于灵府,令有情皆举其首,如睹晓日,益为之美伟强力高尚发扬,而污浊之平和,以之将破。平和之破,人道蒸也。②

根据这种诗学观点,每一个人都是"有情"之人——这构成了个体聚合成群的情感基础。当广大"有情"者会解了"诗人英雄"的心声时,两者的呼应就犹如晨曦与自然界万物生长的关系,随之萌生出了一系列深刻的内在变化,生命力日益强健的民众将展现出全新的精神面貌。鲁迅由此表明,诗歌才是通向"人道"的最有效

---

① [英]卡莱尔:《论英雄、英雄崇拜和历史上的英雄业绩》,周祖达译,商务印书馆2005年版,第92页。
② 鲁迅:《摩罗诗力说》,《鲁迅全集》第1卷,第70页。

途径。诗人个体的自由最终带来了群体性的自由,在这个意义上,诗歌具备了革命与解放的功能。鲁迅的诗学观明确地包含着一套基于"人道"的群学观与道德观,但这种理想却不是从外部强加的,而是通过主体之间内在情感的互动、激发出来的结果,因此,这是一种不同于儒家诗教以及流行于晚清的载道式的诗学观。

鲁迅相当重视这种诗学原理对于重建群体的意义,他要求"诗人英雄"再次回到群体,激发出人群的精神斗志。对他而言,"诗人英雄"只有在群体觉悟中才能获得自身的意义,"群"是"诗人英雄"以及每个平凡个体的归属。在《破恶声论》中,他再一次重复了《摩罗诗力说》中的观点,例如对"群之大觉"的描述:

> 其声出而天下昭苏,力或伟于天物,震人间世,使之瞿然。瞿然者,向上之权舆已。盖惟声发自心,朕归于我,而人始自有己;人各有己,而群之大觉近矣。①

卡莱尔的诗学原理包含着对"一般人"的信任,正是每一个个体内在的"诗的素质"构成了合群的基础。由于相信每个人都能够会解"诗人英雄"的心声,总体上,卡莱尔向鲁迅展示了一种乐观主义的诗学。鲁迅既接受了这种观点,又对之进行了补充,如其强调"人各有己",他认为,尽管每个人都会响应"诗人英雄"的呼喊,但觉醒后的个体仍是相对独立的。在群体与自我之间,始终存在着关键而且必要的张力,否则,鲁迅认为,即便起来响应的大众有千千万万,也难以破除"人界之荒凉"②。

让人感到矛盾的是,鲁迅同时指出中国古代的诗教实践违背了这一理念,并转而描绘了另一幅悲观的景象:"中国之治,理想在不撄,而意异于前说。有人撄人,或有人得撄者,为帝大禁,其意在

---

① 鲁迅:《破恶声论》,《鲁迅全集》第 8 卷,第 26 页。
② 鲁迅:《破恶声论》,《鲁迅全集》第 8 卷,第 27 页。

保位，使子孙王千万世，无有底止，故性解（Genius）之出，必竭全力死之；有人撄我，或有能撄人者，为民大禁，其意在安生，宁蜷伏堕落而恶进取，故性解之出，亦必竭全力死之。"① 在中国的实际情况是，贪婪的统治者和愚昧的大众不仅不能"会解"诗人，反而还要竭力地扼杀他们。事实上，不仅中国，鲁迅还指出，柏拉图不也在《理想国》中放逐了诗人吗？

那么，卡莱尔式的诗学原理还有效吗？鲁迅试图从诗人自身寻找依据，他仍然相信只要诗歌内在的力量足够强大，这种原理便不可否认。在确认了诗歌与民族复兴关联的前提下，诗学观念的改革显得更为重要。鲁迅仍向往"撄人心"的"摩罗诗人"，这时，他把"诗力"作为论述的重心。"摩罗诗人"之所以吸引鲁迅，是因为在他看来，他们的诗歌具备着冲击保守政治与习俗的强大力量。经过周密的考察、比较，鲁迅认为，惟有"摩罗诗人"的诗歌"力足以振人，且语之较有深趣"，能够"争天拒俗"并且"动吭一呼，闻者兴起"，引发群体的觉醒。② 鲁迅多次描述晚清的末世景象并把希望寄托在"摩罗诗人"的"诗力"中，正是在这个意义上，鲁迅批判了屈原。屈原在流放中抛开世俗束缚，痛斥人间恶浊、怀疑既定一切，尽管鲁迅对这位诗人不乏欣赏，但他还是指责屈原并未带来真正的突破，原因在于，他的诗歌"亦多芳菲凄恻之音，而反抗挑战，则终其篇未能见，感动后世，为力非强"③，继而"孤伟自死，社会依然"④。从群体的角度，鲁迅对于屈原表达了惋惜："故伟美之声，不震吾人之耳鼓者，亦不始于今日。大都诗人自倡，生民不耽。"⑤ 在鲁迅的诗学中明显多出了平民意识，他希望诗人与一般的社会大众心灵交融，但屈原以及其他的古代诗人并没有这种平民

---

① 鲁迅：《摩罗诗力说》，《鲁迅全集》第1卷，第70页。
② 鲁迅：《摩罗诗力说》，《鲁迅全集》第1卷，第68页。
③ 鲁迅：《摩罗诗力说》，《鲁迅全集》第1卷，第71页。
④ 鲁迅：《摩罗诗力说》，《鲁迅全集》第1卷，第71页。
⑤ 鲁迅：《摩罗诗力说》，《鲁迅全集》第1卷，第71页。

主义的视野，对屈原的批评无非传达了鲁迅自身的现代意识。不过，鲁迅也并未过分苛责中国的诗人，因为这本来是一件极难的事情，尤其当大多数国人还沉浸在实利念头中的时候。

鲁迅对诗人的想象不仅体现出了鲜明的群体指向，同时，他也将这种原理引入重建民族主体的进程中。伊藤虎丸指出，早期鲁迅的民族主义表现为诗人与民众组成的"两极结构"——"体现西欧普遍价值的'超人'（诗人、天才、精神界之战士）和被他们的'烛幽暗以天光，发国人之内曜'的'心声'所唤醒的'朴素之民'（农民及其'迷信'）所组成的两极结构，就是早期鲁迅的民族主义。"① 不过，他也在随后表明，所谓"两极结构"并不适合理解为诗人与民众的二元对立，两者是"普遍"与"主体"的关系。这种结构表达了鲁迅否定主流的士大夫传统，并试图在中西、古今之间重造民族精神的愿望。从鲁迅早年接受的诗学原理同样可以发现，在诗人与民众之间存在着这种普遍性的精神纽带。鲁迅相信"凡人之心，无不有诗"②，在这里，诗人和民众并不存在根本性的对立，又如，在介绍雪莱的人生观时，鲁迅再次表明诗人与民众精神的相通，"一切人心，孰不如是"③。"摩罗诗人"既超出一般的民众，又体现了人类普遍性的本真一面，区别只在于"诗的素质"的程度差异。正如卡莱尔把诗歌视作人类的"根本素质"④ 并强调"所有诗人，所有人，都带有某种普遍性的东西"⑤，鲁迅同样承认诗歌的普遍性，他认为，中国的沉默并非因为民众自身缺乏"诗的素质"，只

---

① [日] 伊藤虎丸：《鲁迅与日本人——亚洲的近代与"个"的思想》，李冬木译，河北教育出版社 2000 年版，第 37、38 页。

② 鲁迅：《摩罗诗力说》，《鲁迅全集》第 1 卷，第 70 页。

③ 鲁迅：《摩罗诗力说》，《鲁迅全集》第 1 卷，第 88 页。

④ [英] 卡莱尔：《论英雄、英雄崇拜和历史上的英雄业绩》，周祖达译，商务印书馆 2005 年版，第 94 页。

⑤ [英] 卡莱尔：《论英雄、英雄崇拜和历史上的英雄业绩》，周祖达译，商务印书馆 2005 年版，第 93 页。

是没有"沉痛著大之声"① 唤醒民众内在的自觉意识。正是诗歌普遍存在于人心的这一理论预设，激发了鲁迅对于发扬"摩罗诗人"的反抗精神进而引领一个民族走向复兴的期待。

这种预设显示出卡莱尔诗学中的形而上印记。卡莱尔早年受惠于德国浪漫哲学，他从康德、费希特、诺瓦利斯等人那里汲取了诸多灵感②，这使得他的理论中蕴含着先验唯心主义的成分，对于这种原理，鲁迅采取了何种应对方式呢？在《摩罗诗力说》中，他不是反对根据"人类普遍观念"提出的诗学理论吗？一种可能的解释是，鲁迅并没把卡莱尔"凡人之心，无不有诗"的说法理解为抽象的说教或观念。正如鲁迅批判从群学理念出发的诗学主张，他之所以反对晚清的诗学理论家，最主要的原因恐怕不是"普遍"，而在于"观念"。诗歌虽是人类内心深处本有的素质——在这个意义上诗歌是"普遍"的，甚至正是诗歌的普遍性构成了合群的基础，但这种素质却是不可以被观念化的，它拒绝整齐划一、泯灭主体的个性和差异，而这也就指向了鲁迅把"言志"与"自由"关联起来的说法。

四 文学的感性力量及其"不用之用"

如果依据中国古代载道的诗教与梁启超等"据群学见地以观诗

---

① 鲁迅：《摩罗诗力说》，《鲁迅全集》第 1 卷，第 71 页。

② Hill Shine, "Carlyle and the German Philosophy Problem during the Year 1826-1827", *PMLA*, Vol. 50, No. 3 (Sep., 1935), pp. 807-827. 卡莱尔曾广泛阅读过德国唯心主义思想家的著作，比如康德、费希特、谢林、诺瓦利斯等，但总体上，卡莱尔的理解程度很可怀疑，他对德国哲学的认识可能只是借助了一些较为通俗的哲学史专著。卡莱尔由此饱受批评，卡西尔批评他囫囵吞枣："可能他甚至不能够理解费希特先验唯心主义体系的全部意义和目的。他没有清楚领会他的理论前提或它隐含的东西。……他仅仅宣告，英雄崇拜是人类本性中的基本本能，一旦英雄崇拜被消除了，就将会导致对人类的绝望。"（［德］卡西尔：《国家的神话》，范进、杨君游译，华夏出版社 1990 年版，第 261 页）尼采不屑地评价卡莱尔是个"半吊子演员和雄辩家"（［德］尼采：《善恶的彼岸》，朱泱译，团结出版社 2001 年版，第 191 页）。

者"的说法,诗歌便被观念化了,这些观点反映了一种利用外部价值理念约束人类自由本性的思维。鲁迅号召人们回到生命内在的感性世界,进而重新论证了文学的现实意义。为了解释由此才能重建民族主体,他举了一个有趣的例子:如果对生活在热带而且从来没有见到过冰的人来说,该如何使他明白什么是冰呢?只是堆砌物理学和生理学的名词是没用的,最有效的办法莫过于给他一块冰,使其直接感受冰的刺激。鲁迅或许想到了《庄子》中"夏虫不可语冰"的典故,但他的用意并不在于说明人的认知的有限性,而是为了强调人的感性本能及其对于外部世界的直接体验——

> 盖世界大文,无不能启人生之閟机,而直语其事实法则,为科学所不能言者。所谓閟机,即人生之诚理是已。此为诚理,微妙幽玄,不能假口于学子。[①]

鲁迅郑重提出了与科学真理相对的"人生之诚理",由于诉诸个体生命或者内在自我的直接性感受,它提供的是一种不需要向外假借、不需要经过理性锤炼的感性认识。虽然鲁迅使用"理"来描述这种认识的形态,但实际上,"诚理"反对任何形式的理念化、观念化。鲁迅认为,文学对现实、人生的意义体现了同样的道理,尽管从不诉诸灌输和教导,甚至远离了一切科学化的、理性化的形态,但重要的是,它与主体内在的生命经验直接相关,读者将由此获得自我内在的精神、生命力的提升。这种感性生命经验蕴含着一种深刻关涉新的主体生成的真诚的道德力量,鲁迅早年的"心声""内曜""厥心纯白"[②] 等说法,同样传达了类似的意思。

鲁迅立足感性世界重建自我与群体的道德,看起来与赫胥黎的思路非常相似。赫胥黎将伦理道德的起源诉诸情感,并由此找到同

---

① 鲁迅:《摩罗诗力说》,《鲁迅全集》第1卷,第74页。
② 鲁迅:《破恶声论》,《鲁迅全集》第8卷,第32页。

情心作为基础，但比赫胥黎更为激进的是，鲁迅排斥观念化了的原理，并拒绝一切从外部赋予的教条或强加的训诫，而只强调对于感性自我的忠诚——在赫胥黎看来，这将是非常危险的事情，很可能导致一个群体分崩瓦解，但也正是在这个意义上，我们可以说，鲁迅对生命感性经验的认识既是诗学革命的根基，又是其重建群己伦理的起点。虽然鲁迅强调情感的意义，认为诗歌可以"移人性情，使即于诚善美伟强力敢为之域"①，但原理上，鲁迅与梁启超恰恰走上了两种相反的方向，他反对利用外在的政治理念或者伦理教条去规训和教导情感，而是强调主体在"诗人英雄"的启发下反观自我的内在世界，从中发现自我的优点与缺陷，达到一种精神上的自觉状态。鲁迅甚至得意地认为，这将是一种更为有效的"诗教"："此其效力，有教示意；既为教示，斯益人生；而其教复非常教，自觉勇猛发扬精进，彼实示之。凡苓落颓唐之邦，无不以不耳此教示始。"② 这种"诗教"的特殊性在于，鲁迅所谓的"人生之诚理"与那种从普遍观念出发的群体道德是两回事。

例如，在《论小说与群治之关系》中，梁启超提出，通过"熏、浸、刺、提"四个阶段，小说能够完成转移读者性情的过程，与此不同，鲁迅进一步发挥了卡莱尔启发给他的诗学原理，他把人们会解诗歌的过程比作在大海中"游泳"：

> 吾人乐于观诵，如游巨浸，前临渺茫，浮游波际，游泳既已，神质悉移。而彼之大海，实仅波起涛飞，绝无情愫，未始以一教训一格言相授。顾游者之元气体力，则为之陡增也。③

---

① 鲁迅：《摩罗诗力说》，《鲁迅全集》第1卷，第71页。
② 鲁迅：《摩罗诗力说》，《鲁迅全集》第1卷，第74页。
③ 鲁迅：《摩罗诗力说》，《鲁迅全集》第1卷，第73页。

两人的差异于此判然可见。虽然都从读者着眼，但对梁启超而言，小说的读者是被动的等待着教导的一方，"熏、浸、刺、提"这一组及物动词显示出，梁启超理想中的读者只是具有情感本能的客观对象，同时，梁启超也明确表明这种教化的施行主要依靠"自外而灌之使入"①。而在上述引文中，鲁迅从根本上解放了一般读者的主体性，他认为，读者在文学的世界中是自由的"游泳"的状态，通过"游泳"，读者在不需被外界教训的情况下就可以获得内在精神与生命力的提升，在这个意义上，鲁迅强调"文章之于人生，其为用决不次于衣食，宫室，宗教，道德"②。

鲁迅运用在大海中"游泳"描述一般人会解诗歌的过程，这是受到道登——一位生活于维多利亚时期的文学评论家的启发③，如其有："英人道覃（E. Dowden）有言曰，美术文章之桀出于世者，观诵而后，似无裨于人间者，往往有之。"④ 道登随后论述了文学如何作用于人生的原理，鲁迅有关文学"不用之用"的论述，其核心要义便源于道登的《抄本与研究》(Transcript and Studies)。在这本书中，借助一些尚未公开的书信和抄本，道登先后讨论了包括卡莱尔、雪莱、华兹华斯、斯宾塞、弥尔顿、勃朗宁等在内的浪漫主义诗人与文学家。鲁迅引述的"游泳"比喻，即出自《抄本与研究》

---

① 梁启超：《论小说与群治之关系》，《梁启超全集》第 4 卷，北京出版社 1999 年版，第 885 页。

② 鲁迅：《摩罗诗力说》，《鲁迅全集》第 1 卷，第 73 页。

③ 鲁迅在《摩罗诗力说》中对诗歌与生命力量关系的相关描述，可以见之于道登《抄本与研究》中原文："There are many great works of literature and art from which we learn little or nothing, at least consciously or in set term and phrase; but we go to them as a swimmer goes to the sea. We enter bodily, and breast the waves and laugh and are glad, and come forth renewed and saturated with the breeze and the brine, a sharer in the free and boundless vitality of our lover, the sea. We have won health and vigour, although the sea has only sung its mysterious choral song, and the waves have clapped their hands around us, nor has ocean once straitened his lips to utter a litter maxim or moral sentence." Edward Dowden, *Transcript and Studies*, London: Kegan Paul, Trench, Trubner & Co., Ltd., 1910, p. 252.

④ 鲁迅：《摩罗诗力说》，《鲁迅全集》第 1 卷，第 73 页。

的第五章"对文学的解释"(*The Interpretation of Literature*)。道登的解释原本是为了回应浪漫主义诗人的道德困境：一方面，19世纪英国知识界的功利主义风气使得"文学无用论"大行其道；另一方面，相对保守的道德氛围难以容忍那些特立独行、渴望自由的浪漫主义者。鲁迅引用道登并非偶然，这些困境同样真实地存在于他早年的语境中。道登从生命的本体层面为浪漫主义诗人进行辩护，他强调人类与生俱来的感性力量，那些对于文学具备最深刻理解力的，往往是抑制住说教的欲望和冲动，自由、灵活地抒发这种自然本能的人，而文学的阅读者在"海洋一般的作家"（oceanic writer）——例如，莎士比亚和歌德那里，最终获得了精神的健康、活力与内在生命力的提高。[①]

与卡莱尔相似，道登认为诗歌可以解放读者，激发读者的主体意识（consciousness）觉醒。对他而言，这既是文学，也是生命本体所内在的最高原则。道登对鲁迅的启发或许不止于此，在《摩罗诗力说》中，鲁迅先后引用了英国评论家阿诺德的观点、古希腊游吟诗人荷马的事例以及对于保守主义文学家司各特的评价，诸如"昔爱诺尔特（M. Arnold）氏以诗为人生评骘，亦正此意。故人若读鄂谟（Homeros）以降大文，则不徒近诗，且自与人生会，历历见其优胜缺陷之所存，更力自就于圆满"[②]，又如批评与"摩罗诗人"相左的司各特"为文率平妥翔实，与旧之宗教道德极相容"[③]，也都可以在道登的论述中找到相近的观点。

这里仍然值得一提的是，道登认为文学以人的内在感性生命为基础，因而总处在不断变化的过程中，可以预见的是，他也将会像

[①] 在《域外小说集》的序言中，鲁迅对翻译意义的解释同样体现了这种原理，并且运用了与此处类似的意象与比喻，如"按邦国时期，籀读其心声，以相度神思之所在，则此虽大涛之微沤与，而性解思维，实寓于此"（《鲁迅著译编年全集》第1卷，人民文学出版社2009年版，第313页）。

[②] 鲁迅：《摩罗诗力说》，《鲁迅全集》第1卷，第74页。

[③] 鲁迅：《摩罗诗力说》，《鲁迅全集》第1卷，第75页。

鲁迅一样，拒绝晚清流行的那种遵循"普遍观念之诚"的诗学观。鲁迅有关生命感性特征的表述，显示出他较为系统地吸收了道登在《抄本与研究》中的观点：

> 盖缘人在两间，必有时自觉以勤劬，有时丧我而惝恍，时必致力于善生，时必并忘其善生之事而入于醇乐，时或活动于现实之区，时或神驰于理想之域；苟致力于其偏，是谓之不具足。严冬永留，春气不至，生其躯壳，死其精魂，其人虽生，而人生之道失。①

这种观点重申了生命本体的感性特征，指出生命是有机多元的综合，从任何单一形态抽绎出的道德理念，都只会束缚人（亦即民族、国家与文明全体）的生命力并走向偏至。这种自由的、充满活力的生命观构成了鲁迅诗学与伦理学的基础。紧接着这段有关人生之道的论述，鲁迅感叹"文章不用之用，其在斯乎"②。在他看来，只有诗歌能够通过这样的原理涵养读者的神思，使其发生整体性（"神质悉移"）的转变。不过，鲁迅内心深处强烈的民族革命诉求与沉重的历史使命感，使得他立足主体感性生命的诗学原理同时兼具政治与社会变革的双重指向，因而诗学也即相应的政治学、伦理学，道登并未提出这样的要求。事实上，鲁迅也未必真心地认同文学无用论，不像同时期热情介绍了叔本华和尼采的王国维那样，真正贯彻文学无用的主张。③ 鲁迅的诗学理论中总是包含着他早年对于

---

① 鲁迅：《摩罗诗力说》，《鲁迅全集》第1卷，第73页。这一段很可能来自道登的影响，在《对文学的解释》中，他指出情感的变化才是生命有机体的显示，See Edward Dowden, *Transcript and Studies*, London: Kegan Paul, Trench, Trubner&Co., Ltd., 1910, p. 262.

② 鲁迅：《摩罗诗力说》，《鲁迅全集》第1卷，第73页。

③ Benjamin A. Elman, "Wang Kuo-Wei and Lu Hsun: The Early Years", *Monumenta Serica*, Vol. 34 (1979-1980), pp. 389-401.

政治与社会改革的巨大期望,在这个意义上,他似乎重新回到了晚清群学与功利主义的逻辑。① 尽管此时,他的出发点和内在的原理都已经发生了根本的变化。

第二节 非功利主义的政治伦理

鲁迅强调文学的"不用之用",这种悖论的思维仍然抵达了功利的层面,虽然就过程和原理而言,完全不同于他所厌恶的功利主义者。鲁迅强调主体精神转变对于救亡图存的根本意义,这使得他与晚清追求富国强兵的潮流之间存在明显的差别。当鲁迅综合了各方面的观点,郑重提出自己的文学理念的时候,他所着意的不仅仅是文学内部的争论,同样也包括如何处理政治、经济、社会文化等更具总体性的命题,这也是他早年所有文本均显得颇为杂糅的原因。无论哪一个方面,在鲁迅看来,都不是孤立的,文学的价值、意义必须通过多方的争辩显示出来。在这个意义上,文学也有机地参与到近代中国的改革与历史转型进程之中。

如果回到《摩罗诗力说》,我们发现当鲁迅提出反功利主义的文学观时,他试图回应的恰恰是关于政治革命和民族解放的问题。当鲁迅叙述德国诗人阿恩特、柯尔纳通过诗歌鼓舞民族反抗法国侵略的事迹时,那种政治与民族革命的激情无疑强烈感染了鲁迅,也正是这样的真实事例促使他坚信文学的价值和功用——如何造就出将生死置之度外、勇于斗争的国民,远比黄金、铠甲更有意义,所谓"国民皆诗,亦皆诗人之具,而德卒以不亡。此岂笃守功利,摈斥诗

---

① 周作人描述鲁迅早年文学观的变化:"梁任公的《论小说与群治之关系》当初读了的确很有影响,虽然对于小说的性质与种类后来意思稍稍改变,大抵由科学或政治的小说渐转到更纯粹的文艺作品上去了。不过,这只不是不侧重文学之直接的教训作用,本意还没有什么变更,即仍主张以文学来感化社会,振兴民族精神。"周作人:《关于鲁迅之二》,《年少沧桑:兄弟忆鲁迅(一)》,河北教育出版社2002年版,第243页。

歌，或抱异域之朽兵败甲，冀自卫其衣食室家者，意料之所能至哉？然此亦仅譬诗力于米盐，聊以震崇实之士，使知黄金黑铁，断不足以兴国家"①，对于"笃守功利"者的批评构成了鲁迅早期文本中一以贯之的基调。其中，一个值得注意的现象是，当鲁迅站在革命者的阵营批评清末改革界乱象的时候，他很少正面批驳对方的具体方案，而更多从道德立场谴责改革者包藏了利己之心，与此同时，鲁迅的批评并不只针对个别的改革者，他还把锋芒进一步指向了其所依据的功利主义原理。

一 "非利己"的革命伦理

鲁迅颇为认同英人道登反对功利主义的文学原理，他不仅在最能够说明文学"不用之用"的地方都引用了这位英国评论家，还将这种具有不可思议之力的文学形态与功利主义对照："约翰穆黎曰，近世文明，无不以科学为术，合理为神，功利为鹄。大势如是，而文章之用益神。所以者何？以能涵养吾人之神思耳。"② "约翰穆黎"即19世纪英国功利主义思想家约翰·穆勒（John Stuart Mill）。得益于严复、梁启超等人的介绍，穆勒在晚清学界是一位令人耳熟能详的人物，不过，鲁迅这里引用穆勒并不是为了附和，而是借用道登的文学论回击晚清的功利主义者。有意思的是，道登在他的《抄本与研究》中也引用过穆勒，而他并非意图反驳后者。道登将诗人划分为保守诗人（conservative poet）与进步诗人（movement poet）两种类型，他以司各特作为保守诗人，而以华兹华斯、雪莱、卡莱尔等作为进步诗人，这种分类方式便来自穆勒的启发。③ 有迹象显示鲁

---

① 鲁迅：《摩罗诗力说》，《鲁迅全集》第1卷，第73页。
② 鲁迅：《摩罗诗力说》，《鲁迅全集》第1卷，第74页。
③ Edward Dowden, *Transcript and Studies*, London: Kegan Paul, Trench, Trubner&Co., Ltd., 1910, pp.250-251.关于道登的引文，See John Stuart Mill, *Collected Works of John Stuart Mill*, Volume1, edited by John M.Robson and Jack Stillinger, Toronto: University of Toronto Press, 1981, p.467.

迅熟悉道登的这种划分，他在《摩罗诗力说》中也同样指出司各特与拜伦、雪莱等"摩罗诗人"的冲突。① 在功利主义发展史上，穆勒是具有变革精神的一位，与他的前辈（如边沁）斥责艺术宣扬虚假的道理不同，他并不否认诗歌带来的更高尚的快乐。穆勒在19世纪20年代末度过了一段自我怀疑的时期，正是诗歌和艺术的熏陶、滋养帮助穆勒走出了精神困境，并启迪他将个体内心修养作为人类幸福的首要条件。穆勒哲学和伦理学的重点由此转移到感情的培养方面，同一时期他开始与卡莱尔建立友谊，在这种基础上，穆勒重新解释了功利主义的基本原则。② 道登没有否认这种观点，因此，鲁迅将穆勒的功利主义与文学的"不用之用"对立起来，更像是从晚清功利主义浪潮中获得的印象。

鲁迅将穆勒视为"近世文明"的代言者，批评作为"近世文明"宗旨的功利主义，这使人联想起在《文化偏至论》中，鲁迅有所谓"近世文明之伪与偏"③ 的说法。这种评价几乎渗透在他早年所有文本之中，在《摩罗诗力说》《文化偏至论》《破恶声论》中，经常可以发现鲁迅运用大段篇幅对于清末改革者及其利己之心展开批评。在鲁迅看来，晚清大多数鼓吹政治改革的人不过是为了从中谋取一己之私利、满足一己之私欲，这样的人即便提出再精致的改革方案，也是毫无意义的，以至于在许多地方，他的批评完全集中在改革者的道德水平上。不妨摘引部分如下：

> 夫子盖以习兵事为生，故不根本之图，而仅提所学以干天下；虽兜牟深隐其面，威武若不可陵，而干禄之色，固灼

---

① 如："其前有司各德（W. Scott）辈，为文率平妥翔实，与旧之宗教道德极相容。迨有裴伦，乃超脱古范，直抒所信，其文章无不函刚健抗拒破坏挑战之声。平和之人，能无惧乎？于是谓之撒但。"《摩罗诗力说》，《鲁迅全集》第1卷，第75页。

② ［英］约翰·穆勒：《约翰·穆勒自传》，郑晓岚、陈宝国译，华夏出版社2007年版，第105—111、129页。

③ 鲁迅：《文化偏至论》，《鲁迅全集》第1卷，第50页。

然现于外矣!计其次者,乃复有制造商估立宪国会之说。……盖国若一日存,固足以假力图富强之名,博志士之誉;即有不幸,宗社为墟,而广有金资,大能温饱,即使怙恃既失,或被虐杀如犹太遗黎,然善自退藏,或不至于身受;纵大祸垂及矣,而幸免者非无人,其人又适为己,则能得温饱又如故也。①

至尤下而居多数者,乃无过假是空名,遂其私欲,不顾见诸实事,将事权言议,悉归奔走干进之徒,或至愚屯之富人,否亦善垄断之市侩,特以自长营掯,当列其班,况复掩自利之恶名,以福群之令誉,捷径在目,斯不惮竭蹶以求之耳。呜呼,古之临民者,一独夫也;由今之道,且顿变而为千万无赖之尤,民不堪命矣,于兴国究何与焉。②

夫势利之念昌狂于中,则是非之辨为之昧,措置张主,辄失其宜,况乎志行污下,将借新文明之名,以大遂其私欲者乎?是故今所谓识时之彦,为按其实,则多数常为盲子,宝赤菽以为玄珠,少数乃为巨奸,垂微饵以冀鲸鲵。③

特于科学何物,适用何事,进化之状奈何,文明之谊何解,乃独函胡而不与之明言,甚或操利矛以自陷。嗟夫,根本且动摇矣,其柯叶又何侂焉。④

盖浇季士夫,精神窒塞,惟肤薄之功利是尚,躯壳虽存,灵觉且失。于是昧人生有趣神閟之事,天物罗列,不关其心,自惟为稻粱折腰;则执己律人,以他人有信仰为大怪,举丧师辱国之罪,悉以归之,造作蠱言,必尽颠其隐依乃快。⑤

---

① 鲁迅:《文化偏至论》,《鲁迅全集》第1卷,第46页。
② 鲁迅:《文化偏至论》,《鲁迅全集》第1卷,第47页。
③ 鲁迅:《文化偏至论》,《鲁迅全集》第1卷,第47页。
④ 鲁迅:《破恶声论》,《鲁迅全集》第8卷,第28、29页。
⑤ 鲁迅:《破恶声论》,《鲁迅全集》第8卷,第30页。

彼徒除利力而外，无蕴于中。①

科学为之被，利力实其心。②

旧性失，同情漓，灵台之中，满以势利，因迷谬亡识而为此与！③

……

这些引文或出自篇首或源于篇末，包含了鲁迅早年关注的几乎所有话题，涉及政治、科学、文学与精神信仰等诸多方面，大多同义而且重复。从中不难体会出鲁迅的厌恶之情，他被清末利欲熏心的改革者，或更准确地说，在他看来，是利己主义者所造成的恶劣风气层层包围，这使得他的论述往往从此展开，却禁不住又再次折回了这里。鲁迅深刻怀疑清末改革界的道德水准，尽管他也严厉批评改革者鼓吹的民主政治将会压抑个体独特性④，但上文显示鲁迅并不只从形式层面突出个体的意义，更为关键的，是他从根本上不相信大多数人的道德品质，这些自私自利的"多数者"不过是借助改革名义"遂其私欲"。当然，鲁迅批评的"多数者"主要指向那些手执文明话语、贪得无厌的改革者，他并非斥责居于多数的中国的底层民众，而毋宁是从真正的民众立场对改革志士发出批判。正是出于为民众的考虑，鲁迅讥讽如果这伙人达成了政治改革的目的，获得利益的无非是投机取巧的政客、愚蠢的富人以及擅长钻营的市侩，民众只有接受更为严重的被压迫和欺凌的命运。

鲁迅并不信任改革界的精英们，他们无疑真正构成了"诗人英雄"的对立面。某种程度上，鲁迅是把他们当成19世纪西方社会中唯利是图的拜金主义者进行批判，相反，他恰恰看重民众久经压迫

---

① 鲁迅：《破恶声论》，《鲁迅全集》第8卷，第32页。
② 鲁迅：《破恶声论》，《鲁迅全集》第8卷，第33页。
③ 鲁迅：《破恶声论》，《鲁迅全集》第8卷，第36页。
④ 相关论述可参见钱理群《与鲁迅相遇：北大演讲录之二》，生活·读书·新知三联书店2003年版，第78页。

却尚且保存的纯白之心，认为这才是复兴中国的希望之所在，对于改革者道德与精神的重视表现出鲁迅另类的民治理想。① 鲁迅指出，道德正像花草树木的根，而改革方案不过是其枝叶，如果根基被利己之心抽空了，那么剩下的枝叶还有何益呢？②

鲁迅的批评与他写作这些文章时正在追随的革命家章太炎颇为相似，在一些具体的观点上，例如对代议制和维新党的批评几乎如出一辙③，相比于原理层面的探讨，改革者的道德水平受到了更大程度的质疑。章太炎呼吁，必须把道德建设作为革命的根本，正如在鲁迅那里看到的，他反复强调道德对救国的重要性，"道德衰亡诚亡国灭种之根极也"④ "道德堕废者，革命不成之原"⑤。直接促使章太炎重视革命道德的，是其对于庚子保皇党与戊戌党人利欲熏心与贪生怕死的认识。章太炎描绘了林旭、杨锐在变法失败后的怯懦表现，他讽刺这些改革者不过是借变法谋私利，"徒以萦情利禄，贪著赠馈，使人深知其隐，彼既非为国事，则谁肯为之效死者。戊戌之变，戊戌党人之不道德致之也"⑥，又有"庚子之变，庚子党人之不道德致之也"⑦，正是从利己心衍生出一系列不道德的行径，最终导致变法失败。章太炎在更严格的层面上主张建立革命道德，要求革命者

---

① 鲁迅对民众态度复杂，他既担忧民众压制个人特殊之性（如《文化偏至论》《摩罗诗力说》），又对民众抱以同情和理解，并极为重视民众（尤其农民）朴素的品德与"白心"的价值（如《破恶声论》）。
② 鲁迅：《破恶声论》，《鲁迅全集》第 8 卷，第 29 页。
③ 鲁迅的相关批评明显借鉴了章太炎的《代议然否论》《箴新党论》等文。
④ 章太炎：《革命道德说》，《章太炎全集·太炎文录初编》，上海人民出版社 2014 年版，第 285 页。
⑤ 章太炎：《革命道德说》，《章太炎全集·太炎文录初编》，上海人民出版社 2014 年版，第 293 页。
⑥ 章太炎：《革命道德说》，《章太炎全集·太炎文录初编》，上海人民出版社 2014 年版，第 288 页。
⑦ 章太炎：《革命道德说》，《章太炎全集·太炎文录初编》，上海人民出版社 2014 年版，第 288 页。

"确固坚厉、重然诺、轻死生"①。章太炎认为，真正的革命者必须从开始就破除利己之心的干扰，直至将生死置之度外，"非不顾利害、蹈死如饴者，则必不能以奋起；就起，亦不能持久"②。这种激进的道德立场很容易让人想起鲁迅早年神往的"勇猛无畏""独立自强，去离尘垢，排舆言而弗沦于俗囿者"以及"多力善斗""刚毅不挠""排斥万难，黾勉上征"的"绝大意力之士"③。

  章太炎和鲁迅批评贪图利益、怯懦怕死的改革者，他们的批评并不只是针对个别现象，还指向了其所依据的深层原理：功利主义。这种理论公开地为利己的合理性与人的自然欲望辩护。章太炎多次斥责功利理论的流行及其对于清末革命的危害，他认为革命者不可"利己"，同时，他也不认为革命者的苦行乃至牺牲是为了换得晚清部分佛学提倡者所谓的"福报"，"今世宿德，愤于功利之谈，欲易之以净土，以此化诱贪夫，宁无小补？然勇猛无畏之气，必自此衰，转复陵夷，或与基督教祈祷天神相似。夫以来生之福田，易今生之快乐，所谓出之内藏，藏之外府者，其为利己则同"④，又如"纵令入世，以行善为途径，必不应如功利论者，沾沾于公德、私德之分。"⑤ 以及"光复旧邦之为大义，被人征服之可鄙夷，此凡有人心者所共审。然明识利害，选择趋避之情，孔、老以来，以此习惯而成儒人之天性久矣。会功利说盛行，其义乃益自固"⑥。章太炎指出

---

① 章太炎：《革命道德说》，《章太炎全集·太炎文录初编》，上海人民出版社 2014 年版，第 296 页。

② 章太炎：《答铁铮》，《章太炎全集·太炎文录初编》，上海人民出版社 2014 年版，第 386 页。

③ 鲁迅：《文化偏至论》，《鲁迅全集》第 1 卷，第 54、56 页。

④ 章太炎：《答铁铮》，《章太炎全集·太炎文录初编》，上海人民出版社 2014 年版，第 392 页。

⑤ 章太炎：《俱分进化论》，《章太炎全集·太炎文录初编》，上海人民出版社 2014 年版，第 413 页。

⑥ 章太炎：《〈社会通诠〉商兑》，《章太炎全集·太炎文录初编》，上海人民出版社 2014 年版，第 350 页。

"功利说"并非什么时髦的理论,它接续的是更为久远的儒家传统,而清末的功利主义进一步强化了人们对利益的渴望。章太炎早年多指责孔子之徒以"富贵利禄为心"①,便很可能来自这种现实感的激发。在《摩罗诗力说》中,鲁迅呼应章太炎的上述批评,他认为中国衰败的根源正在于实利之心蒙蔽人的精神:"孤立自是,不遇校雠,终至堕落而之实利,为时既久,精神沦亡。"②

对于章太炎和鲁迅而言,功利主义是革命道路上必须清除的障碍。他们批评功利主义者是考虑到,一旦关于个人利益和自然欲望的因素渗入进来,革命者的意志将会受到动摇,进而导致革命功亏一篑。章太炎多次重申"非利己"③的革命伦理,这一点同样被鲁迅继承下来。在《文化偏至论》中,鲁迅最为系统地阐述了他早年有关"个人"的思想,值得注意的是,在解释个人主义的观点之前,他首先将其联系到反功利主义的主题上来:

> 个人一语,入中国未三四年,号称识时之士,多引以为大诟,苟被其谥,与民贼同。意者未遑深知明察,而迷误为害人利己之义也欤?夷考其实,至不然矣。而十九世纪末之重个人,则吊诡殊恒,尤不能与往者比论。④

鲁迅澄清他所论述的"个人"并非"利己"的意思,这恰恰从反面说明了在清末改革界普遍存在的将"个人"解释为"害人利己"的思路,他反对这种简单粗暴的认识,并强调自己所谓的"个人"与此完全不同。鲁迅对"个人"的解释有着明确的时代限制,他指出"个人"概念是19世纪末西方思想发展的结果。鲁迅随后列

---

① 章太炎:《诸子学略说》,《章太炎政论选集》,中华书局1977年版,第289页。
② 鲁迅:《摩罗诗力说》,《鲁迅全集》第1卷,第101页。
③ 章太炎:《答铁铮》,《章太炎全集·太炎文录初编》,上海人民出版社2014年版,第393页。
④ 鲁迅:《文化偏至论》,《鲁迅全集》第1卷,第51页。

出了诸多代表性的思想家，但问题在于，在这份名单中，诸如施蒂纳、克尔凯郭尔与叔本华都生活在19世纪中叶之前。当然，对于鲁迅而言，或许比年代更重要的是，他们的思想已经体现出了19世纪末"个人主义"的思路，"试案尔时人性，莫不绝异其前，入于自识，趣于我执，刚愎主己，于庸俗无所顾忌"。① 在这个意义上，他们仍有资格成为"个人"思想的前驱。

鲁迅从"人性"角度总结19世纪末"个人"思想的特点，他以此有意识地将表面上的政治争论引入到更为深刻的人性论层面。作为"个人"思想的对立面，功利主义的"利己"诉求中包含着相应的人性论，正是这种人性论在清末的流行，迫使鲁迅感到极有必要澄清有关"个人"的思想，那么，鲁迅如何从人性论的层面突破以"利己"为起点的功利主义？另外，由于这两个概念体现了两种重建群己关系的思路，鲁迅又如何从反功利主义政治的角度论述了群体与"个人"的关系？

二 "个人""利己"话语考辨

鲁迅指出"个人"在清末遭到误解，但即便在西方，"个人"话题也难以一概而论。16世纪的宗教改革者认为个人忏悔可以拯救灵魂，进而从这种个体性经验中推展出个人观念，至17世纪，伦理学家已开始将个人而不是共同体作为理论前提，与此相应，工、商业的实践提供了有利于个性发展的生活环境与体验机会，假定个体对自己的行为、信仰有独立的选择和追求，这种思路最终在启蒙运动中被推向高峰。不过，正如奥克肖特（Michael Oakeshott）指出，近代社会并没有以个体道德取代共同体道德来终结道德历史的发展②。尽管"个人"引发了近代最引人瞩目的道德革

---

① 鲁迅：《文化偏至论》，《鲁迅全集》第1卷，第51页。
② ［美］迈克尔·奥克肖特：《近代欧洲的道德与政治》，顾玫译，上海文艺出版社2003年版，第24页。

命,但许多欧洲人并不愿意贸然拥抱个人主义。卢克斯(Steven Lukes)考察了个人主义在19世纪法国、英国和德国的历史境遇,他认为出于时空差异,人们态度并不相同。经历了大革命的法国人多认为,个人主义削弱了社会纽带并存在导向无政府主义的危险,从而带有贬义色彩;在英国,个人主义被等同于边沁式的功利主义和自由主义;德国浪漫主义思想家将原子化的个人主义改造成个体创造性、天才和自我实现的个性观念,并强调个人与自然、民族的结合。① 由此看来,鲁迅所谓"个人"似乎更接近德国浪漫主义的"个性"观,他这样解释个人主义观念的起源:"盖自法朗西大革命以来,平等自由,为凡事首,继而普通教育及国民教育,无不基是以遍施。久浴文化,则渐悟人类之尊严;既知自我,则顿识个性之价值;加以往之习惯坠地,崇信荡摇,则其自觉之精神,自一转而之极端之主我。且社会民主之倾向,势亦大张,凡个人者,即社会之一分子,夷隆实陷,是为指归,使天下人人归于一致,社会之内,荡无高卑。此其为理想诚美矣,顾于个人特殊之性,视之蔑如,既不加之别分,且欲致之灭绝。"②

当鲁迅把这种个人思想引向清末知识界时,他将施蒂纳、叔本华、克尔凯郭尔、易卜生与尼采等人都当作了同路人,而忽略了他们之间内在的诸多差异。鲁迅以施蒂纳为开端并运用最长的篇幅对其思想进行介绍,以至于形成了较为完整的论述体系③,显示出他对于这位青年黑格尔派思想家的欣赏。鲁迅的论述来自施蒂纳《唯一者及其所有物》第二部分"我"的第二章"所有者",可是鲁迅并没有直接阅读过施蒂纳,他的论述是从当时日本无政府主义研究著作中采译而来。李冬木考证出这部著作原是1902年烟山

---

① [英]史蒂文·卢克斯:《个人主义》,阎克文译,江苏人民出版社2001年版,第2—20页。
② 鲁迅:《文化偏至论》,《鲁迅全集》第1卷,第51—52页。
③ 汪晖:《反抗绝望:鲁迅及其文学世界》,生活·读书·新知三联书店2008年版,第74、75页。

专太郎的《近世无政府主义》，尽管烟山专太郎并不支持无政府主义，但这部著作却可贵地坚持了学术性的客观立场。《近世无政府主义》对于清末无政府主义运动有着重要的影响，曾引发辛亥革命期间一批革命家的关注，堪称是中国无政府主义者的思想指南。① 不过，施蒂纳的想法却很难与鲁迅反对"利己"的观点联系起来。这种矛盾同样存在于鲁迅的引文中，如有"自由之得以力，而力即在乎个人，亦即资财，亦即权利"②。这里表明了施蒂纳对于财产权利的要求，他坚决拒斥以任何形式对于个人的压制，否认除了自我本身之外的一切。由此，施蒂纳更为明确地指出个体之间实现的应当是"利己主义者的联合"③，对他而言，"唯一者"也是利己者。事实上，不少论者批评施蒂纳是一位不折不扣的利己主义者。1844年，在写给马克思的一封信中，恩格斯就斥责施蒂纳是边沁式的利己主义者，甚至比边沁更极端，因为后者仍然不肯放弃对于原子化个体的社会改造。④ 文德尔班认为，施蒂纳的唯我主义仅仅追求自身福利，这使得他的哲学更像"矫揉造作的犬儒哲学"，文德尔班甚至怀疑《唯一者及其所有物》是否值得被严肃对待⑤。卢克斯也指出，施蒂纳是反理智与反伦理的利己主义者，代表了社会虚无主义的一种最极端形式。⑥ 李冬木介绍在鲁迅留学日本时期，时任东京大学哲学系教授的井上哲次郎便将施蒂纳视作"极端的利己主义者"，而他认为，施蒂纳是鲁迅从"利己主义"的污水中打捞出来

---

① 李冬木：《留学生周树人"个人"语境中的"斯契纳尔"——兼谈"蚊学士"、烟山专太郎》，《东岳论丛》2015年第6期。

② 鲁迅：《文化偏至论》，《鲁迅全集》第1卷，第52页。

③ [德] 麦克斯·施蒂纳：《唯一者及其所有物》，金海民译，商务印书馆1989年版，第192页。

④ [德] 恩格斯：《致马克思（1844年）》，《马克思恩格斯论哲学史》，陕西人民出版社1988年版，第597页。

⑤ [德] 文德尔班：《哲学史教程》，罗达仁译，商务印书馆1997年版，第920页。

⑥ [英] 卢克斯：《个人主义》，阎克文译，江苏人民出版社2001年版，第16、17页。

的个人主义者。① 施蒂纳与鲁迅反对的"利己"的个人主义者难以划清界限。这反过来或许也可以说明，鲁迅对施蒂纳的引用主要是为了表达个人主义思想的激进一面，他迫切感到需要有特立独行的诗人、天才来重建中国人的精神世界，摧毁一切旧体系并使得个人更为充分地成为自己真正的主宰。

仍需追问的是，当鲁迅批评清末知识界对个人主义的误解时，他所谓的"害人利己"究竟是什么意思？董炳月详细考察了鲁迅早年的舆论环境，他认为，鲁迅批评的误解个人主义的观点主要来源于在日的华人言论界，更确切地说，是梁启超在《新民说》（1902）与《论政府与人民之权限》（1902）中否定"个人"的说法。梁启超之所以否定"个人"，是因为这一概念与他力图塑造"国民"的理想存在矛盾："在梁启超那里，'个人'因具有'非国民'、'非自由'的性质最终成为具有负面意义的词汇，而在鲁迅的《文化偏至论》中，'个人'的价值却得到了高度肯定和正面阐述。"② 如果梁启超提供的是"国民—国家"思想，那么，鲁迅则提供的是"个人—国家"思想，由此颠覆了梁启超的论述。③

不过，在《科学史教篇》《摩罗诗力说》等文中，鲁迅多次表达对"国民"的期待，他对个人主义的提倡并不脱离这个使命，尽管他对"国家"与"国民"的想象与梁启超不同。关于"利己"这个话题，或许更为值得注意的是梁启超在《新民说》"论公德"一节中的表述，其中，他并没有直接否定这种思路，相反，梁氏要求将利己主义发扬广大，使之达到"真利己"的地步，而其标志就是

---

① 李冬木：《留学生周树人"个人"语境中的"斯契纳尔"——兼谈"蚊学士"、烟山专太郎》，《东岳论丛》2015年第6期。
② 董炳月：《"同文"的现代转换：日语借词中的思想与文学》，昆仑出版社2012年版，第182页。
③ 董炳月：《"同文"的现代转换：日语借词中的思想与文学》，昆仑出版社2012年版，第182页。

形成国家至上的思想，在国家的保障下个人之利益得到最大实现。① 因此，梁启超主观上并不愿彻底否定"利己"，同时，出于对国家理想的热衷，他转而借助功利主义学说完成从个体到群体、从"个人"到"国民"的论述。在《乐利主义泰斗边沁之学说》（1902）中，梁启超接受边沁的观点而认为："人道最善之动机，在于自利。又常言最大多数之最大幸福，是其意以为公益与私益，常相和合，是一非二者也。"② 同理，他也在别处指出："利己心与爱他心，一而非二者也。"③ 梁启超甚至将"利己"视作道德与法律的基础，并为中国历史上饱受诟病的利己主义者杨朱辩护，批评把"利己"视作恶德的传统："为我也，利己也，私也，中国古义以为恶德者也。是果恶德乎？曰：恶，是何言！天下之道德法律，未有不自利己而立者也。"④ 相反，他指出正是"利己"推动了人类文明的繁荣进步。对"利己"思想的推崇显示出梁启超面对个人与国家关系问题时矛盾的困境，引导他走出这种困境的正是边沁、穆勒等代表的功利主义学说。总之，这时的梁启超没有主观上否定"利己"的意思，"利己"也不是一种被批判的恶德，他很可能并非鲁迅批判的"害人利己"的支持者。有意思的是，梁启超从"真利己"的道德至高点出发批评一种错误的"利己"思想，他指出中国之所以没有形成类似西方的民主政体，原因便在于不懂得"真利己"，不肯向政府、国家争取自己的权利，导致民权不够发达，"然后知中国人号称利己心重者，实则非真利己也"⑤。这种被

---

① 梁启超：《新民说》，《梁启超全集》第4卷，北京出版社1999年版，第666页。
② 梁启超：《乐利主义泰斗边沁之学说》，《梁启超全集》第4卷，北京出版社1999年版，第1049页。
③ 梁启超：《十种德性相反相成义》，《梁启超全集》第2卷，北京出版社1999年版，第431页。
④ 梁启超：《十种德性相反相成义》，《梁启超全集》第2卷，北京出版社1999年版，第431页。
⑤ 梁启超：《十种德性相反相成义》，《梁启超全集》第2卷，北京出版社1999年版，第431页。

批评的"利己"反而接近了鲁迅的对立面。①

事实上，有关"个人"与"利己"的关系，在清末出现了两种认识思路，同时，它们的提出者都热烈地拥护改革，也即鲁迅所批评的"号称识时之士"。其中一种思路从根本上否定"利己"，认为个人的"利己"必然导致群体腐败，例如，1906年发表于《东方杂志》的《个人说》，其作者便认为："私者，利己之谓，立物我分町畦，一事必等量利害于我于人之分数多寡以为准，于是鄙吝骄贪侈诈等弊缘附而从生焉。"② 出于建设群体公德的目的，这篇文章的作者指出必须杜绝一切"利己"的念头。这种思路体现了当时人们对"个人"思想的担忧，相当接近于鲁迅批评的"害人利己"的说法。另外一种思路则像梁启超一样，仅在特定理论前提下认同个人的"利己"，如果"利己"最终有益于群体，那么，这就是一种值得提倡的道德，反之则是鲁迅所谓的"害人利己"。尽管呈现出两种相反的态度，但这两种思路的相似性在于：一方面，它们都从群体、多数至上的角度发现了"个人"；另一方面，在解释"个人"的时候，又都直接将"个人"与"利己"视为等同的概念。

正是在这种思想背景下，鲁迅感到必须在提出"个人主义"的时候，首先澄清把"个人"当作"利己"的普遍性误解，区分开"个人"与"利己"的关系。通过这种方式，鲁迅否定了从"利己"理解"个人"的路径，也因此显示出，他的"个人主义"完全不同于清末的功利主义思路，而是一个全新的概念。

---

① 1903年，梁启超访美，这次经历深刻改变了他对民主制度的设想，并进一步强化了其思想中原本存在的国家主义倾向，自美国归来之后不久，梁氏即明确拥护以伯伦知理（J. K. Bluntschli）、波伦哈克（Conrad Bornhak）等提出的国家主义，将国家理性视为帝国竞争时代的首要政治价值，这种变化决定了他随后几年的政治态度。参见张灏《梁启超与中国思想的过渡（1890—1907）》，崔志海、葛夫平译，江苏人民出版社1995年版，第141—161页。

② 参见《个人说》，《东方杂志》1906年第3卷第10期。

三 超越人性自然的"心灵之域"

在清末的一些改革者看来,"利己"并不像鲁迅说的那样"害人",而恰恰符合人性自然的法则。这里的"自然"指向人的生理欲望,对于欲望的满足与利益的追求被认为是人性的合理需要。千百年来,尽管宋明理学家并不否认人性就是"人之自然",但"自然"却不直接指向个体的生理本能,而首先是形而上的至正、至公的天理,为了达到充分的自然状态,必须抑制感性需求。"存天理,灭人欲",这个出自《礼记》而后又被理学家深度发挥的道德教诲常被解释为禁绝人欲,事实上,由于"天"与"人"被统摄在天理的范畴中,两者虽然存在紧张关系,却没有分裂成对立二元。从宋至明清,天理与人欲的关系不断被修正,随着自然观念的转变,"天理自然"的结构重心逐渐向"人欲自然"发生倾斜,当清末功利主义学说开始盛行的时候,人欲已经得到了承认。[①]

清末改革者如康有为、谭嗣同、严复呼吁解放自然的人欲,在将这个历史潮流推向高峰的同时,也用生理本能"自然"取代了天理意义上的"自然",由此,源于生理本能的趋利避害、背苦求乐的自然冲动构成了政治改革的人性论真理。不乏有论者指出解放本能欲望与发展现代工商业的联系,甚至真诚地相信奢侈带来富裕,中国的衰败在于欲望被限制以及人民不够奢侈。[②]

---

① 沟口雄三指出:"从朱子经过王阳明,传统的'存天理、灭人欲'这一二律背反开始崩溃,自然概念与人欲相结合,甚至出现了'人欲自然'这一从传统的自然观来说是非常奇异的用语。"[日]沟口雄三:《中国的公与私》,郑静译,生活·读书·新知三联书店 2011 年版,第 25—26 页。

② 谭嗣同反对"黜奢崇俭",如有:"然治平至于人人可奢,则人之性尽;物物皆可贵,则物之性亦尽。……私天下者尚俭,其财偏于壅,壅故乱;公天下者尚奢,其财均以流,流故平。"(《仁学·二十二》,《谭嗣同全集》,中华书局 1981 年版,第 326、327 页)梁启超也有所谓:"西人愈奢而国愈富,货之弃于地者愈少,故说亦黜奢崇俭为美德……举国尚俭,则举国之地利,日湮月塞,驯至穷蹙不可终日。"(《〈史记·货殖列传〉今义》,《梁启超全集》第 1 卷,北京出版社 1999 年版,第 117 页)

在寻找中国衰败的原因时，清末许多改革者非难的是一个还不够实利的传统①。鲁迅却得出了与此完全相反的结论。鲁迅认为，中国的衰败恰恰在于过度推崇实利，无论是对于政治改革还是文艺的评论，他长期坚持着这种观点。② 在儒家关于义、利之辨的脉络上，《论语·里仁》即有"君子喻于义，小人喻于利"，这种道德至上的利益观不仅适用于个人，也被视作国家层面的行为准则，例如《大学》中有"国不以利为利，以义为利也"。孟子指出，当生存欲望与道德理想出现对立时，儒家正确的选择是舍生取义："生，亦我所欲也；义，亦我所欲也。二者不可得兼，舍生而取义者也。"（《孟子·告子上》）在清末热心功利的改革者那里，这种重义轻利的传统得到了负面评价，相比之下，孟子的对手杨朱却大受推崇。在这个意义上，鲁迅因为对非功利主义革命信念的坚持而更加接近儒学传统——当然，他自己并不会这样认为。在早期论述中，鲁迅并未提及解放人类的自然欲望，他对于儒家功利传统的指责应当直接受到章太炎影响，这一时期，章太炎多次批评儒家，而他的意见大多就集中于儒家湛心荣利、攀附权贵的弱点。

这种诉诸自然人性的功利主义还得到进化论的支持，人的欲望与其动物本性没有根本区别，所谓"凡属生人，莫不有欲，莫不求

---

① 严复认为中国几千年来治化不进，原因就在于君子言义不言利这种传统立意虽高，但实际的效果却背道而驰（参见严复案语，《严复集》，中华书局1986年版，第858页）；吴汝纶在为《原富》题写的序言中同样激烈地指出："然而不痛改讳言利之习，不力破重农抑商之故见，则财且遗弃于不知，夫安得而就理……以利为讳，则无理财之学。"（吴汝纶：《原富·序》，商务印书馆1981年版，第1页）

② 在《文化偏至论》中有："夫中国之在昔，本尚物质而疾天才矣，先王之泽，日以殄绝，逮蒙外力，乃退然不可自存。"（《鲁迅全集》第1卷，第58页）另外在《中国小说史略》中，鲁迅认为中国古代神话传统之所以不发达，便是因为过于重视实利："一者华土之民，先居黄河流域，颇乏天惠，其生也勤，故重实际而黜玄想，不更能集古传以成大文。二者孔子出，以修身齐家治国平天下实用为教，不欲言鬼神，太古荒唐之说，俱为儒者所不道，故其后不特无所光大，而又有散亡。"（《鲁迅全集》第9卷，第23、24页）

遂其欲"①。严复认为，生物学向人们揭示了一个最基本的道理，即"舍自营无以为存"，因而改革的目的就是找到更为合适的方式让个人"自营"的愿望得到更高程度满足。②虽然鲁迅曾经从生物进化论中获得过许多启示，并把自然界的生存斗争规律引入人类社会，鼓励人们投身现实斗争之中，但他并没有因此将自己对于人类的评价与期待完全同化在自然主义的叙述中。鲁迅多次表示人类应当超越本有的自然属性，例如在《文化偏至论》中，他指出崇尚物质、欲望的满足将遮蔽人的内在的精神世界，进而强调"去现实物质与自然之樊，以就其本有心灵之域"③，与自然界的其他物种不同，人类应当超越自然的束缚。这种区分方式显示出鲁迅思想深处物质与精神、自然与伦理的二元论特征。当追逐外在物质的自然之欲越发膨胀的时候，很容易造成道德上"诈伪罪恶"的出现，此即鲁迅所批评的："物欲来蔽，社会憔悴，进步以停，于是一切诈伪罪恶，蔑弗乘之而萌，使性灵之光，愈益就于黯淡。"④

在《破恶声论》中，鲁迅详细论述了人类应当从自然界独立出来的原理。这篇文章开端即是大段篇幅有关自然之性与人类之性的对比。鲁迅指出，在自然万物中，除了人类之外，都受到自然界"物性"与"生理"的必然律束缚。尽管鲁迅承认人类具有其他生物一样的自然本性，但他在这里突显了人类的特异之处，并相信只有人类能够凭借主体的内在意志违抗自然规律，所谓"天时人事，胥无足易其心，诚于中而有言；反其心者，虽天下皆唱而不与之和。"⑤从这种对于人类本性的理解出发，鲁迅不可能认同功利主义者从"利己"理解个体的思路，也由此，他所谓的"个人"最终从

---

① ［英］赫胥黎：《天演论》，严复译，《严复集》第5册，中华书局1986年版，第1345页。
② 严复案语，《严复集》第5册，中华书局1986年版，第1395页。
③ 鲁迅：《文化偏至论》，《鲁迅全集》第1卷，第55页。
④ 鲁迅：《文化偏至论》，《鲁迅全集》第1卷，第54页。
⑤ 鲁迅：《破恶声论》，《鲁迅全集》第8卷，第25页。

人性论的层面超越了追求自然欲望的"利己"。

鲁迅认为，从自然中无法生长出人类的主体性，人的根基应当立足其本有的"心灵之域"，这种思路似乎和康德相似。或许，鲁迅也会认同康德，即人类自由必须挣脱自然律的束缚，但不同于康德从形而上的绝对律令为道德提供的自律说，在他的思想世界中并不存在这种先验的理性维度。借助于尼采和克尔凯郭尔的主观主义，鲁迅甚至提出了激烈的反对意见："至凡有道德行为，亦可弗问客观之结果若何，而一任主观之善恶为判断焉。"[①] 通过这种方式，鲁迅不仅排除了功利主义的实用效果论，也否定了道德的普遍性与客观性。鲁迅有关人性的认识同时超越了自然界与形而上学的束缚，我们也由此可以理解，他为什么始终相信"人各有己"[②]。鲁迅虽然没有提到康德，但他所推崇的叔本华、尼采都一定程度延续了康德的脉络。事实上，鲁迅对于康德的原理应当不会陌生，一个重要的论据是，鲁迅在反对从群学思路要求诗歌的道德性时，即批评这种思路本质上要求诗歌符合"普遍观念之诚"："所谓道德，不外人类普遍观念所形成"以及"诗与道德合，即为观念之诚，生命在是，不朽在是。"[③] 类似地，康德认为，人的道德应当建立在普遍观念之上，由这种普遍观念构成道德的形而上学基础，而判断一种行为合乎道德的根据，关键在于这种行为任何时候都能够符合普遍观念亦即先验理性的要求。[④]

鲁迅虽然排除了自然规律对于人类自由精神的干涉，但他并不祈求于形而上的理念世界，那么，鲁迅号召人们重回的本有的"心灵之域"是什么意思呢？对此，鲁迅似乎没有做出进一步的说明，他相信人的"心灵之域"蕴含着使主体苏生的可能，并闪烁着自我

---

① 鲁迅:《文化偏至论》,《鲁迅全集》第 1 卷, 第 55 页。
② 鲁迅:《破恶声论》,《鲁迅全集》第 8 卷, 第 26 页。
③ 鲁迅:《摩罗诗力说》,《鲁迅全集》第 1 卷, 第 74 页。
④ [德] 康德:《道德形而上学原理》, 苗力田译, 上海人民出版社 2005 年版, 第 42、43 页。

改造的光芒，这种内在于人性深处的光辉（"内曜"）能够使人屹立在物质文明的浪潮中而刚毅不挠，这正是鲁迅期待的改革者："虽遇外物而弗为移，始足作社会桢干"①。鲁迅反对功利主义，主张将道德基础放归于个人的主观判断，这种观念再次显示出尼采对他的深刻影响。如果鲁迅曾根据约翰·穆勒的说法，将近世文明总结为功利主义的文明，那么引导他批判"近世文明之伪与偏"②的正是尼采。鲁迅在明治末期的语境中接受了尼采的影响，同时，他接受尼采的方式也颇能说明他对于自然人性论的看法。

据伊藤虎丸介绍，为这一时期日本尼采研究定型的是高山樗牛的"本能主义"："所谓幸福究为何物，以吾人之见即唯是本能的满足。所谓本能究为何物，人性自然之要求是也。使人性自然之要求满足，此即所谓美的生活。"③这种对于幸福、人性本能的理解与晚清功利主义者相似，两者都将自然欲望的满足视作人类幸福的源头。伊藤虎丸认为，这种尼采形象"与此后于日俄战争后崭露头角而取代了尼采主义登上论坛的日本自然主义的观点，已基本上没有什么差异了"④。这种"本能主义"的尼采观开辟了日本现代文学自然主义的道路，但伊藤虎丸发现，鲁迅虽然从尼采那里吸收了"个人主义"，却并不夹杂"本能主义"因素。⑤鲁迅不仅对"本能主义"的

---

① 鲁迅：《文化偏至论》，《鲁迅全集》第8卷，第29页。
② 鲁迅：《文化偏至论》，《鲁迅全集》第1卷，第50页。
③ ［日］高山樗牛：《论美的生活》，《太阳》1901年第7卷第9号。转引自［日］伊藤虎丸《鲁迅、创造社与日本文学》，孙猛等译，北京大学出版社2005年版，第47页。
④ ［日］伊藤虎丸：《鲁迅、创造社与日本文学》，孙猛等译，北京大学出版社2005年版，第47页。
⑤ "鲁迅适值这个时期来日本留学，他所接受的尼采思想与日本文学的情况相同，不是'反近代'思想，而是作为欧洲近代精神的'个人主义'。虽然鲁迅从日本文学继承了'反国家主义'、'反道德主义'、'反平等主义'等等观念，但是在鲁迅的尼采观里我们完全找不到'个人主义＝本能主义'这一日本尼采观的结论。"［日］伊藤虎丸：《鲁迅、创造社与日本文学》，孙猛等译，北京大学出版社2005年版，第48页。

尼采观不感兴趣，对于此后的自然主义也相当冷漠。日本自然主义文学在日俄战争之后达到高峰，一些最为著名的自然主义文学代表作与理论纲领都发表于 1906 年前后，此时，鲁迅已从仙台回到东京从事文艺运动，但在阅读了田山花袋的《棉被》与佐藤红绿的《鸭》之后，却并不感兴趣，他也很少留意日本文学界盛行的这些作品。① 这些作品带有唯物主义决定论色彩，并体现出悲观厌世倾向，自然主义作家重视生理、本能作用，袒露苦闷的内心世界乃至动物性的肉欲，这种潮流推动了"私小说"兴盛。② 相比之下，鲁迅寄希望于非功利主义的革命者，他期待的是勇猛无畏、独立自强的"诗人英雄"，这让他很难欣赏这类文学。

四 非"利己"的个人如何回归群体

清末功利主义者倡导解放人欲，尤其是对于"利己"的认可，制造出了群己伦理关系的新难题：如果容许个体追逐私利与自然欲望的满足，那么群体又当如何建立起来呢？这种问题使得功利主义的拥护者们必须更加谨慎，在清末中国的思想语境中宣传"利己"显然不能让人放心，正像鲁迅在介绍个人主义的思想时一样，把"利己"误解为"害人利己"的困扰总是普遍存在的。

在《乐利主义泰斗边沁之学说》中，梁启超对边沁不乏赞美之词，他坚信这位西方导师已经给出了解答，即，在不否定利己原则的前提下，利用最大多数的最大幸福原理引导个人服从群体——而服从群体的目的，则是在保存自我利益基础上获取更大的利益，"道德云者，专以产出乐利，豫防苦害为目的。其乐利关于一群之总员

---

① 据周作人回忆："自然主义盛行时亦只取田山花袋的《棉被》、佐藤红绿的《鸭》一读，似不甚感兴味。""至于岛崎藤村的作品则始终未曾过问。"周作人：《关于鲁迅之二》，《年少沧桑：兄弟忆鲁迅（一）》，河北教育出版社 2000 年版，第 246 页。

② ［日］西乡信纲：《日本文学史》，佩珊译，人民文学出版社 1978 年版，第 282—290 页。

者，谓之公德；关于群内各员之本身者，谓之私德"①。但是，梁启超也意识到了"公"与"私"在现实中常常无法相合，因此，他不断强调教育在引导个人服从群体时的意义，旨在通过教育让个体深刻认识到，从长远的目的来看，服从群体乃是实现自我利益最大化的唯一途径，这也就纾解了他最大的焦虑。教育个体根据功利主义的原则服从群体，必须被视作根本性的问题，所谓"教育不普及，则乐利主义，万不可昌言"②。这时的梁启超已经逐渐接近了约翰·穆勒的观点，他重视快乐的品质，只关注个体的声色获利，这是教育不普及的结果，而在教育普及之后，个人将自觉地向外生发出"智略的爱他心"或"变相的爱己心"。这种群己之间的伦理关系源自"人人求自利"③的假定，"爱他心"并不否定"利己"。不过，梁启超更强调在这个过程中，个体利益应当与群体利益达成一致，群体利益最终将反过来影响乃至决定个体利益的实现，如果只记得个人私利而忘记群体公益，便非真正的功利主义。梁启超在1899年5月的一次会议上与加藤弘之相识，并被后者有关国家主义的论述吸引。在较早的《十种德性相反相成义》中，他就在加藤弘之的引导下调节"利己"与"爱他"的关系，并在随后将加藤弘之的启发补充到对于边沁的介绍之中。④ 正是借助加藤弘之的《道德法律进化之理》，梁启超重申了边沁的功利主义原理，事实上，也只有通过教育解决了"利己"与"爱他"这对相反相成的伦理关系之后，他

---

① 梁启超：《乐利主义泰斗边沁之学说》，《梁启超全集》第4卷，北京出版社1999年版，第1047页。

② 梁启超：《乐利主义泰斗边沁之学说》，《梁启超全集》第4卷，北京出版社1999年版，第1048页。

③ 梁启超：《乐利主义泰斗边沁之学说》，《梁启超全集》第4卷，北京出版社1999年版，第1049页。

④ 梁启超：《十种德性相反相成义》，《梁启超全集》第2卷，北京出版社1999年版，第431页。

才不惮于理直气壮地对边沁发出赞美。①

像梁启超一样，严复也相信真正的功利主义应当是利己与爱他的平衡。他认为个人融入群体，其最初动机必然是为了求利，并由此反对赫胥黎从同情心出发建立群体的思路。严复也许会认为，相比边沁，在解决个体与群体关系时，赫胥黎的办法实在太不高明了，因为赫胥黎将人类社会与自然世界区分为对立的二元，要维持人类社会的伦理进程，就不得不时刻抗拒自然因素的侵入。在这个意义上，赫胥黎强调个体必须在群体的建立过程中克服自然欲望，"是故成己成人之道，必在惩忿窒欲，屈私为群"②。这与边沁恰恰走上了相反的道路③，无论梁启超还是严复，都难以接受赫胥黎的禁欲主义的群体观。严复从功利主义的原则指责道："赫胥黎氏是篇所称屈己为群为无可乐，而其效之美，不止可乐之语，于理荒矣。且吾不知可乐之外，所谓美者果何状也。"④ 同时，他也再一次明确功利主义的出发点："人道所为，皆背苦而趋乐。必有所乐，始名为善，彰彰明矣。"⑤ 严复试图寻求一种两利的解决办法，在这个地方，亚当·斯密启发了他。严复认为，现代欧洲富强的根本之道就存在于亚当·斯密的功利主义经济学中，后者提供了一种能够实现最大利益的处理自我与他人关系的方式："其中亦有最大公例焉，曰：'大利所存，必其两益。损人利己非也，损己利人亦非；损下益上非也，损

---

① 只有解决了个体与群体的矛盾，功利主义才能在原理上得到承认，否则将十分危险。梁启超认为："边沁之说，其终颠扑不破矣。虽然，无教育之人，不可以语此。以其无教育，则不能思虑，审之不确，必误用其术，以自毒而毒人也。"梁启超：《乐利主义泰斗边沁之学说》，《梁启超全集》第4卷，北京出版社1999年版，第1050页。

② [英]赫胥黎：《天演论·新反》，严复译，《严复集》第5册，中华书局1986年版，第174页。

③ 梁启超介绍边沁对于旧道德的破除，第一条即是破除"窒欲说"。《乐利主义泰斗边沁之学说》，《梁启超全集》第4卷，北京出版社1999年版，第1046页。

④ 严复案语，《严复集》第5册，中华书局1986年版，第1359页。

⑤ 严复案语，《严复集》第5册，中华书局1986年版，第1359页。

上益下亦非.'其书五卷数十篇,大抵反复明此义耳。"① 不过,这样的群体也无异于利益的共同体。

鲁迅反对从功利主义的"利己"原则理解个人,他对于自然人性论也不以为意,在这个意义上,无论是边沁还是亚当·斯密,都未能够打动鲁迅。尽管梁启超、严复对于自他两利的群体观念赞不绝口,但这种原则无法成就让鲁迅渴望的革命者。革命者必须毫无挂碍,必须在放弃世俗的利益纠葛之后才能勇猛无畏,他多次强调真正的"个人"必须"独立自强,去离尘垢"②。

这种个人观在功利主义的改革方案中难寻容身之地。严复虽然反对赫胥黎的"窒欲说",但他理当认同赫胥黎将特立独行的个人从群体中排除出去的做法:"或谓古有人焉,举世誉之而不加劝,举世毁之而不加沮,此诚极之若反,不可以常法论也。"③ 有意思的是在《破恶声论》中,鲁迅恰恰依据个人主义提出了相反的观点:"故今之所贵所望,在有不和众嚣,独具我见之士,洞瞩幽隐,评骘文明,弗与妄惑者同其是非,惟向所信是诣,举世誉之而不加劝,举世毁之而不加沮,有从者则任其来,假其投以笑侮,使之孤立于世,亦无慭也。"④ 作为回应,他在相反的意义上使用了"举世誉之而不加劝,举世毁之而不加沮",这句话本出自庄子《逍遥游》,鲁迅借以描绘脱离世俗利害关系的革命者的风范。鲁迅当然不会像梁启超和严复那样,困扰于如何处理个人与他人的利益关系。

毫无疑义,鲁迅并没有放弃"群"的理想,如前所述,他强调"人各有己,而群之大觉近矣"⑤,因而可见鲁迅对于激发群体的自觉抱有很高期待,只不过区别于功利主义者对于群体利益的呼吁,

---

① 严复案语,《严复集》第5册,中华书局1986年版,第1349页。
② 鲁迅:《文化偏至论》,《鲁迅全集》第1卷,第54页。
③ [英]赫胥黎:《天演论》,严复译,《严复集》第5册,中华书局1986年版,第1346页。
④ 鲁迅:《破恶声论》,《鲁迅全集》第8卷,第27页。
⑤ 鲁迅:《破恶声论》,《鲁迅全集》第8卷,第26页。

鲁迅诉诸一种精神层面的群体觉悟，而非实际的效用或物质利益。正是为了实现这种理想，他提出了全新的"个人"思想，并在重建群己关系的起点上与功利主义者划清界限。在这个意义上，鲁迅希望中国出现"摩罗诗人"，通过诗歌的力量激发群体的觉悟。在《摩罗诗力说》中，他强调诗歌"撄人心"的作用，一个现实原因便是为了扫除功利主义造成的恶浊世风：

> 人人之心，无不沨二大字曰实利，不获则劳，既获便睡。纵有激响，何能撄之？夫心不受撄，非槁死则缩朒耳，而况实利之念，复黏黏热于中，且其为利，又至陋劣不足道，则驯至卑懦俭啬，退让畏葸，无古民之朴野，有末世之浇漓，又必然之势矣，此亦古哲人所不及料也。①

如果说群体必须觉悟，那么，最重要的恰恰是遏制人们对于利益的追逐，倡导"撄人心"的文学，目的就是清除人们精神世界中的这种"实利之念"，并以诗歌的力量重建群己关系。鲁迅相信，诗歌的力量能将人群带向"诚善美伟强力敢为之域"②，这让人想起他在《文化偏至论》中"去现实物质与自然之樊，以就其本有心灵之域"③的呼吁，两种表述存在着内在原理的一致性，鲁迅相信人的"心灵之域"是美好的——如同功利主义者从自然人性论设定了"人人求自利"，这种对于人性深处的期待也成为鲁迅早年论说的基本假定。鲁迅想象以诗歌之力重建人群，呼吁在群己之间建立一种非功利的精神联系："诗人为之语，则握拨一弹，心弦立应，其声澈于灵府，令有情皆举其首，如睹晓日，益为之美伟强力高尚发扬，

---

① 鲁迅：《摩罗诗力说》，《鲁迅全集》第1卷，第71页。
② 鲁迅：《摩罗诗力说》，《鲁迅全集》第1卷，第71页。
③ 鲁迅：《文化偏至论》，《鲁迅全集》第1卷，第55页。

而污浊之平和，以之将破。平和之破，人道蒸也。"①

鲁迅试图唤醒个体内在的精神自觉，再通过个性者的联合，最终实现"人国"的理想，此即"国人之自觉至，个性张，沙聚之邦，由是转为人国"②。这种个体之间的联合主要发生在精神领域，"人国"的群治理想与清末涣散的局面形成了鲜明反差。鲁迅希望通过诗歌——个体内在的精神力量的共鸣铸造出新的群体。鲁迅从未在制度层面论述群体与个人的关系，正如汪晖指出："鲁迅把'个性张'视为通达'人国'的途径，说明'人国'的建立不是政治革命的结果，也不是一种国家形式或政治制度的建立，而是一种伴随所有人的自由解放而自然产生的联合体，即'人+人+人+等等'这样一种自由人的联盟。"③ 或许可以补充的是，实现这种自由的路径便是非功利主义（"不用之用"）的诗歌，鲁迅强调诗歌作为"诗人英雄"与广大民众之间的介质性意义，正是诗歌使得这种联合体成为可能。鲁迅旨在借助诗歌的力量完成对个人灵魂的改造与个人之间的联合，在此过程中，"个人"首先祛除"利己"的束缚，从客观的平庸之物中超脱出来，回归到心灵的本体世界；其次，"个人"将与他人在超越现实功利的层面上实现心灵相通。在这个意义上，"人国"构想的乃是一种精神共同体。对于诗歌力量的崇信以及个体内在精神世界觉醒的期待，使得鲁迅的"人国"理想在清末重建群己伦理的功利主义思潮中彰显出了精神的强力和高度。

上文曾说明，鲁迅对于诗歌力量的信仰受到卡莱尔的启发，值得一提的是，在"诗人英雄"这篇演讲中，卡莱尔多次严厉批评了以边沁为代表的功利主义者，引入卡莱尔的观点对于理解鲁迅反功利主义的思想将不无裨益。卡莱尔认为，我们根本无法从功利层面

---

① 鲁迅：《摩罗诗力说》，《鲁迅全集》第1卷，第73页。
② 鲁迅：《文化偏至论》，《鲁迅全集》第1卷，第56页。
③ 汪晖：《反抗绝望：鲁迅及其文学世界》，生活·读书·新知三联书店2008年版，第64页。

来衡量像但丁、莎士比亚这样伟大的"诗人英雄",他们的历史意义无可估量,也是无价的。卡莱尔斥责功利主义导致18世纪的平庸生活发展到了极点,他以一种反讽的语气提到边沁:"边沁主义是一种盲目的英雄精神:人类就好像一个不幸失明的参孙在非利士人的大庙里受折磨,他紧抱大庙的柱子,造成巨大的坍塌,从而获得最终的解脱。"① 卡莱尔随后加重语气,谴责功利主义带来的危害:"当一个人只相信肥其私囊,满足身体某种需要进行享受,这就太可悲了!没有比他的这种情况更低级的了。我认为,那种使人变得如此卑贱的时代,是历史上最可悲、最病态和最低下的时代。社会的心脏是瘫痪的,它的肢体又怎能健康无恙呢?"② 卡莱尔对于平庸生活的拒斥,对于恶浊世风的反感,与鲁迅对清末功利主义者的批评不是很相似吗?卡莱尔重视超越物质和机械的人的心灵与精神世界,他强调,只有通过诗歌重建人的精神世界,才有可能将人类从这种低级、世俗的时代中拯救出来,这些地方都与鲁迅反驳功利主义者的原理一致。同卡莱尔一样,早年的鲁迅选择了英雄主义的道路,他无法接受梁启超、严复企图建立的利益共同体,当然,如上所述,鲁迅的英雄最终仍然必须回归到人群之中,激发起人群的觉悟,也只有在这重意义上,英雄才值得崇拜。

第三节 《摩罗诗力说》中的浪漫自然观

值得注意的是,在批评边沁代表的18世纪功利主义思潮时,卡莱尔向听众描述了另外一种自然观并展现出"诗人英雄"与大

---

① [英]卡莱尔:《论英雄、英雄崇拜和历史上的英雄业绩》,周祖达译,商务印书馆2005年版,第195页。

② [英]卡莱尔:《论英雄、英雄崇拜和历史上的英雄业绩》,周祖达译,商务印书馆2005年版,第197页。

自然的亲密关系，在此过程中，他也把自然重新神秘化了。卡莱尔不仅以此批评趋利避害、背苦求乐的功利主义者，而且将论辩的锋芒更加深入地指向了现代自然科学的出发点，即，一种二元的机械论的自然观。例如，卡莱尔指责边沁的"根本错误全在于无视宇宙的奥秘，只看到宇宙中的机械性，认识不到别的一切"，如果人只是一具"失去一切精神的机械外壳"①，自然失去了崇高、神圣和奥秘的特性，那么英雄也将全无立足之地。② 鲁迅早年强调精神对于塑造人格的作用，那么是否同卡莱尔一样，在他呼唤"诗人英雄"的时候，也展现出了新的自然观呢？

一 "复活"的自然界

鲁迅在《摩罗诗力说》中介绍雪莱对自然的崇拜时，曾有一段论述的主旨与卡莱尔颇为相似，同样表达了对于功利主义原则与现代机械论自然观的驳斥：

> 其独慰诗人之心者，则尚有天然在焉。人生不可知，社会不可恃，则对天物之不伪，遂寄之无限之温情。一切人心，孰不如是。特缘受染有异，所感斯殊，故目睛夺于实利，则欲驱天然为之得金资；智力集于科学，则思制天然而见其法则；若至下者，乃自春徂冬，于两间崇高伟大美妙之见象，绝无所感应于心，自堕神智于深渊，寿虽百年，而迄不知光明为何物，又奚解所谓卧天然之怀，作婴儿之笑矣。③

雪莱与卡莱尔生活在同样的时代，他们共同感受到 18 世纪功利

---

① ［英］卡莱尔：《论英雄、英雄崇拜和历史上的英雄业绩》，周祖达译，商务印书馆 2005 年版，第 196 页。

② ［英］卡莱尔：《论英雄、英雄崇拜和历史上的英雄业绩》，周祖达译，商务印书馆 2005 年版，第 196 页。

③ 鲁迅：《摩罗诗力说》，《鲁迅全集》第 1 卷，第 88 页。

主义伦理以及飞速发展的自然科学对于人类精神世界的进犯。对他们来说,自然原本是充满精神与活力的世界,在这个意义上,他们选择拒绝自然科学的机械主义解释,并重新赋予大自然以美学和伦理学的意涵。正如鲁迅赞扬雪莱追求"对天物之不伪"的真诚的精神境界,卡莱尔认为如果揭去自然的奥秘,那么人们就将面对"一个没有真诚的世界,一个无神的虚伪世界"①。鲁迅早年对于"诚"的道德品质有着强烈追求,从他接受卡莱尔、雪莱代表的思想脉络看,鲁迅很可能同时采纳了浪漫主义者对自然的解释。

晚清知识界充斥着对科学真理的崇拜以及功利主义的论说,由此不难设想,当鲁迅抄录下这些文字的时候,他也与卡莱尔、雪莱等浪漫主义者发生了深切的共鸣。北冈正子曾细密地考证出鲁迅写作《摩罗诗力说》时所采用的大量材料,其中,关于雪莱的论述全部来自滨田佳澄的《雪莱》,"雪莱与天然"原是这部著作第三章"诗人之雪莱"中极为重要的一节。北冈正子认为,尽管鲁迅舍弃了滨田佳澄对于"雪莱与天然"关系的复杂辩论,但雪莱的"无虚伪之天然"的想象力仍然深刻影响了鲁迅的诗学观。② 事实上,在《摩罗诗力说》中,鲁迅便活用了滨田佳澄有关"雪莱与天然"的论述,他指出,儒家"思无邪"的诗学观阻碍了自然与心灵的感应,使得人们无法领悟大自然的真诚和美妙之处,所谓"心应虫鸟,情感林泉,发为韵语,亦多拘于无形之囹圄,不能舒两间之真美"③,正是由于心灵无法感知大自然之真美,造成了中国人精神上的萎缩:"倘其嗫嚅之中,偶涉眷爱,而儒服之士,即交口非之。况言之至反常俗者乎?"④ 自然之中蕴含着真诚与美妙,对于自然之真、美的发

---

① [英]卡莱尔:《论英雄、英雄崇拜和历史上的英雄业绩》,周祖达译,商务印书馆 2005 年版,第 198 页。

② [日]北冈正子:《〈摩罗诗力说〉材源考》,何乃英译,北京师范大学出版社 1983 年版,第 70 页。

③ 鲁迅:《摩罗诗力说》,《鲁迅全集》第 1 卷,第 70—71 页。

④ 鲁迅:《摩罗诗力说》,《鲁迅全集》第 1 卷,第 71 页。

掘，不再是将其对象化和客体化，而是通过主体切身直观的感受、体验并以"心应""情感"的方式实现，在此过程中人的精神也完成蜕变。卡莱尔、雪莱等浪漫主义者不仅启发鲁迅批判功利主义，还向他展现了一种使心灵从枯死的自然界中恢复生机的办法。如果说鲁迅早年对于"心"的理解构成了他的思想和文学的根本①，那么，我们便不可忽视鲁迅自然观念同时所发生的变化。

鲁迅最初学习自然科学，他由此接触到的是一种机械主义的自然观。根据这种观念，自然是由物质实体和力学原则构建起来的客观对象，人们认识自然，是为了运用更科学的手段达到利用、控制和征服自然的目的。从培根和笛卡尔的时代开始，自然便被描述为被动、机械的存在，随着物质与精神二元论世界观的形成，自然逐步丧失了内在的精神，这种二元论"以外科手术般的精细态度，从物质本性中剔除精神的每一丝痕迹，留下一片由惰性的物质碎片杂乱堆积而成的、没有生命的疆域。这是一个苍白得出奇的自然概念——但是令人赞叹的是，它为着近代科学的目的而设计。"② 新的自然观在牛顿那里走向成熟，并深刻影响了此后科学技术的发展进程，这种机械主义的自然观阻断了鲁迅在《摩罗诗力说》中描述的心灵与大自然相通的可能。如果说鲁迅在《摩罗诗力说》中反对儒家道德教化对于人们精神世界的约束，指责"思无邪"的诗教导致了心灵的枯槁，那么，他当然也不会认可自然科学对人类精神问题的漠视，正如柯林伍德形容现代科学所预设的自然本质上是"一个

---

① 例如郜元宝指出："在鲁迅，'新文学'首先乃是'心文学'，'心'是本体，'新'则系本体—现象。'新'而无'心'，只剩一副空壳。'新文学'须植根于新的'心'，而非别的什么'新'。判断何为真正的'新'，只能用'心'来衡量，不能反过来用'新'衡量'心'。这是鲁迅文学/思想最吃紧处。"《为天地立心：鲁迅著作所见'心'字通诠》，《鲁迅研究月刊》2000 年第 7 期。

② [美] 理查德·S. 韦斯特福尔：《近代科学的建构：机械论与力学》，彭万华译，复旦大学出版社 2000 年版，第 32 页。

僵死的物质世界"①,除非,让自然再次"复活"。

但在此之前,鲁迅无疑折服于这种自然观,他曾将人类与自然界视为对立的二元,认为人类的进步就体现在更进一步地控制和征服自然。例如,在《月界旅行·辨言》中,鲁迅从二元论的视角描述人类与自然互相为战的历史,他显然为人类在现代的胜利而欢呼,从中也可以见出鲁迅对于"知识就是力量"培根式的征服自然原则的信心。鲁迅这时并不关心自然是否蕴藏着真诚和美妙的艺术与哲理,对于利用现代自然科学救国、启蒙的热忱,也使他与培根、笛卡尔及之后的启蒙思想家一脉相承。可以说,面对自然,鲁迅还沉浸在人类主体性的乐观前景之中。

在《科学史教篇》中,同样是开篇的位置,鲁迅描述了现代自然科学对于人类社会变革的意义:"自然之力,既听命于人间,发纵指挥,如使其马,束以器械而用之;交通贸迁,利于前时,虽高山大川,无足沮核;饥疠之害减;教育之功全;较以百祀前之社会,改革盖无烈于是也。"② 这段文字与《月界旅行·辨言》中对人与自然关系的描述相似,两者都强调随着自然科学进步,人类前所未有地征服自然并增进了自身的福利。但不同的是,鲁迅在这段文字前加上了——"观于今之世,不瞿然者几何人哉?"③ 这种情绪显然要比《月界旅行·辨言》更为复杂,他对于科学飞速发展的局面表示出了一种诧异、震惊的感受。换言之,现代科学的进步一方面不可否认地提高了人类的幸福感,但另一方面,也制造出了大量不可忽视的问题,尤其体现在人类的精神文明方面。

鲁迅赞扬现代科学的伟大功绩,但随后便对那种将科学原理推及到人类精神领域的做法表示不满,音乐、绘画、宗教等都超越了

---

① [英]柯林伍德:《自然的观念》,吴国盛、柯映红译,华夏出版社 1999 年版,第 123 页。

② 鲁迅:《科学史教篇》,《鲁迅全集》第 1 卷,第 25 页。

③ 鲁迅:《科学史教篇》,《鲁迅全集》第 1 卷,第 25 页。

科学的界限，相比之下，他转而批判"眩至显之实利，摹至肤之方术"①的科学主义者，并尤其就"迷信"问题与其展开深入辨析。这里，"迷信"不仅是一个信仰层面的问题，更重要的是，它表明了鲁迅对现代科学态度的变化，归根结底是自然观念的变化。鲁迅引用华惠尔的观点客观评价了古希腊学者的科学成就，尽管缺乏现代科学的逻辑思维，但这并不妨碍他们对自然的探索同样具有价值②。鲁迅由此远离了现代自然科学的教条主义，他甚至对此非常气愤，进而批评"世有哂神话为迷信者，斥古教为谫陋者，胥自迷之徒耳"③。当鲁迅做出这种严酷的反批评时，他的心里或许同时想到了清末那些只是粗浅地接受了自然科学的启蒙主义者，对于自然科学的无节制的崇拜使他们变得盲目自大，最终否决其他认识自然的思路④。相反，鲁迅为"迷信"辩护，显示出他思想背景中一种不同于现代自然科学意义上的自然观。

1908年，在他离开日本之前写下的《破恶声论》中，为"迷信"辩护占据了最主要的篇幅，鲁迅对清末士人的批判让人想起指责边沁功利主义的卡莱尔，如有："盖浇季士夫，精神窒塞，惟肤薄之功利是尚，躯壳虽存，灵觉且失。于是昧人生有趣神閟之事，天物罗列，不关其心，自惟为稻粱折腰；则执己律人，以他人有信仰为大怪，举丧师辱国之罪，悉以归之，造作蜚言，必尽颠其隐依乃快。"⑤ 不同于启蒙主义者所依据的科学原理，鲁迅先后列举了几个重要的概念，例如"精神""灵觉""神閟"，这些概念无不超出了机械论哲学的范围，所体现的正是鲁迅早年最为器重的"心"的原理，鲁迅在浪漫主义者的启发下，强调心灵与自然的感应，在这个意义上，"迷信"最终具有了合理性。《科学史教篇》和《破恶声

---

① 鲁迅：《科学史教篇》，《鲁迅全集》第1卷，第29页。
② 鲁迅：《科学史教篇》，《鲁迅全集》第1卷，第26页。
③ 鲁迅：《科学史教篇》，《鲁迅全集》第1卷，第26页。
④ 详参第二章"科学主义潮流中的知识、道德与信仰问题"中的相关分析。
⑤ 鲁迅：《破恶声论》，《鲁迅全集》第8卷，第30页。

论》均写作于《摩罗诗力说》之后,在这两篇文章中,鲁迅反思科学并为"迷信"辩护,反映了他在《摩罗诗力说》中经由浪漫主义者启发而形成的自然观。鲁迅在编《坟》的时候调整了次序,将《摩罗诗力说》放在了《科学史教篇》之后。他的意图很清晰,《人之历史》与《科学史教篇》围绕进化论与科学问题,《文化偏至论》与《摩罗诗力说》则侧重文学和思想问题。这种次序虽然使得主题分明,却不太容易看出内在的关系。

二 "自然哲学"与"神思"的世界

事实上,早在《人之历史》中,鲁迅就提到过一种不同于机械论自然观的进化思想。这就是歌德的形蜕论思想。在居维叶之后,歌德是第一位提出生物形态进化的学者,卡西尔认为,歌德的植物形态学对于现代进化论的形成具有转折性意义[①],同时,歌德的身份相对特殊,他既是一位跨时代的文学家,又可以被视为现代科学的开创者。例如,鲁迅指出歌德从事科学研究的特点:"瞿提者,德之大诗人也,又邃于哲理,故其论虽凭理想以立言,不尽根于事实,而识见既博,思力复丰,则犁然知生物有相互之关系,其由来本于一原。"[②] 歌德的科学研究与客观的自然界并不呈现出必然联系,其中,想象力起着重要作用。歌德为现代进化论的形成开创了局面,鲁迅称赞歌德的贡献:"盖瞿提所研究,为从自然哲学深入官品构造及变成之因,虽谓为兰麻克达尔文之先驱,蔑不可也。"[③] 鲁迅这里指出,进化论起源于并非全然是"事实"却充满了想象力的自然观,的确是耐人寻味的事情。尽管歌德不认同浪漫主义者的身份,但他却对于机械论的自然观却有着并不次于浪漫主义者的批评,从鲁迅

---

① [德]卡西尔:《卢梭·康德·歌德》,刘东译,生活·读书·新知三联书店2015年版,第98页。
② 鲁迅:《人之历史》,《鲁迅全集》第1卷,第11页。
③ 鲁迅:《人之历史》,《鲁迅全集》第1卷,第11—12页。

对歌德的介绍即可以看出他与现代机械论者的不同。18世纪著名的机械自然论者霍尔巴赫曾写下《自然体系》，年轻的歌德在阅读了这部著作之后，对于其中描绘的缺乏精神意蕴的自然界感到无比枯燥和失望，他预想的自然万物充满生机与活力，但机械论仅仅向他展示出了一个丧失灵魂的世界。这种失望之情反映了包括歌德在内的一个世代对于人与自然关系机械化的批评。①

鲁迅在《人之历史》中也明确注意到歌德方法论的特殊性，他将歌德的方法表述为"从自然哲学深入官品构造及变成之因"②。鲁迅使用的"自然哲学"是一个有待分析的概念。与"自然科学"不同，"自然哲学的结论，并不是靠耐心的研究自然现象而来，而是根据可疑的哲学理论得来的"③。不同于对自然的机械主义解释，自然哲学的意义在于寻找自然现象所依据的普遍法则或原理，更重要的是，自然哲学家提倡以象征方法将人的精神与作为现象的自然融为一体。在歌德生活的时期，"自然哲学"的观念依然在德国思想界颇为流行，这种以精神性对待自然的方式虽然在后来被自然科学家抛弃，却深刻启发了此后的浪漫主义者。④ 谢林的自然哲学对早期的浪漫主义者如华兹华斯、柯勒律治等人均产生过重要影响，而费希特、诺瓦利斯的自然哲学便曾启发过卡莱尔。

鲁迅对心灵、精神、灵觉、神秘性的向往，体现出了他突破二元论并重建人与自然整体关联的浪漫主义自然观。他对于这种思路有着明确的自觉，在《摩罗诗力说》开篇，鲁迅认为诗歌最早起源于人类对自然世界的感应："古民神思，接天然之閟宫，冥契万有，

---

① Helmut J. Schneider, "Nature", *The Cambridge History of Literary Criticism*, Volume V, *Romanticism* (edited by Marshall Brown), New York: Cambridge University Press, 2000, p. 96.

② 鲁迅：《人之历史》，《鲁迅全集》第1卷，第11页。

③ [英] W. C. 丹皮尔：《科学史及其与哲学和宗教的关系》，李珩译，商务印书馆2001年版，第247页。

④ 如谢林的自然哲学便对早期浪漫主义者如柯勒律治、济慈产生了重要的影响。

与之灵会,道其能道,爰为诗歌"①,其中所谓的"接天然""冥契"与"灵会"均表明人类与自然界之间存在着内在精神的相通。鲁迅描述了古代先民精神生活与大自然之间深刻的连续性,在这种带着神秘气息的自然观的主导下,人被"诗化"了,甚至在某种程度上可以说,心灵纯洁的古代先民就是天生的诗人。鲁迅对诗歌起源以及先民生活的想象显示出浪漫主义对他的影响。另外,在《破恶声论》中,鲁迅也再次通过为"迷信"的辩护表明了人类与自然一体的关系,例如强调"迷信"体现出特殊的认识自然的方式,它源于古人、农民对自然事物的精神性的把握,鲁迅由此将浪漫主义诗人与中国的民间信仰联系在一起,指出两者内在精神的相通之处:"顾瞻百昌,审谛万物,若无不有灵觉妙义焉,此即诗歌也,即美妙也,今世冥通神閟之士之所归也。"② 正是这种对自然的浪漫化理解促使鲁迅为"迷信"辩护,反驳自然科学的局限性。

鲁迅尤为强调"神思"的作用,他将浪漫主义者视作"新神思宗"并与古代先民的"神思"对应。这种表述来自刘勰的《文心雕龙·神思》,指涉的是文学创作过程中的艺术构思问题,丸尾常喜将"神思"解释为想象力,并阐发其为"浪漫主义诗歌理论之魂"③。在刘勰的原文中,他这样说明"神思":

> 古人云:形在江海之上,心存魏阙之下,神思之谓也。文之思也,其神远矣。故寂然凝虑,思接千载;悄焉动容,视通万里;吟咏之间,吐纳珠玉之声;眉睫之前,卷舒风云之色;其思理之致乎。故思理为妙,神与物游。神居胸臆,而志气统其关键;物沿耳目,而辞令管其枢机。枢机方通,则物无隐貌;

---

① 鲁迅:《摩罗诗力说》,《鲁迅全集》第1卷,第69页。
② 鲁迅:《破恶声论》,《鲁迅全集》第8卷,第30页。
③ 转引自[日]伊藤虎丸《鲁迅、创造社与日本文学》,孙猛等译,北京大学出版社1995年版,第93页。

关键将塞，则神有遁心。①

刘勰描述了人类精神与自然万物相接（"神与物游"）的过程，"古民神思"与"新神思宗"构成了遥相呼应的关系。当鲁迅使用"神思"时，他不仅强调想象力的重要性，也同时表明了浪漫主义诗人与大自然精神相通的特点。有意思的是，鲁迅此前多次批评刘勰未能注意到人类精神的主体性的特点，但却仍然延续了后者有关"神思"的说法，原因或许在于，他从中发现了一种反思现代科技文明以及与19世纪西方浪漫主义文学精神相通的可能。

自然并非僵死的物质世界，而是重新获得了生机。同样，在介绍雪莱的段落中，鲁迅对"神思"与自然界的关联做出说明："其神思之澡雪，既至异于常人，则旷观天然，自感神閟，凡万汇之当其前，皆若有情而至可念也。"② 在浪漫主义者看来，大自然本身是一个充溢精神和情感的世界，在这个背景下，自然和人的心灵世界具有交流的可能，所谓"心弦之动，自与天籁合调，发为抒情之什，品悉至神，莫可方物"③。雪莱的自然观反映了19世纪初期带有泛灵论性质的自然哲学的特点，鲁迅对此表示欣赏。事实上，浪漫派的自然哲学存在深厚的古典根基，早在前苏格拉底时期，当时被称为自然哲学家的学者们便越出了理性的范围，猜测和想象自然界中的神秘现象。文艺复兴时期，这种神秘主义的自然观重新兴盛起来，直至随后的启蒙运动划分出神秘主义和理性主义的界限，并把神秘主义简单抛弃到"宗教迷信"的领域中，不过，这种神秘主义的自然观仍然被浪漫派的自然哲学家继承下来。④ 威

---

① （南朝梁）刘勰著，范文澜注：《文心雕龙注·神思》，人民文学出版社1958年版，第493页。

② 鲁迅：《摩罗诗力说》，《鲁迅全集》第1卷，第88页。

③ 鲁迅：《摩罗诗力说》，《鲁迅全集》第1卷，第88页。

④ ［法］高宣扬：《德国哲学通史》第1卷，同济大学出版社2007年版，第241—242页。

廉·莱斯（William Leiss）也指出这种自然观的古典渊源："统治古代世界宗教的一个共同特征就是相信所有自然的对象和场所都具有'精神'的。为了确保人们自己不受伤害，必须尊敬这些对象，而在侵占这些自然对象为人所用之前，要求人们通过礼品和礼仪来安慰精神"①。鲁迅在为"迷信"进行辩护时，不是同样体现出了这种神秘主义的自然观的原理吗？鲁迅也由此解释了中国传统道德礼法的原理，他指出，中国文化将天地、自然作为根基并以此塑造了国民优秀的品质。②鲁迅早年追随自然科学的机械论思路，主张破除"迷信"，学习西方现代文明，对于古代中国道德、礼法以及"迷信"同情的态度说明他的思路发生了转折。本质上，这种转变反映了浪漫主义自然观启发的结果。

三 "激进的自然主义"

这种自然观的转变尤其体现在《摩罗诗力说》中，当然，在鲁迅介绍的以拜伦、雪莱为首的"摩罗诗人"中，不仅雪莱保持着对大自然的喜爱，在他的影响之下，拜伦的诗作同样明显地展现出这种美学化和伦理化的自然观。③勃兰兑斯以《查尔德·哈罗德游记》为例，指出拜伦诗作中的泛神论自然观——"第三章无数泛神论的感叹，无疑全部是和雪莱谈话的收获，特别值得注意的是那文字写的很美的一节，在那一节诗里，自然界的万物都被认为是'不灭的爱'的体现——而'不灭的爱'正是雪莱关于爱和美支撑着世界的神秘力量那种理论中的用语"④。鲁迅把拜伦和作为他精神后裔的俄

---

① ［加］威廉·莱斯：《自然的控制》，岳长龄译，重庆出版社2007年版，第26页。
② 鲁迅：《破恶声论》，《鲁迅全集》第8卷，第29、30页。
③ 勃兰兑斯指出，拜伦把自然人格化是受到了雪莱的影响。［丹麦］勃兰兑斯：《十九世纪文学主流》第4分册，张道真译，人民文学出版社1984年版，第373、374页。
④ ［丹麦］勃兰兑斯：《十九世纪文学主流》第4分册，张道真译，人民文学出版社1984年版，第374页。

国诗人莱蒙托夫比较，突出拜伦对于自然的喜爱："然裴伦所谓非憎人间，特去之而已，或云吾非爱人少，惟爱自然多耳等意，则不能闻之来尔孟多夫。"① 他比较了拜伦与莱蒙托夫在各自作品中所呈现的不同的自然观，并由此联系到英国与俄国不同的民族性格："彼之平生，常以憎人者自命，凡天物之美，足以乐英诗人者，在俄国英雄之目，则长此黯淡，浓云疾雷而不见霁日也。盖二国人之异，亦差可于是见之矣。"② 这种从自然环境描写推测民族性的方法，同样体现了自然与人乃是一体的浪漫主义观念。

不过，拜伦对自然的描写并不止于鲁迅所言的爱与美。浪漫主义诗人大多对于自然有着不同寻常的偏爱，勃兰兑斯认为，英国浪漫主义诗人接受了自然哲学的启发并形成了一种审视自然的精神性视角，他由此构建了以华兹华斯、柯勒律治为起点，中经骚塞、司各特、济慈、穆尔、坎贝尔、兰多，一直延续到雪莱和拜伦的浪漫主义诗人谱系。同时，勃兰兑斯指出，这些诗人对自然大多有着不同的理解。在英国诗人群体中，自然观的内在演变反映出了更为复杂的历史信息。虽然他们承认并发扬了自然与人类相通的观念，但具体到其中的精神指向，不同时代、出身和立场的诗人仍然不可同一而论，对于自然的描写体现了多样性的诉求。

据勃兰兑斯所言，浪漫主义诗人最初倾向于通过为自然赋形表达对永恒的执着追求，对动物、儿童、乡村居民和"精神上的赤贫者"的虔诚敬意，以及对于神话、传说和"迷信"的向往。但这条谱系随着历史形势与诗人个性的差异不断发生变化，到拜伦和雪莱这里突变为"激进的自然主义"，即强调对于自然充满激情的爱，热衷于展现大自然的宏伟现象和巨大变化③。例如，拜伦把他的那种桀

---

① 鲁迅：《摩罗诗力说》，《鲁迅全集》第1卷，第93、94页。
② 鲁迅：《摩罗诗力说》，《鲁迅全集》第1卷，第94页。
③ A. M. D. Hughs, "Shelly and Nature", *The North American Review*, Vol. 208, No. 753 (Aug., 19), pp. 287-295.

骜不驯的反抗意志凝聚在对自然的描写之中，并将这种激情发展到了极致。勃兰兑斯叙述道："在拜伦的诗里，河水汹涌翻腾，浪花如千堆白雪，轰隆隆的咆哮声奏出了一首直冲云霄的乐曲；在它那奔腾的怒涛当中，形成一个又一个湍急的漩涡，它们撕碎着自身以及阻挡着它们去路的一切，最后，它们的侵蚀甚至把坚硬如铁的岩石也从底部掏空。"① 这些意象的选择显示出大自然的强盛生命力，灌注着诗人冲破阻碍、寻求解放与自由的意志和决心。在这个意义上，我们不难理解拜伦何以会得出"诗歌是想象的岩浆，喷发出来可以避免地震"② 这样惊世骇俗的论断。

尽管没有进行详细介绍，但事实上，鲁迅对于拜伦富有革命激情的自然描写并不会陌生，在他自己关于自然的描写中，同样不乏对激情、剧烈变化和反抗意志的表现。在《摩罗诗力说》中，鲁迅便描写了与拜伦将诗歌比作火山喷发相似的自然场景，他用"岩浆"的比喻表现自然界的残酷和暴力，并引申为人类的生存背景："平和为物，不见于人间。其强谓之平和者，不过战事方已或未始之时，外状若宁，暗流仍伏，时劫一会，动作始矣。故观之天然，则和风拂林，甘雨润物，似无不降福祉于人世，然烈火在下，出为地㶛，一旦偾兴，万有同坏。"③ 鲁迅的这段文字，正是为了给拜伦、雪莱等"摩罗诗人"的出场营造气氛。在时隔将近二十年后的《野草》题辞中，他仍然从这个激进的自然意象汲取了灵感，进而表达自己向黑暗和绝望反抗的意志："地火在地下运行，奔突；熔岩一旦喷出，将烧尽一切野草，以及乔木，于是并且无可朽腐"④。

---

① [丹麦] 勃兰兑斯：《十九世纪文学主流》第四分册，张道真译，人民文学出版社 1984 年版，第 456 页。
② [英] 拜伦：《致密尔班克小姐的信》，1813 年 11 月 10 日。转引自 [美] 艾布拉姆斯《镜与灯：浪漫主义文论及批评传统》，郦稚牛、张照进、童庆生译，北京大学出版社 2015 年版，第 54 页。
③ 鲁迅：《摩罗诗力说》，《鲁迅全集》第 1 卷，第 68 页。
④ 鲁迅：《野草·题辞》，《鲁迅全集》第 2 卷，第 163 页。

在鲁迅介绍的"摩罗诗人"中,另外一名热衷于描摹自然景观的是匈牙利诗人裴象飞。由于受拜伦与雪莱影响,裴象飞也试图将自己比作自然的一部分,在《摩罗诗力说》中,鲁迅这样描述裴象飞与自然融为一体的想象:"吾心如反响之森林,受一呼声,应以百响者也。又善体物色,著之诗歌,妙绝人世,自称为无边自然之野花。"① 裴象飞为国家战死的事迹深刻感动了鲁迅,引起鲁迅共鸣的地方可能还在于裴象飞诗歌中心灵与自然感通的精神,这种浪漫主义自然观最终与反抗侵略、呼唤独立自强的民族革命主题关联在了一起。鲁迅欣赏裴象飞"无边自然之野花"的比喻,赞美诗人自身化为大自然中的一部分,在后来的译作《裴象飞诗论》② 中,鲁迅再次运用了这个比喻,他称赞裴象飞:"正犹在山林川水中,处处见自然景色耳。自称曰无边自然之野华,当夫。"③

《裴象飞诗论》的特殊之处还在于,这篇文章几乎完全围绕着自然景色和人物心灵的关系而展开。而且有意思的是,这篇诗论开篇对比了裴象飞的自然描写与自然科学的不同之处,并指出自然科学并不能洞察自然的真实面貌。自然界未必一定按照自然规律运行,诗人描绘的自然是个体创造性的产物。自然科学和浪漫主义的诗歌本质上体现了两种认识自然的方式,前者基于机械论的数理自然观,后者则追求情感、心灵对自然事物的感应和反馈,从中表达主体的

---

① 鲁迅:《摩罗诗力说》,《鲁迅全集》第1卷,第100页。

② 《裴象飞诗论》翻译自匈牙利学者赖息(E. Reich)所著《匈牙利文学论》中的一章。这篇文章的翻译权曾经引起学界的争论,鲁迅生前将这篇文章排除在自己的翻译之外,而周作人也曾经表示这篇文章是他所译,陈福康认为,这篇文章可以认为是"周作人口译,鲁迅笔述"(《〈裴象飞诗论〉是不是鲁迅的译著》)。此外,从北冈正子的考证可知,鲁迅在写作《摩罗诗力说》时所用的材料与《裴象飞诗论》不同,前者出自利特尔的《匈牙利文学史》,而后者出自赖息的《匈牙利文学论》(参见《〈摩罗诗力说〉材源考》,何乃英译,北京师范大学出版社1983年版,第181、182页)。

③ [匈]赖息:《裴象飞诗论》,鲁迅译,《鲁迅著译编年全集》第1卷,人民出版社2009年版,第298页。

创造精神。①

  这些论述最终指向了一种多元的自然观。在浪漫主义诗人看来，自然之所以是富有生机的情感世界的载体，其源头在于诗人自我创造性的感知活动。《裴彖飞诗论》的主题便是表现裴彖飞如何通过这种感知活动，创造出与自然精神翕合无间的诗歌，所谓"裴彖飞造诗之状，至合自然"②。艾布拉姆斯在分析浪漫主义诗人的自然观时，认为自然具有生命力，不仅来自诗人内心情感与精神的投射，更为重要的是，人类的精神在与自然的交互作用中将组合成一个整体，被机械论割裂的物质、精神二元获得了弥合的可能，自然也由此重获生机："人们试图把主体与客体之间、个人经验这个有生命力的、有目的、充满价值的世界与人们假定的具有广延、质量和运动特性的死的世界之间的疮口治愈，从而克服人对于世界的异化感。树立人与自然共存的观念，便意味着使物质主义者的死的宇宙复生，同时也能最为有效地使人与其生存环境重新结合在一起。"③ 人的精神世界获得相应的复苏，正如北冈正子指出，裴彖飞"不仅将自然作为直观的对照，而且作为自己精神的延长加以歌唱"④。当然，这种分析同样适用于启发了裴彖飞的雪莱以及拜伦。

---

  ① 例如："真诗人之能得新国者，赖创造也。夫自然本如市肆，中不函诗，并不见思想道途，与哲学数理。诸所为作，妙难于名，或如估人，大散其积，而资用无匮；或如混沌无思虑，而相其行事，思虑之迹历然。于是治数理者，则自是寻见法式，为之名曰自然之律，顾天行之不遵此律，又事之至昭著者矣。特在吾人，乃总束见象，秩然会解伦纪，始以有知。因亦觉其便益可用，自然恶见知于人。而人欲奋迅，求识愿大，则自有思想家起，以法式被其见象而诠释之矣。惟诗亦尔。其所宅寓，不在自然，当俟人之诊发创造，不殊音乐，使于事故景色人物，摘发独多。"［匈］赖息：《裴彖飞诗论》，鲁迅译，《鲁迅著译编年全集》第 1 卷，人民出版社 2009 年版，第 297 页。

  ② ［匈］赖息：《裴彖飞诗论》，鲁迅译，《鲁迅著译编年全集》第 1 卷，人民出版社 2009 年版，第 298 页。

  ③ ［美］艾布拉姆斯：《镜与灯：浪漫主义文论及其批评传统》，郦稚牛等译，北京大学出版社 2015 年版，第 69—70 页。

  ④ ［日］北冈正子：《〈摩罗诗力说〉材源考》，何乃英译，北京师范大学出版社 1983 年版，第 183 页。

如上所述，浪漫主义者追求心、物二元统一，将自然与个体的生命融为一体，那么，当鲁迅对浪漫主义的自然观不断表示出欣赏的时候，他是否从最初接受自然科学时的二元论自然观转换成浪漫主义的一元论呢？伊藤虎丸在分析鲁迅早年的宗教观时提出，鲁迅接续了西方现代二元论的思想谱系："一般而言，西方近代文明的人性观是把'人'和'自然'分开，认为自然是'物质'，只有人才是'精神'、'生命'。东西文明的差异就在这里。产生近代文明的'精神'是以'自由'为其本质的。鲁迅早期的论文其最大意义，就在于他在欧洲的科学与文艺中紧紧抓住了这一点。"[①] 与此相呼应，鲁迅强调"诗言志"的本质在于人的精神自由，但根据伊藤虎丸的观点，鲁迅却拒绝了这里的浪漫主义的一元论，并且由此看来，反而接受了一种符合现代自然科学的"心""物"二元论的框架。

事实上，鲁迅对西方文明的深入认识使他超越了这种框架，他并不绝对地从"精神"和"生命"排斥"自然"，而是在浪漫主义的启发下重建了两者的统一关系。鲁迅欣赏雪莱、拜伦、裴彖飞等人对于自然的描写，同时也对其返归自然的宗旨抱有较为浓厚的兴趣。对于民间信仰的辩护与儒家诗教的驳斥，一再显示出鲁迅所接受的浪漫主义一元论的自然观。这种"自然"并非机械主义的"僵死"的自然，而是与浪漫主义诗人情感和心灵融为一体的、"复活"了的自然，这一点或许被忽视了，在分析鲁迅对"迷信"辩护的时候，很少有论者注意到自然观的变化[②]。不过，与浪漫主义诗人返归

[①] ［日］伊藤虎丸：《鲁迅、创造社与日本文学》，孙猛等译，北京大学出版社1995年版，第95页。

[②] 伊藤虎丸指出西方的"精神"与东方"迷信"的结合，但他所谓的"精神"是与"自然"对立的，而鲁迅对于东方（中国）"迷信"的辩护，而呈现出了泛神论的自然观特点，"自然"本身充溢着精神。问题在于，伊藤虎丸只是从现代科学的意义上理解"自然"，故而强调"精神"对于"自然"的分离。［日］伊藤虎丸：《鲁迅、创造社与日本文学》，孙猛等译，北京大学出版社1995年版，第83页。

自然的一元论不同，鲁迅并不因此否定自然科学的合法性。在他的心目中，科学与诗歌可以并行不悖，《科学史教篇》结尾部分清晰地显示了这一点①。鲁迅的确接受了二元论的框架，但这并不是自然科学意义上的心物二元框架，不妨说，鲁迅最终形成的是一种多元主义的自然观，他的特殊之处在于，在接纳机械论的自然观的前提下，包容而不是排斥浪漫主义的自然观。

第四节 "作至诚之声"

据许寿裳回忆，鲁迅在弘文学院时最常和他谈到三个问题："（一）怎样才是理想的人性？（二）中国民族中最缺乏的是什么？（三）它的病根何在？"② 他说明，由于古今中外有关人性的解释过于复杂，他们在第一个问题上并没有一致的结论，但对后面两个问题却形成了共识，即认为"民族最缺乏的东西是诚和爱""深中了诈伪无耻和猜疑相贼的毛病"，正是两次被异族奴役的经历造成了这种病根。③ 这些结论很可能来自梁启超影响。1903年，梁启超在《论私德》中历数导致民德衰败的原因，他认为战乱是造成民族性格缺陷的最主要原因，其中，梁氏对"狡伪性"与"凉薄性"的解释颇为符合鲁迅与许寿裳得出的民族性中缺乏"诚与爱"的结论，而他也明确指出这是多次被异族征服的后果。④

尽管追随章太炎后，鲁迅转变了对梁启超的看法，但他改造缺失"诚与爱"的民族性的热情从未消减。在早年多篇文章中，鲁迅

---

① 参见第二章第三节"科学主义潮流中的知识、道德与信仰问题"中的相关论述。
② 许寿裳：《回忆鲁迅》，《挚友的怀念——许寿裳忆鲁迅》，河北教育出版社2000年版，第110页。
③ 许寿裳：《回忆鲁迅》，《挚友的怀念——许寿裳忆鲁迅》，河北教育出版社2000年版，第110页。
④ 梁启超：《论私德》，《梁启超全集》第3卷，北京出版社1999年，第716页。

表现出了对于"诚"近乎执着的追求,他不仅由此热烈呼唤"作至诚之声"①的革命者,也据之批判晚清那些虚伪的"仁人志士"(鲁迅称"伪士")。与此同时,鲁迅还把这种精神融入翻译,在他早年不多的翻译中便清晰回响着对"诚"的呼喊,安特莱夫在《谩》中描述了一位追求"诚"的恋人,他渴望听到"诚"的声音而不得,这是否也体现了译者鲁迅的心声?事实上,鲁迅也在浪漫主义的脉络中形成了有关"诚"的相对完整的表述体系,这与许寿裳回忆的鲁迅早年核心关切一致。鲁迅一方面采纳了浪漫主义的观点,另一方面与晚清流行的解释展开论辩,在此背景下,他以浪漫主义的文学的方式开辟了认识和理解中国问题的新路径。

一 晚清语境中"诚"的多义性

鲁迅早年强调"诚"的重要性,在弃医从文之后,他更是明确地将其与浪漫主义文学观念紧密关联在一起。在鲁迅留日时期的文章中,《摩罗诗力说》不仅篇幅最长,而且最为系统地展现了鲁迅对于"诚"的认识。这意味着正是拜伦、雪莱为首的"摩罗诗人"为他打开了通向"诚"的路径。

根据北冈正子的考证,《摩罗诗力说》的绝大部分论述已在材源上有据可查,但鲁迅的主观意图仍然清晰可见。当这些来自不同时空的诗人被组合到同一个精神谱系时,鲁迅首先强调了"诚"的重要性,在他看来,正是这种品质重塑了其本国的人民,并深刻影响到民族的命运:

> 无不刚健不挠,抱诚守真;不取媚于群,以随顺旧俗;发为雄声,以起其国人之新生,而大其国于天下。②

---

① 鲁迅:《摩罗诗力说》,《鲁迅全集》第1卷,102页。
② 鲁迅:《摩罗诗力说》,《鲁迅全集》第1卷,第101页。

鲁迅不厌其烦地讲述着"诚"的意义，他对"诚"的要求显然与其早年欲以"新生"为宗旨筹划文学运动的理想密不可分。一方面，他向往"有作至诚之声，致吾人于善美刚健者"①的诗人横空出世，以重塑中国的民族性格，"使即于诚善美伟强力敢为之域"②，另一方面，他期待有"聆热诚之声而顿觉者"与"同怀热诚而互契者"③的热情响应。在《摩罗诗力说》中，"诚"共出现33次，表示上述精神状态的用法达到26次，显然构成鲁迅论述的核心词汇，而在同期的其他作品中，"诚"基本被用作连词或副词。当然，即便不直接宣扬"诚"的价值，鲁迅早年对"伪"的批判也是贯穿性的，如在《文化偏至论》中一再批判19世纪物质文明"伪与偏"④"诈伪罪恶"⑤，又如在《破恶声论》开篇呼吁发出真诚的心声以"离伪诈者也"⑥。在拜伦、雪莱等浪漫主义诗人的经历与诗作中，鲁迅发现了中国人最为匮乏的精神品质，他运用"诚"关联这些诗人的方式，表明的无疑是自己的焦虑和渴望。

鲁迅的思路首先受到卡莱尔启发。正如前述，卡莱尔，这位19世纪的英国浪漫主义思想家出现在《摩罗诗力说》最显著的位置，鲁迅在开篇即较大篇幅地直接引用了卡莱尔在"诗人英雄"演讲中的观点，指出"英人加勒尔（Th. Carlyle）曰，得昭明之声，洋洋乎歌心意而生者，为国民之首义。"⑦当鲁迅在文章最后强调"诚"的精神，不断凸显"诚"的救世意义时，他无疑呼应了卡莱尔的观点。通过援引卡莱尔，鲁迅强调诗歌对于建立现代国家的意义。正如卡莱尔向他说明，但丁的诗歌由于深入国民灵魂，最终有力促成了意

---

① 鲁迅：《摩罗诗力说》，《鲁迅全集》第1卷，第102页。
② 鲁迅：《摩罗诗力说》，《鲁迅全集》第1卷，第71页。
③ 鲁迅：《摩罗诗力说》，《鲁迅全集》第1卷，第102页。
④ 鲁迅：《文化偏至论》，《鲁迅全集》第1卷，第50页、第57页。
⑤ 鲁迅：《文化偏至论》，《鲁迅全集》第1卷，第54页。
⑥ 鲁迅：《破恶声论》，《鲁迅全集》第8卷，第25页。
⑦ 鲁迅：《摩罗诗力说》，《鲁迅全集》第1卷，第66页。

大利的统一，相反，俄国虽然面积广阔并拥有强大的军队，但内在精神力量的衰弱，使其难逃分崩离析的命运。①

在鲁迅的构想中，拜伦、雪莱等浪漫主义诗人便接续了这种精神脉络。卡莱尔重点指出，"诗人英雄"之所以是历史的预言家，首先在于他们具备了"真诚"（sincere）的品质②，"真诚"可谓他全部演讲一贯的主题词，他断言"英雄的意思就是真诚的人"③。卡莱尔或许是对真诚价值做出最高颂扬的西方思想家，他一再说明：

> 应该说，真诚，即一种深沉的、崇高而纯粹的真诚，是各种不同英雄人物的首要特征。④
> 唯有真诚的和洞察力深远的人，才能成为诗人。⑤
> 真诚是价值尺度。⑥
> 伟大人物总是以真诚为其首要条件的。⑦
> 创造性的价值不在于新颖，而在于真诚。⑧

---

① 鲁迅：《摩罗诗力说》，《鲁迅全集》第1卷，第66页。
② 卡莱尔将英雄准定义为"a sincere man"。Thomas Carlyle, *On Heroes, Hero Worship and the Heroic in History*, London: J. M. Dent&Sons, 1908, p. 95.
③ ［英］卡莱尔：《论历史上的英雄、英雄崇拜和英雄业绩》，周祖达译，商务印书馆2009年版，第153页。
④ ［英］卡莱尔：《论历史上的英雄、英雄崇拜和英雄业绩》，周祖达译，商务印书馆2009年版，第51页。
⑤ ［英］卡莱尔：《论历史上的英雄、英雄崇拜和英雄业绩》，周祖达译，商务印书馆2009年版，第99页。
⑥ ［英］卡莱尔：《论历史上的英雄、英雄崇拜和英雄业绩》，周祖达译，商务印书馆2009年版，第104页。
⑦ ［英］卡莱尔：《论历史上的英雄、英雄崇拜和英雄业绩》，周祖达译，商务印书馆2009年版，第151页。
⑧ ［英］卡莱尔：《论历史上的英雄、英雄崇拜和英雄业绩》，周祖达译，商务印书馆2009年版，第151页。

如果他确是一位真诚的人,就能成为真正的英雄![1]
……

真诚既被视为一种纯粹的品质,也同时广泛地指向人的洞察力、思维以及与此相关的创造行为。卡莱尔的论述带有浓重的神秘性,他强调"真诚"来自大自然不可言传的赋予,一切先知、英雄和伟人的"真诚"都在本质上传达了大自然深处的奥秘,他以莎士比亚为例,说明伟大的文学能够给人们生存的启示,关键在于"诗人英雄"的作品源自"和宇宙的无限结构的新的和谐;和以后的观念相一致,同人类更高级的力量和意识的密切关系"[2],他的诗歌则是"大自然给予一个真诚、纯朴的伟大灵魂的最高奖赏,他由此成为自然本身的一部分"[3]。

除了称赞但丁的诗歌"真诚具有救世的功绩,不论何时都是如此"[4],卡莱尔无疑从多方面激发了鲁迅的热情。在鲁迅的引述中,同样包括对莎士比亚的赞美。有关诗歌起源,他表达了类似的思路。在《摩罗诗力说》开篇,鲁迅指出诗歌起源于对待自然的神秘方式——"古民神思,接天然之閟宫,冥契万有,与之灵会,道其能道,爰为诗歌"[5],强调诗歌是主体与自然之神秘力量交互作用的结果,进而将其与民族历史进程联系在一起。

事实上,鲁迅也在这种浪漫精神引导下形成了有关"诚"的相对完整的表述体系,包括立足于"真诚"的文学观、转向内面世界

---

[1] [英]卡莱尔:《论历史上的英雄、英雄崇拜和英雄业绩》,周祖达译,商务印书馆2009年版,第174页。

[2] [英]卡莱尔:《论历史上的英雄、英雄崇拜和英雄业绩》,周祖达译,商务印书馆2009年版,第130页。

[3] [英]卡莱尔:《论历史上的英雄、英雄崇拜和英雄业绩》,周祖达译,商务印书馆2009年版,第130页。

[4] [英]卡莱尔:《论历史上的英雄、英雄崇拜和英雄业绩》,周祖达译,商务印书馆2009年版,第117页。

[5] 鲁迅:《摩罗诗力说》,《鲁迅全集》第1卷,第65页。

的认识论以及相应的社会改革思路。历史地看，除了鲁迅从浪漫主义潮流汲取的真诚观，晚清语境中还存在其他几种对"诚"的解释，这些思路在鲁迅形成自我对"诚"的表述过程中具有不可或缺的结构作用。第一，作为源于儒家文明的概念，"诚"关联着中国古代长远的思想传统，这种传统绵延到晚清依然具有强大影响，进而生发出第二种对"诚"的解释——这种解释展现了科学主义的思维，"诚"不仅指示着道德的纯粹状态，也被用来描述客观世界的真理。与此相应，还有一种解释即便不直接在科学语境内展开，也仍从语言文字层面强调"诚"指称事物的理性精神。鲁迅的写作大多存在论辩指向，他正是以此为背景开辟了新的解释路径，凸显出浪漫主义文学在儒家文明与现代科学传统交汇时刻的独特意义。

由于"诚"在中国思想传统中的重要地位，已有论者从这种路径展开讨论。例如，海外学者张钊贻认为，鲁迅对于儒学传统并非全盘批判，而是有所选择，其中就包括源于儒家思想的"诚"的概念。通过引用《中庸》——

> 唯天下至诚，为能尽其性；能尽其性，则能尽人之性；能尽人之性，则能尽万物之性；能尽物之性，则可以赞天地之化育；可以赞天地之化育，则可以与天地参矣。

他指出"诚"不单是一种纯粹的道德品质，也是鲁迅改造和建设理想社会的手段，"'诚'的社会作用跟鲁迅文艺运动的目标不谋而合"[①]。同时，他认为儒家思想和尼采存在着深刻关联，《大学》《中庸》中的"至诚"表现了儒家自我肯定、克服的精神，亦即尼

---

① 张钊贻：《鲁迅：中国"温和"的尼采》，北京大学出版社2011年版，第238页。另外也有学者认为，鲁迅所谓"真诚"或"真理"相当于《中庸》里的"诚"和"明"，因而具有浓厚的中庸特质（杨红军：《鲁迅"白心说"的中庸特质论》，《学术界》2010年第1期）。

采哲学中的"权力意志"。① 这种解释旨在沟通鲁迅与尼采的思想联系，却可能忽视了对"诚"进行更为历史性的分析。

根据上述引文，"诚"蕴含着儒家学者对天人关系的想象。对此《中庸》亦有所谓，"诚者，天之道也；诚之者，人之道也"，作为儒家思想传统的关键概念，"诚"的类似描述也可见于《孟子·离娄上》。儒家对"诚"的论述关联着"天道"与"人道"的基本范畴。一方面"诚"被规定为"天"的根本性质，另一方面又被视为人性自觉的来源，主体需要通过道德修养达到"诚"的境界。②"至诚"意味着尽性、成己与成物，这体现出儒家学者天人合一的追求。对于圣人之外的大多数人而言，通向"诚"的道路伴随着艰苦努力，《中庸》要求"君子戒慎乎其所不睹，恐惧乎其所不闻"以及"君子慎其独也"。宋明理学家进一步强化了"诚"的形而上特点，"诚"被用来描述人在心、性、理各安其位时的状态，相应地，主体需要持续以"敬"的方式保持这种状态，"敬"则意味着容貌恭顺、言语畏谨，以使自我避免外界杂念干扰，时刻做到心无旁骛、端正自身的行动以符合道德规范，达到"诚"亦即无邪、无妄的"心一"状态。③ 理学家也用不同表述突出"诚"的重要性及其贯通天与人、自然与伦理两个方面的特性，正如所谓："周子之言'太极'，张子之言'太虚'，程子、朱子之言'理'，皆视为宇宙人生之根本，与《中庸》言'诚'无异"④。

在《摩罗诗力说》中，鲁迅经由卡莱尔、拜伦与雪莱等浪漫主

---

① 张钊贻：《鲁迅：中国"温和"的尼采》，北京大学出版社2011年版，第237—239页。

② 李泽厚：《中国古代思想史论》，生活·读书·新知三联书店2008年版，第136—137页。

③ [英]葛瑞汉：《中国的两位哲学家——二程兄弟的新儒学》，程德祥译，大象出版社2000年版，第119—128页。

④ 王国维：《书辜氏汤生英译〈中庸〉后》，《静庵文集》，辽宁教育出版社1997年版，第149页。

义者启发提出"诚"的主张,并将诗歌描述为主体与自然融合的产物,这种思路似与儒家对"诚"的论述接近。但不可忽略,同样在《摩罗诗力说》中,鲁迅拒绝了那种包含客观与普遍原理的"观念之诚",他之所以拒斥儒家"思无邪"的诗学观,原因即在于,这种诗学强迫个体的感情、道德符合普遍性的真理:

> 其诚奈何?则曰为诗人之思想感情,与人类普遍观念之一致。得诚奈何?则曰在据极溥博之经验。故所据之人群经验愈溥博,则诗之溥博视之。所谓道德,不外人类普遍观念所形成。故诗与道德之相关,缘盖出于造化。诗与道德合,即为观念之诚,生命在是,不朽在是。非如是者,必与群法僻驰。以背群法故,必反人类之普遍观念;以反普遍观念故,必不得观念之诚。观念之诚失,其诗宜亡。故诗之亡也,恒以反道德故。然诗有反道德而竟存者奈何?则曰,暂耳。无邪之说,实与此契。①

鲁迅明确反对上述"普遍观念"之"诚",他批评这种"诚"压抑了个体内在的自由精神,因此,很难将儒家正统解释与鲁迅的观点联系起来。另外,在这种合乎正理、充满道德色彩的论述中,也难以发现尼采哲学中的"权力意志"。作为一位非道德主义者,尼采并不在这种基础上呼吁自我肯定与自我克服。

相比鲁迅,晚清延续儒家思路的或许是致力引介现代科学思想的严复。严复认为中国倘要实现革新,必须从引入科学做起,而科学之根基正在于逻辑学(即"名学")。1900—1902年,严复尝试翻译《穆勒名学》②,限于精力,他只完成了原著前半部分。这部著作对于理解晚清科学形态的"诚"具有重要意义。严复试图建立逻

---

① 鲁迅:《摩罗诗力说》,《鲁迅全集》第1卷,第74、75页。
② 即约翰·穆勒《逻辑体系》,*The System of Logic: Ratiocinative and Inductive*。

辑学与儒家思想的关联,他不仅强调"名学乃求诚之学术"①,还明确地把"逻辑"解释为道家之"道"与儒家之"性"②,在严复看来,"名学"探求的真理同时也体现为一种道德性的知识:

> 夫以名学为求诚之学,优于以名学为论思之学矣。顾后之病于过宽,犹前之病于过狭也。诚者非他,真实无妄之知是已。③

严复在这段译文中明显化用了朱熹的观点。例如,在解释《中庸》"诚者,天之道也;诚之者,人之道也"的时候,朱熹说明"诚"意指"诚者,真实无妄之谓也,天理之本然也"④。严复的翻译显示了儒学"天理世界观"在晚清语境中的活力。⑤ 早在《救亡决论》(1895)中,严复即认为现代西方科学最重要的意义是历练人的心性,并力图从中推演道德与人伦的价值内容。⑥

事实上,鲁迅早年也曾采用这种翻译方式。1907年,他在弃医从文后的首篇文章《人之历史》中深入介绍了德国生物学家海克尔的"种系一元论",鲁迅赞扬海克尔代表了19世纪生物学发展的最高水平,同时,他对海克尔的了解也相当全面,在生物进化论之外,鲁迅还广泛涉猎了海克尔建立在科学理性基础上的一元论哲学。在《破恶声论》中,为了驳斥那些攻击农人信仰的"伪士",鲁迅引用

---

① [英]约翰·穆勒:《穆勒名学》,严复译,商务印书馆1981年版,第4页。
② 严复案语,《穆勒名学》,商务印书馆1981年版,第2页。
③ [英]约翰·穆勒:《穆勒名学》,严复译,商务印书馆1981年版,第5页。
④ (宋)朱熹:《四书章句集注》,中华书局1983年版,第31页。
⑤ 汪晖:《现代中国思想的兴起》,生活·读书·新知三联书店2004年版,第907—908、922页。
⑥ 例如严复指出:"其绝大妙用,在于有以炼智虑而操心思,使习于沈者不至于浮,习于诚者不能为妄。"紧接着又有所谓:"凡夫洞疑虚猲,荒渺浮夸,举无所施其伎焉者,得此道也,此又《大学》所谓'知至而后意诚'者矣。"严复:《救亡决论》,《严复集》第1册,中华书局1986年版,第45—46页。

海克尔的观点以说明科学与宗教并行不悖的原理：

> 夫欲以科学为宗教者，欧西则固有人矣，德之学者黑格尔，研究官品，终立一元之说，其于宗教，则谓当别立理性之神祠，以奉十九世纪三位一体之真者。三位云何？诚善美也。①

在海克尔原文中，"诚善美"应作"真善美"。因此，同严复一样，鲁迅也采用了"真"与"诚"对译的方式。作为 19、20 世纪之交德国一元论思潮的领军人物，海克尔强调科学可以解决人生全部问题，他指出所有的"真善美"必须经过科学检验，通往"理性之神祠"的唯一道路就是实验和理性。②

但有意思的是，当鲁迅在《破恶声论》中引用海克尔时，他的本意却不是为了凸显科学的权威，而恰恰为了指出自然界存在科学边界之外的神秘现象，所谓"不思事理神閟变化，决不为理科入门一册之所范围，依此攻彼，不亦傎乎。"③ 海克尔否定神秘现象，必然无法容忍鲁迅的这种观点。④ 这意味着鲁迅并非立足一元论的科学主义解释"诚"的内涵。在《破恶声论》中，尽管鲁迅引用了海克尔的观点并像严复一样将"诚"与"真"对译，但从一开始，他就没有准备走上科学主义的道路。鲁迅试图说明，那些"神閟"现象——被现代科学否定的"迷信"中蕴含着"诚"的原理，而这与他对于浪漫主义诗学的接受是同步的。

二 转向内在的"人生诚理"

鲁迅主要在浪漫主义脉络中解释"诚"，他以此与晚清崇尚科学

---

① 鲁迅：《破恶声论》，《鲁迅全集》第 8 卷，第 30、31 页。
② ［德］海克尔：《宇宙之谜》，苑建华译，陕西人民出版社 2005 年版，第 357 页。
③ 鲁迅：《破恶声论》，《鲁迅全集》第 8 卷，第 30 页。
④ ［德］海克尔：《宇宙之谜》，苑建华译，陕西人民出版社 2005 年版，第 358 页。

的潮流形成了深刻对话。在《摩罗诗力说》中，鲁迅将"诚"追溯为一种认识、接待外物的特殊方式，强调"诚"源自主体神秘、玄妙的体验和感悟，并且无法用科学或理性化的语言文字揭示其具体内涵。他的表述围绕着主体的精神和生命力展开，进而转向了"人生"的主题，与此同时，文学的价值和意义被凸显出来："盖世界大文，无不能启人生之闷机，而直语其事实法则，为科学所不能言者。所谓闷机，即人生之诚理是已。此为诚理，微妙幽玄，不能假口于学子。"① 随后，以热带人认识冰为例，鲁迅解释"诚"超越语言与逻辑的特点，并详细揭示了"诚理"的生成过程。

"诚"源自主体内在的直觉性感受：

> 如热带人未见冰前，为之语冰，虽喻以物理生理二学，而不知水之能凝，冰之为冷如故；惟直示以冰，使之触之，则虽不言质力二性，而冰之为物，昭然在前，将直解无所疑沮。惟文章亦然，虽缕判条分，理密不如学术，而人生诚理，直笼其辞句中，使闻其声音，灵府朗然，与人生即会。如热带人既见冰后，曩之竭研究思索而弗能喻者，今宛在矣。②

通过主观直接感受而获得对冰的认识，表面上近似一种经验主义的认识方式，但与"据极溥博之经验"得到的"观念之诚"完全不同，鲁迅拒绝将其上升到理性层次。鲁迅强调，在热带人认识冰的过程中，物理、化学揭示的科学原理都远不如主体的感受真切，只有这种独特的感受才能揭示冰的本质，主体对事物的认识最终超越了科学和语言、逻辑的界限。他进一步表明，文学作用于主体的原理与此一致——即同样表现为一种主观化的感知，正如热带人对冰的感受，"诚理"无法还原为外在的真理，而恰恰是由此激发的个

---

① 鲁迅：《摩罗诗力说》，《鲁迅全集》第1卷，第74页。
② 鲁迅：《摩罗诗力说》，《鲁迅全集》第1卷，第74页。

体生命的精神、感受、想象与情感。主体在诗歌中获得的，不是客观事物的真理，而是一种对待世界和自我的新的态度。

所谓"灵府朗然，与人生即会"，这种经验更接近于一种内在的觉悟，表明的是主体心灵的感应与变化。对于外部世界的认识必须落实在精神层面，在《文化偏至论》中，鲁迅也用"启人智而开发其性灵"① 的说法诠释这种原理，同样表现出他对改变个体内在精神的重视。鲁迅对"诚"与文学关系的说明让人再次联想到卡莱尔，他蔑视科学概念、逻辑，提倡以诗人的方式感受和评判世界：

> 理解和洞察任何事物的真理，永远是神奇的行为，——最严密的逻辑推理也只能停留在对事物的表面认识上。②

鲁迅凸显"诚"的神秘特征，以揭示这一价值观念所反映的主体内在精神世界变动的原理。对于主体生命精神的重视，不仅是促使鲁迅反对儒家"思无邪"的诗教的最重要动因，无疑也是鲁迅文学、思想形成过程中的关键之处。鲁迅早年最常使用的表述——"神思"——传达的也应当是类似原理。

例如，他将拜伦、雪莱等"摩罗诗人"视为"今世冥通神闷之士"，强调他们"顾瞻百昌，审谛万物，若无不有灵觉妙义焉，此即诗歌也，即美妙也"③ 并解释诗歌创生过程——"旷观天然，自感神闷，凡万汇之当其前，皆若有情而至可念也。故心弦之动，自与天籁合调，发为抒情之什，品悉至神，莫可方物"④。鲁迅的解释呼应了卡莱尔将诗歌视为自然赠与的观点，如强调真诚超越语言和逻辑的特性："伟人的真诚是他自己无法言传的东西，也是他没有意识

---

① 鲁迅：《文化偏至论》，《鲁迅全集》第1卷，第46页。
② [英]卡莱尔：《论历史上的英雄、英雄崇拜和英雄业绩》，周祖达译，商务印书馆2009年版，第69页。
③ 鲁迅：《破恶声论》，《鲁迅全集》第8卷，第30页。
④ 鲁迅：《摩罗诗力说》，《鲁迅全集》第1卷，第88页。

到的东西。"① 诗人之所以是先知，是因为他能够以自我的天赋洞察到宇宙的神异奥秘——

> 他的认识不是来自道听途说，而是凭直接的洞察力和信仰。所以，这种人也不能不是一个真诚的人！任何人都可能生活在对事物的表面认识中，而其本性则要求他必须生活在事物的真正本质中。②

不过，由于更为重视主体内在世界的反映和变化，这使得鲁迅仍然区别于试图揭示表象背后实在的卡莱尔。他的关注重点是主观个体独特的感受，而非某种超验的认识。尽管以热带人认识冰作为比喻，但鲁迅对于个体感觉经验的表述恰恰违背了经验主义原则，也与旨在建立科学之"诚"的严复构成了颇有意味的对比。

严复更为纯粹地推崇经验在认识中的决定作用，正因此，他希望将穆勒的逻辑学引入中国。穆勒拒绝个体的直觉与建立在先验基础上的知识，他的归纳逻辑体现的是一种激进的经验主义。③ 这种思路深刻影响了严复，他认为，中国不如西方的原因便在于文化根基建立在了"心"以及阴阳五行等主观臆造的基础上④。在《西学门径功用》（1898）中，严复同样运用比喻对此说明，他以"火能烫人"为例描述基于归纳逻辑的"诚"的生成过程，而从比喻内涵到理念，他与鲁迅都走向了形同"冰""火"的两极：

---

① [英] 卡莱尔：《论历史上的英雄、英雄崇拜和英雄业绩》，周祖达译，商务印书馆 2009 年版，第 54 页。

② [英] 卡莱尔：《论历史上的英雄、英雄崇拜和英雄业绩》，周祖达译，商务印书馆 2009 年版，第 96 页。

③ John Stuart Mill, *A System of Logic: Ratiocinative and Inductive*, London: Routledge & Kegan Paul, 1974, pp. 253-258.

④ 严复案语，《穆勒名学》，商务印书馆 1981 年版，第 199 页。

内导者，合异事而观其同，而得其公例。粗而言之，今有一小儿，不知火之烫人也，今日见烛，手触之而烂；明日又见镳，足践之而又烂；至于第三次，无论何地，见此炎炎而光，烘烘而热者，即知其能伤人而不敢触。且苟欲伤人，且举以触之。此用内导之最浅者，其所得公例，便是火能烫人一语。……印证愈多，理愈坚确也。名学析之至细如此，然人日用之而不知。须知格致所用之术，质而言之，不过如此。①

严复试图从经验性的认识中推导普遍"诚理"，即所谓"公例"，一种表征科学形态的"诚"。② 严复认为，小儿第一次被火烫伤只是归纳的起点，必须在多次重复实验后生成确定性的真理，但在热带人认识冰的比喻中，却没有如此复杂的步骤，鲁迅描述主体受刺激而生成对事物的直觉性感知，不需要多次的推演以提升为客观真理，也因此，在他这里不存在一般性定理。根据穆勒的归纳法，严复准确解释了普遍"观念之诚"的科学原理，但鲁迅将质疑的是，这种观念化的"诚"不仅抹除了个体生命多样的、真实的生命体验，还可能延续了"思无邪"的儒教传统。

鲁迅对"诚"的论述前所未有地彰显了个体内在精神的重要性，他指出，这应当是一切论说、行动的原点，所谓"诚于中而有言，反其心者，虽天下皆唱而不与之和。"③ 当鲁迅做出以上批判的时候，尽管并未直接提及正在追随的老师章太炎，但章氏对"诚"的频繁使用仍不失为理解鲁迅论述重要的参照。初看起来，章太炎似乎也秉承着儒家诗教的观点。他多次强调"修辞立其诚"对于文学

---

① 严复：《西学门径功用》，《严复集》第 1 册，中华书局 1986 年版，第 94 页。
② 此一案例来自《穆勒名学》部（乙）篇三《言联珠于名学功用惟何》，商务印书馆 1981 年版，第 171-172 页。穆勒原意是说明从特殊到特殊的推理，严复在转引时将其改造成了从特殊到一般的推理。穆勒原文参见 John Stuart Mill, *A System of Logic: Ratiocinative and Inductive*, p. 188.
③ 鲁迅：《破恶声论》，《鲁迅全集》第 8 卷，第 25 页。

复古的根本意义①，这种表述源自于《易经·乾卦·文言传》："君子终日乾乾，夕惕若，厉无咎，何谓也？子曰：君子进德修业，忠信，所以进德也，修辞立其诚，所以居业也。知至至之，可与言几也。知终终之，可与存义也。"

与"诚"相关的本应是君子立德修身的事业，但在章太炎对"修辞立其诚"的解释中，这些至关重要的内容恰恰被推到末端：

> 气非窜突如鹿豕，德非委蛇如羔羊，知文辞始于表谱簿录，则修辞立诚其首也。气乎德乎，亦末务而已矣。②

章太炎以朴学家的方式重新解释了"修辞立其诚"的内涵，在他看来，文辞应像"表谱簿录"那样保持与事物的直接关联。正如鲁迅强调热带人对冰内在的直接性感受，章太炎也说明直观感觉经验在认识事物过程中的意义。对章太炎而言，指出"文辞的本根，全在文字"③，同样出于一种把握真实的目的。不妨说，正是推崇经验的第一性，才有了对文辞准确性的严格要求。他认为人们对世界万物的认识大多来自直接的感觉经验，所谓"物之得名，大都由于触受，触受之矍异者，动荡视听，眩惑荧魄，则必与之特异之名"，以及"名之成，始于受"④。章太炎强调文学的价值体现为与外物相合的程度，他由此区分了两种认识文学的思路——"命其形质曰文，状其华美曰彣"⑤。"文学"的使命在于重现外物的"形质"而非展

---

① 如《文学总略》《论式》《与人论文书》等文。
② 章太炎：《文学总略》，《章太炎全集·国故论衡校订本》，上海人民出版社2017年版，第225页。
③ 章太炎：《在东京留学生欢迎会上之演讲》，《章太炎全集·演讲集》，上海人民出版社2015年版，第9页。
④ 章太炎：《原名》，《章太炎全集·国故论衡校订本》，上海人民出版社2017年版，第299页。
⑤ 章太炎：《文学总略》，《章太炎全集·国故论衡校订本》，上海人民出版社2017年版，第219页。

示语词的"华美",在此前提下,章太炎要求文学表达的直接性,他反复指出"语本直覈,纯出史胥"①"凡叙事者,尚其直叙,不尚其比况""凡议论者,尚其明示,而不尚其代名"②。

章太炎围绕"诚"的论述源于对事物"形质"的高度重视,他认为即便最终不能再现外物,文学家也应当为此努力。某种程度上,章氏对语言文字准确性的追求同样体现了"诚"与现代科学精神相通的一面③,正是在这个意义上,他批判华而不实的文风,强调文学的逻辑性和即物性④,如指出"夫语言文字之繁简,从于社会质文"⑤"去昏就明,亦尚训说求是而已"⑥ 并且要求"先求训诂,句分字析,而后敢造词也。先辨体裁,引绳切墨,而后敢放言也"⑦。尤为值得注意的是,章太炎强调"论文学者,不得以兴会神旨为上"⑧,与此不同,鲁迅恰恰在《摩罗诗力说》等文中宣扬"神思"对文学、人生的意义,章太炎虽不否认文学的现实指向,但他要求绝不能用主观想象力作为衡量文学的标准。划分出两人不同观念的,显然与鲁迅接受浪漫主义的启发有直接的关联。

如果严复、章太炎的目的是建立对外物的准确认识和描述,那么在《摩罗诗力说》中,鲁迅以热带人认识冰作为比喻显示出,他

---

① 章太炎:《正名杂义》,《章太炎全集·〈訄书〉重订本》,上海人民出版社 2014 年版,第 216 页。

② 章太炎:《文学论略》,《国粹学报》1906 年第 2 卷第 11 期。

③ 侯外庐:《章太炎的科学成就及其对于公羊学派的批判》,章念驰编《章太炎的生平与学术》,上海人民出版社 2016 年版,第 136 页。

④ [日] 木山英雄:《文学复古与文学革命》,赵京华编译,北京大学出版社 2004 年版,第 221 页。

⑤ 章太炎:《正名杂义》,《章太炎全集·〈訄书〉重订本》,上海人民出版社 2014 年版,第 214 页。

⑥ 章太炎:《正名杂义》,《章太炎全集·〈訄书〉重订本》,上海人民出版社 2014 年版,第 217 页。

⑦ 章太炎:《文学论略》,《国粹学报》1906 年第 2 卷第 11 期。

⑧ 章太炎:《文学总略》,《章太炎全集·国故论衡校订本》,上海人民出版社 2017 年版,第 225 页。

更关注外部事物激发的主体内面世界的变化，意图通过主体内在的感觉经验的建构形成对事物的多样性认识。因而热带人认识冰说明的原理是：作为外界的客体，"冰"的科学性质并不重要，主体在心灵层面对"冰"形成的内在感受才是最为重要的。

在浪漫主义精神引领下，鲁迅最终调转了"诚"的方向，在严复与章太炎那里，"诚"是对外部世界的真实反映，他使其转向个体性的自我。"诚"既不是一种普遍性的认识结果，也不呈现为对事物客观、真实的准确描述。他以此开辟出重建外部世界和主体关系的新路径——通过强调直接性经验，鲁迅解放了压抑在"思无邪"的"普遍观念之诚"下的个体；通过回归内在的自我，鲁迅解决了章太炎所苦恼的文学的"表象主义"[1]。也因此，鲁迅在论述"诚"的时候获得了更为自由广阔的精神空间，他完全不拘泥如何真实、准确地反映外物，而是选择"閟机""微妙幽玄""灵府朗然"作为"诚"的修饰语。这决定了：鲁迅追求的"诚"不是对外在世界客观真实的描绘，而是向内打开新的空间；主体从中获得的不是有关事物的科学、理性认识，而是自我精神的圆满与提高。

由此可以理解，鲁迅在《摩罗诗力说》中对"诚"的表述为何总是密切关联着"人生"主题，诸如，"世界大文，无不能启人生之閟机""所谓閟机，即人生之诚理是已""人生诚理，直笼其辞句中，使闻其声音，灵府朗然，与人生即会""诗为人生评骘""人若读鄂谟（Homeros）以降大文，则不徒近诗，且自与人生会""既为教示，斯益人生"[2] 等。在鲁迅的解释中，替换了科学、逻辑、真实、严密的，是每一个个体鲜活、独特的生命体验，"诚"指向的是主体内在世界的复苏与重塑，这种思路同样呼应了《文化偏至论》

---

[1] 章太炎：《正名杂义》，《章太炎全集·〈訄书〉重订本》，上海人民出版社2014年版，第215-216页。

[2] 鲁迅：《摩罗诗力说》，《鲁迅全集》第1卷，第74页。

中"内部之生活强,则人生之意义亦愈邃"①的结论。

与章太炎相近,鲁迅批评对浮靡艳丽的修辞的崇拜,如指责刘彦和只是从修辞评价屈原的诗词,但不同于章氏对"诚"的解释,他强调"质"的内在深度——

> 刘彦和所谓才高者菀其鸿裁,中巧者猎其艳辞,吟讽者衔其山川,童蒙者拾其香草。皆著意外形,不涉内质。②

鲁迅认为"诚"重在传达事物的"内质",只有从更为内在性的角度才能建立真正的批评视野。章太炎只是在论诗时放松了再现外物的理性化尺度,他要求诗歌"道性情"而反对"伪饰"③,鲁迅在浪漫主义脉络上发扬了这一点。不过,由于对文学性的不同把握,他并未进一步区分文章与诗歌不同的体裁特点。

鲁迅在《破恶声论》中提出"反诸己"④,这种从外部世界秩序返归自我的理想同样表明了他立足浪漫主义的认识原理。也因此,鲁迅对中国社会的诊断并未停留在外部物质世界,而是转入到了国民的内心。面对晚清数千年未有之变局——恰如热带人对"冰"的反应,只有激发出主体切己的感受才可以实现真正的觉悟;而只有以文学之力("摩罗诗力")冲击心灵世界,促使主体向内发现自身潜在的优胜、缺陷,以至"吾心如反响之森林,受一呼声,应以百响"⑤,才能召唤出改革的力量。这种力量对于改变个体乃至一个民族性情、精神具有远超外部强力的意义,鲁迅对此深信不疑。他肯定地说,所有衰败民族都必将以这种方式走向复兴:"历历见其优

---

① 鲁迅:《文化偏至论》,《鲁迅全集》第1卷,第57页。
② 鲁迅:《摩罗诗力说》,《鲁迅全集》第1卷,第71页。
③ 章太炎:《治平吟草序》,《太炎文录续编》,上海人民出版社2014年版,第159页。
④ 鲁迅:《破恶声论》,《鲁迅全集》第8卷,第35页。
⑤ 鲁迅:《摩罗诗力说》,《鲁迅全集》第1卷,第100页。

胜缺陷之所存,更力自就于圆满。此其效力,有教示意;既为教示,斯益人生;而其教复非常教,自觉勇猛发扬精进,彼实示之。凡苓落颓唐之邦,无不以不耳此教示始。"①

三 "诚"的精神系谱及其现实面向

鲁迅对于"诚"的用法延续了浪漫主义的脉络,这个概念区别于儒家传统和科学主义者的解释,它被用来形容主体内心的真诚（sincere）的状态。值得注意的是,在英语学界,作为儒家传统中的重要概念,"诚"对应着多个不同版本的翻译,包括 sincerity、truth、reality、integrity、creativity②,这些翻译无不从某一方面揭示出了儒家之"诚"的内涵,但又由于"诚"本身的复杂性,很难全面、准确地传达这一概念的精神。除了表示心理状态的"诚意",它还包含"真正""真诚"和"实在"等意义③。其中,"sincerity"被较多地当作"诚"的对应词,但这种做法同样存在问题。首先,"sincerity"主要指向个人品格的"诚",而作为"天之道"的"诚"与此不同。其次,"sincerity"意味着以人的诚实转化为对"天道"的一般表述,这种拟人化难以区分出天道之实然与人道之应然。④ 因此,在《摩罗诗力说》等文中,尽管鲁迅选用中文"诚"对应浪漫主义的"sincerity",但其内涵已经远离了儒家传统,鲁迅强调的是个体自由与面向主观内面世界的真诚,这种"诚"不仅超脱理性和逻辑束缚,更与天道本体无关。

鲁迅带着神秘意味的描述同样挑战了从科学、真实层面对"诚"

---

① 鲁迅:《摩罗诗力说》,《鲁迅全集》第 1 卷,第 74 页。
② 李晨阳:《英语学界对"诚"的解释》,《儒家思孟学派论集》,齐鲁书社 2008 年版,第 377—387 页。
③ [美]杜维明:《〈中庸〉:论儒学的宗教性》,段德智译,生活·读书·新知三联书店 2013 年版,第 15 页。
④ [美]杜维明:《〈中庸〉:论儒学的宗教性》,段德智译,生活·读书·新知三联书店 2013 年版,第 87 页。

的解释。当鲁迅揭示"诚"的内涵的时候,其所表明的原理毋宁需要从现代欧洲思想变迁进行确认。最初,浪漫主义者意在抢夺自然科学对真实的解释权,但由于对诗与内在世界如心灵、情感等非理性因素的重视,"真实"语义遂发生向"诚实"的转变,因而"诚实"(sincerity)比"真实"(truth)更适于浪漫主义者,"'诚实'一词在19世纪初发端之时是用作衡量诗的优劣的基本标准的"①。至于鲁迅推崇的卡莱尔与拜伦、雪莱等"摩罗诗人",他们也明确在"sincerity"即诚实、真诚而非客观真实"truth"的意义上诠释"诚"的内涵,两者的差异在于:

> 原来的首要标准现在成了一首诗与诗人的情感和心境之间的关系;原来要求诗必须"真实"(即符合"事态的现实秩序和进程")现在则让位于新的要求,即诗必须"自发""真挚"和"诚实"。②

"诚实"或"真诚"(sincerity)在16世纪30年代左右进入英语,它的拉丁文词源为"sincerus",最初只是形容物体的干净、完好或纯粹的状态,并不具备道德性含义。直到16世纪早期,"真诚"一词才开始在比喻意义上被用来描述人的品格,特里林(Lionel Trilling)指出:"一个人的生活是真诚的,是指完好的、纯粹的或健全的,或其德性是一贯的。但不久它就开始指没有伪饰、冒充或假装。"③ 随着城市化进程与宗教改革的推进,17世纪早期欧洲人的精神世界发生深刻变化,这种变化体现在人性论层面即为真诚观念的

---

① [美]艾布拉姆斯:《镜与灯——浪漫主义文论及其批评传统》,郦稚牛、张照进、童庆生译,北京大学出版社2015年版,第379页。
② [美]艾布拉姆斯:《镜与灯——浪漫主义文论及其批评传统》,郦稚牛、张照进、童庆生译,北京大学出版社2015年版,第358页。
③ [美]莱昂内尔·特里林:《诚与真》,刘佳林译,江苏教育出版社2006年版,第14页。

凸显，进而确立了一种具有内在深度的个体与新型人格，"sincerity"也因此被认为与现代主体性的形成密切相关。

在那些执着于检讨内心生活的自传中，特里林特别称赞了卢梭《忏悔录》中的真诚精神。① 与此相应，艾布拉姆斯也强调真诚观念的宗教渊源：

> 这个词似乎在清教徒改革运动时期就得到了普遍的运用，指的是真诚的、纯粹的基督教义，其次表示证实宗教感情和道德感情的人没有虚伪或堕落。②

艾布拉姆斯认为浪漫主义发扬的便是这种道德情感，卡莱尔对英雄的定义同样表明了宗教性的"真诚"原理在19世纪的延续。卡莱尔的英雄史观体现出他的加尔文教精神背景，不妨说，"诗人英雄"的真正身份乃是上帝的选民。

对这里的分析而言，强调真诚观念与宗教的历史关联尤具启发性，这是因为在《破恶声论》中，鲁迅也在一种宗教氛围中解释"诚"的含义，他从《庄子》中借用了"白心"的概念，指出"白心"才是判断一个人真诚的最重要标准，这一古典概念正接续了浪漫主义的精神谱系。鲁迅由此谴责晚清改革者大多是"伪士"，批评他们不肯以自我真相示人——"假此面具以钓名声于天下""名声得而腹腴矣，奈他人之见戕贼何！"③ 同时，鲁迅将对"伪士"的批判置于一种宗教性的氛围中，他这样歌颂"忏悔"：

> 志士英雄，非不祥也，顾蒙帼面而不能白心，则神气恶浊，

---

① ［美］莱昂内尔·特里林：《诚与真》，刘佳林译，江苏教育出版社2006年版，第23页。
② ［美］艾布拉姆斯：《镜与灯——浪漫主义文论及其批评传统》，郦稚牛、张照进、童庆生译，北京大学出版社2015年版，第379页。
③ 鲁迅：《破恶声论》，《鲁迅全集》第8卷，第29页。

每感人而令之病。奥古斯丁也,托尔斯泰也,约翰卢骚也,伟哉其自忏之书,心声之洋溢者也。若其本无有物,徒附丽是宗,辄岸然曰善国善天下,则吾愿先闻其白心。使其羞白心于人前,则不若伏藏其论议,荡涤秽恶,俾众清明,容性解之竺生,以起人之内曜。①

以奥古斯丁、托尔斯泰和卢梭为例,鲁迅强调真正的改革必须植根自我内心的"真诚"。当然,鲁迅的目的并非强调宗教背景,他只是借此说明"真诚"或"诚实"这种道德情感的崇高性和神圣性。伊藤虎丸在论述鲁迅"白心"的理想时或许误会了这一点,例如他认为,借助"白心"概念,鲁迅不仅旨在批判虚伪的儒家文明,还同时向中国人传达了现代西方的科学精神:

> 鲁迅以"白心"一词为"医治(中国人)思想的病"(《随感录·三十八》),是要表明与传统文明之"文"之理念完全不同的,不允许有半点虚假或文饰的近代科学精神的一个方面——例如,严密(Exaktheit)的精神,体系(System)的精神,方法(Methodik)的精神。②

事实上,在卡莱尔等浪漫主义者启发下,鲁迅所谓的"诚"毋宁表现为科学精神的批判力量。相比"严密""体系""方法","白心"更密切关联着个体的生命力与内面世界的德性伦理,而这些正是逾越科学边界且无法被理性传达的内容。

当鲁迅一再批判中国改革界充斥着"躯壳虽存,灵觉且

---

① 鲁迅:《破恶声论》,《鲁迅全集》第8卷,第29页。
② [日]伊藤虎丸:《早期鲁迅的宗教观——"迷信"与"科学"之关系》,孙猛译,《鲁迅研究动态》1986年第11期。

失"① 的"伪士"时，他无疑更加明确意识到浪漫主义这种精神资源对于中国的意义。鲁迅为"迷信"辩护，同样体现了浪漫主义的认识论及其真诚观，他认为，农人的信仰本质上源于对大自然的浪漫想象与自我纯白的内心，相反，以科学原理破除"迷信"的改革者恰恰是内心虚无的"伪士"。在这个意义上，"白心"体现了浪漫主义的原理，这种力量只能通过诗歌（诸如神话、传说等形式）表现出来。与"白心"呼应，鲁迅多次强调"内曜"（即心灵内在的光芒）的意义。除了称赞奥古斯丁、托尔斯泰、卢梭的"白心"，鲁迅也在《破恶声论》的开篇郑重表明，这种光芒从根本上预示着中国改革的可能与希望——

> 吾未绝大冀于方来，则思聆知者之心声而相观其内曜。内曜者，破黮暗者也；心声者，离伪诈者也。人群有是，乃如雷霆发于孟春，而百卉为之萌动，曙色东作，深夜逝矣。②

虽然浪漫主义者不追求真实再现外部世界，但并非放弃了改造现实的使命，正如鲁迅强调，"新生之作，新泉之涌于渊深，其非远矣"③，心灵层面的重建乃一切变革的源头。与此相应，鲁迅亦有所谓："新生一作，虚伪道消，内部之生活，其将愈深且强欤？精神生活之光耀，将愈兴起而发扬欤？"④ 其中，形容"真诚"乃大自然神秘光芒与英雄人物内心的光辉，这种比喻在卡莱尔演讲中不止一次地出现，鲁迅对"内曜"的用法即表明了与此相近的原理。⑤。

---

① 鲁迅：《破恶声论》，《鲁迅全集》第 8 卷，第 30 页。
② 鲁迅：《破恶声论》，《鲁迅全集》第 8 卷，第 25 页。
③ 鲁迅：《摩罗诗力说》，《鲁迅全集》第 1 卷，第 65 页。
④ 鲁迅：《文化偏至论》，《鲁迅全集》第 1 卷，第 56—57 页。
⑤ 汪晖推测"内曜"来自楚辞，他指出这一概念与浪漫主义的关联，但未做出进一步分析。汪晖：《声之善恶：鲁迅〈破恶声论〉〈呐喊·自序〉讲稿》，生活·读书·新知三联书店 2013 年版，第 30、32 页。

在卡莱尔对"英雄"的解说中，尽管"诚"带有浓重的神秘主义气息，但这种品德并不建立在虔诚的默祷之中，而是体现为——勇敢、正直、宽容、公正、慈善、战斗、视死如归等实践性道德，其中卡莱尔最多谈及的是勇敢。而在鲁迅对"新神思宗"与"摩罗诗人"的期待之中，所谓"勇猛无畏""勇猛奋斗""武健勇烈""自觉勇猛"……同样是当他试图诠释"诚"的精神时出现频次最高、最为重要的一组词语。不过，尽管受到卡莱尔批判现代科学与功利主义的启发，但鲁迅过滤了对中世纪宗教生活的迷恋，他更强调"诚"所内在的面向未来的开拓和革新的意义，对他而言，"诚"明确地体现为一种勇敢、进取和改造现实的能力。有意思的是，鲁迅甚至将卡莱尔原本旨在批判现代科学的"诚"视为科学根基，他强调1792年法国大革命中，正是科学家至诚的内心为抵抗外国联军奠定了基础，所谓"爱国出于至诚"[①]，归根结底，科学源自人性深处的光芒，并将在危机时刻转化为拯救力量。

事实上，早在古罗马时期，心灵便被视为一种行动、一种热力，它能够"从自身释放出光芒"[②]，19世纪的批评家继承了这种观念。除了卡莱尔，勃兰兑斯同样将心灵比作炉火，强调"浪漫主义诗人的光荣就在于他内心燃烧着最炽烈、最激昂的感情"[③]。艾布拉姆斯认为浪漫主义作家秉承的正是这种传统：

> 无论是以诗还是以散文，都把心灵的感知活动或构思活动

[①] 鲁迅：《科学史教篇》，《鲁迅全集》第1卷，第34—35页。
[②] [美]艾布拉姆斯：《镜与灯——浪漫主义文论及其批评传统》，郦稚牛、张照进、童庆生译，北京大学出版社2015年版，第63页。
[③] [丹麦]勃兰兑斯：《德国的浪漫派》，《十九世纪文学主流》第2分册，刘半九译，人民文学出版社1997年版，第165页。

比喻为心灵之光对外界事物的照耀。①

《摩罗诗力说》开篇显示,鲁迅引用卡莱尔是由于深信,这种内在性的"真诚"是一种重建文明和民族主体的精神力量,它能够以独特的认识和把握世界的原理冲破外界阻碍直抵民众尚未完全枯槁的内心,激起行动和改革的欲望。鲁迅也以此期待从拜伦、雪莱发端的"摩罗诗人"的系谱在中国进一步延长,使得中国人的心灵世界随之发生震动——"动吭一呼,闻者兴起,争天拒俗,而精神复深感后世人心"②,铸就一种勇猛、坚强,充满热力与希望的新型人格,"其力如巨涛,直薄旧社会之柱石"③,进而实现真正的变革。鲁迅追求的"白心"和"内曜"接续了这条精神脉络,十多年后,他在《随感录·四十一》(1919)中劝导青年人——

> 能做事的做事,能发声的发声。有一分热,发一分光,就令萤火一般,也可以在黑暗里发一点光,不必等候炬火。此后如竟没有炬火:我便是唯一的光。④

其所表达的仍是立足浪漫主义的原理,人的心灵正如暗夜里的明灯,"它照亮通往真理之路,而不仅仅是反映真理"⑤,浪漫主义的核心也即在于,通过主观精神的想象力和创造性,最终重塑外部世界。鲁迅长期坚持这种信念。在《论睁了眼看》(1925)中,鲁迅强调"文艺是国民精神所发的火光,同时也是引导国民精神的前

---

① [美]艾布拉姆斯:《镜与灯——浪漫主义文论及其批评传统》,郦稚牛、张照进、童庆生译,北京大学出版社 2015 年版,第 66 页。
② 鲁迅:《摩罗诗力说》,《鲁迅全集》第 1 卷,第 68 页。
③ 鲁迅:《摩罗诗力说》,《鲁迅全集》第 1 卷,第 102 页。
④ 鲁迅:《随感录·四十一》,《鲁迅全集》第 1 卷,第 341 页。
⑤ [美]斯特龙伯格:《西方现代思想史》,刘北成、赵国新译,金城出版社 2012 年版,第 240 页。

途的灯火"并呼吁"作家取下假面,真诚地,深入地,大胆地看取人生并且写出他的血和肉来的时候早到了;早就应该有一片崭新的文场,早就应该有几个凶猛的闯将!"① 便仍然将"诚"与"人生"的主题关联在一起,强调"诚"是一种批判性和开拓性的力量。两年后,在《无声的中国》中,鲁迅再次鼓励青年"忘掉了一切利害,推开了古人,将自己的真心的话发表出来"②,与此相应,当鲁迅从事文明批评与社会批评,号召人们"撕下那好看的假面具"③并与那些貌似客观公正的绅士、正人君子针锋相对时,其精力往往集中在辨明对方人格是否真诚——"即使只值半文钱,却是真价值;即使丑得要使人'恶心',却是真面目"④,同样延续了他早年对"诚"的坚持以及批判"伪士"的立场。

四 "诚"与"恶"的辩证

《摩罗诗力说》中浪漫主义诗人的经历显示出,鲁迅追求的"诚"绝非一个退隐保守的消极概念,而是竭力寻求与外部世界的精神关联,并尤其表现出一种向守旧势力挑战的革命性立场。尽管有人抨击这些诗人是"恶魔"的化身,但鲁迅认为,他们充满真诚精神的诗篇和争天拒俗的行动彰显了真正的改革力量——正如热带人认识冰的原理一样,能够刺激麻木的大众,使其感受到内在的震惊,进而发觉自我的美德和缺陷,走上自新的道路。这样的英雄出于一种内心的真诚而非外在的功利理念表达自我的心声:

> 其言也,以充实而不可自已故也,以光曜之发于心故也,以波涛之作于脑故也。是故其声出而天下昭苏,力或伟于天物,

---

① 鲁迅:《论睁了眼看》,《鲁迅全集》第1卷,第254、第255页。
② 鲁迅:《无声的中国》,《鲁迅全集》第4卷,第15页。
③ 鲁迅:《通讯》,《鲁迅全集》第3卷,第27页。
④ 鲁迅:《我还不能"带住"》,《鲁迅全集》第3卷,第259页。

> 震人间世，使之瞿然。瞿然者，向上之权舆已。①

作为对立的两个概念，"诚"与"恶"的内在指向在此发生了奇妙转换。鲁迅认为，拜伦、雪莱等人的"恶"只是源于对内在自我的真诚，他们无视礼法，是反抗社会虚伪的必然："英伦尔时，虚伪满于社会，以虚文缛礼为真道德，有秉自由思想而探究者，世辄谓之恶人。"② 对此，鲁迅指出"恶魔者，说真理者也"③。在后来的"五四"新文化运动中，鲁迅一再塑造发现真理的"狂人"与"疯子"，不也诠释了这种悖论发生的原理吗？当民众被虚假、顽固的"仁义道德"蒙蔽时，那些被驱逐的"恶""狂"与"疯"反到最为真切地传达了"诚"的精神。

在《摩罗诗力说》中，鲁迅解释了拜伦、雪莱被视作"恶魔"的原因。这来自于骚塞的恶评。作为"桂冠诗人"，骚塞深感有义务维护英国上流社会的道德秩序，他在《审判的幻景》（1821）前言中攻击拜伦生性放荡。《审判的幻景》原是为了悼念此前一年去世的英国国王乔治三世，这篇诗作充斥着对权贵的阿谀奉承，拜伦随后以同样的题目嘲讽骚塞媚俗和虚伪。④ 鲁迅延续他反对普遍"观念之诚"的理由评价了这场争论，他讽刺骚塞"以其言能得当时人群普遍之诚故，获月桂冠，攻裴伦甚力"，并称赞拜伦率真行诚，"平和之人，能无惧乎？于是谓之撒但。此言始于苏惹，而众和之；后或扩以称修黎以下数人，至今不废。"⑤ 骚塞与拜伦、雪莱既是 19

---

① 鲁迅：《破恶声论》，《鲁迅全集》第 8 卷，第 25—26 页。
② 鲁迅：《摩罗诗力说》，《鲁迅全集》第 1 卷，第 84 页。
③ 鲁迅：《摩罗诗力说》，《鲁迅全集》第 1 卷，第 84 页。
④ Peter T. Murphy, "Visions of Success: Byron and Southey", *Studies in Romanticism*, Vol. 24, No. 3, Lord Byron (Fall, 1985), pp. 355-373.
⑤ 鲁迅：《摩罗诗力说》，《鲁迅全集》第 1 卷，第 75 页。

初期英国浪漫主义的两代诗人,也是政治上保守与激进对立的两方。① 显然,鲁迅从叛逆的拜伦和雪莱等人那里认识到"诚"的重要性及其蕴含的革命力量,这种"诗力"既挑战着保守的社会伦理秩序,又显示了一种源自主体内在世界的激进革命理想。

以上分析不仅针对拜伦、雪莱,在鲁迅整理出来的系谱中,他多次叙述了"摩罗诗人"反抗虚伪道德习俗的经历,鲁迅认为,这些诗人的"诚"的精神同样存在于每个人内心深处并亟待被召唤出来。所谓"苟在人间,必有如是"②,"摩罗诗人"演绎了人的本真生存状态和逻辑,相比之下,中国的"人界"则过于荒凉,他无比渴望将这个脉络延伸到中国。正如鲁迅在《摩罗诗力说》结尾部分表示"摩罗之声"的实质就是"至诚之声"③,通过这种方式,鲁迅不仅总结了每一位"摩罗诗人"的经历与成就,也有力呼应了他在开篇引用的将"真诚"视为一切英雄首要条件的卡莱尔。在这个意义上,所谓"摩罗诗力说"也完全可以视为鲁迅对于"真诚"这种新的价值的力量的解说。

---

① [英]玛里琳·巴特勒:《浪漫派、叛逆者及反动派:1760—1830年间的英国文学及其背景》,黄梅、陆建德译,辽宁教育出版社1998年版,第216-242页。
② 鲁迅:《摩罗诗力说》,《鲁迅全集》第1卷,第102页。
③ 鲁迅:《摩罗诗力说》,《鲁迅全集》第1卷,第102页。

第 五 章

家庭改革的生物学原理

在新文化运动期间,家庭改革成为知识界热烈讨论的话题。鲁迅应钱玄同之邀成为《新青年》的作者之后,最初写下的一系列文章如《狂人日记》《我之节烈观》《我们现在怎样做父亲》等,均密切围绕家庭改革的主题。在这些文章中,仍然不时闪现着鲁迅早年思想的痕迹。而此前将近十年里,鲁迅很少对社会公共话题发表意见。鲁迅自称为新文化运动"敲边鼓",但他的思想却变得更为复杂。像《呐喊·自序》表明的那样,这一段时间,鲁迅一边在北洋政府的教育部任职,一边意气消沉地抄写古碑、辑录古书。黑暗的统治和一幕幕复辟闹剧让鲁迅几乎丧失信心。如果说鲁迅在早年的文字中,时常表露出乐观主义的心态,那么,这一时期的情势发生了明显变化,他总是忍不住回味改革挫折带来的苦楚,那种潜伏着的失败的低音仿佛梦魇一般在他的脑海中不断回旋,而鲁迅对中国的改革以及未来的怀疑也进一步波及自己。因此,在发表于《新青年》以及其他刊物的文章中,他有时表现得异常激进,有时(尤其是在小说中)却表现得格外悲观。相对于《新青年》的读者,鲁迅已经不再年轻,他一方面修正了自己早年的诸多观点,但另一方面,鲁迅仍然真诚地相信进化论的启示,他相信未来是属于年轻人的,改革家庭的目的就是让年轻人更加幸福地度日和合理地做人,只有如此,才能让问题重重的家庭乃至中国社会重新回到自然的也即合理的状态。

第一节 "生物学的真理"

一 家庭在现代的位置

在讨论鲁迅关于家庭改革的观点之前，我们面临这样的问题：家庭何以在民国初年成为人们关注的中心？家庭出了什么问题？鲁迅认为自己只是为新文化运动"敲边鼓"，尽管他发出声音的初衷是为了呼应奔驰在前方的先驱者，但通过这种方式，他也使自己重新踩在了时代的鼓点之上。在围绕家庭改革的讨论热潮中，鲁迅再次将自己的言说、行动与清末民初的时代变革关联起来。家庭问题深嵌在中国历史转型的结构性困境之中，这也意味着鲁迅处理的不仅是家庭内部的问题，他还必须深入探讨家庭与国家、社会、个体乃至世界、人类等更多范畴之间的关系。"五四"时期，对于陈独秀、李大钊等新文化运动领袖来说，改革家庭最重要的原因是，他们认为传统道德阻碍了独立、自主人格的形成，平等、自由理念的缺失造成中国无法演化出类似西方的现代共和政体。显然，从这种立场出发的家庭改革是为了回应共和革命遗留的问题。

辛亥革命之后的共和危机敦促他们将政治问题引向伦理领域。例如，陈独秀在描述了西方政体变迁后，直接将矛头指向中国的三纲说："吾国自古相传之道德政治，胥反乎是。儒者三纲之说，为一切道德政治之大原。君为臣纲，则民于君为附属品，而无独立自主之人格矣。父为子纲，则子于父为附属品，而无独立自主之人格矣。夫为妻纲，则妻于夫为附属品，而无独立自主之人格矣。率天下之男女，为臣，为子，为妻，而不见有一独立自主之人者，三纲之说为之也。"[①] 在著名的《吾人最后之觉悟》（1916）一文中，他再一

---

① 陈独秀：《一九一六年》，《陈独秀著作选》第 1 卷，上海人民出版社 1993 年版，第 172 页。

次巧妙地把政治问题转换成伦理层面的问题,并批判中国的纲常名教本质上是一种阶级制度,与作为西方政治之根源的自由平等独立之说完全相反,正是腐朽的传统伦理阻碍了政治变革,他激烈地指出如果伦理问题得不到解决,那么中国的改革绝不会有新的起色。李大钊呼应道:"原来中国的社会只是一群家族的集团,个人的个性、权利、自由都束缚禁锢在家族之中,断不许他有表现的机会。所以从前的中国,可以说是没有国家,没有个人,只有家族的社会。"① 事实上,不论陈独秀、李大钊的批判是否得当,这些论述都体现出了"五四"时期家庭革命一个引人注目的内在逻辑,那就是首先从无法完成现代政治改革的结果对中国家庭伦理进行责难。

在此之前,"五四"的改革者首先接受了自由、平等的自然权利观念,但有意思的是,恰恰是提出这些观念的西方理论家们拒绝将之引入家庭,对他们而言,家庭内部的伦理与现代社会、国家的形成逻辑是两回事。② 自然权利观念发源于西方特定的历史与文化背景,但晚清以降的改革者很少对此做出历史性的分析,而更倾向于将其作为普遍性的原理接受下来,并为之额外增添道德色彩,正如陈独秀呼吁以新道德重建国民政治③。总体上,这些理念并没有超出晚清家庭革命的范围,甚至也没有晚清家庭革命那样激烈。"五四"时期围绕家庭的诸种论述明显延续了晚清的家庭革命论,两者在逻辑上相似,皆旨在从既定的政治理念表达对传统家庭秩序的不满,但是,被作为罪恶渊薮和革命出发点的家庭,其内在的原理或家庭应当具有的不同于社会与政治革命的特性却基本被忽视了。从晚清至于"五四"时期,在将近二十多年时间里,17、18世纪古典自然法哲学的自然权利观念一直饱受改革者推崇。

---

① 李大钊:《由经济上解释中国近代思想变动的原因》,《李大钊全集》第3卷,河北教育出版社1999年版,第439页。

② 吴飞:《家庭伦理与自由秩序》,《文化纵横》2009年第4期。

③ 陈独秀:《一九一六年》,《陈独秀著作选》第1卷,上海人民出版社1993年版,第172页。

这种自然权利的依据是什么呢？从晚清发端的家庭革命论述中，一个显著的现象是，人们广泛征引源于自然科学的公理，以之作为政治革命也即家庭革命的形而上学基础。康有为最早在《大同书》中为此开创了典范，他试图用自己所理解的几何学公理破除家庭的界限，进而伸张平等、自由的政治理念。1907 年，在两篇分别名为《祖宗革命》《三纲革命》的文章中，李石曾依据自然科学的公理推导出了父子平等、男女平等以及"人人平等"的观点："人类进化，脑关改良，科学以兴，公理乃著，此新世纪革命之原。"[①] 同时，他还强调"科学真理，一本于自然，不外乎人道"[②]，正是科学主义的自然观为自由、平等法则的确立提供了依据。

在辛亥革命之前的几年里，家庭革命的言论尤为甚嚣尘上，这些言论主要来自无政府主义者和国家主义者。在 1908 年的《毁家谭》中，该文作者便有"人生天地间，独往独来，无畏无惧，本极自由也"以及"人类本极平等，无所谓富贵贫贱也"的观点[③]，基于对人之自然本性的预设，传统的家庭俨然成了万恶之源，因为家庭内部总是丛生着阶级和强权（如该文例举的夫权、父权、君权），并使改革窒息。这种自由、平等的自然权利观念也与晚清的无政府主义思潮桴鼓相应。[④] 几乎在每一篇主张家庭革命的文章中，都可以很容易找到"自由""平等"的字眼，与此同时，家庭还被视作父家长一己之"私"的王国[⑤]。事实上，无论是国家主义还是无政府主义的信奉者，他们均认同同一个真理，即，只有首先破除了家庭的束缚，才可能开拓出公共的政治领域。例如，一位国家主义者这样写道："家庭革命者何也？脱家庭之羁轭而为政治上之活动是

[①] 真（李石曾）：《祖宗革命》，《新世纪》1907 年第 2、3 期。
[②] 真：《三纲革命》，《新世纪》1907 年第 11 期。
[③] 鞠普：《毁家谭》，《新世纪》1908 年第 49 期。
[④] 汉一的《毁家论》（《天义报》1907 年第 4 期）也从无政府主义立场主张毁家。
[⑤] 汉一在《毁家论》中有所谓"盖家者，为万恶之首，自有家而后人各自私"。

也。……家族主义之停顿隔绝,乃使我国民无国家思想之一大原因也。"① 正如这篇文章的作者署名"家庭立宪者"试图诉求的那样,他的宗旨便是把政治改革的逻辑引入家庭。

留学日本时期,鲁迅对于家庭问题没有直接进行评论,但是从他发表的文章中,仍然可以看到与以上论述的呼应之处。1903年,鲁迅刚到日本不久,便在尚武的民族主义气氛中翻译出了小说《斯巴达之魂》。这时他应当认同"家庭立宪者"所说的国家主义思想,因为这篇小说正宣扬了毁家保国的思想:一位从战场上逃回来的斯巴达士兵,受到了孕妻涘烈娜的训诫,她将丈夫的潜逃行为视为莫大的耻辱并愤而自杀。这种为国牺牲的"斯巴达之魂"打动了鲁迅,相比把生命交付给国家,一己之私的家庭是微不足道的。樽本照雄考察了鲁迅翻译《斯巴达之魂》的底本,他认为鲁迅无中生有地创造了以死谏夫的孕妻涘烈娜,指出这只能"一个地道的中国女性"②,然而,从这种自行添加的带着中国历史特色的创作中,不是更可以表现出鲁迅破除家庭而献身国家的决心吗?

1907年,当鲁迅在《文化偏至论》中论述自己的个人主义思想时,尽管没有明确呼吁破除家庭,但他关于"个人"的思想仍不可避免地受到历史语境的制约。有意思的是,鲁迅虽没有直接褒扬无政府主义,但他以此作为背景,强调无论人类如何平等,也无论革命到达了哪个层次,个人主义都是人群进步的必然选择,如其指出:"彼持无政府主义者,其颠覆满盈,铲除阶级,亦已至矣,而建说创业诸雄,大都以导师自命。夫一导众从,智愚之别即在斯。"③ 将近十年之后,在鲁迅详细讨论家庭改革的文章中,无政府主义方从正面深入到了他的字里行间,例如,鲁迅频繁要求人们具有"人类"

---

① 家庭立宪者:《家庭革命说》,《江苏》1904年第7期。
② [日] 樽本照雄:《关于鲁迅的〈斯巴达之魂〉》,乐新译,《鲁迅翻译研究论文集》,春风文艺出版社2013年版,第213页。
③ 鲁迅:《文化偏至论》,《鲁迅全集》第1卷,第54页。

"世界"的视野并一再说明"互助共存"的意义。在这些地方,家庭改革同样构成了鲁迅思想中重要的环节。

不过,如果我们还记得鲁迅对于晚清科学主义者不厌其烦地批评,他理应不会对自由、平等的自然权利观表示附和。在《文化偏至论》《摩罗诗力说》与《破恶声论》中,鲁迅反复强调个体独立于自然世界的精神意志,并据此将浪漫主义对精神的重视推展到最根本的地步,但是在新文化运动时期,他的这种观点发生了明显变化,甚至在同一问题上截然相反。例如,对于平等,他此前的态度是竭力反对,因为这会造成"夷隆实陷,是为指归,使天下人人归于一致,社会之内,荡无高卑"①。由于现实中的每个人都有其特殊之性,平等只能是理想主义的,但是在《我之节烈观》中,他却认为"只好相信真理,说是一律平等。既然平等,男女便都有一律应守的契约"②。再如,对于道德,虽然鲁迅前后理解方式相似,但态度截然相反,在《摩罗诗力说》中,鲁迅反对以群学为标准批评诗歌的观点,指出"所谓道德,不外人类普遍观念所形成"③,他在这篇文章中明确拒绝从普遍道德出发诗歌的思路,但在质问节烈是否道德的时候,鲁迅强调"道德这事,必须普遍,人人应做,人人能行,又于自他两利,才有存在的价值"④,这里,他明显是为了维护一种普遍主义的道德观。此外,鲁迅早年的论述几乎没有涉及"权利"问题,而在《我们现在怎样做父亲》中,"权利"却被当作一个基本的论述范畴。除了呼应时代主潮的因素之外,这种调整也显示出鲁迅认识现实方式的转变,不同于此前在文学、艺术等精神领域中的主张,鲁迅显然注意到了家庭问题的特殊性。

当晚清以来的改革者陆续将自由、平等的理念引向家庭时,家

---

① 鲁迅:《文化偏至论》,《鲁迅全集》第1卷,第51页。
② 鲁迅:《我之节烈观》,《鲁迅全集》第1卷,第125页。
③ 鲁迅:《摩罗诗力说》,《鲁迅全集》第1卷,第74页。
④ 鲁迅:《我之节烈观》,《鲁迅全集》第1卷,第124页。

庭和社会、国家等公共领域的区别在哪里呢？"五四"时期，鲁迅对此表现得颇为自觉，尽管他也多次借用了平等、自由等概念，但家庭始终被视为一个具有主体性的单位，因此，他只谈"改革家庭"，相对于晚清以来的"家庭革命"便温和许多。在《我们现在怎样做父亲》一文中，鲁迅虽然论及父子之间的"权利"和"义务"关系，但却没有借助任何流行的自由、平等理念，显然，他更多地考虑到了家庭关系的独特性。唯一不同的是，在《我之节烈观》中，鲁迅解释夫妻关系时主张两者之间平等、自由，并认为夫妻双方存在着应当一律遵守的"契约"①，这意味着鲁迅并未完全排斥自然权利观念。或许在他看来，夫妻关系带有社会化的特征，故应当注重平等、自由的原则，但父子关系却不适合依据自然权利进行解释。鲁迅从欧美家庭的改革经验中获得启示，这使得他与晚清以降主张从社会和政治革命角度入手家庭改革的思路非常不同——尽管他也在起点上把人类视为自然界的一类生物，如指出："欧美家庭，大抵以幼者弱者为本位，便是最合于这生物学的真理的办法"②。即便鲁迅使用了"权利"的概念，但他的重心仍在于"幼者弱者本位"，也即为幼者和弱者向家庭中的强权者争取权利。

这一点十分重要。通过引入幼者、弱者本位的思想，鲁迅突破了晚清以降将平等观念引入家庭伦理的思路，以幼者和弱者作为本位，不正是拒绝了家庭内部的平等关系吗？在《我们现在怎样做父亲》中，鲁迅运用了大段篇幅表现"孩子的世界"，呼吁人们增进对"孩子的世界"的理解。以儿童为本位，他试图构建出新型的父子关系：父母对于儿童，不仅需要"理解""指导"和"解放"，还应当时刻准备好自我牺牲。这显示出家庭内部不同于政治社会的特点。为了反对家庭中的强权，鲁迅强调幼者、弱者的"权利"，不过，他也说明对"权利"的占有是暂时的，他们需要在未来某一刻

---

① 鲁迅：《我之节烈观》，《鲁迅全集》第 1 卷，第 125 页。
② 鲁迅：《我们现在怎样做父亲》，《鲁迅全集》第 1 卷，第 138 页。

将其移交给更年轻的一代,此前的"权利"这时转变为"义务"。相对于"权利",鲁迅更强调"义务"观念在重建家庭伦理过程中的重要性,这种观念要求剥除利益关系的干扰,回归到家人之间纯粹的情感状态。鲁迅认为"义务"并非外在的强制力量,而同样植根于人类的自然天性,这种天性便是"爱":"这离绝了交换关系利害关系的爱,便是人伦的索子,便是所谓'纲'。"① 如同晚清以来的家庭革命者那样,鲁迅抓牢了维系人们日常生活的纲常,但他的努力无疑在于重新解释,而不是彻底废除。通过提倡"爱"的纲领,家庭的特性被凸显出来。② 在鲁迅的设想中,家庭成员应当基于"爱"的情感建立相互关系。当然,这并不纯粹是一种理论上的推演。鲁迅指出欧洲和日本已经落实了以幼者、弱者为本位的道德,随后他将视线转向中国:"便在中国,只要心思纯白,未曾经过'圣人之徒'作践的人,也都自然而然的能发现这一种天性。例如一个村妇哺乳婴儿的时候,决想不到自己正在施恩;一个农夫娶妻的时

---

① 鲁迅:《我们现在怎样做父亲》,《鲁迅全集》第1卷,第138页。
② 吴飞认为,新文化运动中的改革者在没有认清现代西方面貌的时候,就把自由、平等的自然权利理论引入家庭革命中,"如果说,因信称义的新教对等级森严的天主教、自然权利对君权神授的取代,代表着西方现代性的基本面向,那么,一夫一妻对妻妾成群、核心家庭对庞大家族、浪漫爱情对父母之命、媒妁之言的取代,则呈现出中国现代性的基本格调。如果没有强调自由、平等的现代家庭,就没有现代中国可言",鲁迅应当注意到了自由、平等的自然权利与家庭内部关系的张力,中国的现代性基调之所以呈现为上述情形,或许与中国古代政治以家庭伦理为本位的传统有关,即并不严格区分家庭与公共领域。另外,吴飞指出西方现代家庭与政治社会的构成原理不同:"父母与子女之间,并不是完全平等的自然人之间的关系,而是成人和儿童的关系。家庭之所以有存在的必要,是因为未成年人与成年人之间事实上是不平等的,要使未成年人成长起来,获得和成年人同等的知识和社会经验,成为自由社会的合格公民,就必然需要父母的教育和培养。"(吴飞:《家庭伦理与自由秩序》,《文化纵横》2009年第4期)对此,鲁迅在《我们现在怎样做父亲》中有所回应。有意思的是,当鲁迅提出研究"孩子的世界"时,他也提到了西方的现代家庭原理,因而是否可以说,鲁迅在家庭改革的理想中表现出他对于西方超出同代人更深的理解?当然,这并不否定外在性的改革动力,例如鲁迅的观点受到同期无政府主义思潮影响,有关社会改造的思想同样塑造了他对家庭的设想。

候，也决不以为将要放债。"① 村妇和农夫尚且保留着可贵的自然天性，没有接受儒家圣贤的教育反而成了他们的优势，鲁迅强调他们心思纯白，完全没有利益思想作祟，这使得他相信"爱"的纲领是可能的，并决定通过彰显"爱力"的方式重建家庭伦理。从这种论述也可以见出鲁迅一贯的思路，即对于儒家湛心利禄的嘲讽以及早年在《破恶声论》中对于农人"厥心纯白"②的赞颂。

因此，鲁迅不像晚清家庭革命者或者陈独秀、李大钊那样，出于强烈的政治意识和社会革命理念而批判家庭，甚至呼吁取消家庭，他注意到了家庭问题的特殊性。在《我们现在怎样做父亲》临近结尾部分，鲁迅明确指出，中国家庭的问题以及他致力改革家庭的最根本原因在于"中国家庭，实际久已崩溃"③的事实，他还把"圣人之徒"宣扬孝道、节烈的道德视作家庭早已从内部崩溃的象征。鲁迅的观点由此包含着一个悖论：正是因为家庭已经崩溃的事实，人们才不断地宣传维系家庭的道德，道德正是不道德的结果。"这也非'于今为烈'，正是'在昔已然'。历来都竭力表彰'五世同堂'，便足见实际上同居的为难；拚命的劝孝，也足见事实上孝子的缺少。"④造成这种不道德的根本原因是，自古以来的家庭伦理违反了人的自然天性，"而其原因，便全在一意提倡虚伪道德，蔑视了真的人情"⑤。中国家庭的真正问题在于，旧的伦理道德已经无法有效维系住家人之间的关系。在这个意义上，鲁迅改革家庭的目的绝不是废除家庭，而恰恰是重建家庭，使得家人之间以一种更加自然、更为符合人类天性的方式重新凝聚在一起。

---

① 鲁迅：《我们现在怎样做父亲》，《鲁迅全集》第1卷，第138页。
② 鲁迅：《破恶声论》，《鲁迅全集》第8卷，第32页。
③ 鲁迅：《我们现在怎样做父亲》，《鲁迅全集》第1卷，第143、144页。
④ 鲁迅：《我们现在怎样做父亲》，《鲁迅全集》第1卷，第143页。
⑤ 鲁迅：《我们现在怎样做父亲》，《鲁迅全集》第1卷，第143页。

二 真理链条的内在矛盾

鲁迅改革家庭的主要工作是重新解释和引入"真的人情"。以人的自然天性作为起点,在这方面,鲁迅与晚清以降从科学公理推及人类自然权利的科学主义者并无大异。在《我们现在怎样做父亲》开篇,他也表明自己的依据是"生物学的真理",并指出这是一个连续性的链条:"依据生物界的现象,一,要保存生命;二,要延续这生命;三,要发展这生命(就是进化)。"① 在《我们现在怎样做父亲》中,这个真理链条是对于父母的要求,鲁迅被生物学的真理折服,针对不同的主题,他多次对此进行了重述。在不久之后的一篇随感中,他即根据这种原理批判"长者本位"的家庭伦理使得中国丧失了发展动力:"我想种族的延长,——便是生命的延续,——的确是生物界事业里的一大部分。何以要延长呢?不消说是想进化了。"② 很长时期内,鲁迅保持着近似的观点。在 1925 年的《忽然想到》《北京通信》以及 1934 年的《论秦理斋夫人事》等文中,鲁迅试图将生物学真理扩展到更多方面——诸如保存国粹、为青年寻找出路与评价自杀问题等,虽然他也进行了一定的调整,但基本的思路并未发生重要改变,有时,鲁迅也将这个链条更加缩略地表述为:"一要生存,二要温饱,三要发展。"③

鲁迅的这些观点容易让人联想到他早年写作的《人之历史》。在《人之历史》中,鲁迅高度赞赏海克尔的种系一元论,并批评中国的保守主义者以及德国哲学家泡尔生,他并不认为进化论贬低了人类的地位,相反,在海克尔的影响下,鲁迅乐观地相信:"人类进化之说,实未尝渎灵长也,自卑而高,日进无既,斯益见人类之能,超

---

① 鲁迅:《我们现在怎样做父亲》,《鲁迅全集》第 1 卷,第 135 页。
② 鲁迅:《随感录·四十九》,《鲁迅全集》第 1 卷,第 354、355 页。
③ 参见鲁迅《忽然想到》,《鲁迅全集》第 3 卷,第 47 页。鲁迅:《北京通信》,《鲁迅全集》第 3 卷,第 54 页。

乎群动，系统何妨，宁足耻乎？"① 因此，直面从卑微的生物发生的历史，并不会动摇人类在自然界的崇高地位。不过，鲁迅这时并未深入思考泡尔生对于海克尔的批评。作为新康德主义思想家，泡尔生不满的地方在于，他认为从生物性的自然现象无法解释人类的精神与道德，人的尊严绝不能建立在机械的自然基础上。正如此前的分析，尽管在早年论文中，鲁迅逐渐远离了自然主义的一元论，甚至对其不乏严厉的批评，但这里，他的态度显然又发生了转变，为什么鲁迅会再次将生物学的真理当作家庭改革的原理呢？

不同于物理、数学等其他领域，生物学因为更直接地关涉到对人类在自然界中的地位以及人类与动物的关系问题而显得特殊，"正像哥白尼与伽利略把地球从宇宙中心的地位上谪贬下来一样，达尔文也把人类从堕落天使的冰冷而孤独的地位上拉下来，强迫他们认识他们与鸟兽有兄弟的亲属关系"②。随着对生物进化史认识的深化，人们不得不重新面对何为人类以及人类如何生活这些问题。19世纪迅速发展的生物学引发了深刻的伦理学难题，鲁迅最初阅读的《天演论》便是赫胥黎对于人类生存伦理的讨论，赫胥黎原作名为《进化论与伦理学》，清晰表明了进化论的挑战。尽管严复在案语中努力调和赫胥黎思想中天人对立的一面，但并未取消这部著作对生物学和伦理问题的思考。事实上，由于自强保种的焦虑感，伦理的问题被愈加鲜明地凸显出来。鲁迅在《人之历史》开篇对中国的保守主义者和泡尔生的批评，同样展示了生物学为人类制造的伦理困境。当鲁迅在《我们现在怎样做父亲》以及其他文章中反复提到"生物学的真理"时，他显然改变了思路，转而试图以此解决伦理问题，其原因或许与鲁迅借助自然权利观念评价节烈问题相似。也由此可以说明，鲁迅并没有建立一个无所不包的思想体系的决心。生

---

① 鲁迅：《人之历史》，《鲁迅全集》第1卷，第8页。
② ［英］W. C. 丹皮尔：《科学史及其与哲学和宗教的关系》，李珩译，商务印书馆1997年版，第415页。

物学无疑可以为家庭改革提供更坚实的基础。

让人好奇的是，鲁迅如此笃信的生物学真理来自哪里呢？首先，这不会是赫胥黎的启示，赫胥黎虽然将人类视为自然界的生物之一，但他竭力反对把自然界的原理引入人类社会，因此，赫胥黎不可能认同鲁迅用生物学的原理改造人伦道德的方法。其次，在"五四"新文化运动时期，鲁迅曾经多次表示过对于达尔文的推崇，他在主张破坏偶像时，即将达尔文排在了众多思想家的最前列——"达尔文易卜生托尔斯泰尼采诸人，便都是近来偶像破坏的大人物"，更有所谓"与其崇拜孔丘关羽，还不如崇拜达尔文易卜生"[1]的激烈言辞。有意思的是，鲁迅早年介绍偶像破坏者时并没有提到过达尔文，而对易卜生、托尔斯泰、尼采均有论述，但此时，达尔文已经俨然跃居到了思想领袖的地位。

在《人类的由来》里，达尔文开创了从自然角度阐释人类道德的论述，他认为人类和其他动物的区别就在于道德感，但与康德主义预设的先验理性不同，达尔文指出这种道德感必然是在漫长的自然进化过程中逐渐形成的。[2] 达尔文认为人和动物仅仅在最低限度的本能上是一致的，同时，他也没有从生物学原理对人类的生活发出要求。鲁迅在反对旧道德的过程中，首先强调最低限度的生物本能，例如保存生命的"食欲"和延续生命的"性欲"："食欲是保存自己，保存现在生命的事；性欲是保存后裔，保存永久生命的事。饮食并非罪恶，并非不净；性交也就并非罪恶，并非不净。"[3] 但在达尔文的意义上，这恰恰是与人类道德进化相逆的一个过程，因此，这个链条的前两个阶段并不适宜在进化脉络上解释。

事实上，鲁迅也意识到了来自生物学的原理与精神、道德——

---

[1] 鲁迅：《随感录·四十六》，《鲁迅全集》第1卷，第349页。
[2] ［英］达尔文：《人类的由来》，潘光旦、胡寿文译，商务印书馆2013年版，第148—149页。
[3] 鲁迅：《我们现在怎样做父亲》，《鲁迅全集》第1卷，第136页。

他在《我们现在怎样做父亲》使用的表述是"价值"——的对立，与早年的《人之历史》相比，这里出现了一个重要的区别。在思想结构上，鲁迅与他批评的德国新康德主义思想家泡尔生表现出了相似性，他首先放弃了从生物学引申"价值"的做法。鲁迅对价值问题有着明确的认识，他在提出生物学的链条之后紧接着表明："生命的价值和生命价值的高下，现在可以不论。"① 换言之，在这个链条中，"保存生命"和"延续生命"等一般的生物学事实并不适用于价值层面的论述。② 由此，他也同晚清以降的科学主义者以及家庭革命者拉开了距离，"保全生命"和"延续生命"并不指向人类特有的伦理道德，这与前引李石曾在鼓吹家庭革命时强调"科学真理，一本乎自然，无外乎人道"③ 的主张存在着鲜明差异。

有意思的是，鲁迅在阐释这个链条的第三点，即"发展生命"时，又重新为之附加上了"价值"的限制，例如，他在"发展生命"的第三点后面指明"就是进化"。根据鲁迅的解释，可以归结出"发展＝进化＝价值"的公式。鲁迅将生命获得价值的过程描述为一条进化的道路："走这路须有一种内的努力，有如单细胞动物有内的努力，积久才会繁复，无脊椎动物有内的努力，积久才会发生脊椎。所以后起的生命，总比以前的更有意义，更近完全，因此也

---

① 鲁迅：《我们现在怎样做父亲》，《鲁迅全集》第 1 卷，第 135 页。
② "现在可以不论"指动物出于本能"保存生命"与"延续生命"两个阶段，在讨论这两个阶段时，鲁迅将"价值"问题悬置了起来。鲁迅这里将生物自然本能与价值区别，使其接近于新康德主义者的某些观点。例如认为，"自然"是"那些从自身中成长起来的、'诞生出来的'和任其自生自长的东西的综合"，与此相对，"文化或者是人们按照预计目的直接生产出来的，或者是虽然已经是现成的，但至少是由于它所固有的价值而为人们特意保存着的"。进而得出，"在一切文化现象中都体现出某种为人所承认的价值"以及"价值是文化对象所固有的"，相反，"自然"的东西都不具有"价值"。[德]李凯尔特：《文化科学和自然科学》，涂纪亮译，商务印书馆 1991 年版，第 20、21 页。不同的是，鲁迅强调"自然"的第一性并最终重新回到了生物一元论。
③ 真（李石曾）：《三纲革命》，《新世纪》1907 年第 11 期。

更有价值,更可宝贵;前者的生命,应该牺牲于他。"① 然而,鲁迅为什么在"发展生命"的后面特别补充说明"就是进化"呢?难道"保存生命"和"延续生命"不在进化的范畴中吗?

这种划分方式表明了鲁迅对于进化的一元论理解:只有进化关涉价值。从自然的本能到体现生命价值的进化,两者的逻辑基础发生了改变。鲁迅取消了论述"保存生命""延续生命"时建立的自然本能与价值论的二元结构,并重新回到一元论的立场。从自然与价值的关系来讲,这个生物学的链条在内部存在着二元与一元的矛盾,从保存生命、延续生命到发展生命,也即生物从没有价值到获得价值的过程,但鲁迅并未解释,为什么到"发展生命"的阶段会变得更有价值?鲁迅对于进化的理解,由此呈现出与达尔文的关键性的差异,因为达尔文的进化原理完全基于自然选择,即便在他解释人类道德感的形成时也同样坚持了这一点,他显然不会认同鲁迅所描述的生物根据"内的努力"而进化的思路。

"保存生命"、"延续生命"与"发展生命"的内部矛盾,显示出了"生物学真理"的复杂性。在论述"发展生命"需要"内的努力"时,达尔文不足以为此提供理论支撑。相比之下,鲁迅早年推崇的海克尔颇为强调生物的内在意志,同时,海克尔的观点也符合这里的一元论要求,事实上,浦嘉珉便认为鲁迅是海克尔主义者(Haeckelian),并将海克尔与强调事物内在性的德国思想传统联系起来。② 海克尔的解剖学背景使得他比达尔文更切合鲁迅这里描绘的进化之路,例如,他将生存竞争的原理引入单细胞的生长以及多细胞有机体的形成过程,并将多细胞有机体的形成归结为细胞中内在分子的活动。③ 不过,即便"发展生命"这一阶段可

---

① 鲁迅:《我们现在怎样做父亲》,《鲁迅全集》第1卷,第137页。

② James Reeve Pusey, *Lu Xun and Evolution*, New York: State University of New York Press, 1998.

③ [德] 海克尔:《自然创造史》,马君武译,商务印书馆1935年版,第256页。

以从海克尔得到说明，但海克尔并没有在什么地方像鲁迅这样清晰地排列出生物学的三大真理。

三　鲁迅和上野阳一的同与异

考察鲁迅在《我们现在怎样做父亲》中信赖的真理链条，是否存在一种可能，从他此前，即在所谓"十年沉默"[①] 期间的经验中发现线索？这种推论的出发点在于，构成鲁迅家庭改革前提的——诸如幼者、弱者本位的思想以及号召研究孩童的世界等观点，都与鲁迅在这十年期间的翻译密切相关。从 1913 年开始，他陆续翻译了上野阳一的《艺术玩赏之教育》《儿童之好奇心》与《社会教育与趣味》，另有高岛平三郎的《儿童观念界之研究》。这些翻译无疑对他此后观点的形成提供了帮助，我们很难称这一段时间内的鲁迅完全"沉默"，他仍在筹划和预备着中国的改革。鲁迅的翻译和他在《我们现在怎样做父亲》中的观点具有明显的延续性，他不是在这篇文章中，告诫中国的父母们应该扩张天性的爱、重视和理解儿童的世界吗？"直到近来，经过许多学者的研究，才知道孩子的世界，与成人截然不同；倘不先行理解，一味蛮做，便大碍于孩子的发达。所以一切设施，都应该以孩子为本位，日本近来，觉悟的也很不少；对于儿童的设施，研究儿童的事业，都非常兴盛了。"[②] 事实上，这些工作也正是他一直在努力做的事情。

鲁迅 1913 年 10 月翻译的上野阳一的《社会教育与趣味》是一个颇为值得注意的文本。在这篇文章中，上野阳一首先描述了都市文明给人类制造的精神困境：由于现代社会刺激性因素的增多，人们越来越无法集中注意力，必须以更强的冲击获得满足，同时，紧

[①] 鲁迅从 1908 年发表《破恶声论》到 1918 年发表《狂人日记》，此间十年被称作"十年沉默"时期。钱理群：《十年沉默的鲁迅》，《浙江社会科学》2003 年第 1 期。

[②] 鲁迅：《我们现在怎样做父亲》，《鲁迅全集》第 1 卷，第 140、141 页。

张忙碌的都市生活与精细化的社会分工进一步加重了个体精神负担，这最终导致现代人心神不宁，终为外物所役，患上神经衰弱症的概率远超从前。对此，他提出用趣味教育作为救济方法。

值得注意的是，在具体说明这一方法之前，上野阳一也试图从生物学寻找突破口，同时，他的整个论证过程也与鲁迅在《我们现在怎样做父亲》中的表述非常近似：

> 然则何以救之。考诸动植生物，莫不自图生存。图存为众生目的，而其事，则有存身与保种二义。饥而求食，渴而思饮，所图在一己之存，此一义也。异性相合，传继子孙，所图在种族之存，又一义也。凡为生物，皆是之图。独人为灵长，别有生活。苟生斯时，第以存身而劳作，保种而养家者，生活宁不枯寂，欲餍吾心，必丰富之，俾吾心力所有，咸得施展，乃为愉快，至于愉快，虽置存身保种，不问可也。孔子之徒，欲弘先王之大道，而箪食瓢饮不为忧，以弘道之乐于存身也。①

总体上，上野阳一指出趣味教育应当分为三个步骤，即"存身""保种"和"别有生活"，他所强调的趣味教育对应"别有生活"阶段。与鲁迅相似，上野阳一首先回溯到生物的本能阶段，从饮食、生育两个方面强调一切生物都具有"存身"和"保种"的图存本能，这与鲁迅从"食欲"和"性欲"两个方面论证"保存生命"和"延续生命"的原理一致，而且，同上野阳一一样，鲁迅也指出这两个阶段是与价值无涉的，如《我们现在怎样做父亲》中：

> 单照常识判断，便知道既是生物，第一要紧的自然是生命。因为生物之所以为生物，全在有这生命，否则失了生物的意义。

---

① ［日］上野阳一：《社会教育与趣味》，鲁迅译，《鲁迅著译编年全集》第2卷，人民出版社2009年版，第195页。

> 生物为保存生命起见，具有种种本能，最显著的是食欲。因有食欲才摄取食品，因有食品才发生温热，保存了生命。但生物的个体，总免不了老衰和死亡，为继续生命起见，又有一种本能，便是性欲。因性欲才有性交，因有性交才发生苗裔，继续了生命。所以食欲是保存自己，保存现在生命的事；性欲是保存后裔，保存永久生命的事。饮食并非罪恶，并非不净；性交也就并非罪恶，并非不净。①

鲁迅对"保存生命"和"延续生命"的论证和上野阳一没有什么根本的区别，甚至在具体字句的用法上也颇为接近。至少，在提出这个生物学真理链条的时候，鲁迅吸收了上野阳一的意见，而且对之相当信服。不过，关于第三个阶段，鲁迅却和上野阳一存在着不可忽视的差别。在论述"发展生命"这一阶段时，鲁迅将价值论视野重新带入进来，并由此回到了一元论的脉络。相比之下，上野阳一自始至终坚持着二元论，他关于"趣味教育"的论述非常清楚地展现了一种康德主义的美学观，上野阳一指出，美学、道德只能是人类特有的精神生活。如果单纯地追求满足生物性的食欲和性欲，那么这样的人生实际上毫无意义。② 在生物学的真理链条中，指示进化的"发展生命"的阶段对应着上野阳一着重论述的"趣味教育"，而在后者看来，这一阶段的人类已经从生物界中分离出来，建立了新的生存原理，即"独人为灵长，别有生活"③。他随后表示"趣味

---

① 鲁迅：《我们现在怎样做父亲》，《鲁迅全集》第 1 卷，第 135、136 页。
② 上野阳一强调，"趣味教育"虽然看似与生存无关，但在欣赏的艺术过程中——"吾心以涤，吾神以养，利吾生者，正匪细小"（［日］上野阳一：《社会教育与趣味》，鲁迅译，《鲁迅著译编年全集》第 2 卷，人民出版社 2009 年版，第 195 页），这种认识让人联想起鲁迅立足主体生命对文艺的解说。写作《我们现在怎样做父亲》时，鲁迅或许仍然坚持这种文艺观，但对于家庭伦理，他回到了生物一元论立场。
③ ［日］上野阳一：《社会教育与趣味》，鲁迅译，《鲁迅著译编年全集》第 2 卷，人民出版社 2009 年版，第 195 页。

教育"的意义便在于，"使克逃于欲望之追者，惟趣味教育为功。盖人当赏美，心必超离尘念也。教育之使其趣味上进而能随处悟美，则其慰安之功，为何如哉"①。上野阳一的"趣味教育"实质上是艺术的审美教育，他认为艺术能够使人类超越世俗的"欲望"（生物性的本能）和功利主义的"尘念"，从而对大城市中那些患有神经衰弱病症的人们起到疗救作用。在这个意义上，上野阳一是一位合格的康德主义者，他描述"趣味教育"："又趣味者，美之判断也。判断艺术之美丑者，曰趣味，而判断道德之善恶者良心也。所判有美与善之殊，而其事则同。故趣味高者，好善之心相骈亦进，彼屠戮惨怖，而观者环堵，昧于美也，而屠戮非仁也。……趣味上进，则美善非不相侔也，此其功在道德者也。"②

比较上野阳一"存身""保种"和"别有生活"（"趣味教育"）与鲁迅的"保存生命""延续生命"和"发展生命"，可见鲁迅描述的真理链条更为复杂。他在最初两个阶段上与上野阳一一致，即将生物的本能和价值问题分离开来，但到了第三阶段，鲁迅重新回到了一元论，最终将"发展生命"放在了生物进化而不是超越了生物原理的康德主义框架中。上野阳一在第三阶段便不再运用生物学原理解释"趣味教育"，但鲁迅仍然对生物学满怀信心。按照鲁迅最初的表示："我现在心以为然的道理，极其简单。便是依据生物界的现象……"③ 并且在这个链条之后再次声明"生物都这样做，父亲也就是这样做"④。因此，他的这一真理链条最终落脚在一元论的结构中，并在"价值"问题上展现出内在的张力。

上野阳一的观点原本针对资本主义大城市生活的弊端，对鲁迅

---

① ［日］上野阳一：《社会教育与趣味》，鲁迅译，《鲁迅著译编年全集》第2卷，人民出版社2009年版，第196页。

② ［日］上野阳一：《社会教育与趣味》，鲁迅译，《鲁迅著译编年全集》第2卷，人民出版社2009年版，第196页。

③ 鲁迅：《我们现在怎样做父亲》，《鲁迅全集》第1卷，第135页。

④ 鲁迅：《我们现在怎样做父亲》，《鲁迅全集》第1卷，第135页。

而言，他本不存在这些困扰。鲁迅借用上野阳一的观点作为改革家庭的依据，他相信根据这种来自生物学的自然原理，能够重新建立合理的家庭秩序。值得注意的是，考虑到晚清以来中国衰弱局势以及中国家庭"久矣崩溃"的现实，鲁迅对于这个真理链条的起点——"保存生命"——的强调显得尤为急切，与此同时，他不得不面临深刻的意义——借用鲁迅自己的表述，即"价值"层面的危机。在《我们现在怎样做父亲》中，鲁迅在提出这个生物学真理的最开始就清楚意识到，如果只从"保存生命"原则出发，那么，这种要求实际上与"价值"无涉。以上说明，即使在同一个生物学的真理链条中，鲁迅对于"价值"问题也表现出了前后矛盾的心情，他先是放弃"价值"，然后再将其迎接了回来。

四 作为第一自然法则的"保存生命"

鲁迅将"保存生命"作为家庭改革的突破口，生命的自然状态是他审视家庭伦理问题的最主要视角。对鲁迅而言，从自然之本性重新解释家庭关系的意义重大，这最终关涉对于人类生存根基的思考。在《我们现在怎样做父亲》中，鲁迅多次表明他做的就是这样一份具有根本性的工作。鲁迅比较了中国自古以来的家庭伦理与自然界的生物现象，他指出两者完全是矛盾的：

> 殊不知自然界的安排，却件件与这要求反对，我们从古以来，逆天行事，于是人的能力，十分萎缩，社会的进步，也就跟着停顿。我们虽不能说停顿便要灭亡，但较之进步，总是停顿与灭亡的路相近。①

但古人不认为自己信仰的是"天理"吗？"天理"不正是人的自然本性吗？何来"逆天行事"呢？如果像鲁迅认为那样，古人所

---

① 鲁迅：《我们现在怎样做父亲》，《鲁迅全集》第1卷，第137页。

谓的"自然本性"从根本上反对人类的"自然本性",只能再次表明古、今两种自然观的深刻裂隙,鲁迅接受了来自现代生物学的自然观,而古人并不将此直接理解为自然的本义。同时,这种生物学的自然观制造出了强烈的生存危机感,它时刻警示鲁迅"灭亡"的危险,使他相信生物的第一要义就是在危机中"保存生命"。

在新文化运动期间的许多文章——尤其是那些发表在《新青年》"随感录"上的宛如匕首一般的激进的短文中,鲁迅常常将"保存生命"的生物学真理作为最基本的依据,甚至在有的地方,他索性只把话说到"保存生命"的地步,而对于"延续生命"以及真正体现"价值"的"发展生命"更高的两个阶段不再着意。当然,这完全可以归结为形势的紧迫,"灭亡"危险使得生存本身成为头等大事,同时,这种急切心情不可避免地产生出价值真空的问题。鲁迅对于生存必然性的强调超出了对于价值问题的关注,如果连生物最基本的生存需求都难以保证,那么这种伦理、文化的价值将从何谈起呢?是否存在一种并不违背生命原则的价值呢?

这些问题贯穿在鲁迅的字里行间。在《我之节烈观》中,鲁迅批评节烈是要人死而不是让人活的道德,"因为道德家的分类,根据全在死活,所以归入烈类"[1]。随后,他用一种讽刺口吻描摹道德家议论节烈的场面:"既不羞自己怯弱无能,也不提暴徒如何惩办,只是七口八嘴,议论他死了没有?受污没有?死了如何好,活着如何不好。"[2] 鲁迅认为,从人类自然本性出发,指出节烈不合理并不困难,他从生命自我保存的本能不断追问,既然节烈很难、节烈很苦,那么在何种意义上,这种违背生命自然本性的行为还能说是一种道德呢?"凡人都想活;烈是必死,不必说了。节妇还要活着。精神上的惨苦,也姑且弗论。单是生活一层,已是大宗的痛楚。假使女子生计已能独立,社会也知道互助,一人还可勉强生存。不幸中国情

---

[1] 鲁迅:《我之节烈观》,《鲁迅全集》第1卷,第124页。
[2] 鲁迅:《我之节烈观》,《鲁迅全集》第1卷,第125页。

形,却正相反。所以有钱尚可,贫人便只能饿死。直到饿死以后,间或得了旌表,还要写入志书。"① 这里"凡人都想活"指向了生物最基础的自我保存的本能,也即伦理的底线,鲁迅强调节烈是一种戕害生命本能的道德,根据生物自我保存的第一要义,节烈体现的是一种违背自然本性的被人为扭曲的道德与文化困境。

值得注意的是,这一段文字提到的"饥饿"以及保存生命必需的资本("有钱"),此后经常出现在鲁迅的议论中。他运用与此相近的道理质疑从家庭中走出的女性将很难生存下去,即便在"五四"时期,女性的独立、自由是备受推崇的新道德,也同样需要接受"保存生命"的生物学真理考验。在《娜拉走后怎样》(1923)这篇演讲中,鲁迅对娜拉的命运表示悲观——"不是堕落,就是回来"②,他出于极为现实的,也即生物学的真理的逻辑,指出"梦是好的;否则,钱是要紧的"以及"人类有一个大缺点,就是常常要饥饿。为补救这缺点起见,为准备不做傀儡起见,在目下的社会里,经济权就见得最要紧了"③。"饥饿"对应着鲁迅从"保存生命"提出的"食欲"本能,经济权则是与"食欲"相应的现实性要求。鲁迅多次强调经济基础的重要性,他融合自己的讨薪经验写成了小说《端午节》(1922)。作为教师的方玄绰不能按时领到薪水,家中的妻子深为不满,吃饭成为一切事务中最首要的难题,小说开篇便回响着方太太的声音——"没有钱怎么买米,没有米怎么煮……"④她以此反问道:"你看,还说教书的要薪水是卑鄙哩。这种东西似乎连人要吃饭,饭要米做,米要钱买这一点粗浅事情都不知道……"⑤ 这些抱怨更像是鲁迅自己的声音,他故意将方玄绰文化人的身份与现实生活中最基本的物质需要对立起来,使其被迫面对"买米""吃饭"这

---

① 鲁迅:《我之节烈观》,《鲁迅全集》第 1 卷,第 128—129 页。
② 鲁迅:《娜拉走后怎样》,《鲁迅全集》第 1 卷,第 166 页。
③ 鲁迅:《娜拉走后怎样》,《鲁迅全集》第 1 卷,第 168 页。
④ 鲁迅:《端午节》,《鲁迅全集》第 1 卷,第 562 页。
⑤ 鲁迅:《端午节》,《鲁迅全集》第 1 卷,第 562 页。

类生理性的困境,进而嘲弄文化的价值和意义,其中的原理正来自鲁迅对人类作为生物必须首先保存生命的认识。

虽然带着无奈和自嘲,但鲁迅非常喜欢这种诘问方式,对他来说,这种出自生存必然性的真理是质问道德、价值和意义最有效也是最快意的方式。在晚年编写的最后一部小说集《故事新编》中,他将这种原理进一步引向历史和神话传说。对于被孔子盛赞为"古之贤人"的伯夷和叔齐,鲁迅同样用"保存生命"这个最简单的生物学问题,迫使这两位贤人不断陷入困境。食物的重要性以各种方式彰显出来,在《采薇》中,鲁迅将食物与时间对应起来,如用烙饼所需的工夫表示时间的流逝,展现出他把最抽象的形而上原理转化为切实的生物性难题的思维方式,而伯夷、叔齐不食周粟饿死的结局丝毫体现不出道德家眼中悲壮的气氛。在较早的《奔月》中,传说中的英雄人物后羿也被生存的困境逼迫得狼狈不堪,他不仅再也打不到理想的猎物,还因此被天天只能吃着"乌鸦炸酱面"的妻子嫦娥嫌弃,这与《端午节》中的情节不是很相似吗?

在这些重新改编的故事中,道德、价值和意义不断地被生存第一性的原理围剿、消解,鲁迅将传说中的英雄和古代圣贤还原到自然性的世界中,他毫不畏惧由此将造成的价值真空。鲁迅相信,没有什么主义、学说能够比"保存生命"更重要。我们能否用一种历史分析方法继续追问,是何种因素促使鲁迅坚定地将"保存生命"作为真理,并赋予他以此衡量一切价值的信念?为此,我们仍有必要回到达尔文所描述的那个充满生机却也遍布危险的自然世界中去。在《我们现在怎样做父亲》中,鲁迅已经警告了人们在自然界中"灭亡"的危险,因此,当鲁迅提倡生物学的真理之际,他同样也将生物世界的原则引申为基本的精神背景。

与"保存生命"这种坚定呼声相伴随的,是时常流露出对于其所置身的世界的"恐惧"和"害怕"之情。在《我之节烈观》中,鲁迅开篇并不直接切入主题,却运用不少笔墨评述陈独秀批评康有为"虚君共和"以及陈百年、钱玄同和刘半农批评灵学派的事情,为什么一定要从对这两件事情的评述写起呢？鲁迅借此表达他的"寒心"与"害怕"，这是因为："时候已是二十世纪了；人类眼前，早已闪出曙光。假如《新青年》里，有一篇和别人辩地球方圆的文字，读者见了，怕一定要发怔。然而现今所辩，正和说地体不方相差无几。将时代和事实，对照起来，怎能不教人寒心而且害怕？"①类似的心情也见于《随感录·三十六》，在这篇短文中，鲁迅简直从头到尾都在表达内心的"恐惧"，他开篇即展示两种对立的思想观点："现在许多人有大恐惧；我也有大恐惧。许多人怕的，是'中国人'这名目要消失；我所怕的，是中国人要从'世界人'中挤出。"②鲁迅所说的"许多人"便是试图"保存国粹"的保守派，这种开篇方式与他在《我之节烈观》中批评中国社会现实与人类进步的悖谬非常相似，强调中国人要想在世界上生存，"即须有相当的进步的智识，道德，品格，思想，才能够站得住脚"③。鲁迅由此反对文化保守主义者"保存国粹"的主张，达尔文警示的那种在现代世界中"生存"的迫切性使他不得不走上激进的道路。

在这个充满强力的诘辩中，鲁迅曾提及"保存生命"与"身份认同"之间的问题，他的态度相当果决，相比"保存生命"的第一性，"中国人"的文化与身份认同并不是最重要的问题——"有人说：'我们要特别生长；不然，何以为中国人！'于是乎要从'世界人'中挤出。于是乎中国人失了世界，却暂时仍要在这世界上住！——这便是我的大恐惧。"④不久后，鲁迅再次发出警告："世界虽然不小，但彷徨的人种，是终竟寻不出位置的。"⑤让鲁迅恐惧的，是中国人行将淘汰的危险。在《随感录·三十五》中，他直接把"保存国粹"与"保存我们"并列在一起，而"保存我们"显然

---

① 鲁迅：《我之节烈观》，《鲁迅全集》第1卷，第121页。
② 鲁迅：《随感录·三十六》，《鲁迅全集》第1卷，第323页。
③ 鲁迅：《随感录·三十六》，《鲁迅全集》第1卷，第323页。
④ 鲁迅：《随感录·三十六》，《鲁迅全集》第1卷，第323页。
⑤ 鲁迅：《随感录·五十四》，《鲁迅全集》第1卷，第361页。

与"保存生命"的生物学真理是一致的。"我有一位朋友说得好：'要我们保存国粹，也须国粹能保存我们。'保存我们，的确是第一要义。只要问他有无保存我们的力量，不管他是否国粹。"① 在很长时期内，鲁迅都保持着这种激烈的心态。1925 年，在《忽然想到》中，鲁迅再次提到了"生存"和保守主义的矛盾，他强调只有改革才有生存的机会，"保古"是逻辑的倒错："无论如何，不革新，是生存也为难的，而况保古。"随后更呼吁："我们目下的当务之急，是：一要生存，二要温饱，三要发展。苟有阻碍这前途者，无论是古是今，是人是鬼，是《三坟》《五典》，百宋千元，天球河图，金人玉佛，祖传丸散，秘制膏丹，全都踏倒他"②。

在"保存生命"和"保存国粹"之间，鲁迅毫不犹豫地拒绝了后者，在他看来，中国人的文化与身份认同绝不会因为抛弃"国粹"而丢失，这是一个不容置疑的事实，他把中国人的文化认同与"国粹"分割成二元，强调中国人不会因为"国粹"而成为中国人，相反，却很可能因"保存国粹"而失去了在世界中生存的地位。列文森（Joseph R. Leveson）指出，民国初年儒教保守主义的逻辑即是用儒教特性作为民族身份认同的标志："儒教是中国特有的国性，剥夺了它，国家将会灭亡，民族也不会继续存在。"③ 这种逻辑很能体现出保守主义者，也即鲁迅在《随感录·三十六》中批评的"许多人"的观点。作为保守派的"许多人"认为，中国人的"名目"源于"中国特有的国性"，因此，中国人必须保持这种"名目"或者"特有的国性"，"保存名目"的根本意义在于，这将促使中国人在世界上获得生存地位。鲁迅的看法正与此截然相反。

如果说"保存生命"源于进化论所启示的危机感，那么，鲁迅

---

① 鲁迅：《随感录·三十五》，《鲁迅全集》第 1 卷，第 322 页。
② 鲁迅：《忽然想到》，《鲁迅全集》第 3 卷，第 47 页。
③ ［美］列文森：《儒教中国及其现代命运》，郑大华、任菁译，中国社会科学出版社 2000 年版，第 163 页。

参与的"保存名目"还是"保存我们"的论争实际上有着更早的先例。围绕列文森提出的保存儒教的问题，晚清时期，在严复、梁启超以及康有为之间也曾发生一场类似的论争，而焦点即是"保国""保种"与"保教"三者之间的次序问题。作为维新党领袖，康有为在1898年的变法运动中即请求光绪皇帝立孔教为国教，直至民国初年仍矢志投身创建孔教的活动——这引来了陈独秀等新文化提倡者的竭力反对，鲁迅在《随感录·三十六》中的观点表达了同样的抗议声音。梁启超早年曾参与保教运动，但流亡日本之后，他完全推翻了此前的观点并说明"自今以往，所当努力者，惟保国而已"①，进而将"保国"提升到最重要的地位，强调"保种"原本内在于这一范畴，而相比之下，"保教"弊端丛生。这里，严复启发了梁启超，他根据进化论指出"教不可保，而亦不必保，保教而进，则又非所保之本教矣"②，严复认为，孔教能否保存，只任其自然发展即可，不必施加外力，即"孔教固不必保而自保"③。梁启超的观点与此十分相近。不过，梁启超虽然不主张"保教"，但他对于孔教却相当有信心，如有所谓"孔教无可亡之理"以及"孔教者，悬日月，塞天地，而万古不能灭者也"④ 的说法。

梁启超对于"保教"的排斥，可以视为鲁迅的先声。除了对孔教的信心，他还对于保教者发出这样的诘难："教也者，保人而非保于人者。"⑤ 梁启超关于"保人"和"保于人"的逻辑转换及其最终的抉择，不是和鲁迅在"保存国粹"和"保存我们"之间进行比较

---

① 梁启超：《保教非所以尊孔论》，《梁启超全集》第 3 卷，北京出版社 1999 年版，第 765 页。

② 严复在写给梁启超的书信中有这样的语句，但该书信今已不存，引文根据梁启超《与严幼陵先生书》，《梁启超全集》第 1 卷，北京出版社 1999 年版，第 32 页。

③ 严复：《有如三保》，《严复集》第 1 册，中华书局 1986 年版，第 82 页。

④ 梁启超：《保教非所以尊孔论》，《梁启超全集》第 3 卷，北京出版社 1999 年版，第 770 页。

⑤ 梁启超：《保教非所以尊孔论》，《梁启超全集》第 3 卷，北京出版社 1999 年版，第 770 页。

之后，毅然肯定"保存我们"的思路非常相似吗？另外，梁启超对"保种"的论述也与鲁迅在《随感录·三十六》中的观点颇为接近，例如，梁氏有所谓："若云保华种也，吾华四万万人，居全球人数三分之一，即为奴隶为牛马，亦未见其能灭绝也。"① 鲁迅则有："我以为'中国人'这名目，决不会消灭；只要人种还在，总是中国人。"② 他举出文明已经灭亡的埃及和犹太人："譬如埃及犹太人，无论他们还有'国粹'没有，现在总叫他埃及犹太人，未尝改了称呼。可见保存名目，全不必劳力费心。"③

对于鲁迅的坚决态度，浦嘉珉曾经模仿保守派的语气追问，假如没有了"国粹"，那么鲁迅呼吁的"保存我们"中的"我们"将会是谁呢？④ 对此，鲁迅将会给出的回答是：无论何时，"我们"依然是中国人！他从来不像保守主义者那样将中国人的身份认同归结为文化（如"国粹"）问题，对他来说，中国人是一个自然的"人种"，这是生物学、人种学的既定事实。鲁迅解除了两者之间的必然性关联，他以埃及人、犹太人为例，意图说明身份认同乃是一个不变的事实，并不因为抛弃了"国粹"就使得中国人的"名目"从此消失。从梁启超晚清时反对保存孔教，到鲁迅在民初反对保存国粹，我们可以清晰看出激进主义的历史连续性与保守主义日渐衰落的趋势。鲁迅并不像梁启超那样对孔教抱有信心，也不会像严复那样将孔教的存亡托付给进化论决断。在自我保存的生物本能层面上，"保存我们"和"保存国粹"存在着不可调和的冲突，孔教等"国粹"已严重遏制民族生命力并阻碍其自然、健康地发展，出于"保存生命"的第一要义，必须将其踏倒在地。

---

① 梁启超：《保教非所以尊孔论》，《梁启超全集》第 3 卷，北京出版社 1999 年版，第 765 页。
② 鲁迅：《随感录·三十六》，《鲁迅全集》第 1 卷，第 323 页。
③ 鲁迅：《随感录·三十六》，《鲁迅全集》第 1 卷，第 323 页。
④ ［美］浦嘉珉：《中国与达尔文》，钟永强译，江苏人民出版社 2009 年版，第 104 页。

不过，同梁启超相比，鲁迅的思想显然又发生了不可忽视的变化。梁启超所强调的"保人"具体指向"保国"，对梁氏而言，国家是"保人"最重要的内涵，如"我辈自今以往，所当努力者，惟保国而已"[①]，而鲁迅所谓的"保存我们"虽与"保人"相近，但事实上，在新文化运动期间的论述中，很难发现鲁迅对于梁启超执着在心的"国家"表示任何好感，构成鲁迅"保存我们"思想背景的恰恰是"人类""世界"。"五四"时期，无政府主义广受欢迎，鲁迅的主张显然呼应了这一浪潮。辛亥革命后，腐败的政治严重挫伤了民初知识界对"国家"的信仰，与此同时，无政府主义的世界观获得越来越多肯定。德国在"一战"中的失败进一步激发了人们对"国家"的批判，相反，协约国的胜利则表明互助才是人类的生存之道[②]。以生存竞争为自然哲学基础的国家主义此时陷入低谷，即便梁启超也深刻反省了早年主张[③]。1919年8月，鲁迅开始翻译武者小路实笃的四幕剧《一个青年的梦》，这部剧作以"一战"作为背景，通过一个青年的视角展现了战争带给社会各界的创伤。鲁迅在译者序中说："我对于'人人都是人类的相待，不是国家的相待，才得永久和平，但非从民众觉醒不可'这意思，

[①] 梁启超:《保教非所以尊孔论》,《梁启超全集》第3卷,北京出版社1999年版,第765页。

[②] 1918年10月,蔡元培在北大"国家研究"演讲会上指出:"现在误用托氏主义的俄人失败了；专用尼氏主义的德人也要失败了；最后的胜利,就在协商国。协商国所用的,就是克氏的互助主义。"他在托尔斯泰、尼采和克鲁泡特金有关无政府主义的三种学说之间进行比较,突出了克氏互助论的历史意义。蔡元培:《大战与哲学》,《蔡元培全集》第3卷,中华书局1984年版,第203页。

[③] 以"一战"为背景,梁启超总结了晚清以降崇拜强权的军国主义思潮,他也由此展现了新的世界观,例如"吾国人前此眩于德国、日本之骤强,欲效其颦,致此名义为武力所利用,一切侮扰之根原皆起于此。今欧洲将终,世界思潮剧变,即彼真正有力之军国主义,亦已于世界所不容,不久将绝其迹"。参见丁文江、赵丰田编《梁启超年谱长编》,上海人民出版社2009年版,第560页。

极以为然。而且也相信将来总要做到。"① 武者小路实笃的人类主义理想感动了鲁迅，也改变了他思考生存问题的路径。

这使得问题变得更加复杂，因为鲁迅提到这些无政府主义的理念的时候，恰恰同时带着浓重的达尔文式的进化论腔调。例如，"世界"对于中国人就不是一个友好的概念，鲁迅极度"恐惧"中国人将从"世界"中被挤出。另外，当鲁迅谈到人类已经在20世纪迎来曙光的时候，他更加为中国人仍然沉浸在各种混乱的思想中感到"寒心而且害怕"②。即便在《一个青年的梦》的序言中，鲁迅刚刚表示了对于武者小路实笃的认同，随后便重拾悲观论调："但中国也仿佛很有许多人觉悟了。我却依然恐怖，生怕是旧式的觉悟，将来仍然免不了落后。"③ 这与他在早期论文中批判改革志士的思路颇为近似，如果鲁迅真的完全相信武者小路实笃"永久和平"的无政府主义理想，这种悲观情绪就将变得非常难解。

即便鲁迅频繁使用如"人类""世界"等无政府主义词汇，那种由"进步""竞争""灭亡"构织起来的自然背景依然没有淡去。除了反复呼吁"保存我们"和抒发中国人将从世界中被挤出去的"大恐惧"，在此三个月之前，鲁迅在写给许寿裳的信中，也有这样的表述："若以人类为着眼点，则中国若改良，固足为人类进步之验（以如此国而尚能改良故）；若其灭亡，亦是人类向上之验，缘如此国人竟不能生存，正是人类进步之故也。"④ 在《随感录·三十八》中，鲁迅再次表明："'灭绝'这句话，只能吓人，却不能吓到自然。他是毫无情面：他看见有自向灭绝这条路走的民族，便请他们

---

① 鲁迅：《〈一个青年的梦〉译者序》，《鲁迅著译编年全集》第3卷，人民出版社2009年版，第214页。
② 鲁迅：《我之节烈观》，《鲁迅全集》第1卷，第121页。
③ 鲁迅：《〈一个青年的梦〉译者序》，《鲁迅著译编年全集》第3卷，人民出版社2009年版，第215页。
④ 鲁迅：《180820致许寿裳》，《鲁迅全集》第11卷，第366页。

灭绝，毫不客气"①。在鲁迅的思想世界中，生存竞争依然在激烈地进行着，正是这种残酷的自然法则让他萌生出"保存我们"的冲动以及"大恐惧"，他的激进主义显示出来自达尔文的预警仍被高高挂起。在新文化运动期间，鲁迅赋予达尔文精神领袖的地位并非偶然，即便达尔文向他展现了一个冷酷无情的自然世界。

无政府主义者从根本上否认自然界只有生存斗争式的选择。作为最充分阐明了无政府主义自然观的思想家，克鲁泡特金试图论证竞争有害于生物的生存，只有懂得互助的生物才能在自然选择中脱颖而出，自然的终极法则是互助，而非竞争。他指责达尔文的众多信徒搞错了自然界的基本规律："如果我们用一个间接的试探，问一问大自然：'谁是最适者：是那些彼此不断斗争的呢，还是那些互相帮助的？'那么我们立刻就会发现，那些获得互助习惯的动物无疑是最适者。它们有更多的生存机会，在它们各自所属的纲中，它们的智力和体力达到了最高的发展水平。"② 克鲁泡特金尤其把火力指向了赫胥黎，他不同意赫胥黎对自然界的描绘。③ 前文曾述，赫胥黎区分自然世界与人类社会不同的原理，并主张将自然界永恒的生存竞争隔绝在人类社会之外，鲁迅最初接受的便是赫胥黎描述的自然世界，与此同时，他根据民族革命的需要进一步将生存竞争的法则引入人类社会。不同于克鲁泡特金描绘的基于互助的以和谐为宗旨的自然观，鲁迅在"五四"时期仍然不断用"竞争"和"灭亡"的危机警示人们改革的必要性，这意味着他延续了赫胥黎也即达尔文意义上的自然观，"保存生命"由此

---

① 鲁迅：《随感录·三十八》，《鲁迅全集》第 1 卷，第 330 页。
② [俄] 克鲁泡特金：《互助论》，李平沤译，商务印书馆 1984 年版，第 21 页。
③ 克鲁泡特金受到俄国动物学家凯士勒（Karl Kessler）《论互助的法则》的启发，有意思的是，他同样将互助论视为对达尔文有关人类社会论述的发展，并因此与达尔文主义的主流解释呈现出关键的差异。克鲁泡特金的观点也反映了 19 世纪下半叶以来的俄国生物学界有关"共生起源"的思想。参见刘华杰《看得见的风景：博物学生存》，科学出版社 2007 年版，第 164—171 页。

显得至关重要。

鲁迅对"保存生命"的执着，非常容易让人联想到17、18世纪自然法学派关于"自我保存"的观点，事实上，通过达尔文的引介，鲁迅对于自然法学派的原理并不会感到陌生。例如，同样是把"保存生命"作为最基本的自然权利，霍布斯认为，人类在自然状态中的第一要义即是"自我保存"，他强调这是一条最基本的自然律："禁止人们去做损毁自己的生命或剥夺保全自己生命的手段的事情，并禁止人们不去做自己认为最有利于生命保全的事情。"① 同时，霍布斯指出，自然状态中的人类无非欲望和力量的化身。这条法则被洛克有选择地继承下来，他在《政府论》中从"自我保存"的自然法则出发，推导出了平等、自由等自然权利——这正是晚清民初以来的改革者和革命者使用得最为顺手的概念。

现代自然权利论述的起点是一个残酷、贫瘠的大自然，对于霍布斯而言，大自然永不停歇地上演着生物出于保存自我的欲望而发生的混战。达尔文没有谈到过霍布斯，但在提出自然选择的学说之前，对达尔文有过直接影响的马尔萨斯却继承了霍布斯的看法，在这个思想演进的脉络上，霍布斯关于自然状态的论述最终启发达尔文提出了生存竞争的理论："吝啬的大自然对人类闹了一场恶作剧，它赋予人类繁殖的本能，实践这种本能却种下了毁灭人类自身的种子。霍布斯的学说也充满着同样不和谐的意识。实际上，马尔萨斯只不过把霍布斯学说中的问题重新激烈地提了出来。"② 因此，达尔文的生存竞争——"所有的基本内容仍然是霍布斯用'大自然的牙齿和爪子都是腥红的'这句话所表述的那种

---

① [英]霍布斯：《利维坦》，黎思复、黎廷弼译，商务印书馆2013年版，第98页。

② [美]帕森斯：《社会行动的结构》，张明德等译，译林出版社2008年版，第119页。

自然状态"①。

在这种自然状态的威胁之下,为了更好地保存自我,建立强大稳固的政治社会便是必然的要求。但在鲁迅这里,显然缺失了这一环。不同于晚清要求"保国"的梁启超,鲁迅直接把"保存生命"与"人类""世界"联系起来,继而走向了无政府主义。事实上,鲁迅也意识到重建社会的必要,因此,在称赞达尔文的同时,他在许多场合呼吁用无政府主义的互助理论改造社会,例如《我之节烈观》中有:"假使女子生计已能独立,社会也知道互助,一人还可勉强生存。"② 在《我们现在怎样做父亲》中又有:"中国的社会,虽说'道德好',实际太缺乏相爱相助的心思。"③ 再如《随感录·五十九》中也有:"现在的外来思想,无论如何,总不免有些自由平等的气息,互助共存的气息。"④ 鲁迅希望建立一个互助共存的人类社会,一定程度上,这甚至构成了他改革家庭最重要的环节。鲁迅呼吁家庭成员觉醒,以"人类"身份相互对待,而他对"觉醒的人"规定的首要任务便是改造社会——"觉醒的人,愈觉有改造社会的任务",乃至指出家庭改革"根本方法,只有改良社会"⑤。不过,这与通过人为建构的带有强力特征的社会、国家理论仍然保持着距离,鲁迅强调这是人类的自然天性使然。归根结底,他的期待源于无政府主义对"人类"的乐观判断。这种论述已和《摩罗诗力说》中对自然和人事的描绘存在明显差异。

---

① [美] 帕森斯:《社会行动的结构》,张明德等译,译林出版社 2008 年版,第 114 页。此外,克鲁泡特金也曾谈到达尔文的信徒赫胥黎与霍布斯自然哲学的关系,他同样认为,赫胥黎的自然观与霍布斯没有什么不同,"霍布斯的哲学现在仍然有许多赞赏者……赫胥黎就是这一派人的领袖,他在 1888 年写的一篇文章里,把人描绘成了一种毫无伦理观念的老虎和狮子,为了生存而拼命争斗,至死方休"。[俄] 克鲁泡特金:《互助论》,李平沤译,商务印书馆 1984 年版,第 21 页。
② 鲁迅:《我之节烈观》,《鲁迅全集》第 1 卷,第 128 页。
③ 鲁迅:《我们现在怎样做父亲》,《鲁迅全集》第 1 卷,第 142 页。
④ 鲁迅:《随感录·五十九》,《鲁迅全集》第 1 卷,第 373 页。
⑤ 鲁迅:《我们现在怎样做父亲》,《鲁迅全集》第 1 卷,第 143 页。

因而奇特的是，达尔文、赫胥黎与克鲁泡特金同时存在于鲁迅的思想世界中，他对于生存问题的表述由此尽显驳杂。鲁迅将达尔文提升到最崇高的地位，说明生存斗争仍然构成了思想背景，在竞争激烈的现代世界中，他时常忧虑着"灭亡"的发生；但这没有妨碍他接受无政府主义，在同期文章中，鲁迅多次从人类的自然天性出发，要求人们互助、相亲相爱，并以此克服了生存竞争的紧张感。这让人回想起他早年立足个体自觉批判强权的思路。不过，从鲁迅这一时期频繁使用"觉醒"与"觉悟"等表述的情况来看，他似乎更期待的是后一种理想的实现。

第二节　达尔文还是尼采

一个十分值得注意的现象是，在 20 世纪 20 年代中期，鲁迅重新表述生物学真理的链条时，他为之加上了不可忽视的限制，这意味着，在没有其他限制的情况下，这个真理的链条也可能失效。与此同时，鲁迅关于"生存"的解释使他逐渐远离了达尔文的旨意，如果只是生物性的、麻木不仁的生存，那么，这种生存的意义是微乎其微的，这让他感到有对此进行修正的必要。

鲁迅将目光转向了中国的历史，在《忽然想到》（1925）中，生存的真理让他联想起中国国民性中的奴隶性，并萌生出轮回的感受。鲁迅认为，中国的国民性之所以难以改变，正在于中国古代的聪明人太过于熟稔"适者生存"的自然法则，"其实这些人是一类，都是伶俐人，也都明白，中国虽完，自己的精神是不会苦的，——因为都能变出合式的态度来"[①]。他以清初投降的汉人为例，说明这些做了奴隶的聪明人如何会为自己偷生寻找借口，"然而这一流人是永远胜利的，大约也将永久存在。在中国，惟他们最适于生存，而他们

[①] 鲁迅：《忽然想到》，《鲁迅全集》第 3 卷，第 18 页。

生存着的时候,中国便永远免不掉反复着先前的运命"①。换言之,奴隶才是经过历史证明的"适者","适者生存"只表明了奴隶的实用主义真理,与作为理想主体的"真的人"没有什么关联。在达尔文的进化论中,"适者生存"指向生物的进化,但中国的历史经验却呈现出与此截然相反的状况。中国古代的聪明人越是谙熟生存之道,中国的历史越是只能不断轮回、停滞不前。

当鲁迅发现中国古代的聪明人最懂得生存法则的时候,他必须对"生存"的内涵做出更正,以使自己与中国古代的聪明人保持距离。在同年的《北京通信》中,鲁迅再次告诫青年学生们"一要生存,二要温饱,三要发展"的道理,这时,鲁迅延续了在《忽然想到》中的看法,由于担心在中国的历史语境中,这个生物学的真理可能会招致误解,于是在此后紧接着说明:"我之所谓生存,并不是苟活;所谓温饱,并不是奢侈;所谓发展,也不是放纵。"②鲁迅的澄清,完全针对着中国历史经验和顽固的国民性,如果只提出"生存"的口号,而不对之进行格外——这意味着超出了达尔文生物学的要求,将难以避免一再沦为奴隶命运的历史轮回。

适者并不直接走向生存,而很可能是灭亡,"意图生存,而太卑怯,结果就得死亡。以中国古训中教人苟活的格言如此之多,而中国人偏多死亡,外族偏多侵入,结果适得其反"③。"生存"不能与"苟活"同义,把"生存"当作真理无益于真正的改革,中国的历史也将因此陷入持续的轮回。鲁迅嘲讽地指出,如果只是为了生存起见,那么,人们最理想的住所就是监狱,因为监狱永远是最安全、最适于生存的,但美中不足的地方在于,监狱里没有"自由"。④ 在

---

① 鲁迅:《忽然想到》,《鲁迅全集》第3卷,第18页。
② 鲁迅:《北京通信》,《鲁迅全集》第3卷,第54—55页。
③ 鲁迅:《北京通信》,《鲁迅全集》第3卷,第55页。
④ 鲁迅:《北京通信》,《鲁迅全集》第3卷,第55页。

监狱里苟活,并不是鲁迅所谓的"生存",如果将"自由"作为生存的必要条件,那么,在何种意义上,这种"生存"还能够被视作生物学的真理呢?

一 鲁迅"反对"达尔文

20世纪20年代中期,鲁迅越发不再满足从自我保存的本能层面对"生存"做出解读。对照《我们现在怎样做父亲》与《北京通信》,将会发现,在前文中,"生存"仅指示着生物的食欲、性欲等自然本能,按鲁迅的说法,是与价值无涉的,"生命的价值和生命价值的高下,现在可以不论。单照常识判断,便知道既是生物,第一要紧的自然是生命"①。而在《北京通信》中,当鲁迅再次表述这个真理链条时,虽然形式上与前者相似,但"生存"已经明确地超越了本能而关涉到价值问题,这样,鲁迅用监狱里没有"自由"讽刺苟活式的"生存"便具有了更为充分的合理性。中国的历史经验让鲁迅意识到,必须重新界定"生存"的内涵,他由此竭力将"适者生存"从"生存"的范畴内驱除出去,甚至冷嘲"只有记性坏的,适者生存,还能欣然活着"②。"五四"时期,鲁迅把达尔文视作偶像破坏者,给予其很高的地位,但问题在于,这种排斥了"适者生存"的论述还能否从达尔文的进化论中获得解释?

事实上,在修正"生存"的内涵时,鲁迅有意将"生存"与"发展"等同起来:"我以为人类为向上,即发展起见,应该活动,活动而有若干失错,也不要紧。惟独半死半生的苟活,是全盘失错的。"③ 出于对中国历史的观察,鲁迅转而将"生存"更为急切地等同于"发展"问题。换言之,"生存"已成为超越生物自我保存的本能、需要主体去努力争取,亦即"活动"的事情,只有"自由"

---

① 鲁迅:《我们现在怎样做父亲》,《鲁迅全集》第1卷,第135页。
② 鲁迅:《导师》,《鲁迅全集》第3卷,第58—59页。
③ 鲁迅:《北京通信》,《鲁迅全集》第3卷,第55页。

或者说有"价值"的才是完整意义上的"生存"。① 尽管鲁迅将达尔文提升到了至高无上的地位，但他对于进化的理解——无论是进化的机制，还是进化的呈现方式，却都与达尔文存在着不可忽视的差别。1925年，鲁迅在《北京通信》中用"发展"的"生存"观反对苟活，当然也不是唯一的例子。

早在为《新青年》写作的时期，鲁迅就展现出突破"适者生存"的理解，例如在《随感录·四十一》中，他希望"中国青年都摆脱冷气，只是向上走，不必听自暴自弃者流的话"②，同一篇文章中，他还有"我又愿中国青年都只是向上走，不必理会这冷笑和暗箭"③。另外，当鲁迅将"进化"描述为"向上"的运动时，他很容易把"进化"与"进步"混同在一起。在《随感录·六十一》中，鲁迅指出："不满是向上的车轮，能够载着不自满的人类，向人道前进。多有不自满的人的种族，永远前进，永远有希望。"④ 在随后的《随感录·六十六》中，他再次将"向上"的"进化"之路描述为生命的"进步"之路："生命的路是进步的，总是沿着无限的精神三角形的斜面向上走，什么都阻止它不得。"⑤ 这种乐观的表述使得鲁迅继而相信："人类总不会寂寞，因为生命是进步的，是乐天

---

① 李长之最早注意到鲁迅的"生存"观念，他认为，鲁迅的基本观念便是人得要生存，这是出自生物学的真理，"因为这，他才不能忘怀于人们的死。他见到的，感到的，甚或受到的，关于生命的压迫和伤害是太多了，他在血痕的悲伤之中，有时竟不能不装作麻痹起来，然而这仍是为生物所采取的一种适应的方策，也就是为生存"。相比之下，更符合鲁迅这里论述的是李长之紧接着指出："生存这观念，使他的精神永远反抗着，使他对于青年永远同情着，又过分的原宥着，这也就是他换得青年的爱戴的根由。"生存必须要努力争取，这既源于生物的保存本能，但又不断超越了保存本能。李长之：《鲁迅批判》，北京出版社2009年版，第3—4页。
② 鲁迅：《随感录·四十一》，《鲁迅全集》第1卷，第341页。
③ 鲁迅：《随感录·四十一》，《鲁迅全集》第1卷，第341页。
④ 鲁迅：《随感录·六十一》，《鲁迅全集》第1卷，第376页。
⑤ 鲁迅：《随感录·六十六》，《鲁迅全集》第1卷，第386页。

的。"① 对鲁迅而言,"进化"或"发展"是一个价值等级不断升高的过程,正因为预设了生命价值上的高、低之别,他才能够多次用"向上"和"前进"描述这一过程。

不过,鲁迅关于"进化"或"进步"的这些描述,已经和达尔文没有太大关系。首先,在达尔文的进化论中,"向上"的概念无法成立。达尔文对于上下、高低这样的等级、价值区分相当敏感,对达尔文而言,"进化"是一个充满未知和偶然的过程,他多次提醒自己不要在物种之间做出高等与低等的区分。② 达尔文取消了自然界中的目的论,正是目的论诱发了对于完美意识的冲动和信念,假如原本并不存在这样的目的,生物的进化只是一个偶然和随机的过程,那么,哪里有上下、高低之分呢?如果我们引入鲁迅所谓的"进步",达尔文将对此怎么看待呢?在取消了目的论的情况下,他回避了这个问题,达尔文只是承认变异、变化——这或许会让生物在竞争中获得更多的生存机会,但并不意味着"进步"。

其次,在进化的机制上,鲁迅也走上了与达尔文完全不同的方向。鲁迅始终相信,"进化"一定要通过生物内在的努力实现,其中,"意志"是不可或缺的因素。在《随感录·四十一》中,鲁迅反复表明"内的努力"与"进化"的关系,他认为人类进化的关键在于"努力",那些通过"努力"站起来、学会说话的猴子最终进化成了人类,不努力的就只能维持原状。③ 在《狂人日记》中,鲁迅借助狂人——这个被认为是真理发现者的视角展示了他对进化的理解:

大约当初野蛮的人,都吃过一点人。后来因为心思不同,有的不吃人了,一味要好,便变了人,变了真的人。有的却还

---

① 鲁迅:《随感录·六十六》,《鲁迅全集》第 1 卷,第 386 页。
② [美] 迈尔:《生物学思想发展的历史》,涂长晟译,四川教育出版社 2010 年版,第 351 页。
③ 鲁迅:《随感录·四十一》,《鲁迅全集》第 1 卷,第 341 页。

吃，——也同虫子一样，有的变了鱼鸟猴子，一直变到人。有的不要好，至今还是虫子。这吃人的人比不吃人的人，何等惭愧。怕比虫子的惭愧猴子，还差得很远很远。①

狂人描述的进化过程并非胡言乱语，这段话清楚解释了鲁迅认同的生物学真理。对他而言，进化的动力在于内在的"努力"，这是一个深入到意志层面，具体而言，也即狂人所谓的"心思"的问题，但达尔文明确拒绝过这种解释。

达尔文对"意志"二字唯恐避之不及。他认为，生物进化的机制在于自然选择，任何一种生物能够在生存竞争中存活下来，都与"内的努力"无关，而纯然是自然整理和筛选的结果，这个过程没有方向并且不可预测。鲁迅描述的"内的努力"或许指向生物个体的变异，但即便如此，达尔文认为，变异同样是随机性的结果。另外，鲁迅借助狂人描述的从虫子、猿猴到人的进化谱系，明显是将这些不同类群的生物放在同一个等级序列中的做法，而在达尔文看来，在生物进化中并不存在这样的单一序列，尽管在植物、节肢动物、鱼类、哺乳动物等所有类群的生物中都存在着某种进化性的进步，但每一种系的进步表现方式却是非常不同的。②

总之，将"进化"与"发展""进步"等同起来，认为生物通过内在努力可以实现进化的观点，无法在达尔文那里找到根据。如果鲁迅真的懂得了达尔文的旨意，类似表述将是不可思议的。然而，鲁迅却有十足的确信。在将近十年之后（1927），面向黄埔军校学生演讲"革命时代的文学"时，他仍然重复着这种论调，这时，鲁迅的目的是为革命寻找自然的合法性：

---

① 鲁迅：《狂人日记》，《鲁迅全集》第1卷，第452页。
② ［美］迈尔：《生物学思想发展的历史》，涂长晟译，四川教育出版社2010年版，第351页。

生物学家告诉我们:"人类和猴子是没有大两样的,人类和猴子是表兄弟。"但为什么人类成了人,猴子终于是猴子呢?这就因为猴子不肯变化——它爱用四只脚走路。也许曾有一个猴子站起来,试用两脚走路的罢,但许多猴子就说:"我们底祖先一向是爬的,不许你站!"咬死了。它们不但不肯站起来,并且不肯讲话,因为它守旧。人类就不然,他终于站起,讲话,结果是他胜利了。现在也还没有完。所以革命是并不稀奇的,凡是至今还未灭亡的民族,还都天天在努力革命,虽然往往不过是小革命。①

浦嘉珉认为,鲁迅对于进化论应当有更深入的认识,而不至于做出这么多"误解",诸如"进化曾经是有意为之的,人类的存在是一场胜利,人之所以为人是因为他们愿意变成人"。② 尤其是在早年的《人之历史》(1907)中,鲁迅表现出了远超同代人的对进化论的认识。那么,为什么会出现这种"误解"呢?为什么鲁迅会执意将意志论因素引入进化学说中来呢?浦嘉珉指出,鲁迅长期保持了这种"误解",除了延续将"进化"等同于"进步"这种晚清以来普遍的"误解"外,一个现实的原因是,鲁迅渴望在中国的爱国志士中唤起革命精神,只有这种违背了达尔文进化论的主体能动性因素才能贯彻改革的宗旨。浦嘉珉试图根据生物学原理对此解释,"作为进化之原动力的意志不能被一概抹杀,'生存意志'是整个进化过程背后神秘的'假定事实(givens)'之一,至少是生存斗争的必要条件(sine qua non)",通过比照这里的"生存意志"和达尔文的变异观,他指出"突变不是通过意志产生的,而是偶然出现

---

① 鲁迅:《革命时代的文学》,《鲁迅全集》第3卷,第437—438页。
② [美]浦嘉珉:《中国与达尔文》,钟永强译,江苏人民出版社2009年版,第204页。

的"①。浦嘉珉最终不得不宣称:"鲁迅的观点是建立在一个完全错误的推论之上。"②

二 "误解"还是他解?——尼采与进化

事实果真如此吗?很难想象,鲁迅自我声明一度"只相信"③的进化论居然建立在"完全错误的推论"上!鲁迅究竟"误解"了进化论,还是另有他解?当浦嘉珉认为鲁迅"误解"了进化时,他所谓的"进化"无疑指向达尔文的进化论,然而,是否存在另外一种可能,即鲁迅将"进化"描述为不断"向上"的"进步",认为"内的努力"是进化的机制具有合理性呢?鲁迅有没有可能接受了某种非达尔文的进化论呢?换言之,在1927年黄埔军校的演讲中,鲁迅所谓的那位"生物学家"很可能不是达尔文?

达尔文虽然突破性地提出了自然选择学说,但进化论却有着漫长的历史。在早期进化论学者的论述中,可以发现诸多与达尔文不同但与鲁迅明显相近的观点,"在早期的进化主义者(如自然哲学派,拉马克,钱伯斯)看来进化是理所当然的'向上'运动。从原材料和最简单的生物(纤毛虫类)开始就一直稳定地进步,最后归结为人类进化。"④ 这里对于进化乃是"向上"的描述,与鲁迅多次表述的进化观非常接近。在《人之历史》中,鲁迅确实引用过拉马克,但在"五四"时期的众多文本中,他从未提及这位生物学家,那么,除此之外,促使鲁迅认为生物依靠"内的努力""向上"进化的观点还可能来自哪里呢?

---

① [美]浦嘉珉:《中国与达尔文》,钟永强译,江苏人民出版社2009年版,第205页。

② [美]浦嘉珉:《中国与达尔文》,钟永强译,江苏人民出版社2009年版,第205页。

③ 鲁迅:《三闲集·序言》,《鲁迅全集》第4卷,第6页。

④ [美]迈尔:《生物学思想发展的历史》,涂长晟译,四川教育出版社2010年版,第341页。

在上述文本中，直接表明鲁迅使用"向上""内的努力"的理论来源的是《随感录·四十一》。同时，这篇文章将近一半的篇幅都密切围绕着尼采的《查拉图斯特拉如是说》展开，鲁迅认为尼采的"超人"是一种"尤为高尚尤近圆满的人类"①，姑且不论他的理解是否准确，这种观点显示出，鲁迅正是把尼采与进化论关联起来，并由此得出人类通过内在努力进化的结论。

这种灵感来自《查拉图斯特拉如是说》的序言部分。《狂人日记》《革命时代的文学》对进化史的描述，同样明确来自尼采的《查拉图斯特拉如是说·序言》。1935年，在《〈中国新文学大系〉小说二集序》中，鲁迅揭示了这些文字的出处，他说，如果《狂人日记》曾让一部分青年人深感激动，那么这是由于向来对欧洲文学缺乏了解的缘故，鲁迅特意提到了关于进化的那段描述——

> 一八八三年顷，尼采（Fr. Nietzsche）也早借了苏鲁支（Zarathustra）的嘴，说过"你们已经走了从虫豸到人的路，在你们里面还有许多份是虫豸。你们做过猴子，到了现在，人还尤其猴子，无论比那一个猴子"的。②

写作《狂人日记》前后，鲁迅在1918年、1920年两次翻译了《查拉图斯特拉如是说》的序言③，这段时间恰恰也是鲁迅对进化论的信仰达到巅峰的一个时期。一种可能的情况是：他是把查拉图斯特拉关于人类从虫子、猿猴到人类的演变过程与达尔文的进化论糅合在了一起。这意味着，当鲁迅引用《查拉图斯特拉如是说》中的这段文字时，他不是在达尔文意义上，而是在尼采的意义上诠释进化论，由此

---

① 鲁迅：《随感录·四十一》，《鲁迅全集》第1卷，第341页。
② 鲁迅：《〈中国新文学大系〉小说二集序》，《鲁迅全集》第6卷，第246—247页。
③ 鲁迅1918年的翻译并不全面，仅是序言的前三小节，但查拉图斯特拉关于人类从虫子、猴子到人类的进化过程的论说包括在内。1920年的翻译则全部翻译了出来。

产生的问题是：尼采与达尔文、尼采与进化论究竟是什么关系？他们是如何共存于"五四"时期鲁迅的思想世界中的？

同浦嘉珉一样，汪卫东也注意到鲁迅所谓的"内的努力"与达尔文进化论的矛盾："鲁迅援叔本华和尼采的意志哲学入达尔文的生物进化论，进行了创造性的改造，其结果，使生物在进化中获得内在主动性。"① 他认为，达尔文、叔本华与尼采存在不同的理论渊源，即便鲁迅"创造性的改造"也无法化解两者的差异与矛盾。季剑青在分析《狂人日记》中的进化图式时，也论述过从虫子、猿猴到人类的过程，他将这一段话与尼采相联系："这里从'野蛮的人'向'真的人'的转变并非生物学意义上种族的进化，而是象征着人类精神进化的历程，体现了鲁迅秉持的'尼采进化论的伦理观'。"② 他准确指出尼采和海克尔的关联："狂人把人的精神进化比喻为生物界中从虫子到人的进化，从中除了可以看到尼采的启示，还能听到海克尔的声音。"③ 不过，文章此后转向了海克尔的生物学，没有进一步申述尼采和海克尔、进化论之间的复杂关系。

事实上，作为活跃在19世纪下半叶的德国思想家，尼采的观点与海克尔存在颇多交集。尼采深入研读过海克尔及其弟子的著作，因此，他对于海克尔所宣扬的生物进化学说并不陌生，19世纪60年代到80年代未出版的笔记以及一些书信体现出了尼采对于当时德国生物学界的持续性关注，这些材料涉及的范围亦相当广泛——"从物种选择（作为一个由偶然所决定的过程）理论和'有机和无机形态'的相似性公理过渡到与之相反的'原生质结构'和细胞构造的

---

① 汪卫东：《"生命"的保存：鲁迅五四时期杂文对中国人生存的思考》，《绍兴文理学院学报》2011年第1期。
② 季剑青：《从"历史"中觉醒：〈狂人日记〉主题与形式的再解读》，《中国现代文学研究丛刊》2017年第7期。
③ 季剑青：《从"历史"中觉醒：〈狂人日记〉主题与形式的再解读》，《中国现代文学研究丛刊》2017年第7期。

特殊性观念。"① 尼采更是不断地尝试将生物学的词汇应用到自己的论述中，作为一种对于欧洲文化病理性分析与批评的隐喻，这些生物学知识无疑给予了尼采许多灵感。

不过，这也给后来人们理解尼采的思想制造了争议，把尼采的思想刻画为生物主义的做法一度颇为流行。由于尼采经常把世界与生命放置在一起，尼采的"世界图像"曾被视为是生物主义的，20世纪30年代，海德格尔便描述这种流行的观点，"一种把存在者整体把握为'生命'的思想怎么会不是生物学的——甚至比我们通常知道的任何生物学都更有生物特性呢？况且，不光是他的基本词语，还有他的植根于新的评价的真正意图，都透露出尼采思想的'生物学的'特性。"② 但海德格尔随后否定了这种思路，他认为，指出生物学的影响仅仅进入了尼采思想的前厅，并不能帮助人们更深入地探索尼采思想，在他看来，尼采不是在生物学意义而是在以形而上学的方式表达自己，因为"生命体是什么以及生命体的存在事实，决不是由生物学本身来决断的"③，这种决断只可能出自形而上学的层面。但不乏学者通过对历史语境分析质疑海德格尔的观点，正如穆尔（Gregory Moore）指责，海德格尔并未深入思考，为什么尼采会使用这么多的生物学隐喻？如果考虑到尼采的著作基本诞生于19世纪后半期生物学思想最具统治力的时期，这种写作方式实际上展示出了他与那个时代的文化氛围更为复杂的关系，因此，必须将进化论的生物学放到历史的上下文中进行解释。进化论不可避免卷入了19世纪后半期的语言文化和欧洲的政治历史进程④。

也正是在对于生物学的深入了解基础上，尼采才能够对达尔文

---

① ［德］奥尔苏奇：《东方—西方：尼采摆脱欧洲图景的尝试》，徐畅译，华东师范大学出版社2015年版，第78页。

② ［德］海德格尔：《尼采》，孙周兴译，商务印书馆2014年版，第542页。

③ ［德］海德格尔：《尼采》，孙周兴译，商务印书馆2014年版，第545页。

④ Gregory Moore, *Nietzsche, Biology and Metaphor*, New York: Cambridge University Press, 2004, pp. 1-21.

展开有效批评。尼采反对达尔文的进化论,他批评达尔文代表了一种典型式的英国思维——"达尔文忘记了精神"[①]！达尔文的自然选择学说渊源于霍布斯时代的机械论自然观,这种观念把自然理解成一个僵死的、去除了精神的物质世界,而在这种自然观基础上形成的进化论,与19世纪德国生物学界的整体氛围并不融洽。虽然在19世纪初期,以注重经验和实验为特征的自然科学逐步取代了长于思辨的自然哲学（以黑格尔和谢林为代表）的地位,但自然哲学家高度思辨的头脑及其不同于机械唯物主义的世界图景,在半个多世纪之后,仍然深刻影响着德国生物学界对于达尔文的接受。即便是达尔文在德国最重要的宣传家海克尔,也一边声称着放弃形而上学,一边却将泛神论的观点悄悄渗透到科学的最前沿:"像古斯塔夫·费希纳早先的精神物理学主义一样,海克尔的'一元论'将浪漫主义者的'永恒自然法则'（谢林等）——一种'自然'与'精神'在本体论上一致的思想——改造成表面上实证主义的形态。"[②] 海克尔将自然与精神统一起来,这种观点成立的前提便在于,他将一切有无生命的事物都视作精神、灵魂的承载体。

与海克尔非常相似,尼采娴熟地运用生物学的语言表达着神学、道德、经济与政治方面的观点。尼采延续了德国的进化思想传统,他拒绝达尔文主义式的没有精神和灵魂参与的世界,穆尔认为,尼采与海克尔的自然观并没有实质差别,两者关于生命概念的理解存在着明显的相似,即都是德国思想传统中物活论的再现。海克尔曾有一篇名为《论细胞灵魂》(1866) 的文章,论述细胞是生物最基本的精神单元,即"精神原质",海克尔认为无论精神还是灵魂,都不是超越自然的实体,而只是生命情感的结果。这种认识构成了尼采

---

① [德] 尼采:《偶像的黄昏》,卫茂平译,华东师范大学出版社 2007 年版,第 62 页。

② Gregory Moore, *Nietzsche, Biology and Metaphor*, New York: Cambridge University Press, 2004, pp. 7–8.

接受进化论的基础,并极大地影响了尼采在 19 世纪 80 年代中期以后形成的反达尔文主义的观点。①

总之,对尼采而言,生物进化论不过是德国思想传统的回响。这种自然观的差异使得尼采与达尔文背道而驰,尤其尼采强调生物的内在精神力量,而这恰恰是达尔文无法接受的。尼采追求内在精神力量的增长,这让他极度反感达尔文主义"适者生存"的结论,相反,尼采主张一种自我克服、向外扩张的生命形式——"生存"必然是克服与扩张之后的结果,生命永远处在运动之中。

从 19 世纪 80 年代初开始,尼采就对海克尔的两位学生,即胚胎学家鲁克斯(W. Roux)和内格里(C. Nageli)的著作表示出特别的兴趣,他在自己的生物学笔记中多次引用这两人的观点。与海克尔的"精神原质"论相似,内格里的"胚质"论强调生命体演进的内在动力。这两种理论均构成了达尔文自然选择学说的对立面,而尼采也曾在写给友人的一封信中表明他对内格里的支持。② 尼采的权力意志观点就源自这样的生物学原理,皮尔逊(Keith Ansell-Pearson)指出:

> 正是从鲁克斯那里,尼采借来"形式塑造/建造力量"(或构形性力量)的概念。但是,在尼采思想中,该概念并不限于"器官"的进化,而是具有一种根本性的作用:尼采将权力意志设置为一种"历史方法"的原则,可以应用到各种形式的进化中,无论是发生在生物学、生理学或文化的领域的进化,还是技术领域的进化,都是如此。③

---

① Gregory Moore, *Nietzsche, Biology and Metaphor*, New York: Cambridge University Press, 2004, p. 37.
② [德] 奥尔苏奇:《东方—西方:尼采摆脱欧洲图景的尝试》,徐畅译,华东师范大学出版社 2015 年版,第 76 页。
③ [美] 皮尔逊:《尼采反达尔文》,刘小枫编选《尼采与古典传统续编》,田立年译,华东师范大学出版社 2008 年版,第 393—394 页。

内格里和鲁克斯批评达尔文的学说不足以解释生命体内部的功能性关系,生命体内在的环境并不是稳定和连续性的,而是在变化中不断催生出新的选择性压力,由此产生的内在的平衡只是临时性的,生命的内在形式不断被打破、重建和提高,每一次均由胜利的一方占据主导。穆尔认为,与叔本华的意志论不同,尼采的权力意志观点寻求对于生命自身的超越,对尼采来说,生存就是生命体内在的斗争,而生命体则是无数意志斗争的最终显示。[①]

这种观点很容易让人想起在《我们现在怎样做父亲》中,鲁迅关于"发展生命"的解释:

> 走这路须有一种内的努力,有如单细胞动物有内的努力,积久才会繁复,无脊椎动物有内的努力,积久才会发生脊椎。所以后起的生命,总比以前的更有意义,更近完全,因此也更有价值,更可宝贵;前者的生命,应该牺牲于他。[②]

当鲁迅指出只有发展生命才能保存生命时,他正是在尼采而非达尔文的意义上重新界定了"生存"的含义。张丽华认为,鲁迅这段文字的灵感应当来自海克尔:"在海克尔的一元哲学中,宇宙的无生物界,遵循着'物质不灭''力的守恒'的定律,而一切有机生命的现象,又都可以用细胞原理来说明,在有机界和无机界之间,不存在绝对的界限。"[③] 事实上,鲁迅同年写作的《随感录·四十一》中提及生命的内在"努力",他明显立足于介绍尼采从虫子、猿猴到人的进化学说语境中,这种内在的"努力"是否应该更明确地认为,鲁迅直接接受了尼采的启发呢?

[①] Gregory Moore, *Nietzsche, Biology and Metaphor*, New York: Cambridge University Press, 2004, p. 45.

[②] 鲁迅:《我们现在怎样做父亲》,《鲁迅全集》第 1 卷,第 137 页。

[③] 张丽华:《鲁迅生命观中的"进化论":从〈新青年〉的随感录(六六)谈起》,《汉语言文学研究》2015 年第 2 期。

尼采反对达尔文主义的"适者生存",他认为生命是一个向上、向外扩张的过程。相应地,自然是富有创造性和生产力的。对于达尔文而言,生命的成功之处在于,经过自然选择的筛选和整理得以自我保存;但尼采指出,仅仅谈自我保存,不仅是消极、保守的,而且忽略了生命自发的、扩张的和主动性的特点。① 尼采谴责自我保存完全是一种弱者伦理:"这一糟糕的事实,这种就连昆虫都有的低级智慧(昆虫在遇到大的危险时就可能会装死,以免行动'过多'),却通过无能的作伪和自欺,给自己披上了道德的华丽外衣,忍让着、平静着、静候着,就好像弱者的软弱本身——这就是他的本质,他的作为,他的全部的、唯一的、必然的、不可代替的真实性——就是一种自发的功能,是某种自我要求的、自我选择的东西,是一种行动,一种功绩。这种人从一种自我保持、自我肯定的本能出发,习惯于将一切谎言神圣化"②。

尼采赞美强者的进取和抗争精神,这一点实际上鲁迅早在《摩罗诗力说》中即有呼应,如"尼佉意谓强胜弱故,弱者乃字其所为曰恶,故恶实强之代名",又有"尼佉欲自强,而并颂强者"③。这与他批评那些懂得"适者生存"却最富有奴隶性的中国人一脉相承,同样,《随感录·四十一》《忽然想到》与《北京通信》中的论述显示,鲁迅反对消极"苟活"的生存观明显受到了尼采的启发。他并不是在达尔文"适者生存"的意义上谈论"生存",而是频繁用"发展""向上""内的努力""活动"这样的表达重新诠释了"生存"的内涵,这是鲁迅接受尼采启发之后的结果。

值得思考的是,当鲁迅修正对于"生存"的理解时,他是否也察觉到了尼采与达尔文之间的矛盾呢?应当说,鲁迅没有明确意识

---

① [美]皮尔逊:《尼采反达尔文》,刘小枫编选《尼采与古典传统续编》,田立年译,华东师范大学出版社2008年版,第385—387页。

② [德]尼采:《道德的谱系》,梁锡江译,华东师范大学出版社2015年版,第90页。

③ 鲁迅:《摩罗诗力说》,《鲁迅全集》第1卷,第80页。

到尼采与达尔文的区别，他用含混的进化话语统合着思想背景、理论内容不同的两位让他欣赏不已的人物，尽管尼采所描述的进化与达尔文的进化论完全不是一回事。在《随感录·四十六》中，鲁迅将达尔文与尼采共同视为破坏偶像的精神领袖，而在作于留日时期的《破恶声论》中，鲁迅对于达尔文和尼采的关系也有过表述："至尼佉氏，则剌取达尔文进化之说，掊击景教，别说超人。"① 显然，鲁迅错误地认为尼采继承了达尔文的进化观念。尼采和达尔文进化论的关系不大，他的"超人说"也并非从达尔文而来，但这种内在原理上有些错乱的表述，不恰恰体现了鲁迅一开始理解尼采与达尔文关系的方式吗？

浦嘉珉从达尔文的进化论出发，批评鲁迅的立论基础"完全错误"②，但假如鲁迅的理论来自尼采式的进化论，那么这种指责就应当被收回了。浦嘉珉的批评代表了理解进化论的单一路向，即进化论只有达尔文一家，我们同样可以引用尼采批评达尔文的方式，对此指出：这是遗忘了精神的、典型的英国式思维！这种理论上的先入之见，不仅遮蔽了更为复杂和深刻的历史关联，更不会联想到尼采和进化论其实可以相提并论。当然，我们也不可过高地估计了鲁迅对于尼采与进化论关系的认识，他大概不知道尼采曾经大量阅读海克尔及其弟子著作的事实，也不曾细致分辨过尼采所接受的进化论与达尔文主义的本质区别。

三 生物学隐喻与目的论问题

当鲁迅反对"苟活"并为"生存"加上限制时，他远离了达尔文，而更接近尼采。鲁迅在不同场合引用尼采《查拉图斯特拉如是说》序言描绘从"虫子""猿猴"到"人类"的进化脉络，他希望

---

① 鲁迅：《破恶声论》，《鲁迅全集》第8卷，第31页。
② ［美］浦嘉珉：《中国与达尔文》，钟永强译，江苏人民出版社2009年版，第205页。

中国的青年人能延续这个脉络"向上"走，成为尼采式的"超人"，也因此，鲁迅最终把"超人"理解成了一个"人种"，一种"尤为高尚尤近圆满的人类"①。显然，鲁迅是在隐喻的意义上使用着"人种"的概念，这种对"超人"的描述侧重于精神和道德层面，它指向的是一种更高级别的精神类型。我们是否可以同样认为，当鲁迅描述人的进化脉络时，他也把"虫子""猿猴"和"人类"等物种当作了一种精神类型呢？

周作人最早指出鲁迅进化论的实质是"尼采的进化论的伦理观"②，并得到竹内好、伊藤虎丸等研究者的认同。③ 不过，这种看法大多来自鲁迅表面的陈述，并未更深入地讨论尼采何以可能与"进化论的伦理"联系在一起。虽然尼采对于德国生物界的进展保持长久关注，但归根结底，他并不是作为生物学家吸收这些知识，对尼采而言，生物学的魅力莫过于它提供的思想的灵感。

尼采把从虫子、猿猴到人类的演变过程引入《查拉图斯特拉如是说》，构造了一条连续性的精神发展脉络，在《狂人日记》中，鲁迅通过狂人转述查拉图斯特拉的启示，显示出他深知这段话的隐喻色彩。尽管不乏"吃人"史料的佐证，但令狂人恐惧的"吃人"不正是在隐喻层面展开的吗？借助这个视野，我们能够解释鲁迅文学世界里的许多人物。在《阿Q正传》中，每当在挫败、求饶的时候，阿Q都会把自己贬低为"虫豸"："打虫豸，好不好？我是虫豸——还不放么？"④ 被称为阿Q精神继承者的小D，同样非常熟悉这一套话语，他模仿阿Q求饶——"我是虫豸，好么？"⑤ 阿Q和小

---

① 鲁迅：《随感录·四十一》，《鲁迅全集》第1卷，第341页。
② 周作人：《关于鲁迅（二）》，《年少沧桑：兄弟忆鲁迅（一）》，河北教育出版社2002年版，第234—241页。
③ [日]伊藤虎丸：《鲁迅与终末论》，李冬木译，生活·读书·新知三联书店2008年版，第153页。
④ 鲁迅：《阿Q正传》，《鲁迅全集》第1卷，第517页。
⑤ 鲁迅：《阿Q正传》，《鲁迅全集》第1卷，第530页。

D并不因为这种自我作践的比喻就真的成了"虫豸",我们无疑应当将其作为精神类型的隐喻来理解。"虫豸",恰恰是《查拉图斯特拉如是说》里最低等级的精神类型。另外,鲁迅也将这种隐喻方法广泛应用到杂文写作中。在《春末闲谈》开篇,鲁迅描述了细腰蜂麻痹青虫的神经,把青虫当作孵化幼虫场所和饵料的情形,他当然不是为了普及科学知识,而是以"青虫"隐喻神经麻痹的"不死不活"的中国人。① 据统计,鲁迅描写动物的地方多达两百多处。② 这些动物意象包含了鲁迅对于中国人精神世界的深刻观察,从尼采"超人"的脉络看,它们隐喻着非人性的多种精神类型。

尼采在《查拉图斯特拉如是说》序言中描述的四种精神类型,经常被误解为达尔文主义的进化论,上述分析表明,尼采并非从达尔文的意义上接受进化论,即便尼采从生物学获得灵感,但经过查拉图斯特拉的引用,已经成为精神类型的转义,正如德国学者彼珀(Annemarie Piper)指出:

> 如果人们不以自然科学的角度而是在转义中来看虫—猴子—人这一发展进程,那么尼采的进化论点(或者最好说是尼采的谱系学行动)也就有不同的释义了。③

她随后运用这种转义的方式分别解释了虫子、猿猴、人类以及超人所代表的精神类型,并指出尼采描述的每一种生物形态都深刻关联着人类自我理解能力的谱系学。动物的行为本身没有什么可鄙之处,只有像做出像虫子或者猴子行为一样的人才是可鄙的。鲁迅的表述同样适用于这种解释,同时,他更为强调精神类型之

---

① 鲁迅:《春末闲谈》,《鲁迅全集》第1卷,第214—220页。
② 靳新来:《"人"与"兽"的纠葛:鲁迅笔下的动物意象》,上海三联书店2010年版,第2页。
③ [德]彼珀:《动物与超人之间的绳索:〈查拉图斯特拉如是说〉第一卷义疏》,李洁译,华夏出版社2006年版,第50页。

间的过渡性。鲁迅把意志论的因素贯穿到不同的精神类型中，因此，价值层级高低反映了生存意志变化的信息，生物学的意象的转换最终关涉到的是生命形式的变迁。在这个意义上，鲁迅确实能够把生物进化论改造成所谓的"精神进化论"[1]，从中也可以看出，他并不是将两个完全没有渊源的理论糅合在一起。事实上，如果考虑到尼采一开始受到海克尔及其弟子们带有精神性内涵的进化论的影响，这种隐喻的构造以及彼珀的"转义"的解读，也并非完全脱离了科学依据。

在讨论鲁迅和进化论的关系时，以往的研究者并没有给予尼采足够的重视。例如，张丽华认为鲁迅的进化论来自海克尔[2]，季剑青进一步指出，在源头上，海克尔深受拉马克影响，鲁迅的这种诉诸生物内在意志的进化论最终来自拉马克。[3] 这种观点可以得到不少学理上的支持。浦嘉珉也认为，因为要承认人的主体能动性，并推导改革与革命的合理性，从晚清最早介绍进化论的学者严复、梁启超开始，就已经在实质上倾向于拉马克主义——尽管他们表面上尊崇的是达尔文，鲁迅同样处在这个潮流之中。[4] 安德鲁·琼斯的观点与浦嘉珉一致，他认为正是拉马克提供了立足中国主体性进行改革的可能[5]，在分析《狂人日记》的时候，他虽指出过鲁迅是在意志论

---

[1] [日] 北冈正子：《〈摩罗诗力说〉材源考》，何乃英译，北京师范大学出版社1983年版，第185页。

[2] 张丽华：《鲁迅生命观中的"进化论"：从〈新青年〉的随感录（六六）谈起》，《汉语言文学研究》2015年第2期。

[3] 季剑青：《从"历史"中觉醒：〈狂人日记〉主题与形式的再解读》，《中国现代文学研究丛刊》2017年第7期。

[4] James Reeve Pusey, *Lu Xun and Evolution*, New York: State University of New York Press, 1998, p.44.

[5] [美] 安德鲁·琼斯：《狼的传人：鲁迅·自然史·叙事形式》，王敦、李之华译，《鲁迅研究月刊》2012年第6期。

层面表述进化，但并未深入分析尼采的影响①。对于鲁迅的进化论而言，拉马克主义的解释具有无可否认的有效性。

在这个论述脉络上，鲁迅陈述的尼采的进化论，和拉马克还有什么更深的关系吗？一些材料显示，尼采熟悉拉马克的思想，他曾在《快乐的科学》第99章直接提及拉马克。尼采批评叔本华误解了拉马克，沙赫特（Richard Schacht）认为，这体现了尼采本身对于拉马克的理解，尼采对于人类的获得性遗传（例如在《权力意志》《道德的谱系》《善恶的彼岸》等著作中存在着相似性的篇章）以及发展观都很感兴趣，他注意到了尼采笔记中关于生物学的记载以及19世纪80年代的著作中所受到的生命科学的影响，进而指出，如果将拉马克主义与尼采联系起来，那么，尼采的许多思想都将更为容易地被理解。②引起尼采强烈兴趣的胚胎学家鲁克斯，也坦承自己受到拉马克的影响，他的功能性调节理论明确指出，源于生命体内部的竞争关系产生出了更高级的生命类型，这种生命类型在随后的活动中不断自我完善。尼采的权力意志说便从这种生物学理论中汲取到灵感。③

然而，不同于拉马克的是，尼采取消了目的论因素。尼采拒绝承认存在一个完美的终点，在他看来，生命是不断突破旧形式的过程，也因此，他从不承认进步的观念。拉马克认为，趋向于完善的内在冲动是进化的唯一原因。他的观点体现了19世纪早期受目的论制约的进化思维，"对拉马克来说，一系列不同的进化线沿

---

① Andrew F. Jones, *Developmental Fairy Tales: Evolutionary Thinking and Modern Chinese Culture*, Cambridge, Mass: Harvard UniversityPress, 2011, p. 108.

② Richard Schacht, "Nietzsche and Lamarckism", *Journal of Nietzsche Studies*, Vol. 44, No. 2 (Summer2013), pp. 264-283.

③ Gregory Moore, *Nietzsche, Biology and Metaphor*, Cambridge: Cambridge University Press, 2002, p. 45. 另可见［美］皮尔逊《尼采反达尔文》，刘小枫编选《尼采与古典传统续编》，田立年译，华东师范大学出版社2008年版，第393—394页。

着同一构成阶梯独立地一直向前前进"①。季剑青认为，鲁迅接受了拉马克带有目的论色彩的进化论，例如在《我们现在怎样做父亲》中，他描绘生物由于"内的努力"从单细胞一直进化到脊椎动物的过程，"后起的生命，总比以前的更有意义，更近完全，因此也更有价值，更可宝贵"②。这表明在鲁迅的进化意识中存在着目的论的色彩③。另外，在《随感录·四十一》和《随感录·六十六》中，鲁迅重申了对于目的论的信仰，他相信，将来总会出现"尤为高尚尤近圆满"④ 的人类以及"人类的渴仰完全的潜力，总是踏了这些铁蒺藜向前进"⑤，这与他把"进化"等同于"发展"和"进步"的论述一致。但矛盾的是，鲁迅同时表现出了去除目的论的倾向。例如《写在〈坟〉后面》一文中，鲁迅有所谓："一切事物，在转变中，是总有多少中间物的。动植之间，无脊椎和脊椎动物之间，都有中间物；或者简直可以说，在进化的链子上，一切都是中间物。"⑥ 这段话意在回应《我们现在怎样做父亲》中的"生存"问题，但不同的是，这里只强调了事物过渡性、临时性的属性，看不出任何目的论的色彩。鲁迅将自己视作"中间物"，注定要在进化的链条上消失，这种悲剧性的心理曾经得到了深刻分析，正如汪晖指出，"中间物"表达出了鲁迅在古今中西对立性格局中复杂而且矛盾的内心状态⑦。因此，我们又需要指出，鲁迅与拉马克存在着一定的不同。

如果不是从达尔文，而是从尼采式的进化视野来看，相比"中

---

① ［英］鲍勒：《进化思想史》，田洺译，江西教育出版社1999年版，第107页。
② 鲁迅：《我们现在怎样做父亲》，《鲁迅全集》第1卷，第137页。
③ 季剑青：《从"历史"中觉醒：〈狂人日记〉主题与形式的再解读》，《中国现代文学研究丛刊》2017年第7期。
④ 鲁迅：《随感录·四十一》，《鲁迅全集》第1卷，第341页。
⑤ 鲁迅：《随感录·六十六》，《鲁迅全集》第1卷，第386页。
⑥ 鲁迅：《写在〈坟〉后面》，《鲁迅全集》第1卷，第301—302页。
⑦ 汪晖：《反抗绝望：鲁迅及其文学世界》，生活·读书·新知三联书店2008年版，第183—184页。

间物","桥梁"的意象或应得到同样的重视。原因在于鲁迅正是用"桥梁"解释"中间物"的意涵,他指出"中间物"——"应该和光阴偕逝,逐渐消亡,至多不过是桥梁中的一木一石,并非什么前途的目标,范本。"① 在鲁迅看来,一切事物都处在过渡和转变之中,"桥梁"即是对这一生命进程的隐喻。事实上,他不止一次地使用了这个隐喻,在《我们现在怎样做父亲》一开篇就有:"祖父子孙,本来各各都只是生命的桥梁的一级,决不是固定不易的。"② "桥梁"与"中间物"在具体的所指上没有不同,但这个概念的新颖性在于,作为一种取消了目的论的进化论,"桥梁"或许更能够帮助我们进一步说明鲁迅与尼采式的进化论的关系。

尼采同样喜爱"桥梁"的意象,对他来说,"桥梁"显示着生命的变动不居与自我超越的本能,如果人类需要不断"向上"发展,那么,他就必须时刻超越自我。"桥梁"意象出自尼采的《查拉图斯特拉如是说》序言,对此,鲁迅曾有这样的翻译:

在人有什么伟大,那便是,为他是桥梁不是目的;于人能有什么可爱,那便是,因他是经过又是下去。③

在《我们现在怎样做父亲》与《写在〈坟〉后面》中,鲁迅先后使用的"桥梁"比喻便很可能出自这里。对尼采而言,"桥梁"不是消极的比喻,它指示着生命超越自我又回到自我的过程,恰如鲁迅的翻译"是经过又是下去"。生命超越自身,获得提升,然后再次回到自身,并不呈现为直线的目的论的进化。在这个意义上,"桥梁"是一个表示生命力扩充、增强与向上发展的概念。相

---

① 鲁迅:《写在〈坟〉后面》,《鲁迅全集》第 1 卷,第 302 页。
② 鲁迅:《我们现在怎样做父亲》,《鲁迅全集》第 1 卷,第 134 页。
③ [德]尼采:《查拉图斯特拉如是说·序言》,鲁迅译,《鲁迅著译编年全集》第 3 卷,人民出版社 2009 年版,第 450 页。

比于"中间物","桥梁"更能够传达出鲁迅对生命进化积极和乐观的心情,在《写在〈坟〉后面》中,鲁迅认为:"跟着起来便该不同了,倘非天纵之圣,积习当然也不能顿然荡除,但总得更有新气象。"① 所谓"跟着起来"的新气象,不正是接在尼采的"桥梁"概念所包含的那个"是经过又是下去"之后吗?

"中间物"与"桥梁"均源于鲁迅对进化的感受,只有同时关注这种两种隐喻,我们才可以完整揭示鲁迅的悖论性心理,包括其对自我的认知、对未来的预期以及自我与他人的关系伦理。经过"桥梁","跟着起来"的生命正是鲁迅所谓的发展和进步。有意思的是,在《我们现在怎样做父亲》中,当鲁迅表示"后起的生命,总比以前的更有意义,更近完全"时,他指出的进化之路是"个体既然免不了死亡,进化又毫无止境,所以只能延续着,在这进化的路上走"②,换言之,鲁迅不是在目的论,也即在不同于拉马克的意义上论述着"完全",我们更应将这种"完全"理解为尼采意义上的生命力的发展。不过,鲁迅似乎很难理解尼采"是经过又是下去"的永恒轮回的寓义,他理想中的生命在一代又一代人的接力之中延续下去。虽然没有预设终极目的,但一定时期内,鲁迅愿意乐观地相信,只要经过内在的努力,将来总会比过去更好。

第三节　无恩而有爱:鲁迅对亲子关系的改造

尽管鲁迅对尼采式的进化论表示信服,但他的思考并未超出生物一元论的框架,人类仍然是自然界中的一类动物。鲁迅相信,从对动物习性的观察中可以得到改革人伦的方法,如果人类在错误的

---

① 鲁迅:《写在〈坟〉后面》,《鲁迅全集》第1卷,第302页。
② 鲁迅:《我们现在怎样做父亲》,鲁迅全集》第1卷,第136—137页。

道路上行走太远，忘记了如何生存才符合自己的本性，那么不妨让自然界里的动物成为人类的导师。在《我们现在怎样做父亲》中，鲁迅反复呼吁父母"觉醒"，但他对于生物学真理的信仰，使得这种"觉醒"在很大程度上需要首先回到生理的层面，只有在把握生命的自然状态基础上，才具备讨论重建理想秩序的可能。鲁迅尤其强调"天性"的意义，这显示着他某种程度的乐观主义，他相信自然界蕴藏着一种理想的秩序。因此，家庭改革的关键便是突破人为和历史的障碍，将这种健康的"天性"再次彰显出来。

一 "父亲"的生物学解释

留日时期的鲁迅不仅掌握了进化论的生物学原理，还在仙台医专接受了系统的医学训练，这给他日后的思考提供了重要的知识背景，他不是在离开仙台的时候，对藤野先生说要去学习"生物学"吗？无论回忆是否属实，这种表态都显示出生物学在鲁迅思想结构中的重要性。离开仙台后，鲁迅写作的第一篇论文《人之历史》，开篇即着意讨论人类和动物的关系问题。他拥护海克尔的种系一元论，即便从进化论的角度来看，人类只是动物界的一员。在《我们现在怎样做父亲》等文章中，鲁迅对于家庭改革的设想多次表达出这种认识，他要求"生物都这样做，父亲也就是这样做"[1]。问题在于，鲁迅从生物学展开的对于人伦的重新规划，恰恰从起点上勾销了人类的崇高地位，再次从自然界寻求人类伦理的可能，这又该如何说明经历了漫长进化的人类具有超越其他动物的高级之处呢？

在生物一元论的框架之内，因为人类是生物，而生物都这样做，所以人也应当这样做。在《我们现在怎样做父亲》等讨论人伦改革的文章中，鲁迅遵循了这个推理过程。这种三段论的推理过程，从内部看来并没有什么问题，但外在的一元论框架却从一开始就取消了人类作为高等生物的特殊性。在这个三段论中，"人类"可以具有

---

[1] 鲁迅：《我们现在怎样做父亲》，《鲁迅全集》第 1 卷，第 135 页。

"父亲""母亲""儿子"等任何一种伦理性的身份。鲁迅的推理显示出了自然与伦理之间的连续性，他努力把人类社会中的各种要素整合到自然的范畴中。这种旨在依据自然法则重塑人类伦理的思路可以获得达尔文的支持，达尔文在《人类的由来》中曾经从自然进化说明过道德的起源，海克尔在《宇宙之谜》中继承了达尔文，鲁迅的观点也同样可以归结到这个脉络中。

在《人之历史》中，鲁迅已经察觉到这种一元论思想对于中国古代相对保守的伦理可能带来的冲击——这种伦理正基于人类与动物的分别，他在《人之历史》中指出："中国迩日，进化之语，几成常言，喜新者凭以丽其辞，而笃故者则病侪人类于猕猴，辄沮遏以全力。"① 进化论对中国伦理秩序的冲击首先在于取消了人类与动物的根本差别，对古人而言，区分人类与动物的差别无疑是建立人伦的头等问题。尽管像接受了进化论的鲁迅一样，中国古代的思想家也承认自然与伦理的连续性，但他们仍然竭力强调人类与动物本性的不同，在他们看来，人类的伦理应当奠定在两者差异而非趋同的基础上，因此诞生了著名的"人、禽之辨"，其关键即在于，如何论证人类具有的高出于一般动物的伦理意识。②

当鲁迅用生物学的原理改革人伦时，他首先需要跨过这个鸿沟。在古人的世界中，人类与动物存在根本区别，标明这种区别的，正是只有人类配享的伦理道德。③ 孟子言："人之所以异于禽兽者几希，庶民去之，君子存之。"(《孟子·离娄下》) 人与动物的区别本来

---

① 鲁迅:《人之历史》,《鲁迅全集》第 1 卷, 第 8 页。

② 例如, 唐君毅指出:"人与一般动物有所不同。一般动物, 在中国过去即称为禽兽。人与一般动物之不同, 即中国古人所谓人禽之辨。中国之道德伦理思想与哲学思想之最重要处, 亦即在于人禽之辨处。"唐君毅:《与青年谈中国文化》,《唐君毅全集》第 6 卷, 九州出版社 2016 年版, 第 57 页。

③ 韦政通将中国古代关于"人禽之辨"的讨论分成五个方面, 这五个方面都与人类的独特性有关: (1) 在仁义; (2) 在人伦; (3) 在礼仪; (4) 在善恶; (5) 在明暗偏塞。韦政通:《中国哲学辞典》, 世界图书出版公司 1993 年版, 第 37—40 页。

不大，但正因如此才需要格外重视，以至于儒家君子的所有道德理想都建立在这种区别的基础上。在孟子的表述中，"君子"和"庶民"显然不是一类人——后者甚至无法被称作真正的人，对孟子而言，人首先需要获得道德身份。鲁迅显然熟悉这种区分，在《我们现在怎样做父亲》中，他呼吁用生物学的真理改革父子伦理时，即以"庶民"作为示范，针锋相对地强调："便在中国，只要心思纯白，未曾经过'圣人之徒'作践的人，也都自然而然的能发现这一种天性。例如一个村妇哺乳婴儿的时候，决不想到自己正在施恩；一个农夫娶妻的时候，也决不以为将要放债。"① 鲁迅的意图在于强调家人本有的自然天性，不是君子，而恰恰是那些未曾经受"圣人之徒"（孟子当然是伟大的圣人）教化的农民最大程度保留着这种天性。鲁迅延续了孟子将庶民与动物等同看待的框架，但他完全颠覆了自然和伦理的次序。他以生物的自然本性作为准则，距离这个准则越远，圣人的教化也就越丧失自身的合理性。

鲁迅以农夫、农妇为例说明人伦应当建立于天性的基础上。"天性"是鲁迅改革家庭的核心概念，例如他强调父子关系应当用"爱"取代"恩"便是基于这种"天性"："他并不用'恩'，却给与生物以一种天性，我们称他为'爱'。"② 在论述"恩"和"爱"的概念之前，鲁迅首先批判了中国古人"逆天而行"，那么，古人又是如何理解人的"天性"的呢？鲁迅对于"天性"的定义相对简单，生物的自然本能就是"天性"，但对于他所批判的古人而言，这却是一个陈义极高的颇为复杂的概念。事实上，古人不仅拒绝直接从生理认识天性，而且极为强调人类相对于动物的特殊之处——这也正是鲁迅在《人之历史》中批判保守主义者的地方，在古人看来，必

---

① 鲁迅：《我们现在怎样做父亲》，《鲁迅全集》第1卷，第138页。
② 鲁迅：《我们现在怎样做父亲》，《鲁迅全集》第1卷，第138页。

然"人"是能够践行仁义道德的一类特殊存在。①

有意思的是,尽管强调人类的特殊性,但古人认为,只有这种特殊性才堪称根本之义,才不是某种外在性赋予或强制的约束。与鲁迅的想法一样,这种对自然的认识展示出了乐观的人生态度,自然既不是一个冷酷的生存斗争的场所,也不是一个僵死空洞的物质世界,而是在终极意义上提供了人类现实生活的合理性依据。有关人性和自然的关系,宋明理学家的诠释影响深远,即认为应当区分生理性自然与道德性自然,当他们像鲁迅一样强调"天性"的重要性时,其宗旨指向的是道德性的自然,这种"天性"也可以被表达为"天理"或者"天道"。虽然鲁迅和他批判的"圣人之徒"同样使用"自然"和"天性"的概念,但两者内在的指向却判然有别。

不过,也存在另外一种可能。这种自然观在明清时期得到修正,生理性自然逐渐被纳入"天性"或"天理"框架之中②,人与动物的界限开始变得相对模糊,以至于晚清一些改革者由此发展出自然人性论的观点,从生理性自然的层面解释人的道德天性,例如谭嗣同在《仁学》中有"形色天性,性也","凡所谓有性无性,皆使人物归于一体而设之词"③。康有为在《大同书》中也指出"天性也,仁之本也,爱其生也,爱其类也,万物所以能繁衍孳长其类而不灭绝者,赖此性也"④。在这种人性论基础上,康有为将人类与动物放在一起比较,他强调如果鸟兽对于后代有爱心,而它们的后代又反过来爱慕父母,那么人类也不外乎此。

这种观点为鲁迅取消"人、禽之辨"打开了路径。鲁迅早年从

---

① 《孟子·尽心下》有所谓"仁也者,人也",赵岐注曰"能行仁恩者,人也"。(清)焦循:《孟子正义》,中华书局1987年版,第977页。

② [日]沟口雄三:《中国的思维世界》,刁榴、牟坚等译,生活·读书·新知三联书店2014年版,第153页。

③ 谭嗣同:《仁学》,《谭嗣同集》,岳麓书社2012年版,第332页。

④ 康有为:《大同书》,《康有为全集》第7集,中国人民大学出版社2007年版,第78页。

精神主义脉络排斥自然人性论，但此时对人类天性的乐观预期使他反过来接近了这种观点。在《我们现在怎样做父亲》中，鲁迅也提出了一个相似的类比，他认为动物界普遍存在对于幼者的爱，在这种"天性"作用下，那些更为高等的动物不仅养育、保护他们的后代，还会更好地教育，"例如飞禽便教飞翔，鸷兽便教搏击"①。由于人类是更高级别的动物，按生物进化的法则，应当将这种"天性"进一步扩张、醇化，提炼出更高的价值。这些论述像是对于康有为的扩展。在这种历史脉络上，鲁迅对于海克尔种系一元论的重视以及将生物学作为家庭改革的真理，并非偶然现象。

鲁迅解释为何要从做"父亲"入手："因为中国亲权重，父权更重，所以尤想对于从来认为神圣不可侵犯的父子问题，发表一点意见。"② 从父权出发，他也将改革触及到家庭伦理的根基，而置换这个基础的便是生物学的真理。鲁迅试图说明"生"和"养"均是出自动物本能的自然过程："饮食的结果，养活了自己，对于自己没有恩；性交的结果，生出子女，对于子女当然也算不了恩。——前前后后，都向生命的长途走去，仅有先后的不同，分不出谁受谁的恩典。"③ 在鲁迅这里，此前"神圣不可侵犯"的父权被取消了天然的合理性，那些繁琐的伦理教条也由此失去其必然的依据。但问题在于，"父亲"果真能够通过一元论的生物学进行解释吗？如何能够从低等动物的视野引申出作为高等动物的人类的伦理？按照一元论的观点，人类之所以是高等动物正在于经历漫长的进化过程，形成了不同于其他一般动物的特性，鲁迅却相信"生物都这样做，父亲也就是这样做"④ 的真理，那么是什么因素使得这种真理成为可能呢？他怎样论证"父亲"与人类进化的关联？

---

① 鲁迅：《我们现在怎样做父亲》，《鲁迅全集》第1卷，第140页。
② 鲁迅：《我们现在怎样做父亲》，《鲁迅全集》第1卷，第134页。
③ 鲁迅：《我们现在怎样做父亲》，《鲁迅全集》第1卷，第136页。
④ 鲁迅：《我们现在怎样做父亲》，《鲁迅全集》第1卷，第135页。

当鲁迅运用生物学原理解释"父亲"的时候，他显然还需要回答：人类作为高等动物的特性是什么？这种特性是否与"父亲"伦理身份的形成有关？鲁迅承认人类的高等地位，但他强调这是从生物本性中自然引申而来的优点，即只有人类可以将自然本有的"天性"揄扬到更高等的地步："人类更高几等，便也有愿意子孙更进一层的天性"①，这种"天性"从根本上鼓励着父亲履行义务、利他的责任，直至将自我牺牲于子孙，以完成进化的使命。

鲁迅对"父亲"的这种要求体现了对自然的信心，他在一元论的脉络上完成了对人类进化史的表述。问题的关键或许在于，如何理解"父亲"形象在人类进化史上的意义，以及在何种程度上阐明作为高等动物的人类"父亲"的特殊性。意大利学者鲁伊基·肇嘉（Luigi Zoja）从进化史考察"父亲"的形成过程，但他却对此提供了不同的解释，如将"父亲"视为人类区别于动物的特性，尽管他也像鲁迅一样，在起源上并不排斥生物本能。他指出，在从古猿到人类的进化过程中，由于人类直立行走的特性使得骨盆、骨架发生了渐进的变化，妊娠期相应变短，而为了协调运作更为复杂的活动，婴儿的大脑和头部尺寸却不断增大，这使得人类的孕期比以前更长，人类被迫早产，其结果是，婴儿在未完全发育成熟的情况下就不得不降生，由此，人类婴儿需要的成长期相对其他动物漫长许多，"其他哺乳动物的幼仔刚刚出生就能或几乎马上能站立并行走，而人类婴儿却需要超过一年的时间"②。

由于进化过程中身体特征的变化，人类与其他低等动物明显不同，为了婴儿的成活与种族的延续，女性必须在很长时间内忙于照料婴儿，男性则在这一过程中提供食物和保护，"也正是在这一

---

① 鲁迅：《我们现在怎样做父亲》，《鲁迅全集》第1卷，第140页。
② ［意］鲁伊基·肇嘉：《父性：历史、心理与文化的视野》，张敏等译，中国社会科学出版社2006年版，第49页。

时期，男性可以开始称他们自己为父亲。"① "自然选择并没有通过使其孩子变得更强壮来朝着对人类有益的方向运作：我们应当知道，在猿转变成人的过程中，婴儿却变得越来越缺乏防御能力，越来越需要依靠他人。自然选择增强了新的家庭的力量，而且有极大的可能已经是一夫一妻制，并且是以父亲为中心的，因而在高级哺乳动物当中是没有先例的。"② 因此，"父亲"的身份并不适于从低等生物的角度解释，这种伦理角色的出现，意味着人类已经开启了从动物向文明社会的过渡。换言之，"父亲"是人类进化的结果，最终将人类从自然世界导向了文明。在这个过程中，"父亲"的生物性特征不断减退，甚至需要不断反抗自然的生理本能。相比雌性动物进化到女性人类的进程，"父亲"的出现是跳跃性的，他打破了人类与自然的连续性："自然连续性的破裂和持续可能确实就是最能界定男性和女性进化的区别的问题。自然在造就母亲时'没有任何的飞跃'，而在造就父亲时确实存在着这种飞跃，父亲似乎就是文化发源开始的标志。这种飞跃，更带有与自然背道而驰的不可磨灭的行动记号：父亲将继续长时间地为这种行为付出代价。"③

事实上，鲁迅同样否定了纯粹从生物学解释"父亲"的思路，他并不认可人类作为动物只要性交、产出后代即可被称作"父亲"，他强调，这种"父亲"很可能是不合格的，而中国的"父亲"尤其如此。在较早的《随感录·二十五》中，鲁迅讽刺华宁格尔将女性分成"母妇"和"娼妇"的做法，他戏称："照这分法，男人便也可以分作'父男'和'嫖男'两类了。"④ 鲁迅仿照这种思路将人类的

---

① ［意］鲁伊基·肇嘉：《父性：历史、心理与文化的视野》，张敏等译，中国社会科学出版社2006年版，第50页。

② ［意］鲁伊基·肇嘉：《父性：历史、心理与文化的视野》，张敏等译，中国社会科学出版社2006年版，第58—59页。

③ ［意］鲁伊基·肇嘉：《父性：历史、心理与文化的视野》，张敏等译，中国社会科学出版社2006年版，第78页。

④ 鲁迅：《随感录·二十五》，《鲁迅全集》第1卷，第312页。

父亲——"父男"分为两种:"其一是孩子之父,其一是'人之父'。第一种只会生,不会教,还带点嫖男的气息。第二种是生了孩子,还要想怎样教育,才能使这生下来的孩子,将来成一个完全的人。"① 在进化史上,如果仅从生物的自然本能出发,父亲确实很难脱离"嫖男"的指责,而鲁迅依据生物学的真理对于父亲行为的解释,由此就需要补充和修正,这意味着"父亲"无法完全从生物学的角度得到说明。因为,即便是从距离人类最为接近的动物身上——"就与人类关系最近的动物而言,我们已经注意到雄性只是概念上的父亲。对自己与后代的关系它没有一点概念,它与后代能维持任何一种形式的关系,包括性关系。"② 从"嫖男"到"父男"的转变,正是一段人类告别生物本能限制的历史,只有在克服这种动物性的冲动的时候,父亲才远离了"嫖男"的身份。

这恰恰说明,生物学真理对于"父亲"的伦理角色缺乏足够的解释力,鲁迅意识到了这种解释的困境,故而他补充道:"我并不是说,——如他们攻击者所意想的,——人类的性交也应如别种动物,随便举行;或如无耻流氓,专做些下流举动,自鸣得意。"③ 尽管鲁迅不像儒家的圣人那样强调"人、禽之辨",但对父亲做出了生物学的解释之后,他仍然认为人类应当"觉醒",进而与自然界的低等生物区别开来。鲁迅表明了生物学解释的限度,而所谓人类的"觉醒",也让人想起他此时对无政府主义的接纳。

二 "爱力"及其历史意义

在《我们现在怎样做父亲》中,鲁迅要求父母"觉醒"表现出了他的人类主义意识。如前所述,武者小路实笃的《一个青年的梦》

---

① 鲁迅:《随感录·二十五》,《鲁迅全集》第 1 卷,第 312 页。
② [意]鲁伊基·肇嘉:《父性:历史、心理与文化的视野》,张敏等译,中国社会科学出版社 2006 年版,第 77 页。
③ 鲁迅:《我们现在怎样做父亲》,《鲁迅全集》第 1 卷,第 136 页。

为他提供了灵感,如果武者小路实笃呼吁人类破除国家界限以实现"人类的相待"①,那么鲁迅则把这种意识进一步引入家庭,他要求父母和子女首先意识到自己的"人类"的身份,进而相亲相爱。② 正是因为父母首先是人类,而人类又是生物界的一员,鲁迅才在讨论家庭改革的一开始把视线下沉到生物性的层面。在这个意义上,鲁迅家庭改革的实质也就在于:作为人类的父母去解放作为人类的子女,此后,父母与子女之间仍将以人类的身份对待。

鲁迅并非不知道,运用生物学原理改革家庭将会被一些保守主义者斥为"禽兽"③,他当然不会认同这种观点。鲁迅的改革体现了一种人类主义意识,这种鲜明的反差指向了两种关于"人类"及其生存图景的想象。值得注意的是,鲁迅认为孝道恰恰表征了中国家

---

① 鲁迅:《〈一个青年的梦〉译者序》,《鲁迅著译编年全集》第3卷,人民出版社2009年版,第214页。

② 在《我们现在怎样做父亲》中,鲁迅两次表明他对父母的要求是:"自己背着因袭的重担,肩住了黑暗的闸门,放他们到宽阔光明的地方去;此后幸福的度日,合理的做人。"其中,鲁迅对子女未来远景的想象——"幸福的度日,合理的做人",很可能也与武者小路实笃的影响有关。"五四"时期,周作人密切关注武者小路实笃领导的新村运动,鲁迅虽然对此相对沉默,但周作人围绕新村运动的译介无疑吸引了他的关注。在这些文章中,存在诸多与"幸福的度日,合理的做人"相近似的表述,"幸福"与"合理"是最为频繁用到的词汇,例如,周作人引述武者小路实笃的观点:"我们想改正别人不正不合理的生活,使大家都能幸福的过人的生活;但第一须先使自己能实行这种生活,使人晓得虽在现今世间,也有这样幸福的生活,可以随意加入。"(周作人:《日本的新村》,《周作人散文全集》第2卷,广西师范大学出版社2009年版,第137页)对此,他补充道:"所以新村的运动,是重在建设模范的人的生活,信托人间的理性,等他觉醒,回到合理的自然的路上来。"(周作人:《日本的新村》,《周作人散文全集》第2卷,广西师范大学出版社2009年版,第141页)类似表述也见于《访日本新村记》《新村的精神》《新村的理想与实际》等文。

③ 鲁迅写作《我们现在怎样做父亲》的时候,也是在回应林纾对新文化运动的指责。林纾曾经致信蔡元培,呼吁蔡元培阻止当时批判传统伦理的潮流,他把新文化运动思想家所提倡的新道德,视作李贽、袁枚的余绪,其中就有"拾李卓吾余唾,卓吾有禽兽行,故发是言",鲁迅在文中再次反用了林纾的指责。林纾:《致蔡鹤卿书》,《林纾研究资料》,福建人民出版社1983年版,第86—90页。

庭崩溃的原理,因为与这种道德相关的,并不是家人之间出于真心的相亲相爱,而是父子有恩的功利主义观点。在这种意义上,孝道不仅不是自然的道德,反而是一种与利益密切相关并在家庭中制造压迫和紧张的伪道德。从这种逻辑出发,鲁迅指出历史上孝道的实行总是离不开"威逼利诱"的外力干预:"例便如我中国,汉有举孝,唐有孝悌力田科,清末也还有孝廉方正,都能换到官做。父恩谕之于先,皇恩施之于后,然而割股的人物,究属寥寥。足可证明中国的旧学说旧手段,实在从古以来,并无良效,无非使坏人增长些虚伪,好人无端的多受些人我都无利益的苦痛罢了。"①

鲁迅对家庭的改革,很大程度上是为了将功利因素从家庭中驱逐出去,他从自然界的动物身上发现了人类缺失的情感——"他并不用'恩',却给与生物以一种天性,我们称他为'爱'"②,鲁迅尤其表明"爱"的情感与利益无关。通过这种方式,他进一步提升和醇化了家庭伦理的价值高度。鲁迅形容"爱"是一种不被外力干涉、不夹带利益纠葛,极为纯粹而真挚的自然情感:

> 这离绝了交换关系利害关系的爱,便是人伦的索子,便是所谓"纲"。倘如旧说,抹煞了"爱",一味说"恩",又因此责望报偿,那便不但败坏了父子间的道德,而且也大反于做父母的实际的真情,播下乖剌的种子。③

鲁迅反对父子有恩的观点,这种观点将父子关系转变为交换和利益关系,使得"报恩"与"责望报偿"之间难以划清界限。鲁迅以"爱"为"纲",也意味着他改变了家庭伦理的基础。

如果把鲁迅对家庭的改造视为清末民初历史变革中的一个环节,

---

① 鲁迅:《我们现在怎样做父亲》,《鲁迅全集》第1卷,第142页。
② 鲁迅:《我们现在怎样做父亲》,《鲁迅全集》第1卷,第138页。
③ 鲁迅:《我们现在怎样做父亲》,《鲁迅全集》第1卷,第138页。

那么，这种批判或许会展现出更为广泛而深远的效力。1912年，在《中国道德之大原》中，梁启超指出"报恩"乃是中国伦理道德的基础，从家庭出发，他把"恩"扩展到更为丰富的范畴中——诸如宗族、社会与国家，进而强调"中国一切道德，无不以报恩为动机。所谓伦常，所谓名教，皆本于是"①。在此脉络上，史学家杨联陞进一步明确了交换逻辑的必要性，他强调"报"的观念渗透在中国古代几乎所有的社会关系中，"报恩"或"报答"的原则为这些关系规定了互惠性的要求。按照这种方式，"孝的基本美德在报应理论中有着为其辩护的说法。儿子即使在严格的商业基础上也应该是孝顺的。因为他，尤其是在童年时代，从父母那里得到的太多。"② 正如"养儿防老，栽树乘凉"以及"养儿防老，存粮备荒"的民谚说明，生育行为被视为一种最普遍的社会投资，如果不能赔付父母的养老保险，那么，不孝的儿子就是奸商。鲁迅必然不会赞同这种思路，他认为父母抚育儿女是生物的本能，并不存在儿女"得到的太多"这种说法，更何况，本就应当严格将商业性的交换关系杜绝在家庭大门之外。如果父子之间的情感表达因为交换和利益变成"买卖行为"，那么，"在人伦道德上，丝毫没有价值了"③。

在生物进化论的引导下，鲁迅的改革明显多出了未来的时间向度，他批评"报恩"观念导致中国丧失了未来："本位应在幼者，却反在长者；置重应在将来，却反在过去。前者做了更前者的牺牲，自己无力生存，却苛责后者又来专做他的牺牲，毁灭了一切发展本身的能力。"④ 按照梁启超的观点，父子有恩的观点源自于反本报始的礼学要求。当鲁迅以"爱"取代"恩"的时候，他打开了这一循

---

① 梁启超：《中国道德之大原》，《梁启超全集》第8卷，北京出版社1999年版，第2475页。

② 杨联陞：《"报"作为中国社会关系基础的思想》，费正清编《中国的思想与制度》，郭晓兵等译，世界知识出版社2008年版，第337页。

③ 鲁迅：《我们现在怎样做父亲》，《鲁迅全集》第1卷，第138页。

④ 鲁迅：《我们现在怎样做父亲》，《鲁迅全集》第1卷，第137页。

环、封闭的结构，要求幼者、弱者本位，要求父母解放子女，无不表现出鲁迅对未来的期待。在鲁迅对"发展生命"的规划中，这种面向未来的改革真正体现出了人道的精神和伦理的价值。在历时性的维度上，传统父子关系可以归纳为一种"反馈模式"，这种模式强调对上一代负责，呈现出代际循环的特点："甲代抚育乙代，乙代赡养甲代，乙代抚育丙代，丙代又赡养乙代，下一代对上一代都要反馈。"① 与此相应的是西方的"接力模式"，即甲代抚育乙代，乙代抚育丙代，一代一代接力的模式。正如鲁迅以欧美为参照改革家庭，他在《我们现在怎样做父亲》中对父子代际关系的展望更接近"接力模式"。鲁迅用生物进化论说明"接力"的过程，这意味着他认可这是一种更为符合人性自然的模式：

> 此后觉醒的人，应该先洗净了东方古传的谬误思想，对于子女，义务思想须加多，而权利思想却大可切实核减，以准备改作幼者本位的道德。况且幼者受了权利，也并非永久占有，将来还要对于他们的幼者，仍尽义务。只是前前后后，都做一切过付的经手人罢了。②

为父子代际提供进化动力的是"爱"，鲁迅明确将这种力量称为"爱力"。家人应当通过内心自然的"爱力"重新凝聚在一起，鲁迅进一步描绘了以"爱"为纲领的新的人伦图景。

首先，觉醒的父母应当"爱己"，以避免将遗传性的疾病传给子女；其次，在"爱力"作用下，父母还需要履行教育子女的义务，将"爱力"进一步扩张、醇化，以至于把自我完全奉献给下一代，

---

① 费孝通：《家庭结构变动中的老年赡养问题：再论中国家庭结构的变动》，《北京大学学报》1983年第3期。

② 鲁迅：《我们现在怎样做父亲》，《鲁迅全集》第1卷，第137页。

"用无我的爱,自己牺牲于后起新人"①。一方面,站在父母的立场上,鲁迅不断提升了"爱"的价值高度;另一方面,对于子女而言,鲁迅仍然相信"爱力"的作用,被解放的子女同样以"爱"的情感回应父母。鲁迅突出了父母的牺牲精神,同时,他对子女抱有很高的信任,"子女对于父母,也便最爱,最关切,不会即离"②。

鲁迅指出,这是重建父子伦理最有效的途径:"若爱力尚且不能钩连,那便任凭什么'恩威,名分,天经,地义'之类,更是钩连不住。"③鲁迅如此强调"爱"的重要性,基于他对人类天性的乐观判断。这体现了无政府主义的影响。山田敬三认为,鲁迅被白桦派超越民族的"爱"感动,即在于他看到"对解放被儒教所歪曲了的中国社会的人伦是有用的,所以才接受它"④。鲁迅从人类主义的"爱"中获得启示,但他同时进行了修正,"现在世界没有大同,相爱还有差等"⑤。事实上,正是这种"有差等"的"爱",表明了父母、子女构成的家庭伦理仍然区别于其他类型的伦理关系。晚清以降不乏论者要求用"爱力"改革家庭,尤其无政府主义者鼓吹大同与人类相爱而要求废除家庭,相比之下,鲁迅虽然吸收了无政府主义的资源,但他仍然在自己的设想中注意到了家庭伦理的特殊性。

不过,强调父子、家人之间"爱"的情感,却很难说是鲁迅与古人之间最重要的区别。尽管鲁迅批评中国古代的家庭伦理"逆天而行",但对于他所重视的这种生物本能的情感或天性,古人不仅不会予以否定,相反,他们还同样将之作为伦理建设的起点,如强调"礼

---

① 鲁迅:《我们现在怎样做父亲》,《鲁迅全集》第1卷,第140页。
② 鲁迅:《我们现在怎样做父亲》,《鲁迅全集》第1卷,第142页。
③ 鲁迅:《我们现在怎样做父亲》,《鲁迅全集》第1卷,第142页。
④ [日]山田敬三:《鲁迅世界》,韩贞全、武殿勋译,山东人民出版社1983年版,第188页。
⑤ 鲁迅:《我们现在怎样做父亲》,《鲁迅全集》第1卷,第142页。鲁迅认为人类之间"相爱"有"差等"的观点仍延续了他早年对进化论的判断:"夫人历进化之道途,其度则大有差等,或留蛆虫性,或猿狙性,纵越万祀,不能大同。"鲁迅:《破恶声论》,《鲁迅全集》第8卷,第34页。

缘情而作",又有"道始于情,情生于性"(《郭店楚简·尊德义》)以及"礼者,因人之情而为之节文"(《礼记·坊记》)等说法。关于鲁迅讨论的家庭中的孝道,《孝经》也同样有颇多章节强调"爱"与"天性"的意义。例如"爱亲者,不敢恶于人"(《天子章》)"爱敬尽于事亲"(《天子章》)"父子之道,天性也"(《圣治章》)"若夫慈爱恭敬,安亲扬名,则闻命矣!"(《谏诤章》),并要求子女对于父母"生事爱敬,死事哀戚,生民之本尽矣"(《丧亲章》)。从这些儒学经典可以发现,孝道本质上并不否定"爱",更具体地说,这种道德同样源出于人类自然的情感,而且也像鲁迅要求的一样,它是反对功利主义的。基于这种历史的相似性,我们甚至也可以认为,鲁迅在《我们现在怎样做父亲》中提倡"爱力"的改革,其实质不过是再次发扬了孔子以"爱人"为核心的"仁学"。①

当然,从上述引文中还可以发现,古人并不满足于单纯强调"爱"的重要性——像鲁迅坦言"我现在心以为然的,便只是'爱'",而是在论述父母、子女关系的同时强调一种被描述为"敬"的情感,并且总是将"爱"与"敬"连缀在一起,以此构成对孝道的完整表述。在《论语·为政》中,子游向孔子请教何为孝道,孔子明确指出"孝"是人类与动物的差别,其中关键的标志便在"敬":"今之孝者,是谓能养。至于犬马,皆能有养。不敬,何以别乎?"(《论语·为政》)与此类似,孟子也指出"爱"与"敬"的本质区别,并强调"敬"对于人类的特殊意义,所谓"爱而不敬,兽畜之也"(《孟子·尽心上》)。这种被描述为"敬"的情感超越了生物的自然亲情,而与后天的人为教化密切相关。这意味着,在孔孟等儒家学者看来,人类的伦理与自然界的动物行为存在根本不同,正是这种不同才彰显了人伦的价值。鲁迅在改革家庭时依据生物学原理,这使得他并不着意于孔孟强调的差别。在他看来,人类即便存在高出其他动物的地方,但这仍是将自然的情感即

---

① 汤一介:《"孝"作为家庭伦理的意义》,《北京大学学报》2009年第4期。

"爱"进一步扩张、醇化的结果,并不能证明人类有其他的特殊之处,也由此,鲁迅从根本上取消了"敬"的必要性。

在孔孟的论述中,孝道虽源于人类自然之情,但必须上升到"敬"的层面才真正完整。鲁迅将"爱"描述为家庭成员相互吸引的力量,与此不同,"敬"的情感指向了对自我的克制与向内的收敛,乃至相互疏远,进而形成人们相互之间的界限,所谓"敬以直内,义以方外"(《周易》)。在这个意义上,"敬"没有"爱"所包含的基于血缘的温情,而主要体现为一种敬畏的情绪,例如《说文》中解释"敬,肃也",朱熹更强调"敬只是一个畏字"以及"身心收敛,如有所畏"(《朱子语类》)。尽管儒家也重视"爱"的情感,但他们并没有鲁迅对人类的信心,这种生理性的情感被认为是混沌、盲目和杂乱的,必须对之进行理性化的约束和整理。与此同时,"敬"的重要性被凸显出来,只有经过"敬"的阶段,"爱"才上升为伦理层面的自觉。[1] 作为一种约束性力量,"敬"指向了个体后天的修为,例如孔子要求"修己以敬"(《论语·宪问》),这种情感奠定了秩序和规范的基础。相比于"爱","敬"更能传达出儒家礼秩的精神,正如"敬,礼之舆也,不敬,则礼不行"(《左传·僖公十一年》),又如"古之为政,爱人为大。所以治爱人,礼为大。所以治礼,敬为大"(《礼记·哀公问》)。

如果像《孝经》表明的那样,在理想情形中,"礼"应当融合"爱"与"敬"两种情感,由此形成的秩序存在着一定的内在张力。事实上,由于对"敬"的强调往往超过了"爱",这导致了儒家礼秩内部的失衡并在后世实践中逐渐走向僵化。[2] 尤其在宋明理学家的严密论证中,过度的内敛和虔敬压制了家人之间"爱"的相互表达,

---

[1] 徐复观:《中国孝道思想的形成、演变及其在历史中的诸问题》,《中国思想史论集》,九州出版社2014年版,第190页。

[2] "敬"所蕴含的疏离的倾向,将"孝"应有的温情荡涤殆尽。亦可参见杨立华:《敬、慕之间:儒家论"孝"的心性基础》,《江苏社会科学》2017年第5期。

使得原本富有弹性的纲纪最终变成了强制性的权威和教条，走上与"缘情以制礼"本旨相反的方向。① 随着自然情感被压制，孝道相应地沦为一种外在性的伪道德，此即鲁迅在《我们现在怎样做父亲》中批判的——只能通过"威逼利诱"、借助"恩威，名分，天经，地义"② 等手段钩连起家人之间的相互关系，由此，推行孝道也就意味着，必须借助功利主义或者强权主义的方式，以繁琐的强制性的力量将家人约束、捆绑在一起。

这最终造成了越是强调孝道，也就越是远离了人的自然真情，从而使孝道陷入无休止、无意义的悖论与恶性循环。鲁迅判断家庭"早已崩溃"，指向的便是家人之间情感缺失造成的困境，后世儒家不仅没能从根本上解决这一困境，反而从外界不断激化了矛盾，鲁迅嘲讽这种现象——"崩溃者自崩溃，纠缠者自纠缠，设立者又自设立。"③ 在这个意义上，孝道失去了原有的自然义理基础，并自行贬黜为一种违反人类天性的僵死的制度。

借助这种历史视野可以发现，鲁迅拆解了"礼"的结构，他反复凸显"爱"的力量，以至于只相信"爱"的力量，而完全不提及"敬"的作用和意义。这种思路或许是鲁迅受到无政府主义影响的结果，导致他淡化了家庭中的秩序和规范。鲁迅的观点由此显得非常激进，但从历史的角度来看，这种看似偏颇的主张却准确把握到了传统家庭内在的困境④，并通过提倡"爱"的纲领为其找到了源头活水，使得陷于空洞化的家庭伦理出现转机的可能。

---

① 张寿安：《十八世纪礼学考证的思想活力》，北京大学出版社 2005 年版，第 106 页。
② 鲁迅：《我们现在怎样做父亲》，《鲁迅全集》第 1 卷，第 142 页。
③ 鲁迅：《我们现在怎样做父亲》，《鲁迅全集》第 1 卷，第 144 页。
④ 例如汤一介指出，鲁迅对"三纲"的批判虽然严酷，却一针见血。可参见汤一介《"孝"作为家庭伦理的意义》，《北京大学学报》2009 年第 4 期。

三 劝孝的悖论

通过回归人类的自然天性，鲁迅试图剥除权力、利益等外部因素对家庭伦理的干扰，同时，他的观点也变得更为纯粹。对于中国家庭内部的等级秩序，鲁迅将之视为必须被清洗干净的污垢，他要求父母扩展和醇化天性的"爱"，只有经历了这种转变、革新——或用鲁迅的表述——"觉醒"了的人，才可以"纯洁明白"[1]，过上一种真正体现了人类尊严和价值的生活。鲁迅之所以举出农夫与农妇的例子，主要原因在于他们"心思纯白"[2]，这与他早年为农人的"迷信"辩护时有着相似的理由。鲁迅早年在《破恶声论》中批评"伪士"，这时，他一如既往地指出，家庭改革的对立面是儒家士大夫所建立起来的虚伪道德。总之，鲁迅的这些主张一再表明，他不是废除，而是进一步提升了家庭伦理的价值高度。

古人并不反对鲁迅提出的"爱力"，关键的区别在于，他们并没有鲁迅这样的信心，尤其是关于子女对父母的"爱"。事实上，在这一方面，鲁迅的论述也显得有些薄弱。《我们现在怎样做父亲》的主旨是重新规划父母的责任，对于子女几乎没有要求。鲁迅只是强调由于天性作用，子女不会立即抛弃父母。另外，鲁迅描述的符合进化规律的新型代际关系也说明，子女的"爱"将更多施与自己的后代。这意味着，即便从符合自然性的生物学原理来看，孝子也总是缺少的。正是面对这种现实，孔孟儒家学者强调人类必须具有超越动物的"敬"的情感，通过建立孝道，乃至不断劝孝的方式来弥补自然界对于父母的亏欠，最终造成了鲁迅批评的状况："拚命的劝孝，也足见事实上孝子的缺少。"[3] 鲁迅从单方面强调"爱力"的意义，便是为了将被动的孝道转化为主动性的"爱"。

---

[1] 鲁迅：《我们现在怎样做父亲》，《鲁迅全集》第1卷，第136页。
[2] 鲁迅：《我们现在怎样做父亲》，《鲁迅全集》第1卷，第138页。
[3] 鲁迅：《我们现在怎样做父亲》，《鲁迅全集》第1卷，第143页。

相比鲁迅，古人坚持劝孝更多基于一种悲观的预设，他们的语境是，在缺少了子女的"爱力"之后怎么办？当年迈的父母失去了劳动力与行动力时，生存将如何保障？这随即指向一个尖锐的问题：谁来养老？鲁迅或许会从人类主义的立场指出，这是中国社会从根本上太缺少"相爱相助的心思"①的结果，只能压榨幼者、弱者的生存空间，以至失去了发展机会，同时，由于他坚持父母应当无我、利他乃至牺牲的伦理，这一问题直接被取消了。鲁迅以斯宾塞和瓦特为例，说明独居老人一样可以幸福地度过晚年。不过，鲁迅不也意识到这种觉醒的父母"很不容易做"②吗？

对于孝道，显然不能仅从理论层面探讨，如上节分析，鲁迅准确指出这种道德在现实中无效，但矛盾的是，这恰恰又是古人面对现实最为基本的策略。鲁迅尤其强调现实的意义，通过援引农夫和农妇的例子，他试图说明现实中存在着一种远离儒家教条，却符合人类自然天性的情形，鲁迅也因此批判"哭竹""卧冰""尝秽""割股"等愚昧的劝孝故事。1926年，在《二十四孝图》一文中，鲁迅仍然延续了这一立场，他批评"二十四孝"建立在虚伪的基础上，这种违反人性的道德尤其体现在那些宣传奇节、奇行的故事中，诸如"哭竹生笋"与"卧冰求鲤"等。鲁迅引入自己幼时的感受——这可理解为与农夫、农妇类似的还未受到"圣人之徒"教训之人的纯白内心的自然反映，以自我经历作证，说明这些故事让他不仅犯难，而且深感对个体生存的威胁。通过对儿童心理的描写，鲁迅意在揭示劝孝行为本身的野蛮与荒诞原理。

鲁迅随后考证了"老莱娱亲"与"郭巨埋儿"两个故事，他发现时代越靠后，故事中的人物和情节越显得离奇和虚伪，最终"以不情为伦纪，诬蔑了古人，教坏了后人"③。尤为值得关注的是，在

---

① 鲁迅：《我们现在怎样做父亲》，《鲁迅全集》第1卷，第142页。
② 鲁迅：《我们现在怎样做父亲》，《鲁迅全集》第1卷，第145页。
③ 鲁迅：《二十四孝图》，《鲁迅全集》第2卷，第262页。

考证"郭巨埋儿"的时候,鲁迅有意加入了现实性维度:"家景正在坏下去,常听到父母愁柴米;祖母又老了,倘使我的父亲竟学了郭巨,那么,该埋的不正是我么?如果一丝不走样,也掘出一釜黄金来,那自然是如天之福,但是,那时我虽然年纪小,似乎也明白天下未必有这样的巧事。"① 鲁迅不仅以儿童心理彰显"郭巨埋儿"的残忍一面,也明确用自然、现实的逻辑反驳了这种愚孝的荒诞性。"二十四孝"宣传孝行感动天地,这使其中的一些故事存在颇多迷信色彩,鲁迅原本赞扬农人的迷信体现了"厥心纯白"②,但对于违背了人类自然真情的孝道,他的态度彻底翻转了过来。

尽管"二十四孝"是一种面对现实的策略,但鲁迅的考证表明,这种应对现实的策略恰恰在后世发展中远离了现实和人情,进而变得越发离奇。《二十四孝图》在明清两代广泛流传于民间,以至成为儿童蒙学读物,鲁迅幼年的接受史颇可说明这一点。那些荒诞无稽的故事,怎么获得人们认可的呢?

不同于鲁迅立足生物学真理的批判,在古人的精神世界中,"二十四孝"并非全然不可理解,不妨说,劝孝故事恰恰源自古人对天、地及其与人伦关系的认识,表明的是另一种原理。首先,"二十四孝"历经不断修改,吸收了民间故事的编写手法,插图的感染力又颇强,极大地投合了民众的心理,正如鲁迅提到的那样,即便阿长也能对着图画滔滔不绝讲述其中的故事。③ 其次,"二十四孝"是广大历史时空中长期积淀的产物,原本缺乏因果关联的事情在偶然、巧合等因素的作用下变得具有可信力,在儒家意识形态的支持下,这些故事被重新组织起来,并从道义的肯定中论证出因果之间的必然性关联。事实上,在古人天人一体的框架中,通过孝行感动天地的故事并不会招致

---

① 鲁迅:《二十四孝图》,《鲁迅全集》第 2 卷,第 263 页。
② 鲁迅:《破恶声论》,《鲁迅全集》第 8 卷,第 32 页。
③ 这在一定意义上消解了儒家道德威权的强制性因素。参见[日]金文京《略论〈二十四孝〉演变及其对东亚之影响》,《中国文化研究》2019 年夏之卷。

嘲笑，相反，还会引来更多的仿效。① 再次，"二十四孝"宣传的同样是一种非功利性的孝道，在这些故事中，被树立起来的孝子基本出自贫寒之家，尽管现实大多表明，由于富裕之家文化教养较高而且拥有更多可以交换的资源，孝子其实更容易出现在富裕家庭，但以贫寒人家作为背景，可以更加突出孝子与普通人的差距以及孝道的非功利性。② 正是沿着这些逻辑，古人不断强化了劝孝故事的离奇性和极端性，越是极端，便越能够从非功利性的情感中阐明孝的精神价值，也越能够感动天地。在这个背景下，清代礼学家焦循在《愚孝论》中的态度值得注意。这篇文章的写作即缘起于有人因"割股疗亲"而死，当时有许多人批判这种愚孝——这无疑显示出了古人对孝道的现实性理解，相反，焦循对之赞赏有加，从反对功利主义的角度，他认为如果不是出于名利之心，而是这个人天生的"至性"，那么这种行为仍然值得尊敬："夫忘亲而好利，不如好名而不忘亲，好名而不忘亲，不如忘名而不忘亲。"③ 与那种借助外部力量推行孝道的思路不同，这种观点意在强调孝道的纯粹性，不过，对于极致状态的推崇，其逻辑仍然与上文描述的造成孝道失去源头活水的困境类似，即同样是对生命与人情的漠视。尽管鲁迅也强调家庭伦理非功利性的特点，似乎与焦循的观点相通，但他以幼者、弱者为本位，并始终将其维系在自然天性的层面，而非某种剥夺生命权利的教条。换言之，在鲁迅看来，新的道德——无论是"爱"还是"孝"，都应当基于对生命、自然的尊重以及主体的自觉。

对"二十四孝"生成逻辑的历史分析，劝孝并不意味古人不通"真的人情"，树立作为榜样的孝子，同样是为了将这种人情——或者用鲁迅的话说——即"爱力"从现实的功利中解放出来，但在生

---

① 余新忠：《明清时期孝行的文本解读——以江南方志为中心》，《中国社会历史评论》2006年第7卷。
② 翟学伟：《"孝"之道的社会学探索》，《社会》2019年第5期。
③ （清）焦循：《雕菰集》，中华书局1985年版，第124页。

物进化的脉络上，鲁迅反对任何以牺牲幼者的方式实践孝道。需要承认，"传统时代对'孝'的提倡，对'孝子'旌表和不孝行为的挞伐在提高赡养水平方面起到很大作用"①，如果从"爱"的角度提倡孝道，鲁迅或许不至于反对，但事实上，由于父母的慈爱与子女的孝爱不对等的关系，对于赡养义务的单方面强调，使得孝道成了强制性的教条。正如"二十四孝"只强调子女对父母的"爱"，原本双向的互动变成了子女单向性的义务，子女对父母的"爱"被无限制地拔高，最终远离了"真的人情"。"二十四孝"的编写逻辑体现出，相对父母不够慈爱，子女不孝的概率是更高的，出于这种现实考虑，孝道在很大程度上是一种颇为无奈的策略。②

鲁迅的批判显示出回归现实的渴望，但他基于无政府主义对人类自然天性的判断和信任，难免强化了家庭伦理的理想色彩。鲁迅强调以"爱"作为重建伦理的纲领，在驱除权力与利益关系的同时，也拆解了必要的秩序和规范。鲁迅完全将希望寄托在生物的自然的"爱力"基础上，他指出这是生物的本能，比动物更高等级的人类理应将其扩张、醇化，最终到达无我、利他与牺牲的高度，在这个意义上，真正实现人类的价值，也即发展和进化。但这究竟是生物本来的天性，还是一种对生物天性的主观预设呢？鲁迅以欧美家庭作为榜样，但事实上，直到19世纪末，老年人都被视为负担，养老问题同样深刻困扰着西方社会，人们不得不借助宗教律法或带有强制性的法律条文对子女进行约束，同时，对于赡养的讨论也总是缠绕着权力与财产的分配等琐碎细节。③ 当然，这些问题都没有进入鲁迅的视野，他试图把崩溃的中国家庭重新聚合起来并为此重申"爱"纲领，尽管这种主张使他有效地回应了因历史造成的缺憾，却也可

---

① 王跃生：《中国传统社会家庭的维系与离析》，《社会学研究》1993年第1期。

② 余新忠：《明清时期孝行的文本解读——以江南方志记载为中心》，《中国社会历史评论》2006年第3期。

③ ［德］里夏德·范迪尔门：《欧洲近代生活：家与人》，王亚平译，东方出版社2003年版，第217—226页。

能限制了他进一步回归现实的地面。

第四节 "牺牲""爱"与进化的路

一 从"爱"到"牺牲"

鲁迅围绕家庭改革提出的观点，与周作人同期论述存在诸多相近之处。鲁迅应当参考了周作人有关家庭伦理问题的论述，诸如《人的文学》与《祖先崇拜》等在当时具有重要影响的文章，并在写作时从中吸收了部分观点。不妨试举几例。例如，周作人指出生育是自然的现象："照生物现象看来，父母生子，正是自然的意志。"[①] 他认为，父母对子女的"爱"本于天性，不需要人为的外在束缚，这与鲁迅用"爱"取代"恩"的原理是一致的。"五四"时期，周作人影响深远的《人的文学》，其主题词同样是"爱"，如他从生物的自然天性出发要求建立以幼者为本位的伦理："祖先为子孙而生存，所以父母理应爱重子女，子女也就应该爱敬父母。这是自然的事实，也便是天性。"[②] 在生物一元论的结构上，周氏兄弟并无二致。周作人否定儒家经典的宗旨，他坚定相信："可以千百年来当人类的教训的，只有纪载生物的生活现象的 Biologe（生物学）才可供我们参考，定人类行为的标准"[③]，并再一次确认"在自然律上面，的确是祖先为子孙

[①] 周作人：《人的文学》，《周作人散文全集》第 2 卷，广西师范大学出版社 2009 年版，第 91 页。

[②] 周作人：《人的文学》，《周作人散文全集》第 2 卷，广西师范大学出版社 2009 年版，第 92 页。

[③] 周作人：《祖先崇拜》，《周作人散文全集》第 2 卷，广西师范大学出版社 2009 年版，第 130 页。

而生存，并非子孙为祖先而生存的"①。

这与鲁迅在《我们现在怎样做父亲》中对生物学真理的信仰不是很相似吗？周作人在"五四"时期的论述带有浓厚的无政府主义色彩，他于1918—1920年写作了大量介绍、宣传日本新村运动的文章，上引《人的文学》中的"个人主义的人间本位主义"观点便鲜明传达出周作人此时的无政府主义思想。

与对"爱"的呼吁相应，鲁迅多次运用"互助""劳动""大同"等词汇，同样体现出无政府主义的影响。鲁迅由此描绘家庭改革的远景，"现在世界没有大同，相爱还有差等，子女对于父母，也便最爱，最关切，不会即离"②，又指出"夫妇是伴侣，是共同劳动者，又是新生命创造者"③。类似地，鲁迅在《我之节烈观》中设想女性走向社会——"生计已能独立，社会也知道互助"，并在《随感录·四十》中强调"东方发白，人类向各民族所要的是'人'，——自然也是'人之子'——我们所有的是单是人之子，是儿媳妇与儿媳之夫，不能献于人类之前。"④ 在《随感录·六十四》呼吁中国人停止战争，"做一点神圣的劳作""想些互助的方法"⑤……因此，鲁迅强调"爱力"虽是着眼于家庭改革，但并未拘囿于家庭伦理的范畴之内，而是最终通向了人类、世界。如上所述，出于生物自然天性的"爱"的理念意在化解中国家庭在历史上因过于尊崇礼仪秩序而导致的伦理危机，同时，根据"幼者本位"的设想，这种"爱"诉诸对下一代的解放与新的主体性的建立，与"爱"的理念一同浮现出来的，是鲁迅对于理想世界的描绘："放他

---

① 周作人：《祖先崇拜》，《周作人散文全集》第2卷，广西师范大学出版社2009年版，第130页。
② 鲁迅：《我们现在怎样做父亲》，《鲁迅全集》第1卷，第142页。
③ 鲁迅：《我们现在怎样做父亲》，《鲁迅全集》第1卷，第144页、136页。
④ 鲁迅：《随感录·四十》，《鲁迅全集》第1卷，第338页。
⑤ 鲁迅：《随感录·六十四》，《鲁迅全集》第1卷，第382页。

们到宽阔光明的地方去；此后幸福的度日，合理的做人。"① 鲁迅有关未来"人"的生活状态的想象呼应了周作人"五四"时期的主张，在后者介绍武者小路实笃领导的日本新村运动的文章中，"幸福"与"合理"是最为重要的关键词。

这些观点上的近似来自周氏兄弟从早年到"五四"时期极为密切的思想交流，但倘若认为，以上罗列的一致性的意见是鲁迅完全采纳周作人观点的结果，却又可能忽视了鲁迅思想中明显区别于周作人的地方。例如，当周作人否定父母对于子女的权利，而将其改造为义务的时候，他在两者之间建立了一种债务偿还的经济关系：子女是债主，父母是债务人，父母抚养子女，是出于还债的要求。这种债务关系在子女成年之后解除，此后，父母、子女"究竟是一体的关系，有天性之爱，互相联系住，所以发生一种终身的亲善的情谊"②。尽管鲁迅运用人类相爱的原理反驳父母有恩说，但是，一方面，出于对交换关系与利害关系的功利伦理的排斥，他没有采取周作人这种可能涉嫌功利主义的"还债说"，他比周作人更加相信父母与子女之间的天性的"爱"。③ 另一方面，鲁迅在《我们现在怎样做父亲》中强调父母的"爱"是出于义务，并将其推到一种接近于极端的地步，乃至认为父母应当自我"牺牲"，在这一点上，周作人

---

① 鲁迅：《我们现在怎样做父亲》，《鲁迅全集》第1卷，第135页。
② 周作人：《祖先崇拜》，《周作人散文全集》第2卷，广西师范大学出版社2009年版，第130页。
③ 周作人对父母与子女关系的解释，与康德在《道德形而上学》中有关亲子关系的论述十分相似。康德认为，子女自出生起即具有要求父母抚养自己的法权："子女作为人格由此同时拥有一种源始的和与生俱来的（不是继承来的）要求其父母抚养，直至他们能够自己养活自己为止的法权"，由于父母未经子女同意便将其带到世界上来，这种行为要求父母必须承担抚养子女的义务，"在实践方面，这就是一个完全正确的、也是必要的理念，即把生育看成这样一种行为，我们通过这种行为把一个人格未经同意就置于世界中，而且专横地把他带到世界上来；对于这种行动，父母现在也背负一个责任：尽其所能使他对自己的这种状态感到满意"。子女并不因为抚养行为亏欠父母，子女成年之后和父母通过契约保持关系（[德]康德：《道德形而上学》，李秋零译，中（转下页）

则温和与理性许多。

家庭问题在清末即深受知识界关注,彼时的无政府主义者中不乏有人强调"爱"对于重建家庭伦理的意义,并据此提出与鲁迅相似的论点。周氏兄弟对"爱"的倡导延续了这种理论脉络,然而,与清末的无政府主义者、周作人相比,鲁迅都显示出他更为激烈的态度。通观《我们现在怎样做父亲》,鲁迅反复申明的道理是,父母应当自觉地为子女献出自我乃至"牺牲"。事实上,在提出改革家庭伦理的设想时,"牺牲"一开始就是他的关键词——尽管鲁迅给人的印象一贯是反对无谓的牺牲,但对于家庭伦理的改革,却似乎是个例外。鲁迅痛斥父母有恩说,批评这是鼓吹让子女为父母牺牲,恰恰说明父母自身无能,而他致力的家庭改革,宗旨便是扭转这种局面,使得作为新的历史主体的子女从代代相传的恶性循环中解放出来。鲁迅谴责贪图从子女身上获取利益的父母,相反,他理想中的父母不仅需要克尽对于子女的义务,还应当"将这天性的爱,更加

(接上页)国人民大学出版社 2013 年版,第 73—77 页)。周作人并没有提到作为康德解决亲子关系核心的同意与契约,康德通过同意理论解释了周作人所谓的还债问题。康德最初把子女视为具有自由意志的个体并由此提出子女同意出生与否这种问题,但正如康德哲学存在的自然与自由的二律背反困境,这种观点本身存在人类能否创造自由生命体的理论难题,"子女同意出生"的命题由此受到质疑。对于康德有关亲子关系论述的回应,参见张祥龙《康德论亲子关系及其问题》,《河北学刊》2011 年第 3 期;王庆节《解释学、海德格尔与儒道今释》,中国人民大学出版社 2004 年版,第 281—301 页。在"五四"新文化知识群体中,胡适对父子关系的论述更为接近康德基于个体自由意志的思路,他认为,由于父母未取得子女同意就生下他们,父母对于子女不仅没有任何恩惠,反而应当感到愧疚,由此承担教育的责任(胡适:《"我的儿子"——答汪长禄先生来信》,沈卫威编《胡适论人生》,安徽教育出版社 2006 年版,第 23—25 页)。这些观点大多将人类生育等同于动物性的繁衍,正如鲁迅将生育视为性交的结果,周作人只认可自然律的要求,胡适也指出父母是"糊里糊涂地"以及"并不曾有意"制造出新的生命,但人类学调查表明,即便文化水平极低的野蛮人之中也存在着关于避妊的知识,因此人类的性爱和生殖虽然有关,但并非一回事(费孝通:《生育制度》,商务印书馆 2008 年版,第 48 页)。

扩张，更加醇化；用无我的爱，自己牺牲于后起新人。"① 在生物一元论的结构中，如果说人类和动物还存在着某些差异，那么只能是达成这种"爱"的程度，只有人类的父母才可以将"爱"扩张到极致，以至达到"牺牲"和无我的地步。鲁迅最终将父母"觉醒"提升到如此高的程度——"总而言之，觉醒的父母，完全应该是义务的，利他的，牺牲的，很不易做。"②

鲁迅再一次凸显了"牺牲"的重要性。这种严苛的要求不禁让人怀疑，鲁迅对于父母的要求与生物"保存生命"③的第一要义之间出现了悖反的局面。正是在同一篇文章中，鲁迅还明确指出"无论何国何人，大都承认'爱己'是一件应当的事"④。但在"爱己"与"爱子女"之间，鲁迅坚定选择为子女而主张父母牺牲自己的立场。鲁迅认为"爱己"是一件应当的事情，这是获得作为父母资格的第一步——即"健全的产生"⑤，但父母随后的使命，却都围绕着如何为了子女成长牺牲自我而展开。

值得注意的是，在周作人的文章中同样可以发现"爱己"的观点，但他对父母应当为子女"牺牲"自我的论述却表现得颇为谨慎、克制。例如："要讲人道，爱人类，便须先使自己有人的资格，占得人的位置。耶稣说，'爱邻如己'，如不先知自爱，怎能'如己'的爱别人呢？"⑥ 周作人将"爱己"视作爱别人的先决条件，并为此努力寻找自我与他人之间的平衡。尽管在《人的文学》中，周作人围绕"牺牲"问题有过多次论述，但从中难以发现鲁迅这种决绝的态度。周作人虽没有完全否认牺牲的意义，然而，相比鲁迅坚定的态

---

① 鲁迅：《我们现在怎样做父亲》，《鲁迅全集》第1卷，第140页。
② 鲁迅：《我们现在怎样做父亲》，《鲁迅全集》第1卷，第145页。
③ 鲁迅：《我们现在怎样做父亲》，《鲁迅全集》第1卷，第135页。
④ 鲁迅：《我们现在怎样做父亲》，《鲁迅全集》第1卷，第138页。
⑤ 鲁迅：《我们现在怎样做父亲》，《鲁迅全集》第1卷，第141页。
⑥ 周作人：《人的文学》，《周作人散文全集》第2卷，广西师范大学出版社2009年版，第88页。

度和强烈的要求，他的观点再次体现了理性主义的一面。虽然他指出"人为了所爱的人，或所信的主义，能够有献身的行为"①，但同时强调"牺牲"需要立足于个人的自由意志，宗教式的牺牲绝不可取。周作人并不将其视为伦理的必然——

> 一个人如有身心的自由，以自由别择，与人结了爱，遇着生死的别离，发生自己牺牲的行为，这原是可以称道的事。但须全然出于自由意志，与被专制的因袭礼法逼成的动作，不能并为一谈。②

在《我们现在怎样做父亲》中，鲁迅提到父母应当"利他""无我"和"牺牲"时，或许存在与周作人呼应的地方，但不同的是，周作人对于牺牲伦理尽管有所称道，但他最终将这种行为从人类的自然天性中排除了出去。当一个人做出牺牲时，这种行为必须源于个体的自由意志，换言之，在他看来，"牺牲"并不是一个在生物原理范畴内解释的问题，人类的天性并不鼓励这种行为，他由此宣称"至于无我的爱，纯粹的利他，我以为是不可能的"③。当周作人立下判断时，他并没有违背生物学真理，而他这里的态度却和同样以生物学为真理的鲁迅几乎相反。鲁迅坚持认为，这种使人牺牲的"爱"可以从人类的自然本性中推导出来，并强硬地将其安置到生物学的一元论结构中。由此，鲁迅对"牺牲""爱"的主张同其进

---

① 周作人：《人的文学》，《周作人散文全集》第 2 卷，广西师范大学出版社 2009 年版，第 88 页。
② 周作人：《人的文学》，《周作人散文全集》第 2 卷，广西师范大学出版社 2009 年版，第 90、91 页。
③ 周作人：《人的文学》，《周作人散文全集》第 2 卷，广西师范大学出版社 2009 年版，第 88 页。

化论的信仰出现了极强的张力。①

二 "无我"与"爱己":鲁迅与有岛武郎的差异

根据《我们现在怎样做父亲》中鲁迅认为父母应当牺牲自我的观点,周作人或许并非他真正的知音。可以称作巧合的是,鲁迅在写完《我们现在怎样做父亲》之后两天,读到了白桦派作家有岛武郎的《与幼小者》,后者的文章促使他萌生出深刻的共鸣。有岛武郎的《与幼小者》作于1918年,与鲁迅观点接近的是,这篇文章同样表现了基于无政府主义的人类之"爱"②。《与幼小者》由有岛武郎写给三个孩子的书信构成,其中,他回忆了妻子生产和养育幼子的经过,并深情讲述妻子在罹患肺结核之后,为了避免传染,抑制住内心思念至死坚持不和幼子相见,弥留之际仍嘱托自己不要让幼子参加葬礼,以免在其纯白的心灵上留下死亡阴影。有岛武郎据此赞扬了崇高的母爱并哀叹人生的悲哀。

鲁迅不仅认真读完了全文,还在随后将之全部翻译了出来。③ 在鲁迅节选的《与幼小者》的段落中(《随感录·六十三"与幼者"》),存在与《我们现在怎样做父亲》中提倡父母牺牲自我颇为近似的观点。或许正是这些表述,让鲁迅生出了知音的感受。例如,"我为你们计,但愿这样子。你们若不是毫不客气的拿我做一个踏脚,超越了我,向着高的远的地方进去,那便是错的",又如"像吃尽了亲的死尸,贮着力量的小狮子一样,刚强勇猛,舍了我,踏

---

① 关于鲁迅坚持强调牺牲、无我与利他的道德,不少学者认为鲁迅这里已经超出了生物学的自然本性,而近乎主张一种外在规范或者康德式的"道德律令"。详参汪卫东《"生命"的保存:鲁迅五四时期杂文对中国人生存的思考》,《绍兴文理学院学报》2011年第1期;梁展《颠覆与生存》,上海文艺出版社2007年版,第98页。

② [日]山田敬三:《鲁迅世界》,韩贞全、武殿勋译,山东人民出版社1983年版,第173页。

③ 即《与幼小者》一文,后收入与周作人合译的《现代日本小说集》(上海商务印书馆出版,1923年6月)。

到人生上去就是了"①。有岛武郎虽然甘愿为孩子毫无保留地献出自我，却并不以此要求孩子回报，这与鲁迅主张取消了交换关系和利害关系的亲子之爱也是一致的。

有岛武郎对于"爱"有着颇为系统的思考。在写作《与幼小者》之前的1917年，他还写过一篇题为《爱是恣意劫夺的》的短文，但有岛武郎并未就此终止，他在随后几年都保持对这一主题的思考，并在1920年6月发表了同题的长篇论文。② 这篇论文也被认为是有岛武郎最重要的作品，曾在大正年间的文学界、思想界引发震动。鲁迅或许因此注意到有岛武郎，《与幼小者》正作于后者深入思考"爱"的主题期间，其原理同样反映在《爱是恣意劫夺的》中。不过，如果深入查考有岛武郎《爱是恣意劫夺的》这篇文章，却会发现他关于"爱"的看法，仍然与鲁迅主张父母牺牲的无我之"爱"存在诸多差异。这种差异应当源于鲁迅对自我历史命运及其同中国社会进化之关联的悲剧性体认。鲁迅读出了一种"眷恋凄怆的气息"③，但与其认为这是有岛武郎刻意营造的效果，不如说更像鲁迅基于牺牲、无我之"爱"而生成的主体性感受。

有岛将"爱"视作人类的"本能生活"④，这种观点与鲁迅似无根本区别，但他对于"爱"的表达方式以及由此建立亲子伦理关系的思路，却都与鲁迅不同。有岛恰恰从一开始就否定了"爱"是牺

---

① 鲁迅：《六十三·"与幼者"》，《鲁迅全集》第1卷，第380页。

② 1933年，任白涛在神州国光社出版的译稿中将题目改为《关于爱》。1926年，鲁迅翻译了有岛武郎《爱是恣意劫夺的》"余录"部分，说明艺术源于自我表现以及"爱是生艺术的胎"，其中提及艺术家摄取外界环境到自己中并成为自己一部分。鲁迅可能接受了这种艺术观，但不愿将其引入家庭改革。

③ 鲁迅：《六十三"与幼者"》，《鲁迅全集》第1卷，第381页。

④ 根据个体对外界刺激的不同反应，有岛区分了生活的三种形式：习性生活、智性生活和本能生活。习性生活是低等的、被动的，智性生活是道德的、二元的，这两种生活或者与个性无关，或者不能满足个性的需求，只有本能生活不依靠外界刺激，是一种超越道德的具有开创精神的生活，他认为这种本能就是"爱"。［日］有岛武郎：《有岛武郎论文集》，任白涛译，神州国光社1933年版，第47—70页。

牲、利他的观点，在他看来，这是一种类似于宗教教条主义的"高调"，他引用圣徒保罗的观点——爱是"不吝惜地给与的"，指出这种向外放射的爱他主义构成了古往今来的道德基石：

> 大概人们都不考究"爱"的本质。保罗的书信中说爱是"不吝惜地给与的"，这算是把爱之外面的征象无憾地表现出来了。爱者的心理和行为之特征，固然是放射的事情，给与的事情；人们根据这个现象，便说爱是给与的本能，是放射的活动力。这个观念老早就成为我们的道德的大柱石了：爱他主义的伦理观成立，遂唱出"牺牲""献身"为人生最崇高的行为之高调；同时更用这个高调作为破除利己主义的最锐利的武器。①

有岛批评这种观点只触及"爱"的表面，他提出不同的看法："爱之本质，不是'给与的'是'夺取的'；不是放射的活动力，是吸引的活动力。"②那应该怎样表达爱呢？他认为："切实一点说：唯有在他的什么为我摄取的时候，我是在爱着他。但是己之中所摄取的他，按正说，已经不算是他，明明白白地是自己的一部分。要之，我爱着他的时候，是借着爱他以爱自己的。"③

这种纲领使得有岛随后必须与利己主义者展开激辩。他首先把自己与一般的利己主义者区分开来，进而指责一般的利己主义者仅仅考虑到自己功利性、物质性和外部性的利益。有岛认为，这只反映了一种低廉的自我保存的生物本能，在此之外，还存在着一种不断向外扩张自己、充实自己的利己主义。他做了一个比喻，强调这

---

① [日] 有岛武郎：《有岛武郎论文集》，任白涛译，神州国光社1933年版，第68、69页。
② [日] 有岛武郎：《有岛武郎论文集》，任白涛译，神州国光社1933年版，第69页。
③ [日] 有岛武郎：《有岛武郎论文集》，任白涛译，神州国光社1933年版，第70页。

种向外扩张的"爱"的欲求——

> 像生物吸取食饵，而马上就把它同化于自己的细胞体中那样，我的个性是借着不断地用爱去同化外界而生长而完成的，不是借着把个性的贮藏物放入外界而完成的。……我的个性随着这更其美好，更其深切地进展，于是更其美好的外界，便更其深切地被摄取到我的个性里面了。生活的全体实绩是必如此方能成就的。①

正如这个比喻显示，以"爱"扩张自我，源于生物本能，即为了更好地向内收摄并完成自我。有岛的观点最终是为了完成个性的成长和自由，他据此否定了"牺牲"和"义务"的伦理，在他的通过恣意夺取而生长的"爱"中——"没有'牺牲'也没有'义务'，只有可感谢的特权和欢喜的满足而已。"②

有岛预料这种观点可能遭到质疑："或者有人说，'爱是人类内部的至上命令，爱者是像水流般地爱的。这里没有什么报酬的预想，无论结果怎样，爱者总是爱的：这是不能与报酬为目的之功利主义者同一看待的'。"③ 根据《我们现在怎样做父亲》等文的观点，其中的质问者或许就包括鲁迅，尽管他们同样对功利主义的伦理观嗤之以鼻。鲁迅认为父母与子女通过"爱力"④ 联系，虽然与有岛强调"爱"是"本能生活"的一样，都是对生物本能的重视，但他的

---

① ［日］有岛武郎：《有岛武郎论文集》，任白涛译，神州国光社1933年版，第72—73页。在1903—1907年，有岛武郎留学欧美，他出于个体主义的"爱"的观念主要受到柏格森、尼采、易卜生、克鲁泡特金等人影响。详参刘立善《爱是夺取，还是奉献——论有岛武郎〈爱是恣意夺取〉》，《外国文学评论》1997年第2期。

② ［日］有岛武郎：《有岛武郎论文集》，任白涛译，神州国光社1933年版，第73页。

③ ［日］有岛武郎：《有岛武郎论文集》，任白涛译，神州国光社1933年版，第76页。

④ 鲁迅：《我们现在怎样做父亲》，《鲁迅全集》第1卷，第142页。

目的是完成进化交付的使命，并非有岛说的个性的成长和自由。在后者的理念中，鲁迅强调"爱"是"义务""利他""牺牲"的观点也显得更加传统和保守，有岛也很可能会指出，鲁迅只关注到了"爱"这种行为的表面，而忽略了它作为"本能生活"的内在本质首先是"爱己"，"爱他"必然是因为他与我之间所存在的交涉，也即从他处摄取了自己所需的东西而生发的感情。

另外，有岛认为由于"爱"是恣意夺取而成长的个性，那些获得了"爱"的人便应当对外界和他人表示感激，这种观点同样明确表现在《与幼小者》中，鲁迅也将其抄入《随感录·六十三"与幼者"》，但基于对自我牺牲价值理念的坚持，他对于"感激"的表述却很可能传达了另一种含义。例如，有岛将自己比作品尝过血的"野兽"一般尝过了爱，因此对孩子们表示感谢：

> 我爱过你们，而且永远爱着。这并不是说，要从你们受父亲的报酬，我对于"教我学会了爱你们的你们"的要求，只是受取我的感谢罢了……①

作为父亲的有岛向孩子们表达感谢，其原理明显延续了《爱是恣意劫夺的》的观点，具体而言，有岛武郎之所以对孩子充满感激，是因为孩子教他学会了"爱"——"像尝过血的兽一样，尝过爱了。"② 有岛将向外扩张、夺取"爱"的自我比作"野兽"，在《爱是恣意劫夺的》中同样有这种类比：

> 试看野兽：它们是怎样把它们的爱之作用——互夺的爱之状态——认真地表现出来的？人虽不是兽，但在相互夺爱之一点上是同生物一样的；不过人要想在精巧的假面具的下面欺瞒

---

① 鲁迅：《随感录·六十三"与幼者"》，《鲁迅全集》第1卷，第380页。
② 鲁迅：《随感录·六十三"与幼者"》，《鲁迅全集》第1卷，第380页。

着自己；人类的确是在受着这个欺瞒的天罚的。①

因此，在《与幼小者》中出现"野兽"的比喻并不让人意外。即便在父子之间，"爱"也是个体为了实现更完整的自我而向外恣意夺取的。有岛武郎在《爱是恣意劫夺的》中的一段话，颇能够解释他这里向孩子表示感激的原理：

> 我对于我预期的收获而欢喜而感激，这并不是什么虚伪，乃是极寻常的人的常情：爱之感激，也是除此以外没有我的生命。我承认明明白白地借爱他而把一切摄取到我自己里面的道理。假若有人呼我为利己主义者，我以为没有妨碍；或是呼我为"爱他的利己主义者"，也不要紧：因为我知道我自发地去爱的时候，是必定在往自身里面夺取着。②

他强调，这种"爱"才是完成自我个性和自由的力量。山田敬三认为，鲁迅和有岛武郎之间的这种巧合，正如一张纸的正、反两面，而且"鲁迅所倡，有岛必和"③。如上所述，两个人虽然同样指出父母对于子女本能的爱，但其内在原理以及"爱"的表达方式却有很大的不同。从有岛武郎的观点来看，鲁迅更像是一个宗教主义者，因为鲁迅主张父母的"爱"是利他的、无我的和牺牲的，这些特点在有岛论"爱"的原理中是反面性的。在这个意义上，两个人的思想确实像是一张纸的"正、反两面"：归根结底，对于同样的"爱"的理念，两者的原理和表达是不同的，前者是夺取的、个体性

---

① ［日］有岛武郎：《有岛武郎论文集》，任白涛译，神州国光社1933年版，第79页。

② ［日］有岛武郎：《有岛武郎论文集》，任白涛译，神州国光社1933年版，第78页。

③ ［日］山田敬三：《鲁迅世界》，韩贞全、武殿勋译，山东人民出版社1983年版，第174页。

的，后者则是给予、义务与完全献出自我的。

尽管都承认"爱"是生物本能，并且都在对亲子关系的论述中展现出真诚的人生观，但鲁迅的论述无疑存在着有岛武郎所没有的张力，生物性的真理与宗教般的热情共同汇聚在鲁迅对进化的期待中。有意思的是，鲁迅也曾指出父母在逝去的时候，应当对于更年轻的一代表示"感激"，例如在《随感录·四十九》中：

> 老的让开道，催促着，奖励着，让他们走去。路上有深渊，便用那个死填平了，让他们走去。少的感谢他们填了深渊，给自己走去；老的也感谢他们从我填平的深渊上走去。——远了远了。①

但是，这里的"感激"更像从人类未来总体远景出发，表达看到了年轻一代超越自己的欣慰，指向的仍然是牺牲、利他和无我而不是"爱己"的道理。鲁迅认为，即便牺牲自我，只要这种牺牲是对于进化的确认，是对于后代有利的，那么，生命在总体上仍然是乐观的，他由此强调："明白这事，便从幼到壮到老到死，都欢欢喜喜的过去；而且一步一步，多是超过祖先的新人。"②

小川利康指出，鲁迅在摘译有岛武郎《与幼小者》的段落时，为之增设了生物进化论的考量，事实上，有岛武郎的本意并不在此。③ 那么，应当如何从生物进化论的脉络出发，理解鲁迅对于生命乐观主义的期待呢？鲁迅对于有岛武郎心有灵犀不是偶然，他在同一时期阅读过日本大正时期的生命主义的作品，对于同时代日本文学与思想界的变动并不陌生，而他对于生物学的态度同样受到日本

---

① 鲁迅：《随感录·四十九》，《鲁迅全集》第1卷，第355页。
② 鲁迅：《随感录·四十九》，《鲁迅全集》第1卷，第355页。
③ ［日］小川利康：《周氏兄弟的"时差"：白桦派与厨川白村的影响》，［日］藤井省三编《日本鲁迅研究精选集》，中央编译出版社2016年版，第327—350页。

生命主义潮流的影响,这种影响融入在鲁迅有关生命进化的表述中。鲁迅不仅在《随感录·四十九》中表露这种观点,而且在同年的《随感录·六十六 生命的路》中再次表达了对进化的信仰:

> 生命的路是进步的,总是沿着无限的精神三角形的斜面向上走,什么都阻止他不得。……生命不怕死,在死的面前笑着跳着,跨过了灭亡的人们向前进。……人类总不会寂寞,因为生命是进步的,是乐天的。①

据考证,这些文字几乎完全来自大正时期的文学评论家中泽临川,鲁迅很可能阅读过后者发表于 1916 年 1 月《中央公论》上的《生命的凯歌》,进而将之吸收到对进化的表述中。伊藤虎丸认为,尽管鲁迅欣赏中泽临川乐天的生命主义,但字里行间仍然流露着不可忽视的悲哀之感,这种感受正来自鲁迅对"牺牲"的独特理解。② 原本乐天的生命主义由此变得深沉,在这个意义上,自我牺牲的悲哀感受构成了鲁迅"五四"时期有关生命、进化表述的底色。不过,如果能够证明生命正在进化,那么"爱"与"牺牲"便是有意义和价值的,鲁迅自愿承担历史中间物的角色。

这种感受完全源于鲁迅自身的主体性定位,所谓"爱"与"牺牲",详尽表达了他对自我与历史进化关系的看法。鲁迅早年曾认为,人类的进化无法避免灭亡的悲剧,但他并没有陷入悲观的沼泽,而是号召人们发扬"摩罗诗人"勇猛善战、积极进取的精神——"此人世所以可悲,而摩罗宗之为至伟也。"③ 现在,他无疑进一步把自己的命运融入其中,但态度和立场却发生了明显转变。鲁迅认

---

① 鲁迅:《随感录·六十六 生命的路》,《鲁迅全集》第 1 卷,第 386 页。
② [日]伊藤虎丸:《鲁迅与终末论》,李冬木译,生活·读书·新知三联书店 2008 年版,第 335 页。
③ 鲁迅:《摩罗诗力说》,《鲁迅全集》第 1 卷,第 70 页。

为自己已不再属于"摩罗诗人"代表的有希望的人群,但由于仍然信服进化的原理,这使得他落入"可悲"者的行列之中,也因此,相比早年,鲁迅"五四"时期对于进化的表述带着更多切身的悲剧性体会。在《我们现在怎样做父亲》中,鲁迅主张"幼者本位",原因即在于对进化论许诺的未来的信仰,他据此批判传统家庭伦理的谬误并号召父母尽快"觉醒",意识到"爱"和"牺牲"的力量。鲁迅将有岛武郎视为"觉醒者"①,但他的原理却与后者存在较大差异:有岛武郎的观点建立在平等的现代个体基础上,"爱"是个体之间相互完善的方式;面对"长者本位"的伦理,鲁迅并没有平衡不对等的关系,而是把它颠倒过来,他呼吁父母应当为子女——也即为了未来的进化而牺牲,长者的生命因此才有意义。

正是在事关未来的进化脉络中,鲁迅围绕牺牲、利他、无我的论述——这些很可能被斥责为宗教主义的"高调"便显得充分且必要。对于子女而言,进化论许诺的未来道路是"宽阔光明"的,为了使子女能够作为真正的"人"而生存,鲁迅一再要求父母履行"背着因袭的重担,肩住了黑暗的闸门"②的义务,这种甘于自我牺牲的精神已经很难再从大正时期的生命主义寻找到线索。

三 艰难的进化之路

尽管鲁迅称之为生物学真理,但以"牺牲"、无我之"爱"来求得生命进化的思路,明显违反了达尔文、海克尔以及尼采的宗旨。赫胥黎区别人类社会与自然世界,强调人类伦理的建设应当克制自然欲望,姑且不论克制自然欲望与自我牺牲的差异,鲁迅在提出自我牺牲的时候也明显与赫胥黎不同,他始终将这种道德强硬地安置在生物学

---

① 鲁迅:《随感录·六十三"与幼者"》,《鲁迅全集》第 1 卷,第 380、第 381 页。

② 鲁迅:《我们现在怎样做父亲》,《鲁迅全集》第 1 卷,第 135、145 页。

一元论的范畴内,真诚相信"人类总有些为他人牺牲自己的精神"①。这种观点体现出鲁迅对于进化的个体性理解。如果说鲁迅在海克尔、尼采的启发之下,认为人类进化最终是来自生物某种"内的努力"②,那么,当他进一步将这个生物学的真理引申到家庭问题之中时,"内的努力"便被具体化为父母的"爱力",并明确指向义务、无我、利他的"牺牲"精神。

以牺牲自我换取进化,在晚清以降人们接受进化论的历史上,当然不止鲁迅的个例,尤其是在救亡热潮中,个体往往被要求对于民族的未来献出自我。通过牺牲自我激发同胞觉醒,这种烈士精神在晚清有志改造中国的人群中影响颇为深远。梁启超在1902年曾经写下过一篇名为《进化论革命者颉德之学说》的文章,他在这篇文章中介绍了英国学者颉德(Benjamin Kidd)的社会进化思想,其中义务、利他、牺牲的观点均与鲁迅在《我们现在怎样做父亲》"随感录"中的表述存在一定的近似。鲁迅早年虽是梁启超的热心读者,但他从未提到过颉德,我们无法知道鲁迅是否读到过梁氏的这篇文章。颉德自学成才,他的著作中总是混合了蒙昧的宗教主义与当时社会流行的进化思想,其在西方被思想界被铭记,也仅仅是因为一部惹人争议的《社会进化论》。③ 梁启超之所以推崇颉德,并将其视作继达尔文、斯宾塞以及赫胥黎之后成就最高的进化思想家,正是看中了这部著作宣传的义务、利他、牺牲精神以及对于个人主义的批判。梁氏憧憬以"公德"建立民族国家,颉德无疑对此提供了有力支持,如指出:"此进化的运动,不可不牺牲个人以利社会(即人

---

① 鲁迅:《我们现在怎样做父亲》,《鲁迅全集》第1卷,第145页。
② 鲁迅:《我们现在怎样做父亲》,《鲁迅全集》第1卷,第137页。
③ Michael Freeden, "Benjamin Kidd: Portrait of a Social Darwinist by D. P. Crook", *Albion: A Quarterly Journal Concerned with British Studies*, Vol. 17, No. 2 (Summer 1985), pp. 233-235.

群),不可不牺牲现在以利将来。"① 颉德批评斯宾塞基于个体的进化论,他认为社会进步恰恰应当源自个人对集体的牺牲和利他精神,西方文明之所以在19世纪最为进步和发达,原因即在于西方文明独具的基督教性质的利他主义。② 在这种宗教意识笼罩下,颉德指出利他主义最终指向的"他"就是将来的社会。③ 颉德的观点吸引了梁启超,他以此改造边沁、穆勒等代表的功利主义,使其摆脱了对于现世利益的执着,并进一步引申出未来的面向:

> 颉氏以为自然淘汰之目的,在使同族中之最大多数得最适之生存。而所谓最大多数者,不在现在而在将来,故各分体之利益及现在全体之利益,皆不可不牺牲之以为将来达此目的之用。④

梁氏希望中国人达到这种觉悟,为了民族与未来的社会进步而牺牲自我——"牺牲"的意义也在此得到明确揭示。梁启超深为赞同颉德的生死观:"死也者,进化之母而人生之一大事也。人人以死而利种族,现在之种族以死而利未来之种族,死之为用不亦伟乎。夫既为未来而始有死,则亦为未来而始有生,断断然矣。"⑤ 如果一个社会进步的根本动力在于"牺牲",那么,个体生命便只有通过献

---

① 梁启超:《进化论革命者颉德之学说》,《梁启超全集》第4卷,北京出版社1999年版,第1026页。

② S. W. Dyde,"Principles of Western Civilization by Benjamin Kidd", *The Philosophical Review*, Vol. 13, No. 2(Mar., 1904), pp. 247 – 249. E. E. C. Jones, "Social Evolution. by Benjamin Kidd", *Mind*, *New Series*, Vol. 3, No. 12(Oct., 1894), pp. 551–556.

③ Benjamin Kidd, *Social Evolution*, New York: Macmillan and Co. 1895, pp. 104 – 127.

④ 梁启超:《进化论革命者颉德之学说》,《梁启超全集》第4卷,北京出版社1999年版,第1027页。

⑤ 梁启超:《进化论革命者颉德之学说》,《梁启超全集》第4卷,北京出版社1999年版,第1027页。

身社会、整体、未来才获得意义。

这种观点和鲁迅在《我们现在怎样做父亲》《随感录·四十九》和《随感录·六十六》中的表述不是很相近吗？——只要把梁启超（或者颉德）论述中涉及未来的"种族""社会""国家"等表述，换成作为幼者的"子孙"即可。在利他、无我、牺牲以及对于未来的乐观期待上，鲁迅的观点和这些论述没有本质的差别。梁启超称赞颉德已经把个体生命意义讲述得非常透彻，同时他将颉德的观点与世界各大宗教并列在一起，指出唯有颉德从进化论的科学角度解答了人类生死问题的最大困惑：人正是从为种群进化的牺牲中获得自身价值。浦嘉珉认为，鲁迅在《随感录·四十九》中抒发的乐天主义的生死观以及对进化、未来根深蒂固的信仰，使他和早年提倡颉德社会进化论的梁启超并无不同。[①] 但仍需指出的是，鲁迅强调这是生物"爱"的本能，他的观点既源于对生物进化的乐观期待，也因对"牺牲"的主体性的坚持富有更多悲情意味。

对于家庭改革的前景，虽然鲁迅反复要求父母应当为子女而牺牲自我，但他的心情却颇为复杂。如果在《我们现在怎样做父亲》中，他还只是认为这种觉醒的父母在中国"很不容易做"[②]，那么同一时期，在别的场合对于因为"爱"而牺牲自我的行为不时流露出悲观、消极的态度。在这个意义上，我们不能简单认为，鲁迅相信"牺牲"与"爱"必然导向乐天主义的进化。

鲁迅强调"牺牲"与"爱"的意义，这种思路形成颇早。如前所述，他在留日时期便通过对国民性的观察指出"爱"的重要性，同一时期，他多次表明将自我投身于民族救亡的决心，这时"牺牲"主题即已浮出水面。初到东京不久的鲁迅写下"寄意寒星荃不察，我以我血荐轩辕"（《自题小像》，1903）的诗句，同期

[①] ［美］浦嘉珉：《中国与达尔文》，钟永强译，江苏人民出版社2009年版，第289页。

[②] 鲁迅：《我们现在怎样做父亲》，《鲁迅全集》第1卷，第145页。

译作《斯巴达之魂》再度陈述了渴望为祖国战死的心情。事实上，这种献身的激情是周作人、有岛武郎自始至终匮乏的，这也决定了他们不可能具有鲁迅有关"牺牲"与"爱"的主张中的历史感和紧张感。鲁迅在从事文艺运动之际推崇的"新神思宗"与"摩罗诗人"同样贯彻了这种原则，其中，他运用最长的篇幅讲述了拜伦的一生。鲁迅深刻感动于拜伦为希腊独立倾尽生命的事迹，并从中看到以牺牲个体激发群体觉醒的希望："盖以异域之人，犹凭义愤为希腊致力，而彼邦人，纵堕落腐败者日久，然旧泽尚存，人心未死，岂意遂无情愫于故国乎？"①

如果说鲁迅此时高亢的声音中仍暗藏着悲观的因子，那么民初之后中国政界的黑暗状况无疑将其进一步放大，鲁迅深刻怀疑群体觉醒的可能，并愈发意识到改变中国的艰难。这种思考最终造成鲁迅"五四"时期诸多表述内部的分裂。毫无疑义，"五四"新文化运动再次引发了鲁迅早年对于献身中国改革的热忱与激情，围绕家庭问题，鲁迅不断强化对于"爱"和"牺牲"等理念的信心。尽管鲁迅运用生物进化原理论证这种思路的合理性，但通过与周作人、有岛武郎比较，愈加清晰地显示出，这些理念只是源自他个人的主体性意志——将自我投身于进化的对立面，这种对于自我与历史进化的决断强化了其表述中的悲凉色彩。与此同时，那种潜伏的挫败感仍不时左右着鲁迅的心绪，因而不同于论文、杂感中的浪漫设想与慷慨陈词，他在小说世界中深切缅怀了那些为革命牺牲的仁人志士——例如徐锡麟、秋瑾，作为清末著名的无政府主义者，他们以牺牲自我实践着改革中国的志向。事实上，鲁迅论及改革时一再诉诸牺牲的必要性，即以某种方式延续了这种精神。鲁迅对其命运的书写呼应了"救救孩子"的"五四"主题，众所周知，这些竭尽生命热量的先驱者最终获得了民众的反杀。

鲁迅在小说中塑造了众多牺牲者形象，这些牺牲者最初无不为

---

① 鲁迅：《摩罗诗力说》，《鲁迅全集》第1卷，第83页。

了"爱"或真理献出自我,但他们的努力并没有换来想象中的社会进步,反而由此衍生出一幕幕悲凉的景象。例如,在《狂人日记》中,因为发现了历史真理而呼唤"救救孩子"的狂人,一开始就面临被周围人吃掉的危险;在《药》中,为革命牺牲的夏瑜,不仅自始至终无法取得母亲的理解,其鲜血也被做成他试图唤醒的愚弱者的药引子;在《在酒楼上》中,曾经意气风发的革命者吕纬甫被庸俗的社会生活磨平棱角,最终变得意志消沉;《长明灯》中那个呼唤着破除愚昧习俗的"疯子",不仅被禁闭在破庙中,对于改革的呼唤也被孩子们的嬉笑声消解;《孤独者》中对于孩子充满喜爱却被抛弃的魏连殳,其结局是把爱转化成仇恨,向一切人,也包括自己复仇……这种情绪演化为《野草》中两篇直接题名为《复仇》的散文,《复仇(其二)》对受难耶稣的刻画更透露出鲁迅"牺牲"与"爱"的人道主义理想的破灭,耶稣所欲拯救的人类正是杀死他的凶手,"上帝离弃了他,他终于还是一个'人之子';然而以色列人连'人之子'都钉杀了"①。"人之子"的命运无疑呼应了鲁迅此前在《随感录·四十》中对于伦理改革的筹划。

与牺牲者的意义被消解同时出现的,是原本象征希望、进化与未来的孩子。这些对立的形象和情节共同指向了一个残酷结论,即牺牲并不带来改革,这种悲观的态度迫使鲁迅在一段时期之内走向绝望。作为对"牺牲"以及无我之"爱"的回应,最为痛楚的莫过于鲁迅在《头发的故事》中借助 N 先生的质问:

> 我要借了阿尔志跋绥夫的话问你们:你们将黄金时代的出现豫约给这些人们的子孙了,但有什么给这些人们自己呢?②

反讽的是,鲁迅此前借助无政府主义有关人类之"爱"的观点

---

① 鲁迅:《复仇(其二)》,《鲁迅全集》第 2 卷,第 179 页。
② 鲁迅:《头发的故事》,《鲁迅全集》第 1 卷,第 488 页。

改革家庭，这里他根据无政府主义者的言论宣布了自己构造的以"爱"为纲领的方案无效。鲁迅悲观地意识到"牺牲"可能只是一场意义无多的自我消耗，因此，尽管与颉德、梁启超同样神往于进化论许诺的美好愿景，但鲁迅的心情显然更为复杂，对他而言，进化之路不仅飘浮着由前辈"牺牲"散发的悲凉气息，还不时隐现着对未来的否定与虚无主义态度。这导致他的进化论地基颇不稳固。最终让鲁迅陷入绝望的，或许是他和周作人失和以及从家中被"赶"出来的经历，这段经历足够让他质疑牺牲的真理。

鲁迅的讨论并不脱离自身的经验，"五四"时期，当提倡父亲应当牺牲、利他并且献出无我之"爱"的时候，作为家中长子、长兄，他已经长久践行这种要求，担负着"长兄如父"的义务。1926年，在写给许广平的一封信中，他袒露其中的心路历程：

> 我先前何尝不出于自愿，在生活的路上，将血一滴一滴地滴过去，以饲别人，虽自觉渐渐瘦弱，也以为快活。而现在呢，人们笑我瘦弱了，连饮过我的血的人，也来嘲笑我的瘦弱了。我听得甚至有人说："他一世过着这样无聊的生活，本早可以死了的，但还要活着，可见他没出息。"于是也乘我困苦的时候，竭力给我一下闷棍，然而，这是他们在替社会除去无用的废物呵！这实在使我愤怒，怨恨了，有时简直想报复。①

通过流血来显示自我牺牲，包罗的历史信息十分丰富，不乏鲁迅和他亲手培养出来的一批青年学生（如高长虹、向培良等）的关系，当然，更可以毫无疑义地指向兄弟失和事件。鲁迅表明的正是被背叛的滋味，恰如他也运用同样的比喻和语气向周建人表达心中的义愤："我已经涓滴归公了，可是他们还不满足。"② 鲁迅在《牺牲

---

① 鲁迅：《两地书·九五》，《鲁迅全集》第11卷，第253—254页。
② 周建人：《鲁迅和周作人》，《新文学史料》1983年第4期。

谟》（1925）中刻画的牺牲者的荒诞处境，同样可视为对自己的自嘲。1920年代中期，在与许广平的通信中，"牺牲"是一以贯之的主题，其中，鲁迅频繁表明他不赞成"牺牲"，并为那些被遗忘的牺牲者感到悲哀。由此，他也对进化许诺的希望表示出强烈怀疑："待你牺牲了极多的宝贝——你的青春——她就弃掉你。"[1] 裴多菲的这些诗句无疑深刻触动了鲁迅疲惫的内心。

自我牺牲乃至死亡无法带来生命的进步，这使得鲁迅此前掩藏在《我们现在怎样做父亲》以及"随感录"中的悲凉感升级为对改革前景的绝望。从悲凉到绝望的变化，不仅消泯了乐天的可能，鲁迅深信的生物学真理也面临崩溃危险。作于1925年的《颓败线的颤动》清晰表露出鲁迅的绝望感，如果把这篇文章同《我们现在怎样做父亲》以及"随感录"上的文章放在一起比较，很容易发现两者的变化并被其间的孤独与绝望所笼罩。《颓败线的颤动》记录了一对母女相隔多年的两个生活片段：前一个片段是绝境中的母亲为了抚养年幼的女儿，不惜出卖（牺牲）自己的尊严获得经济来源；后一个片段则是多年后，女儿连同她的丈夫将这位年老力衰的母亲赶出家门，使其流浪在荒野之中。尽管为子女牺牲了所有，但这位母亲还是不得善终，她赤身露体地矗立在荒原中，内心涌荡着："眷念与决绝，爱抚与复仇，养育与歼除，祝福与咒诅……"[2] 这些词语激烈交织、碰撞在一起，却无一可以占据主导，而是在互相叠加的同时互相否定，无休无止地斗争、重复、循环，深刻传达出老妇内心无以言表的苦楚。老妇的形象蕴含了鲁迅分裂的生命体验，并与他"五四"时期的诸多主张构成鲜明反差。

日本学者丸尾常喜指出，《颓败线的颤动》是一部表明鲁迅进化思想解体的作品，"对于献身的背叛却使他的'进化论'出现裂缝

---

[1] 鲁迅：《希望》，《鲁迅全集》第2卷，第182页。
[2] 鲁迅：《颓败线的颤动》，《鲁迅全集》第2卷，第211页。

进而崩溃，让他不堪其苦。"① "五四"时期，鲁迅根据进化论将希望寄托在"幼者"身上，主张"牺牲"与无我之爱，在这个意义上，与狂人、夏瑜、N先生、吕纬甫与魏连殳等形象不同，被抛弃的母亲不仅表明"牺牲""爱"的无意义，对于鲁迅而言，这个融汇着己身痛苦经验的形象也从个体层面否定了他在"五四"时期有关家庭改革的设想。除去把《颓败线的颤动》与兄弟失和事件联系在一起的传记式解读，鲁迅这里的绝望感，也同他此前深以为然的"生物学真理"密切相关。从个体经验出发，他发现即便毫无保留地牺牲了生命和尊严，以"爱"为纲领重建家庭的理想仍然是空洞无力的，与此同时，他的心中不时浮现出晚清以降众多牺牲者的悲凉结局。《颓败线的颤动》中的那位母亲最终难免在荒原中孤独死去，她的牺牲并没有争取来子女的进步与生命的进化。"眷念""爱抚""养育""祝福"与"决绝""复仇""奸除""诅咒"……这些非理性、非逻辑的个人感受解构了"五四"时期鲁迅有关"牺牲"与"爱"的理念，展现出被从一切范畴驱离的孤独感。《颓败线的颤动》是一个绝望且深具象征意味的答案，它显示着鲁迅的进化信仰逐渐坍塌。20年代中期，当生物学的进化真理遭遇至暗时刻，还能相信什么呢？这个问题想必将使他困惑。

---

① ［日］丸尾常喜：《颓败下去的"进化论"：论鲁迅的〈颓败线的颤动〉》，秦弓译，《鲁迅研究月刊》1993年第6期。

第 六 章

1920年代的质疑与反思

　　如果勾勒20世纪20年代中国知识界和现实社会变迁的状况，"分裂"与"动荡"或许是最适宜的两个词语。由于应对社会变革的不同意见，"五四"时期建立的反传统思想联合战线走向分裂。知识界的一部分成员接受了来自俄国的启示，并开启了20年代及此后新的革命进程。与此同时，黑暗的北洋政府越发显出狰狞的面孔。这一时期，鲁迅直接参与了1924—1925年北京女子师范大学学生对抗校方和教育部的斗争。在1926年"三一八惨案"之后，他更是为那些被残暴屠杀的青年学生感到无比惋惜和悲痛。

　　无论是知识界的分裂，还是日趋激烈的社会现实斗争，都对于鲁迅在新文化运动时期的主张构成了极大挑战。他曾经主张"救救孩子"，提出应当由年迈的长者肩负起黑暗的闸门，鼓励青年人到光明的世界中去，但现实的暴力却让这些主张大多沦为虚妄的幻想，他不仅亲身体验了被学生背叛的苦楚，在1927年的大革命失败之际，还近距离地目睹了青年之间的相互残杀。20年代中期，鲁迅陷入了内外交困的处境，1923年夏天的兄弟失和事件沉重打击了他的意志，加之疾病侵袭，鲁迅在小说与散文中频繁表露绝望的心情。尽管越发认识到进化论的缺陷，但鲁迅并未找到解释现实问题更合适的路径，他仍然坚守着这种逐渐"落伍"的理论。这时，鲁迅如何看待曾经投以巨大热情和期望的青年/孩子？怎样认识20年代剧烈变化的社会，又该如何重新行动起来？

第一节 "幼者本位""善种学"及其困境

作为传统中国文化与家族伦理的根本，以"孝道"为核心的父子关系在新文化运动时期遭到空前挑战。当父亲的至高权威被不断削弱时，那些被遮蔽的孩子们终于开始显露出自己的身影，并迅速成为知识界关注的中心议题。鲁迅"救救孩子"的著名呼吁便发生在这种历史进程中，"孩子"或"幼者"代表了改革中国与历史进化的希望，并在广义的层面上呼应了新文化运动对青年与青春的礼赞。1919年，在《我们现在怎样做父亲》中，鲁迅主张以"幼者本位"改造不合理的长幼秩序："此后觉醒的人，应该先洗净了东方古传的谬误思想，对于子女，义务思想须加多，而权利思想却大可切实核减，以准备改作幼者本位的道德。"① 为了践行这种新道德，他要求父母必须担负起"健全的产生，尽力的教育"② 的责任，正如鲁迅在这篇文章中提出"善种学"（Eugenics）——如今通译为"优生学"——的处置办法，这种要求展现了他的优生学视野。鲁迅关注优生学与他这时相信"生物学的真理"有关。不过，如果细加考察，作为"生物学的真理"的一种表达方式，优生学的思路却让鲁迅"幼者本位"的理想变得扑朔迷离：一方面，它使得鲁迅的主张具备了相对坚实的科学基础；但另一方面，优生学内在的遗传决定法则不免为"幼者本位"蒙上了一重阴影。

一 "幼者本位"的脉络

除了象征着未来，"幼者"还代表了进化，即发展的动力，相比

---

① 鲁迅：《我们现在怎样做父亲》，《鲁迅全集》第1卷，第137页。
② 鲁迅：《我们现在怎样做父亲》，《鲁迅全集》第1卷，第141页。

之下,"父亲"被降至次要地位——"自己背着因袭的重担,肩住了黑暗的闸门,放他们到宽阔光明的地方去;此后幸福的度日,合理的做人。"①"父亲"用这样的牺牲换来了新的世界,自己却沉没在黑暗中。历史的主体由此发生了转变。从这种思路出发,鲁迅认为中国古代的伦理走上了错误的方向,他谴责"长者本位"乃是"逆天行事"②。古人未必真的"逆天行事",关键在于,鲁迅所谓的"天"的含义发生了改变,它指向的是进化论所包含的"生物学的真理"。在这种真理的启示下,鲁迅从根本上颠倒了自古以来的父子关系,他强调家庭伦理的根本应在"幼者",因为"幼者"承载了希望,相反,在中国的传统中,"长者"不仅"无力生存",还要苛责"幼者"为自己牺牲,由此陷入不断地循环。③

鲁迅提倡"幼者本位",很可能受到周作人的影响。周作人比鲁迅更早关注儿童问题,在1910—1920年,他率先写了多篇论述儿童问题的文章。在1912年的《儿童问题之初解》中,周作人便有一段论述与鲁迅批评"长者本位"时的观点颇为相近,所谓"东方国俗,尚古守旧,重老而轻少,乃致民志颓丧,无由上征"④。这种经过进化透镜折射出来的悲观景象,在父子伦理的层面上表达得最为明确,例如他紧接着补充:"中国亦承亚陆通习,重老轻少,于亲子关系见其极致。原父子之伦,本于天性,第必有对待,有调合,而后可称。"⑤ 在写作《我们现在怎样做父亲》时,鲁迅应当参考过周作人的这篇文章。不过,虽然两人都指出了儿童的重要性,但不同于周作人认为父子关系应当"有调合"的观点,鲁迅更为激进地主

---

① 鲁迅:《我们现在怎样做父亲》,《鲁迅全集》第1卷,第135页。
② 鲁迅:《我们现在怎样做父亲》,《鲁迅全集》第1卷,第137页。
③ 鲁迅:《我们现在怎样做父亲》,《鲁迅全集》第1卷,第137页。
④ 周作人:《儿童问题之初解》,《周作人散文全集》第1卷,广西师范大学出版社2009年版,第246页。
⑤ 周作人:《儿童问题之初解》,《周作人散文全集》第1卷,广西师范大学出版社2009年版,第246页。

张用"幼者本位"直接取代"长者本位"。

当然，在提出"幼者本位"的理想时，鲁迅也有自己的准备工作。在1913年8月至11月期间，他连续翻译了上野阳一的《艺术玩赏之教育》《儿童之好奇心》《社会教育与趣味》，1914年11月，又翻译了高岛平三郎的《儿童观念界之研究》。这些翻译密切关涉儿童话题，《儿童之好奇心》与《儿童观念界之研究》这两篇文章颇为细致地讨论了儿童的心理世界。在《儿童之好奇心》中，上野阳一描述了儿童心理发育的不同阶段，他不仅指出儿童在不同阶段所好奇事物的不同，还揭示了好奇心对于推动社会进步的意义，例如"文明进步，至如今兹，谓由于好奇，赓续而成，殆无不当"①。至于《儿童观念界之研究》一文，则是高岛平三郎作为心理学家，对于儿童观念世界进行的一场科学实验的报告，他从不同年龄阶段的儿童绘画的内容差异，推断出从一年级至四年级儿童心理的变化以及儿童建立情感和知性世界的不同途径。② 这些文章以儿童作为研究对象，向人们详细展示了儿童世界的独特性和丰富性。总之，无论上野阳一还是高岛平三郎，他们都将儿童作为独立的研究主题，这种立意凸显出儿童不同于成人的主体特征。

上野阳一和高岛平三郎的研究给鲁迅提供了启发，在《我们现在怎样做父亲》中，鲁迅强调应当加强儿童心理研究时便以日本作为典范："所以一切设施，都应该以孩子为本位，日本近来，觉悟的也很不少；对于儿童的设施，研究儿童的事业，都非常兴盛了。"③ 同时，鲁迅指出儿童的主体性地位，并说明西方和日本已经就此实施了改革，如今，中国也需要跟上这一潮流：

---

① ［日］上野阳一：《儿童之好奇心》，鲁迅译，《鲁迅著译编年全集》第2卷，人民出版社2009年版，第180页。

② ［日］高岛平三郎：《儿童观念界之研究》，鲁迅译，《鲁迅著译编年全集》第2卷，人民出版社2009年版，第285—303页。

③ 鲁迅：《我们现在怎样做父亲》，《鲁迅全集》第1卷，第140—141页。

>往昔的欧人对于孩子的误解，是以为成人的预备；中国人的误解，是以为缩小的成人。直到近来，经过许多学者的研究，才知道孩子的世界，与成人截然不同；倘不先行理解，一味蛮做，便大碍于孩子的发达。①

在写下这段文字两天之后，鲁迅读到了白桦派作家有岛武郎的《与幼小者》，并从中进一步发展出"对于一切幼者的爱"的观点。② 尽管鲁迅更多地直接从日本学者的研究中获得启发，但在他的视野中，西方始终是一个不曾缺席的参照。鲁迅认为，正是西方社会的深刻变化使得人们开始重视儿童。从社会学的角度讲，这种转变与19世纪西方社会结构转型密切相关，儿童之所以成为中心，最初与19世纪现代核心家庭形成有关。意大利学者艾格勒·贝奇（Egle Becchi）的研究表明，随着19世纪核心家庭形成——无论是贵族家庭、资产阶级家庭还是无产阶级家庭，也无论是社会还是法律方面，子女都开始成为家庭的中心："在整个19世纪中，无论哪种家庭，所有的关系、策略、角色的分配等都以子孙后代为核心，并且不断明确。"③ 在思想史的脉络中，这种观念发生得更早。在《爱弥儿》这部教育学经典著作中，卢梭最早提出现代性的儿童观念，他开篇就批评："我们对于儿童是一点也不理解的：对他们的观念错了，所以愈走就愈入歧途。最明智的人致力于研究成年人应该知道些什么，可是却不考虑孩子们按其能力可以学到些什么，他们总是把小孩子当大人看待，而不想一想他还没有成人哩。"④ 在《我们现在怎样做父亲》中，鲁迅的出发点不是和卢梭的论述很接近吗？卢梭的观点被后来的学者继承，在19世纪的自然科学、人类学以及浪

---

① 鲁迅：《我们现在怎样做父亲》，《鲁迅全集》第1卷，第140页。
② 鲁迅：《随感录·六十三"与幼者"》，《鲁迅全集》第1卷，第381页。
③ ［意］艾格勒·贝奇：《西方儿童史（下卷）：自18世纪迄今》，卞晓平、申华明译，商务印书馆2016年版，第210—212页。
④ ［法］卢梭：《爱弥儿》，李平沤译，商务印书馆2014年版，第2页。

漫主义潮流中，儿童始终占据着重要地位，尤其是浪漫主义者对儿童天性的赞美与想象，他们把儿童"视为非凡的、先验的宇宙中的最根本的形象，这样的世界是儿童的一种表现特征。童年构成了成人无法进入的另一种世界模式，同时也是我们每个人作为历史特殊客体的个体发展的证据"①。此外，儿童还被描绘成天真的玫瑰，象征着远离罪恶的神圣纯粹的世界。

如果按照卢梭与19世纪浪漫主义者的描绘，那么，鲁迅对"幼者本位"的设想也同样表现出了类似的想象。在称赞了西方以及日本的"幼者本位"后，鲁迅将视线转向中国，他表示："便在中国，只要心思纯白，未曾经过'圣人之徒'作践的人，也都自然而然的能发现这一种天性。"②值得注意的是，在《我们现在怎样做父亲》中，"天性"正是出现频次最高的词汇，这种用法显示着鲁迅的乐观主义，他认为父亲最重要的责任就是解放儿童，而儿童之所以能够"幸福的度日，合理的做人"③，根本原因在于"幸福"和"合理"的种子本就埋藏在儿童的"天性"中。在《随感录·四十九》中，鲁迅再次表现出这种乐观情绪，在进化论的许诺之下，他相信"进化的途中总须新陈代谢。所以新的应该欢天喜地的向前走去，这便是壮，旧的也应该欢天喜地的向前走去，这便是死；各各如此走去，便是进化的路"④。在《随感录·四十》中，鲁迅也指出孩子的"血液究竟干净，声音究竟醒而且真"⑤。

鲁迅所谓的"心思纯白"很容易让人想起他早年在《破恶声论》中推崇的"白心"。并非偶然的是，鲁迅在这篇文章中即以卢梭作为榜样："志士英雄，非不祥也，顾蒙帼面而不能白心，则神气

---

① [意]艾格勒·贝奇：《西方儿童史（下卷）：自18世纪迄今》，卞晓平、申华明译，商务印书馆2016年版，第161页。
② 鲁迅：《我们现在怎样做父亲》，《鲁迅全集》第1卷，第138页。
③ 鲁迅：《我们现在怎样做父亲》，《鲁迅全集》第1卷，第135页。
④ 鲁迅：《随感录·四十九》，《鲁迅全集》第1卷，第355页。
⑤ 鲁迅：《随感录·四十》，《鲁迅全集》第1卷，第338页。

恶浊，每感人而令之病。奥古斯丁也，托尔斯泰也，约翰卢骚也，伟哉其自忏之书，心声之洋溢者也。若其本无有物，徒附丽是宗，辄岸然曰善国善天下，则吾愿先闻其白心。"①

1908年，在《破恶声论》中，鲁迅指出中国改革的根本之道在于召唤出"心声"和"内曜"，这时，他把希望寄托在了孩子们的身上。日本学者藤井省三认为鲁迅的"白心"即"无邪"（innocence）的意思，他同样注意到鲁迅"白心"的用法与卢梭思想的关联："与'白心'联系在一起出现了卢梭的名字，卢梭正是欧洲近代发现儿童的第一人。他的感性赞美——自然人的主张，在论述儿童时被具体化了，这是为激进地批判社会制度自明性的假定物。"②鲁迅接续卢梭"自然人的主张"，他在儿童身上发现了类似于"自然人"的善良的天性（"白心"），然而，鲁迅同时意识到中国的儿童处在历史的黑暗之中，这种情形导致他对父子伦理的改造在很大程度上可以化约为一场拯救儿童的行动。

新文化运动期间，鲁迅的第一篇作品就密切联系着这一主题。在《狂人日记》的结尾，狂人不仅惊恐地发现了自古相传的吃人真相，而且察觉到自己也于无意中加入到吃人的行列，他最终发出这样的追问与呼吁：

> 没有吃过人的孩子，或者还有？
> 救救孩子……③

藤井省三认为，这里"没有吃过人的孩子"就是鲁迅所谓的"白心"，而"救救孩子"则是吃过人的，即丧失了"白心"的狂人

---

① 鲁迅：《破恶声论》，《鲁迅全集》第8卷，第29页。
② ［日］藤井省三：《鲁迅比较研究》，陈福康译，上海外语教育出版社1997年版，第221页。
③ 鲁迅：《狂人日记》，《鲁迅全集》第1卷，第454、455页。

想保护和培育从"白心"中流露出来的社会批判力的决心。①"白心"代表了鲁迅改革父子关系的可能与希望,他相信儿童的天性是纯洁善良的,在此后的成长过程中,儿童之所以丧失"白心",只是由于后天的环境或者说恶劣的教育败坏了他们。

与此相应,在《狂人日记》第二则日记中,当狂人不安地行走在街上时,他发现连周围的小孩子也面露吃人的神情。狂人最初这样宽慰自己:"我可不怕,仍旧走我的路。前面一伙小孩子,也在那里议论我;眼色也同赵贵翁一样,脸色也都铁青。我想我同小孩子有什么仇,他也这样。"② 对于"救救孩子"的主题而言,这段很少引起重视的记载却十分重要。虽然狂人能够解释赵贵翁等吃人的历史,但更关键的是,他如何理解小孩子也加入了吃人的群体中呢?

> 但是小孩子呢?那时候,他们还没有出世,何以今天也睁着怪眼睛,似乎怕我,似乎想害我。这真教我怕,教我纳罕而且伤心。③

狂人随后像发现了重要的秘密一般:"我明白了。这是他们娘老子教的!"④ 当我们把"娘老子教的"反过来理解,这句话不也在暗示,发现了历史真理的狂人其实相信,小孩子原本天性善良以及无辜的吗?尽管这些想要吃人的小孩子不再干净,但鲁迅却借助狂人的发现尽力替他们辩护:吃人的罪恶原本与他们善良的天性无关,问题只是出现在后天"娘老子教的"层面。

由于相信儿童的天性善良,"救救孩子"指向了后天教育的必要

---

① [日]藤井省三:《鲁迅比较研究》,陈福康译,上海外语教育出版社1997年版,第227页。
② 鲁迅:《狂人日记》,《鲁迅全集》第1卷,第445页。
③ 鲁迅:《狂人日记》,《鲁迅全集》第1卷,第445页。
④ 鲁迅:《狂人日记》,《鲁迅全集》第1卷,第445页。

性。在这个脉络上,我们可以理解鲁迅多篇呼吁教育改革的文章。在《我们现在怎样做父亲》中,鲁迅更是详细列出了教育的过程:长者"不但不该责幼者供奉自己;而且还须用全副精神,专为他们自己,养成他们有耐劳作的体力,纯洁高尚的道德,广博自由能容纳新潮流的精神,也就是能在世界新潮流中游泳,不被淹没的力量。"① 在《狂人日记》与同期写作的多篇"随感录"中,鲁迅一再批判儿童教育在中国的缺失。为了强调儿童教育的重要性,他痛斥中国的父亲们只会"生"而不会"教",谴责这样的父亲和"嫖男"无异,如《随感录·二十五》中,鲁迅指出中国的儿童"大了以后,幸而生存,也不过'仍旧贯如之何',照例是制造孩子的家伙,不是'人'的父亲,他生了孩子,便仍然不是'人'的萌芽"②,问题在于,如何才能从这些不称职的父亲中产生"人"的"萌芽"呢?

二 "善种学者的处置"与"遗传的可怕"

当鲁迅一方面对儿童的善良天性予以期待,另一方面又相信教育的力量时,他显然能够对"幼者本位"保持乐观的态度。不过,考虑到面对的是那些背负着深重历史负担的父亲们,鲁迅还是意识到了改革的艰难程度。正是在这个意义上,"善种学"被引介进来。鲁迅首先强调父亲必须"爱己",随后引用易卜生的《群鬼》警告那些不检点的父亲:"将来学问发达,社会改造时,他们侥幸留下的苗裔,恐怕总不免要受善种学(Eugenics)者的处置。"③

但鲁迅没有继续说下去,什么是"善种学者的处置"呢?优生学发端于19世纪晚期的英国,达尔文的表弟高尔顿(Francis Galton)于1883年杜撰了"Eugenics"一词,该词的词干源于希腊

---

① 鲁迅:《我们现在怎样做父亲》,《鲁迅全集》第1卷,第141页。
② 鲁迅:《随感录·二十五》,《鲁迅全集》第1卷,第312页。
③ 鲁迅:《我们现在怎样做父亲》,《鲁迅全集》第1卷,第139—140页。

词汇"*genus*",指种族或亲属,前缀"*eu*"意味着好的或善的。[①] 优生学兴起于《物种起源》发表后有关遗传问题的争论,高尔顿追随达尔文的自然选择学说,他相信这种方法对人类有益,通过选择性的生殖可以提高种群素质。但达尔文对于遗传的态度颇为复杂[②],1871年,在《人类的由来》中,达尔文曾对拉马克的获得性遗传表示赞成[③],他提出了一种被称作泛生论(Pangenesis)的假说,认为外界环境变化时,生物体内部分的生殖信息会随之发生变异并遗传下去。但这种假说不断遭到反对,高尔顿未能领会达尔文的意思,他坚持认为人类的才能源自先天遗传[④]。作为优生学史上的另一位关键人物,德国生物学家魏斯曼(August Weismann)同样强调自然选择的力量,他于1885年提出"种质连续"(the Continuity of the Germ-plasma)假说,认为携带遗传信息的"种质"不随外界环境变化,生物个体"体质"在后天环境中的变化与遗传无关。20世纪初,孟德尔(Gregor Mendel)在豌豆实验中发现的遗传定律在尘封多年后获得重视,其结果是进一步增强了遗传决定论的力量。当这些强调遗传决定的观点扩张到人类社会时,性情、智力、体力、容貌等性状表达的差异就被解读为种族与社会等级高低、优劣的表现,酗酒、犯罪、残障与精神性疾病被认为将会遗传给后代。优生学带来了尖刻的伦理问题,而鲁迅所谓"善种学者的处置"不外是,一方面鼓励优等族群生育,另一方面限制低等族群生育,乃至强迫其绝嗣,最终达到人种改良的目的。这意味着,如果中国的父亲们不能履行"爱己"的

[①] Debbie Challis, *The Archaeology of Race*: *The Eugenic Ideas of Francis Galton and Flinders Petrie*, London: Bloomsbury, 2013, p. 69.

[②] [美]迈尔:《生物学思想发展的历史》,涂长晟译,四川教育出版社2010年版,第456—457页。

[③] [英]达尔文:《人类的由来》,潘光旦、胡寿文译,商务印书馆1983年版,第49页。

[④] Francis Galton, *Hereditary Genius*: *An Inquiry into Its Laws and Consequences*, New York: Barnes&Noble, 2012, p. 795.

责任,那么,"善种学者"就将剥夺他们做父亲的资格。①

在西方发展迅猛的优生学吸引了中国学者的关注,同进化论的流行类似,优生学不仅被视作一项伟大的自然科学成就,而且与现实的社会改革以及伦理问题密切交织在一起。清末民初,优生学即是被当作进化论语义中"择种留良"的实践科学而备受关注,尤为值得提及的是,当鲁迅在《我们现在怎样做父亲》中展示出优生学的知识背景时,他的两个兄弟周作人和周建人都已经对优生学展开了大力介绍。周作人在1913年作《遗传与教育》并翻译《民种改良之教育》,次年又翻译了《外缘之影响》。周作人虽然清楚遗传的力量,但颇为强调后天教育的重要性,如他在《外缘之影响》最后感叹:"今中国家庭社会,荒芜无纪,学校之教,但如一暴十寒。教育效果,百年之后,果可期否乎?"② 几乎同时,周建人也撰写了《人之遗传》(1913)《民种改良说》(1913) 与《微生物与人生》(1914)《论生物外缘之影响》(1915)。1920年前后,周建人又相继写作了《善种学与其建立者》(1920)《善种学的理论与实施》(1921)以及《达尔文以后的进化思想》(1921)等介绍优生学的文章。周建人多次论述从高尔顿、魏斯曼到孟德尔的遗传学脉络,他认为应当尊重遗传的力量,不过,像周作人一样,他同时表示出了

---

① 陈寿凡的《人种改良学》与鲁迅《我们现在怎样做父亲》作于同年,其中便讲述了梅毒的生理隔离办法:"盖梅毒之病原体非仅扑灭困难,且每害及心脏、动脉、脑髓等,又多传染无辜之胎儿……社会当许认男子婚姻之前令其提示医师之健康诊断书诚为要著,然人类最良之血统此类病毒自无侵害之机。盖致此之途要由纵欲,凡精神健全之人大抵不喜纵欲,而有教育之淑女亦绝无愿意淫佚之人为夫者也。"(陈寿凡:《人种改良学》,商务印书馆1919年版,第2页) 作为一种不可治愈的遗传疾病,梅毒受到早期优生学者高度重视,一些宣传者认为,只有让这部分人绝育——通过婚姻选择或从人群中放逐的方式,才能彻底消灭这种病症。无论鲁迅是否读过陈寿凡的优生学著作,他规劝父母应当"爱己",无疑响应了这里所谓的"精神健全之人大抵不喜纵欲"。

② 周作人:《外缘之影响》,《周作人散文全集》第1卷,广西师范大学出版社2009年版,第351页。

对于后天环境与教育改革的重视。①

在《我们现在怎样做父亲》中，鲁迅认为父亲应当兼顾"生"与"教"两方面的责任，即与周作人、周建人的思路相近。这种思路表面上非常完满，但从优生学的思路来看却存在着明显的张力，原因在于，优生学内含的遗传学法则决定了那些历史沉积下来的缺陷将被不间断地遗传，而且，如果严格恪守了优生学的决定论法则，那么，后天教育的意义就将变得非常微茫。事实上，当鲁迅提出"善种学者的处置"时，他的心底也不免掠过了一丝寒意，鲁迅既知道中国的父亲们存在着各种各样的缺点，同时，他又明确地指出"父母的缺点，便是子孙灭亡的伏线，生命的危机"②。一幅悲凉的景象旋即浮现出来，鲁迅想起了《群鬼》，想起了身患梅毒、渴求自杀的欧士华，他由此不住地感叹"遗传的可怕"③。作为父亲的阿尔文纵欲无度，使得欧士华先天感染了梅毒，尽管这部戏剧拉开帷幕时，阿尔文已经去世了十多年，但他生前的恶习与疾病依然阴魂不散。正是在老阿尔文的可怕的阴影中，鲁迅警告中国的父母们应当"爱己"，否则，"善种学者的处置"将会十分严厉，但这无疑已在相当程度上威胁到了他的"幼者本位"的理想。

鲁迅引用了最后一幕欧士华请求阿尔文太太协助自己进食吗啡（自杀）的情节。这种绝境反映出了易卜生的创作理念：一方面，易卜生深受福楼拜、司汤达、左拉等人影响，他的作品延续了法国自然主义的文学脉络；另一方面，由于吸收了19世纪下半叶广泛流传的生物进化论，易卜生常常把自然选择、遗传决定法则直接应用到

---

① 20世纪20年代中期，潘光旦发表《中国之优生问题》，从遗传角度解释了中国历史与当下社会的种种问题，此文随后引起周建人的长文批评。在这场争论中，潘光旦强调生物受自身的遗传决定律作用，周建人则更为重视后天环境的原因。潘光旦：《读〈读《中国之优生问题》〉》，《潘光旦文集》，北京大学出版社1993年版，第289—305页。周建人的批评文章《读〈中国之优生问题〉》，也可见该书第306—315页。

② 鲁迅：《我们现在怎样做父亲》，《鲁迅全集》第1卷，第139页。

③ 鲁迅：《我们现在怎样做父亲》，《鲁迅全集》第1卷，第139页。

创作中。①《群鬼》就是这样一部体现了自然决定论的戏剧。通过制造出无可挽救的绝望感，易卜生的遗传决定论立场使他在反对父权制的时候更为有力。② 我们无法确定鲁迅是否知道易卜生的创作理念与反父权制的关系，但易卜生在《群鬼》中批判父亲、同情欧士华的观点，却能够极大地引发写作《我们现在怎样做父亲》时提倡"幼者本位"的鲁迅的共鸣。

在《群鬼》中，欧士华无法摆脱父亲遗传给他的梅毒以及其他的诸种恶习，尽管阿尔文太太已经尽了全部努力想要阻断这种遗传，但结果是，她不仅失败了，还要面临失去儿子的结局。这种结局反映了，抱持自然主义的易卜生并不相信拉马克式的后天改革思路。1882年，在《群鬼》发表后的次年，勃兰兑斯即从遗传决定论的角度深入解读过这部作品，他明确指出《群鬼》中的悲剧是"就遗传问题所作的诗意的阐述"：

> 它以目前现代科学方面的最新见解——决定论为基础，提出了父母对孩子的生理和精神特征具有总体的决定性影响的观点，并且将这个结论同标题中普遍承认的事实，即感情是通过遗传维持的（信条则通过感情得以维系）相联系，从而使结论具有感情色彩，引人联想。③

作为易卜生在中国的理想读者，鲁迅深受《群鬼》结尾处欧士

---

① Ross Shideler, *Questioning the Father: From Darwin to Zola, Ibsen, Strindberg, and Hardy*, Standford: Standford University Press, California, 1999, p. 82.

② Evert Sprinchorn, "Science and Poetry in 'Ghosts': A Study in Ibsen's Craftmanship", *Scandinavian Studies*, Vol. 51, No. 4, Henrik Ibsen Issue (Autumn 1979), pp. 354 - 367.

③ ［丹麦］乔治·勃兰兑斯：《第二次印象》。转引自约翰·S. 张伯伦《〈群鬼〉：观点的模糊》，袁霞译，王宁编《易卜生与现代性：西方与中国》，天津百花文艺出版社2001年版，第220页。

华在绝境中求死的冲击，他评价这一幕"实在是我们做父亲的人应该震惊戒惧佩服的；决不能昧了良心，说儿子理应受罪"。① 鲁迅有关"幼者本位"的主张以及对儿童"白心"的赞美，都使他格外同情无辜的欧士华。易卜生有意引导他的读者相信，欧士华的悲剧悉数源自父亲的荒淫纵欲。在《群鬼》中，欧士华向阿尔文太太转述巴黎名医告诉他"生下来的时候身上就带着一种有虫子的病"以及"父亲造的孽要在儿女身上遭报应"②。随后，"父亲造的孽"这个短语被欧士华和阿尔文太太不断重复、强化。通过这种方法，易卜生表达出了他对遗传决定论的笃信和对"父亲"的谴责：

（欧士华）从来没做过荒唐事——无论从哪方面说都没有。这一点你得相信我，妈妈！我从来没荒唐过……可是这病平白无故在我身上害起来了——你说多倒霉。③

为了带给读者更深刻的印象，易卜生让欧士华在准备自杀之际再次强调"病根子"是"从胎里带来的"④，他的主体性责任也由此被不断地降低。

鲁迅引用《群鬼》中的这一情节不是偶然的，不仅因为他意图借助欧士华的结局警示中国父母，事实上，他也曾在自己的写作中陷入同一困境。在《狂人日记》第十二则日记里，怀着被吃的恐惧，狂人错愕地发现自己早已隐藏在吃人的队伍中、延续了吃人的血脉，同时，他并非有意地，而是类似于欧士华在"平白无故"之中染上

---

① 鲁迅：《我们现在怎样做父亲》，《鲁迅全集》第1卷，第139页。
② ［挪威］易卜生：《群鬼》，《易卜生戏剧选》，潘家洵译，人民文学出版社2006年版，第144—145页。
③ ［挪威］易卜生：《群鬼》，《易卜生戏剧选》，潘家洵译，人民文学出版社2006年版，第143页。
④ ［挪威］易卜生：《群鬼》，《易卜生戏剧选》，潘家洵译，人民文学出版社2006年版，第165页。

病毒，他也在"无意之中"成了历史的罪人：

> 四千年来时时吃人的地方，今天才明白，我也在其中混了多年；大哥正管着家务，妹子恰恰死了，他未必不和在饭菜里，暗暗给我们吃。
>
> 我未必无意之中，不吃了我妹子的几片肉，现在也轮到我自己，……①

祖传的恶习无法消除，一代代无辜的子孙轮流成为遭受遗传决定论吞噬的牺牲品。在《群鬼》中，阿尔文太太控诉道："从祖宗手里承受下来的东西在咱们身上又出现，并且各式各样陈旧腐朽的思想和信仰也在咱们心里作怪。那些老东西早已经失去了力量，可是还是死缠着咱们不放手。我只要拿起一张报纸，就好像看见字的夹缝儿里有鬼乱爬。"② 与此相似的是，狂人也从史书的字缝里发现了"仁义道德"吃人的真相，"鬼"和"吃人"不都彰显出了改革者对祖辈和历史传统最深重的绝望感吗？狂人交代这部史书"没有年代"③，这一信息恰恰表明了"吃人"的历史超越了时间限制，并使他的发现接近于某种超历史的普遍性真理。

在这个意义上，令人绝望的遗传被引申到精神层面。正如勃兰兑斯指出，易卜生在《群鬼》中宣扬生理与精神总体性的遗传决定论，鲁迅同样把握到了这种思路，他感叹："可怕的遗传，并不只是梅毒；另外许多精神上体质上的缺点，也可以传之子孙，而且久而久之，连社会都蒙着影响。"④ 除了设定欧士华身患梅毒外，易卜生也在《群鬼》中多次强调精神遗传力的强大，例如，就在阿尔文太

---

① 鲁迅：《狂人日记》，《鲁迅全集》第1卷，第454页。
② ［挪威］易卜生：《群鬼》，《易卜生戏剧选》，潘家洵译，人民文学出版社2006年版，第133页。
③ 鲁迅：《狂人日记》，《鲁迅全集》第1卷，第447页。
④ 鲁迅：《我们现在怎样做父亲》，《鲁迅全集》第1卷，第139页。

太希望通过捐建孤儿院清除上一辈的罪孽时,易卜生却安排欧士华和侍女瑞琴嬉闹,让其重演了父亲阿尔文与侍女乔安娜的故事。同样的情节在同一个地方不断重复、轮回,逼迫着阿尔文太太惊呼"鬼"又一次出现了。如果说在《我们现在怎样做父亲》中,鲁迅引用《群鬼》是为了表明"父亲"改造自我的能动性与积极意义,那么易卜生则根据遗传决定论向他否认了这种可能。

三 坏的"根性":《孤独者》中的激辩

面对这种困境,鲁迅从《狂人日记》开始就不断追问"没有吃过人的孩子"是否存在？一段时期内,他的回答是肯定的。如《我们现在怎样做父亲》中,鲁迅反复强调"天性"的意义,又如《随感录·四十》中,鲁迅在读了一个青年人反抗包办婚姻的来信后指出:"魔鬼手上,终有漏光的处所,掩不住光明；人之子醒了；他知道了人类间应有爱情；知道了从前一班少的老的所犯的罪恶；于是起了苦闷,张口发出这叫声。"[1] 从这个青年人的心声中,鲁迅看到了突破历史遗传的希望,他希望由此终结"四千年的旧账"[2]。

同样,在《随感录·三十八》中,尽管鲁迅将中国人的"昏乱"视为遗传的"根性",批评"昏乱的祖先,养出昏乱的子孙,正是遗传的定理。民族根性造成之后,无论好坏,改变都不容易的","我们现在虽想好好做'人',难保血管里的昏乱分子不来作怪,我们也不由自主",但他转而指出改造的办法:"祖先的势力虽大,但如从现代起,立意改变:扫除了昏乱的心思,和助成昏乱的物事（儒道两派的文书）,再用了对症的药,即使不能立刻奏效,也可把那病毒略略羼淡。"[3] 这时的鲁迅尚且保留着对于改造民族"根性"的希望。在这个意义上,先天的"根性"与幼者的"天性",

---

[1] 鲁迅:《随感录·四十》,《鲁迅全集》第1卷,第338页。
[2] 鲁迅:《随感录·四十》,《鲁迅全集》第1卷,第338页。
[3] 鲁迅:《随感录·三十八》,《鲁迅全集》第1卷,第329页。

悲观的遗传决定论与要求父亲们"爱己"、改造自我的主体性思路，构成了鲁迅思想中一对互相缠绕的矛盾。

不过，鲁迅对于"幼者本位"的态度随后发生了剧烈变化，他最终被优生学内在的悲观逻辑俘获。在作于1925年下半年的《孤独者》中，这种心态得到了详尽展现。他深刻怀疑改变民族"根性"的可能，对于儿童天性的乐观想象以及后天教育改革的呼吁，在这篇遍布着绝望气息的小说中纷然失效。① 在这篇小说中，有关儿童的讨论不仅占据了最为核心的部分，更是直接决定了"孤独者"——魏连殳的命运。同"五四"时期的鲁迅一样，魏连殳也是一位"幼者本位"理想的信奉者，他最初对于孩子表现出了让人意料之外的喜爱，尽管在他的朋友申飞看来，那些孩子都是极为讨厌的。在《孤独者》中，魏连殳租住在一个由祖母和四个孩子构建起来的家庭中。这四个孩子中年龄最大的几个分别叫作"大良""二良""三良"，事实上，这种命名的方式并非随意为之。

安德鲁·琼斯注意到，鲁迅在给这些孩子取名的时候带着一种反讽态度②，因为这几个孩子身上看不出任何值得夸赞的地方。当这些孩子"闯入"申飞的视野时，他们不仅毫无礼貌，而且是一副脏、乱、丑的形象："大的八九岁，小的四五岁，手脸和衣服都很脏，而且丑得可以。"③ 随后，"不知怎的便打将起来。有一个哭了"④。这种

---

① 这种转变很可能与"兄弟失和"有关，《孤独者》中围绕儿童的多处细节源自鲁迅真实的个人体验。在鲁迅和周作人失和之前，像《孤独者》中的魏连殳一样，他常常对于周作人的孩子表示出格外的喜爱，而他也曾经受到孩子们的疏远，关于这段经历，周建人曾经有记载："鲁迅对我说的是，他偶然听到对于孩子有这样的呵责：'你们不要到大爹的房里去，让他冷清煞！'"（周建人：《鲁迅和周作人》，《新文学史料》1983年第4期）增田涉也有类似的记述："他常买糖果给周作人的小孩（他自己那时没有小孩），周作人夫人不让他们接受而抛弃掉。"（增田涉语，转引自周建人《鲁迅和周作人》）

② [美]安德鲁·琼斯：《狼的传人：鲁迅·自然史·叙事形式》，王敦、李之华译，《鲁迅研究月刊》2012年第6期。

③ 鲁迅：《孤独者》，《鲁迅全集》第2卷，第92页。

④ 鲁迅：《孤独者》，《鲁迅全集》第2卷，第92页。

乱糟糟的局面也是孩子们的常态。当申飞成为常客后，他经常被这些孩子闹得烦躁不安，"那房主的孩子们，总是互相争吵，打翻碗碟，硬讨点心，乱得人头昏"①。同他们的祖母一样，这些孩子非常势利。当魏连殳失业后，他们不仅远远躲开，连魏连殳送给他们的零食也不要了；而在其投靠军阀"发达"的时候，他们又可以像狗一样给魏连殳磕头。作为对安德鲁·琼斯反讽解释的补充，是否存在一种可能，鲁迅用"大良""二良"和"三良"给这些孩子取名时，表达出了他的优生学理念？

这种推测并非没有缘由。"良"字，原本是民初优生学者最常使用的表述，诸如当时流行着"优良分子""择种留良"等说法。1919年，陈寿凡介绍优生学的著作即题为"人种改良学"②，周建人也多次根据优生学主张"扶助优良分子"③，在这个意义上，《孤独者》中的"大良""二良"与"三良"恰恰属于"优良分子"之外的"不良分子"，反讽的意味即由此产生。对于这样的"不良分子"，优生学给出了悲观的结论，正如周建人在《善种学与其建立者》中指出的："虽然暂时能够救济，但毕竟无法可以使不良的人民，根本改良。"④ 在《孤独者》中，关于孩子"优良"以及是否可以"改良"的问题有过一场明确发生在优生学范畴之内的激烈辩论，申飞和魏连殳最初的一段对话就是围绕着被命名为"大良""二良"以及"三良"的孩子们展开：

"孩子总是好的。他们全是天真……。"他似乎也觉得我有些不耐烦了，有一天特地乘机对我说。

"那也不尽然。"我只是随便回答他。

---

① 鲁迅：《孤独者》，《鲁迅全集》第2卷，第93页。
② 陈寿凡：《人种改良学》，商务印书馆1919年版。
③ 周建人：《遗传与环境》，《东方杂志》第20卷第4期，1923年2月25日。
④ 周建人：《善种学与其建立者》，《东方杂志》第17卷第18期，1920年9月25日。

"不。大人的坏脾气,在孩子们是没有的。后来的坏,如你平日所攻击的坏,那是环境教坏的。原来却并不坏,天真……。我以为中国的可以希望,只在这一点。"

"不。如果孩子中没有坏根苗,大起来怎么会有坏花果?譬如一粒种子,正因为内中本含有枝叶花果的胚,长大时才能够发出这些东西来。何尝是无端……。"我因为闲着无事,便也如大人先生们一下野,就要吃素谈禅一样,正在看佛经。佛理自然是并不懂得的,但竟也不自检点,一味任意地说。①

鲁迅为魏连殳设定的身份相对暧昧,他"所学的是动物学,却到中学堂去做历史教员"②。这意味着魏连殳很可能相当熟悉在中国学界流传深广的优生学。另外,鲁迅将"动物学"与"教历史"关联在一起,也非随意的一笔,其中透露了魏连殳理解中国历史与改革的思路。魏连殳认为,像"大良""二良"这样的孩子天性原本不坏,一切只是环境教育的问题,他正是以此为根据引发出对于中国改革的希望,并相信人的主体力量可以推动历史的改变。这时的魏连殳并不相信遗传决定论,他将败坏的根源完全归结为后天环境的影响。在这场对话中,魏连殳相信后天教育和改革的意义,申飞则坚持先天的遗传决定论,与此相应地,魏连殳看到了"救救孩子"的希望,申飞则认为孩子是不可救的。

申飞和魏连殳的对话传达出了鲁迅自身的困惑,他怀疑儿童的天性,怀疑教育与改革的无意义,并在希望和绝望之间徘徊:孩子的恶劣究竟是后天环境与教育的问题,还是先天遗传?这场对话进行得极其严肃,魏连殳和申飞都直接用了干脆的"不"字否定对方的观点,在表达了自己的想法后,申飞觉得触犯了魏连殳的底线,

---

① 鲁迅:《孤独者》,《鲁迅全集》第2卷,第93页。
② 鲁迅:《孤独者》,《鲁迅全集》第2卷,第88页。

"只好逃走了"①。申飞以为他的绝望观点让魏连殳生气到了"仇恨"的程度，但事实却是，魏连殳在不久之后便默认了申飞的观点。在一次回访申飞的路途上，他惊讶地发现，原来理想中天性善良的孩子正对着他充满杀气："我到你这里来时，街上看见一个很小的小孩，拿了一片芦叶指着我道：杀！他还不很能走路……"②。在《狂人日记》《颓败线的颤动》《长明灯》中，鲁迅都运用了类似方式彰显儿童的恶意。这是否更能证明，小孩子的"坏"未必全然是后天环境的影响，而是来自一种不可改变的"根性"？这种怀疑直接击溃了魏连殳，使他转变了最初的立场。当申飞礼貌地回应"这是环境教坏的"③时，他却转而接纳了申飞此前的观点。

促成转变的还来自他的堂兄和侄子，魏连殳此时也是"逃"出来的，在他的屋中不仅"正有很讨厌的一大一小在那里，都不像人"，而且"儿子正如老子一般"④。魏连殳接连使用了"像"和"正如"作为父子关系的连接词，如同此前"大良""二良"与"三良"继承了祖母的势利性格，这显然是鲁迅表达历史轮回与停滞的又一处例证。堂兄企图将儿子过继给魏连殳，并不是替他考虑，按照传统的家族法，他的儿子将有权继承魏连殳的财产⑤，但魏连殳一开始就拒绝这种法则，他的办法是既不结婚也不生育。如果像安德鲁·琼斯认为的，这是"因为他不想再繁殖那一套压迫人的体系而故意将自己从遗传之链上摘除"⑥，那么，堂兄和侄子则逼迫他重新回到吃人的遗传之链上去。在难言的失望中，魏连殳认可了悲观的

---

① 鲁迅：《孤独者》，《鲁迅全集》第 2 卷，第 94 页。
② 鲁迅：《孤独者》，《鲁迅全集》第 2 卷，第 94 页。
③ 鲁迅：《孤独者》，《鲁迅全集》第 2 卷，第 94 页。
④ 鲁迅：《孤独者》，《鲁迅全集》第 2 卷，第 94 页。
⑤ ［日］滋贺秀三：《中国家族法原理》，张建国、李力译，商务印书馆 2014 年版，第 126 页。
⑥ ［美］安德鲁·琼斯：《狼的传人：鲁迅·自然史·叙事形式》，王敦、李之华译，《鲁迅研究月刊》2012 年第 6 期。

遗传决定论，也不再对孩子的天性抱以期待。

四 "胚种"与佛经里的遗传思想

魏连殳的结局反证了儿童的善良天性只是一种不切实际的设想，他最终被拖入子子孙孙无意义的相似性与历史轮回里。申飞认为儿童天性中埋藏着"坏根苗"的观点暗合了遗传学定理：儿童的天性中本就埋藏着不良的"种子"与"胚"，这些"坏根苗"使得他们在后天成长过程中产生不良的症状，并最终抽空了改革的可能。申飞的观点直接否定了《狂人日记》中"救救孩子"的可能性，并与前述德国生物学家魏斯曼的"种质连续"说颇为相似。

鲁迅对于魏斯曼的学说并不陌生，周作人和周建人都多次在介绍优生学的文章中提到过魏斯曼。1921年，周建人在《善种学的理论与实施》中即有相关的介绍，他把"种质连续"翻译为"胚种质料系一系相沿"：

> 德国新达尔文主义派的生物学家淮司曼（Weismann）著一书，名《胚种形质说》，引了许多的例证，来说明动物的胚种质料系一系相沿，当卵球发育为个体的时候，一部分的质料长发了，以成肢体，又一部分的质料，留着，以供将来发生胚种细胞之用；所以胚种形质系由祖先传来，并非由个体自己发生出来；于是把以前胚种的质料由个体本身生出来的观念一律推翻。子女之能肖父母，便因子女和父母，都是由祖先传来的胚种形质所发育的缘故；（近时生物学家，虽颇有认个体为一个整的全体的倾向，但此种问题，在不专治生物学的人，怕没甚趣味，可以不必讨论。）因此愈证明本性能够遗传，力量比环境的影响更强大了。[①]

[①] 周作人：《善种学的理论与实施》，《东方杂志》第18卷第2期，1921年1月。

魏斯曼认为，生物的"胚种"或"种质"排斥主体后天的获得性状，从而维持遗传的稳定性。这种"种质连续"说意义关键，以此为界，拉马克的后天获得性遗传理论被抛弃。无论是字面还是义理，这和《孤独者》中申飞所说"譬如一粒种子，正因为内中本含有枝叶花果的胚，长大时才能够发出这些东西来"[①]都非常相似，申飞的"胚种"说表达的正是遗传决定论的思路。

更有意思的是，申飞的结论并非直接来自魏斯曼的优生学，而是"佛经"，他说这是因为最近"正在看佛经"，所以从"佛理"出发，才有了如此高度契合魏斯曼遗传决定论的悲观论调。事实上，如果依据"佛经"，申飞的"胚种"隐喻最可能取法于唯识宗，如第八识的阿赖耶识"种子识"即为一切轮回果报之因。民国初年，鲁迅曾深入研读唯识宗相关经典，这段话显示出了他的功底。同样值得注意的是，在鲁迅之前，周作人也曾将佛教的"种业说"与遗传学定理关联起来。1913年，在《遗传与教育》中，周作人即有一段论述与申飞的说法相近：

> 一人之思想行业，虽表见在于后日，而其根本已定于未生之初。遗传之力，不异佛说之种业也。[②]

但与申飞不同，在承认遗传力量的前提下，周作人更为强调后天教育改革的意义："今以遗传之说应用于教育，则施行教育，即为利用外缘以行扬抑，使其遗传之性渐就准则，化为善性，复遗于后。"[③]他认为，教育能够改变后天的性状并且一代代地遗传下去，而这一点恰恰被申飞否定了。

[①] 鲁迅：《孤独者》，《鲁迅全集》第2卷，第93页。
[②] 周作人：《遗传与教育》，《周作人散文全集》第1卷，广西师范大学出版社2009年版，第268页。
[③] 周作人：《遗传与教育》，《周作人散文全集》第1卷，广西师范大学出版社2009年版，第268页。

在中国优生学的历史上，这种将佛经与遗传学关联起来的做法并非始于周作人。在《天演论》中即有一篇题为"种业"，如果进一步追根溯源的话，那么这种做法也非严复的首创，而是来自原著者赫胥黎。正是赫胥黎最早使用佛教中的"羯磨（Karma）"指代生物繁殖中会发生改变并遗传的因素，严复再将"羯磨"翻译成"种业"，在《天演论·种业》中，严复注释"喀尔磨（即Karma——引注），又曰羯磨，译云种业"①。

赫胥黎这样描述遗传问题：

> 气质，作为一个人道德和智力的实质性要素，确实从一躯体传到另一躯体、从一代轮回到另一代。在新生婴儿的身上，血统上的气质是潜伏着的，"自我"不过是一些潜能。但这些潜能很快就变成了现实。从童年到成年，这些潜能表现为迟钝或聪慧，羸弱或健壮，邪恶或正直。此外，每一特征由于受到另一气质的影响而发生改变——如果没有其他影响的话，这种气质就会传给作为其化身的新生体。②

赫胥黎虽然指出每个人血脉中潜伏的"气质"将不断地遗传，但他绝不是悲观的遗传决定论者，他认为遗传信息不过是每个人的"潜能"，关键仍取决于后天环境的影响。赫胥黎尤其说明，后天被改变的性状将遗传给新生的个体，由此可以明确的是，与佛教"种业说"对应的是获得性遗传。他解释说：

> 印度哲学家把上面所说的气质称为"羯磨"。正是这种羯

---

① ［英］赫胥黎：《天演论》，严复译，《严复集》第5册，中华书局1986年版，第1372页。
② ［英］赫胥黎：《进化论与伦理学》，宋启林等译，北京大学出版社2010年版，第26页。

磨,从一生传到另一生,并以轮回的链条将此生与彼生连结起来。他们认为,羯磨在每一生都会发生变化,不仅受血统的影响,而且还受自身行为的影响。事实上,印度哲学家都是获得性气质遗传理论的坚定信徒……①

如果从赫胥黎的原意出发,那么,"佛经"支持的恰恰不是遗传决定论,而是承认后天环境教育与主体能动性的获得性遗传理论,因为只有这样,自我的修行才有意义:"印度哲学不容许对这一问题有任何怀疑——相信环境尤其是相信自我修行对羯磨的影响,不仅是印度哲学中报应理论的必要前提,而且还是逃脱永无止境的轮回转世的唯一出路。"②1904年,梁启超在《余之生死观》一文中同样指出"佛说之羯磨,进化论之遗传性",又有"Character,译言性格。进化论家之说遗传也,谓一切众生,当其生命存立之间,所受境遇,乃至所造行为习性,悉皆遗传于其子孙"③。这段论述源自严译《天演论》,并相对准确地传达出了赫胥黎所揭示的后天环境对改变遗传性状的意义。从赫胥黎、严复到梁启超,再到周作人,都保持着对"种业说"与获得性遗传论相关联的理解。

但《孤独者》中的申飞彻底改变了这一脉络。由于相信主体在后天的能动力量,"种业说"实质上是一种乐观的理论,这与魏连殳最初的期待是一致的,但是,申飞却把"种业说"改造成了与获得性遗传完全背道而驰的遗传决定论,进而否定了后天改革的可能与希望。反讽的是,叙事者又补充说申飞只是略读了一点"佛经",并未真懂,这使得申飞的断言又不可全信。但正是这种半通不通的

---

① [英]赫胥黎:《进化论与伦理学》,宋启林等译,北京大学出版社2010年版,第26、27页。

② [英]赫胥黎:《进化论与伦理学》,宋启林等译,北京大学出版社2010年版,第27页。

③ 梁启超:《余之生死观》,《梁启超全集》第5卷,北京出版社1999年版,第1370页。

"种业说"将魏连殳拖入绝望,使他不再相信"救救孩子"的可能。与"幼者本位"理想同时瓦解的,还有魏连殳对改造中国与历史进步的希望。不过,魏连殳在狂欢之中死去的结局之所以具有震撼力,说明他仍然不肯放弃同遗传决定论对抗——即便这是一场无意义的对抗,正如申飞看到了魏连殳大殓时的表情:"安静地躺着,合了眼,闭着嘴,口角间仿佛含着冰冷的微笑,冷笑着这可笑的死尸。"① 对于走投无路、投靠军阀之后的魏连殳而言,绝望与希望都是虚无的,他的自我毁灭表达了对于遗传决定论无意义的反抗。如果说,最初鲁迅通过对"白心"以及儿童天性的赞扬,表明突破历史遗传与循环的志愿,那么他在20年代中期却不断失望地认识到,这种理想终究无法在中国的大地上生根发芽,"幼者"其实难堪作为历史主体的重任。当申飞从魏连殳的丧礼快步离开时,他感受到一种从未有过的轻松,通过回顾与魏连殳的交往,申飞最终摆脱了后者在他心中留下的沉重记忆。在小说结尾出现了与"狂人"觉醒时类似的月光,但与其认为,它再次显示了对于"五四"启蒙理想的肯定,不如说表达的是从魏连殳生命终点处重新出发的愿望,尽管脚下的道路通向何处仍晦暗不明。

第二节 自然童话中的动物与人

据统计,在鲁迅的作品中,对于各种动物的描写达到了两百次之多。② 这应当是鲁迅有意为之的结果。对此有必要思考的是,鲁迅为何如此重视对动物的描写?如果鲁迅毕生都在追求"立人"理想,那么,这些动物描写与鲁迅对"立人"的呼吁存在何种关系?自20

[①] 鲁迅:《孤独者》,《鲁迅全集》第2卷,第110页。
[②] 靳新来:《"人"与"兽"的纠葛:鲁迅笔下的动物意象》,上海三联书店2010年版,第2页。

世纪80年代以来，这一问题便备受关注。钱理群最早指出，鲁迅笔下的动物从来不是单纯的艺术形象，而是从侧面代表着鲁迅对于人类本质的认识以及改造社会的理想和追求。[①] 王得后也认为，鲁迅擅长通过对动物的描写表达有关人性的观点。[②] 李欧梵在讨论鲁迅小说的写作技巧时，同样发现鲁迅有意组建一个与人类平行的动物领域，以揭示和批判人类社会中那些禽兽本能的、残酷的腐朽价值观。[③] 这些观点均说明鲁迅笔下的动物形象并不孤立，而是在经过他的主观创造后变成了与人类难解难分的复杂意象。

在鲁迅两百多次的动物描写中，存在着一个容易被研究者忽视的时期，即20世纪20年代初，鲁迅与盲诗人爱罗先珂曾有过密切的交往，这段时期内，鲁迅的文学与思想发生了关键变化，越发鲜明地表现出对"五四"弘扬的"人"之主体性的不信任感。爱罗先珂以童话著名，他的作品中总是充满了对于自然世界的浪漫幻想，在这些以自然为背景的童话中，爱罗先珂多次表达了对于动物与人类关系的思考。这种主题上的相似促使我们思考：能否以动物与人的关系为线索，通过考察鲁迅与爱罗先珂的交往史，打开进入鲁迅思想世界的新路径？从1921年开始至1923年，鲁迅先后翻译了爱罗先珂的十三篇童话以及三幕童话剧《桃色的云》，这一阶段也是鲁迅创作力最为勃发的时期，他不仅写了大量的杂文，《呐喊》中的多篇小说也作于此时。对于鲁迅短时期内不知疲倦的翻译，人们有足够的理由相信，他与爱罗先珂在文学和精神世界中发生了深切的共鸣，事实上，也正是由于鲁迅勤苦的翻译，使得爱罗先珂这位在俄国文学史上可谓籍籍无名的作家，将注定成为中国现代文学进程中一位难以被忘怀的人物。

[①] 钱理群：《心灵的探寻》，河北教育出版社2001年版，第216页。
[②] 王得后：《鲁迅心解》，浙江文艺出版社1996年版，第162页。
[③] 李欧梵：《铁屋中的呐喊》，尹慧珉译，人民文学出版社2010年版，第61页。

一 作为动物的儿童与童话的发生学

鲁迅对于童话翻译投入如此之多的心血，无疑回应了他在新文化运动期间提倡儿童研究、儿童教育的主张。某种意义上，童话是落实这些主张最好的素材，爱罗先珂在1921年的到来以及鲁迅的热情翻译，于此显得颇为合乎时宜。不过，在讨论爱罗先珂的童话之前，仍然存在这样的问题，如何认识作为期待对象的儿童？如果把儿童的发现视作一个历史性问题，那么答案却并非自明。1927年，周作人为一本介绍蒙台梭利教育思想的译著题写序言，他指出"儿童这样东西原是古已有之的，但历来似乎都不知道，虽然他们终日在大人们的眼前"，强调西方人最先发现了儿童，由此开启了对儿童的教育与研究，"少数的明智的教育家与学者承认儿童是灵长类的一种小动物，并不是缩小了的成人，把它另眼看待，其结果是发生了幼稚园的制度与儿童学的研究"[①]。儿童作为独立自足的主体，而非缩小的成人，这种观念曾在"五四"期间受到欢迎。周作人这里把对儿童的教育、研究放在生物学谱系中对待，这与儿童的发现有哪些关联？在此背景下，童话是如何被认识的？

1913年至1914年，作为教育部的官员，鲁迅已经意识到儿童教育的重要性。在他这时翻译的有关儿童研究的论文中，上野阳一的《儿童之好奇心》颇为值得关注。这是一篇关于儿童心理学研究的论文，在这篇文章中，上野阳一从动物学角度区分了儿童好奇心的诸种状态。尽管高岛平三郎的《儿童观念界之研究》也将儿童作为独立的研究对象，并且运用科学的实验方法归纳出不同时期儿童心理发育的特点，但相比之下，上野阳一的《儿童之好奇心》的论述思路显得更为别致。在这篇文章中，上野阳一并没有直接从人类世界着笔，而是从各类动物的好奇心的形态写起，进而推测儿童的心理

[①] 周作人：《〈蒙氏教育法〉序》，《周作人散文全集》第5卷，广西师范大学出版社2009年版，第331、332页。

发育情况，"今先述好奇心之见于动物生活者，其状若何，为参考焉"①。随后，上野阳一将动物划分为若干等级，并从作为第三等级的昆虫开始论述，他指出，好奇心正是从这里萌发，例如飞虫扑火即是一种代表性的表现，但上野阳一仍不确定这种行为是出于好奇心还是一种低级的生理现象，正如儿童在开始发育的时候也会对于明亮的事物表示好奇："若在人类，赤子初育，往往向明，然不得谓好奇，第见撄于光，遂起生象上之反射而已。"② 只有到了第五等级的鸟类以及之后更高级的动物，上野阳一才确认好奇心的作用。在依次比较了猫、犬、鹿、牛、羊、猿等动物的好奇心之后，他提出"动物之级愈上，则好奇之本能亦弥彰"③。上野阳一将这种"儿童—动物"类比的论述思路贯穿到全篇的写作之中。问题在于，上野阳一为何要坚持这种论述方式呢？他是否在有意指出，在儿童与动物之间存在着许多可以等同对待的心理特征呢？

在后文中，上野阳一论述了儿童好奇心的发展阶段，强调儿童的心理特征与动物的相似性。这些相似之处主要集中在本能的范畴中。例如，他指出儿童在幼小的时候会四处寻找食物，此即动物本能的表现，"盖动物以至原人，必须求食，故每趋险履危，搜索隐伏，以是因缘，遂见于童子个体发生之际耳"④。又如，在论述儿童因为好奇心的作用而发生旅行欲望时，上野阳一认为："案动物有移住本能，入春而发，此或与之相系欤。"⑤ 在文章最后一节，上野阳一罗

---

① [日]上野阳一：《儿童之好奇心》，鲁迅译，《鲁迅著译编年全集》第 2 卷，王世家、止庵编，人民出版社 2009 年版，第 171 页。
② [日]上野阳一：《儿童之好奇心》，鲁迅译，《鲁迅著译编年全集》第 2 卷，王世家、止庵编，人民出版社 2009 年版，第 171 页。
③ [日]上野阳一：《儿童之好奇心》，鲁迅译，《鲁迅著译编年全集》第 2 卷，王世家、止庵编，人民出版社 2009 年版，第 172 页。
④ [日]上野阳一：《儿童之好奇心》，鲁迅译，《鲁迅著译编年全集》第 2 卷，王世家、止庵编，人民出版社 2009 年版，第 173 页。
⑤ [日]上野阳一：《儿童之好奇心》，鲁迅译，《鲁迅著译编年全集》第 2 卷，王世家、止庵编，人民出版社 2009 年版，第 175 页。

列出好奇心对于人类社会的诸种积极意义,他告诫那些渴望社会与文明进步的人们,合理引导儿童的好奇心乃是非常紧要的事情。总体上,上野阳一将儿童与动物放在同一种认识结构中看待,在这种结构中,儿童被视为最高等的一类动物。

鲁迅表达了与上野阳一类似的观点,他在《我们现在怎样做父亲》中对于儿童的论述同样从动物本能出发,强调在教育过程中培养儿童的自然天性。对鲁迅而言,正是儿童身上保留的自然天性象征着进化的希望,这也是中国改革的起点:"将这天性在名教的斧钺底下,时时流露,时时萌蘖;这便是中国人虽然凋落萎缩,却未灭绝的原因。所以觉醒的人,此后应将这天性的爱,更加扩张,更加醇化。"① 这种要求扩张儿童自然天性以激发社会进步的观点,也和上野阳一在《儿童之好奇心》最后的告诫非常相似。

在 18 世纪以来的儿童教育学中,人们普遍持有一种观点,即将儿童视作未开化的动物或者野蛮人,正如上野阳一在描述儿童具有寻找食物的本能时,自然地将"动物""原人""童子个体"并列在一起讨论,在认知领域,这三个类别可以实现自由地转换。如果说成年人通过文明化的教育区别于动物,那么儿童在未接受教育,亦即未被文明化之前具备着更多动物的特征,处在人类学意义上的野蛮状态。这种情况造就了儿童在现代社会的特殊处境,对此,安德鲁·琼斯指出:"维多利亚时期和爱德华七世时期的人种学普遍认为,野兽、野蛮人、儿童之间本质上是一致的,儿童是一个边缘形象,站在分割物种和人种的话语临界线上。"② 这种观点无异于承认儿童既是人类的一分子,同时也是动物世界或者野蛮人的世界中的一员。这种说法很能呼应最早在《爱弥儿》中提出将儿童作为独立认识对象的卢梭,他认为儿童是野蛮的自然人,正因如此,儿童保留了腐

---

① 鲁迅:《我们现在怎样做父亲》,《鲁迅全集》第 1 卷,第 140 页。
② [美] 安德鲁·琼斯:《狼的传人:鲁迅·自然史·叙事形式》,王敦、李之华译,《鲁迅研究月刊》2012 年第 6 期。

朽的人类文明所遗失的种种美德。在 19 世纪、20 世纪之交的儿童教育学与心理学中，这种观念仍然颇受欢迎。例如，上文提到的儿童教育家蒙台梭利便运用动物比喻的方式，将儿童视作一种特殊的"动物"，由此讨论儿童心理特征及其在成长过程中的变化。这种研究方式同上野阳一在《儿童之好奇心》的论述近似，由于儿童在心理和行为中表现的动物本能，动物的比喻是必要的。蒙台梭利延续了卢梭的思路，她也在著作中频频向卢梭致敬。① 在 20 世纪 20 年代的中国，这种思路同样颇有市场。在两份于 1922 年同年发行的杂志《儿童世界》与《小朋友》中，其封面和插图便反映出当时流行的一种认识儿童的思路。这些封面或者插图刻意将儿童和动物并置在一起，构造出笼子内外动物与儿童遥相呼应的格局。在安德鲁·琼斯看来，如此构图的精妙之处在于启发儿童在观看图画的同时确立起自我相对于动物的主体性意识，以克服自身潜在的野蛮习性，达到自我教育的目的，"每一个儿童一般都会面对这面镜子而慢慢成长，在成长接受教育的过程中摆脱返回远古习性的危险。"② 这种教育落实的可能性在于，人们相信动物与儿童并不是对立的范畴，对于儿童的教育建立在驱除其自身自然本性的过程之中，通过否定动物的野蛮习性，最终确立起作为人类的主体性意识。

尽管对于儿童的想象与教育法则不同，但这些思路表明了一种相似性的认识，即儿童的精神不仅与动物相通，而且由于未经后天人为教育与文明的洗礼，儿童的心理与行为被认为更加接近于动物、野蛮人，更能够显示出自然本身的状态。在这个意义上，对于儿童的想象本质所反映的是与一种与自然、主体性相关的认识。实际上，如果考察民国初年儿童教育提倡者的观点，同样可以发现对儿童身份特征与童话起源的类似认识。例如，在解释童话的发生时，人们

---

① ［意］蒙台梭利：《童年的秘密》，成墨初编译，武汉大学出版社 2014 年版。
② ［美］安德鲁·琼斯：《狼的传人：鲁迅·自然史·叙事形式》，王敦、李之华译，《鲁迅研究月刊》2012 年第 6 期。

普遍接受了将儿童与野蛮人相提并论的说法，周作人在 1913 年的《童话研究》中最早提出童话发生的人类学思路，而他的灵感正源于英国人类学家安特路朗（Andrew Lang）。

根据这种思路，童话和神话在起源上一致，不妨说，童话和神话被认为是一回事，正如儿童与野蛮人可以同等对待。周作人指出："及英人安特路阑出，以人类学法为之比量。古说荒唐，今昧其意，然绝域野人，独能领会，征其礼俗，诡异相类，取以印证，一一弥合，乃知神话真诠，原本风习，今所谓无稽之言，其在当时，乃实文明之信史也。"[①] 周作人在涉及童话或者神话起源的场合，无不表示对于安特路朗的信服。周作人反复申述童话起源的人类学解释，在《童话略论》(1913)《童话释义》(1914)《外国之童话》(1917)《儿童的文学》(1920)《童话的讨论》(1922)《神话的趣味》(1924) 以及《神话的辩护》(1924) 中，都表现出这种人类学立场。在《童话略论》中，周作人认为野蛮人心理单纯，并与儿童相似，因为儿童最易对那些神秘莫测的自然现象感兴趣，如"人兽易形，木石能言，事若甚奇，然在野人则笃信精灵，人禽木石，同具精气"[②]，在随后的《童话释义》中，周作人又有："蛮荒之民，人兽等视，长蛇封豕，特人之甲而毛者，本非异物，故婚媾可通。"[③]

有意思的是，在解释儿童与野蛮人相似性心理的时候，周作人还把海克尔的个体发生是种族发生的生物重演法则补充进来，在 1920 年的《儿童的文学》中，他指出：

照进化说将来，人类的个体发生原来和系统发生的程序相

---

① 周作人：《童话研究》，《周作人散文全集》第 1 卷，广西师范大学出版社 2009 年版，第 256、257 页。
② 周作人：《童话略论》，《周作人散文全集》第 1 卷，广西师范大学出版社 2009 年版，第 278 页。
③ 周作人：《童话释义》，《周作人散文全集》第 1 卷，广西师范大学出版社 2009 年版，第 356 页。

同：胚胎时代经过生物进化的历程，儿童时代又经过文明发达的历程；所以儿童学（Paidologie）上的许多事项，可以借了人类学（Anthropologie）上的事项来作说明。……儿童的精神生活本与原人相似，他的文学是儿歌童话，内容形式不但多与原人的文学相同，而且有许多还是原始社会的遗物，常含有野蛮或荒唐的思想。[1]

在这个意义上，儿童的精神、情感重演了人类在野蛮时代的认知状态，由于周作人在20年代前后儿童文学提倡者中的重要地位，这种童话发生的人类学解释影响深远。例如张梓生（同为鲁迅好友）跟随周作人的思路指出："我们要想从童话研究的历史中，寻出他进步的事实来，不可不晓得英人兰克的名字，因为自从他用了人类学、神话学去研究童话，童话的真意义真效用方始显了出来。"[2] 其中，"英人兰克"即安特路朗。像周作人一样，张梓生把儿童与野蛮人联系起来："童话中所表现的，无非是些原始人类的思想和习俗，文化发达的社会中人，虽有些不容易明白，而在野蛮人和儿童却很能心知其意。"[3] 在这种思路上，儿童和野蛮人共享着一套相似的自然观，正如野蛮人一样，儿童相信宇宙万物都有其精神、灵魂，草木能够思想，猫、狗可以说话。童话中的泛灵论色彩，既合于野蛮人的原始思维，也体现了儿童的心理特征。

鲁迅一生对童话保持高度的兴趣，他不仅在20年代初期翻译了爱罗先珂的多篇童话，而且还在此后的十多年里，陆续翻译出了荷兰作家望·霭覃的《小约翰》（1928），匈牙利作家至尔·妙伦的

---

[1] 周作人：《儿童的文学》，《周作人散文全集》第2卷，广西师范大学出版社2009年版，第273、274页。

[2] 张梓生：《论童话》，赵景深编《童话评论》，上海新文化书社1934年版，第7页。

[3] 张梓生：《论童话》，赵景深编《童话评论》，上海新文化书社1934年版，第4页。

《小彼得》(1929)，苏联作家班台莱耶夫的《表》(1935)以及高尔基的《俄罗斯的童话》(1935)，一直到生命中的最后一年，鲁迅仍然在坚持不懈地校印曹靖华、孟佩秋合译的苏联作家盖达尔的《远方》(1936)。在这些翻译中，鲁迅不仅表达了对儿童教育的关切，更重要的是，是否也体现出了他对那个原始、野蛮但又纯粹的精神世界的向往？鲁迅虽然翻译了上野阳一以及高岛平三郎的儿童研究著作，并像周作人一样长年保持对儿童问题的关注，但他并未在什么地方明确阐述关于童话起源的认识。不过，鲁迅应当会认同周作人关于童话发生的人类学解释——如果我们根据周作人的观点，把童话作为与神话原理近似的文类来理解。早在1908年的《破恶声论》中，鲁迅关于神话起源的分析便与周作人描述的童话发生学非常相似。他没有援引安特路朗，但思路是一致的：

  夫人在两间，若知识混沌，思虑简陋，斯无论已；倘其不安物质之生活，则自必有形上之需求。故吠陀之民，见夫凄风烈雨，黑云如盘，奔电时作，则以为因陀罗与敌斗，为之栗然生虔敬念。希伯来之民，大观天然，怀不思议，则神来之事与接神之术兴，后之宗教，即以萌蘖。①

鲁迅对于神话或者说野蛮人泛灵主义的自然观表示赞赏，并反驳科学主义者根据现代科学原理攻击神话、宗教的做法，他认为，神话和宗教出于人类的本能，人们本能地对于自然界的动植物发生精神上的崇拜，在多神论的中国，"虽一卉木竹石，视之均函有神閟性灵，玄义在中，不同凡品，其所崇爱之溥博，世未见有其匹也"②。鲁迅在神话、传说和宗教中发现了复兴民族的力量，这不仅

---

① 鲁迅：《破恶声论》，《鲁迅全集》第 8 卷，第 29 页。
② 鲁迅：《破恶声论》，《鲁迅全集》第 8 卷，第 30 页。

是先民或野蛮人淳朴的精神诉求,也是其"厥心纯白"[①]的表现。鲁迅推崇"幼者本位",同样源自对这种价值一贯的珍视。

值得注意的是,鲁迅在20年代翻译爱罗先珂的童话时,仍然延续着这种思路。在爱罗先珂的童话中,他发现了与先民神话、宗教类似的"纯白"的精神。鲁迅多次强调爱罗先珂纯洁的内心("白心"),在《狭的笼》译者后记中,鲁迅描述爱罗先珂童话——并不仅针对这一篇,而是爱罗先珂全体童话的特点:"他只有着一个幼稚的,然而优美的纯洁的心,人间的疆界也不能限制他的梦幻。"[②]鲁迅随后动情地说:"我掩卷之后,深感谢人类中有这样的不失赤子之心的人与著作。"[③] "赤子之心"是对于像儿童一般纯洁的内心的省炼说法,神话、传说、宗教与童话、野蛮人和儿童由此具有了相通的可能,作为重建人类社会的精神资源,体现出对现实的批判与未来世界的想象,对于鲁迅而言,童话不仅是儿童教育素材,更是理想价值的载体。在《池边》译者后记中,鲁迅再一次提示读者关注爱罗先珂童话中的赤子之心:"他只是梦幻,纯白,而有大心,也为了非他族类的不幸者而叹息。"[④]

二 "无所不爱"与爱罗先珂的悲哀

爱罗先珂是一个富有传奇经历的童话作家。1889年,他出生在乌克兰的一个叫作奥布霍夫卡的小村庄,四岁时因麻疹失明,在莫斯科盲童学校完成了基础教育,并在此期间学会了世界语。二十二岁时,爱罗先珂就读于伦敦皇家盲人学院。"一战"爆发前夕,他游

---

① 鲁迅:《破恶声论》,《鲁迅全集》第8卷,第32页。
② 鲁迅:《〈狭的笼〉译后附记》,《鲁迅译文全集》第1卷,福建教育出版社2008年版,第554页。
③ 鲁迅:《〈狭的笼〉译后附记》,《鲁迅译文全集》第1卷,福建教育出版社2008年版,第554页。
④ 鲁迅:《〈池边〉译后附记》,《鲁迅译文全集》第1卷,福建教育出版社2008年版,第557页。

历到日本,在日本的三年里,爱罗先珂的日语水平达到了可以熟练写作的程度。此后,他又从日本出发,先后游历了暹罗(今泰国)、缅甸、印度等地,因思想过激而遭到印度当局驱逐。回到日本之后,1921年,爱罗先珂由于参加日本劳动界的"五一"示威游行以及同月的社会主义者代表大会再次被驱逐,随后辗转、流浪到中国。他先是在上海一家日本人开设的医院依靠按摩赚取生活费,后因胡愈之帮助与鲁迅取得联系,并于1922年2月被蔡元培聘至北京大学教授世界语和俄国文学。由于语言交流上的方便,除了中间短暂离开过①,爱罗先珂一直寄寓在鲁迅家中,直至1923年7月赴德国参加第十五届世界语大会之后返回了莫斯科。

从这些经历看,爱罗先珂并非一个安分的人,他常被形容为一个激进的无政府主义者。爱罗先珂热切关注现实的政治革命与社会运动,并擅长将童话中的动物意象与无政府的政治理念(如"奴隶""劳动者""乱党""造反""革命""多数党""逆贼")融汇在一起,以至于鲜明而尖锐的政治话语主导了他的大多数作品的主旨。在日本期间,爱罗先珂受到进步作家秋田雨雀影响,后者曾以童话剧《桃色的云》为例评价爱罗先珂的作品:

> 你之所谓"桃色的云",决不是离开了我们的世界的那空想的世界。你所有的"观念之火",也在这童话剧里燃烧着。②

最初,鲁迅从江口涣发表在《读卖新闻》的文章③中了解到爱

---

① 1922年7月3日至11月4日,爱罗先珂作为北京世界语学会代表出席了在芬兰赫尔辛基举行的第14届国际世界语大会。鲁迅的《鸭的喜剧》写于1922年10月,当时他以为爱罗先珂已经归国了,遂以此作表示怀念,周作人在1922年11月1日也有《怀爱罗先珂君》的怀念之作。

② [日]秋田雨雀:《读了童话剧〈桃色的云〉》,鲁迅译,《鲁迅著译编年全集》第4卷,人民文学出版社2009年版,第373页。

③ 即江口涣的《忆爱罗先珂华希理君》。

罗先珂，他之所以愿意动手翻译，也是因为被后者的反抗精神感动："不过要传播被虐待者的苦痛的呼声和激发国人对于强权者的憎恶和愤怒而已，并不是从什么'艺术之宫'里伸出手来，拔了海外的奇花瑶草，来移植在华国的艺苑。"① 有意思的是，当爱罗先珂来到中国后，或许为了他的安全起见，包括鲁迅在内的中国学者对于这位有着过激政治主张的作家的介绍，都有意将其思想中的不安定的因素省略掉了，转而更多地强调爱罗先珂天真烂漫与热爱幻想的一面。周作人、胡愈之在介绍爱罗先珂时均沿用着鲁迅在译者后记中的方式，由此弱化了爱罗先珂的激进色彩。②

爱罗先珂虽然在俄国文学史上没有产生影响，但他强烈的现实主义关怀却颇具俄国童话特征。20 年代，便有评论者指出爱罗先珂的童话"现实的分子多于空想的分子"③。显然，正像秋田雨雀的评价，爱罗先珂不属于在童话中寻求非现实主义愿望满足的作家，失去自由、悲哀、死亡、幻灭、绝望、破碎的心……这类悲剧性的结局寓示着爱罗先珂童话的现实品格，鲁迅也在《爱罗先珂童话集》序言中指出："作者所要叫彻人间的是无所不爱，然而不得所爱的悲哀。"④ 胡愈之则称："爱罗先珂先生是世界的人，是人类的人。现在却只有国、省、畛域……没有'世界'。只有党人、教徒……没有

---

① 鲁迅：《杂忆》，《鲁迅全集》第 1 卷，第 237 页。

② 周作人指出"他的世界是童话的梦的奇境，并不是共产或无政府的社会"（周作人：《送爱罗先珂君》，《周作人散文全集》第 2 卷，广西师范大学出版社 2009 年版，第 703 页）。胡愈之也为其辩解："有许多人也许把他当作一个'宣传家'，当作一个怎么样的'暴烈分子'。或者因此又要烦劳探侦先生的注目。但爱罗先珂先生现在很愿意和中国朋友交谈，我们只要和他见过一面，想起这一种无谓的推测，怕就要哑然失笑了。本来爱罗先珂先生不过是一个儿歌童话的作家，他所有的，只是儿童的天真的心。……我们挟着政治、社会……的种种成见，去猜测他，固然不对。"（胡愈之：《介绍盲诗人爱罗先珂》，《胡愈之文集》第 1 卷，生活·读书·新知三联书店 1996 年版，第 255 页）

③ ［日］西川勉：《俄国底童话文学》，夏丏尊译，《小说月报·俄国文学研究》1921 年第 12 卷号外。

④ 鲁迅：《爱罗先珂童话集·序》，《鲁迅译文全集》第 1 卷，福建教育出版社 2008 年版，第 445 页。

'人类'。所以偌大一个地球，却没有盲诗人容身之地了。"① 爱罗先珂习惯把无政府主义的人类之爱的理想寄托在童话创作中，但因应着现实行动的屡次失败，他的童话很少能保留住光明的结尾，与之相反，更多是为革命者凭吊的哀伤和愤激。

爱罗先珂自幼失明，他的童话通常发生在夜晚或者黑暗中，这种背景也构成了最为基本的现实隐喻。生理限制激发了爱罗先珂的幻想精神，对于自然事物的敏感和丰富的想象力，使他具备了成为童话作家的优势。爱罗先珂从1916年开始创作，这一时期他正在东南亚诸国游历。这段生活给他带来了诸多灵感，《狭的笼》《池边》《春夜的梦》《鱼的悲哀》等作品对自然景色的描绘都明显带有东南亚的地域特征。爱罗先珂向往自然的和谐，他后来多次回忆起这段生活，鲁迅在《鸭的喜剧》中也有记述，在干燥得宛如"沙漠"的北京，他不住地怀念：

> 在缅甸是遍地是音乐。房里，草间，树上，都有昆虫吟叫，各种声音，成为合奏，很神奇。其间时时夹着蛇鸣："嘶嘶！"可是也与虫声相和协……②

在《春夜的梦》中，爱罗先珂详细描绘了这幅景象。春天的池塘边祥和安宁，金鱼与萤火虫结为好友，但对立、仇恨和嫉妒也随之而来。公爵小姐和贫家男孩分别捕走了它们，同时，这两个对立阶级的人类的孩子彼此充满仇恨。随后，莲花妖女和山精再次诱骗它们为对方献出鳞片和翅膀，金鱼和萤火虫均选择为友谊而牺牲自我。在故事结尾，当人类的孩子因捕捉莲花妖女和山精落入池塘时，池塘之王浮现出来，向众生讲述了真正的爱美之道，最终所有的冲

---

① 胡愈之：《介绍盲诗人爱罗先珂》，《胡愈之文集》第1卷，生活·读书·新知三联书店1996年版，第256—257页。

② 鲁迅：《鸭的喜剧》，《鲁迅全集》第1卷，第583页。

突纷然化解。和谐，而不是对立、仇恨、嫉妒以及冲突，这种对美的想象折射出爱罗先珂无政府主义的愿景。

不过，这更像一个例外。爱罗先珂童话大多凸显了和谐之梦的破灭，他的叙事主要借助对立和斗争展开，无法调和的矛盾导致作品不得不以悲剧收场。如果"无所不爱"的宗旨体现了一种人道精神，那么这种精神却始终无法被树立起来。作为人道主义作家的爱罗先珂，在童话中恰恰不断讲述着人道主义理想无处安放和寄托的困境。爱罗先珂不愿相信作为自然统治者的人类，他试图从动物身上发掘出拯救和再造性力量，但这种力量又反讽地被人类消解，这意味着爱罗先珂并不认可人类主体性的现代思想，他的童话旨在反对人类对于自然的霸权以及由此建立的价值体系，刻画征服者的病态，进而表现出一种反现代性的基本品格。事实上，即便最普通的人类也难免遭到爱罗先珂的嘲讽。人类的价值从未获得过正面承认，相反，动物却有着超出人类的优越性并被塑造为苦难的拯救者。例如，《春夜的梦》中山精、莲花妖女控告人类是"两只脚的污秽的废物"[1]，爱罗先珂借助池塘之王这个最权威的视角把人类的孩子形容为"可怕东西""丑陋的废物"[2]，甚至说出淹死人类乃是一件愉快的事情，而它对于拯救人类原本也没有什么热情。

鲁迅较早翻译的《狭的笼》即把这重对立刻画得异常鲜明。一只在山林中游荡的老虎忽然顿悟了世间一切都是"狭的笼"，于是它开始作为孤胆英雄拯救世界。老虎首先向羊群宣扬自由解放的真理，愤怒地要把羊群驱赶到围墙外面，羊群备受惊恐，直到牧羊人出现并及时地制止了这场骚乱。不甘失败的老虎又去解救笼子中的金丝雀，但金丝雀却因恐惧而死。类似的情况同样发生

---

[1] ［俄］爱罗先珂：《狭的笼》，《鲁迅译文全集》第1卷，福建教育出版社2008年版，第485页。

[2] ［俄］爱罗先珂：《狭的笼》，《鲁迅译文全集》第1卷，福建教育出版社2008年版，第486页。

在老虎拯救金鱼的行动中,人类的出现一次次阻碍老虎的意志,迫使它诅咒"人类的奴隶,下流的奴隶们"①"奴隶,又是人类的奴隶,到处都是奴隶"②。尽管如此,这只博爱的老虎仍试图去拯救一个即将被殉葬的寡妇以及因为爱上敌人而被判处死刑的女子,然而,它的行动再次失败了。当老虎的同情与怜悯尚未消去的时候,它就发现自己被捕捉了,于是怒吼:"狭的笼和人类的痴呆的脸,也终于是事实。"③ 与此同时,笼外的人群爆发出阵阵欢呼。面对这种尖锐的对立,爱罗先珂站在弱者和动物的角度并激烈地谴责人类,人类被塑造为统治者和强权者的形象,在小说第一节,他运用自由间接引语的方式呈现老虎的心理世界:"我只以为狭的笼和人类的痴呆是真实的"④,瓦解了以人类为中心的叙事。

因此,悖谬的是,在爱罗先珂的童话中,不是人类,而是由动物错位地承担起了"无所不爱"的人道理想。在《雕的心》中,爱罗先珂再次制造出二元对立的叙事:山国猎人捉住了雕国的两个王子,雕王则报复性地抓走了人类的两个儿子,此后五年,雕国的王子适应了人类生活,人类的儿子也养成了"雕的心"。某天,两个王子和人类的儿子均获准重返家乡。这时雕的王子已经失去野性,当雕王和王妃试图重新训练它们时,两个王子却不断质疑其中的意义,雕王和王妃叫喊着"人心""卑下的人心"⑤ 并将他们全部杀死。反观人类的儿子,他们则因为养成了"雕的心"而号召山国的人们发

---

① [俄]爱罗先珂:《狭的笼》,《鲁迅译文全集》第1卷,福建教育出版社2008年版,第448页。
② [俄]爱罗先珂:《狭的笼》,《鲁迅译文全集》第1卷,福建教育出版社2008年版,第452页。
③ [俄]爱罗先珂:《狭的笼》,《鲁迅译文全集》第1卷,福建教育出版社2008年版,第457页。
④ [俄]爱罗先珂:《狭的笼》,《鲁迅译文全集》第1卷,福建教育出版社2008年版,第447页。
⑤ [俄]爱罗先珂:《雕的心》,《鲁迅译文全集》第1卷,福建教育出版社2008年版,第474页。

动革命，虽然被镇压，却将革命的火种播撒在后来者心中。当人类的儿子即将被行刑的时候，两只雕突然飞来拯救了他们并唱起"弱者的世界""无聊的人类的世界"①的歌。与"人心"相反，"雕的心"象征着热爱自由和"向上走"的勇气与力量。这篇童话颇像是一场浪漫的思想实验，其震撼之处在于，爱罗先珂让雕的王和王妃亲手杀死了养成人类性格的王子，并反过来将"雕的心"当作革命的火种。通过这种极端的构思，爱罗先珂试图表明人类若要重建堕落的价值世界，必须从动物身上汲取灵感。

除了批评人心的懦弱与卑下，另外一个明显的情形是，爱罗先珂从不愿接受生存斗争的自然法则，他尤其不喜欢科学家，他们被塑造成冷酷、癫狂、残忍乃至变态的形象，爱罗先珂以此否定了人类凭借现代科学加诸自然的强权。《鱼的悲哀》即体现出他对人类的失望，一条寒塘中的小鲫鱼原本渴望到人类世界去生活，然而，一个人类的孩子从池塘附近捉走了许多小动物，让小鲫鱼逐渐转变了看法。从动物的角度看，人类是自私、狡猾与擅长恶作剧的破坏者。在故事结尾，爱罗先珂强调这个人类的孩子正是一名现代科学训练出来的好学生，而他的房间更像是一间生物实验室，所有的器具和标本一律蒙上了死亡的阴影：

> 这屋的墙壁上，挂着黄莺先生的皮和兔和尚的皮，桌子上还散着他们的骨骸。玻璃匣里，是用留针穿过了心脏，排列着先前多少亲密的好几个胡蝶姊姊们。桌上的解剖台中，前晚恰在赏月时候所捉去的蛙的大诗人，现在正被解剖了，摘出的心，还是一跳一跳的显出那"死"的惋惜。②

---

① [俄]爱罗先珂：《雕的心》，《鲁迅译文全集》第1卷，福建教育出版社2008年版，第476页。

② [俄]爱罗先珂：《鱼的悲哀》，《鲁迅译文全集》第1卷，福建教育出版社2008年版，第465页。

目睹这番景象的小鲫鱼心碎而死，它的尸体随即被人类的孩子解剖。爱罗先珂最后说明，这个孩子后来成为著名的解剖学家，与此相应的是动物们不断被捕杀的局面。

在《为人类》中，爱罗先珂有意接续《鱼的悲哀》的叙事，这篇童话运用嵌套的结构方式讲述了狂热于解剖实验的科学家 K 的故事。爱罗先珂首先描绘了一间让人毛骨悚然的实验室："这学者的府邸里，因为实验，饲着兔和白鼠和狗，多到几百匹。那实验室虽然离街道还很远，但走路的人们的耳朵里，时常听到那可怕的惨痛的动物的喊声。"① 为了论证自己的假说，K 甚至打起了妻儿的主意。某夜，宠物狗 L 告诉科学家的儿子可以通过更换外在衣服来改变身份，于是科学家的儿子换上小狗的衣服并在随后一昼夜里体验了作为小狗的生活，进而确认了人类的文明不过是一具外在的皮囊。不久之后，走火入魔的解剖学家就将它们当成实验的对象全部杀死。在这个故事中，爱罗先珂质疑了现代科学的霸权意识，"为人类"由此更像一个反讽。

在这篇童话中，爱罗先珂多次提到"进化"问题。值得注意的是，这一话题正是被放在相反——也即"退化"的语境中展开。当 K 的儿子无法忍受科学家滥杀动物并阻拦他的实验时，K 在暴怒之中咒骂他是"低能儿！退化儿""低能！白痴！退化儿""低能！狂人！退化儿！"② 这些描写显示出科学家的残暴与进化法则内在的强权、专制意味。作为生物学的绝对真理，进化论不容置疑与反抗，因为人类正是凭借着这样的真理才宣告脱离了"白痴""低能"与"退化儿"等身份。有趣的是，在《为人类》第三节，爱罗先珂安排小狗 L 及其堂兄 S 从动物角度表述了另外一种进化论：

---

① ［俄］爱罗先珂：《为人类》，《鲁迅译文全集》第 1 卷，福建教育出版社 2008 年版，第 500 页。

② ［俄］爱罗先珂：《为人类》，《鲁迅译文全集》第 1 卷，福建教育出版社 2008 年版，第 501 页。

几千年之前，我们的衣服是和鱼的衣服全一样。至于我们的祖宗穿着狼的衣服，那可是近时的话了。哥儿，虽然不知道是几千年以后的事，我们也要你似的穿了洋服昂然的走给你看哩。①

S恰恰把K的话翻转了过来，他紧接着说："真有着人的价值的东西，实在不多呵。退化下去的东西，不是再改穿了狗和老虎的衣服，学学进化到人的事，是不成的了"②。借助小狗S对人类的批判，爱罗先珂嘲讽了科学家与他捍卫的进化论，他将"进化"与"价值"关联起来，并从动物角度质疑生物进化的等级序列，人类不仅正在"退化"，与此同时，人类的文明也很可能只是一件外在的"衣服"，其内在"价值"并不如低等的动物。

在《桃色的云》中，虽然没有出现作为科学家的人类，但在动物世界中，爱罗先珂有意让冷酷、虚伪的蛇来扮演科学家的角色：他们一心想要吃掉青蛙，并编造出种种迷惑性的谎言。当恐惧的群蛙想要逃走时，一条青蛇蒙骗他们："放心罢，并不是平常蛇。全是学者。全是毫无私欲的蛇。因为都是不吃鸟雀和虾蟆，是素食主义的，只吃草。"③尽管有一只癞蛤蟆接着说"科学者里面也有靠不住的呵"④，但蛇最终得逞了，他们不仅践行着弱肉强食的自然法则，还显示了虚伪、贪婪的人类的本性。

---

① ［俄］爱罗先珂：《为人类》，《鲁迅译文全集》第1卷，福建教育出版社2008年版，第505页。

② ［俄］爱罗先珂：《为人类》，《鲁迅译文全集》第1卷，福建教育出版社2008年版，第505页。

③ ［俄］爱罗先珂：《桃色的云》，《鲁迅译文全集》第2卷，福建教育出版社2008年版，第192页。

④ ［俄］爱罗先珂：《桃色的云》，《鲁迅译文全集》第2卷，福建教育出版社2008年版，第192页。

三　人类的主体性及其困境

20年代初期，鲁迅与爱罗先珂的相遇并非出于偶然。从早年接触进化论开始，人类在自然界中的位置、人类与动物的关系问题就闯入了鲁迅的视野并延续到"五四"时期。但初看起来，他的论述与爱罗先珂存在着诸多矛盾。在1907年的《人之历史》中，鲁迅反驳了一种认为从进化论出发，人类将变得和动物一样低等的观点，他相信进化论并不会贬低人类在自然界中的位置，从进化轨迹来看，人类的起点虽然卑微，但这绝不是什么羞耻的事情。相反，鲁迅描绘了一幅阶梯状的生物进化图，在鲜明的等级序列中，人类被置于最高的位置。[①] 正是出于对人类的乐观信仰，鲁迅在《文化偏至论》的结尾部分热烈地主张"立人"。[②] 在《破恶声论》中，鲁迅根据进化论将世界描绘成一个生存竞争的场所，在他看来，战争是必然的，世界如果要变得和平，除非人类灭绝，大地分崩离析。[③] 正如前文的论述，鲁迅以此拒绝了托尔斯泰式的人道主义。

与此形成鲜明对照的是，爱罗先珂的俄国作家身份及其无政府主义的道德、政治理想很容易令人想起托尔斯泰。例如，周作人便明确地指出两人思想与艺术上的相似：

> 诗人的空想与一种社会改革的实行宣传不同，当然没有什么危险，而且正当的说来，这种思想很有道德的价值，于现今道德颠倒的社会尤极有用，即使艺术上不能与讬尔斯泰比美，也可以说是同一源泉的河流罢。[④]

---

① 鲁迅：《人之历史》，《鲁迅全集》第1卷，第16页。
② 鲁迅：《文化偏至论》，《鲁迅全集》第1卷，第58页。
③ 鲁迅：《文化偏至论》，《鲁迅全集》第1卷，第58页。
④ 周作人：《送爱罗先珂君》，《周作人散文全集》第2卷，广西师范大学出版社2009年版，第703页。

尽管都被归为无政府主义者，但由于托尔斯泰坚定地反对任何形态的暴力，这使得他区别于正面歌颂革命者的爱罗先珂。不过，爱罗先珂对革命的想象仍距离鲁迅甚远。鲁迅更彻底地拒绝了乌托邦的诱惑，并否定了自然的和谐梦想，他把人类的世界想象成一个自然丛林，其中，不同的族群禀受着不同的种性。正如在自然界中，虎狼必然会吞噬比自己更弱小的动物，"民性柔和，既如乳羔，则一狼入其牧场，能杀之使无遗孑，及是时而求保障，悔迟莫矣"[1]。鲁迅认为，人类具有超出动物本能的主体性，他由此批判清末的强权崇拜是"兽性爱国"并强调"人欲超禽虫，则不当慕其思"[2]。尽管他不认为这是所有人类族群都可能实现的事情，但这种带着悲情的论调却进一步体现出鲁迅对人类价值的尊崇和期待。

尽管新文化运动时期，鲁迅通过《我们现在怎样做父亲》表达了对于生物学的信赖，并将重建父子关系的合理性寄托在生物学真理上，但他仍然延续着《人之历史》中人类作为高等动物的观点——"凡动物较高等的，对于幼雏，除了养育保护以外，往往还教他们生存上必需的本领。例如飞禽便教飞翔，鸷兽便教搏击。人类更高几等，便也有愿意子孙更进一层的天性。"[3] 在《狂人日记》中，精神错乱的狂人唯独对于动物神经敏感：在第一则日记中，狂人就表示"赵家的狗"让他毛骨悚然并由此开始警惕周围的人群，人和动物的关系也逐渐变得晦暗不明；第三则日记中，狂人被陈老五拖回家后，他感觉自己像"鸡鸭"一样被幽禁起来，而恰恰又在此时回想起"狼子村"吃人的事情；随后的一则日记中，他对着一盘蒸鱼的眼睛深感恐惧，"滑溜溜的不知是鱼是人"[4]；第六则日记虽然短到只有两行，却呈现出了一幅可怕景象，"黑漆漆的，不知是日

---

[1] 鲁迅：《破恶声论》，《鲁迅全集》第 8 卷，第 34 页。
[2] 鲁迅：《破恶声论》，《鲁迅全集》第 8 卷，第 34 页。
[3] 鲁迅：《我们现在怎样做父亲》，《鲁迅全集》第 1 卷，第 140 页。
[4] 鲁迅：《狂人日记》，《鲁迅全集》第 1 卷，第 447 页。

是夜。赵家的狗又叫起来了。/狮子似的凶心，兔子的怯弱，狐狸的狡猾，……"①狗、鸡、鸭、狼、鱼、狮子、兔子和狐狸，这些动物无疑是与"真的人"相对立的负面形象。最值得注意的，还是狂人向大哥讲述的关于进化的一段话，这段对话解释了人类的进化原理，狂人指出"吃人"是野蛮时代的风俗，人类应当通过进化告别这段历史，转变成"真的人"，同时，他列举出虫子、鱼、鸟、猴子与"真的人"进行对比，指出这些物种在价值序列上的等级关系。值得注意的是，狂人还指出更低等级的物种面向高级物种时存在一种"惭愧"的心理："这吃人的人比不吃人的人，何等惭愧。怕比虫子的惭愧猴子，还差得很远很远。"②总体上，狂人的所有话语都指向了精神意志层面的改革，其目标便是"真的人"。

如果这些动物形象完全出于鲁迅的"人间本位主义"③的立场，而与爱罗先珂童话的基本理念矛盾，那么，应当怎样理解鲁迅那些不知疲倦的翻译呢？考虑到鲁迅在这方面耗费了大量心血，后者对于动物的赞美及其非人类中心主义的叙事，在鲁迅的思想与文学世界中，是否留下了一些相应的值得关注的痕迹？事实上，鲁迅的思路远没有表面上顺畅，在他此时的诸多表述中，作为最高等动物的"人"的地位并不稳定，他常常悖论地感到人类的渺小和卑微。正如鲁迅在写给许广平的信中说自己"忽而爱人，忽而憎人"④，这意味着"人类"并非均质性的称谓，而是一个存在深刻内在分裂的概念。在主体性的思想脉络上，对于"五四"前后鲁迅的心态，我们应当给予更复杂的认识，尤其在经历了创办《新生》失败与民初的挫伤后，鲁迅对于"人"的信念很可能不如他展现出来的那么积极，他从很早便对中国的改革抱有怀疑，即便是在情绪最为激昂的留学日

---

① 鲁迅：《狂人日记》，《鲁迅全集》第1卷，第449页。
② 鲁迅：《狂人日记》，《鲁迅全集》第1卷，第452页。
③ 钱理群：《心灵的探寻》，河北教育出版社2001年版，第226页。
④ 鲁迅：《两地书二四》，《鲁迅全集》第11卷，第81页。

本时期。当深感为之深切呼唤的革命不过一场轮回悲剧之后,他越发被那些幽暗的思想所吸引。颓唐的心境中,友人屡次的催促让他的呐喊难免夹杂了被动因素,所谓"呐喊几声,聊以慰藉那在寂寞里奔驰的猛士,使他不惮于前驱"[1],鲁迅不得不通过"曲笔"履行诺言并遮掩自己最真实的想法。随着《新青年》解散,他再次体会到彷徨于荒原的感受。作于1922年年底的《呐喊·自序》既回忆了民初哀伤的往事,也多少流露了鲁迅正当时的寂寞心情。鲁迅很可能在爱罗先珂的童话里发现了同样的心绪,关于无政府主义、白心、爱、牺牲、反抗强权与人类主体性等问题,两人无疑存在诸多可以产生共鸣的地方。此时,鲁迅对于"五四"时期不顾一切的"爱"与"牺牲"原理的质疑,更加使得爱罗先珂"无所不爱"的悲哀及其批评人类中心的态度吸引了他,把他内心深处对于"立人"的不信任感激发了出来。

1922年11月所作的《补天》(原题《不周山》)清晰显示出这种情形。这篇小说写于鲁迅热情翻译爱罗先珂童话期间。根据1920年前后周作人对童话发生学的解释,一定意义上,《补天》也可以被视为一篇讲述人类起源的童话。[2]《补天》最初收入《呐喊》,后来为表示对成仿吾批评的不满[3],鲁迅在《呐喊》再版时(1930年1月)将其从中抽出。不过,此时距离成仿吾的批评已经过去了六年,鲁迅的这种做法应当还出于别的动机。由于取材于上古神话传说,《补天》在《呐喊》中显得颇为另类,但其所讨论的"人"的诞生以及文明起源的主题却是对《呐喊》最具代表性的总结,并尤其关联着《狂人日记》最后表达的"真的人"的理想,不仅呈现出《呐喊》原本内在的首尾呼应的完整结构,也表明了他此时思想的变动。

---

[1] 鲁迅:《呐喊·自序》,《鲁迅全集》第1卷,第441页。

[2] 前文已述,周作人从人类学思路指出神话与童话的相关性。参见周作人《童话研究》,《周作人散文全集》第1卷,广西师范大学出版社2009年版,第256—257页。

[3] 1924年2月,成仿吾在《创造季刊》发表《〈呐喊〉的评论》,批评《呐喊》中的多数作品均为失败之作,相比之下,只有《不周山》可以称得上"杰作"。

《补天》开篇是一幅恢宏壮丽的自然景象:

> 粉红的天空中,曲曲折折的漂着许多石绿色的浮云,星便在那后面忽明忽灭的睐眼。天边的血红的云彩里有一个光芒四射的太阳,如流动的金球包在荒古的熔岩中;那一边,却是一个生铁一般的冷而且白的月亮。①

女娲在壮美的自然背景下创造了人类,但人类诞生后,却时刻与这个世界呈现出强烈反差:人类不仅是自然的破坏者,而且面貌卑琐不堪。尤其值得注意的是,在《补天》中,鲁迅对人类的所有描写都来自女娲的"上帝视角",借助这个超越性视角,叙事者始终保持着居高临下的俯视姿态。这种叙事手法不仅带来了新奇的表达效果,也显示出鲁迅非人类中心主义的思路正在生成。

为了彰显人类文明的虚伪与荒诞,鲁迅刻意将人类的语言突兀地穿插在行文中。这种做法并非没有来由。在鲁迅早年对"人"的定义中,语言至关重要。他认为,在进化史上,语言是人类从动物界中脱离出来的标志,正因为这种能力,远古人类的进化轨迹发生了质的飞跃,如《人之历史》有:"递近古代第三纪,乃见半猿,次生真猿,猿有狭鼻族,由其族生犬猿,次生人猿,人猿生猿人,不能言语,降而能语,是谓之人。"② 此时的鲁迅还坚信这一点,但完全颠倒了过来:语言被视作人类堕落的起点,一部文明史由此吊诡地变成了人类的堕落史。作为创造者的女娲始终听不懂人类语言,在鲁迅通过女娲视角对人类语言进行的陌生化处理中,这种反自然的因素从源头上表明了人类文明的荒诞本质。当古衣冠的小丈夫们举目向女娲的两腿之间偷窥时,他们手里的竹简上却写着——"裸

---

① 鲁迅:《补天》,《鲁迅全集》第 2 卷,第 357 页。
② 鲁迅:《人之历史》,《鲁迅全集》第 1 卷,第 15 页。

裎淫佚，失德蔑礼败度，禽兽行。国有常刑，惟禁"①，人类文明虽起源于语言、文字，却也由此暴露出言行不一的分裂问题。人类根据语言文字、道德礼仪获得高等地位并以"禽兽"谴责自然界的动物，但却无法掩藏虚伪无耻的内心（"兽性"），一旦女娲因为补天耗尽气力，人类随即像蛆虫一样分占了她的身体。

翻译爱罗先珂童话期间，鲁迅的写作方式发生了明显变化，主要表现为"自然描写"与"动物描写"的增多。②《补天》便是这样一个代表性文本，这种变化还提示爱罗先珂童话很可能激发了鲁迅反拨人类主体性的思路。在1926年的《狗·猫·鼠》中，鲁迅再次讨论了人与动物的关系，他仍延续着《补天》的逻辑。鲁迅也从一则童话讲起，如在解释狗和猫为什么是冤家时，他引用了德国民俗学者德恩哈尔特（O. Dähnhardt）的《自然史的国民童话》，这个童话讲述了在一次动物大会上，狗因为将弓着脊梁的猫误认为大象，当众出了丑，从此与猫势不两立。鲁迅虽向来仇猫，但在这里他解释说对猫的仇恨却与此无关，鲁迅对猫深感同情，因为猫本来就是弓着脊梁的，这是它最自然与最真实的表现。

鲁迅随后展开了一段有关"人、禽之辨"的议论，这段论述和《补天》对人类的批评相似，并且像爱罗先珂一样，鲁迅直接建立了一组人与动物对立的叙事，将两者的真实关系揭示出来：

> 其实人禽之辨，本不必这样严。在动物界，虽然并不如古人所幻想的那样舒适自由，可是噜苏做作的事总比人间少。它们适性任情，对就对，错就错，不说一句分辩话。虫蛆也许是不干净的，但它们并没有自鸣清高；鸷禽猛兽以较弱的动物为饵，不妨说是凶残的罢，但它们从来就没有竖过"公理""正义"的旗子，使牺牲者直到被吃的时候为止，还是一味佩服赞

---

① 鲁迅：《补天》，《鲁迅全集》第2卷，第364页。
② 秦弓：《鲁迅的儿童文学翻译》，《山东社会科学》2013年第4期。

叹它们。人呢，能直立了，自然是一大进步；能说话了，自然又是一大进步；能写字作文了，自然又是一大进步。然而也就堕落，因为那时也开始了说空话。说空话尚无不可，甚至于连自己也不知道说着违心之论，则对于只能嗥叫的动物，实在免不得"颜厚有忸怩"。假使真有一位一视同仁的造物主，高高在上，那么，对于人类的这些小聪明，也许倒以为多事……①

鲁迅再次提到人类的语言和文字能力，但他的担忧与批判占据了上风。人类从会"说话"到能"写字作文"，这些表面上看起来的"进步"，却处处显示着人类走向"堕落"的历程，鲁迅虚拟的"造物主"显然接续了《补天》中女娲的视角。不同于人类通过语言掩饰自我的虚伪面目，"适性任情"的动物最能够将真实的内心展现出来。这种赞美让人想起爱罗先珂的童话，鲁迅称其"只是梦幻，纯白，而有大心"②。鲁迅从早年就不懈地追寻"白心"，要求发出"内曜"和"心声"③，他曾经把希望寄托在"立人"的理想中，但此时他发现动物远比人类更符合理想。

爱罗先珂童话让鲁迅感同身受，他不辞劳苦地翻译了爱罗先珂的大多数作品，除了相似的心绪，鲁迅还在爱罗先珂的作品中发现了自己早年最为重要的主张。与《补天》中学会说话、站在女娲两腿之间诵读经文的道德家相似，鲁迅指出人类的堕落始于"说空话"与"违心之论"，他对人类的语言能力表示悲观：古往今来，那些"空话"或"违心之论"——从古衣冠的小丈夫诵读的高头讲章直到现代人类名义上的"公理""正义"——或许改换了形式，但其内在实质却从未发生改变。语言、文字变成了不可信的外在的矫饰，掩藏着人类龌龊的内心和凶残的真相，而动物则因其"适性任情，

---

① 鲁迅：《狗·猫·鼠》，《鲁迅全集》第 2 卷，第 239—240 页。
② 鲁迅：《〈池边〉译者附记》，《鲁迅全集》第 11 卷，第 220 页。
③ 鲁迅：《破恶声论》，《鲁迅全集》第 8 卷，第 25 页。

对就对，错就错，不说一句分辩话"显得可贵。

在1925年的《狗的驳诘》中，通过构造动物与人的对立，鲁迅再次揭露出人类文明的荒诞性。这是一则近于童话的短文，叙述了人类在梦中与狗的一段对话。在一个衣衫褴褛的人背后，一条尾随他的狗正在嗥叫，人最初理直气壮地呵斥"势利的狗"，但狗忽然开口说道——"不敢，愧不如人呢。"① 突如其来的"狗的驳诘"让人最初感到气愤和侮辱，狗在随后娓娓道来：

> 我惭愧：我终于还不知道分别铜和银；还不知道分别布和绸；还不知道分别官和民；还不知道分别主和奴；还不知道……②

这段话逼使人飞快逃走了。这里的"愧"直接挑战了人类在进化谱系中的优越性，但与《狂人日记》正相反，"愧"在《狗的驳诘》中调转了方向，狗用连续不断的"惭愧"对人进行了有力的反讽，这些内容指向了人类社会中的财富等级、权力结构以及相互奴役、压迫的政治制度。真正势利的是人而不是狗，动物的逼问颠倒并瓦解了人类与动物之间原有的进化关系。在《为人类》中，爱罗先珂将人类文明视为外在的"衣服"，安排小狗L和S指出人类早就开始"退化"，反而要从狗重新做起的道理，不是和这里的叙述很相似吗？虽然没有直接提及爱罗先珂，但鲁迅20年代对"人"的重新思考及其从动物出发的批判都与爱罗先珂存在明显的相通。从呼唤"立人"与"真的人"，到描述出一副可悲可憎的人类形象，这两者的转换既来自鲁迅主观心境与立场的复杂变迁，又应当源于他和爱罗先珂的精神共鸣。通过《补天》《狗的驳诘》与《狗·猫·鼠》等文，鲁迅一再指出动物或许具备着人类所遗失的美德。我们很难

---

① 鲁迅：《狗的驳诘》，《鲁迅全集》第2卷，第203页。
② 鲁迅：《狗的驳诘》，《鲁迅全集》第2卷，第203页。

继续将鲁迅称作"人间本位主义"者,因为动物已不再作为拟人类型存在,它们并非依赖人类才获得自身意义,而是具备了与人类世界形成对照的独立价值与批判功能,并反衬出人类文明自身的荒诞性。尽管鲁迅没有创作过童话,但在这个意义上,我们仍然可以将鲁迅的这些文章视为某种"童话式的寓言"①。

四　不完美的自然:从《小鸡的悲剧》到《鸭的喜剧》

1922年夏,爱罗先珂奔赴芬兰赫尔辛基参加第十四届世界语大会,当年十月仍未归来。鲁迅以为爱罗先珂回到了祖国并且不再回来,于是写作《鸭的喜剧》,表达对于友人远去的怀念。《鸭的喜剧》是鲁迅对爱罗先珂《小鸡的悲剧》的戏拟,这两篇文章在章法结构、意象选择以及作者主观态度上存在明显的呼应关系。鲁迅也有意关联起爱罗先珂的这篇童话,例如,当描写到院子里成群的小鸡正在飞跑时,他提示读者注意其中"有一匹还成了爱罗先珂君在北京所作唯一的小说《小鸡的悲剧》里的主人公"②。

《小鸡的悲剧》是爱罗先珂1922年7月之前创作的一篇童话。这篇童话描写了一只"古怪"的小鸡:"无论什么时候,毫不和鸡的队伍一同玩,却总是进了鸭的一伙里,和那好看的小鸭去玩耍。"③ 小鸡渐渐瘦弱下来,女主人不知道小鸡究竟得了何种怪病,尝试了各种办法均告失败。随后,叙事视角开始潜入动物的世界,爱罗先珂详细构想了小鸡和小鸭之间的对话,并解释小鸡之所以变得瘦弱,原因是它爱上了小鸭。然而,小鸭并不"古怪",它遵循着生物的本能与物种的自然界限,只是浮水、吃鲤儿和泥鳅。小鸡对小鸭的热情生动诠释了鸡同鸭讲的尴尬逻辑。爱罗先珂带着对小鸡

---

① [美]安德鲁·琼斯、文贵良:《进化论思维、鲁迅与近现代中国——安德鲁·琼斯教授访谈录》,《现代中文学刊》2012年第2期。
② 鲁迅:《鸭的喜剧》,《鲁迅全集》第1卷,第584、585页。
③ [俄]爱罗先珂:《小鸡的悲剧》,《鲁迅译文全集》第1卷,福建教育出版社2008年版,第528页。

的同情和怜悯叙述这个小生命淹死在水池中的结局，同时又用反讽的语调谴责小鸭的冷漠和绝情。最后，叙事视角再次转回到人类的世界，家中的女主人同样不能理解小鸡。一切正如爱罗先珂所言，小鸡的悲剧源于它的"古怪"，但应该怎样更进一步地理解"古怪"的内涵呢？相比之下，小鸭与女主人都生活在生物本性或日常性的界限中，唯独小鸡的言行举动逾越了庸碌的现实秩序，它从旧的生存秩序中挣脱出来，并以"爱"的名义反过来向其发出挑战。《小鸡的悲剧》佐证了爱罗先珂"无所不爱"的创作主旨，正像鲁迅在《鸭的喜剧》中描绘的那样，爱罗先珂不甘于现实生活的枯燥、无聊和平庸，他渴望突破保守的旧秩序，进而创造理想的生活。直到他发现自己无能为力，结局最终导向失败和叹息。

鲁迅必然注意到了这种现象，从他最初翻译的《狭的笼》开始，"古怪"的动物就频频跃现。这些挣脱了自然秩序的动物汇聚了爱罗先珂对反抗者、革命者的想象，不妨说它们正是其无政府主义理想的践行者。爱罗先珂在童话中进行着无政府主义的试验，他号召了一批富有博爱和牺牲精神的动物向传统秩序发出挑战。爱罗先珂从弱小者的立场出发，既否定作为这些动物对立面的"人类"的威权，也批判象征保守秩序和压迫力量的"自然"。在《狭的笼》中，老虎的转变即发生于对旧秩序的否定，"这样的围墙，老虎是已经见过几百遍的罢。而且，几百遍跳过了这样的围墙，捕过羊与小牛的罢。但今夜，一见这围墙，虎的心里却腾起了不可言说的愤怒的火焰了"[1]。博爱的老虎随后呼唤羊群："喂，羊们。可爱的兄弟们。到自由的世界去。快出笼去呵。"[2] 又如在《古怪的猫》中，爱罗先珂描写了一只"古怪"的家猫，由于不再愿意捕捉老鼠，这只猫面临被

---

[1] ［俄］爱罗先珂：《狭的笼》，《鲁迅译文全集》第1卷，福建教育出版社2008年版，第448页。

[2] ［俄］爱罗先珂：《狭的笼》，《鲁迅译文全集》第1卷，福建教育出版社2008年版，第448页。

主人杀死的危险,尽管已经饥饿到了极限,但对老鼠的"爱"让它完全忘记了自我:"老鼠是饿着,全然饿着。不这样,老鼠便活不下去了。哥儿,请你懂得我的心,一看我的真心的里面罢。"① 反讽的是,这只猫特别提到了女主人藏有克鲁泡特金的《面包的掠夺》② 一书,显然,是这只猫而非女主人更有资格表明书的主旨。它甚至为此做好了自我牺牲的准备:"想捉老鼠的一种要紧的元气已经消失了。唉唉,我已经不行。我是'古怪猫'了。倘是人,就叫作古怪人的罢。"③ 同《狭的笼》中的老虎一样,这只"古怪"的猫也将它原本的猎物亲切地称作"兄弟"。

这些有悖常理的地方一再显示出爱罗先珂对自然界和平与友爱的向往,他将"自然"视为现实社会和政治秩序的隐喻,在这个意义上,对自然界物种关系的另类书写体现的是爱罗先珂对人类未来世界的想象,正如克鲁泡特金批判霍布斯、赫胥黎的原理一样,对"自然"的刻画与描绘深刻关涉到对于人类理想社会图景的绘制,也进一步决定了爱罗先珂童话叙事的展开。在童话剧《桃色的云》中,爱罗先珂再次表达了这种愿景。他塑造了一只向往在地上生活的土拨鼠,这只土拨鼠试图反抗"自然母亲"设定的不平等的自然秩序,代表传统和保守势力的祖父母劝告它安于本分,并讲述了它的父母因为反抗而殒命的故事:

> 那两个都是古怪东西呵。/哦哦,对了。两个总是想到那可怕的上面的世界去。/于是,终于一个给人类杀死了,一个给猫

---

① [俄]爱罗先珂:《古怪的猫》,《鲁迅译文全集》第 1 卷,福建教育出版社 2008 年版,第 490 页。

② 即 *The Conquest of the Bread*,今译为《面包与自由》或《面包的征服》。

③ [俄]爱罗先珂:《古怪的猫》,《鲁迅译文全集》第 1 卷,福建教育出版社 2008 年版,第 490 页。

头鹰捉去了。/唉唉,上面的世界真可怕,始终是明晃晃……①

但土拨鼠继承了父母的遗志,它再次起来反抗"自然母亲"的法则。土拨鼠带着拉马克意味的陈词使其俨然一位勇于牺牲的革命者:"倘使我们许多代,接连的住在上面的世界里,那么我们的子孙,也一定能住在太阳照着的美的世界上了。"② 这时象征最高权威的"自然母亲"降临并重述了祖父母的道理,她警告土拨鼠不要企望地上世界:"你自己不知道你是不能活在太阳所照的世界上的么,还是明知道,却偏要到那里去呢?"③ 在《桃色的云》结尾,土拨鼠翻身革命的故事宣告失败,它先是被阳光刺瞎双眼,后被人类制成标本。这种结局显示了爱罗先珂童话的基础格调,在大自然保守法则重新降临的时刻,主体努力的意义变得微不足道。

在这个意义上,鲁迅通过《鸭的喜剧》戏拟的并不只是《小鸡的悲剧》,而是指向了爱罗先珂童话最基本的叙事法则。同时,《鸭的喜剧》脱去了童话色彩,这部作品也因纪实的特征被认为是一篇怀念友人的散文,而不是虚构性的小说④,最重要的是,所有角色都出现在按部就班的位置上,没有任何"古怪"的成分。《鸭的喜剧》从叙事者"我"的视角出发,波澜不惊地叙述了爱罗先珂在北京的寂寞及其改造"沙漠"这个不完美世界的一系列行动。当爱罗先珂不断买入各种小动物的时候,叙事者虽在一旁保持着观望姿态,但并非无动于衷,"我"时而流露对于爱罗先珂的反讽,例如,爱罗先

---

① [俄] 爱罗先珂:《桃色的云》,《鲁迅译文全集》第 2 卷,福建教育出版社 2008 年版,第 128 页。

② [俄] 爱罗先珂:《桃色的云》,《鲁迅译文全集》第 2 卷,福建教育出版社 2008 年版,第 129 页。

③ [俄] 爱罗先珂:《桃色的云》,《鲁迅译文全集》第 2 卷,福建教育出版社 2008 年版,第 181 页。

④ 林非:《〈呐喊〉中的散文——〈论鲁迅的小说创作〉片断》,《中国现代文学研究丛刊》1983 年第 2 期。

珂劝告家中的女主人养殖各种动物和蔬菜，文中便出现了类似语句："后来仲密家里果然有了许多小鸡，满院飞跑，啄完了铺地锦的嫩叶，大约也许就是这劝告的结果了。"[1] 叙事者并不赞成爱罗先珂，他的冷静笔调也预示了爱罗先珂将要面临的结果。有趣的是，当爱罗先珂紧锣密鼓地买入各种小动物时，他的对话对象不再是成年叙事者，而是主人家中的孩子——只有充满童心、不谙世事的孩子才会对爱罗先珂的行为感兴趣。在《鸭的喜剧》第二段，两次对话都在爱罗先珂和小孩子之间展开。当蝌蚪长大时，"有时候，孩子告诉他说，'爱罗先珂先生，他们生了脚了。'他便高兴的微笑道，'哦！'"[2] 而当小鸭吃完蝌蚪，最小的一个孩子对爱罗先珂说："伊和希珂先，没有了，虾蟆的儿子。"[3] 在精心设计的对话中，爱罗先珂宛若儿童一般纯白的心灵也被映衬了出来。

　　通过爱罗先珂的故事，鲁迅说明了自然界的和谐之为不可能的道理，换言之，鲁迅比爱罗先珂更能够直面一个不完美的世界，他承认小鸭吃蝌蚪是必然的规律，生存斗争永无止歇。因此，鲁迅用"喜剧"替换了爱罗先珂的"悲剧"，从"悲剧"到"喜剧"，展现出的是两人对于自然以及相应现实秩序的不同态度。爱罗先珂将现实的世界视为"悲剧"并在童话中竭力制造和经营着"喜剧"，不惜让动物们违反自然本性、跨越物种边界，但是它们最终无不被打回现实的"悲剧"世界。对于爱罗先珂的这种逻辑和困境，鲁迅并不会陌生，他之所以将"悲剧"再次反拟为"喜剧"，首先在于他正视了这个不完美的世界。不过，对于曾经和鲁迅发生深切共鸣的爱罗先珂，"喜剧"是否还有超出讽刺更为深厚的意蕴呢？不妨回到这样一个问题：对于那些破坏了爱罗先珂纯真幻想的小鸭，鲁迅或叙事者是何种态度呢？在荷花池短小的生物链中，它们是生存斗争

---

[1] 鲁迅：《鸭的喜剧》，《鲁迅全集》第 1 卷，第 584 页。
[2] 鲁迅：《鸭的喜剧》，《鲁迅全集》第 1 卷，第 584 页。
[3] 鲁迅：《鸭的喜剧》，《鲁迅全集》第 1 卷，第 585 页。

的强者、胜利者。尽管《小鸡的悲剧》和《鸭的喜剧》存在多处对立，但对于小鸭的描写却颇为相通。在《小鸡的悲剧》中，当冷漠的小鸭看到小鸡投池而死，叙事者有这样的反讽：

> 很美的伸着颈子，骄傲的浮着水说："并不能在水面上浮游，即使捉了泥鳅，也并不能吃，却偏要下水里去，那真是胡涂虫呵。"①

与此相应，鲁迅在《鸭的喜剧》中描写吃完蝌蚪的小鸭，"原来那四个小鸭都在荷池里洗澡了，而且还翻筋斗，吃东西呢"②。虽然没有借助动物的视角和语言表现小鸭心理，但这处描写同样传神地刻画了小鸭得胜的傲慢神态，它们"鸭鸭"的聒噪声也暗中通向爱罗先珂幻想的小鸭得意、骄傲的话语：

> 待到四处蛙鸣的时候，小鸭也已经长成，两个白的，两个花的，而且不复咻咻的叫，都是"鸭鸭"的叫了。荷花池也早已容不下他们盘桓了，幸而仲密的住家的地势是很低的，夏雨一降，院子里满积了水，他们便欣欣然，游水，钻水，拍翅子，"鸭鸭"的叫。③

在《鸭的喜剧》结尾，鲁迅先是怀念爱罗先珂，随后再次把视线转向"鸭鸭"叫着的四只小鸭，尽管笔锋相当克制，但仍然不难体会到叙事者被压抑在聒噪声音下的凄凉感及其对院中小鸭的厌恶之情。这种推论的可能与合理性在于，鲁迅并非超然的叙事者，而

---

① ［俄］爱罗先珂：《小鸡的悲剧》，《鲁迅译文全集》第 1 卷，福建教育出版社 2008 年版，第 530 页。
② 鲁迅：《鸭的喜剧》，《鲁迅全集》第 1 卷，第 585 页。
③ 鲁迅：《鸭的喜剧》，《鲁迅全集》第 1 卷，第 585、586 页。

是能够同情爱罗先珂的整体行动。鲁迅对爱罗先珂的纯白之心从来不乏欣赏和赞美，他愿意接受爱罗先珂最关键的原因便在于，他在后者的童话中发现了自己从早年就不懈追求的"白心"，同时也包括爱罗先珂对爱、牺牲、反抗强权以及和谐等理念的向往。由此值得认真对待的是，在爱罗先珂的悲哀中，是否也流动着鲁迅对已逝的激情的缅怀与留恋呢？鲁迅把《鸭的喜剧》收入《呐喊》，而这不正是他在《呐喊·自序》中流露出来的情绪吗？

作为叙事者，"我"感到了和爱罗先珂相似的寂寞，并接纳了爱罗先珂对于北京是一座没有精神的"沙漠"之城的批评①，远去的友人和"我"最终实现了心灵的相通和共鸣。在这个意义上，《鸭的喜剧》更有资格被视为一篇怀念友人的文章。"鸭的喜剧"或许蕴含着一个反讽结构，但它指向的理应是作为胜利者的"鸭"以及由这类动物所隐喻着的现实世界中冷漠、傲慢的既得利益者；如果"鸭"的结局是"喜剧"，那么在结尾，鲁迅和爱罗先珂便同时陷入了"悲剧"，改革的理想在这里被否定，小说的意蕴也由此显得更为深厚。在创作《鸭的喜剧》的同月之内，鲁迅还有一篇名为《兔和猫》的小说。《兔和猫》同样可以明显看出爱罗先珂的痕迹，鲁迅也最早在这里用一整篇的文字展现动物的世界。在《兔和猫》中，叙事者首先讲述了黑猫吃掉幼兔的故事，继而回想起种种生命的消逝：被鹰吃掉的鸽子、被马车轧到将死的小狗以及被壁虎吞掉的苍蝇……值得注意的是，这时的鲁迅也像爱罗先珂一样，陷入了无法摆脱的凄凉：

> 夜半在灯下坐着想，那两条小性命，竟是人不知鬼不觉的早在不知什么时候丧失了，生物史上不着一些痕迹，并 S 也不叫一声。②

---

① 鲁迅：《鸭的喜剧》，《鲁迅全集》第 1 卷，第 586 页。
② 鲁迅：《兔和猫》，《鲁迅全集》第 1 卷，第 580 页。

他随后将这种情绪转化为对自然的控诉:"假使造物也可以责备,那么,我以为他实在将生命造得太滥,毁得太滥了。"① 对于黑猫吃掉小兔子这类悲剧,鲁迅并没采用弱肉强食的自然法则解释,他感到无法忍受自然界的荒诞安排。经历了这番思绪之后,鲁迅愤怒地表示要用氰酸钾毒死黑猫,留下了一个剑拔弩张的结尾。

如果认为《鸭的喜剧》延续了《兔和猫》的思路,那么,鲁迅对于吃掉蝌蚪的小鸭的态度就更为复杂了,他绝不只是意在通过《鸭的喜剧》提醒人们注意生存斗争这样一桩简单的自然规律,而是同样表达了对自然界安排的遗憾与弱肉强食法则的不满。对于不完美的自然秩序的反抗,虽然与爱罗先珂的出发点相似,但不同的是,无论在《兔和猫》还是《鸭的喜剧》中,鲁迅都没有遁入无政府主义式的幻想。例如,他从未像爱罗先珂渴望的那样,构想出因为"无所不爱"而变得"古怪"并最终跨越了物种界限的动物,也未制造《兔和猫》中的黑猫不再吃小兔子、《鸭的喜剧》中的鸭子不再吃蝌蚪这类"喜剧"。在关于自然界的本体是和谐还是斗争的问题上,爱罗先珂与鲁迅存在着不同的见解,这也决定了两人在发生了精神的共鸣之后进而分道扬镳的结局。爱罗先珂童话多在悲剧中结尾,意在缅怀那些失败的反抗者和革命者,鲁迅虽然以"鸭的喜剧"作为标题,但某种程度上,由于抛弃了对于自然之和谐、爱与牺牲等价值理念的幻想,他的悲剧可能是更为彻底和根本的,鲁迅不得不在灰暗和荒芜的世界中战斗到底,对于这种悲剧的反抗或则通向了"我将歌唱,我将大笑"② 的《野草》式的另类喜剧。当然,对于爱罗先珂试图用"同情"和"博爱"改造强者的做法③,鲁迅更未必赞成。这些差异或许更深刻地传达出了他有关无政府主义思

---

① 鲁迅:《兔和猫》,《鲁迅全集》第 1 卷,第 580、581 页。
② 鲁迅:《野草·题辞》,《鲁迅全集》第 2 卷,第 163 页。
③ 爱罗先珂对于强者有这样的定义:"对于一切有同情,对于一切都爱,以及大家互相帮助,于这些事情最优越的,这才是第一等的强者呢!"[俄]爱罗先珂:《桃色的云》,《鲁迅译文全集》第 2 卷,福建教育出版社 2008 年版,第 143 页。

想的态度的转变,那种对于自然和人性的乐观看法正在日益淡去。尽管鲁迅随后的反抗同样源于对弱小生命的爱护与同情,但相比之下,他更能直面这个不完美的现实世界,展现出对抗虚无的强力意志。20年代,在早年的理想逐渐坍塌之际,鲁迅虽然认为"人"不可靠,未必担当得起人道主义的大旗,甚至不如动物纯净和真诚,但他仍然选择立足在现实的地面上,一边保留着对幼者、弱者的关爱,一边面对着不完美的世界发出反抗的声音。

第三节 进化论在鲁迅后期思想中的位置

一 "落伍"

尽管20年代中期,鲁迅已经发现了进化论的困境,并多次表露对进化的悲观,但他并没有打算放弃这个从早年就深信的理论。1927年4月,在黄埔军校的演讲中,鲁迅仍然重复着从原虫到人类的进化观点:"其实'革命'是并不稀奇的,惟其有了它,社会才会改革,人类才会进步,能从原虫到人类,从野蛮到文明,就因为没有一刻不在革命。"[1] 他讲起猴子与人类的差别:"为什么人类成了人,猴子终于是猴子呢?这就因为猴子不肯变化——它爱用四只脚走路。也许曾有一个猴子站起来,试用两脚走路的罢,但许多猴子就说,'我们底祖先一向是爬的,不许你站!'咬死了。它们不但不肯站起来,并且不肯讲话,因为它守旧。人类就不然,他终于站起,讲话,结果是他胜利了。"[2] 这段富于人道主义色彩的表述几乎完全重复了《狂人日记》中狂人对其兄长的劝告。同写于1918年的《狂人日记》比较起来,鲁迅讲述了同一个故事。

---

[1] 鲁迅:《革命时代的文学》,《鲁迅全集》第3卷,第437页。
[2] 鲁迅:《革命时代的文学》,《鲁迅全集》第3卷,第437页。

从进化角度解释革命问题,这是晚清革命党人最为娴熟的论述思路①,鲁迅现在接续了这个脉络,但20年代末,进化论的热度已经下降,取而代之是对革命原理的新解释。另外,当鲁迅再次抛出这个叙事的时候,他的对象和主题也发生了明显的变化。在1918年发表《狂人日记》时,鲁迅致力的是思想革命与家庭改革,其受众主要是城市中的青年学生,而在1927年的演讲中,他面对的是革命后备力量,主题也切换到现实中正在进行着的国民革命。在中国思想和社会发生剧烈变动的将近十年后,鲁迅仍然对进化论寄予厚望,他相信这种理论能够整合起思想启蒙和社会革命,继续指导中国的变革。当然,这也从另外一个层面说明了,面对20年代的时局变动,鲁迅还没有找到可以替代进化论的解释路径。

但是,在这次演讲后不到一周,1927年4月15日,国民党在广州制造了"清党"事件,残酷的屠杀就从外部打断了他的思路。尽管在此之前,鲁迅已经在北京参与了女师大学生反抗校方和教育部的斗争,也曾震撼于"三一八"惨案中当权者的暴力,但这次事件对他的冲击尤为强烈。对于鲁迅个人来说,这次事件并不孤立,而是紧密联系着从"五四"时期以来聚焦青年的整体立场,而这又根源于他对进化论的信仰——

> 我一向是相信进化论的,总以为将来必胜于过去,青年必胜于老人,对于青年,我敬重之不暇,往往给我十刀,我只还他一箭。然而后来我明白我倒是错了。这并非唯物史观的理论或革命文艺的作品蛊惑我的,我在广东,就目睹了同是青年,而分成两大阵营,或则投书告密,或则助官捕人的事实!我的思路因此轰毁,后来便时常用了怀疑的眼光去看青年,不再无条件的敬畏了。②

---

① 王中江:《进化主义在中国》,首都师范大学出版社2011年版,第179—197页。
② 鲁迅:《〈三闲集〉序言》,《鲁迅全集》第4卷,第5页。

鲁迅没有从政党政治的角度而是执意用青年之间的相互残杀解释这次事件,他也用这种方式突出了自我思想深处的危机。一位参加了北伐战争的青年表达对鲁迅的期待——"在现在的国民革命正沸腾的时候,我们把鲁迅先生的一切创作……读读,当能给我们以新路的认识",他希望鲁迅继续"呐喊","我们恳切地祈望鲁迅先生出马。……因为救救孩子要紧呀"①。鲁迅却一反早年的思路,他觉得"救救孩子"已经不再合乎时代要求。在回信中,鲁迅诚恳地答复说:"现在倘再发那些四平八稳的'救救孩子'似的议论,连我自己听去,也觉得空空洞洞了。"② 鲁迅再次感到了面对现实的无力。在这封答信中,他屡屡表示自己已在时代的变化中"落伍":"问题倒在我自己的落伍。"③ 这种反省使得鲁迅陷入了深刻的精神困境,在同一封信中,鲁迅不嫌冗赘地坦承自己无话可说。④ 通过这次事件,他发现自己只是历史的旁观者,甚至"帮凶"。

1928年年初,初到上海的鲁迅遭到创造社和太阳社青年的围攻。这虽然加剧了鲁迅对青年的失望,却也更加激发出他寻找应对时局变化思路的热情。事实上,如果暂时除去这些左翼青年意气用事的成分,可以发现,他们攻击鲁迅的理由竟然和鲁迅自己的反省颇有几分相通之处。正如在《答有恒先生》中,鲁迅发现自己"落伍"于时代,这些激进的青年同样指出鲁迅的文章不足以反映20年代社会的变化。在《死去了的阿Q时代》中,钱杏邨认为:"在事实上看来,鲁迅终竟不是这个时代的表现者,他的著作内含的思想,也不足以代表十年来的中国文艺思潮。"⑤ 不久,他又一次指责鲁迅

---

① 时有恒:《这时节》,《北新》周刊1927年第43期。
② 鲁迅:《答有恒先生》,《鲁迅全集》第3卷,第476—477页。
③ 鲁迅:《答有恒先生》,《鲁迅全集》第3卷,475页。
④ 鲁迅先是表明"我终于觉得无话可说",在结尾又有"我觉得我也许从此不再有什么话要说"。鲁迅:《答有恒先生》,《鲁迅全集》第3卷,第474、477页。
⑤ 钱杏邨:《死去了的阿Q时代》,《太阳月刊》1928年第3期。

"完全变成个落伍者,没有阶级的认识,也没有革命的情绪"①。这篇文章的关键词便是"时代"与"落伍"。

李长之认为,这些幼稚的言论部分攻击到了要害,"我不信鲁迅不受这些话的影响",其中,他便列举了钱杏邨的《死去了的阿Q时代》。② 应当澄清的是,当鲁迅说自己"落伍"时,他并不是简单认同了左翼青年的批评。对于习惯运用进化思想观照中国社会与改革的鲁迅而言,"落伍"更是他对自己这段历程的总结。1925年,他在给许广平的信中表明对于"落伍者"的看法:

> 时代环境全部迁流,并且进步,而个人始终如故,毫无长进,这才谓之"落伍者"。倘若对于时代环境,怀着不满,要它更好,待较好时,又要它更更好,即不当有"落伍者"之称。因为世界上改革者的动机,大抵就是这对于时代环境的不满的缘故。③

鲁迅的解释延续了他在《随感录·六十一》中论及人道进化的观点,现在,他通过这一词汇表达了自己与时代的隔阂以及由此而生的危机感,或者不如说是陌生感,作为文明与社会的观察家、批评家,他发现从前的方法和观念已经不合时宜。对于左翼青年攻击他"落伍",鲁迅明显极为上心。在此后将近一年多所写的文章和书信中,鲁迅多次带着反讽语气使用"落伍"一词④,他既质疑这些青年的宣传只不过是新挂的一个招牌,却也内在地感到了革新的必要。1929年5月,鲁迅回到北平省亲,他对这里的文化气氛感到颇不习惯,如认为,在北平"略不小心,确有'落伍'之惧",相比

---

① 钱杏邨:《现代中国文学作家》,泰东图书局1928年版,第25页。
② 李长之:《鲁迅批判》,北京出版社2009年版,第39页。
③ 鲁迅:《两地书·六》,《鲁迅全集》第11卷,第26页。
④ 鲁迅:《290817致章廷谦》,《鲁迅全集》第12卷,第201页。鲁迅:《在上海的鲁迅启事》,《鲁迅全集》第4卷,第76页。鲁迅:《革命咖啡店》,《鲁迅全集》第4卷,第118页。鲁迅:《文坛的掌故》,《鲁迅全集》第4卷,第123页。

之下,"上海虽烦扰,但也别有生气"①。鲁迅坦言自己正变得"心粗气浮"②,他以此拒绝了多所大学的邀约,这种心境与他赞扬上海的"烦扰"与"生气"的氛围非常契合。在鲁迅看来,作为文化故都的北平只适合"躲起来用用功"③。鲁迅拒绝学者的生活某种程度上说明他不甘于做一名"落伍者",此时的鲁迅更喜欢上海那种让他有些烦躁不安的气氛。相比于北平的"安闲"④ 与"寂寞"⑤,鲁迅表达了对于躁动时代气息的向往,他在上海感受到一种朦胧的"生气"并生发出了重新投入时代变革的想法。

正如他在回应左翼青年之际,颇为勤奋地译出了普列汉诺夫与卢那察尔斯基两部同名的《艺术论》以及《文艺与批评》《文艺政策》等著作,这些著作蕴含了鲁迅主动探寻时代出路的努力。归根结底,鲁迅翻译的动力源于自我思想深处的危机,他尤其强调了普列汉诺夫《艺术论》的重要性:

> 我有一件事要感谢创造社的,是他们"挤"我看了几种科学底文艺论,明白了先前的文学史家们说了一大堆,还是纠缠不清的疑问。并且因此译了一本蒲力汗诺夫的《艺术论》,以救正我——还因我而及于别人——的只信进化论的偏颇。⑥

借助普列汉诺夫的《艺术论》,鲁迅修正了对于进化论的崇信,也修正了自我与时代的关系。其中,鲁迅还强调《艺术论》对"别人"的意义,他相信这本书同时也切中了时代变革的要求。1933年,作为共产党早期领导人和鲁迅的挚友,瞿秋白通过这段表述,

---

① 鲁迅:《290523 致许广平》,《鲁迅全集》第 12 卷,第 172 页。
② 鲁迅:《290522 致许广平》,《鲁迅全集》第 12 卷,第 169 页。
③ 鲁迅:《290731 致李霁野》,《鲁迅全集》第 12 卷,第 198 页。
④ 鲁迅:《290523 致许广平》,《鲁迅全集》第 12 卷,第 172 页。
⑤ 鲁迅:《290530 致许广平》,《鲁迅全集》第 12 卷,第 181 页。
⑥ 鲁迅:《〈三闲集〉序言》,《鲁迅全集》第 4 卷,第 6 页。

指出鲁迅晚年发生了"从进化论到阶级论"①的转向,直到今天,仍然是人们解释鲁迅晚年思想动向最为权威的论据。

1928年,鲁迅注意到普列汉诺夫的《艺术论》并非偶然,在此之前,他已经接触到普列汉诺夫《艺术论》中的相关内容。1925年,鲁迅指导的青年社团"未名社"出版了由任国桢翻译的《苏俄的文艺论战》文集,这部文集最后附录了一篇名为《蒲力汗诺夫与艺术问题》的文章。鲁迅在序言中对此介绍:"别有《蒲力汗诺夫与艺术问题》一篇,是用Marxism于文艺的研究的。"②通过《蒲力汗诺夫与艺术问题》,我们可以大致了解普列汉诺夫的艺术思想,例如:"艺术不但根据生物学,并根据社会学,——应当求艺术的根本从原人生活的状态中,从原人生存的社会情形中,他们的经济状况中。"③该文随后又介绍了普列汉诺夫从原始民族艺术中提炼出的唯物艺术史观,具体而言,即是将艺术视作社会现象,认为艺术本身是阶级意识的表现,社会中各阶级的竞争造就了艺术的发展。这些内容与鲁迅后来翻译的《艺术论》非常接近。

不过,1925年,当马克思主义艺术理论进入鲁迅的视野时,他没有表现出格外的热情。鲁迅这时推崇的厨川白村恰恰表述着与此相反的观点,厨川白村强调艺术是生命个性的独特表现,并明确将艺术与政治、经济等因素区分开来,他认为艺术的使命在于:

> 表现出真的个性,捕捉了自然人生的姿态,将这些在作品上给与生命而写出来。艺术和别的一切的人类活动不同之点,就在艺术是纯然的个人底的活动。别的事情,一出手就是个人

---

① 何凝(瞿秋白):《〈鲁迅杂感选集〉序言》,《鲁迅杂感选集》,上海青光书局1933年版,第20页。

② 鲁迅:《〈苏俄文艺论战〉前记》,《鲁迅著译编年全集》第6卷,人民出版社2009年版,第158页。

③ [俄]瓦勒夫松:《蒲力汗诺夫与艺术问题》,任国桢译,北新书局1927年版,第65、66页。

底地闹起来，那是不了的。无论是政治，是买卖，是什么，一开手就是个人底地，那是不了的；然而独有艺术，却是极度的个人底活动。就是将自己的生命即个性，赋给作品。①

这些观点几乎构成了普列汉诺夫艺术观的对立面。事实上，不仅厨川白村，直到1927年年末，鲁迅翻译最多的仍属日本白桦派武者小路实笃、有岛武郎等人的作品，这些作品延续着他"五四"时期的人道主义思想。1928年前后，他的翻译思路才发生了显著变化，鲁迅翻译马克思主义的文艺理论，除了回应革命青年的进攻外，更是积极探索一种认识和把握时代的新路径。

在被动的姿态中获得与时代互动的主体性，这与他参与《新青年》的方式很是相似。当革命开始成为历史潮流时，鲁迅并非没有意识到逐步发生的变化。通过身边的青年人，他不仅接触到普列汉诺夫的文学理论，也在几乎同时阅读了托洛茨基的《文学与革命》，1926年，鲁迅翻译的托洛茨基讨论勃洛克《十二个》的文章即出自该书的第三章。对于普列汉诺夫，鲁迅一开始并没有表现出特殊的亲近感，相比之下，他较多地引用了托洛茨基的理论。在纪念孙中山逝世一周年的文章里，他首次征引托洛茨基在《文学与革命》中的观点，称赞孙中山是永远的革命者，并转述了托洛茨基对革命艺术的定义。② 1927年，在批评"革命文学家"时，鲁迅再次借鉴托氏对革命和文学关系的看法，后者对"革命人"与"革命文学"的解释，使得鲁迅深刻怀疑左翼青年替代平民发声的观点。不过，从鲁迅20年代中期的翻译来看，托洛茨基占据的比重明显低于厨川白村、有岛武郎以及鹤见祐辅等人。另一方面，当鲁迅引述托洛茨基时，很难说他真正改变了思路。相比普列汉诺夫，托洛茨基无疑更

---

① ［日］厨川白村：《艺术的表现》，鲁迅译，《鲁迅著译编年全集》第6卷，人民出版社2009年版，第479页。

② 鲁迅：《中山先生逝世后一周年》，《鲁迅全集》第7卷，第305、306页。

容易进入鲁迅的视野,原因或许在于鲁迅从后者的理论中发现了与厨川白村等人观点更多的相似性。托洛茨基注意到作为象征派诗人的勃洛克不安的灵魂,例如,他强调《十二个》的诞生是勃洛克内在自我与时代撞击的结果:"幽居的室内的诗人,即使不选择,也可以将自己的歌唝,加在沉闷的生活的愁诉上,连接下去。然而在被时代所拘縶,而且将时代译为自己的内面底的言语的勃洛克,却有选择的必要的。于是他选择了,而且写了《十二个》了。"① 这种评价非常容易令人想起《苦闷的象征》中对于文艺发生原理的论述。托洛茨基评价勃洛克的诗作仍然是个人主义的艺术,当鲁迅说托洛茨基是"深解文艺的批评者"② 时,他很可能延续而非否定了早年的文艺观。在强调文艺的独立性方面,托洛茨基与鲁迅此前的观点并不存在根本的抵牾之处。③

二 普列汉诺夫《艺术论》的意义

1929年4月,鲁迅连续翻译了有岛武郎的《宣言一篇》与片上伸的《阶级艺术的问题》《"否定"的文学》等文,有岛武郎否认由知识分子创造无产阶级文艺的可能,相反,片上伸针锋相对地批判这种鲁迅多半会认同的观点。④ 通过翻译片上伸的著作,鲁迅修正了对托洛茨基有关"革命人"与"革命文学"的看法,开始相信阶级转变是可以实现的,并放宽了对于革命文学创作者身份的要求。⑤ 这

---

① [苏]托罗兹基(托洛茨基):《亚历山大·勃洛克》,《鲁迅著译编年全集》第7卷,人民出版社2009年版,第225页。
② 鲁迅:《十二个·后记》,《鲁迅著译编年全集》第7卷,人民出版社2009年版,第223页。
③ 亦可参见[日]长堀佑造:《鲁迅"革命人"的提出——鲁迅接受托洛茨基文艺理论之一》,《鲁迅研究月刊》2002年第10期。
④ 鲁迅在《壁下译丛·小引》中表示"爱他的主张坚实而热烈"(《鲁迅全集》第10卷,第307页)。
⑤ [日]中井政喜:《1926—1930年间的鲁迅与马克思主义文艺理论》(下),潘世圣译,《上海鲁迅研究》2015年第4期。

时，鲁迅一再向青年学生宣传翻译的重要意义："多看些别国的理论和作品之后，再来估量中国的新文艺，便可以清楚得多了。更好是绍介到中国来；翻译并不比随便的创作容易，然而于新文学的发展却更有功，于大家更有益。"[①] 这种呼吁直接表达了鲁迅本人的心情，他正需要通过更多的翻译为自己补充思想储备。鲁迅从早年决定从事文艺到如今的翻译活动皆表现出强烈的主体意识，这次翻译更直接联系着他个人内在的信仰与存在危机。

随后，鲁迅又密集翻译了卢那察尔斯基的多部著述，例如《艺术论》《文艺与批评》《文艺政策》等，这些翻译在数量和篇幅上都超过了普列汉诺夫的《艺术论》，因而有意思的是，为什么在《三闲集》序言中，鲁迅更突出地强调了普列汉诺夫《艺术论》对他的影响？从鲁迅的翻译看，他显然是从不同的渠道接受了马克思主义的启示，如果这些翻译共同促成了鲁迅的左转，那么普列汉诺夫的位置或特殊性在哪里呢？对于曾经只相信生物学真理的鲁迅而言，卢那察尔斯基和普列汉诺夫的理论无疑都能够为他打开新的面向。然而，在鲁迅个体的思想发展史上，普列汉诺夫却有着无人堪及的地位。鲁迅明显是从进化论的角度强调普列汉诺夫的关键意义，因此，尽管促使鲁迅左转的原因颇为复杂，但确实只有普列汉诺夫的《艺术论》最为集中地回应了他此前有关进化论的众多困惑，换言之，对他而言，这部著作具有更为切己的性质。在20年代中期，鲁迅最系统翻译的便是厨川白村的《苦闷的象征》与《出了象牙之塔》，他的生物学的真理的思路并未中断，而是在广义的个体生命维度上得到了延续与扩充。在这些著作中，艺术被视为生命力遭受压抑之后升华而成的结晶，涉及的主要是创作者的内在自我与文学创作的关系问题，直到两部马克思主义的《艺术论》向他提示了新的方向。不过，尽管卢那察尔斯基与普列汉诺夫都吸收了来自生物学的资源，但关于如何处理生物学与马克思主义文艺论的关系，这两

---

① 鲁迅：《现今的新文学的概观》，《鲁迅全集》第4卷，第140页。

部《艺术论》存在颇多差别。相比之下，普列汉诺夫用更多篇幅、更具系统地说明了进化论的启示与不足之处。

相比卢那察尔斯基的论述，普列汉诺夫的《艺术论》从更多方面呼应了鲁迅早年的思路——无论是生物进化论的真理，还是在翻译厨川白村等人过程中形成的艺术源于生命力的思想。在鲁迅动手开译之前，普列汉诺夫的《艺术论》已有了林柏译本[1]，鲁迅也自陈时常参考林译的版本，尽管他解释这是因为已经预先定下了丛书出版目录的缘故[2]，但其表态仍不能限制人们推测，这部著作与他的思想世界发生了更为深刻的关联。鲁迅所译的《艺术论》共由四篇文章构成，分别是《论艺术》《原始民族的艺术》《再论原始民族的艺术》与《论文集〈二十年间〉第三版序》[3]。值得注意的是，这四篇文章都与鲁迅此前的思路存在着密切的联系。

首先，鲁迅在普列汉诺夫的《艺术论》中遇见了熟悉的达尔文，这给思路"轰毁"的鲁迅提供了一个重新认识进化论的契机。卢那察尔斯基虽然也在《艺术论》中提到"进化"，但他的论述并不能满足进化思路遭到"轰毁"的鲁迅。卢那察尔斯基并不像普列汉诺夫意在指出生物进化论的不足，在他的论述中仍旧存在诸多对生物学资源的引用，相比之下，普列汉诺夫无疑更系统地剖析了生物学的合理性与不足，并通过唯物主义建立了新的解释体系。就此而言，普列汉诺夫向鲁迅展现出了更强的吸引力。在《论艺术》开篇，普列汉诺夫首先否定托尔斯泰认为艺术源于人类感情的说法，他批评这种观点过于抽象，"我想，艺术，是始于人将在围绕着他的现实的

---

[1] 林柏的译本由上海南强书局1929年出版。

[2] 鲁迅翻译的《艺术论》被列为《科学的艺术论丛书》之一，由光华书店1930年7月出版。

[3] 鲁迅翻译的《艺术论》源于《没有地址的信——艺术与社会生活》，包括普列汉诺夫1899—1900年四封书信体论文。《艺术论》前三章根据外村史郎的日译本转译而来，但该译本仅翻译了原著的前两封，第四章则译自藏原惟人的《阶级社会的艺术》。鲁迅译作由上海光华书局在1930年7月出版。

影响之下"①,正是在重归现实的原则导向下,唯物主义的社会学维度被凸显出来。普列汉诺夫大量引用了达尔文《人类的由来》第三、第四章"人类和低等动物在心理能力方面的比较"中的内容,在这两章中,达尔文指出审美观念是生物界普遍的现象:"审美观念。——有人宣称过,审美的观念是人所独具的。我在这里用到这个词,指的是某些颜色、形态、声音,或简称为色、相、声,所提供的愉快的感觉,而这种感觉应该不算不合理地被称为美感;但在有文化熏陶的人,这种感觉是同复杂的意识与一串串的思想紧密地联系在一起的。"②随后,达尔文说明:

> 人的审美观念,至少就女性之美而言,在性质上和其他动物的并没有特殊之处。就其表现而论,这种美感也与其他动物一样,变化多端,不但族类与族类之间有很大的差别,即便在同一族类之中,各民族之间也很不一样。③

在《人类的由来》中,达尔文虽然谈到不同族类、民族审美的差异,但他并未在这部分过多用力。这恰恰给了普列汉诺夫发挥的空间,他由此提出:"倘若美的概念,在属于同一人种的各国民,是不同的,则不能在生物学之中,探求这样的种种相的原因,是分明的事。达尔文自己就在告诉我们,要我们的探求,应该向着别的方面去。"④那么,达尔文指向了哪个方面呢?

---

① [俄]普列汉诺夫:《论艺术》,《鲁迅著译编年全集》第11卷,人民出版社2009年版,第210页。

② [英]达尔文:《人类的由来》,潘光旦、胡寿文译,商务印书馆2013年版,第135、136页。

③ [英]达尔文:《人类的由来》,潘光旦、胡寿文译,商务印书馆2013年版,第137页。

④ [俄]普列汉诺夫:《论艺术》,《鲁迅著译编年全集》第11卷,人民出版社2009年版,第215页。

达尔文认为，高级的审美观念必须通过文化取得并且"和种种复杂的联想作用有着依存的关系，甚至是建立在这种种意识联系之上的"[①]。普列汉诺夫极为重视达尔文的这一判断，他从中发现了利用唯物主义进一步解释形成高级审美观念差异的可能性。正是在接续达尔文的名义下，普列汉诺夫开始追问文化差异形成的原理，并巧妙地将思路从"生物学"引向"社会学"——"能回答这些问题的，分明并非生物学者，而只有社会学者。"[②] 在这个意义上，普列汉诺夫强调"应该向着别的方面"去探求，便顺理成章地指向了唯物史观的"社会学"解释。

不同于达尔文认为只有开化的人种才具有审美观念，通过研究原始民族装饰上的细节（如毛皮、爪和牙齿）的审美意义，普列汉诺夫指出达尔文的局限，当审美观念——"仅仅能见于文明人的时候，达尔文是对的么？不，不对，而且证明这事，是极其容易的。"[③] 对于达尔文描述的由文化导致的审美差异，普列汉诺夫坚持将原因归结到社会层面："据达尔文的意见，分明是就为各种社会底原因所限定的。"[④] 事实上，在《人类的由来》中，达尔文并没有这种唯物论认识。尽管普列汉诺夫表现出了和达尔文不同的观念，但他绝不是为了否定达尔文。普列汉诺夫强调正是在达尔文的指示下，自己才提出了"从生物学到社会学去"[⑤]的要求，总之，在他看来，"到社会学去"的唯物史观与达尔文的生物学研究并不矛盾，两者是

[①] ［英］达尔文：《人类的由来》，潘光旦、胡寿文译，商务印书馆2013年版，第137页。

[②] ［俄］普列汉诺夫：《论艺术》，《鲁迅著译编年全集》第11卷，人民出版社2009年版，第218页。

[③] ［俄］普列汉诺夫：《论艺术》，《鲁迅著译编年全集》第11卷，人民出版社2009年版，第216页。

[④] ［俄］普列汉诺夫：《论艺术》，《鲁迅著译编年全集》第11卷，人民出版社2009年版，第216页。

[⑤] ［俄］普列汉诺夫：《论艺术》，《鲁迅著译编年全集》第11卷，人民出版社2009年版，第216页。

继承和发展的关系。普列汉诺夫相信，达尔文关于艺术的生物学解释最终在唯物主义的思路上取得了进步。① 例如：

> 一般底地说起来，要将达尔文主义和我所正在拥护的历史观来对峙，是非常地奇怪的事。达尔文的领域，全然在别处。他是考察了作为动物种的人类的起源的。唯物史观的支持者，是想要说明这物种的历史底运命。他们的研究的领域，恰恰从达尔文主义者的研究的终结之处，从那地方开头。②

普列汉诺夫从达尔文的论述中抽取出"模仿"和"对立"两个原则，通过分析17世纪英国斯图亚特王朝复辟前后的审美观念，他指出，人类社会的"模仿"显示出的是特定的社会关系，"模仿"总是"在同一阶级内的人们的相互关系之中出现"③，正像贵族阶级必然鄙弃新兴资产阶级的审美。普列汉诺夫随后解释"对立"原则，他认为，阶级与社会环境的不同造成了纷繁各异的社会心理，并塑造出多样化的审美观念。在《人类的由来》中，达尔文虽然根据"社会性"因素解释"模仿"与"对立"，但他的解释完全基于动物的社会性本能，而在《艺术论》中，普列汉诺夫则创造性地将这些现象与现实社会的阶级关系紧密维系在了一起。

鲁迅称卢那察尔斯基的《艺术论》是依据"生物学底社会学"④，但对于普列汉诺夫而言，这种评价或许就要更改。尽管普

---

① ［俄］普列汉诺夫：《论艺术》，《鲁迅著译编年全集》第11卷，人民出版社2009年版，第220页。
② ［俄］普列汉诺夫：《论艺术》，《鲁迅著译编年全集》第11卷，人民出版社2009年版，第219页。
③ ［俄］普列汉诺夫：《论艺术》，《鲁迅著译编年全集》第11卷，人民出版社2009年版，第222页。
④ 鲁迅：《〈艺术论〉小序》，《鲁迅著译编年全集》第10卷，人民出版社2009年版，第226页。

列汉诺夫引用了一些生物学资源，但他并不将其作为《艺术论》的科学基础，鲁迅为《艺术论》题写的序言清楚说明他把握到了普列汉诺夫的思路——"蒲力汗诺夫在这里，却将这作为重要的艺术生产的问题，解明了生产力和生产关系的矛盾以及阶级间的矛盾，以怎样的形式，作用于艺术上；而站在该生产关系上的社会的艺术，又怎样地取了各别的形态，和别社会的艺术显出不同。就用了达尔文的'对立的根源的作用'这句话，博引例子，以说明社会底条件之关于与美底感情的形式"①。

其次，除了《论艺术》之外，《原始民族的艺术》以及《再论原始民族的艺术》两篇同样呼应了——或更恰切地说，修正了鲁迅此前的思路。在这两篇文章中，鲁迅再次遇到了诸多熟悉的人物，但跟随着普列汉诺夫的启示，他开始转变了立场。《原始民族的艺术》没有较多涉及艺术问题，这篇文章的宗旨在于辨析原始民族艺术中究竟是个人性还是社会性因素占据优势。在反驳德国民族学者萨拉辛的过程中，普列汉诺夫提到了鲁迅早年推崇的"新神思宗"施蒂纳，由于强调人是社会性动物，普列汉诺夫对于作为个人主义和利己主义者的代表的施蒂纳评价不高。

在《再论原始民族的艺术》中，普列汉诺夫驳斥了关于艺术起源的游戏论观点，鲁迅较早便翻译过厨川白村的《游戏论》，这两篇文章展现了截然相反的思路。在这篇文章中，普列汉诺夫的主要对手是德国经济学家毕歇尔。毕歇尔认为对于原始民族而言，"游戏古于劳动，艺术古于有益的对象的生产"②。普列汉诺夫反对这种观点，他强调原始民族不仅首先学会了劳动，而且正是从劳动中产生了艺术。普列汉诺夫追溯了游戏说的渊源，并重点批驳了斯宾塞、谷鲁斯等人的观点，作为艺术起源游戏说的功利主义者，尽管卡

---

① 鲁迅：《〈艺术论〉译本序》，《鲁迅全集》第 4 卷，第 268 页。
② ［俄］普列汉诺夫：《再论原始民族的艺术》，《鲁迅著译编年全集》第 11 卷，人民出版社 2009 年版，第 268 页。

尔·谷鲁斯认为，动物在幼年时期的游戏是为了给未来的生存斗争做准备，但普列汉诺夫还是坚持认为他颠倒了顺序，只有先有社会性的劳动，动物的游戏才是可能的。此前学者的观点建立在个体而非社会性的基础之上，普列汉诺夫相信事实上个体的活动必然以种族发展为前提，即"在最初，种的发展在他面前设定了要求一定的活动的一定的任务"①，个体在幼年时期已经接受了这种淘汰与养育法则，如果以个体为准则，那么就将无法解释不同物种之间游戏的差异的问题。归根结底，艺术是社会的现象，劳动和生产的首要意义决定了普列汉诺夫与毕歇尔不同的思路。

值得注意的是，这些理论家同样出现在厨川白村的《游戏论》中，厨川白村在综合斯宾塞、席勒、康德与谷鲁斯的意见基础上提出"严肃的游戏"说："我以为游戏云者，可以说，是被自己内心的要求所驱遣，要将自己表现于外的劳作罢。"② 普列汉诺夫当然不会认可这种唯心主义的论述。此外，厨川白村还强调："游戏者，是从纯一不杂的自己内心的要求所发的活动；是不为周围和外界的羁绊所烦扰，超越了那些从什么金钱呀，义务呀，道德呀等类的社会底关系而来的强制和束缚，建设创造起纯真的自我的生活来。"③ 普列汉诺夫也将难以接受这种追求超越的游戏论，正如对于毕歇尔的批评一样，他认为这是根本性的错误，厨川白村排斥功利性与社会性的思路同样违反了马克思主义最为核心的原则。④

在《论文集〈二十年间〉第三版序》中，普列汉诺夫再次澄清

---

① ［俄］普列汉诺夫：《再论原始民族的艺术》，《鲁迅著译编年全集》第11卷，人民出版社2009年版，第275页。
② ［日］厨川白村：《游戏论》，《鲁迅著译编年全集》第6卷，人民出版社2009年版，第484页。
③ ［日］厨川白村：《游戏论》，《鲁迅著译编年全集》第6卷，人民出版社2009年版，第484页。
④ ［俄］普列汉诺夫：《再论原始民族的艺术》，《鲁迅著译编年全集》第11卷，人民出版社2009年版，第268页。

游戏的社会学起源:"倘不能决定这游戏的社会学底等价,换了话说,就是剖明那引它出来的社会底心情,就不行。"① 有意思的是,卢那察尔斯基也讨论过游戏的问题,他认为人们的美感诞生在游戏中,"在自然界,刺戟我们的幻想,即在脑里呼起自由的游戏的一切,是愉快,而且美底的"②,又如"生命差的积极底解决者——是游戏,即精力过剩的无目的的消费罢"③。他的观点和厨川白村接近,而不同于普列汉诺夫的社会决定论。卢那察尔斯基认为游戏是生命力增强的保证,"为一切器官的保存和成长计,非使器官动作不可,非游戏不可。而在这游戏中,即自然反映着作为顺应生存竞争的有机体的本质。即游戏者,盖包含于日常生活上可以遭遇,然而和精力的节约法严密地相一致之际所发生的反应中。和过度蓄积的生命差的排除相伴的快乐,本身就是目的。"④ 在过度蓄积的"生命差"流溢出来之际,个体所感受到的快乐,也即创造的快乐、美的快乐。这种游戏的快感,对于生物体器官的保存以及进步的意义都非常重大。与此同时,卢那察尔斯基强调个体旺盛的、剩余的生命精力在艺术创作中发生积极的转化,也非常容易令人想起尼采有关于生命与艺术原理的表述。事实上,有论者便指出卢那察尔斯基艺术论中的唯心主义成分,强调艺术家个人的创造力,这是他不同于普列汉诺夫艺术机械论的地方。⑤ 1934年,在《门外文谈》中,鲁迅以原始人在山洞中作画为例,说明绘画乃出于狩猎、禁咒等直接与生产相关

---

① [俄]普列汉诺夫:《论文集〈二十年间〉第三版序》,《鲁迅著译编年全集》第11卷,人民出版社2009年版,第14页。

② [苏]卢那察尔斯基:《艺术论》,《鲁迅著译编年全集》第10卷,人民出版社2009年版,第279页。

③ [苏]卢那察尔斯基:《艺术论》,《鲁迅著译编年全集》第10卷,人民出版社2009年版,第288页。

④ [苏]卢那察尔斯基:《艺术论》,《鲁迅著译编年全集》第10卷,人民出版社2009年版,第252页。

⑤ [美]皮柯维支:《马克思主义文学思想与中国》,尹慧珉译,《国外中国文学研究论丛中国现代文学专辑》,中国文联出版公司1985年版,第36页。

的活动,而反对唯艺术论的游戏性质的解释,并认为中国文字的起源同样体现了这种原理,又如在随后的"不识字的作家"一节中,鲁迅提出劳动不仅是人类发声、说话的基础,更是文艺创作的源泉。① 次年,鲁迅指出劳动的第一性并解释"隐士"之所以有闲去吟诗作文,那只是有人代替劳动的结果。② 在这些地方,鲁迅接受的是普列汉诺夫而非卢那察尔斯基。

无可否认,卢那察尔斯基在鲁迅左转过程中同样有着不可取代的地位。事实上,也正是卢那察尔斯基向鲁迅揭示了普列汉诺夫艺术理论中的决定论缺陷③,鲁迅反对恐吓和辱骂式的战斗、强调革命文学的艺术性以及提倡大众文学与汉字拉丁化都可以见出卢那察尔斯基影响的痕迹,但相比之下,普列汉诺夫的《艺术论》无疑更充分地回应了鲁迅对进化论的认识问题。当然,普列汉诺夫对于鲁迅的意义,不仅帮他修正了进化论这一点。当鲁迅说普列汉诺夫帮他修正了"只信进化论"的思路时,他所谓的"进化论"并非孤立地指向达尔文的进化论,不妨说,这种自我总结中也同时包含了他早先建立在生物学真理基础上的伦理学、艺术学等思想,《艺术论》在这个意义上触碰到了鲁迅思想的地基。

三 "社会学转向":时代的与个人的

对于鲁迅而言,普列汉诺夫《艺术论》的意义并不局限在理论层面,而与他如何选择在新的时代语境中发声和生存的方式息息相关,那个"从生物学到社会学去"的号召同时为鲁迅提供了重审自我与时代关系的可能。鲁迅接受他对艺术起源的唯物主义解释,他这样说明普列汉诺夫的启示:"倘只就艺术而言,则是人类的美底感

---

① 鲁迅:《门外文谈》,《鲁迅全集》第 6 卷,第 96 页。
② 鲁迅:《隐士》,《鲁迅全集》第 6 卷,第 231 页。
③ [苏]卢那察尔斯基:《关于马克斯主义文艺批评之任务的提要》,《鲁迅著译编年全集》第 11 卷,人民出版社 2009 年版,第 131 页。

情的存在的可能性（种的概念），是被那为它移向现实的条件（历史底概念）所提高的。"① 同时，卢那察尔斯基帮助鲁迅再次确认了这种从社会学出发的文艺批评思路及其权威性，他称赞这是普列汉诺夫为马克思主义文艺批评树立的首要原则。②

20年代，无论"从生物学到社会学去"还是"移向现实"，这些表述都并非抽象的说法，而是密切关联着中国社会斗争形势与知识界的结构性变化。德里克（Alif Dirlik）用"社会学转向"凸显这时期知识界风气的转变："关于社会和社会问题的著作的突然增长，是此时中国思想所发生的社会学转向的最明显的表征。"③ 他指出在这期间成长起来的知识分子秉有更强烈的社会变革意识，"新的一代，在即将来临的岁月中，吸收了胜利的现代派的论点，将对于传统或民族认同的关注贬抑到第二位，而转向寻找以往改变中国的努力之所以失败的潜在的社会原因。"④ 鲁迅最初的反映并不强烈。他曾经的同人李大钊、陈独秀很早就走过了从达尔文到马克思的道路，这个过程，对于鲁迅却颇为缓慢、艰难。

伴随着知识界风气的变革，处理进化论与唯物史观的议题早已展开，鲁迅认为，普列汉诺夫的《艺术论》能够帮助人们修正对于进化论的看法，不过，他在20年代末期的翻译并不算特别及时⑤。如果说20年代知识界最为重要的变化就是阶级意识提升⑥，那么，

---

① 鲁迅：《〈艺术论〉译本序》，《鲁迅全集》第4卷，268页。
② ［苏］卢那察尔斯基：《关于马克斯主义文艺批评之任务的提要》，《鲁迅著译编年全集》第11卷，人民出版社2009年版，第126页。
③ ［美］阿里夫·德里克：《革命与历史：中国马克思主义历史学的起源，1919—1937》，翁贺凯译，江苏人民出版社，第27页。
④ ［美］阿里夫·德里克：《革命与历史：中国马克思主义历史学的起源，1919—1937》，翁贺凯译，江苏人民出版社，第28页。
⑤ 1922年，施存统已通过翻译派纳柯克（Anton Pannekoek）的《马克思主义和达尔文主义》系统回应了相关问题。
⑥ 章清：《1920年代：思想界的分裂与中国社会的重组》，《近代史研究》2004年第6期。

鲁迅获得这种意识的时间要晚许多。1933年，瞿秋白描述鲁迅"转向"的时候，尤其强调了鲁迅思想变化与20年代中国知识界的分裂和重组、现实社会的革命进程之间的紧密联系：

> 不久他就渐渐的了解到封建的等级制度和中国社会里的层层压榨。一九二四——五年，他的"春末闲谈"，"灯下漫笔"，"杂忆"（《坟》），以及整部的《华盖集》，尤其是一九二六年的《华盖集续编》，都包含着猛烈的攻击阶级统治的火焰。自然，这不是社会科学的论文，这只是直感的生活经验。①

瞿秋白指出鲁迅批判阶级压迫是出于生活实感而非政治意识，并强调这种直观的生活经验最终促使鲁迅走向阶级论："正是这期间鲁迅的思想反映着一般被蹂躏被侮辱被欺骗的人们的彷徨和愤激，他才从进化论最终的走到了阶级论，从进取的争求解放的个性主义进到了战斗的改造世界的集体主义。"② 瞿秋白并未提及鲁迅的困境，事实上，鲁迅一度的彷徨使他的节奏相当迟缓，对于难以改变的国民性的悲观看法更使他从根本上质疑变化的发生。

尽管"五四"战线已经瓦解，但对于思想启蒙的问题，鲁迅表现出了异乎寻常的执着劲头，这使得他一度孤立无援。例如，鲁迅明确表明翻译厨川白村论文的目的是改造中国人的精神世界，也由此，他很可能响应着厨川白村的思路，继续将精神生活的贫困视作民族的根本问题。③ 20世纪20年代初，政治革命已不断浮现为时代的核心命题，联合在思想战线上的知识团体因为不同的政治意见发生破裂，《新青年》同人也在这个潮流中走上不同道路。鲁迅仍坚持

---

① 瞿秋白：《〈鲁迅杂感选集〉序言》，上海青光书局1933年版，第11页。
② 瞿秋白：《〈鲁迅杂感选集〉序言》，上海青光书局1933年版，第15页。
③ 鲁迅：《〈从灵向肉和从肉向灵〉译后附记》，《鲁迅著译编年全集》第5卷，人民出版社2009年版，第429页。

认为，任何政治改革都必须首先锻造出精神合格的国民——尽管他颇为无奈地指出，这种继续诉诸思想革命的办法"迂远而且渺茫"。① 鲁迅既清楚地认识到这种方法"和目下的社会无关"，又强调此时的思想革命必须反对"踱进研究室"与"搬入艺术之宫"的老路，② 由此陷入了一种相当孤单而且尴尬的境地：

> 后来《新青年》的团体散掉了，有的高升，有的退隐，有的前进，我又经验了一回同一战阵中的伙伴还是会这么变化，并且落得一个"作家"的头衔，依然在沙漠中走来走去……③

鲁迅提到有的成员"前进"，显然，他自己并不属于这一类。考虑到鲁迅在 30 年代对马克思主义的推崇，所谓"前进"者很可能指接受了马克思主义的李大钊和陈独秀等人。在《新青年》团体中，李大钊最早传播马克思主义、宣传俄国革命，陈独秀也在不久后转变为马克思主义者。20 年代政治运动最重要的特征即是形成了列宁主义政党的领导，1924 年改组之后的国民党也接受了这种新的机制。1927 年，让鲁迅恐怖到无话可说的"清党"事件，便是政党政治博弈的结果。

对于马克思主义的早期宣传以及政党之间的活动，鲁迅的反响并不积极，正如山田敬三所言，鲁迅对这些未加评论，这时"马克思主义还是在未知的彼岸"④。1933 年，在为《李大钊全集》所写的题记中，鲁迅坦承在《新青年》时期，即便作为一个阵营中的同人，

---

① 鲁迅：《通讯》，《鲁迅全集》第 3 卷，第 23 页。
② 鲁迅：《通讯》，《鲁迅全集》第 3 卷，第 23、26 页。
③ 鲁迅：《〈自选集〉自序》，《鲁迅全集》第 4 卷，第 469 页。
④ [日] 山田敬三：《鲁迅世界》，韩贞全、武殿勋译，山东人民出版社 1983 年版，第 199 页。

对于李大钊的文章也未曾留心过。① 在1919年第5期的《新青年》"马克思主义专号"上，李大钊发表了《我的马克思主义观》，首次详细介绍了马克思主义的唯物史观和阶级斗争理论，值得注意的是，鲁迅的小说《药》同样发表在这个专号上。鲁迅未能留心李大钊文章的原因，或许是他对于俄国十月革命尚持有保留态度。1934年，在《答国际文学社问》中，鲁迅讲述他在1920年前后对于"十月革命"与相关理论的怀疑：

> 先前，旧社会的腐败，我是觉到了的，我希望着新的社会的起来，但不知道这"新的"该是什么；而且也不知道"新的"起来以后，是否一定就好。待到十月革命后，我才知道这"新的"社会的创造者是无产阶级，但因为资本主义各国的反宣传，对于十月革命还有些冷淡，并且怀疑。②

不同于瞿秋白的概括，鲁迅没有掩饰当时的消极情绪，他无法最终判断无产阶级是否意味着新的力量，当然，也就无法接纳相应的理论。鲁迅20年代中期的孤独感更像是在内外因素作用下自主选择的结果。因此，当1927年鲁迅仍然在使用作为启蒙话语的进化论去解释国民革命的发生时，我们不应感到诧异。

新的形势导致鲁迅对文学的认识与相应表达形式的变化。居住在上海的十年之中，鲁迅将绝大部分精力投入写作战斗性的杂文，这种创造性的文体显示出鲁迅力图使自己更深刻地植入时代的变动之中。他不止一次地向读者表示，文学家最重要的任务是把握"时代精神"，这让人想到鲁迅早年评价历史依据的"时"的意识。接触马克思主义的文学理论，无疑更加强化了这种战斗者的自觉，并促使他进一步相信，为此放弃宁静的学术研究与小说创作将是非常

---

① 鲁迅：《〈守常全集〉题记》，《鲁迅全集》第5卷，第539、540页。
② 鲁迅：《答国际文学社问》，《鲁迅全集》第6卷，第19页。

值得的。鲁迅甚至希望自己的写作能够作为社会分析资料，保留下时代的真实信息，以获得更高层面的历史价值。因此，鲁迅并不在意那些远离正统文学趣味的责难，相反，他坚持认为，这样的文字对于认识中国社会的价值"抵得上小说一大堆"[1]。这与他对自我和文学使命的重新认识有关，当然也不妨说，鲁迅为了深入现实语境以即物性与社会性的写作拓宽了文学概念的边界，以独特的方式实践了他曾经追随的老师章太炎的质朴的文学观。

对于马克思主义理论的翻译促使鲁迅转变了早年的心态，也启发他进而对于中国社会的性质做出新的评判。与此密切相关的是，鲁迅不断表现出对社会科学的重视，他希望从社会学的相关研究中寻找改革中国的方法。这令人想到"五四"时期，鲁迅曾在关于家庭改革的论述中倡导"社会"改造的重要性。彼时，他被互助、劳动与相亲相爱等无政府主义理念吸引，如今，相比这种"社会"的理想性，马克思主义的社会科学显然提供了一种在他看来更为切实的理解。事实上，正是在鲁迅沉浸在翻译马克思主义文艺理论的1928至1930年间，社会科学类的著作获得了前所未有的市场，一项对此时图书出版的统计显示："在1928年春至1930年夏出版的近400本新书中，80%是译著，20%是本土著作，70%是关于社会科学的书，20%是通论或文学性的书诸如小说、诗歌、小品文等等。"[2] 在1929年的图书出版界，社会科学类的丛书、译著更是占据了绝对优

---

[1] 鲁迅：《铲共大观》，《鲁迅全集》第4卷，第107页。类似意思也见于《上海文艺之一瞥》，鲁迅强调既有的"文艺杂志"等于空虚，需要向通电、告示、新闻、判词中寻找把握时代的可能。这样的文章突破了固有文学理念，由于暴露了弱势群体的境遇，其价值更重要，如鲁迅引用《申报》上一则女性被家暴但法官撤销控诉的判词说明，"这就已经能够很明白的知道社会上的一部分现象，胜于一篇平凡的小说或长诗了。"鲁迅：《上海文艺之一瞥》，《鲁迅全集》第4卷，第310页。

[2] 转引自［美］阿里夫·德里克《革命与历史：中国马克思主义历史学的起源，1919—1937》，翁贺凯译，江苏人民出版社2005年版，第29页。

势。① 与此同时，马克思主义类的著作开始成为人们宣讲社会学理论、解释中国问题的最主要依据。1927年，鲁迅选择落脚在上海这个拥有最大出版市场的城市，即便左翼青年不来围攻他，他也难免会受到躁动的时代气息影响。鲁迅既欣赏上海的"生气"，也通过自己的翻译推动了社会科学大潮的兴起。

在《我们要批评家》中，鲁迅欣喜地描述了1929年出版界转向社会科学的趋势，正如此前对普列汉诺夫《艺术论》的评价一样，他从自我的经验出发，指出这类著作不仅可以纠正空谈革命的弊病，还能够帮助人们重塑自我与时代的关系。鲁迅如此强调社会科学的意义，以至于将其提升到"根本的，切实的"② 事业的高度。由于对社会现象、发展规律的总体性揭示，社会科学为新文化运动落潮后失去方向感的个体提供了更具说服力的出路。

同时，鲁迅也清楚地意识到，在部分因市场需要而鱼龙混杂的出版潮流中，更加需要合格的批评家来引导青年读者。20年代，社会科学著作的繁荣出版曾引起自由主义学者的批评，这些学者非难社会科学译作艰涩，攻击译作者是"阿猫阿狗"，鲁迅的《我们要批评家》便是为了回应这种攻击而作。他说明读书界转向社会科学是极为有益的事情，并进一步强调批评家的意义："不惟有益于别方面，即对于文艺，也可催促它向正确，前进的路。但在出品的杂乱和旁观者的冷笑中，是极容易雕谢的，所以现在所首先需要的，也还是——几个坚实的，明白的，真懂得社会科学及其文艺理论的批评家。"③ 在《"硬译"与"文学的阶级性"》中，鲁迅再次反驳这类对于社会科学的攻击，从文章题目可以看出，他对于翻译的重视与维护已经和所谓的阶级论转向联系在了一起。鲁迅诸多文章中表

---

① 君素：《一九二九年中国关于社会科学的翻译界》，《新思潮月刊》1930年第2、3期合刊。
② 鲁迅：《我们要批评家》，《鲁迅全集》第4卷，第245页。
③ 鲁迅：《我们要批评家》，《鲁迅全集》第4卷，第246页。

现出对阶级话语的热衷，而这明显与他阅读和翻译社会科学的经历有关。在1928年的《文学的阶级性》中，鲁迅已经明确承认所有的文学作品都带有阶级性，而在不久之后写作的《"硬译"与"文学的阶级性"》中，他几乎运用了最主要的篇幅辩论文学的阶级性问题，这篇文章正是为了回应梁实秋的《文学是有阶级性的吗?》。虽以文学起头，但这场论战根源于两人社会与政治立场的不同。梁氏的文章直接针对鲁迅的《文学的阶级性》，他从英美自由主义的理念出发，指出文学应当表现超越阶级的、普遍的人性。鲁迅批评这种无阶级性的论点，这时，他娴熟地运用马克思主义、无产阶级、阶级斗争、阶级社会一类的话语，在这场论战中，正是普列汉诺夫的《艺术论》充当了他最为重要的理论仓库。[①]

这种转变是鲁迅重新认识中国社会的结果，他认可从马克思主义的社会理论出发，可以对于中国社会建立更为有效的分析和批判。如果社会原本是由不同的阶级构成，那么，阶级意识必然体现在文学作品中，"文学有阶级性，在阶级社会中，文学家虽自以为'自由'，自以为超了阶级，而无意识底地，也终受本阶级的阶级意识所支配，那些创作，并非别阶级的文化罢了"[②]。此后，鲁迅又有《"丧家的""资本家的乏走狗"》，他在这篇名文中斥责梁实秋乃是一切资本家的走狗。这些文章显示出鲁迅认识现实问题的视角及其话语方式的转变，中国的社会性质决定了文学的阶级性。1927年，当鲁迅批评"革命文学"是左翼青年的旧把戏时，他认为只有"革命人"创作的作品才配称"革命文学"[③]——这时，鲁迅还在延续着厨川白村《苦闷的象征》中的文学观，这种观点凸显出对于创作者个人或主体身份的重视，然而，在1930年前后的这些文章里，鲁迅已经明确把判决文学属性的最主要依据

[①] 李欧梵：《铁屋中的呐喊》，尹慧珉译，人民文学出版社2010年版，第163页。
[②] 鲁迅：《"硬译"与"文学的阶级性"》，《鲁迅全集》第4卷，第210页。
[③] 鲁迅：《革命文学》，《鲁迅全集》第3卷，第567—568页。

从创作者个人、主体意识转移到了社会和阶级上面。①

在促成鲁迅左转的众多因素中，普列汉诺夫的理论最能够帮助鲁迅总结早年的思想历程，"从生物学到社会学去"口号既引导了鲁迅的转向，也启发鲁迅重新建立了自我与时代的关联，并最终确保了晚年写作的即物性。由此，"从进化论到阶级论"的论断无疑可以追溯到普列汉诺夫的影响。不过，从20世纪80年代初便有学者质疑这一论断的有效性，例如指出马克思主义阶级论与进化论并不矛盾，鲁迅晚年仍然肯定作为自然科学的进化论，在1927年年底的《文学和出汗》与1933年的《喝茶》等文中，鲁迅仍在使用进化论，只不过变化在于，他自觉地以马克思主义作为论述前提。② 事实上，在1936年，距离瞿秋白得出上述结论不过三年之际，李长之就曾贡献过不同的思路，他提醒人们注意《二心集》中《〈进化与退化〉小引》的结语："接着这自然科学所论的事实之后，更进一步地来加以解决的，则有社会科学在。"③ 并指出鲁迅晚年转向的实质是从自然科学（进化论）移到了社会科学。④ 晚近研究者中，浦嘉珉⑤、周展安⑥延续李长之的思路，强调鲁迅晚年并没有彻底否定进化论。

正如李长之提醒，鲁迅为《进化与退化》（周建人编译）题写的序言值得注意，这篇文章同时体现了鲁迅对于自然科学和社会科学

---

① 鲁迅并没有完全放弃此前的文学理想。1929年4月，他在《壁下译丛》的序言里指出，其中所收文章大多"都依照着较旧的论据"，所谓"较旧"，即与新兴革命文艺相对。鲁迅没有因为转向革命文学而舍弃这些文章，他指出这里面的很多观点仍然值得借鉴。鲁迅：《壁下译丛·小引》，《鲁迅全集》第10卷，第306页。

② 易竹贤：《鲁迅思想研究》，武汉大学出版社1984年版，第73—75页。

③ 鲁迅：《〈进化与退化〉小引》，《鲁迅全集》第4卷，第256页。

④ 李长之：《鲁迅批判》，北京出版社2009年版，第41页。

⑤ James Reeve Pusey, *Lu Xun and Evolution*, New York: State University of New York Press, 1998, p.140.

⑥ 周展安：《进化论在鲁迅后期思想中的位置》，《中国现代文学研究丛刊》2010年第3期。

的态度。鲁迅深为惋惜地指出，中国学界并没有真正接受进化论，"进化"仍然是一个空洞的名词。更为重要的是，鲁迅这时意识到自然科学对于中国现实社会的意义是有限的，正如对于中国的沙漠化问题，自然科学"给与的解答，也只是治水和造林。这是一看好像极简单，容易的事，其实却并不如此的"①。随后，鲁迅引用了史沫特莱《中国乡村生活断片》中的两个段落。其中，史沫特莱描述了军阀混战期间，北京南苑农户因为缺乏生活来源变成灾民，被迫以砍树枝、剥树皮、卖木头的方式维持生存的惨状，尽管一再被逮捕，但仍然坚持破坏。鲁迅对此指出，根据自然科学原理建立的"树木保护法"并不能从根本上改变这种状况，治理沙漠化的关键在于解决灾民生活资料来源的社会问题，这恰恰是自然科学无能为力的事情。他明确地认为，中国改革不是科学的问题，而是社会层面的问题，故而总结道："接着这自然科学所论的事实之后，更进一步地来加以解决的，则有社会科学在。"②

史沫特莱对灾民的报道迫使鲁迅再次直面"生存"问题，这个问题已经延续并困扰了鲁迅三十多年。但至此，他发现，如果继续强调自然科学的优先性，其结果只是更进一步地远离"生存"的要求，也越发难以触及现实的地面。换言之，当鲁迅接受了马克思主义的启示转而诉诸社会科学的解决之道时，他同时也将"生存"更具体地确定为一个政治经济学层面的问题，而不再是生物学的问题。从鲁迅对中国人的"生存"这一根本问题的追寻来看，他并不曾发生什么变化，真正改变的是鲁迅晚年思考中国问题的路径，他坚信中国的改革必须建立在相应历史条件而非某种特定的真理基础上。这种态度同样决定了他对社会科学的接受。

丸山升认为鲁迅的转向来自"推动现实"的诉求："对于鲁迅而

---

① 鲁迅：《〈进化与退化〉小引》，《鲁迅全集》第4卷，第255、256页。
② 鲁迅：《〈进化与退化〉小引》，《鲁迅全集》第4卷，第256页。

言，思想并非终极目标，目标与现实之间的'中间项'才是问题所在。"① 20年代末期，在对进化论的反思中，鲁迅明确表达了文学、思想面对现实的要求，对他而言，正是因为现实是不断发生变化的，"中间项"才有了调整的必然，目的在于重新认识和把握现实。当鲁迅说他希望自己的文字与时代一同速朽时，他并非是在表达一种谦逊的态度，这其实是他对自己的文学、思想的清醒的认识。鲁迅也以此重新确立了自我在现实与历史中存在的方式，所谓"无穷的远方，无数的人们，都和我有关"② 便从这种感触中生发出来。他从来没有把进化论当作一种外在性的思想理论，也同样没有将马克思主义视为脱离现实的教条或者权威——或许正是从中衍生出了他此后与"左联"的内在分歧。有意思的是，相比那些对现实做出概念化的分析，由于相信重要的是改变现实，这使得鲁迅与马克思的哲学精神实现了更深层次的相通。与早年接受尼采的情形类似，他同样被马克思反现代性的精神吸引。

当然，鲁迅晚年并不否认作为自然科学的进化论，他始终尊重客观的科学，变化的是，他逐渐淡去了进化论作为社会改革的必要背景。与此同时，鲁迅也在反思中重建了思想与文学的世界，使其更为牢固地扎根在现实的中国大地之上。鲁迅无疑对于中国的变革产生了一些新的想法，不过，正如他早年认为"摩罗诗人"的诞生总是以人世的"可悲"为背景，以及"五四"时期那些虽然看似乐观却内在着无法抹除的个人凄凉色彩的论述，在生命最后的十年中，当鲁迅强调"社会科学"是中国改革"根本的"和"切实的"事业并规划出了"正当的前进"③ 方向时，那种长期以来形成的对人心、人性的追问乃至阴郁怀疑的心理却难说已经真正散去，这将使他最终仍然无可避免思想者的紧张与孤独的境况。

---

① [日]丸山升：《鲁迅·革命·历史》，王俊文译，北京大学出版社2005年版，第62、63页。
② 鲁迅：《这也是生活》，《鲁迅全集》第6卷，第624页。
③ 鲁迅：《我们要批评家》，《鲁迅全集》第4卷，第245页。

结　　语

　　如果让我们对鲁迅的"自然观"做出准确概括，仍然是一桩相当困难的事情。就以上的讨论而言，在对"自然"这一概念的解剖中，占据主要部分的是进化论及其所代表的19世纪自然科学。这些内容是如何与鲁迅关联起来的呢？从鲁迅早年的论述中，我们首先可以发现，他在运用进化论、现代自然科学讨论人类社会的改革时，极具反思力地回应了清末民初科学主义思潮对他的影响。

　　事实上，本书讨论的范围正处于科学主义思潮在中国发展最强劲的一段时期，这种情况的形成当然与晚清以降中国的衰败局势有关，在严复、梁启超以至于陈独秀、胡适等两代启蒙者的眼中，改造中国最根本、最有效的方法即在于发展科学。科学总是作为关涉改革或革命的元理论、元话语而存在，在最高的世界观层面上，科学被直接视为现代文明的化身，以致于如论者所说，科学已经完全主宰了中国人的想象力。① 表面上，这种思路同19世纪西方科学主义的兴起相似，但与19世纪西方已经高度发达的自然科学传统不同，在清末民初的中国，科学的根基仍然非常薄弱。一种可能的解释是，人们对于自然科学的推崇延续了中国思想传统中天人关系一

---

① ［美］郭颖颐：《中国现代思想中的唯科学主义（1900—1950）》，雷颐译，江苏人民出版社2005年版，第13页。

元论的解释和信仰。尽管"自然"的观念及其指向的内容在这个过程中发生了质的变化，但将"自然"与"伦理"相连续的处理方式却流传下来，深刻影响了人们对于自然科学的理解和接受。

鲁迅一度表现出对科学主义的信服。从早年离开故乡开始，鲁迅便在南京的新式学堂中被安排学习现代自然科学，尽管他只是从这里获得了一些粗浅的知识。1902年东渡日本后，无论是在东京的弘文学院还是在仙台医专，鲁迅的主业都密切围绕着现代自然科学。在这种背景下，鲁迅并不否定科学对于救亡图存的意义，在《科学史教篇》中，他明确将科学视作挽救民族危亡的根本之道，而在《人之历史》这篇文章中，他甚至将海克尔的地位抬升到了最伟大的自然科学家的行列。海克尔在其生物进化一元论中所表达的野心，远非达尔文、赫胥黎可比，他能够吸引鲁迅，除了传播路径的影响（鲁迅留学期间，海克尔在日本名声大噪），或许也来自海克尔那种对于自然科学和人类理性的无与伦比的信心。

与此同时，更值得注意的是，从《科学史教篇》开始，鲁迅逐渐偏离了一元论的科学主义，本书在论述中之所以一再关注这篇文章，并非意在强调鲁迅对于自然科学的推崇，而毋宁为了说明，通过对19世纪西方自然科学界更为深入的认识，鲁迅已经采用一种历史主义眼光，克服了晚清学界对于自然科学的盲目迷信。最早向鲁迅阐释进化原理的赫胥黎便主张自然与人类的二元论，在《天演论》这部著作所依据的底本《进化论与伦理学》中，赫胥黎号召人们将自然的法则排除在人类社会之外。在《科学史教篇》中，除了华惠尔与再次登场的赫胥黎，还有一位更为重要的人物，即物理学家丁达尔，鲁迅前后多次提到了丁达尔立足整全人性的科学观，这篇文章更有多个段落直接来自后者1874年就任英国科学促进会会长的演说。鲁迅由此突破了晚清的科学主义，并转过身来去批评他此前也许会热烈附和的科学主义者。鲁迅在《破恶声论》中为"迷信"辩护，运用的原理几乎完全来自《科学史教篇》。事实上，鲁迅从早年便对民间迎神报赛倍感兴趣，并深刻迷恋于那些充满想象力的神话传说，因而当他批判科学主义的霸权时，鲁迅也展现出了自我的主体性。尽管鲁迅在《破恶声论》中再次引用了海克尔，但意图却并不在于申明科学无所不能，他转而从海克尔的"理性之神祠"中强调那些使人类能够更执着于现实生存的精神动力。这时的鲁迅已经和海克尔在"迷信"的态度上大相径庭了。

在这个方向上，我们必须对"自然"的概念进行扩充。鲁迅在现代科学的自然观念之外，还承认一种带有神秘色彩的自然，并强调主体内在的非理性的精神需求。他的思想源头变得更加复杂，19世纪英国浪漫主义思想家卡莱尔由此进入了本书讨论范围。事实上，丁达尔对自然的认识便颇受卡莱尔影响。在《摩罗诗力说》开篇，鲁迅首先对于卡莱尔表示尊崇，他早年主张"撄人心"的诗学观很可能来自后者《论英雄、英雄崇拜与历史上的英雄业绩》中名为"诗人英雄"的演讲。另外，卡莱尔对于19世纪功利主义自然人性论批评也影响到了鲁迅，而在晚清的改革家那里，自然人性的论调此时正甚嚣尘上。在《文化偏至论》和《破恶声论》中，鲁迅反复指出，人类主体性无法建立在自然人性论基础上，所谓"去现实物质与自然之樊，以就其本有心灵之域"[①]。他理想中的"精神界之战士"正是摆脱了生理与物欲羁绊的非功利主义者。

鲁迅还把卡莱尔"诗人英雄"里的演讲词改造成了鼓吹"诗人英雄"与民众实现精神大联合的民族主义文本。同卡莱尔一起造成这种影响的，还有《摩罗诗力说》中出场的"摩罗诗人"。如果说自然科学确立了一种"人"与自然相互对立的思路，那么鲁迅通过对拜伦、雪莱等浪漫主义诗人的接受，同时接纳了"人"与自然精神相通的观念，"自然"不再是被征服的对象，而具有了内在的活力与生机。由于鲁迅并不否定科学，这使得他最终形成了一种富有张力的、多元化的自然观。在卡莱尔、雪莱的浪漫主义诗学感召下，鲁迅对有志于改造中国的仁人志士提出了"真诚"的要求。鲁迅指

---

① 鲁迅：《文化偏至论》，《鲁迅全集》第1卷，第55页。

出，中国国民性最为缺乏"诚与爱"，而他早年谈论最多的便是"诚"。鲁迅指出，"诚"源自于一种主体性的内在自觉，而为了激发出这种自觉，鲁迅认为科学的力量远远不如文学更为直接、有效，只有文学能够深入"人"的灵魂。鲁迅对于浪漫主义的热情甚至超过了进化论及其所代表的现代自然科学，他早年"不用之用"的文学理念，其中一个源头就是英国浪漫主义批评家道登。

在"五四"期间，鲁迅明显的变化就是，当提出家庭改革的意见时候，他回到了《人之历史》中的一元论。面对清末民初日益显现的家庭伦理的危机，鲁迅试图用来自进化论的自然原理为之重新注入活力。他据此提出了"一要保存生命，二要延续生命，三要发展生命"的真理链条，但在具体分析中我们却发现，在这个链条中包含着他并未深入解决的一元论与二元论之间的矛盾。鲁迅先是根据生物主义悬置价值判断，但在描述这个链条的第三阶段时，却又强调发展生命是为了实现更高的价值，并再次回到了一元论的立场。有趣的是，这种被笃信的生物学的真理并非来自某位生物学家，鲁迅主要参考了他此前翻译的上野阳一的《社会教育与趣味》一文，但上野阳一是康德主义者，他在前两点和第三点之间做出了明确的区分。这种不同或许与尼采的影响有关。

因而有意思的是，鲁迅虽然将达尔文抬高到思想领袖的地位，但"五四"前后的多处论述却显示出，他的理论基本来自尼采，而尼采延续的是非达尔文的德国的进化思想传统。在《狂人日记》《随感录·四十一》以及《革命时代的文学》等文章中，他所描述的进化原理都违反了达尔文的进化论。不少学者质疑鲁迅将尼采与进化关联在一起的做法有悖常理，但通过对于尼采在19世纪60—80年代的思想考察，我们发现这种关联并非不可能，只不过要强调精神的意义，并修正对于进化仅仅是达尔文式的唯一的认识。这样才不会把所谓"精神的进化论"完全归结为鲁迅的个人创造。尼采对于生物学的阅读及其有关进化的观点同鲁迅在这些文章中表述的看法是相似的，尽管鲁迅可能并不熟悉他的思想渊源。

根据生物学的原理，鲁迅提出用"爱"取代自古以来亲子有恩的说法，他试图清除家庭伦理中的交换和利益因素，并用人类的自然情感取而代之。这与他早年提倡浪漫主义的真诚观的原理是一致的。这种观点的合理性在于，亲子有恩说导致外在的伦理负担遮蔽了人的自然情感——尽管古人并不否认鲁迅基于生物天性的"爱"的理念，但由于过度强调压抑性的"敬"与"礼"，最终造成了情感的缺失与人伦的僵化，鲁迅调整的正是这部分内容。鲁迅这里接受了无政府主义者对于"人类"意识觉醒的论述，他要求将家庭伦理还原到自然情感的层面，以解放此前被挤压、被漠视的"爱力"，进而强化主体情感表达的主动性，一直到了主张亲代自我牺牲的地步。这种理论有助于鲁迅廓清中国家庭积久的弊病，但对于生物天性的乐观预设也造成他的改革较多停留在思想意识层面，而忽视了现实中"爱力"的局限。鲁迅引用有岛武郎的《与幼小者》来佐证这种情感的伟大，但可以发现，他与有岛武郎围绕"爱"这种自然情感的理解却源于几乎相反的原理，鲁迅追求的"爱"完全是利他的、牺牲的、无我的，这也使得他在 20 年代不断陷入困境。

20 年代，随着知识界外在语境变迁与个人生活的一系列变故，这种理想主义的光芒逐渐暗淡下来，鲁迅开始了持久地自我反思与否定。他不仅对于自我牺牲的理想深感无望，也对"救救孩子"的呼吁产生强烈的怀疑。鲁迅不再相信孩子的自然天性可贵，同时他认为从外部出发的教育、改革的意义也是微弱的，坏的"根性"最终难以阻断，他在《孤独者》中塑造的魏连殳的形象体现出了这种彷徨和绝望。在 1927 年的"清党"事件中，青年人之间相互告密、屠杀的场景直接加剧了鲁迅进化论信仰的崩塌。1921—1923 年，鲁迅翻译了爱罗先珂绝大多数的童话作品，在这些童话中，爱罗先珂多次表达对于动物品德的信赖以及对现代人类中心意识的反感，这种弱者本位以及非人类中心主义的立场反映了主体性的精神困境，鲁迅在爱罗先珂的童话中既发现了早年热烈追逐的"白心"的理想，又对爱罗先珂"无所不爱"的悲剧结尾感同身受，在几乎同时所作的《补天》中，鲁迅首次刻画了人类及其文明的荒诞性。

但与爱罗先珂不同，鲁迅接受了一个不完美的自然世界，这时的"自然"已被具象化，作为无情的压迫者、统治者的隐喻而存在。在《兔和猫》《鸭的喜剧》《狗·猫·鼠》等文章中，鲁迅一再表现出了对于自然力量的反抗意志。弱小生命的死亡引起了鲁迅的悲悯乃至愤怒，这些作品的现实隐喻色彩值得注意。被北洋政府屠杀的徒手请愿的青年学生激发出鲁迅同样的心情，他难掩对这类死亡的悲愤之情。在《兔和猫》中，鲁迅看到幼小生命消失之后曾有一段颇为凄凉的文字："我总觉得凄凉。夜半在灯下坐着想，那两条小性命，竟是人不知鬼不觉的早在不知什么时候丧失了，生物史上不着一些痕迹，并 S 也不叫一声。……造物太胡闹，我不能不反抗他了。"① 1926 年，在《记念刘和珍君》中，鲁迅怀着悲痛心情写下了类似的句子："时间永是流驶，街市依旧太平，有限的几个生命，在中国是不算什么的，至多，不过供无恶意的闲人以饭后的谈资，或者给有恶意的闲人作'流言'的种子。至于此外的深的意义，我总觉得很寥寥，因为这实在不过是徒手的请愿。"② 同年，鲁迅又在《淡淡的血痕》中表达对造物主的反抗，他引用了《庄子》中"天之戮民"的典故，但丝毫没有与自然、命运和解的意思，而是号召——"叛逆的猛士出于人间；他屹立着，洞见一切已改和现有的废墟和荒坟，记得一切深广和久远的苦痛，正是一切重叠淤积的凝血，深知一切已死，方生，将生和未生。他看透了造化的把戏；他将要起来使人类苏生，或者使人类灭尽，这些造物主的良民们。"③ 其中，悲壮的气氛与反抗的决心，让人回想起他在 1907 年的《摩罗诗力说》中对"摩罗诗人"的礼赞。

鲁迅不是自然科学家。当然，他也绝非严格意义上的理论家或

---

① 鲁迅:《兔和猫》,《鲁迅全集》第 2 卷，第 580、581 页。
② 鲁迅:《记念刘和珍君》,《鲁迅全集》第 3 卷，第 293 页。
③ 鲁迅:《淡淡的血痕中》,《鲁迅全集》第 2 卷，第 226、227 页。

者哲学家。本书所引用的——无论是自然科学方面的论述还是其他的各种思想理论，其意图绝不是为了把鲁迅的思想、文学还原为其中的任何一种，但这些论述却无一例外地构成了鲁迅思维世界的组成要素，为鲁迅认识和解答现实问题提供了灵感。对于现实的重视决定了鲁迅并不喜欢抽象的玄谈，他只针对具体的问题发表意见。鲁迅的思想深度体现在，他牢牢抓住了中国文明转型进程中最为核心的"人"的生存的问题，如果现实语境未曾发生改变，那么他的思考就仍然有效。由于鲁迅一开始即确立了从人心、人性层面理解"人"的思想路向，他所面对的"现实"在一定程度上超越了个别议题的限制，而具有普遍性、原理性的精神向度，并在与时代的对话中最终获得了一种面向未来世界的开放性。这或许是直到如今，鲁迅的许多文字读起来仍然非常鲜活的原因，对于人心、人性的洞察使得他的意义最终超越了时代，并在政治经济学发生巨变的当代语境中，仍能够源源不断地提供反思性的力量。

　　本书最初把"自然观与伦理学"视为同一个问题的两个方面，无疑是受到赫胥黎《进化论与伦理学》书名启发的结果，但鲁迅的"自然观"却要比进化论更为复杂。通过以上论述还可以发现，"自然观"和"伦理学"之间的联系并非一成不变，而是在不同历史时期、应对不同问题时呈现出了不同的景象，事实上，我们很难用纯粹的一元论或二元论对鲁迅的"自然观"与"伦理学"进行总结。也许能够确认的是，这是两个紧密相连的概念，在本书讨论的时段中，生物进化论构成了鲁迅最为重要的思想背景，并将我们引向鲁迅对"人"的生存这一核心问题的探讨。正是在此过程中，鲁迅展示出了他的主体性。因此，鲁迅的"自然观"和"伦理学"并非两个孤立的问题，两者在追寻现代中国人生存的根本之道上达成了历史性的统一。对于本书最初提出的"人"应当如何生存的问题，鲁迅这里并没有最终的答案，他总是在希望和失望的两极之间徘徊。不过，相比于此，本书更主要的兴趣在于展示鲁迅的努力以及其中所包含的可能，进而以鲁迅作为个案，呈现中国文明现代转型进程中的复杂面貌。鲁迅论述的独特与深刻得益于其广博的世界视野及其对于中国历史的深入审查，正是在此基础上，他将自我投身到时代的论辩场中，与此同时，也以这种方式在自己的论述中给予了他的对手以结构性的存在空间。鲁迅的文本由此变得复杂起来，面向鲁迅，也就自然面向了这种驳辩的现场。

鲁迅的思想、文学充满了张力和变化。倘要理解或评价鲁迅任何一种观点，只有重新回到他所面对的历史世界和具体的议题上来。80年代，在解释中国现代思想理论范式不断转换的现象时，著名思想家李泽厚指出这种状况源于一种传统的文化心理结构："重视真理的实用性、现实性，轻视与现实人生与生活实用无关的形而上学的思辨抽象和信仰模式。"[1] 鲁迅身处中国现代思想发展的进程中，似乎同样可用"实用理性"的思维归纳其思想的变迁。不过，这里更愿意采用本书第三章提炼的"时"的意识概括鲁迅的思想，并借助这一来自《科学史教篇》中的说法总结他在1898—1927年间的思想变迁，结束全部的论述："盖世之评一时代历史者，褒贬所加，辄不一致，以当时人文所现，合之近今，得其差池，因生不满。若自设为古之一人，返其旧心，不思近世，平意求索，与之批评，则所论始云不妄，略有思理之士，无不然矣。"[2]

---

[1] 李泽厚：《中国现代思想史论》，生活·读书·新知三联书店2008年版，第162页。

[2] 鲁迅：《科学史教篇》，《鲁迅全集》第1卷，第26页。

附录
相关篇目材源考及其他

鲁迅积极寻求与时代的对话，他的论述融汇了多个脉络上的思想资源。本书在写作过程中，也找到了一些在宽泛意义上或许可以称为"材源"的材料。这里所谓"材源"，是指鲁迅早年在写作过程之中可能参考的材料，尽管鲁迅未必将这些这些材料以直接引用的形式穿插到论述中，但在思想观点或具体表述上均可以较为清晰地见出鲁迅或者从这些材源中获得启发，或者他的写作正是为了针对性地回应其中的某些观点。这些材料在鲁迅的论述中具有不可替代的结构性作用，通过比较这些材料与鲁迅的论述，可以更清楚地发现鲁迅思想形成的脉络及其与时代的互动关系。

一 《科学史教篇》
（一）

鲁迅自1906年返回东京从事文艺运动之后，思想发生了不可忽视的转变，在这一过程中，对其影响最大的人物莫过于晚清革命家兼思想家章太炎。鲁迅自觉站在章太炎的革命阵营一边，对其他的诸种论说进行批判。在《俱分进化论》中，章太炎曾从"智识""道德"二元结构批评单线的历史进步论：

> 彼不悟进化之所以为进化者，非由一方直进，而必由双方

并进，专举一方，惟言智识进化可尔。若以道德言，则善亦进化，恶亦进化；若以生计言，则乐亦进化，苦亦进化。双方并进，如影之随形，如罔两之逐影，非有他也。①

在《科学史教篇》中，鲁迅化用了章太炎关于"智识"与"道德"这种二元论式的表述，并将其扩展到科学和文学艺术的关系：

盖神思一端，虽古之胜今，非无前例，而学则构思验实，必与时代之进而俱升，古所未知，后无可愧，且亦无庸讳也。②

又有：

所谓世界不直进，常曲折如螺旋，大波小波，起伏万状，进退久之而达水裔，盖诚言哉。且此又不独知识与道德为然也，即科学与美艺之关系亦然。③

鲁迅认为世界"不直进"，与章太炎"非由一方直进"的说法非常接近。鲁迅延续了章太炎"知识"与"道德"的二分法，不过，相比于章太炎，他认为"知识"和"道德"虽然二分，但并非不能相通。如在后文有：

故人有谓知识的事业，当与道德力分者，此其说为不真，使诚脱是力之鞭策而惟知识之依，则所营为，特可悯者耳。④

---

① 章太炎：《俱分进化论》，《章太炎全集》第 4 卷，上海人民出版社 1985 年版，第 386 页。
② 鲁迅：《科学史教篇》，《鲁迅全集》第 1 卷，人民文学出版社 2005 年版，第 26 页。
③ 鲁迅：《科学史教篇》，《鲁迅全集》第 1 卷，第 28 页。
④ 鲁迅：《科学史教篇》，《鲁迅全集》第 1 卷，第 29 页。

鲁迅强调道德对知识的促进，又是对章太炎的观点的补充。

（二）

在《科学史教篇》中，鲁迅认为不能用笼统的一元论描述进化，上文指出，他在这方面或许受到章太炎的启发，但在他论述"知识""道德"应当分别对待之前，关于进化轨迹的一段描述仍可依稀见出受梁启超影响的痕迹。鲁迅在《科学史教篇》中对进化的表述，应当综合了章太炎和梁启超的观点。如有：

> 所谓世界不直进，常曲折如螺旋，大波小波，起伏万状，进退久之而达水裔，盖诚言哉。①

鲁迅将进化描述为"螺旋"式上升的景象，并以水波比拟进化的曲折往复，这两种描述均可以在梁启超关于进化论的表述中找到相似线索。梁启超在《新史学·史学之界说》中有：

> 就历史界以观察宇宙，则见其生长而不已，进步而不知所终，故其体为不完全，且其进步又非为一直线，或尺进而寸退，或大涨而小落，其象如一螺线。明此理者，可以知历史之真相矣。②

梁启超在随后批评孟子代表的传统中国的循环史观，并再次用流水意象诠释了这种螺旋前进的历史观，他认为孟子的结论受限于其狭隘的历史视野，如果从更长的时段来看，历史并不是循环的：

---

① 鲁迅：《科学史教篇》，《鲁迅全集》第1卷，第28页。
② 梁启超：《新史学·史学之界说》，《梁启超全集》第3卷，北京出版社1999年版，第739页。

孟子曰："天下之生久矣，一治一乱。"此误会历史真相之言也。苟治乱相嬗无已时，则历史之象当为循环，与天然等，而历史学将不能成立。孟子此言盖为螺线之状所迷，而误以为圆状，未尝综观自有人类以来万数千年之大势，而察其真方向之所在，徒观一小时代之或进或退涨或落，遂以为历史之实状如是云尔。譬之江河东流以朝宗于海者，其大势也。乃或所见局于一部，偶见其有倒流处，有曲流处，因以为江河之行，一东一西，一北一南，是岂能知江河之性矣乎！①

梁启超用流水虽然曲折前进，但终归大海的比喻说明进化的"螺线"大势，也与鲁迅"进退久而达水裔"的说法接近。

二 《文化偏至论》

在《文化偏至论》开篇，鲁迅依据历史进步论将清末的中国描绘为一幅停滞的景象，并从中国历史的文化地理背景寻求解释，这种观点也与梁启超颇为相似。梁启超指出：

中国环列皆小蛮夷，其文明程度，无一不下我数等，一与相遇，如汤沃雪，纵横四顾，常觉有上天下地唯我独尊之概，始而自信，继而自大，终而自画，至于自画，而进步之途绝矣。②

鲁迅在梁启超所描述的历史形势中加入了自己的理解，他认为，中国文明在过去几千年虽然没有进步，却也是情理之中的：

---

① 梁启超：《新史学·史学之界说》，《梁启超全集》第3卷，北京出版社1999年版，第739—740页。

② 梁启超：《新民说·论进步》，《梁启超全集》第3卷，北京出版社1999年版，第684页。

中国之在天下，见夫四夷之则效上国，革面来宾者有之；或野心怒发，狡焉思逞者有之；若其文化昭明，诚足以相上下者，盖未之有也。屹然出中央而无校雠，则其益自尊大，宝自有而傲睨万物，固人情所宜然，亦非甚背于理极者矣。虽然，惟无校雠故，则宴安日久，苓落以胎，迫拶不来，上征亦辍，使人茶，使人屯，其极为见善而不思式。①

三 《摩罗诗力说》

（一）

在《摩罗诗力说》开篇，鲁迅回顾了世界上那些古文明灭亡的历史之后，紧接着引用了卡莱尔的一段话。在19世纪上半叶，卡莱尔是英国浪漫主义运动中的领军人物，他深受费希特、谢林、诺瓦利斯等人影响，将精神秩序看作终极实在，认为人本质上是一种精神存在，并由此高度推崇想象力的作用。这段关涉《摩罗诗力说》主旨的文字，几乎完全出自卡莱尔1840年所作的"诗人英雄"的演讲。在这篇演讲的最后，卡莱尔高度赞扬了但丁、莎士比亚，鲁迅也基本上对照原文一字不易地抄录下来。这段话的意义在于，它揭示了鲁迅早年的重要概念——"心声"所内在的文学史、思想史脉络，并启发研究者关注鲁迅早年的文学观时，应当注意卡莱尔以及与之相关的19世纪浪漫主义的思想资源。

卡莱尔原文：

一个民族能有一位清晰表达的代言人，能培育出一位和悦地表达民族心声的人，这确实是一件重大的事情！例如，弱小的意大利，处在分散割裂的局面，任何条约和议定书都没有能使其统一，然而，高贵的意大利，实际上是整体：意大利产生

---

① 鲁迅：《文化偏至论》，《鲁迅全集》第1卷，第45页。

了但丁，意大利就能表达自己的心声了！全俄罗斯的沙皇是强大的，拥有如此众多的刺刀、哥萨克士兵和大炮；为在如此广阔的土地上实现政治统一作出贡献；但是，他却不能表达心声。他确实有某种伟大，但它是一种无声的伟大。他没有为所有的人和所有的时代能听到的天才心声。他必须学会说话。至今，他还是一个巨大而无声的怪物。他的大炮和哥萨克士兵都会化为乌有，可是，但丁的心声依然可闻。有但丁的民族，定能团结一致，不是无声的俄罗斯所能比的。①

鲁迅省略了中间的"他必须学会说话。至今，他还是一个巨大而无声的怪物"。在《摩罗诗力说》中有引文如是：

> 英人加勒尔（Th. Carlyle）曰，得昭明之声，洋洋乎歌心意而生者，为国民之首义。意太利分崩矣，然实一统也，彼生但丁（Dante Alighieri），彼有意语。大俄罗斯之札尔，有兵刃炮火，政治之上，能辖大区，行大业。然奈何无声？中或有大物，而其为大也喑。（中略）迨兵刃炮火，无不腐蚀，而但丁之声依然。有但丁者统一，而无声兆之俄人，终支离而已。②

（二）

卡莱尔更新了鲁迅对于诗歌和诗人的认识。以往论述鲁迅早期的诗学观最为强调其"撄人心"的观点，这种观点也很可能来自卡莱尔的影响。卡莱尔原文：

> 所有人的心中，都有诗的气质；但没有一个人完全是由诗

---

① ［英］卡莱尔：《论英雄、英雄崇拜和历史上的英雄业绩》，周祖达译，商务印书馆 2005 年版，第 130、131 页。
② 鲁迅：《摩罗诗力说》，《鲁迅全集》第 1 卷，第 66 页。

构成的。我们只要读好一首诗，我们都是诗人。①

鲁迅引文：

> 凡人之心，无不有诗，如诗人作诗，诗不为诗人独有，凡一读其诗，心即会解者，即无不自有诗人之诗。②

（三）

卡莱尔在论述诗歌原理的时候并没有明确的国家意识，鲁迅则将之融合在一起。从卡莱尔那里，鲁迅接受了每个人都有成为诗人的潜能这种说法，不过，由于鲁迅提倡文艺运动的政治意图，这使他同时又区别于卡莱尔。卡莱尔原文：

> 诗人与一般人之间并不像圆与方之间那样有特殊的区别，因此，一切定义都必然或多或少带有任意性。当一个人自身的诗的素质发展到足以引人注目时，就会被其周围的人们称之为诗人。③

鲁迅引文："国民皆诗，亦皆诗人之具。"④

（四）

鲁迅指出，进化论呈现了残酷的自然世界，自然犹如一个惨烈的战场，人类必须竭尽所能地反抗和斗争，这也是人类的宿命，如：

---

① ［英］卡莱尔：《论英雄、英雄崇拜和历史上的英雄业绩》，周祖达译，商务印书馆2005年版，第92页。
② 鲁迅：《摩罗诗力说》，《鲁迅全集》第1卷，第70页。
③ ［英］卡莱尔：《论英雄、英雄崇拜和历史上的英雄业绩》，周祖达译，商务印书馆2005年版，第92页。
④ 鲁迅：《摩罗诗力说》，《鲁迅全集》第1卷，第73页。

"奈何星气既凝,人类既出而后,无时无物,不禀杀机,进化或可停,而生物不能返本。"① 又如:"平和为物,不见于人间。其强谓之平和者,不过战事方已或未始之时,外状若宁,暗流仍伏,时劫一会,动作始矣。"② 这段文字和严复在《天演论》中的译文存在相似之处,如:"今然后知静者未觉之动也,平者不喧之争也。群力交推,屈申相报,众流汇激,胜负迭乘,广宇悠宙之间,长此摩盪运行而已矣。"③ 不过,有意思的是,赫胥黎原文似乎比严复的翻译更为贴近鲁迅的表述,原文更加凸显了战场的残酷:

> 我们对事物的本质认识得越多,也就越明白,所谓的静止不过是未被察觉的活动,表面的平静只是无声而剧烈的战争。在每一个局部,每一时刻,宇宙所处的状态,都是各种对抗势力短暂协调的表现——是战争的现场,所有的战士在这儿依次倒下。④

(五)

在《摩罗诗力说》中,鲁迅运用"飞矢"比喻进化的不可逆原理,否定传统中国静止的世界观。以"飞矢"为喻,探求物体运动与静止的关系,最早可以追溯到古希腊埃利亚学派的哲学家芝诺。芝诺有"飞矢不动"的著名命题,在鲁迅之前,章太炎曾在《四惑论》中解释这一命题。章太炎将"进化"与"飞矢不动"的命题联系起来,他据此批评"进化"不过是认识上的迷妄。鲁迅或许从章太炎的论述获得了灵感,但他的观点却是和章太炎相反的。

章太炎认为:

---

① 鲁迅:《摩罗诗力说》,《鲁迅全集》第 1 卷,第 69 页。
② 鲁迅:《摩罗诗力说》,《鲁迅全集》第 1 卷,第 68 页。
③ 严复译文,《严复集》第 5 册,中华书局 1986 年版,第 1361 页。
④ [英] 赫胥黎:《进化论与伦理学》,宋启林等译,北京大学出版社 2010 年版,第 22 页。

> 进化者，以常识论之，必有所处，而后能进；若无所处，则必不能进。虽然，进者必动，而动与处相反。是故伊黎耶派①哲学之言曰："空间者，自极小之尘点成；时间者，自极小之刹那成。所谓动者，曰于极小之时间，通过极小之空间耳。然当其通过空间也，不得不停顿于空间。第一刹那，停顿于空间也；第二刹那，亦停顿于空间也；第三刹那，犹之停顿于空间也。始终停顿，斯不得谓之动。飞箭虽行，其实不行也。"然则所谓进者，本由根识迷妄所成，而非实有此进。②

鲁迅也把"飞矢"与进化联系起来，但却由此更加确信进化的不可逆：

> 而不幸进化如飞矢，非堕落不止，非著物不止，祈逆飞而归弦，为理势所无有。此人世所以可悲，而摩罗宗之为至伟也。人得是力，乃以发生，乃以曼衍，乃以上征，乃至于人所能至之极点。③

（六）

在《摩罗诗力说》中，为了解释文学的"不用之用"，鲁迅引用了英国文学批评家道登（E. Dowden）对文学原理的论述，《鲁迅全集》（人民文学出版社 2005 年版）注释标明出自其《抄本与研究》(*Transcript and Studies*)。《抄本与研究》是道登分析浪漫主义文学家一些尚未公开的书信和抄本为主要内容的著作，对象包括了卡莱尔、雪莱、华兹华斯、斯宾塞、弥尔顿、勃朗宁等人，更具体而

---

① 即 Elea 学派的音译，现通译为埃利亚学派。
② 章太炎：《四惑论》，《章太炎全集》第 4 卷，上海人民出版社 1985 年版，第 449 页。
③ 鲁迅：《摩罗诗力说》，《鲁迅全集》第 1 卷，第 70 页。

言，鲁迅所引述的一段话来自《抄本与研究》的第五章"对文学的解释"(*The Interpretation of Literature*)，道登原文：

> There are many great works of literature and art from which we learn little or nothing, at least consciously or in set term and phrase; but we go to them as a swimmer goes to the sea. We enter bodily, and breast the waves and laugh and are glad, and come forth renewed and saturated with the breeze and the brine, a sharer in the free and boundless vitality of our lover, the sea. We have won health and vigour, although the sea has only sung its mysterious choral song, and the waves have clapped their hands around us, nor has ocean once straitened his lips to utter a litter maxim or moral sentence.①

鲁迅译文：

> 吾人乐于观诵，如游巨浸，前临渺茫，浮游波际，游泳既已，神质悉移。而彼之大海，实仅波起涛飞，绝无情愫，未始以一教训一格言相授。顾游者之元气体力，则为之陡增也。②

四 《破恶声论》

（一）

章太炎在《四惑论》中依据唯识宗佛学思想破除了晚清流行的诸多议论，包括"公理""进化""惟物""自然"。在章太炎关于"公理"的论述中，他认为"公理"本是由人心臆造出来虚妄的结

---

① Edward Dowden, *Transcript and studies*, London: Kegan Paul, Trench, Trubner & Co., Ltd., 1910, p. 252.

② 鲁迅：《摩罗诗力说》，《鲁迅全集》第 1 卷，第 73 页。

果，其本身没有"自性"，所谓"公"不过是一种用来压迫异己的说辞，而人对于世界、社会、国家、他人，本来没有任何责任，因此，人有决定自己生死的权利。针对那些批评陈天华等人自杀只是为了满足奔向极乐世界的私欲而抛弃世俗责任的言论，章太炎据此提出了反驳。鲁迅无疑熟悉《四惑论》中的观点，他在《破恶声论》中有诸多响应，其中一条即是对于自杀者的评价。

章太炎在《四惑论》中指出：

> 有人焉，于世无所逋负，采野稆而食之，编木堇而处之；或有愤世厌生，蹈清泠之渊以死，此固其人所得自主，非大群所当诃问也。①

随后又有：

> 吾土有陈天华、姚宏业、陈天听者，以愤激怀沙死。彼则又诋之曰："自裁者，求生天宫与极乐国土耳。不为社会增进福祉，惟一身就乐之为，故可鄙也！"不悟汉土之自裁者，自颠连无告而外，皆以谋画不行，民德堕丧，愤世伤人，以就死地，未有求生天宫、求趣极乐者。当其就死，实有所不忍见闻，亦冀友朋之一悟，风俗之一改也。而人亦高其风义，内省诸己，而知其过，负此志士，卒令发愤沈渊，则悔悟改良者众，其为益于社会亦巨矣！②

章太炎从两方面为那些投海自杀的志士辩护，一方面，他认为

---

① 章太炎：《四惑论》，《章太炎全集》第4卷，上海人民出版社1985年版，第445页。

② 章太炎：《四惑论》，《章太炎全集》第4卷，上海人民出版社1985年版，第447、448页。

人本自由、不对他人肩负责任，另一方面，他肯定这些志士的行为能够唤醒民众意志，最终带来改革社会的效果。在《破恶声论》开篇不久，鲁迅也谈到过清末投海自杀的革命者，他省略了具体姓名，以"硕士"呼应章氏所谓的"志士"，如：

> 乃者诸夏丧乱，外寇乘之，兵燹之下，民救死不给，美人墨面，硕士则赴清泠之渊；旧念犹存否于后人之胸，虽不可度，顾相观外象，则疲茶卷挛，蛰伏而无动者，固已久矣。①

这段文字中的"硕士则赴清泠之渊"与章太炎所谓志士"蹈清泠之渊以死"字面相近，并且两段文字都从民族危亡的历史背景出发，试图将自杀这种现象引申到民众觉醒的问题上。但不同的是，鲁迅并没有利用章太炎的唯识宗思想资源，甚至对于投海自杀这种行为是否能够起到如章太炎所期待的那样的激起民众的改革意志，也抱以"不可度"的怀疑态度。

（二）

章太炎极为重视晚清革命者的道德问题，他认为革命道德乃是革命成功的关键。在《革命道德说》中，章太炎根据社会各职业，将道德分成十六等，其中占据最高等的是农民。在《破恶声论》中，鲁迅为农人"迷信"辩护时的观点与此相近，他同样看重"迷信"中所蕴含的农人的道德。章太炎在《革命道德说》中有：

> 今之道德大率从于职业而变，都计其业则有十六种人。……农人于道德为最高，其人劳身苦形，终岁勤动，田园场圃之所入，足以自养，故不必为盗贼，亦不知天下有营求诈幻事也。平居之遇官长，虽甚谨畏，适有贪残之吏，头会箕敛，

---

① 鲁迅：《破恶声论》，《鲁迅全集》第8卷，第26页。

诛求无度，则亦起而为变，及其就死，亦甘之如饴矣。①

章太炎也谈及农人的"迷信"，并将其与"上流知学者"对比。不过，章太炎不喜欢民间的鬼神说，他认为农民只是因为"蒙昧寡知"才幸可避免"迷信"的毒害。但总体上，农民的道德高于有知识的上流社会：

> 乃若愚民妇子之间，崇拜鬼神，或多妖妄，幸其蒙昧寡知，道德亦未甚堕坏，死生利害之念，非若上流知学者之迫切也。②

在为"迷信"申辩时，鲁迅同样高度赞扬了农人更高一等的道德，其著名的"伪士当去，迷信可存"的呼吁即着意于此。此外，与章太炎一样，鲁迅也表达了对农人终年辛苦劳作的同情。但相比之下，鲁迅早年对农人在"迷信"问题上的同情显然更多一些，他没有"愚民妇子""蒙昧寡知"这种表达。如：

> 顾民生多艰，是性日薄，洎夫今，乃仅能见诸古人之记录，与气禀未失之农人；求之于士大夫，戛戛乎难得矣。③

随后又有：

> 农人耕稼，岁几无休时，递得余闲，则有报赛，举酒自劳，洁牲酬神，精神体质，两愉悦也。……夫使人元气黮浊，性如沉垫，或灵明已亏，沦溺嗜欲，斯已耳；倘其朴素之民，厥心

---

① 章太炎：《革命道德说》，《章太炎全集》第4卷，上海人民出版社1985年版，第280—281页。
② 章太炎：《答铁铮》，《章太炎全集》第4卷，上海人民出版社1985年版，375页。
③ 鲁迅：《破恶声论》，《鲁迅全集》第8卷，第30页。

纯白,则劳作终岁,必求一扬其精神。①

(三)

在《破恶声论》中,鲁迅反驳托尔斯泰有关非暴力不服从的论述,他很可能引用了来自《天义》1907年第11、12卷合刊中一篇名为《俄杜尔斯托〈致支那人书〉节译》的文章。《天义报》由刘师培、何震夫妇等于1907年6月创办,并于1908年6月停刊。这段文字原出自1906年托尔斯泰写给辜鸿铭的信,经"忱銐"翻译并发表于《天义》上。鲁迅对于这份旨在宣传无政府主义的报刊并不陌生,周作人早年曾在《天义》上连续发表诸多文章,值得注意的是,其《论俄国革命与虚无主义之别》正发表在1907年《天义》第11、12卷合刊上。总之,鲁迅完全有可能读到托尔斯泰在《天义》上的信。托尔斯泰致辜鸿铭的这封信先后两次经"忱銐"翻译,分别发表在《天义》第11、12卷合刊以及第16卷至第19卷合刊上。鲁迅在《破恶声论》中引述的一段文字应当来自前者。

托尔斯泰不希望中国人变得好战,失去爱好和平的传统美德,他认为农业不仅是最为适合人类天性的职业,也是与中国文化基本精神一致的,而中国的改革者却执意仿效西方代议政体、发展工商与军工,放弃农业生活,这是得不偿失的。自从西方人放弃农业转入城市之后,大多数国民精神堕落,以强权掠夺为业,因此,真正需要改革的恰恰是西方世界。托尔斯泰原文及《天义》上的译文如下:

> 不图改革,败亡之祸,不待崇朝矣。若支那人民震于彼威,从彼效法,是不啻勤俭敦朴之老农,猝为浮浪匪徒所胁,遂舍其耒耜,以彼为先型也。天下宁有斯理哉?……若能朝野上下,陆、海军界,均不为政府给役,则凡汝等所罹之苦厄,均可消

---

① 鲁迅:《破恶声论》,《鲁迅全集》第8卷,第31—32页。

灭于一朝。①

鲁迅在《破恶声论》中的引用如下：

> 莫如不奉命。令出征而士不集，仍秉耒耜而耕，熙熙也；令捕治而吏不集，亦仍秉耒耜而耕，熙熙也，独夫孤立于上，而臣仆不听命于下，则天下治矣。②

（四）

鲁迅早年在《破恶声论》中提出"伪士当去，迷信可存"，这一观点长期吸引着研究界的关注。现有研究大致呈现出两种代表性的方向：一是，日本学者伊藤虎丸先生认为"伪士当去，迷信可存"体现了鲁迅思维方法最根本的特点，并认为鲁迅早年深受章太炎影响，这句话在政治和思想上直接表明了鲁迅对康有为等改良派的态度："《破恶声论》中对'破迷信论'的批判，是站在章炳麟等人革命派的立场上，对康有为等改良派的批判。"③ 这种观点同时也代表了日本鲁迅研究界的一般看法。二是，国内诸多学者推测，鲁迅在《破恶声论》中的观点直接针对《新世纪》上的言论。1908年，章太炎曾与法国无政府主义团体（以《新世纪》为阵地）围绕语言文字、科学信仰等问题展开论战，鲁迅无疑是追随章太炎的，他的这种立场很容易使人认为，《破恶声论》中批判"伪士"、为"迷信"辩护的文字同样是直接为了反驳《新世纪》。例如，乐黛云先生在《鲁迅的〈破恶声论〉及其现代性》中指出，《破恶声论》

---

① 参见《俄杜尔斯托〈致支那人书〉节译》（忧弩译），《天义》1907年第11、12卷合刊。
② 鲁迅：《破恶声论》，《鲁迅全集》第8卷，第34页。
③ ［日］伊藤虎丸：《早期鲁迅的宗教观——"迷信"与"科学"之关系》，孙猛译，《鲁迅研究动态》1989年第11期。

涉及宗教问题的部分直接针对《新世纪》,具体而言,即《普及革命》①中有关宗教的论述。②在这个思路上,陈方竞、刘中树等学者也同样认为鲁迅为"迷信"辩护是为了反驳《新世纪》。③在原理上,鲁迅在《破恶声论》中的观点诚然可以用来反驳《新世纪》上的这篇文章,但两者似乎并非"直接"相对的关系。当我们细考《破恶声论》中的细节,便会发现,鲁迅所直接针对的很可能既不是如伊藤虎丸所说的康梁等改良派,也不是《新世纪》上的观点,而是来自比他们更早主张"破迷信"的文章。

尽管如上所述,鲁迅站在章太炎阵营并熟读过章氏批判康梁与《新世纪》的文章,但他所直接反驳的对象却很可能另在别处。这或许由于清末知识界所达成的共识:在科学主义的潮流中,绝大多数改革者已经接受了"破迷信"的思路。正如鲁迅指出:"破迷信者,于今为烈,不特时腾沸于士人之口,且哀然成巨帙矣。"④ 相比之下,鲁迅批判的"破迷信"言论更可能来自《浙江潮》上署名"义乌陈榥"⑤的《续无鬼

---

① 作者为褚民谊,该文发表于《新世纪》第15、17、18、20、23号,1907年9—11月。褚民谊认为宗教是野蛮时代的产物,被统治者用来作为钳制思想的工具,由此,宗教与政治有密切关系,都是阻碍人道以及人类理智进步的恶果。现代科学将使真理显明,科学必然取代宗教迷信。褚民谊指出为了反对宗教,需要一方面普及革命,另一方面发展科学。由于他的论述在西方语境中展开,故而多着眼于政教合一的问题。

② 乐黛云:《鲁迅的〈破恶声论〉及其现代性》,《中国现代文学研究丛刊》2000年第3期。

③ 陈方竞、刘中树:《鲁迅早期思想的现代性》,李永鑫编《鲁迅的世界 世界的鲁迅》,远方出版社2002年版,第238页。

④ 鲁迅:《破恶声论》,《鲁迅全集》第8卷,第29页。

⑤ 陈榥,浙江义乌人,字乐书,1898年4月由浙江官费到日本留学,就读东京大学兵工科,与鲁迅同是留学日本的第一批浙江同乡会员,1904年先后加入光复会、同盟会,1911年回国之后,担任陆军部军实司科长、整理上海制造局,1914年至1922年曾担任北京大学数理教授,著有《心理易解》(1905)、《中等算术教科书》(1906),编有《实用教科书物理学》(1918)。鲁迅在《浙江潮》上发表文章较陈榥略晚,他1906年之前几乎所有文章都登载于《浙江潮》,译作《哀尘》(《浙江潮》第5期)、《斯巴达之魂》(《浙江潮》第5、9期)、《说钼》、《中国地质略论》(《浙江潮》第8期),《地底旅行》的前二回(《浙江潮》第10期)。总体上,《浙江潮》致力于宣传科学启蒙思想。

论》(1903年第1—3期连载)、《觉民》上署名"导迷"的《无鬼说》(1904年第1—5期合本)以及《江苏》上的《江苏人之信鬼》(1904年第9—10期合本)。其中,《续无鬼论》篇幅最长、内容最丰富,对中国民间的鬼神信仰进行了可谓集大成式的批判。《无鬼说》发表时间稍后,许多观点重复了《续无鬼论》,但在一些具体问题上展开得更为充分。相比于《无鬼说》,《续无鬼论》不仅内容更为丰富,与鲁迅《破恶声论》的呼应性也更强,加之该文发表在《浙江潮》创刊之初,故而鲁迅完全有可能读到并对之表示异议。最后,《江苏人之信鬼》的主旨与《破恶声论》中的反驳相近,同时,鲁迅指明他所批判的是南方的"志士",而这篇文章尤为明确地反对"南省"的迷信现象。

1.《续无鬼论》从"偶像""魂魄""妖怪""符咒""方位""谶兆"六个方面批评了中国的迷信思想。鲁迅对其内容的引述与批驳如下。

(1)《续无鬼论》原文:

> 印度之人,信天堂地狱之说,至以溺死于殑伽河为登天堂,而社已墟矣。埃及以尼罗之河流,卜岁之丰歉,而国已奴矣。

鲁迅的批驳:

> 举其大略,首有嘲神话者,总希腊埃及印度,咸与诽笑,谓足作解颐之具。夫神话之作,本于古民,睹天物之奇觚,则逞神思而施以人化,想出古异,诙诡可观,虽信之失当,而嘲之则大惑也。……若谓埃及以迷信亡,举彼上古文明,胥加呵斥,则竖子之见,古今之别,且不能知者,虽一哂可靳之矣。①

---

① 鲁迅:《破恶声论》,《鲁迅全集》第8卷,第32页。

《续无鬼论》开篇就谈到非洲、印度、埃及、安南（越南）、土耳其、波斯等地的迷信与国家灭亡的关系，故而鲁迅说"首有嘲神话者"，这同时说明他是从神话角度为迷信辩护。他随后只选择其中的印度、埃及并加上希腊，遂云"举其大略"。由于《无鬼说》也引用了《续无鬼论》中的这一论据，鲁迅在写作《破恶声论》的时候，很可能同时参考了这两篇论文，故而他在自己的批驳中使用了"咸与诽笑"，这也应当代表了晚清改革者所形成的共识。鲁迅认为应当采取一种历史的方法对待这些"迷信"现象，古人的知识虽然浅陋，但对于自然万物的认识和想象同样蕴含了值得尊重的地方。

（2）《续无鬼论》原文：

……由是观之，生前有灵能，死后无灵魂也。又人之身体，为磷、为炭、为养，为轻、为淡各元质所组合而成。尸之腐烂，由于淡气之易发出，与夫空气中养气之易酸化。葬诸墓内，酸化较迟，然而潮湿之薰蒸，终必腐尽而后止。当其腐也，或为气体而散出，或为液体而流出，要皆性质迥异之化合物。其能稍持久而不遽变为化合物者，虽有累累之枯骨，然肤尽则骨继之。生化合物，亦性质迥异耳。而过古垄之前者，辄心计曰：是有墓焉。是必有魄焉，抑必有凭依之鬼焉。不知残骸剩骨，以待化合，化合而去者，尸生此，非尸而亦生此也。化合而留者，墓有此，非墓而亦有此也。故夫墓有何物？物果魄否可知也，尸即魄乎？魄即尸乎？吾亦不敢强为流俗定。然而化合之物有公理，墓内之物有定名。三尺马鬣封之内，第问其化学作用何如，而无魄即可断也。

随后又有：

抑不仅是鬼火荧荧，俗以为有鬼之证，不知动物骨肉含磷质甚多。磷之为物，凡遇空中养气，极易燃烧。火固有之，鬼则非也。

对以上这段话中的科学原理，鲁迅的转述非常简练，并有如下批驳：

> 若夫自谓其言之尤光大者，则有奉科学为圭臬之辈，稍耳物质之说，即曰："磷，元素之一也；不为鬼火。"略翻生理之书，即曰："人体，细胞所合成也；安有灵魂？"知识未能周，而辄欲以所拾质力杂说之至浅而多谬者，解释万事。不思事理神閟变化，决不为理科入门一册之所范围，依此攻彼，不亦慎乎？①

(3)《续无鬼论》原文：

> 凡个人与国家，于无形色之界，皆有一种不可思议、不可遮饰之外神，以为其所寄之个人与国家之代表，以是为谶兆，容或近之。读者盍观吾中国史，彗星、日月食、地震、白虹贯日、日中黑子诸例，大书不一。《书》曰：将以昭儆戒也。醴泉、甘露、芝草、白凤、黄龙诸条，大书不一。《书》曰：所以昭瑞应也。彼心中纯守一"神道主义"，乃从为之辞曰：苍天乎，苍天乎，其有喜矣，其有怒矣，于是灾异祥符之说，秽史氏遂沿为南山可移，此案不可改之，成例而大惑，乃深中人心。……
>
> 露为空中水蒸气所凝结而成，集于草木上而甘，亦偶有他物入之之故。芝为植物，以之为瑞，殆与以松喻寿、以竹喻直同义，出于意想，成于习俗，谓为瑞应，夫岂其然。

---

① 鲁迅：《破恶声论》，《鲁迅全集》第8卷，第30页。

这段话批评了传统中国政治内含的泛神论色彩,并有所谓"神道主义"的说法。鲁迅认为,这种"神道主义"不仅是奠定传统中国政治与文化制度的根基,而且孕育出了中国古人美好的心灵世界。鲁迅的转述与批驳如下:

> 顾吾中国,则夙以普崇万物为文化本根,敬天礼地,实与法式,发育张大,整然不紊。覆载为之首,而次及于万汇,凡一切睿知义理与邦国家族之制,无不据是为始基焉。效果所著,大莫可名,以是而不轻旧乡,以是而不生阶级;他若虽一卉木竹石,视之均函有神閟性灵,玄义在中,不同凡品,其所崇爱之溥博,世未见有其匹也。①

(4)《续无鬼论》原文:

> 龙凤无是物,而俗夫媚子偏执遍搜于世界不可得之一名,以自佐其阿谀之材料。呜呼!荒唐无稽之谈,其第曰无凭也,祸犹浅,其依斯凭而害于家以凶,而国贻患,有不堪设想者。

鲁迅对这种观点表现得最为愤慨,故而他的引述和发挥较多:

> 复次乃有借口科学,怀疑于中国古然之神龙者,按其由来,实在拾外人之余唾。彼徒除利力而外,无蕴于中,见中国式微,则虽一石一华,亦加轻薄,于是吹索扶剔,以动物学之定理,断神龙为必无。夫龙之为物,本吾古民神思所创造,例以动物学,则既自白其愚矣,而华土同人,贩此又何为者?抑国民有

---

① 鲁迅:《破恶声论》,《鲁迅全集》第 8 卷,第 29—30 页。

是，非特无足愧恶已也，神思美富，益可自扬。①

其中，关于鲁迅所谓"以动物学之定理"，《续无鬼论》曾在批评"妖怪"一节中多次使用这种表达，陈榥从动物学定理指出不存在妖怪，鲁迅则将其移用到了对龙凤的辩护中。鲁迅继而批评这种观点是人们的势利观念使然：

嗟乎，龙为国徽，而加之谤，旧物将不存于世矣！顾俄罗斯枳首之鹰，英吉利人立之兽，独不蒙垢者，则以国势异也。科学为之被，利力实其心，若尔人者，其可与庄语乎，直唾之耳。②

(5)《续无鬼论》原文：

风雨雷电，俗谓天神所司。夫雷电或于电气之相激，雨成于水蒸气，风成于空气压力之变动，西方三尺童子皆能道其原理。好学之子，乃造气压表而知风，造湿度表而知雨，造避雷针而知雷电。设如俗云，则又将谓人之所为有大甚于天神者矣。升天入地，俗以为鬼神之奇能，不知空气反力甚微，天固不可升也。地心之热甚大，地固不可入也。且不可入地，与前所辨狐不能摄物，同背于不可入性之公理，而谬妄者乃执此以为辞。野蛮时代之风俗，大率类此。

鲁迅的引述与批驳：

夫人在两间，若知识混沌，思虑简陋，斯无论已；倘其不

---

① 鲁迅：《破恶声论》，《鲁迅全集》第8卷，第32页。
② 鲁迅：《破恶声论》，《鲁迅全集》第8卷，第32页。

安物质之生活,则自必有形上之需求。故吠陁之民,见夫凄风烈雨,黑云如盘,奔电时作,则以为因陁罗与敌斗,为之栗然生虔敬念。希伯来之民,大观天然,怀不思议,则神来之事与接神之术兴,后之宗教,即以萌蘖。虽中国志士谓之迷,而吾则谓此乃向上之民,欲离是有限相对之现世,以趣无限绝对之至上者也。①

鲁迅首先还原了古人的生存情境,他认为古人并不清楚《续无鬼论》中介绍的科学原理,因而处于"知识混沌"的状态,在这种状态下,萌发宗教、信仰的追求乃是必然的。相比较《续无鬼论》的作者由此批判古人的野蛮风俗,鲁迅则从中看到了古人在形而上的追求中所展现的积极进取的动力。

(6) 在《续无鬼论》结尾,作者陈榥重申实学的重要性,用实学反对崇虚理的做法,并再次表达了对"迷信"现象的痛心,指出随时都有因此亡国灭种的危险,同时自己甘愿"独起",不惮于冒犯四万万同胞而不遗余力地批判这些现象:

> 呜呼!举国而为深夜暗行,愚愚相贻,犹可说也;愚愚相贻,而众智乃环伺于旁,而国亡,而种亡,不可说也。而不然者,以四万万同胞敬礼勿替依恃如命之鬼神,而独起而辨之抵之,不惜出全力以搏之,乡士大夫,其以横流被放之言相诟病矣。虽然,其志可哀也,其心亦可见也。

鲁迅反对将灭亡原因归结到迷信,他细致区分了农人和士大夫的责任。鲁迅指出,历史上造成灭亡之灾的往往是那些没有信仰的士大夫,而非农人,他由此针锋相对地提出"伪士当去,迷信可存":

---

① 鲁迅:《破恶声论》,《鲁迅全集》第 8 卷,第 29 页。

盖浇季士夫，精神窒塞，惟肤薄之功利是尚，躯壳虽存，灵觉且失。于是昧人生有趣神閟之事，天物罗列，不关其心，自惟为稻粱折腰；则执己律人，以他人有信仰为大怪，举丧师辱国之罪，悉以归之，造作蜚言，必尽颠其隐依乃快。不悟墟社稷毁家庙者，征之历史，正多无信仰之士人，而乡曲小民无与。伪士当去，迷信可存，今日之急也。①

2. 鲁迅在《破恶声论》中的引述亦可见于《无鬼说》部分：
(1)《无鬼说》原文：

鬼火之发现，略分数端。……无论见于郊野，见于室内，见于树上，要皆为磷质之发光。何为磷质？盖化学家谓天下万物，莫不为八十余原质所成，而此八十余原质中，有一物焉，西人谓之光药，吾国译之为磷，土中、石中、植物中莫不含之，而惟动物之骨中，含之最多（人身含磷多至二十两）。磷之为物，其形如蜡，其性极易发光，稍遇暖气即发极亮之光，若遇更热之气即能自烧，若遇潮湿之气发光更易。……由此观之，鬼火者，磷质之误认物也；磷质者，鬼火之真相也。磷质可于兽骨中收取，是人而可造鬼火矣；人而可造者，是谓人火，岂得谓之鬼火乎！

这一段从化学元素对"鬼火"科学解释与《续无鬼论》高度近似，《无鬼说》的作者"导迷"也很可能参考了《续无鬼论》。
鲁迅的引述与批驳如下：

若夫自谓其言之尤光大者，则有奉科学为圭臬之辈，稍耳物质之说，即曰："磷，元素之一也；不为鬼火。"②

---

① 鲁迅：《破恶声论》，《鲁迅全集》第8卷，第30页。
② 鲁迅：《破恶声论》，《鲁迅全集》第8卷，第30页。

(2)《无鬼说》原文：

> 不观印度、埃及之往事乎？印度人信偶像，焚香顶礼，不为不诚，甚至以溺死于恒河为登天堂者有之，而卒不能保全祖国。埃及人以牛为祖宗，以大鸟大兽为神明，华衣鲜食以崇拜之，人或偶伤此等圣禽兽，即执而杀之，以正其罪，敬神之思想富足无比，而亦卒不能救埃及之灭亡。

《无鬼说》中的这段文字与《续无鬼论》接近，两篇文章都谈到印度人溺死于恒河以求登天堂、埃及迷信的现象，以及由此所导致的亡国的命运，不过相对于《续无鬼论》，《无鬼说》中描述埃及迷信的文字更为详细。鲁迅有如是批驳：

> 举其大略，首有嘲神话者，总希腊埃及印度，咸与诽笑，谓足作解颐之具。夫神话之作，本于古民，睹天物之奇觚，则逞神思而施以人化，想出古异，诙诡可观，虽信之失当，而嘲之则大惑也。……若谓埃及以迷信亡，举彼上古文明，昏加呵斥，则竖子之见，古今之别，且不能知者，虽一哂可斩之矣。①

3.《江苏人之信鬼》原文：

> <u>若夫良辰佳节，赛会龙华，香烛冥镪，相望于道。老妪幼妇，络绎于途，不知其几千万人也</u>。问之则曰烧香拜佛也。佛果何在乎？名虽信佛，实则信鬼。亦有寒食清明家家扫墓，龙蟠草菌，堆积陇头，蝴蝶纸灰，飘飘空际，不知几千万也。问之则曰拜祖敬宗也。祖宗果何在乎？名虽信祖宗，实则信鬼。凡此皆无关乎生死，无系乎祸福。而崇信若是，习俗之于人，

---

① 鲁迅：《破恶声论》，《鲁迅全集》第8卷，第32页。

甚矣哉。愚夫愚妇而为此，犹可谅。<u>孰知缙绅先生之更有甚者，风水务求吉地，婚嫁必择良辰</u>，建庙宇竞为壮丽，<u>施僧钱动辄万千</u>。感应阴骘之文，惜字放生之局，遍于州县，充于街衢，无非信鬼之心中之。<u>以言求生，则个人之生也；以言求福，则个人之福也</u>。曾亦思鬼不能自生，遑论生人。……<u>恨南省督抚袖手坐视，故溃败一至于此</u>。……欲兴江苏之教育，则请自毁鬼庙，弃鬼像，绝鬼祀始。

鲁迅并没有全部引用这段文字，他省略了该文作者列举的大多数事例，而专门反驳了其中所涉及的诸如禁止赛会、浪费钱财、批判个人之私的三个问题，因而在《破恶声论》中有下文的说法：

若在南方，乃更有一意于禁止赛会之志士。农人耕稼，岁几无休时，递得余闲，则有报赛，举酒自劳，洁牲酬神，精神体质，两愉悦也。号志士者起，乃谓乡人事此，足以丧财费时，奔走呼号，力施遏止，而钩其财帛为公用。①

（五）
鲁迅在申述"迷信"存在的合理性时，引用海克尔的一元论，

德之学者黑格尔，研究官品，终立一元之说，其于宗教，则谓当别立理性之神祠，以奉十九世纪三位一体之真者。三位云何？诚善美也。②

这段话源自海克尔《宇宙之谜》的《我们的一元论宗教》一章，海克尔对于"理性之神祠"有这样的介绍：

---

① 鲁迅：《破恶声论》，《鲁迅全集》第8卷，第31—32页。
② 鲁迅：《破恶声论》，《鲁迅全集》第8卷，第30—31页。

为了实现这一崇高的目的，当代的自然科学不仅要摧毁迷信的幻境，铲除其留在前进道路上的瓦砾，还要在清理出来的空旷的广场上为人类的情感建造一座崭新的、适合居住的大厦，一座理性的殿堂。在这座殿堂里，我们将依据所获得的一元论世界观虔诚地供奉起19世纪真正的"三位一体"，即"真、善、美"。①

正如引文所示，鲁迅的意图与他所引用的海克尔的观点存在着明显的矛盾之处，事实上，海克尔的"理性之神祠"建立在科学理性的基础上，不同于鲁迅为"迷信"辩护的思路。鲁迅引用海克尔很可能意在说明宗教是人类精神生活的必然性，并强调"迷信"能够使人们在现实生活中获得精神寄托并执着于现世。

五 《我们现在怎样做父亲》

在《我们现在怎样做父亲》中，鲁迅表明自己改革家庭依据的是"生物学的真理"，并提出了一个连续链条——"依据生物界的现象，一，要保存生命；二，要延续这生命；三，要发展这生命（就是进化）。"② 他很可能化用了上野阳一在《社会教育与趣味》中的观点。在1913年10月，鲁迅翻译了上野阳一的《社会教育与趣味》。在这篇文章中，上野阳一首先描述了现代文明为人类制造的困难，在日本快节奏的大城市中出现了越来越多的神经衰弱症患者，他提出用"趣味教育"作为救济的方法。上野阳一同样试图从生物学寻找突破口，其论证过程、字句选用都与鲁迅的表述存在明显的相似之处。上野阳一的原文：

考诸动植生物，莫不自图生存。图存为众生目的，而其事，

---

① ［德］海克尔：《宇宙之谜》，苑建华译，陕西人民出版社2006年版，第357页。
② 鲁迅：《我们现在怎样做父亲》，《鲁迅全集》第1卷，第135页。

则有存身与保种二义。饥而求食,渴而思饮,所图在一己之存,此一义也。异性相合,传继子孙,所图在种族之存,又一义也。凡为生物,皆是之图。独人为灵长,别有生活。苟生斯时,第以存身而劳作,保种而养家者,生活宁不枯寂,欲餍吾心,必丰富之,俾吾心力所有,咸得施展,乃为愉快,至于愉快,虽置存身保种,不问可也。①

鲁迅的化用:

> 生命的价值和生命价值的高下,现在可以不论。单照常识判断,便知道既是生物,第一要紧的自然是生命。因为生物之所以为生物,全在有这生命,否则失了生物的意义。生物为保存生命起见,具有种种本能,最显著的是食欲。因有食欲才摄取食品,因有食品才发生温热,保存了生命。但生物的个体,总免不了老衰和死亡,为继续生命起见,又有一种本能,便是性欲。因性欲才有性交,因有性交才发生苗裔,继续了生命。所以食欲是保存自己,保存现在生命的事;性欲是保存后裔,保存永久生命的事。②

鲁迅吸取了上野阳一论述中前两个方面,对于上野阳一将人类与生物区别开来,进而强调人类超越生物学的精神层面,鲁迅未加以引用。如果查考《我们现在怎样做父亲》一文,可以发现,鲁迅对于真理链条第三步骤"发展"的要求,依然来自生物学层面。这是他与上野阳一观点的最终的不同之处。

---

① [日]上野阳一:《社会教育与趣味》,鲁迅译,《鲁迅著译编年全集》第2卷,人民出版社2009年版,第195页。
② 鲁迅:《我们现在怎样做父亲》,《鲁迅全集》第1卷,第135、136页。

六　其他：对《鲁迅全集》注释的两条补充

（一）

在《摩罗诗力说》中，鲁迅认为诗歌源于人的自然本性，不应当受到外在形式的束缚，并由此同古代的诗言志传统进行对话。鲁迅从刘勰的《文心雕龙·明诗》篇引出诗言志的传统，但他的立场和观点却和刘勰明显不同。刘勰的原文：

> 大舜云：诗言志，歌永言。圣谟所析，义已明矣。是以在心为志，发言为诗，舒文载实，其在兹乎！诗者，持也，持人情性；三百之蔽，义归无邪，持之为训，有符焉尔。①

鲁迅的引用：

> 如中国之诗，舜云言志；而后贤立说，乃云持人性情，三百之旨，无邪所蔽。夫既言志矣，何持之云？强以无邪，即非人志。许自繇于鞭策羁縻之下，殆此事乎？然厥后文章，乃果辗转不逾此界。②

从引文可知，刘勰即代表了鲁迅所谓的"后贤"，鲁迅并不赞同他的观点。《鲁迅全集》（人民文学出版社2005年版）对此有两处注释：一是在"舜云言志"之后，指明出处为"《尚书·尧典》：'诗言志，歌永言，声衣永，律和声'"；二是说明鲁迅使用的"自繇"即"自由"。鲁迅未必直接从《尚书·尧典》引出诗言志传统，更可能是引自刘勰的《文心雕龙·明诗》并与之论辩。

---

① （南朝梁）刘勰著，范文澜注：《文心雕龙注·明诗》，人民文学出版社1958年版，第65页。
② 鲁迅：《摩罗诗力说》，《鲁迅全集》第1卷，第70页。

（二）

鲁迅另外一处对刘勰的引用是在《破恶声论》中，在这篇文章开篇，鲁迅对比了自然界的其他生物与人类的关系。这段文字明显源于《文心雕龙·物色》，不同的是，鲁迅试图表达的观点与刘勰恰恰相反，他认为人类应当从自然界的束缚中独立出来，而刘勰则将人类最终同化在自然界之中。刘勰的原文：

> 春秋代序，阴阳惨舒，物色之动，心亦摇焉。盖阳气萌而玄驹步，阴律凝而丹鸟羞，微虫犹或入感，四时之动物深矣。若夫珪璋挺其惠心，英华秀其清气，物色相召，人谁获安！是以献岁发春，悦豫之情畅；滔滔孟夏，郁陶之心凝；天高气清，阴沈之志远；霰雪无垠，矜肃之虑深。岁有其物，物有其容；情以物迁，辞以情发。一叶且或迎意，虫声有足引心。况清风与明月同夜，白日与春林共朝哉！是以诗人感物，联类不穷，流连万象之际，沈吟视听之区；写气图貌，既随物以宛转；属采附声，亦与心而徘徊。①

鲁迅的引用：

> 夫外缘来会，惟须弥泰岳或不为之摇，此他有情，不能无应。然而厉风过窍，骄阳薄河，受其力者，则咸起损益变易，物性然也。至于有生，应乃愈著，阳气方动，元驹贲焉，杪秋之至，鸣虫默焉，螺飞蠕动，无不以外缘而异其情状者，则以生理然也。若夫人类，首出群伦，其遇外缘而生感动拒受者，虽如他生，然又有其特异；神畅于春，心凝于夏，志沉于萧索，虑肃于伏藏。情若迁于时矣，顾时则有所迕拒，天时人事，胥

---

① （南朝梁）刘勰著，范文澜注：《文心雕龙注·物色》，人民文学出版社1958年版，第693页。

无足易其心,诚于中而有言;反其心者,虽天下皆唱而不与之和。①

《鲁迅全集》注释了"志沉于萧索,虑肃于伏藏"一句中的"萧索"与"伏藏",如说明"萧索,指秋季",并在随后以宋代范仲淹的《恨赋》为例,说明"伏藏,指冬季",又以汉代伏胜的《尚书大传》为例。同前例近似,鲁迅更可能直接受到刘勰的《文心雕龙·物色》启发而有了如上论述。

---

① 鲁迅:《破恶声论》,《鲁迅全集》第8卷,第25页。

主要参考文献

一 中文著作、编著

北京鲁迅博物馆编：《鲁迅翻译研究论文集》，春风文艺出版社 2013 年版。

蔡元培：《蔡元培选集》，中华书局 1959 年版。

陈独秀：《独秀文存》，安徽人民出版社 1987 年版。

陈铁建：《瞿秋白传》，红旗出版社 2009 年版。

陈雪虎：《"文"的再认：章太炎文论初探》，北京大学出版社 2008 年版。

陈赟：《困境中的中国现代性意识》，华东师范大学出版社 2005 年版。

程凯：《革命的张力："大革命"前后新文学知识分子的历史处境与思想探求》，北京大学出版社 2014 年版。

程麻：《沟通与更新：鲁迅与日本文学关系发微》，中国社会科学出版社 1990 年版。

董炳月：《"同文"的现代转换：日语借词中的思想与文学》，昆仑出版社 2012 年版。

杜亚泉：《杜亚泉文存》，上海教育出版社 2003 年版。

段江波：《危机·革命·重建：梁启超论"过渡时代"的中国道德》，广西师范大学出版社 2008 年版。

方朝晖：《"三纲"与秩序重建》，中央编译出版社 2014 年版。

方维规编：《思想与方法：近代中国的文化政治与知识建构》，北京大学出版社 2015 年版。

费正清编：《中国的思想与制度》，郭晓兵等译，世界知识出版社 2008 年版。

冯契：《中国近代哲学的革命进程》，上海人民出版社 1989 年版。

冯雪峰：《冯雪峰忆鲁迅》，河北教育出版社 2001 年版。

冯友兰：《中国哲学史》，重庆出版社 2007 年版。

冯自由：《革命逸史》，中华书局 1981 年版。

高瑞泉：《天命的没落：中国近代唯意志论思潮研究》，上海人民出版社 2007 年版。

高旭东：《走向二十一世纪的鲁迅》，中国文联出版社 2001 年版。

高远东：《现代如何"拿来"——鲁迅的思想与文学论集》，复旦大学出版社 2009 年版。

郜元宝：《鲁迅六讲》，上海三联书店 2000 年版。

葛兆光：《宅兹中国：重建有关"中国"的历史论述》，中华书局 2011 年版。

顾颉刚：《古史辨自序》，商务印书馆 2011 年版。

何浩：《价值的中间物：论鲁迅生存叙事的政治修辞》，北京大学出版社 2009 版。

贺麟：《贺麟全集》，上海人民出版社 2012 年版。

胡适：《胡适全集》，安徽教育出版社 2003 年版。

胡适：《四十自述》，黄山书社 1986 年版。

黄进兴：《从理学到伦理学：清末民初道德意识的转化》，中华书局 2014 年版。

黄俊杰编：《传统中华文化与现代价值的激荡》，社会科学文献出版社 2002 年版。

姜义华：《章太炎思想研究》，上海人民出版社1985年版。

蒋功成：《淑种之求：中国近代优生学的传播及其影响》，上海交通大学出版社2014年版。

金涛、孟庆枢：《鲁迅与自然科学》，天津科学技术出版社1979年版。

靳新来：《"人"与"兽"的纠葛：鲁迅笔下的动物意象》，生活·读书·新知三联书店2010年版。

瞿秋白：《瞿秋白选集》，人民出版社1985年版。

瞿秋白：《瞿秋白译文集》，郑惠、瞿勃编，译林出版社1999年版。

康有为：《康有为全集》，中国人民大学出版社2007年版。

康有为：《康有为政论集》，中华书局1981年版。

雷海宗：《中国文化与中国的兵》，商务印书馆2001年版。

李长之：《鲁迅批判》，北京出版社2009年版。

李大钊：《李大钊全集》，人民出版社2006年版。

李何林编：《中国文艺论战》，陕西人民出版社1984年版。

李猛：《班克斯的帝国博物学》，上海交通大学出版社2019年版。

李猛：《自然社会：自然法与现代道德世界的形成》，生活·读书·新知三联书店2015年版。

李锐：《毛泽东的读书生活》，万卷出版公司2015年版。

李孝迁：《西方史学在中国的传播1882—1949》，华东师范大学出版社2007年版。

李允经：《鲁迅的情感世界：婚恋生活及其投影》，北京工业大学出版社1996年版。

李泽厚：《中国古代思想史论》《中国近代思想史论》《中国现代思想史论》，生活·读书·新知三联书店2008年版。

梁启超：《梁启超全集》，北京出版社1999年版。

梁实秋等：《围剿集》，河北教育出版社2001年版。

梁漱溟：《中国文化要义》，上海人民出版社 2011 年版。

梁展：《颠覆与生存：德国思想与鲁迅前期的自我观念（1906—1927）》，上海锦绣文章出版社 2007 年版。

刘禾主编：《世界秩序与文明等级》，生活·读书·新知三联书店 2016 年版。

刘华杰：《博物人生》，北京大学出版社 2012 年版。

刘师培：《刘师培全集》，中共中央党校出版社 1997 年版。

刘小枫：《诗化哲学》，华东师范大学出版社 2011 年版。

刘小枫：《现代性社会理论绪论》，牛津大学出版社 1996 年版。

刘小枫编：《苏格拉底问题与现代性：施特劳斯讲演与论文集》，华夏出版社 2008 年版。

刘岳兵：《日本近现代思想史》，世界知识出版社 2010 年版。

楼昔勇：《普列汉诺夫的美学思想研究》，上海人民出版社 1990 年版。

鲁迅：《鲁迅全集》，人民文学出版社 2005 年版。

鲁迅：《鲁迅译文全集》，福建教育出版社 2008 年版。

鲁迅：《鲁迅著译编年全集》，人民出版社 2009 年版。

鲁迅博物馆鲁迅研究室编：《鲁迅年谱》，人民文学出版社 1981 年版。

路新生：《中国近三百年疑古思潮研究》，上海人民出版社 2001 年版。

吕周聚、赵京华、黄乔生主编：《世界视野中的鲁迅：国际学术研讨会论文集》，中国社会科学出版社 2016 年版。

罗检秋：《文化新潮中的人伦礼俗：1895—1923》，中国社会科学出版社 2013 年版。

罗志田：《权势转移：近代中国的思想与社会》，北京师范大学出版社 2014 年版。

皮后锋：《严复评传》，南京大学出版社 2006 年版。

钱理群：《话说周氏兄弟：北大演讲录》，山东画报出版社 1999

年版。

钱理群：《鲁迅作品十五讲》，北京大学出版社 2003 年版。

钱理群：《心灵的探寻》，河北教育出版社 2000 年版。

钱理群：《与鲁迅相遇：北大演讲录之二》，生活·读书·新知三联书店 2003 年版。

舒芜编选：《近代文论选》（上、下），人民文学出版社 1959 年版。

孙江、刘建辉主编：《亚洲概念史研究》（第一辑），生活·读书·新知三联书店 2013 年版。

孙中山：《孙中山全集》，中华书局 1981 年版。

谭嗣同：《谭嗣同全集》，中华书局 1981 年版。

汤志钧：《康有为的大同思想与〈大同书〉》，上海人民出版社 2016 年版。

汤志钧：《康有为与戊戌变法》，中华书局 1984 年版。

唐君毅：《唐君毅全集》，九州出版社 2016 年版。

唐文权、罗福惠：《章太炎思想研究》，华中师范大学出版社 1986 年版。

藤井省三编：《日本鲁迅研究精选集》，中央编译出版社 2016 年版。

汪晖：《反抗绝望：鲁迅及其文学世界》，生活·读书·新知三联书店 2008 年版。

汪晖：《去政治化的政治：短 20 世纪的终结与 90 年代》，生活·读书·新知三联书店 2008 年版。

汪晖：《声之善恶：鲁迅〈破恶声论〉〈呐喊·自序〉讲稿》，生活·读书·新知三联书店 2013 年版。

汪晖：《现代中国思想的兴起》，生活·读书·新知三联书店 2004 年版。

汪卫东：《人·现代·传统：近 30 年人文视点及其文学投影》，北京大学出版社 2015 年版。

汪卫东：《现代转型之痛苦"肉身"：鲁迅思想与文学新论》，北京大学出版社 2013 年版。

王得后：《鲁迅心解》，浙江文艺出版社 1996 年版。

王汎森：《章太炎的思想》，上海人民出版社 2012 年版。

王汎森：《执拗的低音：一些历史思考方式的反思》，生活·读书·新知三联书店 2014 年版。

王国维：《观堂集林》，上海书店出版社 1992 年版。

王晴佳：《西方的历史观念：从古希腊到现在》，允晨文化实业股份有限公司 1998 年版。

王庆节：《解释学、海德格尔与儒道今释》，中国人民大学出版社 2004 年版。

王晓明：《无法直面的人生：鲁迅传》，上海文艺出版社 1993 年版。

王冶秋：《辛亥革命前的鲁迅先生》，新文艺出版社 1956 年版。

王中江：《进化主义在中国》，首都师范大学出版社 2011 年版。

王中江：《近代思维方式演变的趋势》，四川人民出版社 2008 年版。

王中江：《严复与福泽谕吉》，河南大学出版社 1991 年版。

吴飞：《人伦的"解体"：形质论传统中的家国焦虑》，生活·读书·新知三联书店 2017 年版。

吴国盛：《科学的历程》，北京大学出版社 2002 年版。

吴国盛：《什么是科学》，广东人民出版社 2016 年版。

吴国盛：《时间的观念》，北京大学出版社 2006 年版。

吴国盛编：《自然哲学》（第一辑、第二辑），中国社会科学出版社 1994 年版。

吴俊编：《东洋文论：日本现代中国文学论》，浙江人民出版社 1998 年版。

吴增定：《利维坦的道德困境：早期现代政治哲学的问题与脉络》，生活·读书·新知三联书店 2012 年版。

吴增定：《尼采与柏拉图主义》，上海人民出版社 2005 年版。

吴稚晖：《吴稚晖全集》，九州出版社 2013 年版。

萧公权：《中国政治思想史》，商务印书馆 2011 年版。

肖群忠：《孝与中国文化》，人民出版社 2001 年版。

熊秉真：《童年忆往》，广西师范大学出版社 2008 年版。

熊月之：《西学东渐与晚清社会》，上海人民出版社 1994 年版。

徐兰君、［美］安德鲁·琼斯编：《儿童的发现：现代中国文学及文化中的儿童问题》，北京大学出版社 2011 年版。

许纪霖、宋宏主编：《现代中国思想的核心观念》，人民出版社 2011 年版。

许纪霖编：《现代中国思想史论》，上海人民出版社 2014 年版。

许寿裳：《亡友鲁迅印象记》，人民文学出版社 1953 年版。

薛毅：《无词的言语》，学林出版社 1996 年版。

严复：《严复集》，中华书局 1986 年版。

杨度：《杨度集》，湖南人民出版社 1986 年版。

杨国强：《晚清的士人与世相》，生活·读书·新知三联书店 2008 年版。

杨国荣：《科学的形上之维：中国近代科学主义的形成与衍化》，上海人民出版社 1999 年版。

杨念群：《"感觉主义"的谱系：新史学十年的反思之旅》，北京大学出版社 2012 年版。

杨瑞松：《病夫、黄祸与睡狮："西方"视野的中国形象与近代中国国族论述想象》，政大出版社 2010 年版。

《易卜生与现代性：西方与中国》，王宁编，百花文艺出版社 2001 年版。

余英时：《论天人之际：中国古代思想起源试探》，中华书局 2014 年版。

余英时：《现代儒学论》，上海人民出版社 2010 年版。

余英时：《知识人与中国文化的价值》，时报文化出版企业股份有限公司 2007 年版。

俞旦初：《爱国主义与中国近代史学》，中国社会科学出版社 1996 年版。

张岱年：《中国古典哲学概念范畴要论》，外文出版社 2002 年版。

张岱年：《中国伦理思想研究》，江苏教育出版社 2005 年版。

张岱年：《中国哲学大纲》，中国社会科学出版社 1994 年版。

张岱年等：《中国观念史》，中州古籍出版社 2005 年版。

张君劢、丁文江等著：《科学与人生观》，山东人民出版社 1996 年版。

张梦阳：《鲁迅的科学思维》，漓江出版社 2014 年版。

张朋园：《知识分子与中国的近代化》，百花洲文艺出版社 2002 年版。

张枬、王忍之合编：《辛亥革命前十年间时论选集》，生活·读书·新知三联书店 1963 年版。

张先飞：《"人"的发现："五四"文学现代人道主义思想源流》，人民出版社 2009 年版。

张祥龙：《家与孝：从中西视野看》，生活·读书·新知三联书店 2017 年版。

张芸：《别求新声于异邦：鲁迅与西方文化》，中国社会科学出版社 2004 年版。

章可：《中国"人文主义"的概念史》，复旦大学出版社 2015 年版。

章太炎：《章太炎全集》，上海人民出版社 1982 年版。

章太炎：《章太炎政论选集》，中华书局 1977 年版。

章永乐：《旧邦新造：1911—1917》，北京大学出版社 2011 年版。

赵景深编：《童话评论》，新文化书社 1934 年版。

赵瑞蕻：《鲁迅〈摩罗诗力说〉注释·今译·解说》，天津人民出版社 1982 年版。

郑匡民：《梁启超启蒙思想的东学背景》，上海书店出版社 2003 年版。

郑师渠：《晚清国粹派》，北京师范大学出版社 1993 年版。

中国史学会编：《中国近代史资料丛刊》，中华书局 1989 年版。

周作人：《周作人散文全集》，广西师范大学出版社 2009 年版。

周作人、周建人：《年少沧桑：兄弟忆鲁迅》，河北教育出版社 2001 年版。

朱谦之：《中国哲学对欧洲的影响》，上海人民出版社 2006 年版。

朱维铮：《音调未定的传统》，辽宁教育出版社 1995 年版。

朱自强：《1908—2012 中国儿童文学与现代化进程》，二十一世纪出版社 2015 年版。

朱自清：《诗言志辨》，华东师范大学出版社 1996 年版。

邹容：《革命军》，华夏出版社 2002 年版。

邹振环：《西方传教士与晚清西史东渐》，上海古籍出版社 2007 年版。

邹振环：《影响中国近代社会的一百种译作》，中国对外翻译出版公司 1996 年版。

二　中文译著

[美] 埃德温·阿瑟·伯特：《近代物理科学的形而上基础》，张卜天译，湖南科学技术出版社 2012 年版。

[法] 阿兰·佩雷菲特：《停滞的帝国：两个世界的撞击》，王国卿等译，生活·读书·新知三联书店 1993 年版。

[美] 阿里夫·德里克：《革命与历史：中国马克思主义历史学的起源（1919—1937）》，翁贺凯译，江苏人民出版社 2005 年版。

[美] 阿里夫·德里克：《后革命时代的中国》，李冠南、董一格译，上海人民出版社 2015 年版。

[美] 阿里夫·德里克：《中国革命中的无政府主义》，孙宜学译，广西师范大学出版社 2006 年版。

[美] 阿瑟·赫尔曼：《文明衰落论：西方文化悲观主义的形成与演变》，张爱平、许先春、蒲国良等译，上海人民出版社 2007 年版。

[美] 艾布拉姆斯：《镜与灯：浪漫主义文论及其批评传统》，郦稚牛等译，北京大学出版社 2015 年版。

[美] 艾尔曼：《科学在中国（1550—1900）》，原祖杰等译，中国人民大学出版社 2016 年版。

[意] 艾格勒·贝奇、[法] 多米尼克·朱利亚主编：《西方儿童史》，申华明译，商务印书馆 2016 年版。

[英] 安东尼·吉登斯：《民族国家与暴力》，胡宗泽等译，生活·读书·新知三联书店 1998 年版。

[意] 奥尔苏奇：《东方—西方：尼采摆脱欧洲世界图景的尝试》，徐畅译，华东师范大学出版社 2015 年版。

[美] 本杰明·史华慈：《寻求富强：严复与西方》，叶凤美译，江苏人民出版社 2010 年版。

[日] 北冈正子：《〈摩罗诗力说〉材源考》，何乃英译，北京师范大学出版社 1983 年版。

[日] 北冈正子：《鲁迅：救亡之梦的去向》，李冬木译，生活·读书·新知三联书店 2015 年版。

[德] 彼珀：《动物与超人之间的绳索：〈查拉图斯特拉如是说〉第一卷义疏》，李洁译，华夏出版社 2006 年版。

[美] 彼得·盖伊：《启蒙时代》（上、下），刘北成、王皖强译，上海人民出版社 2014 年、2016 年版。

[日] 滨下武志：《近代中国的国际契机：朝贡贸易体系与近代亚洲经济圈》，朱荫贵、欧阳菲译，中国社会科学出版社 1999 年版。

[日] 柄谷行人：《日本现代文学的起源》，赵京华译，中央编译出版社 2013 年版。

[美]布鲁诺·贝特尔海姆:《童话的魅力》,舒伟等译,社会科学文献出版社 2015 年版。

[日]大村泉编:《鲁迅与仙台》,解泽春译,中国大百科全书出版社 2005 年版。

[英]达尔文:《人类的由来》,潘光旦、胡寿文译,商务印书馆 1983 年版。

[英]达尔文:《物种起源》,周建人等译,商务印书馆 1983 年版。

[德]德罗伊森:《历史知识理论》,胡昌智译,北京大学出版社 2006 年版。

[英]登特列夫:《自然法:法律哲学导论》,李日章等译,新星出版社 2008 年版。

[美]狄百瑞:《东亚文明:五个阶段的对话》,何兆武、何冰译,江苏人民出版社 2012 年版。

[美]狄博斯:《文艺复兴时期的人与自然》,周雁翎译,复旦大学出版社 2000 年版。

[德]E.卡西尔:《启蒙哲学》,顾伟铭等译,山东人民出版社 2007 年版。

[美]恩斯特·迈尔:《生物学思想发展的历史》,涂长晟译,四川教育出版社 1990 年版。

[英]F.达尔文编:《达尔文生平》,叶笃庄、叶晓译,辽宁教育出版社 1998 年版。

[美]凡勃仑:《科学在现代文明中的地位》,张林、张天龙译,商务印书馆 2012 年版。

[英]冯客:《近代中国之种族观念》,杨立华译,江苏人民出版社 1999 年版。

[德]弗洛伊德:《精神分析引论》,张堂会编译,北京出版社 2007 年版,

[英]弗雷泽:《金枝》(上、下),王培基、徐玉新、张泽石译,

商务印书馆 2014 年版。

［法］伏尔泰：《风俗论》，梁守锵译，商务印书馆 2000 年版。

［法］福柯：《词与物》，莫伟民译，生活·读书·新知三联书店 2001 年版。

［日］福泽谕吉：《文明论概略》，商务印书馆 1982 年版。

［法］高宣扬：《德国哲学通史》，同济大学出版社 2007 年版。

［美］格奥尔格·伊格尔斯、王晴佳：《全球史学史》，杨豫译，北京大学出版社 2011 年版。

［日］沟口雄三：《中国的公与私》，郑静译，生活·读书·新知三联书店 2013 年版。

［日］沟口雄三：《中国的思维世界》，刁榴、牟坚等译，生活·读书·新知三联书店 2014 年版。

［美］郭颖颐：《中国现代思想中的唯科学主义（1900—1950）》，雷颐译，江苏人民出版社 2005 年版。

［德］海德格尔：《尼采》，孙周兴译，商务印书馆 2014 年版。

［德］海克尔：《宇宙之谜》，马君武译，中华书局 1958 年版。

［德］海克尔：《宇宙之谜》，苑建华译，陕西人民出版社 2005 年版。

［德］海克尔：《自然创造史》，马君武译，商务印书馆 1925 年版。

［德］海克尔：《赫克尔一元哲学》，马君武译，中华书局 1920 年版。

［德］汉斯·约阿斯、沃尔夫冈·克内布尔：《战争与社会思想：霍布斯以降》，张志超译，华东师范大学出版社 2017 年版。

［英］赫伯特·斯宾塞：《群学肄言》，严复译，商务印书馆 1981 年版。

［英］赫伯特·斯宾塞：《社会学研究》，张宏晖、胡江波译，华夏出版社 2001 年版。

［英］赫胥黎：《进化论与伦理学》，宋启林等译，北京大学出

版社 2015 年版。

［英］赫胥黎：《人在自然界中的位置》，蔡重阳等译，北京大学出版社 2010 年版。

［德］黑格尔：《历史哲学》，王造时译，生活·读书·新知三联书店 1957 年版。

［日］横手慎二：《日俄战争：20 世纪第一场大国间战争》，吉辰译，社会科学文献出版社 2019 年版。

［美］华勒斯坦等：《开放社会科学》，刘峰译，生活·读书·新知三联书店 1997 年版。

［英］霍布斯：《利维坦》，黎思复、黎廷弼译，商务印书馆 1985 年版。

［英］霍布斯：《利维坦》，黎思复、黎廷弼译，商务印书馆 2013 年版。

［法］吉尔·德勒兹：《尼采与哲学》，周宇、刘玉宇译，社会科学文献出版社 2001 年版。

［美］吉莱斯皮：《现代性的神学起源》，张卜天译，湖南科学技术出版社 2012 年版。

［日］加藤弘之：《人权新说》，陈尚素译，开明书店 1930 年版。

［日］加藤弘之：《物竞论》，杨荫杭译，作新社图书局明治 36 年版。

［日］加藤弘之：《自然界的矛盾与进化》，王璧如译，世界书局 1931 年版。

［美］罗伊·波特主编：《剑桥科学史第四卷 18 世纪科学》，方在庆译，大象出版社 2010 年版。

［德］卡西尔：《国家的神话》，范进、杨君游译，华夏出版社 1990 年版。

［德］卡西尔：《卢梭·康德·歌德》，刘东译，生活·读书·新知三联书店 2015 年版。

［美］卡尔·贝克尔：《18世纪哲学家的天城》，何兆武译，生活·读书·新知三联书店2013年版。

［美］卡尔·瑞贝卡：《世界大舞台：十九、二十世纪之交中国的民族主义》，高瑾等译，生活·读书·新知三联书店2008年版。

［英］卡莱尔：《论英雄、英雄崇拜和历史上的英雄业绩》，周祖达译，商务印书馆2005年版。

［德］康德：《道德形而上学》，李秋零译，中国人民大学出版社2013年版。

［英］柯林伍德：《自然的观念》，吴国盛译，华夏出版社1999年版。

［荷］科恩：《世界的重新创造：近代科学是如何产生的》，张卜天译，湖南科学技术出版社2012年版。

［俄］克鲁泡特金：《互助论》，李平沤译，商务印书馆1984年版。

［美］克勒曼：《戏剧大师易卜生》，蒋嘉、蒋虹丁译，湖南人民出版社1985年版。

［荷］克里斯·布斯克斯：《进化思维：达尔文对我们世界观的影响》，徐纪贵译，四川人民出版社2014年版。

［意］克罗齐：《美学原理》，朱光潜译，上海人民出版社2007年版。

［法］孔多塞：《人类精神进步史表纲要》，何兆武、何冰译，生活·读书·新知三联书店1998年版。

［法］拉马克：《动物哲学》，沐绍良译，商务印书馆1937年版。

［美］莱昂内尔·特里林：《诚与真》，刘佳林译，江苏教育出版社2006年版。

［美］朗佩特：《尼采的使命：〈善恶的彼岸〉绎读》，李致远译，华夏出版社2009年版。

乐黛云编：《国外鲁迅研究论集》，北京大学出版社1981年版。

［英］勒·凯内:《卡莱尔传》,段忠桥译,中国社会科学出版社 1987 年版。

［美］雷纳·韦勒克:《近代文学批评史》,杨自伍译,译文出版社 2009 年版。

［美］李欧梵:《铁屋中的呐喊》,尹慧敏译,人民文学出版社 2010 年版。

［美］李约瑟:《文明的滴定:东西方的科学与社会》,张卜天译,商务印书馆 2016 年版。

［美］李约瑟:《中国科学技术史》,科学出版社 1990 年版。

［美］列奥·施特劳斯:《自然权利与历史》,彭刚译,生活·读书·新知三联书店 2003 年版。

［美］列文森:《儒教中国及其现代命运》,郑大华、任菁译,中国社会科学出版社 2000 年版。

［日］铃木修次:《中国文学与日本文学》,吉林大学日本研究所文学研究室译,海峡文艺出版社 1989 年版。

［法］卢梭:《爱弥儿》,李平沤译,商务印书馆 1978 年版。

［法］卢梭:《论人类不平等的起源》,李长山译,商务印书馆 1962 年版。

［法］卢梭:《社会契约论》,李平沤译,商务印书馆 2011 年版。

［德］鲁道夫·欧肯:《近代思想的主潮》,高玉飞译,安徽人民出版社 2013 年版。

［意］鲁伊基·肇嘉:《父性:历史、心理与文化的视野》,张敏等译,中国社会科学出版社 2006 年版。

［法］罗曼·罗兰:《托尔斯泰传》,傅雷译,商务印书馆 1998 年版。

［美］罗兰·斯特龙伯格:《西方现代思想史》,中央编译出版社 2005 年版。

［美］罗伊·波特主编:《剑桥科学史第四卷 18 世纪科学》,方

在庆译，大象出版社 2010 年版。

［英］洛克：《政府论》，瞿菊农、叶启芳译，商务印书馆 1982 年版。

［美］马泰·卡林内斯库：《现代性的五副面孔》，顾爱彬、李瑞华译，译林出版社 2015 年版。

［英］马尔萨斯：《人口原理》，朱泱等译，商务印书馆 1992 年版。

［英］马修·阿诺德：《"甘甜"与"光明"：马修·阿诺德新译 8 种及其他》，贺淯滨译，河南大学出版社 2011 年版。

［英］玛里琳·巴特勒：《浪漫派、叛逆者及反动派：1760—1830 年间的英国文学及其背景》，黄梅、陆建德译，辽宁教育出版社 1998 年版。

［美］麦金太尔：《德性之后》，龚群等译，中国社会科学出版社 1995 年版。

［英］梅尔茨：《十九世纪欧洲思想史》，周昌忠译，商务印书馆 2016 年版。

［意］蒙台梭利：《童年的秘密》，成墨初编译，武汉大学出版社 2014 年版。

［英］摩尔：《伦理学原理》，长河译，商务印书馆 1983 年版。

［日］木山英雄：《文学复古与文学革命》，赵京华编译，北京大学出版社 2004 年版。

［德］尼采：《道德的谱系》，梁锡江译，华东师范大学出版社 2015 年版。

［德］尼采：《敌基督者》，吴增定、李猛译，生活·读书·新知三联书店 2012 年版。

［英］欧内斯特·巴克：《英国政治思想：从赫伯特·斯宾塞到现代》，黄维新等译，商务印书馆 1987 年版。

［美］帕森斯：《社会行动的结构》，张明德译，译林出版社 2003 年版。

［德］泡尔生：《伦理学体系》，何怀宏、廖申白译，中国社会科学出版社1988年版。

［英］皮特·J.鲍勒：《进化思想史》，田洺译，江西教育出版社1999年版。

［美］浦嘉珉：《中国与达尔文》，钟永强译，江苏人民出版社2009年版。

［俄］普列汉诺夫：《艺术论》，曹葆华译，生活·读书·新知三联书店1964年版。

［俄］普列汉诺夫：《艺术论》，鲁迅译，人民文学出版社1957年版。

［丹麦］乔治·勃兰兑斯：《十九世纪文学主流》，侍桁译，人民文学出版社1958年版。

［日］丘浅次郎：《进化论讲话》，刘文典译，亚东图书馆1927年版。

［德］萨弗兰斯基：《尼采思想传记》，卫茂平译，华东师范大学出版社2007年版。

［日］山田敬三：《鲁迅世界》，韩贞全、武殿勋译，山东人民出版社1983年版。

［日］石川祯浩：《中国近代历史的表与里》，袁广泉译，北京大学出版社2015年版。

［日］实藤惠秀：《中国人留学日本史》，谭汝谦、林启彦译，生活·读书·新知三联书店1983年版。

［英］史蒂文·卢克斯：《个人主义》，江苏人民出版社2001年版。

［澳］斯马特、［英］威廉斯：《功利主义：赞成与反对》，牟斌译，中国社会科学出版社1992年版。

［德］斯多倍：《遗传学史》，上海科学技术出版社1981年版。

［英］斯宾塞：《社会学研究》，张洪晖、胡江波译，华夏出版社2001年版。

［日］藤井省三：《鲁迅比较研究》，陈福康编译，上海外语教育出版社1991年版。

［俄］托尔斯泰：《列夫·托尔斯泰文集》，冯增义、宋大图等译，人民文学出版社2000年版。

［英］W. C. 丹皮尔：《科学史及其与哲学和宗教的关系》，李珩译，商务印书馆1997年版。

［日］丸山升：《鲁迅·革命·历史》，王俊文译，北京大学出版社2005年版。

［日］丸山真男：《福泽谕吉与日本近代化》，区建英译，学林出版社1992年版。

［日］丸山真男：《日本政治思想史研究》，王中江译，生活·读书·新知三联书店2000年版。

［加］威廉·莱斯：《自然的控制》，岳长龄、李建华译，重庆出版社2007年版。

［美］韦斯特福尔：《近代科学的建构：机械论与力学》，彭万华译，复旦大学出版社2000年版。

［德］文德尔班：《哲学史教程》，罗达仁译，商务印书馆1997年版。

［英］沃尔夫：《十六、十七世纪科学技术和哲学史》，周昌忠译，商务印书馆1985年版。

［日］狭间直树编：《梁启超·明治日本·西方》，社会科学文献出版社2001年版。

［日］西乡信纲：《日本文学史》，佩珊译，人民文学出版社1978年版。

［美］萧公权：《近代中国与新世界：康有为变法与大同思想研究》，汪荣祖译，江苏人民出版社2007年版。

［日］伊藤虎丸：《鲁迅、创造社与日本文学》，孙猛、徐江、李冬木译，北京大学出版社1995年版。

［日］伊藤虎丸：《鲁迅与日本人——亚洲的近代与"个"的思

想》，李冬木译，河北教育出版社 2000 年版。

［日］伊藤虎丸：《鲁迅与终末论：近代现实主义的成立》，李冬木译，生活·读书·新知三联书店 2008 年版。

［挪威］易卜生：《易卜生戏剧选》，潘家洵译，人民文学出版社 1997 年版。

［日］永田广志：《日本哲学思想史》，商务印书馆 1978 年版。

［日］有岛武郎：《有岛武郎论文集》，任白涛译，神州国光社，1933 年版。

［日］远山茂树：《日本史研究入门》，吕永清译，生活·读书·新知三联书店 1959 年版。

［英］约翰·V. 皮克斯通：《认识方式：一种新的科学、技术和医学史》，陈朝勇译，上海科技教育出版社 2017 年版。

［英］约翰·伯瑞：《进步的观念》，范祥涛译，生活·读书·新知三联书店 2005 年版。

［澳］张钊贻：《鲁迅：中国"温和"的尼采》，北京大学出版社 2011 年版。

［美］张灏：《梁启超与中国思想的过渡》，崔志海译，江苏人民出版社 2014 年版。

［美］张灏：《烈士精神与批判精神：谭嗣同思想的分析》，崔志海、葛夫平译，中央编译出版社 2016 年版。

［美］周策纵：《五四运动史：现代中国的知识革命》，陈永明、张静等译，世界图书出版公司 2016 年版。

［日］竹内好：《近代的超克》，孙歌等译，生活·读书·新知三联书店 2005 年版。

［日］滋贺秀三：《中国家族法原理》，张建国、李力译，商务印书馆 2014 年版。

［日］子安宣邦：《东亚论：日本现代思想批评》，赵京华译，吉林人民出版社 2011 年版。

［日］佐藤慎一：《近代中国的知识分子与文明》，刘岳兵译，

江苏人民出版社 2011 年版。

三　中文论文、译作

［美］安德鲁·琼斯：《狼的传人：鲁迅·自然史·叙事形式》，王敦、李之华译，《鲁迅研究月刊》2012 年第 6 期。

陈福康：《〈人之历史〉再认识》，《东北师大学报》1984 年第 4 期。

［日］代田智明：《危机的葬送：鲁迅〈孤独者〉论》，李明军译，《上海鲁迅研究》2011 年冬卷。

董炳月：《鲁迅留日时期的俄国投影：思想与文学观念的形成轨迹》，《鲁迅研究月刊》2009 年第 4 期。

董炳月：《鲁迅留日时期的文明观——以〈文化偏至论〉为中心》，《鲁迅研究月刊》2012 年第 9 期。

范国富：《鲁迅留日时期思想建构中的列夫·托尔斯泰》，《鲁迅研究月刊》2016 年第 10 期。

方克强：《鲁迅与人类学思想》，《文艺研究》2015 年第 5 期。

方维规：《论近现代中国文明、文化观的嬗变》，《史林》1999 年第 4 期。

高瑞泉：《严复：在决定论与自由意志之间》，《江苏社会科学》2007 年第 1 期。

郜元宝：《青年鲁迅科学思想四题议》，《上海鲁迅研究》2015 年秋。

郜元宝：《为天地立心——鲁迅著作所见"心"字通诠》，《鲁迅研究月刊》2000 年第 7 期。

郭国灿：《近代尚力思潮的演变及其文化意义》，《学习与探索》1990 年第 2 期。

郭于华：《代际关系中的公平逻辑及其变迁：对河北农村养老模式的分析》，《中国社会科学文摘》2002 年第 2 期。

黄开发：《中外影响下的周氏兄弟留日时期的文学观》，《鲁研究月刊》2004 年第 1 期。

黄克武：《从"文明"论述到"文化"论述》，《南京大学学报》2017 年第 1 期。

黄兴涛：《晚清民初现代"文明"和"文化"概念的形成及其历史实践》，《近代史研究》2006 年第 6 期。

季剑青：《从"历史"中觉醒：〈狂人日记〉主题与形式的再解读》，《中国现代文学研究丛刊》2017 年第 7 期。

蒋晖：《维多利亚时代与中国现代性问题的诞生：重考〈科学史教篇〉的资料来源、结构和历史哲学的命题》，《西北大学学报》2012 年第 1 期。

［日］李冬木：《关于〈物竞论〉》，《鲁迅研究月刊》2003 年第 3 期。

［日］李冬木：《鲁迅与丘浅次郎》，《东岳论丛》2012 年第 4、7 期。

李国华：《章太炎的"自性"与鲁迅留日时期的思想建构》，《中国现代文学研究丛刊》2009 年第 1 期。

李华兴：《西学东渐和近代中国自然观的演进》，《上海社会科学院学术季刊》1989 年第 1 期。

李孝迁：《巴克尔及其〈英国文明史〉在中国的传播和影响》，《史学月刊》2004 年第 8 期。

李新宇：《鲁迅人学思想论纲》，《鲁迅研究月刊》1999 年第 3 期。

李雅娟：《从"诗力"到"美术"——试论鲁迅对上野阳一的接受》，《中国现代文学研究丛刊》2016 年第 6 期。

林非：《〈呐喊〉中的散文——〈论鲁迅的小说创作〉片断》，《中国现代文学研究丛刊》1983 年第 2 期。

林非：《鲁迅的科学启蒙思想》，《河北学刊》1989 年第 2 期。

刘禾：《鲁迅生命观中的科学与宗教》，《鲁迅研究月刊》2011 年第 3 期。

刘为民：《自然观·方法论·文艺谈》《地矿论·文明史·国民性》，《鲁迅研究月刊》1997年第2、3期。

罗钢：《王国维与泡尔生》，《清华大学学报》2005年第5期。

罗志田：《〈山海经〉与近代中国史学》，《中国社会科学》2001年第1期。

孟庆澍：《铁屋中的"放火者"——鲁迅与爱罗先珂的精神对话》，《西南民族大学学报》2008年第1期。

潘世圣：《还原历史现场与思想意义阐释——鲁迅与丘浅次郎进化论讲演之悬案》，《现代中文学刊》2016年第3期。

潘世圣：《鲁迅的思想构筑与明治日本思想文化界流行走向的结构关系》，《鲁迅研究月刊》2002年第4期。

钱理群：《"30后"看"70后"——读〈70后鲁迅研究学人论文集〉》，《鲁迅研究月刊》2014年第11期。

钱理群：《鲁迅的当代意义与超越性价值》，《济南大学学报》2016年第3期。

钱理群：《鲁迅与进化论》，《中国现代文学研究丛刊》1980年第2期。

秦弓：《鲁迅的儿童文学翻译》，《山东社会科学》2013年第4期。

邱仲麟：《不孝之孝：唐以来的割骨疗亲现象的社会史初探》，《新史学》6卷1期，1995年3月。

桑兵：《世界主义与民族主义：孙中山对新文化派的回应》，《近代史研究》2003年第2期。

［日］神田一三：《鲁迅的〈造人术〉原作》，许昌福译，《鲁迅研究月刊》2001年第9期。

汤一介：《"孝"作为家庭伦理的意义》，《北京大学学报》2009年第4期。

［日］丸尾常喜：《颓败下去的"进化论"——论鲁迅的〈颓败线的颤动〉》，秦弓译，《鲁迅研究月刊》1993年第6期。

汪卫东：《"生命"的保存：鲁迅五四时期杂文对中国人生存的思考》，《绍兴文理学院学报》2011 年第 1 期。

王初薇：《科学的人文品格：论鲁迅的"立人"科学观》，《海南师范大学学报》2015 年第 3 期。

王东杰：《〈国粹学报〉与"古学复兴"》，《四川大学学报》2000 年第 5 期。

王芳：《进化论与法布耳：周氏兄弟 1920 年代写作中的博物学视野》，《中国现代文学研究丛刊》2016 年第 1 期。

王冠英：《鲁迅科学伦理道德思想管窥》，《鲁迅研究月刊》1992 年第 3 期。

王跃生：《中国传统社会家庭的维系与离析》，《社会学研究》1993 年第 1 期。

王跃生：《中国家庭代际关系的理论分析》，《人口研究杂志》2008 年第 4 期。

吴国盛：《自然的发现》，《北京大学学报》2008 年第 2 期。

吴国盛：《自然史还是博物志》，《读书》2016 年第 1 期。

吴俊：《科学和人文精神的启蒙——关于鲁迅留学日本时期的思想》，《鲁迅研究月刊》1994 年第 10 期。

杨立华：《敬、慕之间：儒家论"孝"的心性基础》，《江苏社会科学》2017 年第 5 期。

易竹贤：《论鲁迅世界观的转变》，《中国现代文学研究丛刊》1982 年第 2 期。

余新忠：《明清时期孝行的文本解读——以江南方志记载为中心》，《中国社会历史评论》2006 年第 7 卷第 3 期。

俞兆平：《科学与人文：鲁迅早期的价值取向》，《厦门大学学报》2003 年第 2 期。

袁盛勇：《实效至上：科学精神与理想人性》，《鲁迅研究月刊》1999 年第 5 期。

张卜天：《从古希腊到近代早期力学含义的演变》，《科学文化评论》2010 年第 7 卷第 3 期。

张福贵：《鲁迅宗教观与科学观的悖论》，《鲁迅研究月刊》1992 年第 8 期。

张慧瑜：《鲁迅的"幻灯片事件"与亚洲想象的困境》，《粤海风》2009 年第 3 期。

张丽华：《鲁迅生命观中的"进化论"——从〈新青年〉的随感录（六六）谈起》，《汉语言文学研究》2015 年第 2 期。

张新颖：《以古民"白心"求异邦"新声"——鲁迅早期现代思想意识的内部摩擦》，《中国比较文学》1999 年第 1 期。

章清：《1920 年代：思想界的分裂与中国社会的重组》，《近代史研究》2004 年第 6 期。

［日］中岛长文：《蓝本〈人之历史〉》，陈福康译，《鲁迅研究资料》第 12 辑，1983 年。

周建人：《鲁迅和周作人》，《新文学史料》1983 年第 4 期。

周展安：《进化论在鲁迅后期思想中的位置：从翻译普列汉诺夫的〈艺术论〉谈起》，《中国现代文学研究丛刊》2010 年第 3 期。

四　西文文献

Allhoff, Fritz, "Evolutionary Ethics from Darwin to Moore", *History and Philosophy of the Life Sciences*, 2003, Vol.25, No.1 (2003).

Barthelemy-Madule, Madeleine, *Lamarck the Mythical Precursor: A Study of Relations between Science and Ideology*, translated by M. H. Shank, Massachusetts: The MIT Press, 1982.

Barton, Ruth, "John Tyndall, Pantheist: A Rereading of the Belfast Address", *Osiris*, Vol.3 (1987).

Brandes, Georg, *Impressions of Russia*, New York: Thomas Y. Crowell & Co. 13 Astor Place.

Brown, Marshal, *Romanticism* (*The Cambridge History of Literary*

Criticism. Volume 5), Cambridge: Cambridge University Press, 2008.

Buckle, Henry Thomas, *History of Civilization in England*, Humphrey Milford: Oxford University Press, 1903-1904.

Capehart, Clint, "The Animal Kingdom in the Legacy of Modern Chinese Literature: Lu Xun's Writings on Animals and Bio-Politics in the Republican Era", *Front. Lit, Stud. China* 2016, 10 (3).

Carlyle, Thomas, *On Heroes, Hero Worship and the Heroic in History*, London: J.M.Dent&Sons, 1908.

Challis, Debbie, *The Archaeology of Race: The Eugenic Ideas of Francis Galton and Flinders Petrie*, New York: Bloomsbury, 2013.

Edward, Dowden, *Transcript and Studies*, London: Kegan Paul, Trench, Trubner & Co., Ltd., 1910.

Elman, Benjamin A., "Wang Kuo-Wei and Lu Hsun: The Early Years", *Monumenta Serica*, Vol.34 (1979-1980).

Freeden, Michael, "Reviewed Work (s): Benjamin Kidd: Portrait of a Social Darwinist by D.P.Crook", *Albion: A Quarterly Journal Concerned with British Studies*, Vol.17, No.2 (Summer, 1985).

Galton, Francis, *Hereditary Genius: An Inquiry into Its Laws and Consequences*, New York: Barnes & Noble, 2012.

Gillispie, Charles Coulston, "Lamarck and Darwin in the History of Science", *American Scientist*, Vol.46, No.4 (December 1958).

Gouldner, Alvin W., *The Coming Crisis of Western Sociology*, London-New Delhi, 1970.

Hibben, John Grier, "Professor Tyndall as a Materialist", *The North American Review*, Vol.158, No.446 (Jan., 1894).

Hill, Alan G., "Three 'Visons' of Judgement: Southey, Byron, and Newman", *The Review of English Studies*, New Series, Vol.41, No, 163 (Aug., 1990).

Hughs, A.M.D., "Shelly and Nature", *The North American Review*,

Vol.208, No.753 (Aug., 1918).

Huxley, Thomas Henry, *Man's Place in Nature and Other Essays*, J.M. Dent, 1906.

Jones, Andrew F., *Developmental Fairy Tales Evolutionary Thinking and Modern Chinese Culture*, Massachusetts: Harvard University Press, 2011.

Jones, E.E.C., "Social Evolution.by Benjamin Kidd", *Mind*, *New Series*, Vol.3, No.12 (Oct., 1984).

Jordanova, L.J., *Lamarck*, Oxford: Oxford University Press, 1984.

J. Snyder, Laura. *Reforming Philosophy*: *A Victorian Debate on Science and Society*, Chicago and London: The University of Chicago Press, 2006.

Kidd, Benjamin, *Social Evolution*, New York: Macmillan and Co., 1895.

Lightman, Bernard, "Victorian Sciences and Religions Discordant Harmonies", *Osiris*, Vol. 16 (2001).

Mill, John Stuart, *A System of Logic*: *Ratiocinative and Inductive*, London: Routledge & Kegan Paul, 1974.

Montluzin, Emily Lorraine de, "Southey's 'Satanic School' Remarks: An Old Charge for a New offender", *Keats–Shelly Journal*, Vol.21/22 (1972/1973).

Moore, Gregory, *Nietzsche*, *Biology and Metaphor*, Cambridge: Cambridge University Press, 2002.

Murphy, Peter T., "Visions of Sucess: Byron and Southey", *Studies in Romanticism*, Vol.24, No.3, Lord Byron (Fall 1985).

Needham, Joseph, *Science and Civilization in China*, Cambridge: Cambridge University Press, 1954.

Poidevin, Robin Le, *Agnosticism*: *A Very Short Introduction*, New York: Oxford University Press, 2010.

Pusey, James Reeve, *Lu Xun and Evolution*, New York: State University of New York Press, 1998.

Schacht, Richard, "Nietzsche and Lamarck", *Journal of Nietzsche Studies*, Vol.44, No.2 (Summer 2013).

Shideler, Ross, *Questioning the Father: From Darwin to Zola, Ibsen, Strindberg, and Hardy*, Stanford: Stanford University Press, 1999.

Shine, Hill, "Carlyle and the German Philosophy Problem during the Year 1826-1827", *PMLA*, Vol.50, No.3 (Sep., 1935).

Sprinchorn, Evert, "Science and Poetry in 'Ghosts': A Study in Ibsen's Craftmanship", *Scandinavian Studies*, Vol.51, No.4, Henrik Ibsen Issue (Autumn 1979).

Stafleu, Frans A. "Lamarck: The Birth of Biology", *Taxon*, Vol.20, No.4 (Aug., 1971).

Thilly, Frank, "Friedrich Paulsen", *The Journal of Philosophy, Psychology and Scientific Methods*, Vol.5, No.19 (Step 10, 1908).

Thilly, Frank, "Friedrich Paulsen's Work and Influence", *International Journal of Ethics*, Vol.19, No.2 (Jan. 1909).

Turner, Frank M., *Contesting Cultural Authority*, Cambridge: Cambridge University Press, 1993.

Tyndall, John, "Belfast Address", *Fragments of Science: A Series of Detached Essays, Addresses, and Reviews*, New York: D. Appleton and Company, 1897.

Uttal, William R., *Dualism: The Original Sin of Cognitivism*, London: Lawrence Erlbaum Associates, 2004.

Well, G.A., "The Critics of Buckle", *Past and Present*, No.9 (Apr.1956).

Whewell, William, *History of the Inductive Science: From the Earliest to the Present Times*, New York: D. Appleton and Company, 1859.

Worster, Donald, *Nature's Economy: A History of Ecological Ideas*,

New York: Cambridge University Prese, 1994.

Yeo, Richard, *Defining Science: William Whewell, Natural Knowledge and Public Debate in Early Victorian Britain*, Cambridge: Cambridge University Press, 1993.

索　引

爱力　376,429,433-435,438,
　439,441,442,444,452,
　458,555
爱罗先珂　75,491,492,497,
　499-511,513-523,555,556
拜伦　67,73,109,113,115,188,
　241,259,288,301,334-339,
　341-343,346,351,359,364,
　366,367,461,553
保存生命　17,34,52,74,377,
　379-381,383-391,393,396-
　398,412,447,554,584,585
本根　2,4,6,8,10,12,14,16,
　18,20,22,24,26,28,30,32-
　38,40,42-44,46,48,50,52,
　54,56,58,60,62,64,66,68,
　70,72,74,76,78,80,82,84,
　86,88,90,92,94,96,98,100,
　102,104,106,108,110,112,

114,116,118,120,122,126,
128,130,132,134,136,138,
140,142,144,146,148,150,
152,154,156,158,160,162,
164,166,168,170,172,174,
176,178,180,182,184,186,
188,190,192,194-196,200,
202,204,206,208,210-212,
214,216,218-220,222,224,
226,228,230,232,234,236,
238,240,242,244,246,248,
250,252,254,256,258,260,
262,264,266,268,270,272,
274,276,278,280,282,284,
286,288,290,292,294,296,
298,300,302,304,306,308,
310,312,314,316,318,320,
322,324,326,328,330,332,
334,336,338,340,342,344,

346,348,350,352,354,356,
358,360,362,364,366,370,
372,374,376,378,380,382,
384,386,388,390,392,394,
396,398,400,402,404,406,
408,410,412,414,416,418,
420,422,424,426,428,430,
432,434,436,438,440,442,
444,446,448,450,452,454,
456,458,460,462,464,468,
470,472,474,476,478,480,
482,484,486,488,490,492,
494,496,498,500,502,504,
506,508,510,512,514,516,
518,520,522,524,526,528,
530,532,534,536,538,540,
542,544,546,548,550,552,
554,556,558,560,562,564,
566,568,570,572,574,576,
578,580,582,584,586,588,
590,592,594,596,598,600,
602,604,606,608,610,612,
614,616,618,620,622,624,
626,628,630,632,634

博物学 39,45,46,142-144,396

诚 5,8,33,42,45,62,66,73,
84,101,103,109,111,113,
137,168,176,190,194,212,
214,236,267,273,274,285,

294,295,298,304,308,313,
315,316,321,322,326,328,
335,340-368,455,458,476,
524,526,553-555,560,561,
563,574,582-584,588

达尔文 6,17-19,21,23-25,38,
48,49,53,54,69,74,90,117,
118,122,124-126,138,144,
150,156-159,162,164,169,
172,183,189,202,203,209,
217,227,229,237,238,265,
270,271,330,378,379,381,
389,390,393,395-414,416-
419,423,457,458,460,474-
476,486,533-537,540,541,
552,554

帝国主义 17,25,70,82,88,91,
118,143,163,233,255,271

丁达尔 71,181,183-191,194,
195,197,552,553

恩 29,32,74,88,151,213,268,
269,271,299,309,375,421,
424-426,431,432,434,437,
443,445,446,513,555

二元论 12,13,19,20,22,23,
152,171,178-180,183,190,
196,218,228,231,243,315,
327,328,331,339,340,384,
552,554,557,560

福泽谕吉 87,88,96,249,255

复古 71,72,198,220,222-224,233-237,239-241,243,245,286,353,355

个人主义 54,62,63,66,72,73,266,273,274,306-310,312,317,318,321,372,444,458,531,537

根性 34,75,481,482,485,555

功利主义 13,38,40,73,91,159,177,219,280,281,297,299-301,305-308,311-327,329,363,385,431,435,437,441,445,452,459,537,553

《孤独者》 462,481-485,487,489,490,555

海克尔 49,54,71,104,149-154,156-172,179,182,185-187,196,197,199,201,266,348,349,377,378,381,382,408,410-412,414,417,422,423,426,457,458,496,552,553,583,584

赫胥黎 3,5,7,9-12,14,18-23,25,46,50,51,68,71,110,124-130,132-137,140,144,145,148,154,156-158,161,162,164,169,171,181-187,189,194,197,209,217,227-233,237,276,277,279,294,295,315,320,321,378,379,396,398,399,457,458,488,489,518,552,557,566

幻灯片 4,5,69,77-83,92-94,99,100,102,105,106

机械主义 14,72,326,327,331,339

家庭 26,27,29,31,38,52-54,63-67,69,73,74,368-389,391,393,395,397-399,401,403,405,407,409,411,413,415,417,419,421-439,441-447,449-451,453,455,457-461,463,465,468,470,476,482,525,545,554,555,584

阶级论 46-48,59,69,529,542,546,548

进化论 5-7,9-12,14,17-20,22,23,25,33,37,38,45-55,68-78,90,91,102-109,111,113,120-122,124-129,138-140,142-145,149-153,156,157,159-167,172,180,183,185,186,199,201-203,205,209,217,218,222,224-239,243,244,266,269-273,275,276,279,305,314,315,330,348,368,377,378,391-393,

395,400,401,403,405-412,
414-423,432-434,448,455,
457-460,463-466,468,471,
476,477,488,489,506-508,
516,524,525,528,529,532,
533,540-542,544,548-552,
554,555,557,559-561,
565,566

卡莱尔 65,73,183,184,188,
189,274,286-293,295-297,
300,301,323-327,329,331,
342-344,346,351,352,359-
364,367,553,563-565,567

康德 11,13,19,74,139,158,
160,164,169,170,182,183,
185,186,189,218,265,266,
293,316,330,378-380,384,
385,445,446,449,538,554

《科学史教篇》34,39-41,43,
45,62,70,71,136-138,141,
142,155,173-183,186,187,
190,191,194,195,197,199,
214-217,219-223,243,328-
330,340,363,552,558-561

科学主义 38,41,42,45,70,71,
167-170,172,175-181,185-
187,191-196,215,216,225,
259,329,340,345,349,358,
371,373,377,380,498,551-
553,574

克鲁泡特金 394,396,398,399,
452,518

《狂人日记》52,382,403,404,
407,408,415,417,462,472-
474,479-481,486,509-511,
515,524,525

拉马克 24,25,53,162,174,
203,265,266,270-272,406,
417-419,421,475,478,
487,519

浪漫主义 24,37,73,77,78,
183,187,188,252,260,272,
277,281,287,296,297,308,
326,327,329-343,345,346,
349,355-365,367,373,410,
470,471,553-555,563,567

礼学 74,432,437,441

历史进步论 203,206,208,210,
214-216,218,222,228,229,
250,559,562

历史意识 69,71,198-203,205,
207,209,211,213,215,217,
219-221,223,225,227,229,
231,233,235,237,239,241,
243,245,247,249,251,253,
255,257,259,261,263,265,
267,269,271

历史主义 35,71,210,212,213,

215,217-221,552

立人 6,7,36,42,43,55-68,70,
115,130,141,146,148,149,
284,338,423,490,508,511,
514,515

利己 73,159,300,301,303-
307,309-313,315,316,318-
321,323,451,454,537

梁启超 2,20,21,25,26,30-33,
36,48,55,84,87,89-91,99,
104,118,119,146,158,163,
172,173,177,178,201,209,
210,216,224,238,239,249-
251,263,264,267,275-281,
293,295,296,300,310-313,
318-321,324,340,392-394,
398,417,432,458-460,463,
489,551,561,562

刘鹗 72,187,281-286,332,
333,357,586-588

卢那察尔斯基 75,528,532,
533,536,539-541

鲁迅 1-10,12,14,16,18,20,
22,24-26,28,30,32-123,
126-144,146-170,172-184,
186-188,190-202,204-208,
210-228,230-274,276,278-
318,320-370,372-408,410,
412-450,452-458,460-488,
490-588,590,592,594,596,
598,600,602,604,606,608,
610,612,614,616,618,620,
622,624,626,628,630,
632,634

伦理学 2,4,6-8,10-14,16,18-
20,22-26,28-34,36,38,40,
42,44,46,48,50,52,54,56,
58,60,62-66,68,70,72,74,
76,78,80,82,84,86,88,90,
92,94,96,98,100,102,104,
106,108,110,112,114,116,
118,120,122,124-130,132,
134,136,138,140,142,144-
146,148-152,154,156,158-
162,164,166,168,170,172,
174,176,178,180,182-186,
188,190,192,194,196,200,
202,204,206,208-210,212,
214,216,218,220,222,224,
226-232,234,236,238,240,
242,244,246,248,250,252,
254,256,258,260,262,264,
266,268,270,272,274,276-
280,282,284,286,288,290,
292,294,296,298,300-302,
304,306-308,310,312,314,
316,318,320,322,324,326,
328,330,332,334,336,338,

340, 342, 344, 346, 348, 350, 352, 354, 356, 358, 360, 362, 364, 366, 370, 372, 374, 376, 378, 380, 382, 384, 386, 388, 390, 392, 394, 396, 398, 400, 402, 404, 406, 408, 410, 412, 414, 416, 418, 420, 422, 424, 426, 428, 430, 432, 434, 436, 438, 440, 442, 444, 446, 448, 450, 452, 454, 456, 458, 460, 462, 464, 468, 470, 472, 474, 476, 478, 480, 482, 484, 486, 488–490, 492, 494, 496, 498, 500, 502, 504, 506, 508, 510, 512, 514, 516, 518, 520, 522, 524, 526, 528, 530, 532, 534, 536, 538, 540, 542, 544, 546, 548, 550, 552, 554, 556–558, 560, 562, 564, 566, 568, 570, 572, 574, 576, 578, 580, 582, 584, 586, 588, 590, 592, 594, 596, 598, 600, 602, 604, 606, 608, 610, 612, 614, 616, 618, 620, 622, 624, 626, 628, 630, 632, 634

马克思主义 46–48, 58, 59, 69, 75, 529–532, 538, 539, 541, 543–550

迷信 36, 41, 44, 71, 167–169, 175, 176, 181, 187, 190–197, 204, 214–216, 243, 261, 263, 280, 292, 329, 330, 332–335, 339, 349, 361, 362, 438, 440, 552, 553, 570, 571, 573–576, 580–584

明治 4, 28–30, 49, 50, 80, 81, 83, 87, 88, 91, 98, 106, 156, 162, 239, 249, 255, 256, 279, 281, 317

《摩罗诗力说》 39, 45, 58, 61, 62, 66, 67, 70, 73, 84, 103, 107, 109, 114, 115, 121, 140, 141, 174, 175, 184, 199–202, 205, 221, 223, 226–228, 230–237, 240–242, 245–250, 252, 254, 258, 259, 261, 262, 265, 266, 268, 269, 273, 274, 280, 281, 283–301, 304, 306, 310, 316, 322–327, 330–337, 341–344, 346, 347, 350, 351, 355–358, 362, 364–367, 373, 398, 413, 456, 461, 553, 556, 563–568, 586

末世 69, 94–98, 206, 261, 291, 322

目的论 12, 14, 16, 22–24, 47, 139, 202, 217, 219, 403, 414, 418–421

索 引

内部文明 72,187,254,262,263,267

尼采 17,36,53,54,58,61-63,65-67,72,74,114,116,210,219,241,247,248,254-262,270-272,286,293,298,308,316,317,345-347,379,394,399,406-421,452,457,458,539,550,554

泡尔生 71,151-153,156,158-162,164-168,377,378,380

偏至 45,61,71,148,175,198,199,207,210,213,219-221,224,248,251,252,254,255,298,301,373

《破恶声论》34,45,54,58,64,67,71,84,94,95,101,103,105,107-109,111,112,114,115,119-123,148,167-169,175,187,191-197,216,242,243,247,261-263,266,267,274,285,290,294,301-304,315,316,321,329,332,334,342,348,349,351,353,357,360-362,366,373,376,382,414,434,438,440,471,472,498,499,508,509,514,552,553,568-583,587,588

普列汉诺夫 48,75,528-541,546-548

启蒙 41-43,45,56-61,64,65,71,87,88,140,150,163,175,178,203-208,210,212,214-216,226,228,272,307,328,329,333,490,525,542,544,551,574

强权 21,48-51,67,69,78,82-84,88,90-96,98,101-109,111,112,114-116,118,120,122,123,163,200,227,231,233,249,252,264,284,371,374,394,399,437,501,504-506,509,511,522,572

亲子关系 74,75,421,445,446,455,468

丘浅次郎 49,50,71,150,163-166

群体 4,63,64,68,72,73,79,81,88,162,191,208,273,275-277,280,289-292,294,295,307,311,312,318-323,335,446,461,473,545

《人之历史》49,54,71,138,149-161,163-167,169,170,175,199,201,230,265,266,330,331,348,377,378,380,406,422-424,508,509,512,552,554

人道主义 54,56,57,59,70,98, 100,102,103,106,111,115, 462,503,508,524,530

人国 64,67,70,114-116,122, 123,323

人性 7,13,14,17,26,36,42-45,56,57,60,62,71,73,97, 109,111-114,116,142,153, 162,183,184,187,189-191, 195,197,215,275,281,295, 307,313-317,321,322,339, 340,346,359,363,416,425, 426,433,439,491,524,537, 547,550,552,553,557,586

人治 7,10,11,22,51,134,135, 142,145-148,155

日俄战争 4,69,79,81-83,91-99,101,102,107,317,318

儒家 28-31,33,73,84,85,89, 91,176,212,234,280-282, 290,306,314,326,327,339, 345-348,351,353,358,361, 376,424,429,435-440,443

善种学 75,467,474-477, 483,486

上野阳一 74,382-386,469, 492-495,498,554,584,585

神思 43-45,58,62,67,116, 120,141,146,148,180,181, 187,190,193,210,213,215, 216,219,221,232,241,243-246,286,297,298,300,330-333,344,351,355,363,461, 537,560,575,578,579,582

生物学 23-25,38,39,45,52-54,73-76,104,127,149-151, 156,157,161-164,169,170, 172,202,203,229,245-247, 258,271,272,275,276,315, 348,368,369,371,373-375, 377-389,391,393,395-397, 399-411,413-419,421-431, 433,435,437-441,443-445, 447-449,451,453,455,457-459,461,463-465,467,468, 475,486,492,506,509,529, 532-537,540,541,548,549, 554,555,584,585

兽性 70,105,107-112,114-116,120,121,509,513

斯宾塞 11,12,20,22,25,36, 51,124-127,129,130,134, 171,203,205,217,227,230, 238,273-277,296,439,458, 459,537,538,567

《天演论》 3,5-7,9-12,16,17, 38,46,47,49-51,62,68,70, 104,109,110,124-127,130,

133-138,140-142,145,148,150,153,154,156,161,171,172,203,205,208,230,238,245,265,315,321,378,488,489,552,566

天下 2,4,18,20,21,33-35,63,64,66,68,69,84-87,89-91,101,104,116,118,119,155,176,200,201,238,249,267,273,285,290,301,308,311,313-315,341,345,353,360,361,365,369,373,440,472,562,563,570,572,573,581,588

停滞 71,86,87,183,199-205,207,210,211,219,224,226,276,400,485,562

童话 75,469,490-492,495-506,510,511,513-520,522,523,555

托尔斯泰 69,70,91-103,105,106,111,113-117,120,361,362,379,394,472,508,509,533,572

《文化偏至论》 6,33,34,36,55,58,61-64,66,84,115,116,146,149,179,180,187,198-201,207,210-214,216,219-222,237,240,242,250-252,254,255,259,266,284,301,302,304-310,314-317,321-323,330,342,351,356,357,362,372,373,508,553,562,563

文明 4,7,15,16,22,28,30,31,34,36,37,39,40,42,44,56,57,61-64,66-68,71-73,84-88,90,91,96,100,102-104,107,121,125,127,128,132,136,141,142,147,171,172,174-176,179,187,190,192,194,199-203,207,208,210-213,216,218-227,230,232-235,237,239-241,244-264,267,269,271,280,284,287,298,300-303,311,317,321,328,333,334,339,342,345,361,364,365,382,393,404,428,459,469,494-497,506,507,511-513,515,516,524,527,535,551,556,557,562,563,575,582,584

文明论 72,87,88,142,249-256,260-263,267

《我们现在怎样做父亲》 34,65,73,368,373-386,389,398,401,412,419-422,424,426,427,429-435,437-439,444-

449，452，457，458，460，464，467-471，474，476-481，494，509，584，585

无我 74，434，439，442，447-450，454，455，457，458，460，462，463，465，555

无政府主义 26，65，74，98，192，229，308，309，371，372，375，394-396，398，399，429，434，437，442，444，446，449，461-463，500，502，503，508，509，511，517，523，545，555，572，573

牺牲 20，74，75，115，268，305，372，374，381，412，427，432，434，439，442，443，445-465，468，480，502，511，513，517-519，522，523，555

仙台 4，52，69，78，79，81，83，92-94，102-105，113，155，163，169，173，225，318，422，552

孝道 376，430，431，435-442，467

雪莱 67，73，109，113，115，187，241，259，288，292，296，300，301，325-327，333-339，341-343，346，351，359，364，366，367，553，567

严复 5-7，9-12，17-20，22，23，25，36-40，48，50，51，90，110，124-126，133-141，145，148-150，154，156，171，173，174，203，222，227，230，238，243，245，265，266，273-275，277，300，313-315，320，321，324，347-349，352，353，355，356，378，392，393，417，488，489，551，566

言志 72，280-284，286，293，339，586

野蛮 61，72，87，88，91，107，108，110，145，204，205，230，232，233，243，247-251，253，254，258，260-264，267，403，408，439，446，494-499，510，524，574，579，580

一元论 9-12，20，23，24，54，61，70，71，74，104，134，149，152-154，156-172，177-179，186，195-197，199，275，276，339，340，348，349，377，378，380，381，384，385，410，421-423，426，427，443，447，448，457，551，552，554，557，561，583，584

伊藤虎丸 43-45，49，51，53，77，78，175，190-192，194，225，

索　引

227，245，255，259，292，317，332，339，361，415，456，573，574

遗传　34，75，176，203，265，280，418，433，467，474-490

《艺术论》48，75，528，529，531-533，536，537，539-541，546，547

易卜生　116，308，379，452，474，477-481

意志　19，23，30，36，38，50，51，53，54，56，57，62，72-74，82，87，93，113，114，141，148，151，232，233，242，245，266-272，286，306，315，336，346，347，373，381，403-405，408，411，412，417，418，443，446，448，461，462，466，504，510，524，556，570

优生学　75，467，474-477，482-484，486-488

有岛武郎　53，74，449-455，457，461，470，530，531，555

幼者本位　75，433，444，457，467-469，471，474，477-479，482，490，499

载道　72，274，279-281，283，284，290，293

战争　2-4，6，11，18，36，69，70，79-85，88-91，93-97，99，101-103，106，108，111-118，120-122，140，145，173，237，242，244，269，394，444，508，526，566

章太炎　35，51，65，67，72，73，105，154，177，180，181，192，199，218，238-241，253，254，262，281，304-306，314，340，353-357，545，559-561，566-571，573，574

周作人　49，52，53，127，133，150，283，284，299，318，337，415，430，443-449，461，463，468，476，477，482，486-489，492，496-498，500，501，508，511，572

主体性　13-15，25，35，40，50，51，57，60，61，63，64，67，69-71，75，102，103，106，107，111，112，116，121-123，128，141，148，155，160，166，167，169，180，181，190，199，220，225，231，236，242，266，271，284，286，296，316，328，333，360，374，417，444，450，456，460，461，469，479，482，491，495，503，508-511，513，530，553-555，557

自然法则 23,122,129,170, 196,264,270,386,396,397, 399,410,423,505,507,523

自然观 2,4-6,8,10-18,20,22- 26,28,30,32-34,36-38,40, 42,44-46,48,50,52,54,56, 58,60,62,64,66,68,70-74, 76,78,80,82,84,86,88,90, 92,94,96,98,100,102,104, 106,108,110-112,114,116- 118,120,122,126,128,130, 132,134,136,138-142,144- 146,148,150,152,154,156, 158,160,162,164,166,168, 170,172,174,176,178,180, 182,184,186,188,190,192, 194,196,200,202,204,206, 208,210,212,214,216,218, 220,222,224,226,228,230, 232,234,236-238,240,242, 244,246,248,250,252,254, 256,258,260,262,264,266, 268,270,272,274,276,278, 280,282,284,286,288,290, 292,294,296,298,300,302, 304,306,308,310,312-314, 316,318,320,322,324-340, 342,344,346,348,350,352, 354,356,358,360,362,364, 366,370-372,374,376,378, 380,382,384,386-388,390, 392,394,396,398,400,402, 404,406,408,410-412,414, 416,418,420,422,424-426, 428,430,432,434,436,438, 440,442,444,446,448,450, 452,454,456,458,460,462, 464,468,470,472,474,476, 478,480,482,484,486,488, 490,492,494,496-498,500, 502,504,506,508,510,512, 514,516,518,520,522,524, 526,528,530,532,534,536, 538,540,542,544,546,548, 550-554,556-558,560,562, 564,566,568,570,572,574, 576,578,580,582,584,586, 588,590,592,594,596,598, 600,602,604,606,608,610, 612,614,616,618,620,622, 624,626,628,630,632,634

自然主义 8,20,23,151-153, 156,188,234,276,315,317, 318,334,335,378,477,478

后　　记

这部著作是在博士论文的基础上修改而成，虽然保留了原作大致的框架和思路，但修改过程并不轻松。全书所有章节内容都经过了调整，除了字句表达的问题外，许多章节近乎重写。尽管如此，修改论文同样也是一次重新走进鲁迅及其世界的过程，一些在写作博论时较为模糊的想法随之明晰起来。

很长时间以来，研究界习惯了那种把鲁迅封闭起来的叙述，无论是建国后将鲁迅无限拔高式的研究，还是80年代以来致力凸显鲁迅个体性、特殊性的研究，往往蕴含着一种非历史主义的倾向。这种情况导致了对于早期鲁迅的研究极容易被限制在几个固定的论题上，又大多以复述性而非分析性的方式完成探讨，最终忽略了鲁迅面对的更为丰富的历史世界。鲁迅早年身处中国文明转型的关键时期，承受着来自古今中西多个方面的压力，他的论述体现了这一时期中国知识分子对世界、传统和自我的深刻观察与反省。清末民初语境的复杂程度使得鲁迅必须通过与他人论辩的方式展开自我的思考，因而鲁迅的论述绝不是自言自语式的，同代人的思想、观点在他形成自己论述的过程中占据着重要的结构性位置——无论是鲁迅指明的他的对立面，还是就已经形成的时代共识而言。这种写作方式使得他的论述总是包含着自我与时代对话的丰富信息，通过这种方式，他也将自己的思考深度融入了所身处的历史世界。

面对这种情形，曾不乏有人质问，鲁迅青年时代的思想果真如论者所言那么丰富、深刻吗？不是吗？他早年的代表作如今越来越多地被考证出是"剪刀加糨糊"的结果，同时，鲁迅与严复、梁启超、章太炎等同时代人物深刻的思想联系也在不断被发掘出来，而相比这些在当年已经叱咤风云的大人物，他毕竟只是一个年轻学生，他怎么可能有了不起的成就？这些质问与研究无疑在某种程度上削弱了鲁迅的原创性，如果早年观点进一步构成了鲁迅思想与文学的内核，那么这还将同时威胁到对鲁迅的整体性把握。对此，本书不得不尝试从鲁迅与他引述的材料之间、鲁迅与同代人的呼应以及对话之中，寻找他的主体性位置，使得同代人的论述成为鲁迅思想与文学的"显影剂"，而非遮蔽——当然，更是为了证明鲁迅很早就具备着卓越的独立思考的能力。这也是在史料化学科背景下为了进入鲁迅的思想与文学世界，本书试图完成的首要工作。不过，史料化不能等同于历史化，相比史料工作，更为关键的或许是通过勾勒作为历史人物的鲁迅与其世界之间的相互关系，从鲁迅与时代的会通中建构出一种总体性和批判性的历史视野。

　　鲁迅积极地寻求与时代的对话，他也在自己的论述中留下了时代的印记。正是内、外两个方面的共同作用，最终塑造出了鲁迅思想与文学的状貌。历史地看，鲁迅与同代人物的对话绝非二元对立式的，他们的语境和总体目标并不存在根本性的分歧，甚至他的对话对象同样具备着反思现代性的一面。这种情况更加决定了，为了进入鲁迅的历史世界，我们不得不去探访他的对话对象，进而去思考，围绕同样的主题，鲁迅何以交出了与同代人不一样的答卷？这个过程并不否认鲁迅的个性或特殊性，而毋宁要求论者去更努力地探索鲁迅文学、思想生成的前提与脉络。鲁迅从来不是尼采所批判的"理论人"，在古今中西多条思想的脉络上，他既有所采撷，又同时有所拒绝，鲁迅的观点形成于这种扬弃过程之中。总而言之，这种选择、接受和批判既是鲁迅文学与思想生成的过程，也是中国现代文明在曲折中不断展开的过程。我想，这或许是以鲁迅作为个案展开有关现代中国研究的最有价值之处。同时也可以毫无疑义地指出，所有的资源都并非碎片化与教条化的，它们只是在某一个方面为鲁迅的思想提供了启发或灵感。对于鲁迅的分析性研究需要汇集到鲁迅自身的主体意识,展开鲁迅思想的生成脉络最终是为了凸显鲁迅作为个体在历史运行中的能动性的一面。

虽说研究历史人物应当体现"了解之同情",但在写作和修改过程中,我尽可能避免了对鲁迅的论述做出过多情感投射与价值评判。鲁迅研究向来成果丰厚,对于后来者,这既是其他研究对象难以企及的优渥的学术基础,又很可能因为过多的定论和成见造成继续探讨的空间越发局促。本书更愿意首先悬置与鲁迅相关的结论,尝试以一种历史主义的方法去重新解释其思想、文学的生成过程,进而从鲁迅的个体性的论述中寻找他之所以成为现代中国文学、文化史上最重要的人物的原因。由于时代的与个体经验的差异,相比前辈学人更能沉浸式的体会鲁迅苦痛的灵魂,本书更倾向于以一种带有距离感的问题性的方式进入鲁迅,探寻他在晚清以降的历史进程中,如何认识现代西方并思考中国文明转型的问题。至今,这或许仍是中国思想与文化不得不面对的根本问题。在这个意义上,鲁迅不可能被对象化,他的思考仍然有效。本书的讨论便立足于这样一种当代意识,同时,也试图由此再次接近鲁迅。

本书的写作最初源于阅读思想史的兴趣,而在中国现代文学领域,青年时代的鲁迅或许是最为适用于思想史方法研究的对象。80年代以来,从思想史切入对鲁迅的讨论并不鲜见,但本书选择"自然""伦理"作为关键词,却仍然和学界主流的思想史研究范式关注重心不同。我的最初目的是由此关联到晚清以降由《天演论》引发的天、人之变的思想视野,进而观照鲁迅旨在"立人"的文学、思想,建立其与古今中西之间多方面对话的格局。同时,相对已有的研究,我更希望通过追索鲁迅的思想资源来深入探察其诸多表述所内在的原理性的命题。出于这种研究目的,本书找到了鲁迅部分论述生成的知识脉络并尝试对其进行拆解、分析,而由此导致的一个后果是,本书很难再用几段省炼的结语完成对鲁迅的表述。不过,可以确定的是,终其一生,鲁迅力图在思想与文学中传达的精神是一贯的，那就是对于中国人生存问题的长久关注、对于人心与人性的深刻追问以及对于真诚价值的不懈追求。这无疑构成了他与时代对话最重要的据点。鲁迅之走上文学道路，是在他看来，文学是回应时代问题最为有效的方式，无论是他的论述还是创作，都具有与时代对话的鲜明特点。因此，最终对于鲁迅的研究也就必然指向一个超越了单一学科的、更具总体性的历史图景。

如果我们不只研究鲁迅说了什么，而是去进一步揭示他如是说的背景和原因、探求他的文学和思想如何从历史中生成的逻辑，就必然需要深入鲁迅直面的复杂的历史世界。正是研究对象本身的特点决定了本书的写作方法，尽管这种选择多少偏离了当下文学研究最为主流的学术范式。但是，对鲁迅而言，作为一种参与现实变革的力量，新文学却必须卷入有关中国文明转型诸多重大问题的争辩之中才有意义以及生命力，他正是以此选择文学的立场，也以此在时势的变动中不断调整对文学形态的认识。以今天中文专业对文学的学科性的理解，很可能无力面对鲁迅关心的众多问题。在鲁迅看来，文学体现的是一种面对时代的总体性的思考。这是他早年诸多论文均显得颇为杂糅的原因，文学需要不断从它的多个对立面界定自身，这种对立因素本质上起到了关键的构成性作用，当然，他也以此凸显出了文学的特殊性及其在中国现代化事业进程中的根本性地位。鲁迅选择文学，是因为相信相比政治经济学意义上的变革，文学关涉着主体精神气质的重造，更能够以一种非功利的形式深刻触及到人心、人性等问题——在这个意义上，鲁迅的文学本身便包含了深刻的伦理学的面向。鲁迅没有确切的答案，他经由文学提供的是一种立足主体的反思性和批判性的立场，而非某种定论。鲁迅拒绝导师、领袖、先驱者一类的颂扬，其实正是拒绝被标签化、格式化的命运，而这种拒绝行为本身则无疑源于对文学之本体、历史之使命以及自我生存方式的高度自觉。

鲁迅的世界异彩纷呈，本书试图揭示这个世界的某一侧面，并尽可能地引申出鲁迅文学、思想中的一些关键性的问题。对此，本书找到了他在南京时期即已熟读的《天演论》,并根据原底本赫胥黎的《进化论与伦理学》的题名,选择了"自然观与伦理学"作为探究方向。本书设想以此为核心线索,探讨"天人之变"在鲁迅思想世界中的具体呈现,围绕鲁迅对"人"的生存状况的思考,将他的论述与古今中西的思想脉络关联在一起。面对以伦理为本位的传统文化,鲁迅追逐"立人"的理想使得他需要不断回应中国历史转型中最为深刻、棘手的一些命题,诸如重新审视世界、国家、社会、家庭与自我的关系,而以往对"立人"的讨论很少顾及到鲁迅也是在中国文明转型的语境中展开论述——即或存在这样的论述,也大多忽视了对中国文明的历史状况进行考察。

正是在这个意义上,本书从鲁迅的著述中找出"本根"一词作为总体纲领。虽然进化论为鲁迅探讨"人"的命题提供了最重要的背景,但他的论述有时也会逸出生物学的范畴,故而本书采用"自然观"取代进化论。由于"自然"概念本身的丰富性,当这种替换发生时,论题也随之变得更为丰富,也更具有挑战性。竹内好认为鲁迅是一个"诚实的生活者",他把鲁迅精神、个性的强韧特征的本源归结为生物进化论的影响,但他也指出,如果只谈及进化论,其实无法更充分地揭示鲁迅的伦理观。竹内好进而推想,鲁迅伦理观的源头或可以追溯到原始孔教的精神。[①] 相比于此,本书更倾向从《天演论》开启的思想空间中寻找鲁迅有关于"人之生存"问题的解答思路。本书的部分论述揭示出鲁迅与原始孔教的一些相似,不过,由于掌握了基于现代生物学的新的原理,鲁迅的观点具备着更多同中国文明不可忽视的异质性。在他这里,"天人之变"既是一种整体性的思想背景,也是灌注于字里行间的自觉的意识。

总之,本书最大兴趣在于探讨清末民初中国历史转型进程中,鲁迅通过他的文学、思想对中国文明与价值世界的重塑。在当下中

[①] [日]竹内好:《近代的超克》,孙歌等译,生活·读书·新知三联书店 2005 年版,第 150 页。

国越来越强劲的文化自觉与文明自信的氛围中，鲁迅的历史意义或许又到了重估的时刻，但无论如何，那些批判性乃至颠覆性的认知都仍然具有不可忽视的关键意义。这种意义就是时刻激发人们保持对历史、对自我的清醒认识，就像他以热带人认识冰的过程解释文学的原理和使命，他对于中国文明的冷酷批判，正如同那块冰一样旨在刺激起个体的感应——无论反对、赞成，他的论述都已经发挥了相应的历史作用，并以某种方式完成了挑战，换言之，鲁迅促使他的读者去做的是不断反思自己的优胜与缺陷，进而有所改变。由此推想，这或许将是鲁迅至今仍然魅力不减的原因所在。事实上，对于中国文明极度悲观绝望的认识，鲁迅无疑也意识到了其中存在着的个人经验的局限性，他并不将自己的论述视作唯一的答案，当然更不会要求他人顺从他的意志，他不止一次地否定自己也要加入中国历史变革的进程，不正说明了这一点吗？

　　以上大概就是修改过程中，所逐步明确起来的方法论与问题意识。这本著作努力对此做出回应，但遗憾的是，限于个人的能力与精力，仍然存在诸多不足之处。首先，目前结构尚不均衡，虽然时间线索拉出了近三十年，但主要的篇幅用于分析鲁迅留日时期的著述，论述"五四"及1920年代的部分仍相对较弱。其次，探讨鲁迅的伦理学思想，本书却很少触及性别问题，这也使得所谓的鲁迅的"伦理学"不够系统、完整。再次，本书的表达完全还可以更凝练一些，尽管在修改前立下压缩和删除十万字的理想，但真正到了实际的操作过程，一方面诚然删除了大量篇幅，另一方面却同时增加了更多的内容，反而距离最初设定的目标越来越远。此外，在分析鲁迅的自然观与伦理学时，由于本书追求学理化的表述，对鲁迅内在心灵世界的分析或仍存在欠缺，尽管后期努力弥补了这方面的问题，但对于鲁迅的非理性的一面的展示仍然不够。

　　至于这本著作的出版，最应感谢的是我的导师吴晓东老师。本书的灵感便源于当年"近十年论文选读"课程的期末论文，更不用说在读博期间，吴老师对我从学业到生活无微不至的关怀，无论治学还是为人，吴老师都为我树立了最好的示范。其次，感谢北京大学中文系现代文学教研室陈平原、高远东、孔庆东、王风、姜涛、张丽华等老师，诸位老师在博士论文开题、预答辩时的建议，对于本书写作和修改的意义重大。此外，特别感谢钱理群、董炳月、高远东、王风、范智红、季剑青老师在答辩会上对我的批评与指教。感谢同门李国华、李松睿、李雅娟、王东东、刘奎、黄锐杰、路杨、张平、罗雅琳、秦雅萌、唐小林、李超宇、刘东、顾甦泳、孙慈姗等的帮助与启发，尤其黄锐杰师兄，从到北大读书起，就不断收到锐杰师兄分享的学术信息与资料，他也常是我的习作的第一读者。也十分感谢写作过程中，仲济强、张一帆、吴柳财、王启玮等师友的鼓励和陪伴。当然，更要感谢本科班主任甘阳老师将我从懵懂散漫的状态中引向学术道路，即便在读博期间，也依然时常收到甘老师的关心与指点，但愿本书能够得其一二。承蒙编辑老师不弃，本书部分篇章曾发表于《文学评论》《文艺研究》《文史哲》《中国比较文学》《文艺理论研究》《读书》《东岳论丛》《山东社会科学》等杂志，感谢匿审专家的修改意见。当然，首先还是感谢编辑老师愿意给我机会接受学界审查，对于我这样的底层小人物并不多加歧视，也让我在多次碰壁之后得以认清现实和自我，感受到权力与人情，并最终促进了本书修改。临近出版，同样感谢中国社会科学出版社慈明亮、王丽媛老师为本书付出的诸多心血。

最后，郑重感谢我的家人，是他们见证了我在写作、修改本书过程中经历的波折与起伏，感谢他们始终如一的关爱、理解和支持。